HELEN ABELE

Das Haus hinter dem Maulbeerbaum

Buch

Die Ca' More, »das Maulbeerhaus«, ein alter Bauernhof in den Hügeln des Veneto, soll Liebenden kein Glück bringen, heißt es, und diese Erfahrung macht auch die Münchner Architektin Agnes. Überraschend hat sie von dem charmanten italienischen Bauunternehmer Michele den Auftrag bekommen, das alte Gemäuer behutsam in moderne Luxusappartements umzuwandeln. Während der Planungsarbeiten entdeckt Agnes unverhofft alte Radierplatten des verstorbenen Vorbesitzers, eines exzentrischen Malers. Die verstaubte Druckerpresse bringt surreale Bilder zutage, die sich wie ein Puzzle zu einer unglaublichen Geschichte zusammensetzen. Immer tiefer verstrickt sich Agnes in die Vergangenheit des Hauses – und in ihre eigenen Gefühle. Denn sie hat sich nicht nur Hals über Kopf in das Anwesen verliebt, sondern auch in den undurchsichtigen Gärtner Matteo. Gegen äußere Widerstände entschlüsselt Agnes die anrührende Geschichte einer unglücklichen großen Liebe und die Wahrheit über ein Familiengeheimnis und eine bittere Schuld, die tatsächlich gar keine ist – doch kann sie so den Weg für ihre eigene große Liebe ebnen?

Autorin

Die Münchnerin Helen Abele, geboren 1968, hatte schon als kleines Mädchen ein Faible für alte Häuser und fand, dass es schlimmere Fächer als Geschichte gibt. Trotzdem studierte sie nicht Geschichte, sondern Architektur. Nach ihrem Abschluss blieb sie dem Zeichenstift treu und arbeitet seitdem als Illustratorin, Kinder- und Jugendbuchautorin. Bei einem Malkurs im italienischen Veneto entdeckte sie hinter einem Maulbeerbaum ein verwunschenes Bauernhaus, und die Idee für ihren ersten Frauenroman war geboren.

Helen Abele

Das Haus hinter dem Maulbeerbaum

Roman

blanvalet

Das Zitat auf S. 93 stammt aus *La Vita Nuova*
von Dante Alighieri, übersetzt von Richard Dehmel.
Alle Rilke-Zitate in diesem Buch sind entnommen aus:
Rainer Maria Rilke, *Die Gedichte*. Insel Verlag,
Frankfurt am Main und Leipzig 2006.

MIX
Papier aus verantwortungsvollen Quellen
FSC® C014496

Verlagsgruppe Random House FSC® N001967
Das für dieses Buch verwendete FSC®-zertifizierte Papier
Holmen Book Cream liefert Holmen Paper,
Hallstavik, Schweden.

1. Auflage
Taschenbuchausgabe April 2015
Blanvalet Verlag, München,
in der Verlagsgruppe Random House GmbH

Vermittelt durch die Literarische Agentur Barbara Küper.
Redaktion: Lisa Bitzer
Umschlaggestaltung: Johannes Wiebel | punchdesign unter
Verwendung von Motiven von Shutterstock.com
wr · Herstellung: sam
Satz: Vornehm Mediengestaltung GmbH, München
Druck und Einband: GGP Media GmbH, Pößneck
Printed in Germany
ISBN: 978-3-442-38200-2
www.blanvalet.de

Meinem Goldkind Bruno

Siehe, wir lieben nicht, wie die Blumen, aus einem
einzigen Jahr; uns steigt, wo wir lieben,
unvordenklicher Saft in die Arme.

Rainer Maria Rilke, *Die dritte Elegie*. 1912

Erster Teil

Isaak und Abraham

In meinem Kopf ist eine Schlange. Sie tut mir weh. Die Schlange soll raus. Ich will den Mund aufmachen, aber ich kann ihn nicht bewegen. Ich will die Augen aufmachen, aber sie bleiben zu. Die Hände folgen mir nicht und auch nicht die Beine. Etwas schnauft in mein Gesicht. Es leckt mir über die Stirn. Pfui, sagt Abraham, basta. Es hört auf zu schnaufen und zu lecken. Abraham betet. Ich kann nicht alles verstehen. O Dio mio, sagt Abraham, warum zwingst du mich, das zu tun? O Dio mio, was verlangst du von mir? Das sagt Abraham. Es wird nicht wehtun, Tesoro, sagt er und weint. Das, was geschnauft und geleckt hat, weint mit. Abraham fängt an zu singen. Abraham singt ein Ninnananna wie die Mamma, wenn ich schlafen soll, nur nicht so schön. Ich habe Angst. Ich weiß, dass Abraham tun wird, was Gott von ihm verlangt.

Das Lied ist aus, und Abraham sagt: Es ist so weit. Wir brauchen Steine, Steine und Mörtel, damit wir eine Wand bauen können. Dahinter werden wir ihn verstecken. Keiner wird ihn sehen.

Mörtel und Steine. Steine und Mörtel. Der Duft von Veilchen fliegt über mich. Ich rieche ihn süß und lila. Die Biene mag den Duft auch. Sie setzt sich auf meinen Arm und sticht ganz tief unter die Haut. Ihr Gift brennt. Ich will schreien. Ich will sagen, dass meine Augen und mein Mund und meine Arme und meine Beine nicht mehr gehen, aber meine Ohren schon. Ich will sagen, dass ich alles höre. Ich will nicht hinter eine Wand aus Steinen und Mörtel. Ich will gesehen werden.

Ich will leben.

1

Das alte Haus lag versteckt, als würde es sich für etwas schämen. Selbst nachdem Agnes endlich das schmiedeeiserne Tor zum Grundstück entdeckt und passiert hatte, wollte es sich noch nicht zeigen. Von dem kleinen Parkplatz schlängelte sich ein schmaler Weg durch ein verwunschenes Dickicht aus Palmen, Büschen und Bäumen, deren Namen sie größtenteils nicht kannte. Sie schien in einer anderen Welt gelandet zu sein, dabei war sie doch nur knapp sechs Stunden Autofahrt von München entfernt. Die Extrastunde, die sie kurz vor dem Ziel ihrer Reise noch gebraucht hatte, um die nur für Eingeweihte erkennbare Zufahrt von der kurvigen Landstraße zu dem Anwesen zu finden, durfte man schließlich nicht mitrechnen.

Mit dem Arm drückte sie ein fächerartiges Blatt zur Seite und betrat gleich darauf einen offenen Arkadengang mit märchenhaften Fresken, der aussah, als würde er hauptsächlich von dem dichten Geflecht aus Glyzinien zusammengehalten. Die Luft hatte diesen würzigen, warmen Geruch, der schon auf den norditalienischen Autobahnraststätten das Gefühl von Urlaub vermittelte – nur intensiver.

Agnes atmete noch einmal tief ein. Aber das Herzklopfen blieb. Sie konnte die Aufregung, die seit ihrer Abfahrt mit jedem Kilometer gewachsen war, nicht einfach wegatmen. Ob Michele verärgert war, weil sie viel später ankam als vereinbart? Oder war er so lässig im Umgang mit der Zeit, wie es den Italienern nachgesagt wurde? Sie hatte ihm natürlich auf die Mailbox gesprochen, aber bis jetzt keine Rückmeldung erhalten. Das konnte alles und nichts bedeuten.

Ihr wurde plötzlich deutlich bewusst, wie oberflächlich sie den Mann kannte, der sie hierhergelockt hatte. Nach ihrer Begegnung auf dem Oktoberfest hatten sie mehrere Male telefoniert, und es waren ein paar Mails und viele SMS durch den Äther gerauscht. Doch hatte diese scheinbare Vertrautheit irgendetwas mit der Wirklichkeit zu tun? Nie im Leben hätte Agnes ihm zum Beispiel den verdreckten und verbeulten froschgrünen Fiat Sedici zugeschrieben, neben dem sie gerade ihren Twingo geparkt hatte. Wenn schon sein Auto eine Überraschung war, welche ungeahnten Seiten würde dann er selbst noch zeigen? Vielleicht hätte sie doch einfach auf Hans hören und zu Hause bleiben sollen.

Sie blieb kurz stehen und atmete ein weiteres Mal tief ein. Wann, wenn nicht jetzt? Wer, wenn nicht ich?, wiederholte sie in Gedanken ihr heimliches Mantra. Und nun Kinn hoch, Schultern nach unten und Brust raus. Wozu hatte sie sich jahrelang jeden Mittwoch in den Ballettunterricht geschleppt?

Hinter dem Laubengang breitete sich ein langgezogener, schmaler Garten wie ein blumengemusterter Teppich aus, in dessen Mitte ein mächtiger Baum seine Zweige ausstreckte. Seine dicht belaubte Krone war mit einer Unzahl fein gefiederter weißer Blüten überzuckert. Unterhalb des paradiesischen Anblicks schimmerte hinter niedrigen Büschen im sonnigen Dunst des Nachmittags die Ebene vor Venedig. Und zum Hang hin entdeckte Agnes nun auch endlich das Haus. Die lange Fassade aus Naturstein, der zwischen den auch hier alles überrankenden Glyzinien hervorlugte, schien sich gegen das steil ansteigende Gelände auf der Rückseite zu lehnen. Eine nicht ganz regelmäßige Reihe von kleinen Fenstern blickte zwischen weit geöffneten Läden aus grau verwittertem Holz auf Agnes herunter. Direkt neben der Eingangstür plätscherte ein Brunnen in einem schlichten Steinbecken, vielleicht eine ehemalige Viehtränke. Darin schnappten ein paar Goldfische dicht unter der Wasseroberfläche mit ihren dicklippigen Mäulchen, als wollten sie um Leckerlis betteln.

Sie klopfte an die Haustür und wartete kurz. Nachdem sich nichts rührte, drückte sie zögernd die Klinke herunter. Doch die Tür war fest verschlossen. War Michele also doch ärgerlich geworden und schon wieder gegangen, weil sie zu spät gekommen war? Aber dann hätte er sein Auto doch bestimmt nicht auf dem Parkplatz stehen lassen. Er musste also noch irgendwo in der Nähe sein.

Agnes kramte in ihrer Handtasche nach dem Handy. Sie lächelte vor sich hin, als sie die Liste mit den Kontakten öffnete. M. Mascha … Mia … Michaela. Michele war immer noch unter diesem Namen gespeichert, seitdem sie beim Abschied die Nummern getauscht hatten. Nicht, weil Agnes vor Hans Geheimnisse haben wollte, wirklich nicht. Sondern weil sie Angst vor seinem unvermeidlichen Tobsuchtsanfall gehabt hatte, wenn er die Telefonnummer eines ihm unbekannten Mannes – noch dazu eines ihm unbekannten Italieners! – in ihrem Handy entdeckt hätte. Dass er regelmäßig ihre Anruflisten und SMS durchstöberte, war kein Geheimnis. Inzwischen wusste er natürlich über alles Bescheid. Micheles Angebot, das er ihr völlig überraschend vor etwa einem Monat gemacht hatte, war einfach zu reizvoll gewesen, um es abzulehnen. Hans' erste Reaktion auf ihre Eröffnung hatte ihre schlimmsten Befürchtungen allerdings noch übertroffen: wieherndes Gelächter. Als wäre es unfassbar witzig, dass seine Frau für ein paar Wochen im Veneto bleiben und dort den Umbau eines historischen Rustico planen sollte.

»Du möchtest dich also auch mal in deinem Beruf *verwirk-*

lichen«, hatte er gegluckst. »Ausgerechnet du?« Dabei waren ihm vor Erheiterung die Tränen über die Wangen gelaufen. Wütend war er erst viel später geworden – als er gemerkt hatte, dass sie es tatsächlich ernst meinte.

Agnes versuchte, die kränkende Erinnerung an den Lachkrampf ihres Ehemannes abzuschütteln, und tippte auf das grüne Telefonhörer-Symbol. Nach dem ersten Klingeln meldete sich prompt der Anrufbeantworter: »Salve! Questa è la segreteria telefonica del Signor Michele Vianello. Al momento non …«

Enttäuscht unterbrach Agnes die Verbindung. Sie beschloss, einmal um das ganze Haus herumzulaufen, für den Fall, dass es noch einen zweiten Eingang gab. Während sie an der von blassblauen Blüten verhängten Wand und einer Reihe von getöpferten Vasen und bunten Amphoren entlangwanderte, registrierte sie, wo der alte Bau des ursprünglichen Bauernhauses endete und der neuere Teil, den nach Micheles Beschreibung der verstorbene Besitzer in den frühen Siebzigerjahren errichtet hatte, begann. Am Mauerwerk war kein Unterschied zu erkennen, aber anstelle der schmalen Fenster öffneten sich hier große verglaste Rundbogen in Richtung Tal. Dort mussten sich wohl die Werkstätten und das Atelier befinden, in denen der ehemalige Besitzer seine Kunst betrieben hatte. Vielleicht könnte man diese Fensterform für den jetzigen Umbau übernehmen, ohne dabei den Charme des traditionellen Bauernhauses zu verlieren, überlegte Agnes. So kompliziert, wie Michele meinte, dürfte die Planung nicht werden, denn die Anlage schien recht überschaubar zu sein. In zwei, maximal drei Wochen sollte einschließlich Aufmaß und Bauuntersuchung alles zu schaffen sein.

Doch nach ein paar weiteren Metern, als sie am Ende des Anwesens angekommen war, musste sie ihre erste Einschätzung revidieren. Hier, auf der Rückseite, zeigte das Haus nämlich ein ganz anderes Gesicht: Hinter einer Terrasse mit einer offenen Feuerstelle, die von einer mit Efeuranken umschlungenen Pergola beschattet wurde, erhob sich ein kleiner Turm. Davor duckte sich neben einem Mauervorsprung ein niedriger Durchgang. Was wohl dahinter verborgen lag? Selbst Agnes, die im Vergleich zu ihren langbeinigen Münchner Freundinnen nicht besonders groß war, musste sich etwas bücken, um in die dahinterliegende Kammer zu schlüpfen.

Sofort strich ihr kühle Luft um Knöchel und Arme, der Geruch von feuchtem Kalk stieg aus dem Boden. Als Agnes sich umschaute, fand sie sich unvermutet in einer kleinen Kapelle wieder, die im weichen Licht mundgeblasener Fensterscheiben vor sich hin dämmerte. Was für ein unwirklicher Ort! Von der gewölbten Decke lächelten Sonne und Mond inmitten eines üppigen Sternenhimmels zu ihr herunter. Der Altar selbst war nur unscheinbar, eher ein Tischchen, auf dem eine geschnitzte Muttergottes dem Besucher einladend ihre Hand entgegenstreckte. Agnes trat näher. Die Madonna mit den ungewöhnlich langen blonden Haaren war in ihrer Schlichtheit viel anrührender als so manches wertvolle Museumsstück, denn sie wirkte gleichzeitig lebendig und ungreifbar. Ihr Schöpfer musste bei ihrer Erschaffung an eine Frau gedacht haben, die er sehr geliebt hatte – anders konnte sich Agnes diese bewegende Wirkung der Figur nicht erklären. Zu den Füßen der Jungfrau schimmerte ein frischer Strauß Wiesenblumen in einem alten Marmeladenglas, das jemand offensichtlich erst kürzlich hier aufgestellt hatte. Daneben lag wie eine kostbare Reliquie ein vertrockneter Ölmalpinsel.

Agnes faltete unwillkürlich die Hände. Die Nervosität, die seit Tagen in ihr rumorte, war auf einmal verschwunden. Sie horchte in sich hinein – und fühlte nichts mehr als Ruhe und Gewissheit. Der in Sarkasmus verpackte Widerstand ihres

Mannes, gegen den sie sich auf den Weg gemacht hatte, wog gleich viel weniger schwer. Was sie für sich entschieden hatte, war richtig. Zum ersten Mal seit Micheles SMS konnte Agnes uneingeschränkt Freude über die Chance empfinden, die das Leben ihr noch einmal geben wollte.

Ein schmatzendes Geräusch von Erde und Steinen, in die mit großer Kraft ein Spaten gestochen wird, erinnerte sie wieder daran, dass es auch eine Welt außerhalb der Kapelle gab. Michele! Sie stürmte nach draußen und zog gerade noch im letzten Moment den Kopf ein, um ihn sich nicht am niedrigen Türsturz zu stoßen.

Die Sonne blendete sie, und Agnes konnte im ersten Moment nicht scharf sehen, aber sie hatte richtig gehört: Am Turm vorbei, etwas weiter oben am Hang, stand Michele mit dem Rücken zu ihr und schaufelte schwungvoll Erdbrocken aus dem Gelände. Sie lief den Weg zu der nächsten Gartenterrasse hinauf. An den steilsten Stellen hatte ein umsichtiger Hausbesitzer flache Steine, deren Oberflächen moosgrün gefärbt waren, anstelle von Treppenstufen gesetzt.

Knapp unterhalb von Michele, der sie bis jetzt immer noch nicht bemerkt hatte, rief sie: »Ciao, Michele!« Aber er reagierte nicht. Weil sie ihn nicht erschrecken wollte, sprach sie ihn, während sie weiter auf ihn zulief, sicherheitshalber noch einmal etwas lauter an. »Ciao!« Nun stand sie direkt hinter ihm. Michele drehte sich um.

Vor Schreck sprang sie einen Satz zurück. Fast wäre sie auf der obersten Steinstufe ausgeglitten, hätte nicht der fremde Mann, der bei genauer Betrachtung überhaupt nicht wie Michele aussah, ihren Ellbogen zu fassen bekommen.

»Piano«, sagte er. »Nicht so stürmisch.«

Agnes versuchte, ihre Balance wiederzufinden, verwirrt von dem seltsam intensiven Augenblick, in dem der Fremde sie am Arm hielt und sie musterte. Sie erwiderte den Blick. Nein, dieser Mann im verschwitzten T-Shirt war nicht Michele, so sicher, wie Javier Bardem nicht George Clooney war.

»Kann ich Ihnen helfen?« Der Mann zog fragend die Augenbrauen nach oben. Sie spürte den Nachklang seiner Stimme über ihren Rücken wandern. Diese Stimme vibrierte wie die tiefste Saite eines Cellos.

»Oh. Ja. Oder vielleicht«, stammelte Agnes auf Italienisch und konnte nicht verhindern, dass sich die Röte auf ihrem Gesicht ausbreitete. »Ich suche Signor … Signor …« Zu allem Überfluss fiel ihr ausgerechnet jetzt Micheles Nachname nicht mehr ein. Hatte er sie nicht immer irgendwie an eine Risottosorte erinnert? »Signor Vialone«, sagte sie und fühlte prompt die Hitze in ihrem Gesicht noch heißer glühen.

Der Mann mit der Schaufel lächelte. Er war nicht besonders gut rasiert, und seine Eckzähne standen eine Idee über die anderen hinaus, was ein bisschen verwegen aussah. Zweifellos gehörte auch das Auto in der Einfahrt ihm.

»Einen Signor Vialone gibt es hier nicht. Mi dispiace.« Mit den Fingerspitzen hielt er immer noch ihren Arm, obwohl Agnes längst wieder sicher auf beiden Füßen stand. »Kann ich sonst noch etwas für Sie tun?«, fragte er nun, und sie stellte erstaunt fest, dass sie sich wünschte, er würde noch weiterreden – weil seine Stimme einfach so schön war.

Er tat ihr den Gefallen. »Wozu brauchen Sie diesen Signor Vialone denn so dringend?«

Ihre Verwirrung schien ihm Spaß zu machen, und er grinste immer breiter.

»Er ist mein Auftraggeber. Ich bin die Architektin, die für ihn dieses Haus hier umplanen wird«, erklärte sie stolz, denn es fühlte sich gut an, nicht als Touristin, sondern beruflich in Italien unterwegs zu sein.

Doch der fremde Mann zog urplötzlich die Hand von ihrem Ellbogen, als hätte er sich an ihren Worten verbrannt.

Das Lächeln verschwand aus seinem Gesicht. »Ach. Sie meinen Michele *Vianello*. Und Sie sind dann wohl die Deutsche«, sagte er abfällig. Er verschränkte die Arme vor der Brust und stützte sich dabei auf den Griff der Schaufel.

Agnes war irritiert über diesen unerwarteten Stimmungsumschwung.

»Sie kennen Michele also und wissen über die Planungen Bescheid? Haben Sie dann zufällig auch eine Ahnung, wann er hierherkommt?«

Plötzlich hatte sie das Gefühl, sie müsse viel reden, um die unsichtbare Kluft, die sich gerade zwischen ihr und dem Fremden aufgetan hatte, zu überwinden.

»Nein. Ich bin hier nur der Gärtner«, antwortete er kurz. Eine kleine senkrechte Falte zog sich nun von seiner Nasenwurzel in Richtung Stirn.

»Aber dann arbeiten Sie doch auch für ihn.«

»Ich arbeite für die Gemeinde.«

»Die Gemeinde unterhält extra einen Gärtner? Aber sicher, der zauberhafte Park hier macht ja einen Großteil des Charmes aus und wird zukünftige Käufer anlocken.« Zu gern wollte Agnes das Gefühl von gegenseitiger Sympathie zurückgewinnen, mit dem das Gespräch begonnen hatte. Doch der Mann rollte sich bei jedem Wort, das sie sagte, weiter ein wie ein Farnblatt. Ausgerechnet jetzt begann auch noch ihr Handy zu singen: *»Sexbomb, sexbomb, you're a sexbomb …«* Den Song hatte ihr Lilly vor ihrer Abreise aus England mit den Worten »Damit du nicht vergisst, was alles in dir steckt, Mama!« als Klingelton eingestellt.

Agnes wurde sofort wieder rot, während sie verzweifelt in ihrer Tasche nach dem Smartphone wühlte, das immer lauter trötete, aber trotzdem nicht zu greifen war. Sie balancierte die Tasche, um besser hineinsehen zu können, auf einer hüfthohen Mauer aus Betonsteinen, die den Hang abstützte.

Endlich konnte sie das Gerät herausfischen und drehte sich damit in der Hand wieder um. Der Mann beobachtete sie immer noch reglos. Die Falte auf seiner Stirn war tiefer geworden. Inzwischen wirkte er nicht mehr verwegen, sondern grimmig.

Tom Jones sang mit rauchiger Stimme zum Hinweis: *Michaela ruft an*. Sie versteckte schnell das Display unter der freien Hand und drückte auf Annehmen.

»Agnes?«, rief Michele wie aus weiter Ferne. Die Verbindung war schlecht. Es rauschte und knackte in der Leitung.

»Endlich!«, rief sie erleichtert. »Wo steckst du?«

»Agnese, cara mia, verzeih mir! Du bist sicher schon am Haus, und ich sitze seit Stunden in einer Besprechung fest. In dreißig Minuten werde ich da sein, versprochen. Kannst du mich noch ein kleines bisschen entbehren?«

Sie schluckte ihre Enttäuschung hinunter. Das war nicht gerade die Begrüßung, die sie sich erhofft hatte. Der Gärtner starrte sie an und kniff dabei die Augen zusammen, als könnte er so mithören, was Michele zu ihr am Telefon sagte. Agnes fand die Vorstellung, noch länger allein mit diesem launischen Kerl auf dem Grundstück zu sein, plötzlich äußerst unangenehm. Darum antwortete sie: »Sicher. Aber wollen wir uns nicht lieber in einer Bar treffen?«

»Natürlich, wie du willst. Wie wäre es mit der *Pasticceria Lidia* oben in Montesassino? Direkt an der Straße, nicht zu verfehlen. Bestell dir unbedingt die Cestinelli. Ciao bella, ich freue mich so! Ciao, ciao!« Und schon hatte Michele aufgelegt.

Sie wandte sich an den Gärtner, der sie immer noch stumm anglotzte, und zuckte mit den Schultern.

»Also, dann hat sich das ja auch geklärt. Ich muss jetzt weiter.«

Möglichst lässig wollte sie ihr Handy wieder in die Tasche

gleiten lassen, stattdessen schob sie aber aus Versehen die Tasche von der Stützmauer. Der gesamte Inhalt breitete sich mit Schwung zwischen den Grashalmen aus. Lipgloss, Sonnenbrillenetui und Lesebrille, eine Packung Taschentücher, der glatt geschliffene Stein, den sie mit Lilly am Strand von Bristol gefunden hatte, ein Pfefferminzdöschen aus Blech, ein benutztes Papiertaschentuch, ein paar lose umherfliegende Tampons, eine zusammengelegte Plastiktüte und zuletzt der hässliche schwarze Knirps – eines der nützlichen Geschenke von Hans. Alles lag ausgebreitet vor ihr auf dem Boden.

Agnes legte das Handy auf der Mauer ab und bückte sich seufzend, um den ganzen Kram wieder einzusammeln. Unsicher lächelte sie nach oben. »Wie ungeschickt von mir.«

»Wie man es nimmt. Ihr Telefon haben Sie übrigens gerade in der Mauer versenkt. Und jetzt müssen Sie mich entschuldigen. Ich habe zu tun.«

Der Mann hob die Schaufel und drehte ihr demonstrativ den breiten Rücken zu. Dann stach er so heftig auf die Erde in dem Beet unter seinen Füßen ein, als gälte es, einen Schatz zu finden.

Verzweifelt sprang Agnes auf und tastete die Mauer ab. Jetzt erst fiel ihr auf, dass die Betonsteine röhrenförmige Löcher hatten, die nur nachlässig mit Zement verspachtelt waren. Im größten von diesen musste ihr Handy stecken, genau wie der unfreundliche Typ gerade angemerkt hatte – denn in der Wiese vor und hinter dem Mäuerchen war es nirgends zu finden. Obwohl sie sich bei der Vorstellung, was für ekelhaftes Getier im feuchten Dunkel sitzen und darauf warten könnte, sie in die Finger zu stechen, furchtbar grauste, steckte sie vorsichtig die Hand in den Hohlraum. Aber außer Spinnweben und etwas Glitschigem, das hoffentlich nur aus vermoderten Blättern bestand, ertastete sie nichts. Das Handy musste zu tief nach unten gerutscht sein. Nach ein paar weiteren Versuchen gab sie auf. In Gedanken verfluchte sie den Hornochsen von Maurer, der die Steine so ordentlich übereinander mit den Öffnungen nach oben gesetzt hatte, dass es möglich war, einen Gegenstand über einen halben Meter tief in der Mauer verschwinden zu lassen. Verdammt! Wie sollte sie die kommenden Tage ohne ihr Smartphone überstehen? Sie brauchte es doch, um sich mit Michele zu verabreden, Lillys englische Nummer war darin gespeichert – und was Hans sagen würde, wenn sie nicht erreichbar wäre, wollte sich Agnes lieber gar nicht erst vorstellen. Sie hätte losheulen können. Einzig die Anwesenheit des schlecht rasierten Rüpels hielt sie davon ab. Au weia! Ihre Reise ins Veneto fing ja noch schlimmer an, als Hans ihr prophezeit hatte.

2

Tarcento, Friaul. April 1925

Die pfauchende Schmalspurbahn zuckelte gemächlich durch Wiesen voller Klee und durch Felder, auf denen die frischen Maispflanzen gerade die ersten zartgrünen Spitzen aus der Erde streckten. Sie hielt ächzend bei jedem Bahnhöfchen und wartete geduldig, bis manche der Fahrgäste aus- und dafür andere Reisende eingestiegen waren. Elisa kam es trotzdem vor, als würde die alte Dampflok rasend schnell durch die hügelige Landschaft fahren. Wie aufregend das alles war! Heute würde ihr neues Leben beginnen, und sie wusste gar nicht recht, ob sie Angst haben oder sich freuen sollte.

Sie drückte sich fest an die Nonna, den Kopf an ihren kräftigen Oberarm gelehnt, und linste abwechselnd durch das Fenster und auf ihre Reisegefährtinnen. Ihnen gegenüber im Abteil saßen seit Fagagna zwei Bäuerinnen mit großen Körben, die mit unzähligen Salamis und Käselaiben gefüllt waren. Aus einer Pappschachtel zu ihren Füßen unter der Sitzbank hörte Elisa das Scharren und Fiepen von zarten Stimmchen. Es waren zwei Dutzend Küken. Die beiden Frauen hatten sie ihr gezeigt, gleich nachdem sie zugestiegen waren, und sie hatte mit den Fingerspitzen über die flaumigen gelben Bällchen streicheln dürfen, bevor der Deckel über ihnen geschlossen worden war. Schweigend hatten die Reisenden die nächsten Kilometer zurückgelegt, eine jede in Gedanken versunken. Doch nun suchte die ältere der beiden Frauen, jene, die Elisa an den geschnitzten Nussknacker von ihrem Zio Gigi erinnerte, mit der Nonna das Gespräch.

»Fahrt Ihr auch auf den Markt nach Udine?«

Die Nonna seufzte tief, bevor sie antwortete.

»Schön wär's. Aber nein, ich bringe meine Enkelin zu meiner Base. Dort wird sie als Magd in den Dienst gehen.«

»Sie ist doch höchstens elf! Auch wenn die Zeiten hart sind, das ist zu jung«, sagte Frau Nussknacker, schüttelte den Kopf und klappte noch ein paarmal den Mund auf und zu.

»Ich werde bald zwölf und kann gut arbeiten«, wandte Elisa ein, denn sie wusste, dass die Großmutter wie die fremde Frau dachte, und sie wollte nicht, dass jemand noch mehr in ihrem Schmerz herumbohrte.

Die Nonna streichelte ihr über den Kopf.

»Ist mein Mädchen nicht tapfer?«, fragte sie in die Runde, und Elisa hörte ihrer Stimme an, dass sich ihre Augen wieder mit Tränen gefüllt hatten. »Wird schon gut gehen«, setzte die Nonna nach, so wie sie es in den letzten Wochen, seitdem der Brief von Signora Visentin gekommen war, bestimmt ein Dutzend Mal am Tag gesagt hatte.

Die andere Frau, die mit der Igelnase, sagte: »Ein so schönes Kind wird gut behandelt werden, da müsst Ihr euch doch keine Sorgen machen.«

»Jesus, Maria und Josef. Euer Wort in Gottes Ohr«, flüsterte die Nonna und bekreuzigte sich hastig.

Und Elisa fragte sich, ob die Großmutter die freundlich gemeinten Worte der mitreisenden Frauen wirklich als Beruhigung empfand.

Am späten Nachmittag, nachdem sie in Udine umgestiegen und dann am Bahnhof von Sacile von einem Fuhrwerk, das die Signora geschickt hatte, abgeholt worden waren, erreichten Elisa und ihre Großmutter ihr Ziel, den Borgo Visentin. Der alte Knecht, der das Gefährt lenkte – er hatte sich bei der Begrüßung mit dem lustigen Namen Meni vorgestellt –, ließ die Zügel locker und lehnte sich entspannt zurück. Die beiden Braunen trabten nun ganz von allein die lange Pappelallee zum Gutshaus hinauf.

»Sie wissen, wo sie das beste Heu im ganzen Veneto bekommen«, brummte Meni freundlich und zwinkerte Elisa über die Schulter hinweg zu.

Die Großmutter sagte inzwischen gar nichts mehr, sondern umklammerte nur fest ihre Handtasche auf dem Schoß. Mit jedem Kilometer, den sie Elisas zukünftigem neuen Zuhause näher gekommen waren, hatte sie weniger gesprochen. Was macht ihr wohl so viel Angst?, überlegte Elisa und hakte sich bei der Nonna unter. Um sie aufzumuntern, redete Elisa ihr jetzt selbst leise zu: »Wird schon gut gehen.«

Da löste die Großmutter die rechte Hand, deren Knöchel schon ganz weiß geworden waren, vom Taschengriff und legte sie über Elisas Handrücken. So fuhren sie gemeinsam durch das dunkle Tor, von dem Meni sagte, dass es immer gut verschlossen sein musste, damit das Hündchen der Signora nicht davonlaufen könne, und Elisa blieb vor Staunen der Mund offenstehen.

Vor ihr erstreckte sich ein weiter, sauber gefegter Hof, der von drei Seiten durch verschiedene Wirtschaftsgebäude und einem vornehmen Herrenhaus auf der vierten Seite begrenzt wurde. Zwischen den Bauwerken verschlossen hohe Mauern den Blick auf die Landschaft. Elisa fühlte sich plötzlich sehr klein. Nicht nur, dass das Anwesen viel, viel größer war als das bescheidene Gehöft, das die Großeltern in Zuglio gepachtet hatten, nein, alles wirkte so aufgeräumt und tot. Keine Blumen blühten vor den Wänden, kein wilder Wein rankte über die Mauern dem Himmel entgegen. Nur zwei stark zurückgestutzte Oleanderbäumchen standen in Terrakottatöpfen vor der Eingangstür der Villa stramm. In der Hoffnung, etwas Lebendiges zu entdecken, sah sich Elisa weiter um. Da erblickte sie im Schatten vor einem der größeren Gebäude eine unheimliche Riesenspinne mit seitlich ausgestreckten Eisenarmen, aus denen scharfe Krallen wuchsen.

»Was ist das?«, fragte Elisa atemlos und zeigte darauf. So ein Ding hatte sie noch nie gesehen.

»Das ist ein Mähbinder von McCormick.« Meni schien sich über ihr Interesse zu freuen, auch wenn die Großmutter streng die linke Augenbraue nach oben zog – wie immer, wenn sie Elisa zu vorlaut fand. Stolz fuhr der Knecht fort: »Damit binden wir ungefähr zehnmal so viel Garben wie zwanzig Männer in der gleichen Zeit. Signor Visentin hat ihn extra aus England kommen lassen.«

Die Nonna drückte Elisas Hand. »Siehst du, es ist, wie ich gesagt habe. Die Visentins sind reich, sehr reich, sie können sich die modernsten Maschinen leisten, die die Arbeit viel leichter machen. Es wird dir hier gut ergehen.«

»Hoo«, rief Meni den Pferden zu, und eine Sekunde später hielt das Fuhrwerk an. Er zog die Handbremse, sprang geschickt von seinem Sitz und hob erst die Nonna und dann Elisa herunter auf den Boden.

»Hier hinein«, sagte er und lud sie dann mit einer Handbewegung ein, ihm ins Wohnhaus zu folgen. »Die Signora erwartet euch im Salotto.«

Elisa betrat an der Hand der Großmutter einen gewölbten Flur, in dessen Putz seltsame Bilder aus Stein eingelassen waren. Sie entdeckte geflügelte Löwen, Schwerter, Boote und Rosen – später erst, wenn sie den kalten Marmor vorsichtig abstauben musste, sollte sie erfahren, dass es sich dabei um die Wappen der Familien handelte, von denen die Visentins abstammten. Zwischen den bunten Steintafeln verschlossen lauter gleichaussehende Türen aus schwarzem Holz die zahlreichen Zimmer dahinter. Meni klopfte an eine von ihnen, und Elisa wunderte sich, woher er so sicher wusste, dass es die richtige war. Noch bevor eine Antwort erklang, drückte er die Klinke hinunter, schob sie und die Nonna eilig in den Raum und schloss schnell die Tür hinter ihnen, ohne selbst einzutreten.

Elisa musste sich erst an die Dunkelheit gewöhnen, die Fenster lagen hinter schweren Vorhängen verborgen. Dann erkannte sie eine alte Frau. Sie saß auf einem dick gepolsterten Lehnstuhl, der mit blutrotem Stoff bezogen war. So etwas Vornehmes hatte Elisa nur einmal, nämlich im Haus des Pfarrers, gesehen. Die Alte streckte die Finger nach ihr aus. Elisa musste unwillkürlich an die unheimliche Maschine im Hof denken. Obwohl sie nicht so viele Arme hatte, wirkte auch die Frau in ihren schwarzen Kleidern ein bisschen wie eine Spinne.

Die Großmutter räusperte sich. »Gott segne dich, liebe Base«, sagte sie, und ihre Stimme klang belegt.

»Meine liebe Angioletta! Du bringst mir also das Mädchen«, erwiderte die Alte den Gruß. »Komm näher, Kleine, begrüße mich.«

Diese letzten Worte galten Elisa. Sie wusste natürlich, was sie zu tun hatte, doch sie konnte sich erst überwinden, dem Befehl zu folgen, als ihr die Nonna einen sanften Schubs gab. Mit gesenktem Blick schritt Elisa auf ihre zukünftige Herrin zu, die nun etwas ungeduldig forderte: »Näher, mein Kind, damit ich dich besser sehen kann.«

Damit ich dich besser fressen kann, kam es Elisa unwillkürlich in den Sinn, so sagte der Wolf doch zu Cappuccetto Rosso, und dann verschlang er es mitsamt Haut und rotem Mützchen! Trotzdem wagte sie sich noch einen zögernden Schritt heran. Plötzlich schoss ein braun-weiß gefleckter kleiner Hund unter dem Rock von Signora Visentin hervor und kläffte Elisa an. Sie sprang entsetzt zurück.

»Basta, Pupo!«, schimpfte die Signora, beugte sich überraschend beweglich nach vorn und hob das Hündchen auf ihren Schoß. »Du schlimmer, schlimmer Hund! Das ist Elisa, sie wird jetzt bei uns arbeiten.«

Winselnd legte Pupo den Kopf schief und stellte ein Ohr auf. Elisa sah jetzt, dass er noch sehr jung war. Es kam ihr vor, als würde er sein Frauchen angrinsen.

Signora Visentin lächelte gerührt. »Schaut euch diesen Schauspieler an! Mit diesem Blick wickelt er mich jedes Mal um den Finger.« Sie zog aus ihrer Rocktasche so etwas wie einen sehr hart gebackenen Biscotto und gab ihn Elisa. »Damit kannst du Pupo füttern. Er tut dir nichts.«

Elisa nahm das Gebäck entgegen, dann streckte sie Pupo vorsichtig den Keks hin, der ihn ihr mit spitzen Zähnen sofort aus der Hand schnappte. Sie bemühte sich, ihre Finger nicht zu schnell zurückzuziehen. Die Signora sollte nicht denken, dass sie ängstlich sei.

»Siehst du? Schon seid ihr Freunde«, sagte die Signora zufrieden und setzte den Hund wieder auf den Boden. Daraufhin winkte sie Elisa seitlich an ihren Sessel, fasste sie ans Kinn und hob ihr Gesicht hoch. Elisa musste ihre Herrin nun gezwungenermaßen ansehen, und von Nahem betrachtet, wirkte sie gar nicht mehr so alt – eigentlich sogar um einiges jünger als die Nonna. Sie hatte viel weniger Runzeln um die dunklen Vogelaugen. Doch die Haut auf ihren Wangen wirkte steif und trocken wie das Papier von Nonno Bernabos Bibel.

Signora Visentin betrachtete Elisa gründlich, dazu streckte sie den Hals etwas nach vorn und verengte die Augen zu schmalen Schlitzen. »Du bist gesund, und deine Zähne sind in Ordnung?«, fragte sie.

»Aber natürlich«, antwortete die Nonna schnell, bevor Elisa etwas erwidern konnte. Die Großmutter war nun auch herangetreten und wirkte empört über die Frage.

»Aber mager ist sie, die arme Kleine. Und nicht besonders groß für ihr Alter«, sagte die Signora nachdenklich, als hätte sich Elisa ihre schmächtige Figur freiwillig ausgesucht. »Eine große Hilfe wird sie uns kaum sein können, bis ich sie aufgepäppelt habe. Aber natürlich werde ich meine Pflicht der Nächstenliebe erfüllen, liebe Angioletta, und das Mädchen hierbehalten. Du tust mir ja so leid, dass deinem Mann dieses … Missgeschick passieren musste.«

Missgeschick. Elisa spürte, wie die Nonna neben ihr zu zittern begann. Nachdem die Squadristi Nonno Bernabo vor einem Vierteljahr zu Brei geprügelt hatten, bis kein Knochen mehr heil und sein Körper eine einzige blutende Wunde war, in dem selbst seine Angehörigen den Toten kaum hatten erkennen können, musste die Nonna immer noch bitter weinen, wenn sie jemand an das schreckliche Verbrechen erinnerte.

Signora Visentin schien gar nicht zu bemerken, wie sehr sich die Nonna um Haltung bemühte, und sprach unbekümmert weiter. »Base, ich bedaure dich von Herzen! Ich weiß, es ist nicht deine Schuld, dass sich dein Rizzi den Sozialisten angeschlossen hat. Trotzdem muss ich dich bitten, in Zukunft erst einmal nicht mehr hierherzukommen – es wäre einfach … nicht passend.«

Elisa war entsetzt. Die Nonna sollte sie nicht besuchen dürfen? Sie hatte versprochen, jeden Monat nach ihr zu sehen. Mit »in Zukunft erst einmal« meinte die schreckliche Frau doch bestimmt »nie mehr«? Elisa konnte doch nicht einfach für immer allein bei diesen Fremden bleiben!

Aber die Großmutter würde ihrer Base schon die Meinung sagen, beruhigte sie sich. Und sie im Zweifel wieder mit sich nach Hause nehmen.

»Natürlich, ich verstehe«, sagte die Nonna bebend. »Du wirst es sicher nicht bereuen, Alfonsina, wenn du meine Kleine erst richtig kennengelernt hast. Sie sieht vielleicht nicht so aus, aber sie kann zupacken, ist fleißig und blitzgescheit. Ja, wirklich, sie ist viel klüger als die anderen Mädchen in ihrem Alter.«

Elisa sackte in sich zusammen. Was sagte die Nonna da? Warum wehrte sie sich denn kein bisschen gegen die Vorschriften, die ihr diese hässliche schwarze Krähe machen wollte?

Die Signora runzelte angesichts der Worte der Großmutter verächtlich die Stirn, was diese jedoch nur anspornte, weiter Elisas Vorzüge zu betonen.

»Sie hat wirklich ganz besondere Anlagen. Meine Maddalena, Gott hab sie selig, wollte mir seinen Namen nie verraten – doch ich bin sicher, dass einer der berühmten Schriftsteller, die bei der Gräfin von Thurn und Taxis auf Schloss Duino ein und aus gehen, Elisas Vater ist.«

»Was aber leider doch nichts daran ändert, dass deine Tochter ein gefallenes Mädchen war und das Kind ein Bastard ist«, unterbrach Signora Visentin sie kühl. Dann, ganz unerwartet, rief sie laut: »Andrea?«

»Eh?«, klang es aus einer Ecke des Raums, wo mehrere Stühle um einen ovalen Tisch standen. Dahinter erkannte Elisa ein Sofa. Anscheinend hatte dort die ganze Zeit über jemand gelegen – zu sehen war er hinter der langen Tischdecke jedoch nicht gewesen. Seine Stimme war weder die eines Kindes noch die eines Mannes.

»Mach dich nützlich, und führ unsere neue Magd über das Anwesen«, befahl die Signora. »Das Haus und ihren Schlafplatz zeige ich ihr später selbst.«

Ächzend erhob sich ein Junge von seinem versteckten Ruheplatz und schlenderte lässig zu ihnen herüber. Elisa beobachtete seine Bewegungen, die sie an einen Kater erinnerten. Er streckte ihr den Ellbogen hin wie ein Kavalier, der eine vornehme Dame ausführen möchte.

»Ob die Signorina wohl die Güte hätte, mich zu begleiten?«

Sie war verunsichert. Meinte er das etwa ernst?

»Andrea!«, tadelte die Signora den Jungen, aber sie lächelte ihn dabei liebevoll an. »Benimm dich deinem Stand gemäß. Mach mir bloß keine Schande!«

Der Junge grinste die Frau an und nickte. Dann wandte er sich wieder Elisa zu. »Also komm. Und wenn ich dich etwas frage, dann antwortest du mit ›Ja, Signor Andrea‹ oder ›Nein, Signor Andrea‹«, befahl er Elisa, wobei er ihr heimlich zuzwinkerte, und nachdem ein kaum merkliches Nicken der Großmutter sie ermuntert hatte, folgte sie ihm auf den Hof hinaus.

»Mutter möchte nicht, dass wir uns mit der Dienerschaft befreunden«, erklärte er und blinzelte. Anscheinend musste auch er sich erst an die Helligkeit gewöhnen. Seine Augen waren kornblumenblau und standen in einem hübschen Kontrast zu den dunkelbraunen Haaren. Elisa fand, dass er sehr schön aussah. Sie bemerkte auch, wie fein der Stoff seines Anzugs war, und schämte sich sofort für das grobe Leinen, aus dem ihr Kleid genäht war.

»Wie alt bist du?«, wollte er wissen.

»Zwölf«, antwortete sie, obwohl es nicht ganz stimmte, sie würde ja erst in drei Wochen Geburtstag haben.

»Ich bin schon fünfzehn. Aber leider habe ich einen älteren Bruder, und darum werde ich das Gut nicht erben. Außer Arturo stirbt rechtzeitig.«

Elisa schwieg. Was sollte sie auch darauf antworten?

Andrea ging neben ihr über den Hof und zeigte dabei auf die Gebäude.

»Hier sind die Kuhställe, und das ist der Getreidespeicher. Hinter den Toren stehen die Maschinen fürs Feld. Daneben ist die Remise mit den Kutschen, da parkt normalerweise auch unser Automobil. Ich kann es dir leider nicht vorführen, Papà ist heute mit Arturo nach Venedig gefahren. Es ist ein Lancia Lambda, das neueste Modell. Einzelradaufhängung, selbsttragende Karosserie und hydraulische Stoßdämpfer.«

Er machte eine erwartungsvolle Pause, und Elisa nickte beeindruckt und formte ein »O« mit den Lippen, dabei wusste sie gar nicht, was Stoßdämpfer sein sollten. In Zuglio hatte niemand ein Automobil.

»Willst du den Pferdestall sehen?«

»Ja, Signor Andrea«, sagte Elisa und freute sich, als er bei ihrer Antwort zufrieden lächelte.

»Ich sehe, du bist gelehrig. Das gefällt mir.«

Im Stall erwartete sie ein vertrauter warmer Dampf. Auch wenn die Pferde der Visentins zahlreicher und bestimmt edler als die zwei Maultiere ihrer Großeltern waren, der Geruch von Fell, Heu und Mist war doch überall gleich. Elisa überschlug, dass hier mindestens acht Tiere untergebracht sein mussten. Ein schmächtiger Junge, der am Ende der Stallungen stand, bürstete bedächtig einen der beiden Braunen, die zuvor den Wagen gezogen hatten.

»Dort am Putzplatz arbeitet Davide, er ist unser neuer Stallbursche. Mal sehen, was er wieder falsch macht«, erklärte Andrea und ging auf den Jungen zu.

Elisa schlenderte ihm mit etwas Abstand hinterher.

Nachdem Andrea einen Augenblick Davides Tun beobachtet hatte, der unter dem kritischen Blick seines Herrn hektisch begonnen hatte, schneller mit dem Striegel über den runden Pferdebauch zu kreisen, fasste Andrea dem Tier unter die Achsel. Dann klatschte es laut. Elisa hatte gar nicht mitbekommen, wie Andrea Davide geohrfeigt hatte, so schnell war alles passiert. Aber dann sah sie deutlich, wie sich die Form der Finger seines Herrn erst weiß auf der Wange des Stallburschen abzeichnete, um sich danach mit leuchtendem Rot zu füllen.

»Wie oft habe ich dir gesagt, dass du die Pferde erst ordentlich trocken reiben sollst, bevor du mit dem Striegeln beginnst?«, schrie Andrea zornig, packte ein Büschel Stroh und warf es Davide ins Gesicht. »Tro-cken!«

Elisa konnte sehen, wie Davide versuchte, die Tränen zu unterdrücken. Er tat ihr leid, er war sicher nicht älter als sie selbst, wahrscheinlich eher zehn, und Elisa kam sich auf einmal sehr erwachsen ihm gegenüber vor.

»Lass uns weitergehen, sonst platzt mir vor Wut über diesen Baccalà noch der Kragen!«

»Ja, Signor Andrea«, sagte sie, und diesmal meinte sie es nicht mehr so heiter wie zuvor. Im Hinausgehen sah sie zurück zu Davide, der nun stumm und mit glühenden Striemen auf der Wange den Braunen mit Stroh abrieb. Doch er erwiderte ihren Blick nicht.

Andrea schimpfte noch etwas vor sich hin, aber als er sich ihr auf dem Hof zuwandte, lächelte er schon wieder ganz freundlich. Er hob unvermutet die Hand, nahm einen ihrer langen Zöpfe zwischen die Finger und drehte ihn nachdenklich. Elisa war nach dem Erlebnis im Stall bei Andreas Bewegung wohl unwillkürlich etwas zurückgezuckt, denn er sagte beruhigend: »Keine Angst, ich schlage doch keine Mädchen.« Er kitzelte sie mit dem Zopfende an Kinn und Nase. »Mit dir möchte ich gern etwas anderes machen. So eine hübsche Blonde wie dich hatten wir noch nie. Du gefällst mir.«

Als Elisa, die nicht verstand, wovon er sprach, ihn nur unsicher anblickte, zog er sie an ihrem Zopf sanft näher zu sich heran. »Meine Mutter sagt, du seist die Tochter einer Zoccola. Also hast du doch bestimmt schon Erfahrung mit …?«

»Ich weiß nicht, wovon Ihr sprecht, Herr«, antwortete Elisa schnell und schlug die Augen nieder. Wovon redete dieser Junge, der so nett sein konnte und im nächsten Moment so grausam? Sie wollte so schnell wie möglich zurück zur Nonna.

Andrea ließ ihren Zopf fallen. »Nun tu nicht so unschuldig. Oder weißt du etwa wirklich nichts von Tac-tac, Bumm-bumm?« Er schlug zu den komischen Lauten die flache Handfläche der einen leicht auf die Faust der anderen Hand.

Elisa verwirrte das immer mehr.

»Die ist ja tatsächlich völlig naiv«, murmelte Andrea unzufrieden vor sich hin. Plötzlich leuchteten seine Augen auf, als hätte er einen guten Einfall. »Moment mal! Ich zeige dir etwas, was dir gefallen wird«, rief er, packte Elisa am Handgelenk und zog sie eilig hinter sich her. Auch wenn ihr nicht ganz geheuer war, es hatte keinen Sinn, sich zu wehren. Sie spürte am festen Griff seiner Finger, dass er sie nicht gehen lassen würde.

Im Laufschritt zerrte Andrea sie quer über den Hof zu der Ecke, die das Herrenhaus und der angrenzende Kornspeicher bildeten. Hier, an der schmalen Seite des Lagers, war ein großer überdachter Käfig angebaut. Ein Gitter aus Maschendraht reichte auf der Vorderseite vom Boden aus gestampftem Lehm bis zur Regenrinne. Durch eine Ziegelwand in der Mitte wurde der Käfig in zwei Bereiche getrennt.

»Das sind unsere Hundezwinger, schau!«, sagte Andrea und zog sie am ersten leeren Raum vorbei. »Hier leben Piramo und Tisbe. Arturo hat ihnen die komischen Namen gegeben, weil sie ihn an das Liebespaar bei Ovid erinnern. Aber den kennst du natürlich nicht.«

Elisa schüttelte verschämt den Kopf. Sie war nie in die Schule gegangen.

Andrea erzählte ihr die Geschichte: »Piramo und Tisbe lebten in zwei benachbarten Häusern. Sie liebten sich, doch ihre Eltern hatten ihnen verboten, sich zu treffen. So konnten sie immer nur durch einen Spalt in der Mauer miteinander reden wie unsere Schäferhunde hier. Ab dann passt der Vergleich nicht mehr so gut, denn während es mit Piramo und Tisbe in der Geschichte ziemlich übel ausging, lässt Mutter ihre Köter wenigstens an bestimmten Tagen im Jahr zusammen.«

Elisa sah sich um. Es stank nach Hundekot, und sie erblickte die schwarzen Haufen, die überall verteilt lagen, bevor sie die Tiere selbst entdeckte, die sich in die Ecke, die die gemauerte Rückwand des Zwingers und eine Hundehütte aus Holz bildeten, drängten. Erst dachte sie, es seien drei Tiere. Sie sah hauptsächlich schwarzbraunes Fell und Beine, die sich ineinander verknäuelt hatten, aber dann erkannte sie, dass es zwei große Hunde waren. Einer der beiden sprang den anderen immer wieder an, während der andere versuchte, knurrend unter ihm wegzuschlüpfen. Dabei drehten sich beide wie Betrunkene im Kreis.

»Warum streiten sie?«, wollte Elisa von Andrea wissen.

Er begann zu kichern, und seine Stimme überschlug sich dabei. »Du hast wirklich von nichts eine Ahnung, was? Piramo und Tisbe streiten nicht. Sie machen Kinder. Pass gut auf, damit du nichts verpasst!«

Elisa hatte nie so etwas gesehen – nur einmal, da war beim Zio Gigi der Nachbar mit seinem Bullen gewesen, damit die Kuh wieder ein Kälbchen bekam, aber die Nonna hatte Elisa schimpfend aus dem Stall gezogen, noch bevor die Männer die beiden Tiere zusammenführen konnten.

Nun starrte sie auf die zwei Hunde, während Andrea kommentierte, was sich vor ihnen abspielte.

»Mamma züchtet Deutsche Schäferhunde und verkauft

sie. Sie hat Piramo, das ist der größere, heute Morgen in den Zwinger gelassen. Tisbe ist nämlich in der heißen Phase.«

Der Hund, der Piramo sein musste, rollte über die Schulter, weil Tisbe ihn mit einer schnellen Drehung abgeworfen hatte. Er schüttelte sich und lief wieder zu Tisbe hin, dann folgte er ihr, mit der Schnauze direkt an ihrem Hinterteil. Tisbe knurrte und schnappte nach ihm, aber er ließ sich nicht vertreiben.

Ein seltsamer Tanz, fand Elisa.

»Sie hat genug von ihm. Heute hat er sie sicher vier-, fünfmal gedeckt«, erklärte Andrea weiter.

Elisa spürte die Aufregung, die den jungen Herrn ergriffen hatte. Plötzlich sprang Piramo wieder von hinten auf Tisbe, die sofort versuchte, ihn zu beißen. Durch die schnelle Bewegung rutschte Piramo erneut ab und fiel zur Seite. Elisa sah jetzt an seinem Bauch zwischen den seidigen hellbraunen Haaren einen rot glänzenden Auswuchs hervorragen, feucht und geschwollen sah er aus.

»O Gott, hat er ein Geschwür?«, fragte sie entsetzt und schlug sich die Hand vor den Mund.

Andrea lachte laut auf, und irgendetwas an diesem quietschenden Ton ließ sie erschauern. »Das ist sein Schwanz! Den muss er ihr reinstecken, damit er seinen Samen in sie spritzen kann.« Dann rief er in Richtung der Hunde: »Los, Piramo, zeig's der alten Schachtel noch mal!«

Elisa fühlte einen Druck unterhalb der Kehle, als ob sie gleich spucken müsste. Die Worte, die Andrea gerade benutzt hatte, kannte sie nicht, aber auch so ahnte sie, was sie bedeuten sollten, und sie spürte, dass es Worte waren, für die die Nonna Andrea sicher den Hintern versohlen würde.

Sie wandte den Kopf zur Seite. »Ich glaube, ich habe genug gesehen«, meinte sie vorsichtig und versuchte, sich an Andrea vorbeizudrücken. Doch der Junge erlaubte ihr nicht zu gehen. Er packte sie an den Oberarmen.

»Du musst bleiben. Das Beste kommt erst noch«, sagte er, drehte sie zurück zum Zwinger und stellte sich dicht hinter sie, sodass sein Bauch ihren Rücken berührte. Dabei fasste er mit den Händen links und rechts von ihr an das Gitter, sodass ihr nichts anderes übrig blieb, als wieder auf die beiden Hunde zu schauen.

Piramo war es nun gelungen, auf Tisbe zu springen und sich auf ihr zu halten. Er umklammerte mit den Vorderpfoten ihren Körper und drückte sich mit dem Hinterteil an ihres. Elisa sah zwischen ihnen das rot glänzende Etwas aufleuchten, was Andrea »den Schwanz« genannt hatte. Tisbe versuchte immer noch, sich zu wehren, aber Piramo klammerte sich mit aller Kraft an sie. Nun berührte er nur noch mit den Spitzen seiner Pfoten den Boden. Plötzlich begann er seltsam mit den Hüften zu zucken, als bekäme er scheußliche Krämpfe.

»Jetzt hat er sie!« Andrea schlug sich mit der Faust in die flache Hand. »Bravo, Piramo! Weiter so!«

Als hätte er die Aufforderung verstanden, bewegte sich Piramo immer schneller. Tisbe hingegen senkte den Kopf, sie leistete keinen Widerstand mehr. Sie hielt einfach nur still – aber glücklich wirkte sie nicht.

»Tut es ihr weh?« Elisas Stimme war belegt. Sie schluckte. Die Übelkeit drückte schwer gegen ihren Kehlkopf.

»Ach wo! Erst ziert sie sich und jammert, aber eigentlich gefällt es ihr. So seid ihr Weiber doch alle«, antwortete Andrea und lachte wieder dreckig.

Piramos Stöße wurden jetzt langsamer, seine Zunge hing dümmlich zwischen seinen Lefzen heraus.

Mir würde so etwas bestimmt nicht gefallen, dachte Elisa und fühlte, wie eine Träne heiß und nass über ihre rechte Wange wanderte. Niemals.

Piramo bewegte sich nun kaum mehr, seine Pfoten lösten

die Umklammerung, und Tisbe wollte die Gelegenheit nutzen und ihn abwerfen – doch da jaulte sie voller Schmerz auf und hielt in der Bewegung inne. Piramo strampelte auf ihrem Rücken, verdrehte hilflos den Körper. Er winselte, versuchte, über Tisbe zu steigen, und irgendwie gelang es ihm, den Hinterlauf an ihrem Rücken vorbeizuschieben. Er konnte sich nun umdrehen, aber die beiden Schäferhunde klebten nun mit den Hinterteilen aneinander, als würde sie ein unsichtbares Band zusammenzuhalten. Tisbe verharrte still, aber Piramo winselte und wand sich und versuchte mit der Schnauze, an sein hinteres Ende zu gelangen, das immer noch an der Hündin festzuhängen schien.

Elisa sah fragend zu Andrea auf, der den Blick kaum von dem grässlichen Bild lösen mochte. »Warum kleben sie so komisch zusammen?«

»Sein Schwanz hat an der Spitze einen Haken. Erst wenn er abgeschwollen ist, kann er wieder aus ihr heraus.«

»Wie lange dauert das?«, fragte sie betroffen.

»Mindestens eine halbe Stunde, vielleicht noch länger.«

»O mein Gott«, sagte Elisa leise.

Andrea musterte sie grinsend. »Ich wusste doch, dass du das hier interessant finden würdest.« Dann spitzte er die Lippen und pustete sie an. Sein Mund berührte fast den ihren, als er sagte: »Und du musst keine Angst haben, wenn ich mal Tac-tac, Bumm-bumm mit dir mache. Meiner hat keinen Widerhaken.«

3

»Salve!« Die rosige Frau hinter der blank polierten Theke strahlte Agnes erfreut an und fügte weltmännisch hinzu: »Hello! Welcome!« Offensichtlich hatte sie Agnes sofort angesehen, dass sie keine Italienerin war.

Agnes freute sich. Zum ersten Mal seit ihrer Ankunft wurde sie von jemandem voller Herzlichkeit begrüßt. Der Duft von Vanille, Anis und geschmolzener Schokolade machte ihr sofort Appetit. Aus einer Glasvitrine funkelten ihr bunt glasierte Kuchen und Gebäckteilchen wie Schmuckstücke entgegen. Seit dem etwas frostigen Abschiedsfrühstück mit Hans hatte sie nichts mehr gegessen. Sie dachte an Micheles Empfehlung und bestellte sich mit verschiedenen Sahnecremes gefüllte Cestinelli und einen Cappuccino. Der erste Teil der Bestellung wurde problemlos akzeptiert, beim Getränk rümpfte die Frau hinter der Theke jedoch die Nase.

»Cappuccino? But not now!«, sagte sie immer noch auf Englisch und schaute geschmerzt wie ein 5-Sterne-Koch, dessen Suppe von einem Gast noch vor dem Probieren mit Maggi gewürzt wird. »Where do you come from?«

»Vengo da Monaco. München in Bayern«, antwortete Agnes. »Deswegen schmeckt mir Cappuccino auch den ganzen Tag über. Unsere Kaffeegepflogenheiten sind anders als die italienischen, ich weiß schon – ich habe eine Zeitlang in Rom gelebt.«

Die Frau hatte inzwischen geschäftig an ihrer silbern glänzenden Gaggia hantiert, doch jetzt streckte sie Agnes die Hand hin und sagte in einem sehr lustigen Deutsch: »Guter Tag. Mein Name ist Lidia, und ik liebe Munken! Wie heißt du?«

Agnes lachte und stellte sich ebenfalls vor. Lidia erzählte – nun wieder in ihrer Sprache – von ihren Besuchen in der bayrischen Metropole. »Mein Mann und ich waren schon zweimal beim Bierfest. Und das Oofbrau-aus haben wir auch besucht! Willst du dich setzen?« Sie zeigte auf die drei verwaisten Tischchen am Fenster. »Ich bringe dir gleich deinen Caffè.«

»Danke. Aber nach der langen Fahrt bleibe ich gern ein bisschen stehen.« Agnes lehnte sich an die Theke und nahm einen Teller mit drei hauchzarten Mürbeteigtörtchen entgegen. Die Frau füllte ein Tässchen mit Mokka und gab einen kleinen Schuss Milchschaum dazu. Cappuccino konnte man diesen verlängerten Espresso wirklich nicht nennen, aber Agnes wollte nicht nörgeln.

»Was hast du denn in Rom gemacht?«, fragte Lidia, während sie die Zuckerdose über den Tresen schob.

»Ich habe dort während meines Architekturstudiums vier Auslandssemester verbracht.«

Lidia nickte beeindruckt. »Lass mich raten. Du hast dich dort verliebt und bist jetzt gerade auf der Durchreise zu deinem Ragazzo?«

Agnes lachte. »Nein. Ich bin wegen eines Auftrags hier. Und ich habe bereits einen deutschen Ehemann und eine Tochter.«

Lidia patschte die Hände zusammen. »Una bambina, wunderbar! Wie alt ist die Kleine denn?«

»Kleine ist etwas untertrieben. Lilly wird im September siebzehn.«

»So eine junge Mamma! Das glaube ich nicht«, rief Lidia.

Sie schien aufrichtig überrascht zu sein, und Agnes schmeichelte das Kompliment.

»Doch, wirklich«, sagte sie. »Lilly ist jetzt beinahe erwachsen. Sie hat gerade ihren Gastschulaufenthalt in England bis zum Sommer verlängert. Deswegen kann ich auch guten Gewissens für ein paar Wochen von zu Hause wegbleiben.«

Das schien Lidia jedoch anders zu sehen. Sie runzelte die zu feinen Linien gezupften Augenbrauen. »Um Himmels willen! Selbst wenn deine Tochter versorgt ist – der Herr Gemahl ist doch bestimmt nicht einverstanden, dass seine schöne Frau ihn allein lässt? Wer kocht für ihn?«

Lidia traf mit ihren Bedenken zielgenau ins Schwarze. Das musste sie aber nicht wissen. Möglichst lässig antwortete Agnes: »Nun, es gibt auch in München Restaurants, und es ist ja auch nicht für ewig. Hans wird schon nicht verhungern.«

Bei dieser Auskunft schüttelte Lidia so ungläubig den Kopf, dass ihr Doppelkinn schlackerte. »Jetzt verstehe ich langsam, warum die deutschen Soldaten den Krieg verloren haben«, sagte sie vorwurfsvoll. Dann aber lachte sie, und auch Agnes konnte sich ein Grinsen nicht verkneifen. Ihr Blick fiel auf die kitschige Uhr über dem Durchgang zur Küche. Die Beine der Ballerina zeigten in einer unnatürlichen Verrenkung auf vier Uhr. Michele wollte seit einer Viertelstunde hier sein. Würde er überhaupt noch kommen? Langsam kehrten die Zweifel wieder zurück, doch bevor sie überhandnehmen konnten, lenkte Lidia Agnes ab, indem sie sie weiter ausquetschte: Warum sie lieber arbeiten wolle, anstatt sich um ihren armen Ehemann zu kümmern, und was sie überhaupt hier in diesem »gottverlassenen Dorf, in dem nicht einmal ein Hund tot überm Zaun hängen möchte«, zu finden hoffe.

Agnes kratzte den Rest von Milchschaum und Zucker aus ihrer Tasse und erzählte der Konditoreibesitzerin von ihrer Zufallsbekanntschaft mit einem italienischen Bauunternehmer, der ihr den Vorschlag gemacht hatte, im Auftrag der Gemeinde ein idyllisches altes Bauernhaus in Luxusappartements für reiche Venezianer umzuplanen.

»Madonna! Doch nicht die Ca' More?«, rief Lidia aufgeregt.

»Das Haus mit der hübschen Kapelle, dem kleinen Turm und dem bemalten Bogengang, das ungefähr drei Kilometer vor Montesassino oberhalb eines kleinen Gehöfts am Hang liegt«, erklärte Agnes. »Es hat zuletzt einem Maler namens Volo gehört. Er hatte keine Erben, und deswegen ist es …«

Ihre letzten Worte wurden von ohrenbetäubendem Vespa-Geknatter übertönt. Lidia schrie einfach darüber hinweg: »Aber das *ist* die Ca' More!«

Ein Windspielgebimmel kündigte an, dass sich die Tür geöffnet hatte. Agnes fuhr herum, doch es war nicht Michele, sondern ein magerer älterer Herr, der in einer abgewetzten Jeans und zwei unterschiedlichen Gummistiefeln an den Füßen, einem dunkelgrünen und einem schwarzen, in die Konditorei schlurfte. Er trug etwas an einer Schnur über der Schulter.

Lidia begrüßte ihn freundlich. »Buona sera, Padre Giovanni! Die Jagd war also erfolgreich?«

Der Alte klatschte brummend ein flauschiges Wesen mit vielen Füßen und mehreren Köpfen auf die Theke, in dem Agnes nach einem Augenblick der Verwirrung drei anscheinend frisch erlegte Fasane erkannte. Die weit aufgerissenen Augen der Vögel starrten matt ins Leere. Lidia schnappte mit einem schnellen Griff nach ihnen und ließ sie in der Küche hinter dem Gastraum verschwinden.

Agnes stellte sich vor, wie die toten Vögel nun zwischen Hefeteig und kandierten Veilchenblättern lagen, und legte das Erdbeertörtchen, in das sie gerade genüsslich hatte hineinbeißen wollen, zurück auf den Teller.

Padre Giovanni stützte sich mit beiden Ellbogen neben ihr auf den Tresen und spielte mit dem Zuckerlöffel, wobei er den Bereich rund um die Zuckerdose mit kleinen weißen Kristallen bestreute. Er hatte das feine Profil eines gebildeten Mannes, doch die schwieligen Hände und der schwarze Rand unter seinen Fingernägeln deuteten eher auf einen Bauern und nicht auf einen Geistlichen hin. Agnes widerstand der Versuchung, die verstreuten Zuckerkristalle mit der Hand zusammenzuwischen.

»Einen doppelten Grappa, wie immer«, kommentierte Lidia ein gut gefülltes Schnapsglas, das sie dem Pfarrer reichte. Dann stellte sie ihm Agnes vor. »Signora Behrend wurde von Michele entdeckt. Sie ist die Architektin, die unsere Ca' More umbauen wird.«

Padre Giovanni übersah geflissentlich die Hand, die Agnes ihm hinstreckte.

»Als ob wir keine eigenen Architekten hätten«, murmelte er nach einem flüchtigen Blick in ihr Gesicht und starrte dann wieder auf seinen Schnaps. Er kippte den Inhalt des Glases auf einmal in seinen Mund und hielt Lidia das leere Glas hin. »Noch einen. Und von der Ca' More sollten sie sowieso allesamt die Finger lassen.«

Agnes wurde es etwas unbehaglich zumute, aber Lidia zwinkerte ihr zu, während sie den gewünschten Grappa einschenkte. »Er tut nur so bärbeißig, keine Angst. Noch einen Caffè für dich?« Ohne eine Antwort abzuwarten, hebelte Lidia den Siebträger aus der Maschine und klopfte den festgedrückten alten Kaffeesatz in den Müll.

Sie werkelte weiter und erklärte Agnes, dass die meisten Leute aus dem Dorf gar nicht glücklich über das Vorhaben der Gemeinde seien. Viele gönnten Michele den großen Auftrag nicht, es wurde sogar gemunkelt, er habe dem Bürgermeister ein ziemlich großes »Geschenk« gemacht, um daran zu kommen. Und andere, wie Lidia und ihr Mann Tiziano, seien sogar selbst daran interessiert gewesen, das alte Haus mit dem riesigen Grundstück zu kaufen. Aber bei den Preisen, die die Gemeinde mit dem Verkauf von mehreren Appartements erzielen würde, konnte natürlich keiner mithalten. Padre Giovanni dagegen hätte sich dafür eingesetzt, dass eine Begegnungsstätte für mehrere Generationen in dem Haus eingerichtet würde.

»Die Hoffnung stirbt zuletzt«, unterbrach er ihren Redefluss. Er stellte sein Glas klirrend auf dem Marmor ab und verabschiedete sich abrupt, ohne die beiden Frauen noch einmal anzusehen. Zurück blieb nur eine zarte Schnapsfahne.

Agnes schaute ihm verwundert nach, doch Lidia lächelte.

»Es täuscht. Er würde sich für seine Schäfchen in Stücke reißen lassen.«

»Ich wusste ja nicht, dass der Umbau so viele Gegner hat«, knüpfte Agnes an die Ausführungen der Wirtin an. Hans' Schwarzmalereien, was einen Architekten im korrupten Italien erwarten würde, schienen realistischer zu sein, als sie angenommen hatte.

Doch Lidia versuchte sofort, sie zu beruhigen. »Mach dir keine Sorgen, das ist bei uns so üblich. Wir regen uns gern über alles auf. Mein Tiziano hat auch getobt wie ein Stier, als er hörte, dass Michele den Zuschlag für die Ca' More erhalten hat, und wollte ihn am liebsten umbringen. Aber nach ein paar Tagen haben sie in der Bar zusammen einen Prosecco getrunken und waren wieder beste Freunde.« Sie zeigte mit der Spitze ihres Zeigefingers auf sich. »Ich persönlich bin sogar froh, dass wir das Haus nicht bekommen haben.«

»Warum denn? Was ich bisher gesehen habe, ist doch zauberhaft.«

»Zauberhaft ist der richtige Ausdruck.« Lidia platzierte

ihre üppige Oberweite auf die Marmortheke und flüsterte mit großen Augen: »Die Ca' More ist nämlich *verhext*!«

Agnes unterdrückte ein Lachen. Lidia kam ihr in diesem Augenblick vor wie ein Kind, das allen Ernstes noch an Magie glaubt. »Tatsächlich?«, fragte sie amüsiert.

»Man sagt, dass sie Liebenden Unglück bringt. Vor vielen, vielen Jahren, das Haus stand damals seit einiger Zeit leer, da hat sich dort ein Pärchen zu seinen heimlichen Stelldicheins getroffen.« Lidias Augen wurden immer größer, und ihre Marzipanbäckchen fingen an zu glühen.

»Ja, und weiter?« Agnes nickte auffordernd. Das klang ja aufregend!

»Der Mann stammte aus einer dieser stinkreichen Großgrundbesitzerfamilien. Unten in Sanviale wird er sogar als Kriegsheld verehrt. Aber in erster Linie war er ein Träumer und wollte sich von seiner Familie nichts vorschreiben lassen. Das Mädchen kam aus dem Friaul. Bildschön, nur leider eine einfache Magd.«

»Hätten sie nicht zusammen weggehen können?«

»So einfach war das damals nicht. Außerdem waren beide verheiratet … nur leider nicht miteinander. Deswegen haben sie sich ja in der Ca' More ihr Liebesnest eingerichtet. Du kannst dir vorstellen, dass dabei am Ende des Tages nichts Gutes rauskam. Ich sag's dir, Romeo und Julia waren quietschvergnügte Teenies dagegen! Man sagt, der Geist von der unglücklichen Elisa spukt immer noch in Gestalt des Gufo herum.«

»Gufo? Was ist denn das?« Agnes kramte in ihrem Gedächtnis. Das Wort hatte sie schon einmal gehört, sicher … aber es fiel ihr einfach nicht mehr ein, was es auf Deutsch hieß.

Lidia machte große Augen und flatterte mit den ausgestreckten Armen wie mit Flügeln. »Dieser Unglücksvogel, der Mäuse frisst.«

»Ah, eine Eule«, sagte Agnes.

»Sie schreit wie ein Mensch nachts im Garten«, erklärte Lidia und senkte dabei ihre Stimme, als ob sie eine Gruselgeschichte erzählen würde.

Seit sie ein kleines Mädchen war, liebte Agnes Erzählungen und Gerüchte, die sich um alte Häuser rankten. Und nun hatte ihr Projekt, die Ca' More, also auch so eine spannende Geschichte zu bieten, die vielleicht tatsächlich geschehen war. Zumindest musste es einen wahren Kern geben, aus dem diese Legende gewachsen war. In Gedanken umrundete Agnes noch einmal das Haus und sah es gleich mit anderen Augen. Dabei fiel ihr ihre seltsame Begegnung mit dem Fremden wieder ein.

»Apropos Garten. Kommt eigentlich dieser Gärtner, den die Gemeinde beauftragt hat, auch aus Montesassino?«

»In der Ca' More soll ein Gärtner arbeiten? Nie davon gehört. Komisch. Das müsste ich doch wissen.« Lidia wirkte so ehrlich überrascht, dass Agnes stutzte.

»Aber da war ein Mann, der behauptet hat, der Gärtner zu sein. Etwas älter als ich, vielleicht so Anfang vierzig, mittelbraune Haare, Dreitagebart. Stattlich und groß. So ungefähr.« Mit der Hand zeigte sie in der Luft geschätzte ein Meter neunzig. »Und die Nase auch ziemlich groß und ein bisschen schief, aber alles in allem nicht hässlich.« Dann räumte sie noch ein: »Und nicht besonders freundlich.«

Lidia legte die Stirn in Falten. »Hmm. Das kann der Beschreibung nach eigentlich nur Matteo sein. Er wohnt unten in Sanviale und arbeitet als Steinmetz. Aber er war oft bei Volo und hat sich zum Schluss wie ein Sohn um ihn und das Anwesen gekümmert. Nur wundere ich mich, dass du Matteo als wenig freundlich beschreibst.«

»Also, man könnte sogar sagen, dass er richtiggehend unfreundlich war«, bekräftigte Agnes.

Lidia kam schnaufend um die Theke herum, um Agnes von Kopf bis Fuß ausführlich zu begutachten. »Eigenartig. Matteo ist der professionellste Herzensbrecher im ganzen Veneto. Und du wärst genau sein Typ – er mag am liebsten mädchenhafte Frauen.«

Anscheinend gab es wirklich nichts, was Lidia nicht wusste, bis hin zum persönlichen Frauengeschmack jedes einzelnen Mannes in den umliegenden Dörfern. Agnes überraschte sich plötzlich selbst bei einer seltsamen Empfindung: Sie fühlte sich geschmeichelt, dass sie Matteo Lidias Einschätzung zufolge gefallen musste, und war zugleich gekränkt, weil sie aus irgendeinem Grund offensichtlich trotzdem nicht in das Beuteschema dieses Schürzenjägers gefallen war. Außerdem ärgerte sie sich darüber, dass sie sich als verheiratete Frau überhaupt solche Gedanken machte. Für eine Enddreißigerin war das wirklich eine lächerliche Gefühlsregung.

»Na, davon habe ich jedenfalls nichts gemerkt«, sagte sie schnippisch.

»Ist auch besser so. Lass bloß die Finger von ihm, ich warne dich! Die Frauen fallen reihenweise um, wenn er sie nur einmal anlächelt. Und das nutzt er fleißig aus.« Lidia strich sich über die ausladenden Hüften. »Bei mir hat er natürlich nie Erfolg gehabt.«

»Ich werde bestimmt auch nicht auf ihn herein- und auch nicht für ihn umfallen!«, sagte Agnes bestimmt und sah wieder zu der unermüdlich die Beine verdrehenden Ballerina auf der Uhr hinauf. Fast fünf.

»Na, wir werden ja sehen! Darauf würde ich meinen Ehering heute noch nicht verwetten. Andererseits wäre dein Verehrer Michele natürlich die bessere Partie: Er verdient mehr und hat nicht drei Freundinnen gleichzeitig, sondern nur eine Exfrau, von der er vor Kurzem geschieden wurde.«

»Was heißt hier *Verehrer*? Er hat mich als Architektin angestellt«, protestierte Agnes.

»Wer's glaubt, wird selig.« Lidia gluckste belustigt, und einen Augenblick lang fühlte sich Agnes an Hans' Reaktion erinnert. Gab es eigentlich irgendeinen Menschen auf dieser Erde, der ihr beruflich etwas zutraute? Der sie für mehr hielt als das Hascherl eines italienischen Gigolos, der sie nicht wegen ihrer Kompetenz, sondern aus Gott weiß welchen Gründen hierhergelockt hatte?

»Ich bin nicht hier, um einen neuen Mann zu suchen, sondern, um zu arbeiten«, sagte sie ungehalten. An Lidias betroffenem Gesichtsausdruck merkte Agnes, dass sie wohl etwas zu heftig geworden war. Sie versuchte, die Wogen wieder zu glätten. »Und wenn es mir nebenbei wider Erwarten doch langweilig werden sollte, dann halte ich mich lieber an euren Padre, der so zielsicher mit seiner Flinte umgeht. Noch einen Caffè, bitte!«

Lidia prustete vor Vergnügen laut los, und Agnes bemerkte jetzt erst die Doppeldeutigkeit, die die Konditoreibesitzerin aus ihrer flapsigen Bemerkung herausgehört hatte.

»Ich meine natürlich wegen des Fasanenbratens.«

Lidia kicherte wieder fröhlich. »So, so, wegen dem Braten. Ich sag trotzdem nur: Obacht, wenn der Gufo schreit!«

Nur wenige Stunden nach ihrer frustrierenden Ankunft fühlte sich Agnes nun doch schon beinahe ins Dorfleben integriert. Nach ihrem dritten Caffè war ein Grüppchen gackernder Frauen hereingekommen, denen Lidia sie als »die deutsche Architektin, ihre gute Freundin aus München« vorgestellt hatte. Die vier Frauen hatten sie sofort umringt, sich Sanbitter, Chinotto und Campari Orange bestellt und alle möglichen Anekdoten erzählt, die sie mit Deutschland verbanden. Sie stritten sich darum, wer Agnes zum nächsten Getränk einladen durfte, und löcherten sie mit Fragen wie: »Meine Tante hat eine Eisdiele in Remscheid, kennst du sie zufällig?«, und »Eure Männer sollen ja so fleißig sein und wickeln sogar die Babys – stimmt das wirklich?«

Agnes beantwortete alles, was sie wissen wollten, und bemerkte daher das anthrazitfarbene Jaguar-Cabrio, das direkt vor der Pasticceria geparkt hatte, erst, als der Fahrer mit einem lauten Knall die Wagentür zuschlug und Sandra, die etwas zu schwarz gefärbte Inhaberin des örtlichen Friseursalons, murmelte: »Oha, welche Ehre. Der Herr Bauunternehmer lässt sich herab, sein Heimatdorf zu besuchen.«

Auf einen Schlag überfiel Agnes wieder all die Nervosität, die sie in den letzten Tagen und Stunden wie einen aufgehenden Hefeteig immerzu flach geklopft hatte. Das Herzklopfen, das die vielen Caffè, das plötzliche Schweigen und die erwartungsvollen Blicke von fünf vor Neugier beinahe platzenden Frauen mit sich brachten, kam erschwerend hinzu.

Michele durchschritt die wenigen Meter vom Eingang bis zur Theke mit lässig in die Hosentaschen gesteckten Händen. Er bewegte sich selbstbewusst wie ein Hollywoodschauspieler, der über den roten Teppich flanierte. War er vor acht Monaten auf dem Oktoberfest nicht etwas größer, aber dafür weniger selbstbewusst gewesen?

Kurz vor der kleinen Gruppe blieb er stehen, öffnete die Arme und rief: »Was bin ich doch für ein Glückspilz – sechs wunderschöne Frauen auf einem Haufen, und zumindest eine von ihnen wartet nur auf mich!«

Dann nahm er Agnes in die Arme, küsste sie links und rechts auf beide Wangen und drückte sie an sich. Eine Wolke herben Rasierwassers stieg ihr in die Nase. Seine kalte glatte Wange fühlte sich fremd an ihrem Gesicht an, aber genauso reizvoll wie damals, am Ende dieses unwirklichen Abends im vergangenen September.

4

Agnes war an diesem Tag früher aus dem Büro gegangen, um noch das Geburtstagspäckchen für Lilly auf die Post zu bringen. Dann hatte sie für Hans Forelle und gedünstete Schwarzwurzeln zum Abendessen vorbereitet und warm gestellt. Sie hatte gehofft, er würde wie üblich erst spät nach Hause kommen, sodass sie schon unterwegs zu ihrer Verabredung mit Christiane wäre. Doch ausgerechnet heute nahm er sich früher frei und folgte ihr in einem ungewohnten Anfall von Anhänglichkeit so lange durch das Haus, bis sie notgedrungen vor ihm her ins Schlafzimmer ging, um sich umzuziehen.

Hans sah zu, wie Agnes sorgfältig ihr Kleid, die Accessoires und einzelne Bestandteile ihres heutigen Outfits auf dem Bett ausbreitete, verteilte dann flächendeckend seine *Süddeutsche Zeitung* darüber und setzte sich mitten in dieses Arrangement. Sie war froh, dass er sich scheinbar konzentriert dem Wirtschaftsteil widmete, während sie hastig in die kurzärmlige Bluse und das Kleid schlüpfte. Gerade als sie den letzten Haken des Mieders schloss, sprach er sie an.

»Gestern habe ich zufällig Christiane im *Käfer* getroffen. Sie sieht wirklich supersexy im Dirndl aus. Zum Anbeißen. Geht sie eigentlich jeden Tag auf die Wiesn?« Er taxierte sie im Spiegel.

»Ziemlich oft, soweit ich weiß«, antwortete Agnes und sah sich suchend nach ihrer Schürze um.

»Eigentlich sollte man ein Gesetz einführen, dass Dirndl nur an Vollblutweiber, die festgelegte Mindestmaße nicht unterschreiten, verkauft werden dürfen. Wie an Christiane«, schwärmte er weiter von Agnes' alter Schulfreundin.

Obwohl sie wusste, dass er sie mit dieser blöden Behauptung provozieren wollte, sah sie unwillkürlich auf ihr flaches Dekolleté. Selbst mit einem speziellen Trachten-Push-up war aus Körbchengröße A nicht besonders viel herauszuholen. Wut über die nicht besonders subtil versteckte Beleidigung loderte in ihr auf. Doch wenn sie sich jetzt darauf einließ, würde Hans sie in einen ausufernden Streit verwickeln – und darauf war er doch nur aus. Nein, so einfach konnte er ihr die Vorfreude auf den Abend mit Christiane nicht verderben.

»Hm-hm«, murmelte sie also in der Hoffnung, dass er sich wieder seinem Artikel zuwenden würde. Sie zog die zerknitterte Schürze unter seinem Oberschenkel hervor und hielt sie sich vor den Rock. Der dunkelviolette Stoff hatte zwar die passende Farbe zu ihrem Kleid, aber leider war die Schürze zu lang für Lillys Dirndl, das sich Agnes für den Abend ausgeliehen hatte.

Hans beobachtete sie immer noch. »Bisschen kurz für eine Frau in deinem Alter, finde ich.«

Agnes versuchte, ihren Ärger zu unterdrücken, und griff nach Lillys Schürze, die noch über dem Bügel hing und deren Farbton an frischen Lavendel erinnerte. Die Länge war perfekt, sie ließ genau einen Zentimeter vom Rock sehen, der Agnes' Knie umspielte. Nur die Farbe schien ihr zu bonbonhaft, die ganze Kombination wirkte ziemlich kindlich. Um die andere Schürze zu kürzen, hatte sie aber nicht mehr genug Zeit – in einer halben Stunde wollte sie sich schon mit

Christiane treffen. Und ihr eigenes Dirndl warf, seitdem sie in den letzten Jahren obenherum eher abgenommen hatte, unschöne Falten am Mieder. Also knotete Agnes nach kurzem Überlegen die Schleife der zartlilafarbenen Schürze sorgfältig auf der rechten Seite – dort, wo sie die verheirateten Frauen tragen.

Als Hans das bemerkte, lachte er auf und sagte: »Du hast doch nicht ernsthaft Sorge, dass dich jemand anmachen wird?«

Agnes presste die Zähne aufeinander und legte sich die alte Granatkette ihrer Großmutter um den Hals. Dann versuchte sie, unter den aufgeschlagenen Seiten des Feuilletons ihre hellgraue Strickjacke herauszuziehen, aber Hans fasste sie plötzlich am Handgelenk.

»Wenn ich schon mal ausnahmsweise einen Abend zu Hause bin, könntest du eigentlich auch dableiben.«

»Ich kann Christiane jetzt nicht mehr absagen«, erwiderte sie ruhig. »Und du bist schließlich auch ständig auf dem Oktoberfest und amüsierst dich.« Vorsichtig versuchte sie, sich aus seinem Griff zu befreien, aber Hans verdrehte ihr Handgelenk so, dass sie sich zu ihm aufs Bett setzen musste. Er legte den Arm um ihre Schulter und zupfte am obersten Blusenknopf, den Agnes hatte offen stehen lassen.

»Glaubst du etwa, dass ich freiwillig die arschteure Box im *Schottenhammel* gebucht habe, Madame? Ich treffe dort potenzielle Auftraggeber. Oder wie soll ich sonst euer schickes Leben finanzieren? Elite-Internat in Bristol für das Fräulein Tochter, Skifahren in Sils-Maria, das neueste Miu-Miu-Täschchen …«

»Ich weiß doch, was du alles für uns tust, Schatz. Aber jetzt muss ich wirklich los, ich will Christiane nicht warten lassen«, unterbrach sie die Aufzählung und versuchte aufzustehen.

Doch Hans ließ sich unerwartet nach hinten fallen, nutzte den Schwung, um sie mitzuziehen, und rollte sich in einer schnellen Bewegung auf sie. Er fasste mit beiden Händen in ihre Haare, die sie nach dem Duschen mühevoll zu einem Kranz eingeflochten hatte. Sein Gesicht war ganz nah über ihrem. Sein Atem roch nach Pfefferminzbonbons, die er, seitdem er sich das Rauchen abgewöhnt hatte, tütchenweise lutschte. Agnes versuchte, seinem wasserblauen Blick auszuweichen, aber er hielt ihre Schläfen fest.

»Haselmaus«, flüsterte er. »Ich bin den ganzen Tag schon total heiß auf dich. Nur deswegen bin ich heute extra früher heimgekommen.« Er fing an, sie auf den Hals zu küssen. Seine dichten grauen Haare, die er voller Stolz wie eine lange Intellektuellenmähne trug, kitzelten Agnes am Kinn. Er versuchte wirklich alles, um sie am Weggehen zu hindern.

»Schatz, bitte!«

»Komm schon, wann haben wir sonst ungestört Zeit füreinander?«

Hans ließ nun ihren Kopf los, um ihr Mieder aufzuhaken, und machte sich bereits an den Ösen zu schaffen.

Agnes hielt kurz inne, schob ihn aber dann zur Seite und wand sich schnell unter ihm heraus. Im Stehen, während sie sich die Schürze glatt strich, sagte sie: »Es tut mir leid. Aber heute geht es wirklich nicht.«

Und bevor er wieder nach ihr greifen konnte, war sie schon bei der Zimmertür.

Sie sah die Kränkung in seinem Gesicht, als er sich die Brille zurechtrückte und mit dem bemühten Ausdruck von Desinteresse die zerfledderten Zeitungsseiten zusammensammelte. Ihre Lust auf den lange geplanten Freundinnenabend fing an sich zu verflüchtigen und machte einer Mischung aus schlechtem Gewissen und Mitleid Platz. Er hatte wirklich wenig Zeit, und wenn sie nun bei ihm blieb, würde ihm sein Triumph über ihre beste Freundin bestimmt gute Laune bereiten. Sie könnten vermutlich tatsächlich einen der seltenen harmonischen Abende miteinander verbringen. Sollte sie nicht doch schnell bei Christiane anrufen und behaupten, sie hätte mal wieder einen ihrer plötzlichen Migräneanfälle? Aber das war als Ausrede schon so abgenudelt … Vielleicht könnte sie sagen, sie wäre beim Aufbruch in der Hektik die Treppe heruntergestolpert und hätte sich den Knöchel angeknackst? Andererseits … wie oft schon hatte Agnes kurzfristig ihre Pläne geändert, weil Hans ausgerechnet an den Abenden, an denen sie etwas mit Freundinnen ausgemacht hatte, überraschend nach Hause gekommen war? Wenn sie sich mal wieder von ihm zu einer Absage überreden ließ, würde Christiane zu Recht furchtbar enttäuscht von ihr sein. Und über kurz oder lang hätte sie dann überhaupt keine Freundin mehr.

»Ich bin dann mal weg«, sagte sie von der Schlafzimmertür aus und wünschte, ihre Stimme klänge überzeugter. »Es wird bestimmt nicht spät, okay?«

Doch Hans ignorierte sie einfach.

Eine Viertelstunde zu spät kam sie beim Wiesntreffpunkt an. Christiane hatte sich allerdings nicht gelangweilt, sondern bereits Bekanntschaften geschlossen. Sie drückte Agnes fest an ihre von Hans so bewunderte volle Brust.

»Diese drei Burschen aus Traunstein waren wirklich sehr witzig und hatten hübsch bestickte Westen an. Sie halten uns im Armbrustschützenzelt einen Platz frei. Aber die beiden Italiener waren auch nicht schlecht. Die wollten erst noch Karussell fahren und dann zum *Augustiner*.« Christiane war bereits voll in ihrem Element.

Agnes seufzte. »Die finden wir in den Massen doch sowieso nicht. Können wir nicht einfach gemütlich zu zweit ein Radler trinken?« Doch so leicht konnte sie ihre beste Freundin nicht täuschen.

»Stress mit dem Alten? Wollte dich wieder nicht gehen lassen, was?«, fragte sie mit einem wissenden Lächeln im Gesicht.

»Ach, das Übliche – aber er meint es ja nicht böse. Ich glaube, er hat unbewusst Angst, mich zu verlieren.«

»Spricht die Küchenpsychologin.« Christiane hakte sich bei Agnes unter und schob sie in Richtung der Festzelte. »Wie verständnisvoll du ihn immer entschuldigst. Ich hingegen halte deinen Göttergatten für zwanghaft kontrollsüchtig.«

Agnes zuckte mit den Schultern. »Ist ja egal, wie man es nennt.« Sie atmete tief die klebrige Luft aus Zucker, Alkohol und Pferdeäpfeln ein. »Jetzt bin ich außerdem hier. Also – wohin?«

»Ach, lassen wir uns ein bisschen treiben.«

Seite an Seite wanderten sie durch die Massen. Erfahrungsgemäß wurden ihre Mädchenabende immer dann am lustigsten, wenn sich Agnes blind Christianes Führung überließ. Keine andere hatte so eine Begabung dafür, gute Laune zu verbreiten und immer zielsicher den spannendsten Ort einer jeden Party zu finden.

Sie waren jetzt bei den letzten der großen Bierzelte angelangt, dort, wo der Weg auf eine Straße mit Fahrgeschäften traf. In Agnes' Rocktasche summte ihr Handy. Hans hatte eine SMS geschickt, weil er wissen wollte, wo sich die Unterlagen für die aktuelle Ausschreibung befanden. Während Agnes umständlich die Antwort tippte, kaufte Christiane gebrannte Mandeln und schob ihr dann eine davon in den Mund.

»Warum schickst du ihm nicht einfach eine Abwesenheitsnotiz?«

»Dann schneidet er mir vor lauter Wut meine letzten Rosen ab. Oder trennt den Pulli auf, den ich für Lilly stricke.

Und der muss unbedingt fertig sein, wenn sie im Dezember wieder heimkommt.« Sie erwartete, dass Christiane etwas erwidern würde, und steckte das Handy gerade zuruck in die Tasche, als ein Mann im Juventus-Turin-Trikot und mit einem riesigen Bierkrug-Hut auf dem Kopf mit ausgebreiteten Armen auf sie zukam.

»Che fortuna!«, rief er so glücklich, als hätte er gerade seine verlorene Verlobte in den Wirren eines Bürgerkriegs wiedergefunden.

»Was will *der* denn?«, fragte Agnes verblüfft, doch Christiane löste sich von ihr und lief dem Verrückten entgegen.

Die beiden umarmten sich ausgiebig. Etwas unwillig folgte Agnes ihrer Freundin nach.

»Was für ein Zufall«, begrüßte die gerade ihren Bekannten. »Dass wir beide uns in diesem Getümmel tatsächlich treffen!«

Zu dem Mann mit dem Bierkrug-Hut gesellte sich nun ein Begleiter und lächelte Agnes verlegen an. Sie grinste gequält zurück. Der zweite Mann war leger gekleidet, Jeans, rosafarbenes Polohemd und ein locker um die Schultern geschlungener Pulli, der verdächtig nach Kaschmir aussah. Dazu handgenähte Schuhe. Anscheinend umfasste sein Modegeschmack keine geschmacklosen Kopfbedeckungen. Dafür hatte er grau melierte Schläfen, schokoladenbraune Augen und duftete schon von Weitem nach Weichspüler und einem eleganten Aftershave.

Christiane löste sich aus der Umarmung und stellte Agnes strahlend ihre Bekannten vor: »Liebes, ich habe dir doch vorhin von den beiden süßen Karussellfahrern aus Italien erzählt.«

Agnes streckte dem Bierkrug artig die Hand hin. Er küsste sie mit einem angedeuteten Hofknicks.

»Das muss sein Schicksal, nicht Zufall«, sagte er in gebrochenem Deutsch und zeigte erst auf sich und dann auf seinen Begleiter. »Gestatten: Eugenio, und er sich nennt Michele. Wir sind gerade auf die Weg zu die *Augustinerzelt*. Wolle die Signorine uns freundlicheweise begleite?«

»Mit Vergnügen«, stimmte Christiane begeistert zu.

Agnes erwischte sie am Ärmel ihrer Bluse und zog sie zur Seite. »Du willst doch nicht wirklich mit diesem schmierigen Typen weiterziehen?«, flüsterte sie.

»Warum denn nicht?«, sagte Christiane und grinste fröhlich. »Eugenio hat ausgesprochen hübsche Grübchen, findest du nicht? Und so schön gewelltes Haar.«

»Ich würde eher sagen: Schmalzlocken!«

»Ragazze, andiamo!«, trieb Eugenio zur Eile. »Die Bier wartet.«

Christiane stupste Agnes in die Seite. »Jetzt schau doch nicht wie eine Betschwester. Wir sind hier, um Spaß zu haben.«

»Aber ich mag mich nicht an zwei wildfremde Italiener hängen. Wenn das Hans wüsste!«

»Was er nicht weiß, macht ihn nicht heiß. Und ganz ehrlich: Dein Hans ist auch kein Kind von Traurigkeit. Wenn du gestern gesehen hättest, wo der überall seine Finger hatte, dann würdest du dich heute garantiert nicht wie eine Anstandsdame verhalten.«

Das saß. Obwohl Hans unglaublich ekelhaft sein konnte, war sie sich doch wenigstens immer sicher, dass er ihr treu war und sie auch nach all der Zeit noch liebte. Agnes schluckte.

Christiane tätschelte ihr mütterlich die Wange und hängte sich dann bei Eugenio ein. »Stürmen wir den *Augustiner*!«, rief sie, und gemeinsam setzten sie sich in Bewegung.

Nachdenklich trottete Agnes hinterher. Also amüsierte sich ihr Mann durchaus auf der Wiesn. Christiane musste es wissen, die beiden hatten sich ja gestern zufällig getroffen.

Und obwohl die Freundin Hans nicht besonders schätzte, würde sie ihm, da war sich Agnes sicher, nichts unterstellen, was er nicht getan hatte. Sollte sie das Thema später noch einmal ansprechen und fragen, was genau Christiane gesehen hatte? Oder das Ganze lieber auf sich beruhen lassen? Schließlich herrschten in der sogenannten fünften Jahreszeit auf dem Oktoberfest andere Gesetze, fast wie beim Karneval in Köln.

»Viene di … äh, Sie … kommt von Monaco?«, holte eine freundliche Stimme Agnes aus ihren Gedanken. Sie hatte den zweiten Italiener, den Eugenio als Michele vorgestellt hatte, schon wieder ganz vergessen. Er lächelte immer noch so verlegen, als sei auch ihm die Situation ziemlich unangenehm.

Da er sich mit der deutschen Grammatik offensichtlich schwertat, antwortete Agnes auf Italienisch. »Ja, ich bin sogar hier geboren. Und woher sind Sie?«

»Heureka, Sie sprechen meine Sprache! Ich lebe in Treviso.«

Agnes spürte, wie Michele sie von der Seite betrachtete. Fieberhaft überlegte sie, wie sie die Konversation locker fortsetzen konnte. Von Christiane war keine Unterstützung zu erwarten, die lief mit ihrem Eugenio inzwischen weit voraus. Worüber sprach man mit einem Unbekannten, mit dem man erzwungenermaßen über das Oktoberfest marschierte und der wahrscheinlich genauso wenig Lust auf sie hatte wie sie auf ihn? Früher war ihr das doch auch nicht so schwergefallen. Über das Wetter? Agnes suchte verzweifelt nach einem besseren Thema. Doch Michele kam ihr zuvor.

»Sie erinnern mich an jemanden, warten Sie, gleich hab ich es … Ah, ich weiß: Sie ähneln der sittsamen Bäckerstochter aus der Schönheitengalerie von Ludwig I.«, erklärte er charmant.

»Das ist ja nett«, sagte sie überrascht. »Sie haben also bereits Schloss Nymphenburg besichtigt? Sind Sie auch durch den herrlichen Park spaziert?«

Michele schüttelte bedauernd den Kopf. »Nein, dazu hatten wir leider keine Zeit mehr. Ich wollte nämlich unbedingt noch die von Hans Döllgast wiederaufgebaute alte Pinakothek sehen, und morgen müssen wir schon wieder abreisen.«

»Sie kennen Hans Döllgast?« Über den Münchner Baumeister hatte Agnes während ihres Studiums eine Arbeit geschrieben. »Ist es nicht beeindruckend, wie sensibel der Architekt mit dem halb zerstörten alten Museum umgegangen ist?«, fragte sie erfreut. Dann wollte sie wissen, wieso sich Michele gerade dafür interessierte.

»Ich habe eigentlich Kunstgeschichte studiert – aber dann eine Firma für Bauunternehmen gegründet. Das ist lukrativer, wenn auch nicht immer so schöngeistig.«

Plötzlich ging alles ganz leicht, und kurz darauf waren Agnes und Michele in ein intensives Gespräch über den Umgang mit historischen Gebäuden verwickelt.

Viereinhalb Stunden, zwei Radlermaß und ungezählte »Resi bring Bier«-Refrains später drängte Christiane darauf, Eugenio und seinem Freund das Münchner Nachtleben zu zeigen.

Agnes zögerte, denn eigentlich hatte sie große Lust mitzugehen. Doch nach einem Blick auf die Uhr beschloss sie schweren Herzens, nach Hause zu fahren. Mit einer Umarmung verabschiedete sie sich von Michele und bedankte sich für den netten Abend.

»Darf ich dich noch um deine Telefonnummer bitten?«, fragte er leise, bevor sie sich endgültig trennten.

»Sicher.« Agnes diktierte sie ihm. Er wird sich sowieso nicht bei mir melden, dachte sie, als sie zum Hauptbahnhof trabte, um die U-Bahn nach Gern zu erwischen. Aus den Augen, aus dem Sinn. Und das ist ja auch besser so.

Sechs Monate lang hatte sich ihre Prognose bestätigt, und sie hörte nichts von Michele. Doch sie selbst dachte immer wieder an den smarten Italiener und den von Heiterkeit erfüllten Abend mit ihm – meistens, wenn sie abends allein vor irgendeiner langweiligen Fernsehsendung saß und lustlos ein paar Reihen an dem Norwegerpulli für ihre Tochter weiterstrickte. Agnes kam mit ihrem Willkommen-daheim-Geschenk kaum voran. Was sollte Lilly im Hochsommer mit einem Norweger? Wenn sie aus England zurückkam, würde sie erst mal keinen Wollpulli mehr brauchen. Ihre Tochter war seit den Sommerferien weg, eigentlich nur für ein Trimester. Im November hatte Lilly dann ganz überraschend verkündet, dass sie entgegen dem ursprünglichen Plan nun unbedingt auch noch den zweiten Term in Bristol bleiben wolle. Und gerade als Agnes sich an den Gedanken gewöhnt hatte, sie erst im März wiederzusehen, rief Lilly an und überredete ihre Eltern, den Aufenthalt im Internat bis zum Sommer zu verlängern. Offensichtlich hatte sie in ihrer Gastschule schnell Anschluss gefunden und war bei allen beliebt. Und der tolle Trainer des Hockeyteams wollte anscheinend gar nicht mehr auf sie verzichten.

Natürlich gönnte Agnes ihrer Tochter diese Erfolge und aufregenden Gefühle. Sie wusste, wie herrlich es war, ein fremdes Land, eine andere Sprache und neue Menschen kennenzulernen. War sie nicht selbst während ihrer Semester in Rom am glücklichsten gewesen? Und doch spürte sie Lillys Abwesenheit, als wenn sich ein dunkles Loch vor ihr aufgetan hätte. Jetzt gab es nur noch sie und Hans. Das Schlimmste daran war: Das würde auch in Zukunft so sein. Denn nach ihrem letzten Schuljahr würde Lilly zum Studieren sicher in eine andere

Stadt, wenn nicht sogar in ein anderes Land ziehen. Ihre Tochter wurde erwachsen. Sie würde nicht ewig zu Hause wohnen bleiben und sich von Mamma betüddeln lassen. Vielleicht sollte ich mir einen Hund anschaffen, dachte Agnes. Ja, die Idee gefiel ihr immer besser.

Eines Morgens wagte sie den Versuch und erzählte Hans beim Frühstück von ihrem Plan, die Familie mit einem Vierbeiner zu vergrößern.

»Kommt nicht infrage. Die Viecher stinken, und du hast auch nicht die Konsequenz, einen zu erziehen«, sagte Hans und hob die Nase gar nicht aus der Bauzeitschrift, die er gerade durchblätterte.

»Sag doch nicht gleich Nein, Schatz. Es könnte ja ein kleiner Hund sein, ein Beagle zum Beispiel oder ein King-Charles-Spaniel«, versuchte sie, ihn zu überzeugen.

Aber Hans überhörte ihren Einwand einfach. Ganz so, als hätte sie gar nichts gesagt. »Machst du mir noch einen Toast mit Orangenmarmelade?«, bat er stattdessen.

Agnes griff zum Brotkörbchen. So schnell würde sie sich nicht unterkriegen lassen.

»Bitte, Schatz. Du hättest doch auch keine Arbeit damit. Jetzt, wo Lilly quasi aus dem Haus ist, fühle ich mich so … so überflüssig.«

Er fasste nach seiner Teetasse und sah sie über den Rand des Magazins streng an. »Ah, Madame langweilt sich also? Wie wäre es, wenn du deinen kleinen Hintern dann länger im Büro sitzen lassen würdest? Da gäbe es genug zu tun.«

»Das würde ich ja, wenn ich dort etwas Vernünftiges machen dürfte. Stattdessen bin ich nur dein Mädchen für alles«, sagte sie empört.

Hans stellte die Tasse zurück auf den Tisch und ließ nun doch das Heft sinken. Er musterte sie kalt. Durch den Schliff der Brillengläser wirkten seine Augen weit entfernt.

Agnes legte die Ohren an.

»Mädchen für alles?«, zischte er eisig. »Ist Madame vielleicht nicht zufrieden? Bei uns macht jeder Mitarbeiter genau den Job, für den er sich am besten eignet!« Er schleuderte die Zeitschrift auf den Boden, stand ruckartig auf und wischte dabei den Teller mit dem Toast, den sie ihm hingestellt hatte, mit einer Handbewegung über die Tischkante. Er schepperte auf den Boden. Der Toast plumpste mit der Marmeladenseite voran auf das Parkett. »Du kannst dir heute freinehmen und über deine Behauptung nachdenken. Und wage es bloß nicht, mir einen Scheißköter anzuschleppen!« Ohne sich zu verabschieden, rauschte er davon.

Voller Zorn und Verzweiflung sammelte Agnes die Scherben auf und wischte gerade das klebrige Zeug auf, als die SMS kam:

Suche dringend kompetente Architektin für Umbauprojekt bei Venedig. Mit ehrbaren Absichten und rein beruflich :) Bitte ruf baldmöglichst zurück. Michele (Der Mann vom Bierfest)

Sie musste die Nachricht mehrere Male lesen, bevor sie ihren Sinn begriff. Aber dann war es ihr, als hätte ihr die Zeilen nicht der smarte Italiener, den sie auf der Wiesn kennengelernt hatte, sondern der Himmel persönlich geschickt. Genau im Moment gemeinster Demütigung zeigte ihr jemand, dass er an sie glaubte. Es war, wie nach einer eiskalten Nacht in ein warmes, dampfendes Bad zu steigen. Sie brauchte keinen Hund. Sie brauchte eine Herausforderung. Ein Umbau im Veneto wäre genau das Richtige. Dazu müsste sie sicher eine Zeitlang vor Ort bleiben. Das würde Abstand bringen. Und Abstand, da war sie sich sicher, das war genau das Richtige.

Doch wie sollte sie Hans davon überzeugen, sie während der Dauer des Projekts von ihrer Büroarbeit freizustellen?

Würde er nicht komplett durchdrehen, wenn sie ihn allein ließ? Und außerdem – überschätzte Michele sie nicht? War sie überhaupt noch in der Lage, allein einen Entwurf zu stemmen? Hatte sie das Handwerkszeug, das sie so gut beherrscht hatte, nicht längst verloren?

Nun, es hatte keinen Sinn, sich den Kopf zu zerbrechen, wenn man gar nicht wusste, worum es überhaupt genau ging. Und dazu musste sie Michele anrufen.

Bevor sie sich das traute, heulte sie erst einmal Christiane bei einem spontanen Mittagessen mit all ihren Zweifeln voll. Bis die Freundin die entscheidende Frage stellte: »Stell dir vor, du liegst auf dem Sterbebett. Wie würdest du dich fühlen, wenn du diese Chance nicht genutzt hättest?«

Da speicherte Agnes aus einer Eingebung heraus als Erstes Micheles Nummer und tippte dann auf »Anrufen«. Eine solche Gelegenheit würde man ihr nicht wieder anbieten, da hatte die Freundin recht. Und im Grunde wusste Agnes trotz aller Ängste, die sich in ihr bereits zu einem Protestmarsch formierten, dass sie sich schon längst entschieden hatte.

5

Borgo Visentin, Veneto. April 1925

Der Blick der Nonna war unendlich besorgt, als Andrea Elisa zurück ins Haus brachte. Elisa versuchte bis zu Nonnas Abfahrt so gut wie möglich zu vermeiden, ihr allzu direkt ins Gesicht zu schauen. Sie war sich sicher, die Nonna würde sofort erkennen, dass etwas nicht stimmte. Es hätte nur wenig gefehlt, und sie hätte sich heulend ihrer Großmutter in die Arme geworfen. »Lass mich nicht allein, nimm mich mit!«, wollte sie schreien und sich festklammern. Jetzt endlich verstand sie, wovor die Großmutter sich so gefürchtet hatte.

Aber sie wusste auch, dass es für sie keinen Weg zurück nach Zuglio gab – dass es bald überhaupt kein Zuglio mehr geben würde, denn noch am Tage von Nonnos Tod war die Pacht aufgehoben worden. Es war schlimm genug für die Nonna, das Haus räumen und bei ihrer Schwester um Unterkunft für ihre Enkelin betteln zu müssen. Darum nahm sich Elisa so zusammen, wie es ihr nur möglich war.

Signora Visentin tat das Ihre, um den traurigen Abschied zu verkürzen. »Meni wartet bereits, um dich zum Bahnhof zu bringen. Du musst dich beeilen, sonst verpasst du den Zug. Leb wohl, Angioletta! Und mach dir keine Sorgen, ich werde mich persönlich darum kümmern, deine Enkelin zu einem anständigen Mädchen zu erziehen. Es soll ihr nicht ergehen wie ihrer Mutter, bei meiner Ehre«, sagte sie und drückte der Nonna ein Bündel Lirascheine in die Hand.

Die Nonna war schon auf dem Weg zur Tür, da drehte sie sich noch einmal um. »Nur eines noch, liebe Base. Meine arme Kleine ängstigt sich im Dunkeln. Tu mir in Gottes Namen einen letzten Gefallen, und versprich mir, dass sie immer mit einem Lämpchen einschlafen darf«, rief sie, und die Signora nickte gnädig und versprach es. Trotzdem kullerten der Nonna die Tränen über die runzeligen Apfelbäckchen, als sie sich schluchzend von Meni in den dunklen Gang ziehen ließ.

Nun war Elisa allein mit Signora Visentin und ihrem schrecklichen Sohn. Die Herrin führte sie durch die Küche und die vollen Speisekammern, zu denen allerdings nur sie selbst Zutritt hatte, stets gefolgt von Pupo und Andrea, dessen Blicke Elisa wie Nadeln in den Rücken stachen. Während des kleinen Rundgangs erklärte Signora Visentin die zahlreichen Aufgaben, die die Mägde bewältigen mussten, so schnell, dass Elisa fürchtete, sie sofort wieder zu vergessen.

Sie war froh, als sie endlich angewiesen wurde, ihr Reisetäschchen auf den Speicher zu tragen. Dort zeigte die Signora auf das letzte von vier schmalen Betten, die ordentlich in einer Reihe unter der Dachschräge standen, und wies Elisa an, ihre wenigen Habseligkeiten in die Holzkiste an seinem Fußende zu räumen.

Andrea beobachtete mit verschränkten Armen, wie sie sich vor ihm hinkniete, um den Befehl auszuführen. Pupo schnupperte währenddessen neugierig an ihrem Gepäck. Inzwischen schien er sie als neues Mitglied des Haushalts akzeptiert zu haben. Er war deutlich kleiner als die Schäferhunde, hatte einen lustigen breiten Kopf auf einem schmalen Körper und freundliche Augen. Elisa streichelte ihn hinter den Ohren.

Die Signora stellte inzwischen ein kleines Talglicht auf das Nachtkästchen neben dem Bett. Immerhin schien sie Wort zu halten. »Denk immer daran, es zu löschen, bevor du einschläfst«, mahnte sie.

Doch wenn Elisa gehofft hatte, dass sie sich jetzt ausruhen und allein bleiben durfte, dann hatte sie sich getäuscht. Denn nun brachte die Signora sie in die Kleiderkammer, um für sie eine passende Schürze zu suchen. Als sie schließlich eine gefunden hatte, die nur um weniges zu groß war, trat sie mit ihren eleganten schwarzen Stiefelchen auf einen kleinen Hocker, der vor dem Schrank stand, und räumte im obersten Fach herum. Elisa fragte sich, was noch fehlte.

Endlich zog die Signora ein schwarzes Kopftuch aus dünner Wolle heraus. »Hier, das trägst du ab jetzt immer. Es dient der Hygiene«, sagte sie und näherte sich Elisas Kopf. Sie kniff die Augen zu dünnen Schlitzen zusammen und fragte: »Du hast doch keine Läuse?«

»Nein, Signora.«

Signora Visentin fuhr prüfend mit den Fingernägeln über Elisas Scheitel. »Wenn es dich jucken sollte, gibst du mir sofort Bescheid. Was für dichte Haare du hast. Und diese ungewöhnliche Farbe zu den hellgrünen Augen. Wer weiß, mit was für einem dreckigen Slawen sich deine Mutter eingelassen hat.« Sie nahm das Tuch und wickelte es Elisa fest, zu fest, um den Kopf.

»Mein Vater ist ein vornehmer Herr, die Nonna hat es doch erzählt«, sagte Elisa trotzig. Sie war sich bewusst, dass ihre Worte frech klangen – aber sie waren nach dieser gemeinen Beleidigung einfach aus ihr herausgepurzelt.

Die Kiefermuskeln der Signora bebten. »Widerworte und Respektlosigkeit schicken sich nicht für ein anständiges Mädchen. Dafür muss ich dich bestrafen, so leid es mir tut«, sagte sie ruhig.

Andrea meldete sich zu Wort. »Ich weiß, wie schwer Euch das Strafen fällt, Mutter. Soll ich es für Euch übernehmen?« Er grinste Elisa breit an.

Ihr wurde kalt. Was auch immer die Signora mit ihr vorhatte, Andrea würde womöglich Schlimmeres tun. Sie sandte ein Stoßgebet zum Himmel und fand Gehör.

»Nein, mein Junge«, sagte die Signora, »den Hochmut muss ich ihr schon selbst austreiben. Das bin ich meiner Base schuldig.«

Sie griff nach einem Petroleumlämpchen auf der Anrichte, dann legte sie, nachdem sie den Docht entflammt hatte, Elisa die freie Hand in den Nacken, die sich hart und kalt wie ein Eiszapfen anfühlte, und lenkte sie durch den Flur über eine steile Treppe aus abgetretenen Sandsteinstufen in den Keller hinab. Im ersten Raum befanden sich mehrere Regale mit leeren Gläsern, Flaschen und Geräten, die man brauchte, um Wein abzufüllen. Eine geschmiedete Eisengittertür mit einem schweren Vorhängeschloss schützte die teuren Jahrgänge vor Langfingern. Die Signora öffnete eine weitere Tür, die nur durch einen Schieberiegel verschlossen war. Mit einem klagenden Knarzen drehten sich die Scharniere in den Angeln.

Elisa sah im schwachen Licht etwas metallisch aufblinken, eine Art riesiger Kochtopf stand mitten im Raum.

»Hier in der Waschküche kannst du in aller Ruhe über dein ungezogenes Verhalten nachdenken. Und ab morgen wirst du mir sicher nicht mehr widersprechen.«

Die Signora gab ihr unerwartet einen harten Stoß in den Rücken, und Elisa flog mit Schwung gegen den Zuber. Sie landete auf allen vieren, Hände und Knie schürften über den Steinboden. Kreischend schob sich der Riegel vor den Eingang zu ihrem Verlies. Sosehr sie sich auch anstrengte, in der Schwärze, die sie umhüllte, etwas zu erkennen, sie konnte nichts sehen. Wie Wasser umfloss sie die Dunkelheit, so dicht, dass Elisa meinte, keine Luft mehr zu bekommen. Sie tastete vorsichtig um sich, erfühlte die glatte Wand des Kessels, das schwere Dreibein, auf dem er aufgestellt war, und die Kohlestücke in der staubigen Asche darunter.

Ruhig bleiben, mahnte sie sich und zwang sich zu atmen. Sie wollte ihr Gefängnis in die andere Richtung erkunden, vielleicht eine geschützte Ecke finden. Plötzlich stieß sie gegen etwas, das scheppernd über sie herunterbrach. Elisa schrie auf. Mit den Armen versuchte sie, ihren Kopf zu schützen. Schwere kalte Gegenstände polterten auf ihren Rücken, trafen sie hart an den Schultern. Wimmernd rollte sich Elisa zusammen. Sie versuchte, sich nicht mehr zu bewegen, wurde ganz leise.

Doch das war ein Fehler. Denn jetzt *hörte* sie die Angst. Ein bisschen entfernt von ihr kratzten schon ihre kleinen Krallen. Gleich würde sie näher kommen, bereit, Elisa von innen heraus aufzufressen. Sie konnte spüren, wie die Furcht auf sie zu, wie sie in sie hineinkroch. Sie bohrte sich durch ihr Inneres, drückte mit Eisfingern ihre Lunge zusammen. Elisa rollte sich noch kleiner zusammen und machte sich darauf gefasst zu sterben. Wenn der Tod kommt, soll man beten, hatte die Nonna immer gesagt. Denn dann kommt man sicher in den Himmel.

»Gegrüßet seist du, Maria, voll der Gnade, der Herr ist mit dir. Du bist gebenedeit unter den Frauen, und gebenedeit ist die Frucht deines Leibes, Jesus«, flüsterte sie die ersten Zeilen des Ave-Marias, das einzige Gebet, das ihr gerade einfiel. »Du bist gebenedeit unter den Frauen, und gebenedeit ist die Frucht deines Leibes … die Frucht deines Leibes … die Frucht deines Leibes …«

So flüsterte Elisa vor sich hin, Stunde um Stunde, bis ein gleißendes Licht sie zwang, die Augen zu öffnen. Erst sah sie nur die Laterne, die sie blendete, dann erkannte sie schemenhaft denjenigen dahinter, der das Licht trug: Andrea. Er kniete sich neben sie, streckte die Hand nach ihr aus und versuchte, ihre Arme, die sie verzweifelt vor ihrer Brust ineinander verschlungen hatte, auseinanderzuziehen.

Da begann Elisa zu kreischen und zu treten, und ihre eigenen Schreie gellten ihr in den Ohren. Doch er konnte ihren Tritten ausweichen, und irgendwie gelang es ihm, Elisa mit einem Arm fest um den Oberkörper zu packen und ihr dabei den Mund zuzuhalten. »Ruhig«, flüsterte er tonlos, »ganz ruhig.«

Ihr Hilferuf erstickte in seiner Handfläche. Er presste Elisa an sich, bis sie die Kraft verließ, bis ihr Widerstand schwächer wurde, bis sie schließlich nicht mehr versuchte sich zu wehren.

6

Nach dem Abendessen in einer kleinen Osteria brachte Michele Agnes in die Ca' More zurück, indem er ihr auf unbeleuchteten Schleichwegen vorausfuhr. Glücklicherweise hatte sich das anfängliche Gefühl der Fremdheit zwischen ihnen nach einem Glas Prosecco schnell wieder gelegt.

Am Parkplatz vor dem Haus angekommen, registrierte sie zufrieden, dass dieser seltsame Gärtner Matteo nicht mehr da war. Zumindest von seinem Geländewagen war nichts zu sehen.

Michele half Agnes, ihr Gepäck auszuladen, und schleppte die große Reisetasche und den Koffer mit ihren Kleidern schnaufend den Weg zum Haus hinauf. »Uff, du hast offensichtlich genug eingepackt, um hier einzuziehen.« Er stellte ächzend die Last vor der Haustür ab.

»Kleider sind es gar nicht so viele«, entschuldigte sie sich verlegen. Er sollte nicht denken, dass er sie nicht mehr loswürde. »Ich fürchte allerdings, meine Bücher und das ganze Zeichenzeug wiegen ein bisschen was.« Sie selbst hatte es kaum geschafft, den zentnerschweren Koffer am Morgen in ihr Auto zu hieven. Und Hans war erst gar nicht mit nach draußen gekommen, um bis zum Schluss seinen Unmut über ihre Entscheidung zu demonstrieren.

Michele wandte sich Agnes zu. »Oh, du hast mich falsch verstanden. Ich wünsche mir von Herzen, dass du so lange wie möglich bleibst. Ich habe nämlich das Gefühl, dass wir beide ein Spitzenteam bilden werden.«

Er zwinkerte ihr zu. Dann rüttelte er mit dem Schlüssel am Schloss herum und stieß schließlich die Tür auf. Nachdem er den Lichtschalter ertastet hatte, ließ er Agnes den Vortritt ins Haus. »Ecco qua. Hereinspaziert!«

Sie sah sich um und fühlte sich auf einen Schlag in einen Märchenfilm versetzt. Direkt vor ihr lag ein großer Wohnraum mit wenigen schlichten, aber schönen Bauernmöbeln. Von den dunklen Deckenbalken baumelten alle möglichen Dinge – Regenschirme, Schlüssel, Laternen und vieles mehr. Der Boden bestand aus Terrakottasteinen, die Wände waren grob verputzt und weiß gestrichen. Agnes konnte darauf hellere Stellen und einsame Nägel erkennen, offensichtlich waren einige großformatige Bilder erst kürzlich abgehängt worden.

Sie durchschritt langsam das heimelige Zimmer, um alles genau zu betrachten. Zwei Türen an den Schmalseiten des Raums wiesen auf weitere Zimmer hin. Im hinteren Bereich führte eine wurmstichige Treppe ins Obergeschoss. Besonders ungewöhnlich fand Agnes eine in die Wand eingelassene Sitznische mit einer dreiseitigen Eckbank um einen niedrigen Tisch aus massivem Sandstein. Über dem gesamten Bereich öffnete sich ein großer schwarzer Schlot.

»Diente das hier etwa früher als Herd?«, fragte sie.

Michele zeigte auf einen Korb mit Holzscheiten. »Genau. So war es bei den einfachen Häusern üblich. Direkt auf diesem Tisch wurde das Feuer entfacht, der Polentakessel darübergestellt, und dann haben sich die Familienmitglieder darum versammelt. Als Volo hier eingezogen ist, hat er natürlich als Erstes eine moderne Küche einbauen lassen und die alte Kochstelle nur noch als offenen Kamin und Heizung für diesen Raum genutzt.« Er schnüffelte demonstrativ. »Leider ist der Gestank nicht rauszubekommen.«

Nun nahm auch Agnes den zarten Geruch von erkaltetem Rauch wahr, der sie an Freilichtmuseen und die Lagerfeuer ihrer Kindheitsurlaube erinnerte. »Ich finde, es riecht irgendwie beruhigend. Nach Vergangenheit. Und zugleich aufregend, nach Abenteuer. Das ist doch eine gelungene Mischung.«

Als Nächstes wandte sie sich einem schmalen Wandstück direkt neben dem Kaminsitz zu, vor dem eine Kommode stand. Darauf gruppierten sich kleine Porzellanfiguren. Einzeln betrachtet hätten sie wahrscheinlich kitschig gewirkt, in dem Arrangement hatten sie jedoch etwas von einem geschmackvollen Stillleben. Darüber sprang Agnes ein schwarz gerahmtes, nicht besonders großes Bild in einem ungewöhnlich länglichen Format ins Auge. Sie ließ ihren Blick unwillkürlich noch einmal über die nackten Wände gleiten. Warum war dieses Bild als einziges übrig geblieben?

Michele hatte sie aufmerksam beobachtet und schien ihre Gedanken zu lesen. »Ein wertloser Druck. Volos Gemälde wurden, wie du vielleicht bemerkt hast, bereits alle abgeholt. Die Gemeinde möchte im Rathaus eine Dauerausstellung mit seinen Werken einrichten.« Er wollte sie weiterführen, aber sie blieb stehen und sah es sich genauer an.

»Nein. Das ist eine Originalradierung.« Agnes lehnte sich nach vorn, um sich das Bild genauer anzusehen. Auf einem gemauerten Block lag zwischen aufgetürmten Ziegelsteinen und einer Maurerkelle ein gefesseltes Kind. Davor stand ein Mensch in bodenlangem Kleid, ob Mann oder Frau konnte sie nicht erkennen, und zückte einen Dolch. Zu seinen Füßen kauerte ein Hund. Das Ganze schien eine etwas freie Interpretation von Isaaks Opferung zu sein. Abraham bereitete sich aus blindem Gottvertrauen darauf vor, seinen Sohn zu töten. Selbst wenn es in der Bibelgeschichte am Schluss gut ausging, hatte Agnes nie verstanden, dass Abraham zu so einer Gräueltat bereit gewesen war. Das eigene Kind! Sie fühlte eine unangenehme Beklemmung. Warum hatte der ehemalige Hausbesitzer Tag für Tag ausgerechnet diese dramatische Szene vor sich sehen wollen?

Michele war nun auch neugierig geworden und beugte sich dicht neben ihr zu dem Bild hin. Sie fühlte, wie sein gestärktes Hemd ihren nackten Unterarm streifte.

»Igitt, wie scheußlich! Aber du hast recht, es ist tatsächlich ein Original. Womöglich hat es der Nachlassverwalter übersehen«, stellte er fest. Er studierte kurz die Darstellung und kam dann zu dem Schluss: »Nein. Es ist nicht signiert. Und von Volo kann es tatsächlich auf keinen Fall sein – der hat niemals gegenständlich gemalt.«

Nachdem Michele mit seinem Projekt auf sie zugekommen war, hatte sich Agnes natürlich über diesen in Deutschland unbekannten Künstler namens Volo informiert und alles gelesen, was ihr bei der Internetrecherche über den Weg gelaufen war. Viel war das nicht gewesen – ein paar Zeitungsartikel über seine Ausstellungen, zwei, drei Fotografien von ihm und wenige seiner Bilder. Im ersten Moment meinte man zwar, darauf Landschaften, Figuren und Menschen zu erkennen, aber wenn man genauer hinsah, zerflossen diese wieder in abstrakte Formen. Der Stil dieser Radierung war in der Tat nicht damit zu vergleichen.

Michele schien ihr nachdenkliches Schweigen als Missfallen zu interpretieren. »Sollen wir es abhängen?«

»Lass nur«, lehnte sie ab. »Das Bild ist schließlich auch ein Teil der Geschichte dieser alten Mauern. Es wird einen Grund geben, warum Volo es hier haben wollte. Also soll es bleiben.«

Agnes löste sich von der Radierung und platzierte dann abschließend ihre Handtasche auf dem Tisch neben einer Schale voll frischem Obst.

»Meinst du, dass du es hier aushältst?«, fragte er etwas unsicher.

»Es ist ein Traum«, antwortete sie.

Michele betrachtete die Umgebung offenbar eher unter anderen Gesichtspunkten. »Eher ein Albtraum! Es ist ja immer noch alles genau so, wie Volo es hinterlassen hat. Natürlich habe ich eine Putzfrau durchgejagt und dir den Kühlschrank gefüllt, aber als komfortabel kann man die alte Bude trotzdem nicht bezeichnen. Wenn du möchtest, organisiere ich dir heute noch ein Hotel.«

»Michele, mach dir keine Sorgen! Von solch geheimnisvollen alten Häusern träume ich, seit ich ein kleines Mädchen bin. Ich liebe sie. Meine armen Eltern mussten in unseren Urlauben jedes Schloss, jede Burg und jedes Freilichtmuseum in der Umgebung besichtigen. Auf keinen Fall will ich in einer Pension schlafen.«

»Va bene, probier es aus, du kannst ja jederzeit umziehen. Es ist schon recht spät. Wollen wir uns heute auf den Wohnteil beschränken, oder soll ich dir trotzdem auch gleich den Anbau mit dem Atelier und dem Festsaal zeigen?«

»Wenn es dir recht ist, machen wir die ausführliche Besichtigung morgen. Inzwischen bin ich doch ziemlich k.o.«, sagte Agnes gähnend. Sie fühlte sich plötzlich hundemüde.

Michele führte sie zügig durch das Parterre: An den Wohnraum grenzten ein kleineres Zimmer, das zur Bibliothek umfunktioniert worden war, und auf der anderen Seite die Küche mit einem ebenerdig anschließenden Vorratskeller, in dem Hunderte verstaubter Weinflaschen und Einmachgläser ohne Beschriftung oder Etikett lagerten. Im oberen Stockwerk befanden sich das Bad, ein offener Bereich mit

Sesseln und einem Sofa, von dem eine weitere Treppe nach oben abging, und ein freundlicher kleiner Raum, in dem Volo geschlafen hatte. Das grob geschnitzte Bett aus unbehandeltem Holz war mit frischen weißen Laken bezogen, und auf einer Truhe duftete ein prächtiger Strauß abricotfarbener Rosen. Agnes streichelte vorsichtig über eine Blüte. »Sie sind wunderschön!«

»Zur Begrüßung.« Michele fasste Agnes bei der Hand. »Du ahnst gar nicht, wie glücklich ich bin, dass ich dich überreden konnte, hierherzukommen und für mich zu arbeiten.«

»Ich werde mir alle Mühe geben, dich nicht zu enttäuschen«, sagte sie und erwiderte sein Lächeln. »Aber ich habe dich gewarnt. In den letzten Jahren war ich viel mehr mit Bürokram und Ausschreibungen als mit Entwerfen beschäftigt. Es gibt zig Architekten, die mehr Berufserfahrung aufweisen können.«

»Mach dir keine Sorgen. Meine Intuition trügt mich nie – hier, in der Ca' More, sind vor allem weibliches Feingefühl und Geschmack gefragt. Zudem hast du dich während deines Studiums intensiv mit Entwürfen in historischen Gebäuden beschäftigt, das hast du mir selbst erzählt. Du bist mir sofort in den Sinn gekommen, als ich den Auftrag an Land gezogen habe. Was nicht heißt, dass ich nicht auch vorher immer wieder an meine sanfte Münchner Schönheit denken musste …« Er wartete, bis Agnes die Schmeichelei mit einem Lächeln erwidert hatte, und fuhr dann fort. »Vertrau auf dich, dann wird unser Projekt bestimmt ein voller Erfolg. Ich freue mich sehr auf die Zusammenarbeit mit dir.« Beinahe nervös zupfte er plötzlich unsichtbare Flusen von seiner Manschette, bis er die Augen wieder aufschlug und Agnes mit einem Ausdruck im Gesicht taxierte, in dem mehr lag, als sie auf einmal verstehen konnte. »Eine hoffentlich enge und lange Zusammenarbeit. Bitte, nimm dir so viel Zeit, wie du brauchst, um dich einzuarbeiten.«

»Drängt die Gemeinde nicht zu einer möglichst schnellen Umsetzung?«, fragte sie erstaunt und ein wenig erleichtert über den Themenwechsel, der sich ihr bot.

»Im Moment läuft gerade die Genehmigung der Umnutzungsanträge. Das wird seine Zeit brauchen. Du hast heute Nachmittag ja schon feststellen dürfen, dass bei uns in Italien fünf Minuten eine halbe Stunde dauern«, antwortete er grinsend. »Jetzt kannst du deutsche Maßstäbe ansetzen und das Ganze dann hochrechnen.«

Agnes mochte es, wie er sich über seine eigene Unpünktlichkeit lustig machte. Sie begleitete Michele zur Tür.

»Wirst du dich auch nicht fürchten, so allein in dem großen Kasten?«, fragte er, nachdem er ihr zwei Abschiedsküsschen auf die Wangen gehaucht hatte.

»Ganz bestimmt nicht«, beruhigte sie ihn.

»Gut, dann sehen wir uns morgen früh. Wenn etwas ist, melde dich! Ich kann in einer guten halben Stunde von Treviso hierherkommen.«

Und nur Sekunden später knirschten Micheles Schritte über den Kies in Richtung Gartentor davon.

Agnes lehnte sich an die Hauswand und betrachtete in Ruhe das herrliche Bild, das die Dämmerung auf die weite Landschaft unter ihr malte. In allen denkbaren Blautönen, von Ultramarin bis Kobalt, staffelten sich die weichen Hügel, bevor sie in die unendlich scheinende Ebene übergingen. Ein rosa Streif zeichnete den Beginn des Himmels – sonst hätte man die aufglimmenden Lichter und Straßenbeleuchtungen kaum von den Sternen unterscheiden können. Dort, wo sich die Lampen zu einem flimmernden Netz verdichteten, mussten die großen Industriestädte vor Venedig liegen. Sie hörte, wie Michele den Motor startete und langsam davonfuhr. Sie spürte der flüchtigen Berührung zwischen ihnen beim

Abschied nach. Das Gefühl gefiel ihr. Es war genau richtig gewesen – nicht zu viel und nicht zu wenig. Ein leichtes Prickeln, das die Zusammenarbeit noch reizvoller machte, doch keine ernsthafte Gefahr für ihre Beziehung mit Hans. Sie war so glücklich, dass sie diesen Schritt gewagt hatte.

Bald schon vernahm sie nur noch das Kläffen eines Hundes irgendwo in der Nachbarschaft, das immer lauter anschwellende Zirpen der Grillen und das zarte Rauschen der Blätter des großen Baumes, der vor dem Haus stand. Sie hätte noch lange so stehen und den glückseligen Moment in sich aufsaugen können, den nichts störte. Nichts. Nicht einmal das Läuten ihres Handys …

Verdammt! Das steckte ja immer noch in dem Loch in der kleinen Mauer auf der hinteren Gartenterrasse. Agnes machte sich widerwillig auf den Weg zur Mauer. Sie wollte noch einmal versuchen – diesmal in Ruhe und vor allem, ohne dabei von dem heimlich feixenden Matteo beobachtet zu werden –, es aus der Versenkung zu holen.

Vor ihren Füßen hüpften die Insekten aus dem feuchten Gras. Ein Glühwürmchen schwirrte davon. Durch den Schatten der Bäume, die das letzte Licht des Tages verschluckten, konnte Agnes kaum noch etwas sehen, nur die niedrige Stützmauer leuchtete etwas heller. Sie schob den Ärmel ihrer weißen Tunika nach oben und streckte widerwillig die Hand in das Loch im obersten Stein, in dem heute Mittag ihr Smartphone verschwunden war. Der ungeschliffene Beton schabte an ihrer Haut. Ob es hier auch Skorpione gab? Es hieß ja, ihr Stich sei nicht schlimmer als der einer Biene. Dennoch, sie musste das nicht unbedingt ausprobieren. Andererseits waren auch dümmliche C-Prominente in irgendwelchen Dschungelcamps mutig genug, sich dieser Art von Aufgabe zu stellen – warum also nicht sie?

Agnes kniete sich auf die Wiese, drehte den Arm, so gut es ging, in die Öffnung hinein, und streckte vorsichtig die Fingerspitzen weiter aus. Nun berührte sie tatsächlich etwas Glattes. Das musste die Schale ihres Smartphones sein. Schließlich bekam sie es am äußersten Rand zwischen Zeige- und Mittelfinger zu fassen. Doch ausgerechnet in diesem Augenblick fing es an, zu vibrieren und »*Sexbomb, sexbomb, you're a sexbomb*« zu brüllen. Mit einem Schreckensschrei riss Agnes den Arm zurück. Mist! Sie hatte das Handy aus den Fingern gleiten lassen, und wehgetan hatte sie sich dabei auch noch. Sie untersuchte die Kratzer auf ihrer Haut und versuchte es dann noch einmal. Tom Jones hielt mit seinem Song kurz inne, um gleich darauf wieder von Neuem anzufangen. Hans regte sich sicher schon furchtbar auf, weil Agnes seit der Abfahrt kein Lebenszeichen gesendet hatte. Oder war es womöglich Lilly, die sich versichern wollte, dass ihre Mutter nicht im letzten Moment einen Rückzieher gemacht hatte? Seitdem sich ihre Tochter für den Auslandsaufenthalt entschieden hatte, kam sie Agnes selbstständiger vor, als sie selbst es war. Eine verkehrte Welt …

Sosehr sie auch ihren Arm verrenkte und obwohl sie sich fast die Schulter auskugelte, das Handy war durch die Bewegung noch ein Stück weiter nach unten gerutscht und jetzt beim besten Willen nicht mehr zu erreichen. Gut, dann musste ein Plan B her.

Obwohl sie wirklich nichts lieber getan hätte, als sich schlafen zu legen, holte Agnes ihren Geldbeutel aus dem Haus, versperrte sorgfältig die Tür und machte sich auf den Weg hinunter nach Sanviale, wo sie bei der Durchfahrt auf der Piazza eine altmodische Telefonzelle aus Aluminium gesehen hatte. Sie parkte ihren Twingo zwischen Traktoren, schnittigen Alfas und einem Kleinlaster für Lebendvieh, in dem, dem Gestank nach zu urteilen, vor Kurzem noch arme Schweine oder Schafe ihre letzte Fahrt zum Schlachthof gemacht hatten. Und da, ganz am Rand des Parkplatzes, stand auch unübersehbar der grüne Fiat des übellaunigen Gärtners. Vor der Bar an der Breitseite der Piazza hockten eine Reihe Raucher auf einer langen Balustrade wie Hühner auf der Stange. Sie beäugten jeden ihrer Schritte und gaben lauthals Kommentare von sich, die Agnes nicht übersetzen konnte, weil sie einen derben Dialekt sprachen. Und das bisschen, was sie doch verstand, wollte sie lieber gleich wieder vergessen. Matteo konnte sie zwischen den Kerlen zum Glück nicht entdecken – eine Begegnung mit ihm hätte ihr jetzt gerade noch gefehlt.

Die Telefonzelle roch nach Urin, und der speckige Hörer fühlte sich klebrig an. Ein Witzbold hatte neben die Tasten seine Nummer geschrieben mit dem Hinweis: »Geile Säue bitte hier anrufen.«

Hans hob sofort ab. »Behrend?« Seine Stimme klang schon allein beim Nennen des Nachnamens wütend.

»Hallo, Hans, ich bin es. Es tut mir leid, dass …« Agnes hatte auf der kurvigen Fahrt den Berg hinab ihre Verteidigungsrede mehrfach geprobt. Doch sie kam gar nicht dazu, sie loszuwerden.

»Das sollte es auch! Wo bist du? Weißt du eigentlich, wie viele Sorgen ich mir gemacht habe? Ich habe schätzungsweise zwanzigmal auf deinem verfluchten Handy angerufen!«

»Entschuldige, Schatz, das ist mir heute Mittag in den Hohlraum einer Betonsteinmauer gefallen.«

»Das sieht dir ähnlich. Du bist so ein Schussel! Dich kann man wirklich nicht allein lassen.«

Plötzlich klang seine Stimme weich. Besorgt. Agnes spürte

ein warmes Gefühl in sich aufsteigen. Wie zärtlich Hans sein konnte. Das hatte sie beinahe vergessen.

»Du kannst froh sein, dass du so weit weg bist«, sagte er, und sie meinte, ihn lächeln zu hören. »Ansonsten würde ich dir jetzt den Hintern versohlen. Ich war kurz davor, bei der italienischen Polizei eine Suchmeldung aufzugeben.«

Dass er sich solche Sorgen gemacht hatte, tat ihr wirklich von Herzen leid. Sie fühlte sich schäbig, wenn sie daran dachte, dass sie den Nachmittag mit den Frauen in der Pasticceria verbracht hatte und den Abend gemeinsam mit Michele im Restaurant. Und keine Sekunde hatte sie daran gedacht, dass Hans sich womöglich den Kopf über ihren Verbleib zerbrach. »Ich werde wohl ein neues Handy und eine SIM-Karte besorgen müssen.«

Sofort war alles Zärtliche, alles Liebevolle wieder aus Hans' Stimme verschwunden. »Spinnst du?«, keifte er los. »Weißt du eigentlich, was das Scheißding gekostet hat? Versuch gefälligst, es wiederzubekommen! Und zwar schleunigst. Ich muss dich schließlich erreichen können.«

Na wunderbar. Alles wieder beim Alten, dachte sie und konnte nur schwer ein enttäuschtes Seufzen unterdrücken. Sie hörte, wie er eine kleine Pause machte und sich überwinden musste, um die nächste Fragen zu stellen.

»Bist du wenigstens gut untergebracht?«

Sein Zwiespalt zwischen Eifersucht, Ablehnung und Neugier war ganz offensichtlich.

»Es ist sehr schön hier. Du müsstest das Haus sehen«, begann sie zu erzählen. »Es würde dir bestimmt auch gefallen. Der neuere Teil ist vor circa vierzig Jahren an …«

Hans fiel ihr ungeduldig ins Wort. »Dann ist's ja gut. Der Albinger ist übrigens heute überraschend bei mir vorbeigekommen. Du weißt ja, wie er ist, wenn er einmal anfängt zu reden.«

Mit der Spitze ihres Zeigefingers fuhr Agnes das ordinäre Graffito entlang, während ihr Hans haarklein erzählte, was alles an diesem Tag vorgefallen war. Wenigstens vergaß er so, dass er eigentlich sauer auf sie war. Als er seine Ausführungen beendet hatte, versuchte sie, ihm noch einmal von der Ca' More zu berichten. Sie hatte die Hoffnung, ihn für ihr Vorhaben gewinnen zu können, immer noch nicht ganz aufgegeben.

»Du, Schatz, ich glaube, ich habe einen echtes Traumprojekt an Land gezogen. Michele ist zwar sehr anspruchsvoll, aber wenn ich das alles hinbekomme, kriegen wir vielleicht noch mehr Folgeaufträge fürs Büro.«

»Übernimm dich nicht«, knurrte Hans. »Du schaffst es ja nicht einmal, dein Handy in die Tasche zu stecken. Wie willst du da überhaupt einen Umbau planen?«

»In mir steckt mehr, als du denkst.«

»Ach, du meinst, weil dir damals dein Herr Professor eine Eins auf dein Jodeldiplom gegeben hat? Das hat der doch bei allen hübschen Mädchen so gemacht. Und garantiert ist dieser Michelangelo auch nur wegen deines hübschen Gesichts so hinter dir her.«

Er schaffte es sogar, sie zu kränken, wenn er ihr ein Kompliment machte. Agnes schluckte einen bissigen Kommentar hinunter und versuchte stattdessen, sachlich zu bleiben. »Michele ist ausschließlich an einer guten Architektin interessiert«, sagte sie kühl. »Wenn du möchtest, kannst du jederzeit kommen und mich besuchen.«

Hans' Stimme klang tatsächlich etwas freundlicher, als er antwortete: »Mal sehen. Im Moment kann ich mich von diesem Irrenhaus hier nicht loseisen.«

Sie schien ihn erfolgreich besänftigt zu haben. Zum Abschied nannte er sie sogar wieder Haselmaus. Sie ließ sich von ihm auch noch die Nummer von Lilly in England diktieren. Mit dem angenehmen Gefühl, sich nicht im Streit zu trennen, und dem Versprechen, bis zum nächsten Abend bestimmt wieder mobil erreichbar zu sein, legte sie auf.

Obwohl es eigentlich nicht die vereinbarte Telefonzeit war, rief Agnes im Anschluss ihre Tochter an. Sie hatte Glück, Lilly meldete sich umgehend und erzählte ohne Punkt und Komma von den Mitschülerinnen und dem supernetten Hockeytrainer. Ben, wie sie ihn nannte, hatte sie sogar schon zu einem Profispiel mitgenommen. Agnes horchte auf. Sie wusste die Leerstellen in der Erzählung zu interpretieren. Ihre Tochter war auf dem besten Wege, sich zu verlieben, und vermutlich deswegen auch so aufgekratzt.

»Liebling, ich bin froh, dass es dir in England gut geht.«

»Und ich bin saufroh, dass du dem Alten endlich zeigst, was du draufhast. Er ...«

»Lilly!«, unterbrach Agnes ihre Tochter mit nicht ganz ernst gemeinter Empörung. »So darfst du doch nicht über deinen Vater sprechen! Denk lieber dran, was er dir gerade ermöglicht, und sei ihm ein bisschen dankbarer.«

»Ist doch wahr. Papa ist eifersüchtig, seit ich denken kann, weil du tausendmal begabter bist als er. Er klaut dir deine Ideen und gibt sie so geschickt als seine eigenen aus, dass du zum Schluss selbst daran glaubst. Dabei ist er allein noch nicht mal in der Lage, sich zwei gleiche Socken aus dem Schrank zu suchen.«

Dieses Kind vergriff sich wirklich manchmal im Ton. Trotzdem hatte Lilly unbewusst genau das Richtige gesagt, um Agnes Mut zu machen. Kopfschüttelnd, aber bester Laune, verabschiedete sie sich von ihrer Tochter und fuhr pfeifend zurück zur Ca' More. Erst als sie begann, eine Melodie zu summen und kurz darauf laut den Text zu singen, fiel ihr auf, was für ein Ohrwurm in ihrem Kopf sein Unwesen trieb: *»Sexbomb, sexbomb, you're a sexbomb ...«*

Michele hatte wirklich alles getan, um es ihr in dem alten Haus gemütlich zu machen, das bemerkte sie, als sie sich in aller Ruhe einrichtete. Der Korb mit Brennholz lud ein, selbst ein Feuerchen auf dem steinernen Tisch zu machen, und im Wandregal steckten die neuesten italienischen Architekturzeitschriften. Selbst das im Siebzigerjahre-Stil orange gekachelte Bad wirkte nicht schmuddelig, sondern eher stilvoll, weil es liebevoll mit neuen violetten Handtüchern, einem farblich passenden Wannenvorleger und einer teuren französischen Duftkerze mit Feigenaroma ausgestattet worden war. In Volos ehemaligem Schlafzimmer hatte Michele drei Fächer des Kleiderschranks leer geräumt, damit sie Platz für ihre eigenen Sachen fand. In null Komma nichts hatte Agnes ihren Koffer ausgepackt und fühlte sich fast schon ein bisschen heimisch.

Nachdem sie in ihren Pyjama geschlüpft war, löschte sie das Lämpchen auf dem Nachttisch, öffnete die beiden Fenster im Schlafzimmer so weit wie möglich, zog noch einmal tief die frische, würzige Luft der italienischen Nacht ein und kroch unter die Decke. Sie war hundemüde.

Und doch konnte sie einfach nicht einschlafen. Im Dunkel, das auch die Sterne nicht erhellen konnten, klangen die Geräusche der Umgebung plötzlich viel lauter. Mit einem Mal konnte sie verstehen, warum Lidia von einem »Geisterhaus« gesprochen hatte …

Die Grillen zirpten so heftig, als würden sie mit Metallmünzen über ein Waschbrett schrappen. Der arme Kettenhund, der das Gehöft am unteren Ende der Zufahrt bewachen sollte, war von einem abgehackten Bellen im Fünf-Minutentakt zu einem kontinuierlichen Jaulen übergegangen. Wenigstens würde er so auch alle ungebetenen Gäste vertreiben, die sich auf den Weg zur Ca' More machen wollten. Ca' More … Was der Name wohl bedeutete? Bestimmt irgendwas mit Liebe, amore. Morgen wollte sie Michele danach fragen.

Als sie plötzlich einen langgezogenen Schrei hörte, zuckte sie zusammen. So klagte ein Kind, dem grausamer Schmerz zugefügt wurde. Der Schrei erklang ein zweites Mal, direkt vor ihrem Fenster. Natürlich, Lidia hatte sie ja gewarnt – das musste der Gufo sein!

Voller Neugier strampelte sich Agnes vom Laken frei und tastete sich aus dem Zimmer. Sie wollte den Kauz nicht verjagen, indem sie die Deckenbeleuchtung anmachte. Aus dem Bad holte sie sich Kerze und Streichhölzer. Im Schein der kleinen Flamme lehnte sie sich aus dem Fenster und wartete. Ein Nachtfalter trudelte auf das Licht zu, und noch bevor sie ihn aus der Gefahrenzone scheuchen konnte, schmurgelten die hauchdünnen Flügelchen schon zu schwarzen Krümeln zusammen.

Kurz darauf raschelte es in den Zweigen, und ein heiseres Pfeifen ertönte. Dann sah sie den Gufo plötzlich direkt vor sich: Er war viel kleiner, als sie ihn sich vorgestellt hatte. Sein Federkleid schimmerte dunkelgrau, und er hatte ein feines cremeweißes Spitzenmuster am Bauch. Sie versuchte, seinen Pfiff zu imitieren, und der Gufo hüpfte neugierig aus dem Schutz der Blätter heraus und näher – sie hätte den Arm ausstrecken und ihn berühren können. Wie ungewöhnlich zahm er war! Er legte sein Köpfchen schief und beäugte sie mit aufgeweckten runden Augen, die das Licht rot reflektierten. Sein Schnabel war kaum zu entdecken, und zwei Federbüschel, die die Form von kleinen Hörnchen hatten, verliehen ihm beinahe das Aussehen eines Miniaturteufelchens.

»Tjuuuuh«, machte der kleine Vogel. Und noch einmal: »Tjhuuuuh!«

Dieses zutrauliche Tierchen sollte also der Geist der unglücklichen Dienstmagd aus dem Friaul sein, von der Lidia erzählt hatte? Agnes versuchte sich vorzustellen, wie Elisa, diese angebliche Schönheit, wohl ausgesehen haben mochte. Klein und dunkel? Nein, bestimmt nicht. Unwillkürlich kam ihr die geschnitzte blonde Madonna aus der verwunschenen Hauskapelle in den Sinn. Was hatte dieses Mädchen und den Mann aus gutem Hause wohl verbunden, was hatte sie getrennt? Nach Lidias Schilderung war die Geschichte tragisch ausgegangen. Aber selbst wenn es kein Happy End für sie gegeben hatte, durften sich die beiden letzten Endes nicht allein deswegen glücklich schätzen, weil sie die wahre Liebe in ihrem Leben *überhaupt* gefunden hatten? Das konnten nicht viele von sich behaupten.

»Tjuuh-tjuuu-tjuuuh«, mischte sich der kleine Gufo in ihre Gedanken ein. Nach wem würde sie rufen, wenn sie eines Tages ein Geist in Eulengestalt werden sollte? Nach Hans? War er der Mann, der ihr unvollständiges Sein zu einem Ganzen fügte, so wie sie sich die ideale Liebe als junges Mädchen immer ausgemalt hatte? Er war zuverlässig und vermittelte ihr seit der ersten Begegnung in seinem Büro, wo Agnes sich einst als schüchterne Praktikantin beworben hatte, ein Gefühl überlegener Sicherheit. Zudem war er extrem großzügig in materiellen Dingen und ließ sie und Lilly uneingeschränkt an seinem guten Verdienst teilhaben. Im Gegenzug war er oft eifersüchtig oder besitzergreifend, wie Christiane es nennen würde. Und gerade in letzter Zeit meckerte er viel an seinen beiden Frauen herum. Dafür war er ein verantwortungsvoller, wenn auch strenger Vater, um den sie andere Frauen beneideten. Aber was empfanden sie als Mann und Frau füreinander? Nach achtzehn Jahren Ehe konnte sie diese scheinbar einfachste aller Fragen nicht beantworten. Nur eines wusste sie sicher: Die Gefühle, über die sich Menschen noch in hundert Jahren Geschichten erzählten, waren aus anderem Stoff gewebt.

Agnes fuhr sich mit der Hand hastig über die Stirn, als könnte sie so das Unwohlsein, das sie plötzlich verspürte, wegwischen. Die schnelle Bewegung musste den Gufo nun doch erschreckt haben, denn mit einem heftigen Flügelschlag stürzte er sich von seinem Ast und segelte in die blauschwarze Nacht.

7

Venedig. April 1925

Der Vater hatte Arturo beim Frühstück mit einer Einladung begrüßt, die gleichbedeutend mit dem Befehl war, ihn zu begleiten: »Du bist siebzehn, mein Sohn. Höchste Zeit, dass du endlich zum Mann wirst. Deswegen möchte ich dir etwas schenken. Wir fahren heute nach Venedig.« Dort wollte er mit ihm Franco Aquarone, einen befreundeten Maler, dessen Kunstwerke dank Mussolinis Unterstützung gerade große Beachtung fanden, besuchen. In seinem Atelier sollte sich Arturo ein Gemälde aussuchen.

Arturo war der ganze Ausflug von vornherein zuwider gewesen, die zu erwartende rasante Fahrt mit Vaters neuem Lancia, das möchtegern-intellektuelle Gerede der Männer über die modernen Kunstrichtungen, der neidische Blick seines jüngeren Bruders und dieser unglückliche Gesichtsausdruck der Mutter. Wie gern hätte er Andrea angeboten zu tauschen. Was hätte er darum gegeben, wenn er sich einfach mit seinen Büchern in sein Zimmer hätte zurückziehen können. Später wäre er dann dabei gewesen, wenn das neue Mädchen von Signora Rizzi aus Zuglio gebracht wurde, die Enkelin dieser entfernten Verwandten, für deren von den Schwarzhemden ermordeten Ehemann sich die Mutter offensichtlich schämte und die er deswegen umso interessanter fand. Vielleicht hätte er dann auch mehr über

Mutters Herkunft erfahren – ein Thema, das sie tunlichst vermied.

Aber nein, es stand nicht zur Debatte, das Angebot des Vaters musste freudig angenommen werden, so wurde es von ihm erwartet. Also waren sie noch vor dem Mittagessen gestartet. Wie befürchtet fuhr der Vater viel zu schnell dafür, dass er sich mit dem Automobil kaum auskannte. Wenigstens würde Arturo, falls sein Erzeuger sie beide gegen die nächste Eiche steuerte, der Anblick der futuristischen Bilder erspart bleiben. Doch es kam zu keinem tödlichen Unfall, und auch das Taxiboot kenterte leider nicht, so wie er es sich beim Zusteigen in Mestre erhofft hatte.

Die hässliche Großbaustelle des Molino Stucky, einem gewaltigen Komplex von Kornmühlen, dessen neureicher Besitzer inzwischen die halbe Stadt aufgekauft hatte, begrüßte sie schon von Weitem bei der Überfahrt und erinnerte Arturo daran, dass selbst das einzigartige Venedig im Begriff war, sein Gesicht zu verändern. Diese aufwühlende Zeit des politischen Umbruchs – zum Schlechten, ja, zum Schlimmsten, wie er fürchtete – machte vor nichts und niemandem Halt. Die verwunschene Schönheit der Stadt, die er so liebte, hatte großen Ideen weichen müssen, wie dem plumpen Bau der neuen Börse und die nackt anmutende Eisenbrücke mit den überdimensionalen Laternen, die den Canal Grande bei der Accademia überspannte. Und wie viele der kleineren Kanäle waren verschüttet und Häuser, ja selbst Kirchen abgerissen worden, um breiten Straßen Platz zu machen!

»Schau dort, die neuen Petrochemiefabriken! Wie übersichtlich die Altstadt durch die Straßenachsen geworden ist!« Der Vater konnte sich über diese Modernisierung begeistern, aber Arturo wurde immer missmutiger.

»In ein paar Jahren können wir auf dem Canal Grande

Autorennen fahren, und die Stadt sieht aus wie jede beliebige andere«, murrte er.

So kamen sie am frühen Nachmittag beim Palazzo Aquarones am Ende des großen Kanals an. An der gotischen Fassade des herrlichen Baus hatte zumindest noch niemand herumgemurkst, und Arturo stellte sich vor, wie Lord Byron bei seiner legendären Überquerung der Lagune an den alten Steinen vorbeigeschwommen sein mochte. Doch der wohlige Moment war nur von kurzer Dauer.

»Sind wir denn bei Eurem Freund nicht angekündigt?«, flüsterte er peinlich berührt dem Vater zu, nachdem der Maler ihnen nicht nur höchstpersönlich, sondern auch noch im Morgenmantel die Tür geöffnet hatte und nun mit ausgetretenen Pantoffeln an den Füßen die breiten Marmorstufen ins obere Stockwerk vorausschlappte.

»Nun sei doch nicht so furchtbar bürgerlich!«, zischte der Vater. »In der Welt der Boheme gelten andere Gesetze.«

Wie anders diese Gesetze waren, musste Arturo gleich darauf im Atelier des Künstlers erleben. Obwohl es kaum drei Uhr war, erwarteten die Gäste nicht etwa wie üblich Caffè und Pasticcini, sondern Champagnerflaschen und Austern. Und allein war der Künstler auch nicht. Er hatte bereits zwei Damen zu Besuch, die sich bei näherer Betrachtung als wenig damenhaft erwiesen. Die Brünette lispelte im dumpfen Dialekt der Arbeiterviertel von Mailand, die Blonde war anscheinend zu dumm, um überhaupt etwas von sich zu geben außer einem einfältigen Gekicher, das idiotisch eintönig wie das Schleifen des Schutzblechs an seinem Fahrrad schepperte.

Zudem waren die beiden so billig angezogen, dass sich Arturo für sie schämte. Falls man überhaupt von »angezogen« sprechen konnte, denn das, was die jungen Frauen von ihren Körpern zeigten, war deutlich mehr als das, was sie mit den aufdringlich bunten Stoffen verhüllten.

Der Vater jedoch schien sich in der Runde auf Anhieb wohlzufühlen und wurde vertraulich begrüßt, als würde er ihr nicht zum ersten Mal beiwohnen. Während Aquarone die Champagnerkelche füllte, quetschte sich Zeno Visentin zwischen die beiden Mädchen auf den Diwan, legte jovial seine Arme um ihre nackten Schultern und stellte Arturo und den Grund ihres Besuchs vor: »Ich möchte, dass sich mein Ältester heute mit den beiden treibenden Kräften im Leben vertraut macht: der Kunst und der Liebe.«

Die Frauen klatschten und beäugten Arturo neugierig, dem unwohl wurde, doch der Vater lachte lautlos in sich hinein und nagte dabei mit den Schneidezähnen an seiner Unterlippe.

Arturo empfand den Altersunterschied zwischen den Mädchen und seinem Vater, der leicht auch ihr Erzeuger hätte sein können, als anstößig.

Franco Aquarone erhob sein Glas. »So einen Papà hätte ich mir auch gewünscht. Auf dich, Zeno!«

Arturo senkte den Blick und nippte aus Höflichkeit an dem perlenden Getränk, das für ihn nicht edel, sondern vielmehr nach vergorener Hefe schmeckte. Die Situation wurde ihm zunehmend unangenehmer. Welche Erwartungen setzte der Vater in ihn? Konnten sie nicht einfach irgendein belangloses Bild aussuchen und dann wieder nach Hause fahren? Doch nein, der Vater begann, sich auf einen gemütlichen Aufenthalt einzurichten. Er lehnte sich zurück, knöpfte die Weste auf, lockerte die Krawatte und öffnete sogar den obersten Hemdknopf. Während die nächste Flasche entkorkt und geleert wurde, zeigte Franco Aquarone seine neuesten Werke. Es waren große Ölschinken in düsteren Schlammfarben, die er auf einer fahrbaren Staffelei heranrollte. Explodierende Formen, Maschinenteile, die durch die Luft schossen, zerrissene Menschen und zersplitterte Städte. Arturo fragte sich, ob er besser verstehen würde, was er da vor sich sah, wenn er nicht das halbe Glas Champagner getrunken hätte. Besonders scheußlich fand er zwei Porträts Mussolinis, die, aufgelöst in geometrische Figuren, die dumpfe Brutalität seines kantigen Kopfes nur noch betonten.

»Ich verehre ihn unendlich. Mit dem Duce haben wir endlich einen würdigen Unterstützer unseres Manifests gefunden«, erklärte der Maler seine Arbeit. »Dank seiner Hilfe werden wir das Universum neu konstruieren! Nicht durch lauwarme Theorien, sondern durch Technik und Krieg, Gewalt und Geschwindigkeit!« Er redete sich in Rage, seine zur Schau getragenen Künstlerlocken zitterten, und die langen Hände gestikulierten wild.

Der Vater nickte zustimmend. »Wie sagt Marinetti? Ein Rennwagen ist schöner als die Nike von Samothrake. Wenn ich deine Bilder sehe, Franco, dann kann ich dem nur zustimmen, auch wenn ich im Alltag gegen barbusige Weiber nichts einzuwenden habe. Aber dann sollten sie nicht aus Marmor, sondern aus Fleisch und Blut sein!«, fügte er lachend hinzu und betastete mit den Händen die weißen Dekolletés seiner beiden Nachbarinnen.

Arturo spürte, wie ihm die Röte ins Gesicht stieg. Wie konnte sein Vater sich so gehen lassen? Doch es sollte im Lauf des Tages noch schlimmer kommen.

»Was meinst du, mein Sohn, das Gemälde mit dem Motorrad würde doch hübsch in dein Zimmer passen?«, wandte sich der Vater an ihn.

Er antwortete schulterzuckend. »Ja, bestimmt. Wenn es Euch gefällt, mag ich es auch.« Dann erhob er sich. »Entschuldigt mich bitte, ich brauche etwas frische Luft.«

»Der Bub vertragt wohl no net so viel wie sein Papà«, sagte die Frau mit dem Milaneser Dialekt, und die andere lachte blechern dazu.

Arturo trat auf den breiten Balkon. Unter ihm breitete sich in der untergehenden Sonne das Becken von San Marco aus, die Lagune schillerte in den Farben eines glitzernden Schmuckkästchens. Gondeln durchzogen wie schwarze Scherenschnitte die funkelnde Wasseroberfläche. Den Hintergrund für diese zauberhafte Kulisse bildeten die langgezogenen Giudecca-Inseln und San Giorgio, die nun im Schatten lagen. Dazwischen schimmerte im Dunst der Lido. Ein Krankenboot fuhr mit Sirenengeheul zu einer kleinen Insel etwas weiter östlich hinter der eleganten Kirche von Palladio. Auch hier gab es Schmerz und Leid wie überall. Vielleicht lag in diesem Boot sogar gerade ein Mensch im Sterben und litt grausam, weil er am Leben hing und seine Lieben nicht verlassen wollte. Arturo wunderte sich, dass er für einen Unbekannten, den er doch nur in seiner Fantasie erdacht hatte, mehr Empathie empfinden konnte als für sich und seine Angehörigen.

In seiner Brust breitete sich eine unendliche Traurigkeit aus. Er fühlte sich so einsam wie ein schwarzes Schaf in einer riesigen Herde weißer Artgenossen. Es gibt niemanden auf dieser Welt, der mir gleicht, dachte er, und wenn doch, dann werde ich ihn zwischen zwei Milliarden Menschen garantiert nicht finden. Diese Gewissheit war wie die negative Diagnose eines Arztes: »Unheilbar.« Er konnte plötzlich den herrlichen Anblick nicht mehr ertragen. Was sollte er mit all dieser Schönheit, wenn er sie doch nie würde teilen können? Einen Augenblick lang spielte er mit dem Gedanken, sich kopfüber in das schwarze Wasser des Canal Grande fallen zu lassen. Doch die Vorstellung, wie die faulige Brühe seine Lungenbläschen zerreißen würde, hielt ihn davon ab. Aber wohin sollte er gehen?

Bloß nicht zurück zu der dekadenten Gesellschaft im Atelier, in der sich sein eigener Vater benahm wie ein lüsterner Freier. Da bemerkte er eine zweite Tür, die zum Balkon hin offen stand. Ein durchscheinender Vorhang flatterte einladend in der Brise. Arturo nutzte die Gelegenheit zur Flucht vor Venedigs quälend schönem Zauber und den unliebsamen Menschen um sich herum, wenn auch nicht zur Flucht vor sich selbst, und schlüpfte zwischen den feinen Leinenbahnen hindurch.

Er hatte Glück: die Bibliothek des Künstlers. Hier, zwischen Wänden voller Bücher, fühlte er sich sofort wohler. Die braunen Lederrücken mit ihren Goldprägungen versprachen Rückzug in die Welten, die ihm, seitdem er lesen konnte, Trost schenkten. Mit den Fingerkuppen fuhr er an ihnen entlang, ertastete die Prägungen, atmete Staub und Pergamentgeruch. Durch die hohe Doppeltür erklangen aus dem Nebenzimmer immer lauter die Geräusche der vier Fremden, von denen einer zufällig mit ihm verwandt war. Die Männer ereiferten sich lauthals in ihren Theorien. Auf einmal quiekte eine der Frauen auf wie ein Schwein, das vom Metzger am Ohr aus dem Wagen gezerrt wird, doch gleich darauf lachte sie wieder schrill. Arturo stellte sich vor, dass sein Vater ihr gerade an die Brust gefasst hatte. Der leidende Blick der Mutter kam ihm wieder in den Sinn, als ihr der Gatte am Morgen seine Pläne für den Tag eröffnet hatte. Ob sie ahnte, dass er sich nicht nur mit Aquarone, sondern auch mit billigen Flittchen traf?

Willkürlich griff Arturo nach irgendeinem Buch und zog sich damit in einen Ohrensessel zurück, der geradezu einlud, darin zu versinken. Er schlug die erste Seite auf. Was für ein glücklicher Griff, *La Vita Nuova* von Dante Alighieri, eine alte Ausgabe aus dem 18. Jahrhundert. Behutsam blätterte er weiter. Er kannte das Werk des großen Dichters der Renaissance, der in seinen Augen nie einen würdigen Nachfolger gefunden hatte – schon gar nicht diesen schwatzhaften, aufgeblasenen D'Annunzio –, beinahe auswendig. In diesem Buch hier beschrieb Dante die platonische Liebe eines unbekannten Erzählers zu seiner Angebeteten, der holden Beatrice. Die Reime zeigten die Liebe genau so, wie Arturo sie selbst leben wollte. Hier wirkte einzig edler Geist, kein animalischer Trieb entstellte die Reinheit der Gefühle. War das nicht das höchste Ideal, nach dem der Mensch streben sollte?

Im Atelier knallte ein weiterer Korken. Er konnte hören, wie die Stimmen der Feiernden immer mehr die Konturen verloren. Also las er sich selbst laut vor, um sie zu übertönen: »Es war zur Nacht und schon die vierte Stunde, da sah ich plötzlich alles um mich strahlen …«, doch weiter kam er nicht. Denn jetzt wurde die Flügeltür aufgerissen, und sein Vater polterte in die Bibliothek. Schwer auf die Schulter der einfältig kichernden Blonden gestützt, wankte er mit ihr auf Arturo zu. Anscheinend war er inzwischen zu betrunken, um sich allein vorwärtszubewegen. Drohend hob er vor Arturo den Zeigefinger.

»Du … du Bengel! Du bist dir wohl zu gut, mit uns fröhlich zu sein?«, lallte er. Mit einem unsicheren Schwung schob er die junge Frau in Arturos Richtung und geriet dabei selbst gefährlich ins Taumeln. »Amüsier dich mit Ninni. Sofort. Ich befehle es dir!«

Schwankend verließ er das Zimmer, und Arturo konnte sehen, wie er geradewegs der dunkelhaarigen Mailänderin in die Arme torkelte, die inzwischen mehr auf dem Kanapee lag als saß. Warum hatte sein Vater die Mutter geheiratet, wenn es ihn nun in die Schöße anderer Frauen zog? Hatte er nie Liebe für sie empfunden, oder war sie im Lauf der Jahre einfach verschwunden?

Arturo stand, das Buch immer noch in der Hand, auf und schloss angewidert die Tür. Das musste er sich wirklich nicht mit ansehen. Die dümmlich Kichernde hatte es sich inzwischen auf dem Lehnstuhl bequem gemacht. Dabei war ihr Rock nach oben gerutscht. Es schien sie nicht zu stören, dass nun die kräftigen nackten Oberschenkel zu sehen waren. Anderen Männern hätte dieser Anblick sicherlich gefallen. Er jedoch widerstand nur schwer dem Reflex, ihr den gerüschten Seidenstoff sittsam über die Knie zu ziehen. Die Frau hätte diese Art von Annäherung vielleicht falsch interpretiert.

Aber um Himmels willen, jetzt löste sie das rosa Bändchen, mit dem ihre Bluse zusammengerafft war! Wollte sie womöglich tatsächlich durchführen, wozu sein Vater ihn aufgefordert hatte? Arturo verfluchte ihn still und leise für die hochnotpeinliche Situation, in die er ihn gebracht hatte. Im Geist legte er sich schon die Worte zurecht, mit denen er sie bitten wollte, sich wieder anzuziehen. Doch er durfte zu seiner Erleichterung feststellen, dass die Frau gar nicht vorgehabt hatte, sich ganz zu entkleiden. Sie zog aus ihrem Busen ein silbernes Schächtelchen, hielt es beglückt an ihre Lippen und küsste es. Dann hob sie den Deckel ab und streute vorsichtig eine kleine Menge weißen Pulvers auf die verspiegelte Innenseite. Mit ihrem langen, rot lackierten Fingernagel schob sie das Pulver in zwei Linien und sog sie sich hintereinander in beide Nasenlöcher, wobei sie jeweils das andere zudrückte.

Fasziniert und zugleich entsetzt beobachtete Arturo ihr Tun. Nachdem sie tief eingeatmet und die einsetzende Wirkung der Droge abgewartet hatte, lächelte sie selig und ließ die Schachtel wieder sorgsam in ihrem Ausschnitt verschwinden. Doch sie schloss die Schleife der Bluse nicht, sondern lehnte sich entspannt zurück und spreizte die Beine noch unschicklicher. »Na, mein Hübscher? Was willst du jetzt mit mir anstellen?«, fragte sie, und trotz seines Erstaunens darüber, dass sie so viele Worte hintereinander in eine sinnvolle Reihenfolge setzen konnte, fiel Arturo dann doch etwas ein, was er gern mit ihr machen wollte.

Nach knapp zwanzig Minuten verließ er die Bibliothek und erklärte seinem Vater, der ihn mit halb geöffnetem Hosenstall und offenbar zutiefst entspannt erwartete: »Ich wäre jetzt so weit. Ninni ist eingeschlafen. Und das Bild mit dem Motorrad ist wirklich schön. Wir sollten es kaufen.«

Zeno Visentin stellte einen Scheck über eine Summe aus, die mehrere Familien über Jahre hinweg versorgt hätte, und bat Aquarone, das Gemälde möglichst bald schicken zu lassen.

Wenig später konnte Arturo neben ihm den Palast des Künstlers verlassen. Sie schaukelten im Taxi zurück nach Mestre, vorbei am wild wachsenden Industriegebiet Marghera mit seinen hässlichen Fabrikdrachen, die stinkenden Dampf in den Himmel spien. Arturo war froh, dass sein Vater die Zeit nutzte, um sich schweigend auszunüchtern. Still lehnten sie nebeneinander an der Reling. Nachdem er den Lancia gestartet hatte, rempelte ihn der Vater jedoch verschwörerisch grinsend an. »Jetzt mal raus mit der Sprache, du Teufelskerl: Was hast du mit dem Mädchen getrieben? Die hat ja so fest geschlafen wie ein Stein!«

»Ich habe ihr vorgelesen«, antwortete Arturo wahrheitsgemäß. »Aber vielleicht hätten ihr die Schweinereien von Pittigrilli besser gefallen als Dantes Sonette.«

Der Streit, der auf der Heimfahrt zum Borgo begonnen hatte, eskalierte im Treppenflur vollends.

»Ich schäme mich für dich! Willst du etwa als Jungfrau in die Ehe gehen? Nimm endlich dein väterliches Erbe an, du Träumer!«, schrie der Vater zornentbrannt.

»Auf Euer Erbe kann ich verzichten! Gebt doch Andrea das Gut – ich pfeife drauf!«, brüllte Arturo zurück. »Gleich morgen haue ich hier ab. Lieber werde ich Mönch, als so zu sein wie Ihr!«

Und er meinte es ernst. Warum eigentlich nicht? Er stand zwar nicht bedingungslos hinter der katholischen Kirche und ihren Auswüchsen, auch zweifelte er am Prinzip der Erbsünde – aber es gab noch diese vergeistigte Seite eines ursprünglichen Glaubens, die seinen Idealen entsprach. Und die Hintergründe des Zölibats schienen ihm nach dem heutigen Tag nur noch einleuchtender.

»Pscht!«, zischte der Vater. »Deine Mutter könnte dich hören. Und jetzt reiß dich wenigstens ihr zuliebe zusammen!«

Mit diesen Worten öffnete er die Tür zur Küche. Die Mutter hatte dort auf sie gewartet wie immer, wenn ihr Mann oder einer ihrer Söhne oder alle zusammen unterwegs waren, und egal, wie spät es wurde. Auf dem Herd glühten noch die letzten Kohlen. Sie hatte die Füße aus den Stiefelchen geschält und auf den gemauerten Rand gelegt. Arturo überkam eine Welle von Mitleid, als er die feinen schwarzen Seidenstrümpfe sah, die um ihre immer noch schlanken Fesseln seltsam anrührende Falten bildeten.

Wie so oft, seit sie ihn Tisbe weggenommen hatte, hockte Pupo auf dem Schoß der Mutter. Wenn er noch weiterwuchs, würde er bald zu groß dafür sein. Bröckchen für Bröckchen fütterte sie ihren Liebling mit Fleisch. Arturo erkannte bei näherem Hinsehen, dass sie ihm frische Leber aufgeschnitten hatte – ein Leckerbissen, der eigentlich für den Herrn des Hauses zurückgelegt wurde. Die Mutter hatte vorsorglich schon zwei Stühle an den Herd gerückt und Limoncello und drei Gläschen vorbereitet. Betulich schenkte sie allen ein, erkundigte sich, ob der Ausflug schön gewesen sei und wie es Aquarone gehe, als wäre auch sie gut mit ihm befreundet. Sie ließ sich das Bild beschreiben, nickte zustimmend und zuckte nur kaum merklich, als ihr der Vater den Preis nannte. Doch in ihrem Blick las Arturo, dass sie mehr wusste, als sie zugab.

Nein, mit einer Lüge, wie sie die Eltern lebten, wollte er niemals die Zeit verschwenden, die man ihm auf dieser Erde zugedacht hatte. Es musste einen anderen Weg geben. Und wenn es wirklich der Gang ins Kloster war.

Die Mutter hatte inzwischen das Thema gewechselt und erzählte von Elisa, dem neuen Mädchen, das die Base Angioletta aus dem Friaul gebracht hatte.

»Ist sie denn auch hübsch?«, fragte der Vater interessiert.

»Sehr. Unser Andrea mochte gar nicht mehr den Blick von ihr wenden«, scherzte die Mutter und lächelte schief. Dann fuhr sie fort zu berichten: »Sie wird bestimmt eine gute Magd, wenn sie sich erst daran gewöhnt hat, sich unterzuordnen. Ich musste Elisa bereits strafen, weil sie frech zu mir war. Aber eine Nacht im Keller wird sie Demut lehren.«

Pupo gab einen leisen Kläffer von sich. Ein weiteres Leberstückchen wanderte in sein Maul. Alfonsina kraulte das wuschelige Fell hinter seinen ungleichen Ohren, eines stand fragend nach oben, doch das andere hing schlapp nach unten, während er schmatzend schluckte.

»Dieser Bastard wird mehr verwöhnt als ich«, bemerkte der Vater. »Du hättest ihn besser mit den anderen ersäufen sollen.«

»Einen musste ich Tisbe lassen, damit sich ihre Zitzen nicht entzünden, das hast du doch selbst gesagt«, rechtfertigte sich die Mutter. Dann sprach sie wieder zum Hund. »Und jetzt bist du mein kleines Bübchen, mein großer Schatz geworden.« Sie küsste Pupo auf die Stirn. »Nicht wahr, mein Pupolino, inzwischen ist dein Frauchen froh, dass deine Mutter ausgebüxt ist und sich von einem dahergelaufenen Straßenköter hat besteigen lassen. Alles hat sein Gutes, man kann es manchmal nur nicht gleich erkennen«, sagte sie zärtlich und griff zum Schürhaken, um die Glut zusammenzuschieben.

Der Vater schüttelte verständnislos den Kopf.

»Tisbes nächster Wurf ist übrigens bereits komplett verkauft«, berichtete die Mutter stolz.

»Ich verstehe einfach nicht, warum die Deutschen Schäferhunde momentan so beliebt sind«, erwiderte der Vater. »Diese Viecher sehen aus wie hässliche Wölfe. Ein Rückschritt unserer Zivilisation.« Und schon begannen die Eltern ein freundschaftliches Gezanke über Hunderassen.

Arturo nutzte diese Gelegenheit und wünschte den beiden eine gute Nacht. Doch er ging nicht nach oben auf sein Zimmer, sondern schnappte sich im Flur eine Laterne und schlüpfte leise durch die Tür zum Keller. Das arme Mädchen da unten in der Waschküche tat ihm schrecklich leid. Auch wenn die Mutter stolz auf ihre konsequente Erziehung war und meinte, man müsse die Zügel am Anfang straff halten und dann lieber später locker lassen – eine Elfjährige so lange in der feuchten Kälte zu lassen schien ihm wahrlich übertrieben. Nicht nur, dass sie sich zu Tode fürchten musste, sie könnte sich schließlich auch eine Lungenentzündung holen. Es würde seine letzte gute Tat in diesem Haus sein, bevor er es in der Morgendämmerung für immer verließ.

Er hatte nicht mit ihrem Widerstand gerechnet. Die Kleine kämpfte wie eine Löwin und verpasste ihm zahlreiche Tritte und Hiebe. Wenn sie so weiterschrie, würde sie das ganze Haus aufwecken und die Mutter auf sich aufmerksam machen. Endlich gelang es Arturo, sie mit einem Arm fest- und mit der Hand gleichzeitig ihren Mund zuzuhalten.

»Ruhig«, flüsterte er, »ganz ruhig.«

Doch sie bäumte sich weiterhin mit aller Kraft gegen ihn auf. Nur langsam wurde ihr Widerstand schwächer, bis er schließlich ganz nachließ.

Jetzt konnte Arturo spüren, wie das Herz des Mädchens gegen seine Brust pochte. Es schlug so wild, wie eine Drossel angesichts einer Katze panisch in ihrem kleinen Käfig flattert, vor lauter Angst sogar bereit, sich gegen die Gitterstäbe in den Tod zu stürzen. Er wartete, bis es sich langsam beruhigte, bis es mit dem seinen in ruhigem Gleichklang schlug. In der kurzen Zeit war es der Mutter anscheinend gelungen, die neue Magd, die doch noch ein Kind war, bis ins Mark zu verstören. Wie hasste er sie in diesem Augenblick für ihre Härte! Warum konnte sie denen, die in ihren Augen gesündigt hatten, nicht mit Güte und Menschlichkeit entgegenkommen? Oder hatte Andrea seine Finger im Spiel? Nach Aussage der Mutter hatte der Bruder bereits ein Auge auf die Kleine geworfen. Womöglich hatte er sie zusätzlich erschreckt?

»Du musst keine Angst haben. Vertrau mir«, sagte Arturo neben dem kleinen Mädchenohr, das unter dem verrutschten Kopftuch hervorlugte. »Vertrau mir.«

Ein zarter Duft, der ihn an den Geruch von Walderdbeeren erinnerte, stieg mit der Wärme ihres Körpers aus dem Kleiderkragen nach oben. Er spürte, wie sich das Mädchen zögernd etwas entspannte und zugleich doch in Habtachtstellung blieb. Er wollte, dass sie ihn ansah, damit sie verstand, dass er nicht in böser Absicht gekommen war, sondern um ihr zu helfen. Vorsichtig bog er ihren Kopf nach hinten und drehte sich dabei so, dass das Licht der Laterne auf sein Gesicht fiel. Bei der Bewegung spannte sich ihr ganzer Körper wie die Sehne eines Bogens, bereit, den Kampf von Neuem aufzunehmen.

Arturo hielt immer noch die Hand auf ihren Mund gepresst, er wollte nicht riskieren, dass sie wieder zu schreien anfing und seine Mutter hinter sein eigenmächtiges Handeln kam. Dann würde sie die drakonische Strafe womöglich noch verlängern.

Mit weit aufgerissenen Augen starrte das Mädchen ihn an. Ihre Iris leuchtete selbst im düsteren Keller in der Farbe von geschliffenem Aquamarin. Er spürte genau den Moment, als sie plötzlich begann, nicht mehr das Monster, das sie offensichtlich erwartet hatte, sondern ihn, Arturo, zu sehen. Sein Blick hielt den ihren fest, bis sie sich wortlos verstanden. Aus ihrem Körper war mit einem Mal jede Gegenwehr gewichen. Da löste er die Hand, die die untere Hälfte ihres Gesichts immer noch verdeckt hatte. Ganz ruhig hielt die Kleine, und er konnte die ebenmäßige Reinheit erkennen, die durch ihr zerrupftes Äußeres strahlte. Es war ihm, als hielte er in seinem Arm plötzlich die Antwort auf alle ungelösten Fragen des Lebens, das ihm oft so schwer erschien. Er wusste nicht, woher dieses Gefühl der Gewissheit kam, aber er wusste, dass er gerade das gefunden hatte, wonach er sich seit Anbeginn seines bewussten Denkens gesehnt hatte. In der feuchtkalten Waschküche im Borgo Visentin, spätnachts, am Ende des Tages, an dem er den Beschluss gefasst hatte, das Haus der Eltern so schnell wie möglich zu verlassen.

Doch als ihm aus dem aufgelösten weizenblonden Wesen so unvermutet die Augen der Seelenfreundin anblickten, da wusste Arturo noch etwas: dass er niemals gehen würde. Nicht, solange Elisa in seiner Nähe wäre.

Zweiter Teil

Der Satan

Das Bonbon ist glatt auf meiner Zunge. Ich drücke es im Mund gegen den Gaumen. Die Zungenspitze wird nass und süß. Süß und sauer ist es auch. Spucke fließt in meine Backen. Ich schmecke Himbeeren. Das Bonbon soll noch lange auf meiner Zunge bleiben, darum lecke ich ganz langsam. Es ist so gut, so etwas Gutes habe ich noch nie gegessen. Ein Engel muss das Bonbon gemacht haben. Wenn ich es aus dem Mund und in meine Hand nehme, leuchtet es rot, wie wenn ein Licht innen drinnen wäre.

Bestimmt ist der Mann mit den Kringelhaaren, der es mir geschenkt hat, ein Engel. Er hat nur die Flügel unter seinem Hemd versteckt. Und deswegen wird der Satan auch so wütend, als er das Bonbon in meinem Mund entdeckt. Weil er neidisch auf den Engel ist, der immer an unserem Garten vorbeikommt, und weil er selbst nicht so süße Bonbons machen kann. Weil alles, was der Satan anfasst, wie die Schweine stinkt. Der ganze Satan stinkt wie die Schweine, seine Hose, seine Jacke, alles stinkt. Seine Hände, mit denen er mich packt, stinken. Er ist wütend und haut mich. Woher hast du das Bonbon?, schreit er, woher? Die Schläge brennen auf meinen Ohren, und er tritt mich in den Bauch und haut mich auf den Kopf, und ich weine, aber keiner kann mir helfen.

Der Satan ist so böse. Alle haben Angst vor ihm. Seine Augen glühen wie gelbe Kohlen, und er schlägt mit der Peitsche nach jedem, der ihm in den Weg geht. Er schlägt mich. Immer und immer schlägt er, und dabei spuckt er, und er tobt. Er schreit: Ich bringe dich um, wenn du noch einmal etwas von dem Dreckschwein nimmst! Dann geht der Satan weg.

Ich weine und krieche durch das Gras. Ich suche mein Bonbon, aber ich kann nicht gut sehen, weil meine Augen so voll mit Tränen sind. Da finde ich es. Es ist schwarz von Ameisen.

8

Agnes räkelte sich. So gut hatte sie seit Langem nicht geschlafen, traumlos, ohne Unterbrechung. Ihr ganzer Körper war entspannt. Die frische, kühle Luft des Morgens erfüllte das Zimmer, ein Hahn testete voller Begeisterung die Bandbreite seiner Stimme aus, und erste Traktoren knatterten bereits über die Landstraße unterhalb der Ca' More. Wie spät es wohl war? Automatisch tastete sie mit der Hand auf dem Nachttisch nach ihrem Handy, um auf die Uhr zu sehen, doch da fiel ihr das Missgeschick von gestern wieder ein. Es steckte ja immer noch in der Mauer.

Sie sprang aus dem Bett und lehnte sich weit aus dem Fenster. Die fein gezackten grünen Blätter des mächtigen Baums vor dem Haus versperrten ihr von hier aus die Sicht auf die Ebene. Dafür erkannte sie im klaren Licht des Tages nun Hunderte grünlich gelber kleiner Früchte, die wie Brombeeren geformt waren, an den Ästen. Agnes streckte den Arm aus, zupfte ein Blatt ab, zerrieb es zwischen den Fingern, bis der Saft ihre Haut färbte, und ließ das Gerippe dann auf den Kiesboden unter dem Fenster segeln. Sie schnupperte an ihren Fingerspitzen, die wie eine frisch gemähte Wiese dufteten. Eine Kirchturmuhr läutete. Eins, zwei, drei … Agnes zählte bis sieben. Die beste Zeit für den ersten Kaffee.

Durch die Ostfenster schien die Morgensonne golden in die Küche. Michele hatte den Kühlschrank mit allem, was zu einem echten deutschen Frühstück dazugehörte, befüllt. Frische Milch und Joghurt, Mortadella und Käse, ja sogar Butter warteten auf sie. Im tönernen Brotkasten lagerten eine Ciabatta und eine Zellophantüte mit Mandelgebäck. Agnes nahm die Kekse heraus und schloss den Deckel wieder, so früh am Morgen mochte sie nicht mehr essen. Auf Anhieb fand sie das Espressopulver und die Cafetiere im Hängeschrank über der Spüle.

Wenig später gluckerte die heiße Flüssigkeit in der Kanne und spuckte durch den Ausgießer dunkelbraune Tropfen auf die weiße Emaille von Volos altmodischem Gasherd. Agnes suchte sich aus dem Sammelsurium von unterschiedlichen Tassen einen großen Henkelbecher aus, auf dem ein kitschiges Rotkehlchen abgedruckt war, und füllte ihn mit einer Mischung aus dickflüssigem Espresso und dampfender Milch. Sie nahm aus der Packung ein paar von den Mandelkeksen und legte sie auf eine Untertasse. Dazu schälte sie sich einen so intensiv duftenden Pfirsich, wie man ihn in München nur bei den exklusiven Ständen am Viktualienmarkt kaufen konnte. Um ihr Frühstück besser transportieren zu können, stellte sie in Ermangelung eines Tabletts alles zusammen auf ein großes altes Schneidbrett und balancierte damit vorsichtig zur Haustür. Mit einem kleinen Ruck entriegelte sie einhändig die Tür und zog sie auf, dabei schwappte etwas Milchkaffee über den Tassenrand, dann trat sie auf die Schwelle. Unter ihren nackten Zehen spürte sie jedoch nicht den kühlen glatten Stein, mit dem sie unbewusst gerechnet hatte, sondern etwas Weiches. Agnes zog den Fuß zurück und linste an der Kante des Schneidbretts vorbei, um zu sehen, in was sie eben fast getreten war.

Mit einem Schrei ließ sie das Brett fallen und sprang zurück in die Stube.

Direkt vor ihr lag ein totes Kaninchen. Jedenfalls das, was von ihm übrig geblieben war. Denn anstelle des Kopfes starrte sie auf einen halb getrockneten Blutfleck, der aus dem zotteligen Rumpf auf die Steinfliesen gesickert war.

Nachdem sich Agnes vom ersten Schreck erholt hatte, suchte sie nach einem alten Spültuch und warf es über den scheußlichen Anblick. Irgendein größeres Tier musste das Kaninchen gerissen und dann ausgerechnet vor dem Haus liegen gelassen haben. Sie wollte den Körper mitsamt dem Tuch aufheben, doch dabei rutschten die kraftlosen Hinterläufe hervor, und Agnes ekelte sich so, dass sie das Kaninchen gleich wieder fallen ließ. Zudem wusste sie auch nicht, wo sie das arme Tier entsorgen sollte. Also sammelte sie erst einmal die Scherben mit dem zersplitterten Rotkehlchen und das, was ihr erstes Frühstück in der Ca' More hätte werden sollen, ein, wobei sie es vermied, das schlecht verdeckte Kaninchen anzuschauen.

Sie füllte sich eine neue Tasse mit dem restlichen Kaffee und der mittlerweile lauwarmen Milch, dann trat sie mit einem großen Schritt über die blutige Spur hinweg ins Freie. Unter dem großen Baum setzte sich Agnes auf die Steinbank und blickte ins Tal. Um diese Tageszeit war der Himmel noch von einem klaren hellen Blau, und die Häuser, Straßen und Bäume wirkten wie winzige Details einer Spielzeuglandschaft. Doch diesmal konnte sie den schönen Anblick nur eingeschränkt genießen, denn das geköpfte Kaninchen am Eingang wartete wie eine unangenehme Nachricht halb verdrängt in ihrem Bewusstsein. Seltsam – genau das war das Gefühl, das sie in den letzten Jahren täglich begleitete, nur dass sie es in ihrem Leben in München nie hatte so eindeutig benennen können: Hinter aller Perfektion lauerte doch immer etwas Negatives.

»Guten Morgen, Lieblingsarchitektin! Wie war die erste Nacht im neuen Heim?«, rief ihr Michele gut gelaunt entgegen, während er, heute nur eine Viertelstunde zu spät, vom Parkplatz herauf zum Haus kam. Agnes' Laune verbesserte sich schlagartig, als sie sein braun gebranntes, fröhliches Gesicht sah.

»Ich habe bestens geschlafen, aber leider hat mir ein blutrünstiges Tier das Frühstück verdorben. Schau!« Sie führte Michele zum Eingang und beobachtete mit einem gewissen Sicherheitsabstand, wie er vorsichtig das Spültuch von dem toten Kaninchen zog und es eingehend betrachtete.

»Das gefällt mir gar nicht«, sagte er nachdenklich.

»Mir auch nicht. Deswegen wollte ich dich auch bitten, es für mich zu beseitigen.«

»Natürlich.« Michele wickelte den leblosen Körper in das Tuch und trug ihn mit abgespreizten kleinen Fingern zu dem Arkadengang, hinter dessen erstem Bogen ein gelber Plastiksack versteckt war. Agnes sah zu, wie Michele das formlose Paket in den Sack legte.

»Ich dachte, gelb ist nur für Verpackungsmüll?«

»Boh!« Michele zuckte mit den Schultern und grinste. »In gewisser Weise ist es ja verpackt. Und bevor es anfängt zu stinken, kommt die Müllabfuhr.« Doch dann wurde er gleich wieder ernst. »Agnes, ich will dir keine Angst machen, aber das sieht wie eine Botschaft aus. Jemand möchte dich offensichtlich nicht hier haben.«

Sie musste laut lachen. Micheles Befürchtung kam ihr absurd vor. »So ein Quatsch! Wir leben doch nicht mehr im Mittelalter.«

»Nein, das tun wir nicht. Aber wir sind hier auf dem Land. Da gelten andere Gesetze als bei euch in der Stadt.«

»Also wirklich! Als Nächstes erzählst du mir, dass bei euch noch Hexen verbrannt werden. Dieses arme Häschen hat bestimmt ein Marder oder ein anderes kleines Raubtier gerissen.«

»Hoffen wir, dass du recht hast.« Michele wirkte nicht ganz überzeugt, aber er ließ es dabei bewenden. »Na gut, dann zeige ich dir jetzt das Anwesen in seiner ganzen Pracht.« Er verschnürte den Sack und führte Agnes zurück in den Garten. Dort klopfte er auf den Stamm des großen Baums. »Die alte Maulbeere hier werden wir fällen müssen, damit die Wohnungseigentümer in allen Etagen freie Sicht auf die Ebene haben«, erklärte er.

»Kommt daher etwa der Name, Ca' More?«

»Brava. Casa delle more, das Haus der Maulbeeren. Die Blätter dienten als Futter für Seidenraupen. Die meisten Bauern haben sich bis zum Anfang des letzten Jahrhunderts mit der Zucht ein Zubrot verdient.«

»Und jetzt wird Seide wieder nur noch in Asien produziert, und der Baum ist überflüssig geworden. Trotzdem finde ich es schade, ihn abzusägen.« Agnes streichelte über den rauen Stamm. »Wer weiß, was er alles gesehen hat.« Sie betrachtete die mächtige Krone und hätte sich in den tausend Grüntönen, die die Sonne auf ihre Blätter malte, verlieren können, wenn Michele sie nicht etwas ungeduldig weitergezogen hätte.

»Nun ja, man muss Prioritäten setzen, und wir brauchen auch Terrassen für die Appartements im Erdgeschoss. Dort hinter den Hibiskusbüschen ist das Grundstück im Süden nämlich schon zu Ende. Das heißt, der Hang gehört eigentlich auch dazu, aber du siehst ja, dass man damit nichts anfangen kann.«

Um das felsige, überwucherte Gelände besser überblicken zu können, trat Agnes einen Schritt nach vorn. Michele griff nach dem Ärmel ihres T-Shirts. »Vorsicht, an manchen Stellen geht es unerwartet steil hinunter«, warnte er.

Sie ließ sich von ihm zurück auf sicheres Terrain ziehen

und erkundigte sich dann nach den vorgegebenen Baugrenzen.

»Wir sind leider auf das festgelegt, was vorhanden ist. Aber zum Glück hat unser verrückter Maler ordentlich erweitert, als die Gesetze noch lockerer waren«, beantwortete Michele ihre Frage und deutete auf die langgestreckte Mauer der Ca' More. »Wollen wir uns jetzt das Gebäude genauer ansehen?«

Agnes hatte bei ihrer Ankunft richtig erkannt, wo das alte Haus aus dem 18. Jahrhundert endete und an welcher Stelle Volos geschmackvoller Neubau begann. Als Michele ihr aber nun die später errichteten Räume auch von innen zeigte, war sie vollends hingerissen. Im Erdgeschoss gab es außer der kleinen, nur vom Hof aus zugänglichen Kapelle, die sie bereits erkundet hatte, Volos Werkstatt und einem Lagerraum noch einen großen Saal mit Gewölbekuppel, die sogenannte Cantina. Michele berichtete ihr, dass Volo dort mit befreundeten Künstlern aus aller Welt, aber auch mit den Dorfbewohnern legendäre Feste gefeiert hätte. Ganze Schweine waren auf der hinteren Terrasse über einem offenen Feuer gegrillt worden, und man hatte bis zum Morgengrauen getanzt und alte Volkslieder gesungen. Noch heute schwärmten manche der Dorfbewohner von diesen Feiern, und die Frauen dachten mit Unbehagen daran zurück, wie sich ihre Männer und Söhne mit den Hippiemädchen amüsiert hatten. Agnes konnte sich das wilde Treiben der Spätachtundsechziger im katholischen Norditalien lebhaft vorstellen.

Um ins Obergeschoss zu gelangen, in dem sich nach Micheles Auskunft ein großes Atelier und die angegliederte Druckerwerkstatt befanden, wählten sie nicht den kürzeren Weg über das Treppenhaus in dem kleinen Turm, sondern gingen zunächst durch Volos Bibliothek zurück in die Stube.

Agnes wollte sich bei der Gelegenheit eine Jacke holen, innerhalb der dicken Wände war es nämlich überraschend kühl.

Bevor sie den Fuß auf die erste Treppenstufe setzen konnte, blieb ihr Blick aber wieder an der kleinen Radierung über der Kommode hängen, denn die Sonne stand gerade noch so tief, dass ein schräger Lichtstrahl wie ein Finger genau darauf zeigte. Natürlich hatte sich auf dem Bild nichts verändert: Das Kind lag immer noch unter dem erhobenen Messer auf der Schlachtbank, sosehr Agnes ihm gewünscht hätte, dass es über Nacht befreit worden wäre. Diesmal konnte sie mehr Details erkennen als im schummrigen Licht am Vorabend. Die Darstellung war fast altmeisterlich gezeichnet und so präzise, dass man meinte, die kleinen Gegenstände greifen zu können. Wie eigenartig die dargestellten Maurerutensilien in diesem Zusammenhang doch wirkten! Wollte der Künstler mehr Leben in die Szene bringen, indem er zeigte, dass der Opferaltar unmittelbar zuvor eigens zu diesem Anlass errichtet worden war? Oder führte er damit eher vor, wie durchdacht der Gläubige Gottes Befehl umgesetzt hatte?

Da entdeckte sie auf dem dargestellten Zementeimer die verschlungenen Initialen. Aufgeregt rief sie Michele zu sich.

»Es ist also doch signiert.« Er zog eine elegante Lesebrille aus seiner Hemdtasche und stellte sich neben sie. Ziemlich nah. Sein gepflegter Duft lenkte Agnes einen Augenblick von ihrer eigentlichen Absicht ab, doch dann zeigte sie ihm die Buchstaben und überlegte laut: »Das könnte F.A. bedeuten. Oder vielleicht auch P.A.?«

»Volo wird es auf irgendeinem Flohmarkt gekauft oder geschenkt bekommen haben. Es ist handwerklich gut gemacht, aber ich mag das Bild trotzdem nicht. Irgendwie erinnert es mich an eine Mischung aus den gruseligen Aquatintas von Goya und den kitschigen Bibelstichen von Doré. Warum interessierst du dich überhaupt so dafür?«

Darauf konnte Agnes keine rationale Antwort geben. »Vielleicht genau deswegen. Weil es wie eine kleine Wunde in diesem heimeligen Idyll ist, die nie verheilen soll.«

Michele sah sie einen Moment zweifelnd an, dann fragte er: »Wollen wir weiter?«

Agnes nickte.

Hintereinander schlüpften sie gleich darauf durch das Türchen am Ende des Flurs im Obergeschoss zu den Werkstätten des Künstlers.

Hier war alles geblieben, wie es der Maler hinterlassen hatte – ein kreatives Durcheinander. Verschmierte Farbtuben versammelten sich, als wären sie gerade erst zugeschraubt worden, im unteren Fach eines zur fahrbaren Palette umgebauten Beistellwagens. Auf einer bunt verschmierten Staffelei wartete ein grundiertes Sperrholz immer noch darauf, bemalt zu werden. Gläser voller Stifte und Pinsel, Flaschen mit Lösungsmitteln und Firnis bevölkerten zwei Arbeitstische aus Spanplatten und Böcken. An den Wänden lehnten mehrere unbemalte Leinwände. Im anderen Winkel des L-förmigen Raums stand eine schwere Druckerpresse mit ihrem gewaltigen gusseisernen Schwungrad. Auf dem Boden und in einem Regal lagen unordentlich Zinkplatten in verschiedenen Größen übereinander und alle anderen Zutaten, die man benötigt, um Radierungen anzufertigen.

Agnes kam aus dem Staunen gar nicht mehr heraus. »Ich dachte, Volo hätte nur in Öl gemalt. Warum ist hier alles vorhanden, was man braucht, um zu drucken?«

»Er hat viel mit Techniken herumexperimentiert, bevor er zu dem Stil gefunden hat, für den er hier in der Gegend berühmt wurde. In den letzten Jahren wurde die Presse aber sicher nicht benutzt.« Michele rüttelte demonstrativ an dem Drehkreuz. »Siehst du, das Rad sitzt fest.«

Sie griff willkürlich nach einer Tube mit Farbe und drückte

leicht darauf. Das Aluminium gab sofort nach. »Aber die Farben sind noch nicht eingetrocknet.«

»Du kannst es ja ausprobieren, wenn du möchtest«, bot Michele an und hob eine Zinkplatte auf, die direkt vor seinen Füßen im Staub lag. Sie war die oberste von einem Stapel weiterer Platten. »Volos gesamter Nachlass gehört der Gemeinde. Bevor die Bagger kommen, versteigern wir noch die wertvollen Teile des Hausrats, aber der Rest wird weggeschmissen.« Er drehte die Platte zwischen den Händen. Auf der Rückseite war sie schwarz eingefärbt. »Damit ist wohl nichts mehr anzufangen. Die ist schon benutzt. Pfui Teufel!«

Er wollte sie achtlos zurück auf den Stapel werfen, doch Agnes hielt ihn davon ab. Ihr war aufgefallen, dass das ungewöhnlich längliche Format der Plattengröße genau dem des Bildes in der Stube entsprach.

»Zeig doch mal, was das ist!«

Michele reichte ihr die verschmutzte Platte und griff sofort nach einer Küchenrolle, um sich schleunigst die Finger abzuputzen.

Agnes hielt die Oberfläche schräg ins Licht, damit sie die Vertiefungen besser sehen konnte. Es war tatsächlich, wie sie vermutet hatte: Die Zeichnung zeigte denselben Stil wie die Radierung, die im Wohnzimmer hing. Und wenn sie genau hinsah … ja, sie erkannte die feinen Linien wieder. Es war die Szene von Isaaks Opferung. Sogar den Hund konnte sie undeutlich erkennen.

»Das ist die Druckplatte zu der Radierung im Haus«, sagte sie. »Sie muss also hier im Atelier angefertigt worden sein.«

Michele näherte sich wieder, achtete aber diesmal darauf, sich die Finger nicht schmutzig zu machen. »Davon wird das Bild aber auch nicht besser«, meinte er grimmig. »Und jetzt tu das dreckige Ding da weg. Ich will dir noch den Dachstuhl zeigen und deine Meinung dazu hören.«

Agnes legte die Platte zwar beiseite, hob aber trotzdem die nächste vom Stapel hoch, denn der Größe nach musste diese ebenfalls zu der Serie gehören. In den geschwärzten Linien war so etwas wie ein Schiff zu erkennen, aus dessen Fenstern verschiedene Köpfe schauten. Waren das … Tiere? Die Arche Noah? Oder doch eher ein Gebäudekomplex mit zwei kleinen Türmchen, der wie eine Insel im Wasser schwamm?

Michele deutete auf ihren Bauch. »Da hast du dein hübsches Oberteil beschmutzt. Können wir jetzt endlich weitergehen?«

»Wer die Platten wohl gemacht hat?«, fragte sie nachdenklich, ohne auf seine Frage einzugehen. »Hatte Volo vielleicht einen Freund, der manchmal bei ihm gearbeitet hat? Womöglich könnte man anhand dieser Bilder mehr über seine Beziehungen herausfinden. Das wäre doch spannend!«

»Volo war ein durchgeknalltes Genie, wie Künstler halt so sind. Der hatte zu keinem Menschen eine besondere Bindung«, antwortete Michele etwas zu schnell. Er wippte auf den Fußballen, als hätte er es nun sehr eilig weiterzukommen.

Agnes wollte gerade ansetzen und ihm von dem seltsamen Gärtner erzählen, der sich nach Lidias Auskunft täglich um Volo gekümmert hatte, aber Michele kam ihr zuvor.

»Es gab *niemanden* in Volos Leben, verstehst du? Keine Freunde, keine Frau und auch sonst keine Angehörigen. Das ist unser Glück, sonst hätten wir das Haus nicht. Das ist somit auch dein Glück. Also fang jetzt bitte nicht an, in der Vergangenheit herumzuwühlen.«

Sie fühlte sich getadelt wie ein Kind. Obwohl Michele seine Ansage höflich formuliert hatte, wirkte er sichtbar ungehalten.

»Das will ich doch gar nicht«, beruhigte sie ihn. Obwohl das nicht stimmte. Sie hätte allzu gern weitergestöbert und auch die restlichen Platten genauer untersucht. So wie es aussah, gehörte der ganze Stapel zu den beiden ersten. Was war darauf dargestellt? Wer hatte sie angefertigt? Und warum hatte Volo ausgerechnet dieses eine Bild aufgehängt? Das war doch sehr rätselhaft. Vielleicht fand sich später ein geeigneter Zeitpunkt, an dem sie der Sache nachgehen konnte. Sie musste ja nicht gleich am ersten Arbeitstag einen Konflikt mit ihrem Chef heraufbeschwören. Also legte sie schnell die Radierplatte zurück auf den Boden und wischte sich die Hände ab.

»Dann sind wir uns ja einig.« Michele lächelte zufrieden. »Doch nun zu unserem Umbau. Wie möchtest du vorgehen?«, fragte er und machte sich auf den Weg zum Treppenhaus. Es war klar, dass das Thema für ihn abgeschlossen war.

Agnes beeilte sich hinterherzukommen. Sie hatte sich bereits in München Gedanken über die einzelnen Schritte gemacht. »Ich schlage vor, dass ich zunächst ein Aufmaß anlege und den Bestand in Grundrissen, Ansichten und Schnitten zeichne. Danach möchte ich eine gründliche Bauuntersuchung machen, um zu sehen, in welchem Zustand die Substanz ist. Das dauert schätzungsweise eine gute Woche, vielleicht auch anderthalb. Und dann geht es ans Entwerfen.«

Michele stimmte ihrem Vorschlag zu und führte sie auf den Speicher. Gemeinsam besichtigten sie den mit allerlei Krempel vollgestopften Dachboden, scheuchten Fledermäuse auf, die ihnen kopfüber von den Balken entgegenbaumelten, und gingen dann wieder nach draußen in den Garten, wo Agnes bemerkte, dass immer noch schwarze Druckerfarbe an ihren Händen klebte.

»Prima. Dann wären die nächsten Schritte also klar.« Michele legte ihr unvermittelt den Arm um die Schulter.

Agnes fühlte sich über diese plötzliche Bezeugung von Nähe etwas irritiert. Hatte er etwa selbst bemerkt, dass er vorhin im Atelier zu streng geworden war? Doch die Frage, die er ihr nun stellte, verwunderte sie noch mehr.

»Du kommst hier eine Zeitlang allein zurecht?«

»Natürlich«, antwortete sie verunsichert. »Fährst du denn weg?«

»Ich muss leider kurzfristig geschäftlich nach Kapstadt. Es war nicht zu verhindern. Aber in zehn Tagen bin ich zurück.«

Agnes spürte die Enttäuschung leise auf sich hinabregnen – eine Gefühlsregung, die Michele bemerkt haben musste, denn er sagte grinsend: »Wenn du nicht meine Architektin, sondern meine Frau wärst, könntest du mich begleiten, anstatt zu arbeiten.«

»Dann ist es vielleicht ganz gut, dass ich nicht deine Frau bin«, erwiderte sie und zwang sich dabei zu einem nicht ganz ernst gemeinten Lächeln. »Denn ich freue mich tatsächlich sehr auf meine Arbeit hier.«

»Wir werden sehen«, verabschiedete sich Michele mit einem Augenzwinkern und hielt sie diesmal etwas länger im Arm, als es nötig gewesen wäre, um sie anschließend links und rechts auf die Wangen zu küssen. Dann stieg er in sein Cabrio. Nachdem er auf dem engen Parkplatz gewendet hatte, drehte er sich noch einmal zu ihr um und rief: »Und pass gut auf dich auf!«

Er gab Gas und verschwand in der aufwirbelnden Staubwolke.

9

Borgo Visentin. August 1930

Fünf Jahre war sie nun bereits bei den Visentins. Fünf Jahre voller heimlicher Tränen und heimlicher Träume. Elisas Tage waren gefüllt mit harter, demütigender Arbeit – und zugleich mit Arturos alles überstrahlender Anwesenheit. Ein liebevoller Blick von ihm konnte genügen, sie die Anstrengungen, die ihr Körper aushalten musste, vergessen zu lassen, eine freundlich ausgesprochene Aufforderung die Bürde ihres Alltags in Schmetterlingsflügel verwandeln. Elisa liebte stumm und fühlte doch, seitdem sich ihre Blicke im Keller vor fünf Jahren zum ersten Mal umarmt hatten, dass Arturo auch sie mochte. Auf eine ganz besondere Weise.

Und dann kam dieser Tag, der schönste in ihrem Leben. Der Tag, an den sie sich immer und immer erinnern wollte, den sie in Gedanken wieder und wieder heraufbeschwor, wenn das Leid sie aufzufressen drohte. Es kam der Tag, an dem ihre Ahnung zur glücklichen Gewissheit wurde.

Lange bevor der frühe Morgen sein erstes unbestimmtes Hellgrau über den Nachthimmel strich und nicht lange nachdem sie erschöpft auf ihre harte Matratze gefallen war, wurde Elisa geweckt. Es waren nicht die Bisse der Wanzen und nicht das zweistimmige Schnarchen der Köchin Flora und Evangelina, der ersten Magd, auch nicht das Jammern, das die kleine Küchenhilfe Gloria durch ihre schweren Träume begleitete –

etwas anderes hatte Elisa aus ihrem bleischweren Schlaf zurück in die trostlose Wirklichkeit der Dachkammer gezogen: Über sie beugte sich die Signora, schattig und flackernd wie ein Geist im Schimmer des elektrischen Lichts, das es seit dem letzten Winter auch in der Dienstbotenkammer gab. Sie kniff Elisa in die Wange und flüsterte: »Steh auf! Du machst heute die Weißwäsche.«

Keine Viertelstunde später kniete Elisa im Keller auf den kalten Steinplatten in der Waschküche und versuchte, mit ein paar von der Feuchtigkeit gewellten Zeitungsseiten das Feuer unter dem großen Zuber zu entfachen. Doch die grünlichen Flämmchen weigerten sich beharrlich, auf die Scheite aus Buchenholz überzuspringen. Selbst die einfachsten Handgriffe wurden hier unten zur Qual. Eine Assel wieselte über den Boden und verschwand in einer dunklen Ecke. Elisa lächelte trotzdem in sich hinein. Genau hier, in diesem klammen Loch, war die Liebe in ihr Leben getreten.

Trotz der zärtlichen Gedanken schwankte sie Stunden später vor Erschöpfung, mehr als einmal schreckte sie hoch, kurz davor, kopfüber in die brodelnde Lauge zu stürzen. Sie stützte sich einen Moment auf die hölzerne Wäschezange, bis der Schwindel nachließ, dann hievte sie die triefenden Laken hinüber in die Bütte, um sie dort auf dem Waschbrett zu reiben und einzelne Flecken mit der Wurzelbürste zu bearbeiten. Wenn das Schlimmste geschafft war und die ausgewrungenen Bahnen am späten Nachmittag auf der Leine flatterten, würde die Signora mit Habichtsaugen jeden Quadratzentimeter kontrollieren. Sie war ja so stolz auf ihren tadellos geführten Haushalt. Eine winzige graue Stelle konnte ihr genügen, um Elisa auch morgen wieder in die Waschküche zu verbannen.

Die Hornhaut auf ihren Fingerkuppen war bereits aufgeplatzt und ließ das Natron auf kürzestem Weg ins rohe

Fleisch kriechen. Der Schmerz trieb ihr die Tränen in die Augen – da hörte sie Holzpantinen die Kellertreppe hinunterklappern. Noch bevor sie durch den Nebel des dampfenden Kessels etwas ausmachen konnte, erkannte sie Glorias weinerliche Stimme.

»Der Signore hat befohlen, dass ich dich ablöse«, sagte das Mädchen vorwurfsvoll. »Du sollst etwas für ihn besorgen.«

»Welcher Signore?«, fragte Elisa ängstlich. Von den drei Möglichkeiten würde eine sicher keine Verbesserung gegenüber der Arbeit in der Waschküche bedeuten.

»Der junge«, antwortete Gloria.

»Ja, aber welcher denn?« Elisa wurde ungeduldig. Ihre Hoffnung wuchs und zugleich die Angst. Arturo oder Andrea?

»Welcher schon. Signor Arturo halt«, gab Gloria patzig zurück. »Er wartet im Hof.«

Elisa jubelte innerlich auf, auch wenn sie sich bemühte, sich nichts anmerken zu lassen. Sie drückte dem unglücklichen Mädchen die Zange in die Hand und eilte die Treppen hinauf. Die tauben Beine und den dumpfen Druck auf den Nieren spürte sie nun nicht mehr. Im Laufen zog sie sich das Kopftuch gerade, prüfte, ob der oberste Knopf an ihrem Blusenkragen geschlossen war, und strich die Schürze glatt. Ihre Wangen glühten, aber nun nicht mehr vom heißen Wasserdampf, sondern vor Freude.

Mit Schwung stieß sie die Tür zum Hof auf. Elisa sah sich blinzelnd um und entdeckte ihn tatsächlich im Schatten der Heuwagen. Zaghaft winkte Arturo sie zu sich heran. Verlegen wirkte er und leicht gehetzt, während er ihr mit einem freundlichen Lächeln seine Anweisung gab. »Lauf bitte nach Capella Maggiore, und besorg mir beim Schreibwarenhändler ein Fässchen Schreibtinte.«

Verstohlen drückte er ihr ein paar Münzen in die Hand. Dabei streifte er ihre Handfläche mit den Fingerspitzen, eine Berührung so kurz und leicht wie der Flügelschlag eines Zaunkönigs. Elisa nickte, wagte ebenfalls ein kleines Lächeln, knickste und schob die Lira in die Rocktasche unter der Schürze. Sie wartete auf weitere Anweisungen.

»Blau.« Arturos Stimme hatte den weichen Klang verloren. Er räusperte sich. »Bring mir ›Blu reale‹ von Diletti.«

Er beschrieb ihr noch, welchen Weg sie am besten nehmen sollte, und kehrte, nachdem er ihr einen knappen Gruß zugerufen hatte, ins Herrenhaus zurück. Doch selbst aus dem Klang des kleinen Wörtchens »Salve« konnte Elisa seine Zuneigung hören. Ob Andrea, der just in diesem Moment auf den Absatz vor der Eingangstür trat und die Begegnung zwischen ihr und seinem Bruder gerade noch erfasst haben musste, das womöglich auch tat? Er trug Reitkleidung und war auf dem Weg zum Stall. Davide hatte Principe, Andreas Araber, bereits gesattelt und auf dem Hof angebunden.

Mit schnellem Blick schaute Andrea zwischen der Haustür, hinter der gerade Arturo verschwunden war, und ihr hin und her. Sie wollte mit gesenktem Kopf an ihm vorbeigehen, doch er hielt sie zurück. »Elisa?«

Fragend sah sie zu ihm auf. Er schnippte lässig die Kippe seiner Zigarette in den nahe stehenden Terrakottakübel. Sie sah, wie die glühende Spitze in den Stamm des blühenden Bäumchens einen schwarzen Fleck brannte. Hoffentlich fiel dem Herrn Andrea nun nichts ein, womit er ihr den schönen Auftrag von Arturo verderben konnte. Aber vielleicht hatte sie ja Glück, und er wollte nur, dass sie ihm ein paar Packungen Macedonia zu einer Lira das Stück mitbrachte.

Andrea musterte sie grinsend von oben bis unten. An ihrer Brust blieb sein Blick hängen. Unwillkürlich fasste sie an den Blusenkragen, um noch einmal zu kontrollieren, ob auch sicher alle Knöpfe ordentlich geschlossen waren.

Nun trat Andrea die letzte Stufe zu ihr hinunter und

atmete ihr den kalten Rauch ins Gesicht. Elisa fand diesen Geruch, gemischt mit dem starken Mentholdunst seiner Rasiercreme, abstoßend.

»Ich habe dich jetzt schon öfter mit Arturo gesehen«, sagte er leise. Seine Stimme klang schneidend. »Du hast ihn doch bestimmt schon rangelassen, oder?« Er war so nahe, dass er mit den Knien ihren Rock berührte.

Elisa spürte, wie sie rot wurde. So sollte Andrea nicht von seinem Bruder sprechen, aber sie konnte ihm ja kaum den Mund verbieten. Also schwieg sie weiter. Denn wenn sie im Borgo Visentin etwas besonders gut gelernt hatte, dann war es zu schweigen.

Andrea spuckte auf den Boden. »Aha. Dacht ich es mir doch. Mein Bruder ist mir mal wieder um eine Nasenlänge voraus.«

»Darf ich jetzt gehen, Signor Andrea? Ich habe etwas zu besorgen«, bat sie.

Er nickte.

Nur wenige Augenblicke später war Elisa auf der offenen Landstraße. Der Gedanke an Andrea, der sie in den letzten Monaten immer häufiger mit doppeldeutigen Bemerkungen belästigt hatte, war in der sommerlichen Hitze verdampft. Denn das war das Zweite, das sie während ihrer Zeit als Magd hier verinnerlicht hatte: Schmerz und Angst auszuklammern, indem sie ihren Geist von ihrem Körper abriegelte. Sie wollte nur noch an Arturo denken, der sie immer vor allem Schlimmen, sei es der schweren Arbeit oder seinem eigenen Bruder, beschützen würde.

Mit einem Gefühl, als müsse ihr das Herz vor Dankbarkeit überlaufen, schritt sie nun aus. Sie wusste, dass er auch Meni hätte schicken können. Der Hausknecht fuhr jeden Tag mit dem Wagen ins Dorf, um Einkäufe zu erledigen, meist auch zum Krämer in das weiter entfernte Capella Maggiore und gar nicht selten sogar bis nach Vittorio Veneto. In der kleinen Stadt hätte er aus einer ganzen Palette unterschiedlichster Schreibtinten eine für seinen Herrn aussuchen können. Aber nein, Arturo hatte sie, Elisa, geschickt. Und warum sonst hatte er das getan, wenn nicht, um sie aus der Hölle der Waschküche zu retten?

Diese seligen Gedanken und die Bewegung in der frischen Luft, die vom Duft der wilden Kräuter am Straßenrand durchdrungen war, gaben ihr Kraft. Summend wanderte sie die staubige Allee entlang bis zur Galgeneiche, in deren Geäst zu früheren Zeiten die Diebe und Deserteure aufgeknüpft worden waren. Jetzt bat an ihrem Stamm ein gusseiserner Gekreuzigter, dem die weißliche Farbe vom regungslosen Gesicht blätterte, um Vergebung für all die verlorenen Seelen. Oder für die Henker, die in ihrer Selbstgerechtigkeit über Gut und Böse, über Richtig und Falsch, über Erlaubt und Verboten entschieden hatten? Wer weiß, ob es nicht sogar einer von ihnen gewesen ist, der plötzlich Zweifel verspürt und Standbild und Inschrift hat errichten lassen, dachte Elisa. Einer, der wusste, dass er eine größere Schuld trug als der vermeintlich Schuldige, und nun, da er mit jeder Sekunde unweigerlich dem anderen, dem höchsten Richter entgegenschritt, auf ein mildes Urteil hoffte.

Elisa bekreuzigte sich und bog von der Straße auf den Weg ab, der querfeldein durch die Maisfelder ging, so wie Arturo ihr geraten hatte. Hier fuhr nur selten ein Bauer mit dem Pferdefuhrwerk oder – wenn er wie die Visentins mit großem Reichtum gesegnet war – auf einem echten Motorentraktor zu seiner Scholle. Die sintflutartigen Regengüsse im Juli hatten wie riesige Motten zahlreiche Löcher in den ansonsten so dichten Pflanzenteppich gefressen, doch am Wegrand standen die umgeknickten Maisstängel über weite Strecken, sogen die Wärme des Spätsommers in sich auf und warteten darauf, zum Höhepunkt ihrer Reife geerntet zu werden.

Beglückt über ihre unverhoffte Freiheit, lief Elisa im Wechsel mitten auf dem Weg in der prallen Sonne oder auf dem schmalen kühlen Schattenstreifen, den die hohen Pflanzen auf die Grasnarben warfen. Ab und zu tastete sie mit der Hand nach den Münzen, die sicher in ihrer Tasche lagen, und streichelte sie, denn vor Kurzem erst hatte Arturo sie in seiner Hand gehalten. Sie versuchte sich zu erinnern, wo seine Finger bei der Übergabe die ihren berührt hatten und schnupperte an ihrer aufgeweichten Haut, ob sie vielleicht noch einen Rest seines natürlichen Dufts erhaschen konnte, aber sie roch nur eine Mischung aus Seifenpulver und der metallischen Ausdünstung von Kupfergeld.

Ihre bleierne Müdigkeit war nun völlig verflogen. Elisa ging schneller, denn selbst wenn sie in dieser Geschwindigkeit weiterlief, würde sie nach Capella und zurück zum Gutshaus vier bis fünf Stunden unterwegs sein. Dann wäre sie gerade rechtzeitig daheim, um die Polenta für das Abendessen zu rühren und die Signora nicht zu verärgern. Sicherlich hatte Arturo auch das bedacht. Glücklich über diese kleinen Beweise seiner Zuneigung, begann sie nun laut zu singen: »Amore mio non piangere, se me ne vado via … Weine nicht, mein Liebster, wenn ich weggehe …«

Erst als sich unvermittelt ein Schatten, groß wie ein schwarzer Kettenhund, hinter ihr auftürmte, bemerkte Elisa ihren Verfolger.

Sie fuhr herum. Der Radfahrer, der nun genau neben ihr war, kam ins Trudeln, versuchte, an ihrer Schulter Halt zu finden, und stürzte. Er erwischte im Fallen den weiten Ärmel ihrer Bluse, der mit einem Ratschen aufriss, und zerrte sie mit sich zu Boden. All das geschah so schnell, dass sie einen Moment brauchte, das Geschehen zu verstehen und die ungeheure Angst zu fühlen, die nun in ihr explodierte. Madonna im Himmel, was würde als Nächstes passieren?

Über ihrem Gesicht drehten sich die Speichen und zerschnitten den Mond, der sich blass vom Blau des Himmels abhob. Elisa bewegte zaghaft ihre Glieder – keines schmerzte, beide Beine fühlten sich unverletzt an. Hatte sie eine Chance davonzulaufen? Oder aber war es besser, stillzuhalten und sich nicht zu wehren, egal, was ihr Angreifer nun mit ihr tun würde?

»O Dio, hast du dir wehgetan?« Arturos bestürztes Gesicht schob sich zwischen Mond und Speichen, dann wurde der schwere Eisenrahmen von ihr weggezogen.

Nur langsam begann sie zu begreifen, mit wem sie da gerade zusammengestoßen war. Sie schüttelte den Kopf.

»Wirklich, das war keine Absicht!«, entschuldigte sich Arturo und half ihr vorsichtig auf die Beine.

»Ich wollte dich doch überraschen.«

Beide klopften sich den Staub aus den Kleidern, und Elisa knotete ihr verrutschtes Kopftuch fest.

»Wenn das Eure Absicht war, ist es gut gelungen.« Ein erleichtertes kleines Lachen entschlüpfte ihr.

Nun lachte auch Arturo. Nachdem er sich vergewissert hatte, dass sie bis auf den Riss in der Bluse unbeschadet war, sammelte er ein, was bei dem Sturz in hohem Bogen aus dem Weidenkörbchen am Lenker geflogen war: ein in braunes Papier eingewickeltes Päckchen, ein rotbackiger Apfel und eine leicht verbeulte Aluminiumflasche mit Bügelverschluss. Als Nächstes kontrollierte er, ob die Felgen seines Fahrrads nicht verbogen waren, schnallte eine zusammengerollte Decke vom Gepäckträger und lehnte das Rad an die Wand aus gelbblättrigen Maispflanzen. Er nahm den Korb, und dann tat er etwas, wovon Elisa seit Jahren nur zu träumen gewagt hatte: Seine freie Hand ergriff ganz selbstverständlich die ihre, und sanft zog er sie hinter sich her, fort vom Weg, mitten in das Feld hinein.

Sie folgte widerstandslos. Arturo führte sie zielstrebig immer tiefer in das Labyrinth aus Mais. Nach wenigen Metern schon hatte sie die Orientierung verloren, doch sie vertraute ihm blind. Seit sie von der Nonna in den Dienst der Visentins geschickt worden war, hatte sie von Arturo nur Gutes erfahren, er hatte sie nie schikaniert wie sein Bruder, hatte sie nicht zum Spaß in Wangen und Hinterbacken gezwickt wie sein Vater, hatte sie nicht zur Strafe geschlagen wie seine Mutter. Warum also hätte sie sich jetzt, allein mit ihm und weit entfernt von allen Menschenseelen, ängstigen sollen?

Unvermittelt wurden die blaugrünen Schatten um sie herum heller, und kurz darauf betrat Elisa hinter Arturo eine durch die Unwetter der vergangenen Wochen geschlagene kleine Lichtung.

»Wollen wir hier ein Picknick machen?«, fragte er.

Sie nickte folgsam. »Wie Ihr wünscht, Signor Arturo.« Dabei meinte sie, ihr Herz müsse vor Glück jeden Moment zerbersten.

»Es wird dir vielleicht etwas seltsam erscheinen, aber du musst nicht denken, dass ich …« Er zögerte »Also, ich möchte nur gern etwas Zeit mit dir verbringen. Du weißt doch, Elisa, dass ich dich … und ich glaube, dass auch du, dass wir …?« Er verstummte und sah sie nur noch an, mit diesen unvergleichlichen Augen, deren Farbe nicht Braun und nicht Grün und nicht Gold war, sondern, ähnlich dem Kirchengewölbe in Zuglio, aus Tausenden von unterschiedlich getönten Marmorsteinchen zusammengesetzt schien.

Schließlich fragte Arturo leise: »Du möchtest es doch auch?«

Elisa nickte erneut und legte dabei ihr Ja zu allem, was er

von ihr wünschte, in die Bewegung ihres Kopfes. Sie hoffte, er würde es verstehen.

Es schien ihm als Antwort jedoch nicht zu genügen, denn seine Augenbrauen zogen sich fragend nach oben.

So flüsterte sie schließlich: »Ja, Signor Arturo, ich möchte alles, was Ihr möchtet.«

Bei diesen Worten erhellte sich sein Blick, als habe er eine verlorene Kostbarkeit wiedergefunden. Er begann eifrig, die verdorrten Pflanzenhalme flachzutreten, und breitete, nachdem er auf diese Weise eine ausreichend große Fläche geschaffen hatte, die grobe Wolldecke darüber aus. Dann öffnete er das in Papier eingeschlagene Paket und zauberte eine halbe Hefe-Pinza und ein Stückchen Asiago hervor. Sogar an zwei kleine Gläser hatte er gedacht, doch leider hatte das eine den Sturz nicht unbeschadet überstanden und zeigte einen langen Sprung. Behutsam legte es Arturo zurück in den Korb. »Wenn es dir nichts ausmacht, werden wir den Wein zusammen aus einem Glas trinken?«

Elisa schüttelte heftig den Kopf. »Nein, es macht mir nichts aus.«

»Bene. Nun, setz dich, bitte!«

Gehorsam kniete sie sich an den Rand der Wolldecke. Er ließ sich so nah neben ihr nieder, dass sie, fast ohne den Arm auszustrecken, seinen maronenbraunen Scheitel hätte berühren können. Mit seinem Taschenmesser schnitt er Fladen und Käse in Scheiben, schälte den Apfel und reichte ihr ein Stück. Verlegen drehte sie es in den Händen – und bemerkte plötzlich den erschrockenen Gesichtsausdruck, mit dem Arturo ihre verquollenen Finger musterte. Schnell steckte sie den Schnitz in den Mund, um direkt danach die Hände unter ihrer Schürze zu verbergen.

Doch sogleich überfiel sie der nächste, viel größere Schrecken. Die Münzen in ihrer Rocktasche drückten durch den

Stoff und erinnerten sie vorwurfsvoll an ihren eigentlichen Auftrag, den sie ganz vergessen hatte. »Meine Güte, die Tinte!« Wenn sie sich hier vertrödelte, würde er heute nicht mehr seine Tinte bekommen, ganz abgesehen davon, dass die Signora einen Wutanfall wegen ihrer späten Heimkehr bekäme.

»Keine Sorge. Die holen wir später gemeinsam.« Arturo hatte inzwischen die Flasche geöffnet, schwarzrot ergoss sich die Flüssigkeit in das Gläschen. Er kostete und reichte es ihr. Während sie an dem Wein nippte, zog er einen kleinen rechteckigen Gegenstand aus seiner Jackentasche.

Elisa reckte den Hals. Ein Buch?

»Ich würde dir gern etwas vorlesen, auch wenn ich selbst nicht alles zu deuten vermag.« Arturo öffnete die Seiten dort, wo ein buntes Seidenbändchen eingelegt war. »Diese Gedichte gibt es noch nicht lange in italienischer Übersetzung. Hör zu.«

Wie herrlich klang seine Stimme, als er begann, die wunderbar seltsamen Zeilen vorzutragen!

»Siehe, wir lieben nicht, wie die Blumen, aus einem einzigen Jahr; uns steigt, wo wir lieben, unvordenklicher Saft in die Arme. O Mädchen, dies: dass wir liebten in uns, nicht Eines, ein Künftiges, sondern das zahllos Brauende.« Erwartungsvoll blickte er sie an. »Nun, wie findest du das?«

Elisa zögerte, dann antwortete sie leise: »Ich verstehe die Worte nicht richtig. Aber es ist schön und traurig.« Sie wunderte sich über ihren eigenen Mut. Niemand anderes als ihm gegenüber hätte sie sich je getraut, das zu sagen.

Er nickte und lächelte aufmunternd. »Der, der das geschrieben hat, will uns trösten, weil uns die Liebe leiden macht. Sie ist – sie ist wie ein Erbe, das man annehmen muss, ob man will oder nicht. Kannst du verstehen, was ich meine?«

Sie dachte nach. Arturos Worten konnte sie zwar nicht in

ihrer Gänze folgen, aber sie *fühlte*, dass sie eine tiefe Wahrheit ausdrückten. Das versuchte sie ihm zu erklären.

Er blickte sie überrascht und mit zufriedener Miene an. »Ich habe mir gedacht, dass es dich berührt. Der Dichter heißt übrigens Rilke.«

»Signor Rilke? Der Deutsche?«, entfuhr es ihr.

Jetzt war es an Arturo, überrascht dreinzublicken. »Du kennst doch nicht etwa Rainer Maria Rilke?«

»Nicht ich. Aber meine Mutter. Bevor sie gestorben ist, hat sie mich manchmal bei der Nonna besucht, und dann hat sie mir immer von ihm erzählt«, sprudelte es aus Elisa heraus. »Sie war Zofe auf Schloss Duino, bis ich … bis sie es eben nicht mehr war und sich eine andere Arbeit in der Stadt suchen musste. Sie sagte, die Gräfin hatte immer viele Schriftsteller als Gäste, doch der klügste, netteste und hübscheste von allen, das war Signor Rainer.«

Dass die Mutter sie in diesem Zusammenhang auch immer gewarnt hatte, keinem Herrn zu glauben, der in schönen Reimen sprach, das erzählte sie Arturo lieber nicht. Am Ende wollten alle Männer doch nur das Eine, hatte die Mutter geheimnisvoll angedeutet, und Elisa hatte es damals nicht verstanden. Wenn sie mit »dem Einen« das gemeint haben sollte, was ihr Andrea am Tag ihrer Ankunft im Hundezwinger gezeigt hatte, dann konnte sie nicht glauben, dass Arturo es je von ihr verlangen würde. Und natürlich hätte sie nie gewagt, ihn danach zu fragen.

Stattdessen tat sie etwas Unerhörtes. Sie bat ihn weiterzulesen. Sie, die Magd, äußerte ihrem Herrn gegenüber einen Wunsch. Ihr war bewusst, wie unerhört ihre Bitte eigentlich war.

Arturo jedoch schien sich darüber zu freuen. Strahlend blätterte er zwischen den Seiten, las hier, las dort, sprang zurück, wiederholte ein paar besonders schwierige Sätze, bis

Elisa sie mitsprechen konnte: »O leise, leise, tu ein Liebes vor ihm, ein verlässliches Tagwerk, – führ ihn nah an den Garten heran, gib ihm der Nächte Übergewicht … Verhalt ihn …« Wenn sein Mund vom Vorlesen trocken wurde, schenkte sie ihm Wein nach. Er reichte das Glas an sie weiter, und sie nippte ebenfalls an dem köstlichen Getränk, das ihr das Gefühl gab, als löse sich die Schwere ihres Lebens in feine Nebelwolken auf.

»Sag mir alles, was dir zu den Versen einfällt. Trau dich nur!«, drängte Arturo. »Du kannst nichts falsch machen.«

Elisa tat, wie ihr geheißen. Mit Freude teilte sie mit ihm ihre Gedanken, die anfangs noch ein wenig schwerfällig an die Oberfläche trieben, dann aber immer schneller sprudelten wie kleine perlende Bläschen, die viel zu lange in einem luftdichten Gefäß verschlossen gewesen waren. Zum Dank fütterte Arturo sie mit Stückchen von Käse und dem Fladen, streichelte, als hätte er nie etwas anderes getan, wie beiläufig über ihre Wange, folgte unvermittelt mit dem Zeigefinger der Linie ihrer Stirn.

Elisa rührte sich nicht unter dieser zarten Berührung. Sie fürchtete, eine einzige Bewegung könnte es vielleicht verscheuchen, das Glück, das sie heute Nachmittag, mitten im Maisfeld, so überraschend eingeholt hatte.

Aber war es denn wirklich überraschend gekommen? Nein. Längst hatten sie sich erklärt, wenn auch mit ungewöhnlichen Worten. Oder hatte Arturo Elisa nicht in Wirklichkeit mit jedem Auftrag, den er ihr in all den Jahren erteilt hatte, »Ich liebe dich« gesagt? Und hatte sie nicht mit jedem Knicks, mit jedem Nicken, mit jedem »Ja, Signor Arturo« in Wirklichkeit »Ich dich auch« geantwortet?

»Nimm dieses abscheuliche schwarze Tuch ab. Ich möchte dich einmal richtig sehen«, verlangte er, und wieder hörte sie die unausgesprochene Liebeserklärung dahinter.

Vorsichtig löste sie den Stoffknoten in ihrem Nacken, damit sich aus dem Kranz, den sie nach dem Aufstehen in aller Hast geflochten hatte, nicht etwa einzelne unordentliche Strähnen lösten.

Arturos Augen wurden groß, und er betrachtete sie lange. »Da lebst du nun schon so lange neben mir. Tag für Tag sehe ich in deine wundersamen Augen, erfreue mich an deinem feinen Lächeln. Aber das wusste ich nicht, dass du *so* …« Er begann zu stammeln. »Dein Haar! Es ist wie ein Heiligenschein aus Weizenähren. Du … du bist schöner als jede Madonna.«

Das Buch mit den Gedichten vom netten Signor Rilke fiel ihm aus den Händen, und er streckte beide Arme nach ihr aus.

Arturo und Elisa erwischten den Schreibwarenhändler in Capella gerade noch, als er die Ladentür versperren wollte. »Nichts zu danken. Ein Anblick wie der eure ist doch eine blanke Freude für mein verstaubtes Herz!« Sorgfältig wickelte der Alte die Tinte in Seidenpapier und schenkte Elisa an der Kasse ein Tütchen Waldmeisterbrause dazu. »Die Liebe steht euch ins Gesicht geschrieben wie selten zwei Menschen. Haltet euer Glück gut fest!«, riet er ihnen zum Abschied.

»Das werden wir«, erwiderte Arturo lachend. »Nach dem heutigen Tag lassen wir es uns bestimmt nicht mehr wegnehmen.«

Und Elisa wagte nichts zu sagen, sondern schwor sich nur insgeheim, die Liebe zu hüten wie ihren Augenstern.

Draußen vor dem Brunnen steckten die beiden abwechselnd ihre Finger in die Brause und schleckten sie gegenseitig ab, bis das schäumende Pulver ihre Zungen grün färbte. Dann hob Arturo Elisa erneut auf den Gepäckträger, den er mit der Picknickdecke sorgfältig gepolstert hatte. Sie klammerte sich an ihm fest, atmete den sonnigen Duft seines Hemdes ein, und in rasanter Fahrt fuhren sie über die Landstraße zurück in den Borgo.

Mit aller Kraft trat Arturo in die Pedale, und dennoch läuteten die Glocken von San Geronimo mit leicht verstimmtem Ton bereits zur sechsten Stunde, als sie viel zu spät und für Elisa doch viel zu früh die Pappelallee, die Zufahrt zum Anwesen der Visentins, erreichten.

Arturo hielt an und half ihr beim Absteigen. Weit länger als nötig hielt er sie um die Taille gefasst. »Geh du vor. Ich warte und komme dann etwas später nach.«

Sie spürte, wie ungern er sie gehen ließ. Doch ab hier war sie wieder Elisa, die Magd. »Grazie«, sagte sie mit gesenktem Kopf und löste sich aus seinen Händen.

Das Gutshaus empfing sie drohend und dunkel am Ende der Zufahrt. Bei seinem Anblick kehrte das beklemmende Gefühl zurück, das wie ein trauriger Zwillingsbruder mit ihr lebte und sie nur für ein paar selige Stunden zu begleiten vergessen hatte. Hier war ihr wieder bewusst, wer sie war. Wer *er* war. Und dass das, was heute geschehen war, keine Zukunft haben konnte. Arturo gehörte zu den Freien, den Reichen, den Buoni. Und doch, konnte er deswegen über sein Leben bestimmen? Im Gegenteil.

Der Zauber dieses Nachmittags war wie eine einzelne Seifenblase, die bereits zerplatzt war und schon in diesem Moment nur noch in ihrer Erinnerung schillerte. Mit jedem Schritt, den sie auf das große Tor zuging, nahm sie sich vor, nicht nur mit dem Leib, sondern auch mit dem Geist an ihren Platz, den die Eltern und deren Vorfahren für sie bestimmt hatten, zurückzukehren und dortzubleiben.

Bis er ihr nachrief.

»Elisa!«

Sie blieb stehen und drehte sich um. Arturo rannte aus der Dämmerung auf sie zu. Das blaue Licht zeichnete ihn schmaler, als er in Wirklichkeit war. Als sei er im Begriff, sich aufzulösen.

»Elisa«, rief er noch einmal. »Die Tinte!«

Fast meinte sie, sein Herz schlagen zu spüren, so dicht kam er vor ihr zum Stehen.

Er reichte ihr keuchend das kleine verschnürte Paket mit dem Tintenfässchen. Sie wollte weitergehen. Da beschwor er zum dritten Mal ihren Namen. »Elisa. Lass mich nach diesem wunderbaren Tag auch heute Nacht nicht allein.«

Keinen Moment musste sie zögern, um zu antworten: »Wenn alle schlafen.«

»Wenn alle schlafen. Ich werde um Mitternacht beim Taubenhaus auf dich warten.«

Und dann küsste er sie einfach auf die Lippen.

Als sie gleich darauf das schwere Tor aufdrückte und dabei prüfend den Kopf hob, um zu sehen, ob die Nacht ihnen später wohl eine wolkenlose Begegnung schenken würde, erblickte sie am Fenster des ungenutzten Gastzimmers den bleichen Schatten eines Gesichts.

Doch die Vorfreude auf den Geliebten war allzu groß, um sich darum zu scheren. Und so beschloss Elisa, eine Spiegelung des Mondes zwischen zitternden Pappelblättern müsse das Trugbild auf der Scheibe verursacht haben.

10

Nachdem sie Michele nachgewinkt hatte, bis sein Jaguar nicht mehr zu sehen gewesen war, hatte sich Agnes darangemacht, sich in der Bibliothek neben dem Wohnraum einen Arbeitsplatz einzurichten. Die Stelle vor dem Fenster war genau richtig.

Sie rückte einen dicken Ohrensessel und ein rundes Beistelltischchen, auf dem – wie überall im Haus – verschiedener Krimskrams lag, beiseite. Bei der Gelegenheit fiel ihr ein silbergerahmtes Foto in die Hände, das einzige, das sie bisher in der Ca' More entdeckt hatte. Darauf war ein bärtiger älterer Mann in Lammfellweste zu sehen, der etwas skeptisch in die Kamera blickte. Links und rechts von ihm standen ein dürrer Intellektuellentyp und ein Jüngling mit schulterlangen braunen Locken, der höchstens achtzehn Jahre alt sein konnte. Hinter ihnen flackerte ein großes Lagerfeuer. Der Bärtige war Volo. Agnes kannte sein Bild ja bereits aus dem Internet. Der fröhliche Glatzköpfige, der Volo vertraulich die Hand auf die Schulter legte, konnte ein Bekannter von ihm sein. Aber wer war dann der hübsche Junge, der so bewundernd zu dem Maler aufblickte? Obwohl unter Volos dichtem Bart nicht besonders viel von seinem Gesicht hervorschaute, meinte Agnes, eine Ähnlichkeit zwischen ihnen zu erkennen. War es diese leicht belustigt wirkende Wölbung der Augenbrauen? Oder lag es eher an der Körperhaltung? Wenn sie nicht sicher gewusst hätte, dass Volo alleinstehend gewesen war, hätte sie die beiden im ersten Moment vielleicht sogar für Vater und Sohn gehalten. Auch wenn Michele behauptete, Volo hätte keine festen Bindungen zu anderen Menschen gehabt, zumindest einer der beiden anderen Abgebildeten musste der Grund dafür sein, dass Volo die Fotografie gerahmt und zu seinem Lehnstuhl gestellt hatte. Der Ältere oder der Jüngere? Oder war der Künstler so eitel gewesen, dass er sich selbst hatte sehen wollen?

Sie platzierte das Bild auf die Fensterbank, weil sie den ehemaligen Hausherrn nicht einfach so beiseiteschieben wollte. Vielleicht schickte Volo ihr für ihre Arbeit ja sogar einen guten Geist, wenn sie ihn daran teilhaben ließ? Agnes lachte bei dem Gedanken, wie Hans sich über solche Überlegungen lustig machen würde, in sich hinein. Auf die Entfernung konnte sie sich sogar darüber amüsieren.

Als Nächstes holte sie die Tasche mit den Blöcken, Skizzenrollen, Stiften und Messgeräten und ihren Laptop. Dann schleppte sie die kleinere der beiden Tischplatten und die dazugehörigen Böcke aus dem Atelier nach unten. Sorgfältig wischte sie das farbverschmierte Sperrholz ab, stopfte einen gefalteten Karton unter den rechten Holzbock, damit ihr Provisorium nicht mehr wackelte, und sortierte Bleistifte, Lineale und Geodreiecke. Sie wollte die ersten Skizzen von Hand anlegen und dann in ihr Zeichenprogramm übertragen. Nachdem sich die Enttäuschung, Michele nun für eine Woche nicht zu sehen, gelegt hatte, stellte sie fest, dass ihr die Vorstellung eines vorübergehenden Eremitendaseins eigentlich recht gut gefiel. Wann in ihrem Leben war sie zuletzt allein und ausschließlich für sich selbst verantwortlich gewesen? Agnes konnte auf diese Frage keine richtige Antwort geben. Vor Lillys Geburt vielleicht? Oder sogar bevor sie aus ihrem Elternhaus zu Hans gezogen war?

Bei diesen Gedanken fiel ihr ein, was sie ihrem Mann versprochen hatte: sich um ihr Telefon oder einen Ersatz dafür zu kümmern. Zu dumm, dass sie Michele nicht nach dem nächsten Handyshop gefragt hatte. Über Mittag hatten die Läden bestimmt geschlossen – aber wenn sie jetzt losfuhr, könnte sie bei Lidia einen Cappuccino trinken und sich dann von ihr den kürzesten Weg in die nächste Kleinstadt zeigen lassen.

Agnes wollte gerade die Tür absperren, als sie am hinteren Ende des Hauses eine Bewegung wahrnahm. Ein Mann stampfte Erde um eine Pflanze fest, die er vermutlich gerade an einer der vorderen Stützen der Pergola gesetzt hatte. Schon von Weitem erkannte sie Matteo, den Gärtner. Anscheinend war er gekommen, während sie oben im Atelier die Tischplatte freigeräumt hatte, sodass sie ihn nicht hatte bemerken können. Sollte sie ihn ansprechen? Nach kurzem Zögern entschied sie sich, ihn einfach zu ignorieren – schließlich hatte er sich gestern ihr gegenüber auch nicht besonders freundlich gezeigt.

Sie zog den Schlüssel ab und war im Begriff zu gehen, als Matteo ihr zurief: »Elà! Signora Architetta! Kommen Sie bitte mal zu mir!«

Diese Stimme war wirklich unglaublich, da konnte nicht einmal Tom Jones mithalten – dunkel und zugleich sanft wie Waldhonig. Agnes trottete widerwillig auf ihn zu. Matteo stützte sich mit einer Hand gegen die Pergola, mit der anderen schirmte er die Augen ab, um besser sehen zu können.

»Ja?«, fragte sie betont desinteressiert und blieb mit verschränkten Armen in einigem Abstand von ihm stehen.

»Ich habe etwas für Sie«, sagte er, und wenn sie sich nicht täuschte, umspielte ein feines Lächeln seine Lippen.

Dieser Mensch benahm sich wirklich janusköpfig wie aus dem Bilderbuch: freundlich, unfreundlich, freundlich. Was würde als Nächstes folgen? Und was konnte er schon für sie haben? Er zog einen flachen weißen Gegenstand aus der hinteren Hosentasche und winkte Agnes damit zu.

»Mein Telefon?« Sie trat näher. Ungläubig schaute sie auf seine breiten Hände. »Wie haben Sie das denn aus dem Loch gezogen?«

»Damit.« Matteo lächelte nun tatsächlich fröhlich und zeigte auf eine Schlinge aus Draht, mit der er den neu gepflanzten Rebstock an der Holzstütze festgebunden hatte. »Wär doch schade drum gewesen. In den nächsten Tagen soll es Gewitter geben.«

Sie wollte nach dem Smartphone greifen, aber er schob es an ihrer Hand vorbei in ihre Umhängetasche. »Sicher ist sicher – nicht, dass es wieder runterfällt. Und so oft, wie es in der Zeit, seit ich hier bin, geklingelt hat, scheint jemand dringend mit seiner Sexbomb sprechen zu wollen.« Er grinste frech.

Dieser verdammte Klingelton. Sobald Matteo weg war, würde Agnes ihn umstellen. Falls sie herausfand, wie man das machte.

»Danke. Das war wahrscheinlich mein Mann, der nicht weiß, wo in der Küche er nach dem Kühlschrank suchen soll«, erklärte Agnes, obwohl sie sich eigentlich vorgenommen hatte, noch ein bisschen reserviert zu bleiben. Aber nachdem Matteo nun wieder eine so ausgesprochen freundliche Seite vorführte, konnte sie das nicht lange durchhalten. Außerdem freute sie sich wirklich, dass er ihr Handy gerettet hatte. Das ersparte ihr einigen Ärger mit Hans.

»Deswegen leben die italienischen Männer ja lieber bei ihren Müttern. Die würden ihre Söhne nie allein lassen«, sagte er.

Agnes stieg auf seinen scherzenden Ton ein. »Sind Sie etwa auch so ein Muttersöhnchen?«

»Ein Mammone? Natürlich!« Matteo zwinkerte ihr mit einem seiner braunen Augen zu.

Und plötzlich war es einfach wieder da, dieses vertraute Gefühl, das sie bereits gestern bei den ersten Sätzen, die sie gewechselt hatten, gespürt hatte. Darum wagte sie einen Vorstoß. »Darf ich Sie etwas fragen?« Sie fasste Matteos Schweigen als Zustimmung auf und fuhr fort. »Als ich Ihnen gestern erzählt habe, warum ich hier bin, wirkten Sie nicht sehr begeistert. Im Gegenteil. Oder täusche ich mich da?«

»Merkt man mir meine Empfindungen so deutlich an?« Matteo schaute betroffen drein, wie ein Welpe, der von seinem Frauchen beim Zernagen eines Louboutin-Pumps erwischt worden war. »Tut mir leid. Aber ich finde das, was die Gemeinde mit der Ca' More vorhat, tatsächlich unerträglich. Das wunderbare Haus, der alte Garten – für so ein Projekt braucht man besonderes Fingerspitzengefühl!«

»Und nachdem Sie gesehen haben, wie ich mit meinen Sachen umgehe, zweifeln Sie daran, dass ich das habe?«, fragte Agnes.

Doch Matteo war nun ernst geworden. »Sie sind nicht von hier, und ich denke, als Fremde können Sie sich nicht so leicht in unsere Traditionen einfühlen.«

Sie schluckte. Matteo hatte es wahrscheinlich gar nicht böse gemeint, trotzdem verletzte sie seine Bemerkung zutiefst. Mit ganz ähnlichen Argumenten hatte ihr Hans zu verstehen gegeben, dass sie der Aufgabe nicht gewachsen sein würde. Nun brauchte dieser Wurzelkratzer nicht noch in dieselbe Kerbe schlagen.

»Ich kann durchaus verstehen, dass Sie diesen verwunschenen Ort am liebsten unberührt lassen würden. Aber ich habe nun mal den Auftrag zum Umbau erhalten, und ich gedenke, die Ca' More umzuplanen, ob es Ihnen nun passt oder nicht«, sagte sie kühl. »Danke für die Bergung meines Handys.« Mit diesen Worten machte sie auf dem Absatz kehrt und marschierte zurück zum Haus.

Etwas orientierungslos, weil sich ihre Pläne für den Nachmittag nun zerschlagen hatten, zog sich Agnes wieder ins Haus zurück. Mit dem Aufmaß wollte sie nicht beginnen, solange dieser Matteo draußen herumwerkelte. Also setzte sie sich in der Bibliothek an ihren neuen Arbeitsplatz und schaute eine Weile auf das Foto von Volo, dem Haarlosen und dem engelhaften Jüngling, als könnte sie von ihnen eine Eingebung bekommen. Dann öffnete sie ihr großes Skizzenbuch und wählte einen weichen Bleichstift aus. Vor ihr lag die weiße Seite. *Ca' More*, schrieb sie, unterstrich den Namen und setzte einen Doppelpunkt.

Matteos Bemerkung nagte heftig an ihr. Als hätte er sich mit Hans abgesprochen! Agnes wollte all diesen Klugscheißern beweisen, dass sie durchaus in der Lage war, ein altes italienisches Bauernhaus zu geschmackvollen Eigentumswohnungen umzuplanen. Wütend biss sie auf dem Radiergummi des Bleistifts herum. Eine leichte Brise wehte über den Tisch. Sie hob ihr Gesicht. Die Glyzinie streckte von allen Seiten ihre Ranken hinter dem Fensterrahmen hervor, und die lilafarbenen Blütentrauben nickten ihr in der leichten Brise, die nun aufgezogen war, zustimmend zu. Agnes hörte auf, sich den Kopf zu zerbrechen, und begann zu zeichnen, was sie sah.

Sie schraffierte gerade das Schattenspiel, das die frischen Triebe auf die durchsichtigen grünen Blätter warfen, als Matteos Gesicht vor ihr auftauchte. Er beugte sich von außen zu ihr ins Zimmer und sah sie mit seinem treuherzigen Hundeblick an.

»Ich wollte Sie nicht kränken«, sagte er.

Offensichtlich war er feinfühliger, als sie angenommen hatte.

»Ist schon in Ordnung«, meinte sie. »Sie kennen mich ja auch gar nicht.«

»Noch nicht. Aber wir werden uns hier ja wahrscheinlich noch öfter begegnen. Mir ist gerade etwas eingefallen, was Sie interessieren könnte. Oben im Bosco di Cansiglio gibt es ein ehemaliges Refugio aus den späten Zwanzigern, das über eine alte Natursteinkate gebaut wurde. Da ist die Synthese zwischen Alt und Neu wirklich beispielhaft gelungen.«

Das klang interessant. Für einen gärtnernden Steinmetz schien er sich immerhin ganz gut mit Architektur auszukennen.

Matteo verrenkte den Hals, um auf Agnes' Zeichnung sehen zu können, aber sie schob schnell ein loses Blatt darüber.

»Sie meinen, ich sollte mir diese Herberge ansehen?«, fragte sie.

»Auf jeden Fall! Es ist nicht ganz einfach zu finden. Wenn Sie möchten, zeichne ich Ihnen den Weg auf.«

»Gern. Vielleicht fahre ich ja morgen mal hin.«

»Tun Sie das. Der alte Buchenwald ist übrigens ein Naturschutzgebiet, in dem man wunderschön wandern kann. Aber nehmen Sie sich ein Picknick mit, das Haus ist nicht mehr bewirtet.«

Agnes lächelte unsicher, irritiert von seiner plötzlichen Freundlichkeit. Wieder musste sie an Janus denken, den römischen Gott mit den zwei Gesichtern.

Matteo schien ihr Unbehagen zu bemerken. »Ich bin fertig für heute. Morgen komme ich wieder.«

»In Ordnung. Einen schönen Tag noch. Und danke für den Tipp!«

Kaum war er gegangen, schlenderte Agnes durch den Garten. Sie wollte sehen, was er heute verändert hatte. Offensichtlich waren einige Weinstöcke von ihm versetzt worden. Zwischen den Pflanzen lehnten noch seine Gartenwerkzeuge.

Plötzlich hatte sie einen Einfall. Sie griff nach der Schaufel und hob am Fuß eines kleinen Feigenbaums, unter dem die Erde weich und locker aussah, ein kniehohes Loch aus. Dann marschierte sie zum gelben Müllsack bei den Arkaden und holte unter ziemlich großer Überwindung den eingewickelten Leichnam des Kaninchens heraus. Sie spürte durch das Tuch, dass der Körper bereits hart geworden war. Agnes ekelte sich wie am Morgen, als sie beinahe daraufgestiegen wäre, aber diesmal zwang sie sich, ihr Vorhaben durchzuführen. Und als sie das Kaninchen beerdigt, eine wilde Lilie aus einem der Beete ausgegraben und auf das Grab gesetzt hatte, war sie so stolz auf sich wie schon lange nicht mehr.

11

Borgo Visentin. November 1930

Die Gespräche mit der Mutter waren so unangenehm gewesen wie eine Wurzelbehandlung beim Zahnarzt. Sie hatte nur das Beste gewollt, aber Arturo bei jeder Sitzung mehr gequält, war tief und tiefer in den Nerv hineingefahren.

»Mein Sohn, du hast eine Verantwortung gegenüber deiner Familie«, sagte sie jetzt, als sie am Sonntag zu zweit beim Kaffee saßen. Der Vater und Andrea waren am Vortag nach Triest gefahren – angeblich, um in einem Autosalon die neuesten Modelle zu besichtigen.

Arturo rutschte ungeduldig auf dem Sessel hin und her. Er war heimlich mit Elisa verabredet. Es war ihr erster freier Nachmittag seit Monaten, den sie gemeinsam verbringen konnten, und er hatte schon eine Idee, wie er auf ihr viel zu ernstes Gesicht ein Lächeln zaubern wollte. Aber er konnte seine Mutter nicht einfach alleinlassen. Sie tat ihm so leid, weil sie wieder diesen verschleierten Blick hatte, seitdem der Vater, bester Laune und übertrieben albern ein Taschentuch schwenkend, mit Andrea davongebraust war. Außerdem gebot der Respekt, dass sich die Mutter zuerst erhob und zurückzog. Aber sie tat nichts dergleichen, sondern hatte stattdessen wieder mit dem leidigen Thema angefangen.

»Deswegen studiere ich doch Agrarwissenschaften, obwohl ich mich lieber für Literatur und Philosophie eingeschrieben hätte. Was wollt Ihr noch?« Arturos Antwort klang schärfer, als er es beabsichtigt hatte.

Die Mutter zog die Augenbraue nach oben, ein aus schwarzen Härchen fein geformtes Satzzeichen, das zugleich Frage und zurückgehaltenen Zorn ausdrückte, wie es kein Symbol der italienischen Hochschrift konnte. Sie wollte die Kaffeetasse nehmen, doch sie griff neben den Henkel, bevor sie ihn beim zweiten Versuch richtig zu fassen bekam. Das Thema schien sie mehr aufzuregen, als er gedacht hatte.

»Du weißt genau, was ich von dir erwarte. Wirb endlich um Rosaria! Die Pozzoboni sind bereits in Sorge, dass dir ihre Tochter nicht gefällt.«

»Sagt ihnen ruhig, dass ich nichts gegen Rosaria habe. Ich finde sie hübsch und nett und werde mich bei Gelegenheit bei ihr melden.« Arturo hatte gehofft, dass er auf diese Weise unbeschadet von dem Glatteis herunterkäme, doch er hatte sich getäuscht.

»Das musst du gar nicht. Ich habe sie bereits in deinem Namen zum Silvesteressen eingeladen.«

Zuerst wollte er aufspringen und sich lautstark über dieses übergriffige Verhalten beschweren. Doch dann zügelte er sich und überlegte, dass er einen Streit dieses Formats jetzt nicht beginnen durfte. Es drängte ihn zu Elisa – reden konnte er später mit der Mutter, am besten sogar, wenn der Vater dabei war, denn so würde er die Enttäuschung seiner Eltern mit einem Mal hinter sich bringen. Ihnen würde garantiert nicht gefallen, was er ihnen zu sagen hatte. Mit scheinbarem Einverständnis stimmte er also zu. »Warum nicht? Wenn es Euch recht ist, werde ich mich jetzt zurückziehen, um an meiner Studienarbeit weiterzuschreiben.«

Die Mutter lächelte ihn glücklich an, und dabei konnte Arturo die bildschöne Frau erkennen, die sie einst gewesen war und die seinen Vater um den Verstand gebracht haben musste – zumindest bis er sie als Braut nach Hause führen konnte. Sie schnalzte leise mit der Zunge, und sofort kam Pupo von seinem Stammplatz unter ihrem Sessel hervorgekrochen und begann, die Finger seines Frauchens abzulecken. Arturo bemerkte zum ersten Mal, dass sich auf der papierdünnen Haut auf ihrem Handrücken braune Flecken ausbreiteten. Jugend und Alter, Schönheit und Verfall, Liebe und Hass. Alles lag so nah beieinander.

»Komm, Tesoro, Zeit für unser Nickerchen. Arturo muss studieren. Aber zuvor schauen wir in der Küche, ob wir nicht eine Kleinigkeit für dich finden«, sagte die Mutter zu ihrem Hund, und Pupo tänzelte auf seinen viel zu kurzen Beinen vor ihr her zur Tür.

Arturo war bereits Tage vor ihrer Verabredung unendlich nervös gewesen. Nachdem Elisa und er sich an diesem flimmernden Hochsommertag vor drei Monaten ohne viele Worte all ihre Gefühle offenbart hatten, war es zu keiner ungestörten Begegnung mehr zwischen ihnen gekommen. Einerseits hatte er in Padua die verhassten Studienseminare besucht und war zum Lernen auch über die Wochenenden fortgeblieben, um möglichst schnell seinen Abschluss zu machen, andererseits war Elisa von der Mutter stark in Beschlag genommen worden. Zur Ernte wurde jede Hand gebraucht, da mussten auch die Hausmägde auf dem Feld helfen, und zugleich fiel vermehrt Arbeit in der Küche an. Es wurden kiloweise Tomaten eingekocht und in Einmachgläser gefüllt, aber auch Pilze, Zucchini und anderes Gemüse. Fleisch wurde gepökelt, Wurst gerührt, Käse in die Salzlake getaucht und gewendet, kurz – die Speisekammern mussten für den Winter gefüllt werden. Zudem legte seine Mutter großen Wert darauf, dass in den letzten warmen Tagen des Jahres alle Laken gewaschen und sämtliche Tischdecken gestärkt wurden. So hatten sich

Arturo und Elisa in den letzten zwölf Wochen kaum gesehen, und wenn sie sich zufällig begegneten, dann waren ihre schönen Augen seinem Blick ausgewichen, sodass ihm angst und bang wurde.

Hatte er doch etwas falsch gemacht? Sie mit seinen Gedichten gelangweilt? Oder war er zu fordernd gewesen? Zweifelte sie vielleicht an der Ernsthaftigkeit seiner Absichten, oder war er ihr schon gar nicht mehr so lieb? Es schien ihm manchmal so, als wäre etwas zwischen sie getreten. Etwas Ungreifbares, ein Schatten, eine dritte Person. Umso glücklicher war Arturo seit gestern, dass Elisa ihm seine auf der Treppe zugeraunte Bitte, ihren freien Nachmittag mit ihm zu verbringen, nicht abgeschlagen hatte. Heiter sollten diese Stunden werden, ihr eine Erholung von all der schweren Arbeit bieten. Er hatte sich alles genau überlegt, und die Zeit würde gerade reichen.

Kaum war die Mutter aus dem Zimmer gegangen, rannte er zur Garage und holte den Lancia, den der Vater nur noch für Fahrten über schlechte Straßen und zur Jagd im Wald benutzte, seitdem er den Alfa Romeo C irgendwas, diesen rasant schnellen Sportwagen, erworben hatte. Es dauerte, bis Arturo die Kurbel gefunden und dem Motor den richtigen Schwung gegeben hatte.

An der Galgeneiche wartete wie vereinbart Elisa. Sie sah in ihrem alten Wollmantel, der um Brust und Schultern zu klein geworden war, so verfroren aus, dass sich sein Herz zusammenzog. Er sprang aus dem Wagen und öffnete die Beifahrertür für sie, doch es war ihm, als würde Elisa nur ungern einsteigen. Steif saß sie auf dem Lederpolster, aufrecht wie eine Königin, mit einem undurchschaubaren Gesichtsausdruck.

Natürlich, erinnerte er sich, sie ist noch nie in einem Auto gefahren. Wenn er ihr kluges Gesicht betrachtete, vergaß er einfach immer wieder, dass sie ein Mädchen aus einfachsten Verhältnissen war.

»Wir fahren nicht weit«, erklärte er. »Nur bis Vittorio Veneto.«

Elisa warf ihm einen fragenden Blick zu. In diesen Augen würde er eines Tages ertrinken. Arturo schaltete aus Versehen in den dritten Gang, und der Wagen machte einen Hopser. Mit einem Aufschrei stützte sich Elisa am Armaturenbrett ab und krallte sich mit der anderen Hand am Ledersitz fest, als er das Gaspedal durchdrückte.

Als er ihr auf der Piazza in Vittorio vom Trittbrett half, schimmerte Elisas blasses Gesicht grünlich, und mehr denn je sah sie aus wie die Meerjungfrau aus dem Märchen dieses dänischen Dichters. Arturo entschuldigte sich – er war wirklich ein miserabler Fahrer.

»Wir gehen ins Kino?«, fragte sie erstaunt, als er die beiden Billetts gekauft hatte und sie in den kleinen Filmpalast führte.

Arturo nickte. »*La canzone dell'amore*, ein Film nach einer Novelle von Pirandello. Die Uraufführung war im Oktober in Rom und ist eine Sensation. Der Film hat nämlich keine Untertitel, sondern richtigen Ton.«

Elisa hakte sich bei ihm unter – aber es war keine Leichtigkeit in ihrer Geste, sondern wirkte auf ihn, als ob er sie beschützen sollte. Mehrere Paare drängten sich vor ihnen in die Sitzreihen, und Arturo bemerkte voller Stolz, dass sie von allen Seiten bewundert wurde. Die Männer drehten sich nach Elisa um, glitten mit den Augen über ihren Körper, der in letzter Zeit seine kindliche Form verloren hatte. Die Frauen starrten ihr ins Gesicht und auf das weizenblonde Haar, und er konnte den Neid in den Blicken lesen und die Verwunderung über Elisas altmodische einfache Kleidung, die so gar nicht zu ihrer vornehmen Erscheinung passte.

Sie schien sich ihrer Wirkung jedoch gar nicht bewusst zu sein. Mit unbehaglicher Miene ließ sie sich auf dem äußersten Klappstuhl nieder – die Plätze in der Mitte machten ihr offenbar Angst. Sie erinnerte ihn an ein Reh, das instinktiv stets zur Flucht bereit ist. Er nahm vorsichtig ihre kalten Finger zwischen seine Hände und war überglücklich, dass sie ihn gewähren ließ. Als sich der Saal verdunkelte und der Vorhang öffnete, bemerkte er, wie ein Zittern der Spannung über ihren Körper lief.

Nach einem unsäglichen Vorfilm, der den Affen Mussolini als athletischen Möchtegern-Sportler präsentierte, begann der Hauptfilm. Doch auch davon wurde Arturo bitter enttäuscht. In der literarischen Vorlage entdeckt ein junger Mann namens Cesare, dass seine verstorbene Mutter ein uneheliches Verhältnis hatte und ein Kind daraus entstanden ist. Cesare übernimmt die Verantwortung für Ninní, seinen Halbruder, und wächst an der Aufgabe, doch eines Tages möchte der leibliche Vater den Kleinen zu sich holen. In einem tragischen Finale tötet Cesare sich und Ninní. Aber was hatte der Regisseur aus der Novelle *In Silenzio* gemacht! Ein tränentreibendes Propagandawerk, in dem eine junge Frau ihre Karriere als Sängerin aufgibt, um die Mutterschaft für ihren unehelichen Halbbruder zu übernehmen. Hier wollte die neue Gesellschaft also die Frauen sehen: als Mütter, die hingebungsvoll zukünftige Soldaten großziehen. Geradezu widerlich!

Arturo erwog, das Kino früher zu verlassen und mit Elisa in ein Café zu gehen. Lieber würde er ihr bei nächster Gelegenheit die bewegende und vielschichtige Geschichte von Pirandello vorlesen. Doch als er zu ihr hinübersah, musste er entdecken, dass Elisa wie gebannt auf die Leinwand starrte. Ihr Mund hatte sich ein Stück weit geöffnet, mit der rechten Hand klammerte sie sich an seinen Unterarm, mit der linken an die Lehne ihres Sessels. Ihre Lippen bewegten sich stumm und sprachen mit Lucia, der Hauptfigur. Als im Film der kleine Ninní mit einer dunkelhäutigen Puppe spielte – nach Arturos Verständnis eine weitere Geschmacklosigkeit, die Italiens Kolonialpolitik in Ostafrika verharmlosen sollte –, füllten sich Elisas Augen mit Tränen. Wie empfindsam sie doch war! Sie schien in die Handlung des Films vollständig abzutauchen. Arturo freute sich, dass er zumindest ihr die erhoffte Ablenkung ermöglicht hatte. Er vergaß den albernen Film, streichelte in Gedanken über ihre Wangen, löste den weizenblonden Zopf, küsste ihre feine Nase, das Kinn, den langen schlanken Hals …

Da plötzlich fasste sich Elisa an die Kehle, als hätte sie seine fantasierten Zärtlichkeiten in Wirklichkeit unangenehm gespürt. Sie kippte zur Seite gegen seine Schulter und sackte leblos in sich zusammen. Was war denn plötzlich mit ihr los? Nach einer Schrecksekunde begriff er, dass sie ohnmächtig geworden war. Vorsichtig rüttelte er sie an der Schulter. Sie bewegte sich nicht, sondern rutschte nur noch weiter auf ihrem Sitz nach unten. Er fühlte Panik in sich aufsteigen. War Elisa krank – war es womöglich lebensbedrohlich? Was sollte er jetzt tun? Sie konnten doch nicht hier sitzen bleiben! Er packte sie unter den Armen und zog sie unter den gaffenden Blicken der näher sitzenden Kinobesucher zum Ausgang.

Im Vorraum hob er sie hoch und trug sie zu einem der herumstehenden Kanapees. Dort bettete er sie auf den grünen Samt und schrie der Matrone hinter der Kasse zu, sie möge schnell ein Glas Wasser bringen und nach einem Arzt rufen. Oder nein, zuerst den Arzt und dann das Wasser! Arturo beugte sich verzweifelt über Elisa. Sie war weiß wie der Putz im Borgo Visentin, und ihre Wangen wirkten eingefallen. War es nur ein Schwächeanfall? Oder hatte sie Tuberkulose, Pellagra oder wie all diese schrecklichen Krankheiten hießen? Würde sie womöglich sterben?

»Elisa«, flüsterte er, »mein Leben. Komm zurück.« Er näherte sich ihrem Gesicht. Ihr Mund war immer noch leicht geöffnet, und sie atmete flach.

Die Kartenverkäuferin kam schnaufend mit dem gewünschten Glas Wasser und hatte außerdem einen silbernen Flachmann mitgebracht. Daraus flößte sie Elisa etwas zwischen die Lippen, die langen Ketten aus Glasperlen fielen dabei klappernd über ihren mächtigen Busen auf Elisas Brust. »Das ist Cognac. Er wird ihren Kreislauf wieder in Schwung bringen.«

»Wo bleibt denn der Arzt? Sie braucht einen Arzt!«, rief Arturo, vor lauter Aufregung heiser.

Doch die Frau beruhigte ihn und lächelte. »Ach wo! Da hilft kein Arzt. Das kommt am Anfang schon mal vor.«

Elisas Lider flatterten, und ihre wie mit einem feinen Pinsel gemalten Mundwinkel zuckten.

Dem Himmel sei Dank, dachte Arturo. Die dicke Frau hatte natürlich recht. Elisa war noch nie im Kino gewesen, und das Erlebnis hatte ihre zarte Konstitution überfordert.

»Wie ist das Ende?«, fragte Elisa leise, die Augen immer noch geschlossen. »Wird Lucia mit Enrico und dem kleinen Ninní glücklich?«

Arturo hörte sich vor Erleichterung aufstöhnen. Aber er wusste keine Antwort auf ihre Frage. Die Novelle endete tragisch, so wie es ihm eigentlich besser gefiel, aber möglicherweise hatten die Filmemacher ja ein kitschiges Happy End nach amerikanischer Art vorgezogen.

»Natürlich«, sagte er und streichelte ihr über die Stirn. »Sie heiraten und lieben sich bis ans Ende ihrer Tage.«

Über Elisas Lippen huschte ein glückliches Lächeln, und die Kartenverkäuferin nickte ihm wohlwollend zu.

12

Am Morgen cremte sich Agnes sorgfältig mit Sonnenmilch ein, packte Skizzenbuch, ein Mäppchen voller Stifte und ihren Fotoapparat in einen kleinen Rucksack und machte sich auf den Weg. Sie verließ die Ca' More, diesmal glücklicherweise ohne von einem enthaupteten Besucher auf der Schwelle begrüßt zu werden, und stapfte die Landstraße hinauf in Richtung Montesassino. Der Plan, das Umfeld zu erkunden, bevor sie mit ihrer Arbeit begann, stimmte sie fröhlich. Mit diesem Hintergedanken hatte sie in München schließlich ihre Wanderschuhe eingepackt. Dass sie nun auch noch eine versteckte architektonische Sehenswürdigkeit zum Ziel hatte, war umso schöner.

Zu Fuß erlebte sie die Landschaft viel lieber, als wenn sie in der abgeschlossenen Kapsel, die ein Auto um den Menschen bildete, hindurchraste. Sie hatte das Gefühl, in ihrem eigenen Tempo besser zu begreifen, was im Laufe der letzten Jahrtausende um sie herum gewachsen war, auch wenn ihr die lieblosen Häuschen, die wie hingewürfelt am Rand der Landstraße lagen, im Moment eher den Eindruck von Belanglosigkeit vermittelten. Fensterlose Betonskelette, flache Satteldächer, der ein oder andere Gartenzwerg neben einer Vogeltränke oder einer Venus aus Gusszement. So sah es eigentlich überall in Norditalien aus. Die Häuser verdichteten sich nach wenigen Kilometern und gingen dann nahtlos in das Dorf über. Nachdem sich Agnes in einem kleinen Alimentari mit Proviant und im Schreibwarenladen mit einer Wanderkarte versorgt hatte, betrat sie die *Pasticceria Lidia,* neugierig beäugt von den anwesenden Gästen.

Die Italienerin begrüßte sie überschwänglich. »Meine liebe Freundin aus München! Cara Agnes, guten Morgen! Tutto a posto?«

»Danke, ja! Ich hätte gern einen Cappuccino. Und dazu …« Die Köstlichkeiten hinter der Glasvitrine glänzten so appetitlich, dass sich Agnes kaum entscheiden konnte. »Dazu nehme ich ein Cornetto con crema.«

Mit einem Fauchen ließ die Kaffeemaschine den überschüssigen Druck ab, dann brummte sie wie ein gutmütiger Bär, als das heiße Wasser durch das frisch gemahlene Espressopulver gepresst wurde. Lidia schäumte Milch und goss sie mit einem leichten Schütteln des Handgelenks in die Tasse. Dabei zauberte sie ein goldbraunes Herz ins cremige Weiß der Milch. Sie beobachtete erwartungsvoll, wie Agnes den ersten Schluck nahm, und nickte zufrieden, als diese »Köstlich!« ausrief und genussvoll in das Vanillehörnchen biss.

»Allora, wie schläft es sich so allein in dem alten Gespensterhaus?«, fragte Lidia neugierig.

»Ganz wunderbar. Ich habe sogar schon Bekanntschaft mit dem Gufo geschlossen. Dafür, dass er so klein ist, kann er tatsächlich ganz schön laut schreien.«

»Ich an deiner Stelle würde mich zu Tode gruseln!« Lidia wirkte beeindruckt von Agnes' Furchtlosigkeit.

»Warum sollte ich denn vor einer heulenden Zwergohreule erschrecken? Selbst wenn sie ein Geist wäre – was könnte sie mir schon anhaben?«

»Das sagst du nur, weil du noch nicht weißt, warum sie so heult. Aber besser, ich mache dir keine Angst.« Geschäftig zauberte sie einen Lappen hervor und begann, den blitzsauberen Marmortresen zu wischen.

»Ich bitte dich! Ich fürchte mich nicht, auch wenn ich die Geschichte kenne. Also los, raus damit«, sagte Agnes, während sie sich die Vanillecreme von den Fingern leckte.

»Die unglückliche Elisa schreit nach ihrem kleinen Sohn, der von einem Tag auf den anderen verschwunden ist. Er war ihr Liebling, blond wie ein Engel, ganz anders als die anderen Kinder, die sie mit ihrem ungeliebten Ehemann hatte.«

»Man hat den Kleinen nie wiedergefunden?«, fragte Agnes nach. Etwas Schlimmeres konnte einer Mutter nicht passieren.

Lidia schüttelte den Kopf. »Jeden Stein haben sie umgedreht. Es war, wie wenn der Boden ihn verschluckt hätte.«

»Ich würde durchdrehen«, sagte Agnes. »Und das arme Eulchen tut mir nun von ganzem Herzen leid. Kein Wunder, wenn es so jammert.«

Sie zahlte, bevor sie ihren Rucksack aufsetzte und unter dem irritierten Blick von Lidia, die sich damit brüstete, keinen Meter freiwillig zu Fuß zu gehen, die Pasticceria verließ, um zum Bosco di Cansiglio zu wandern.

Die einzigartige Natur übertraf Agnes' größte Erwartungen. Je tiefer sie zwischen die jahrhundertealten Buchen eintauchte, desto mehr meinte sie, sich in einer anderen Zeit zu befinden. Bei dem steilen Anstieg am Anfang war sie noch ziemlich ins Schnaufen gekommen, weil sie ihr Ziel so schnell wie möglich erreichen wollte. Doch dann hatten ihre Füße von allein die richtige Geschwindigkeit gefunden, mit der sie, einer vor den anderen, Meter für Meter zurücklegten.

Ab da fand sie auch die Ruhe, wirklich hinzusehen. Sie entdeckte die verrücktesten Farbkombinationen von Moosgeflechten auf den riesigen Felsbrocken, die aus dem weichen Waldboden ragten. Hier leuchtete Khakiorange neben Schlammgrün, Schieferblau neben Kupferrot. Sie fand im Schatten der mächtigen Wurzeln Flächen voller zarter Zyklamen, die wie blaue Bettvorleger unter den Bäumen lagen. Ein schwarz-weiß gestreifter Vogel keckerte auf einem Ast. Schemenhaft sah ihn Agnes durch das Laub springen. Als sie innehielt und wartete, kam er aus dem Schutz der Blätter, und sie erkannte, dass es nicht, wie zuerst vermutet, ein Specht, sondern ein Wiedehopf war. Möglichst lautlos versuchte sie, die Kamera aus dem Rucksack zu ziehen, aber der Vogel bemerkte die Bewegung. Empört über den fremden Eindringling, stellte er seinen prächtigen Federkamm auf und verschwand meckernd nach oben in die Baumkrone, dorthin, wo das Licht die Blätter gelb aufleuchten ließ.

Agnes setzte sich auf einer kleinen Lichtung, die über und über mit Waldmeister bedeckt war, auf einen umgestürzten Baumstamm, viertelte eine Birne und verglich die Wanderkarte mit Matteos Zeichnung. Auf seiner Darstellung hatte alles etwas näher gewirkt, auch wenn einzelne Anhaltspunkte, wie die Kapelle und der kleine Bergsee, an denen sie bereits vorbeigekommen war, übereinstimmten. Sie hatte demnach noch ein gutes Stück Weg vor sich, dabei war es nun schon nach Mittag. Komisch, dass sich Hans noch gar nicht gemeldet hatte. Das Telefon zeigte allerdings auch kein Netz an. Sie beschloss, sich erst eine richtige Pause zu gönnen, wenn sie das alte Refugio gefunden hatte, und machte sich wieder auf den Weg.

Nun blieb sie nicht mehr an jeder schönen Stelle stehen, sondern wanderte zügig weiter. So kam sie, nachdem sie mehrmals die richtige Abzweigung vom Pfad verpasst hatte und einem Hohlweg, der im Nirgendwo endete, gefolgt war, tatsächlich am Rand des Waldes bei dem beschriebenen Haus an. Es lag am oberen Ende einer leicht abfallenden

Wiese, über die gemütlich eine Schafherde wanderte. Von einem Schäfer oder anderen Wanderern war jedoch weit und breit nichts zu sehen. Agnes näherte sich langsam, um die Wirkung des Gebäudes beim Herankommen in sich aufzunehmen.

Matteo hatte nicht zu viel versprochen. Hinter dem alten Steinhaus, das die schlichte Form einer Kinderzeichnung hatte, erstreckte sich im rechten Winkel dazu ein langgezogener moderner Bau. Gemeinsam bildeten sie einen einladenden Vorplatz, auf dem Agnes gleich darauf stand, genau im Schnittpunkt zwischen Alt und Neu. Der feinfühlige Architekt hatte die stille Harmonie des Altbaus schön herausgearbeitet und ihn von jeglichem Schnickschnack befreit. An der Fassade konnte man erkennen, dass sich hier eine Gaststube und darüber die Wohnung des Hüttenwirts befunden haben mussten. Der angrenzende neue Flügel, in dem vermutlich die Zimmer für die Gäste lagen, fügte sich durch Material und Proportion unaufdringlich an das Gegebene, aber versteckte sich nicht dahinter. In den vielen Fensterscheiben des Neuen, die zum Teil leider blind, zerbrochen und vernagelt waren, spiegelte sich die Oberfläche des Alten wieder. Mit ruhiger Selbstverständlichkeit wurde hier die Geschichte des Orts aufgegriffen und selbstbewusst weitererzählt. Der Baumeister dieser Wände hatte jeder der Zeiten angemessenen Platz eingeräumt und zu betretbarem lebenswerten Raum geformt. Ein solch gelungenes architektonisches Kleinod hatte Agnes in der Abgeschiedenheit des Naturschutzparks wirklich nicht erwartet. Wie schade, dass es nicht mehr genutzt wurde und nun offensichtlich dem Verfall preisgegeben war.

Mit dem Daumen schob sie den Schmutz vom dunkel geölten Lärchenholz eines Fensterprofils. Solch eine handwerkliche Qualität war kaum noch zu finden, und wenn, dann musste sie teuer bezahlt werden. Sie kramte die Kamera aus dem Rucksack und begann zu fotografieren. Das Licht war perfekt – hell, aber nicht zu sonnig. Am Himmel zeigten sich jedoch erste hellgraue Schlieren, sie musste sich beeilen. Von allen Seiten fotografierte sie das Gebäude, bemühte sich, kein Detail auszulassen, denn Hans würde über das Schmuckstück genauso begeistert sein wie sie und sich furchtbar ärgern, wenn sie bei der Dokumentation etwas vergäße. Dann zeichnete sie, so wie er es auch von seinen Praktikanten verlangte, in ihr Skizzenbuch alle Ansichten des Hauses und Isometrien von den wesentlichen Verbindungen.

Als hätte Hans ihren Gedanken an ihn gespürt, zeigte ein Piepton genau jetzt eine SMS von ihm an: Wo sind die Angebote für BIB Erding? Anrufen!

Agnes seufzte. Sie hatte also doch Netz. Wie bedauerlich. Und ärgerlich zugleich, denn die Angebote lagen sauber abgeheftet im Ordner mit der eindeutigen Aufschrift »Stadtbücherei Erding«. Eigentlich wäre es naheliegend gewesen, als Erstes dort zu suchen. Aber warum sich die Mühe machen, wenn man vorher sie fragen konnte? Sie tippte die Antwort, doch als sie auf »Senden« drücken wollte, sah sie, dass die Verbindung zum Netz schon wieder unterbrochen war. Sie grinste und steckte das Telefon wieder in die Tasche.

Nachdem sich Agnes bei einem letzten Kontrollgang vergewissert hatte, dass ihr auch wirklich keine Holzverbindung und kein gemauerter Sturz entgangen waren, packte sie ihre Brotzeit auf dem silbergrau gebleichten Tisch neben der verschlossenen Eingangstür aus. Die improvisierte Mahlzeit schmeckte herrlich. Wieder einmal fragte sie sich, ob das daran lag, dass Wurst und Käse in Italien besser und die Früchte schmackhafter waren, oder ob in der warmen Luft südlich der Alpen einfach alle Sinne empfindlicher reagierten. War es die Tatsache, dass sie, auch wenn sie zum Arbeiten hergekommen war, das Gefühl hatte, im Urlaub zu sein? Oder war es alles zusammen?

Die Schafe trotteten leise und mit ihren Glöckchen bimmelnd vom unteren Ende der Wiese wieder nach oben zum Waldrand. Ein dicker Tropfen platschte auf das Wachspapier, aus dem Agnes die Mortadellascheiben gewickelt hatte. Sie sah nach oben. Der Himmel verdunkelte sich zusehends. Wie schnell sich die feinen Schleier zu elefantengrauen Ballen gewickelt hatten! Obwohl der Regen noch gar nicht richtig eingesetzt hatte, schienen auch die Schafe zu ahnen, was nun bevorstand. Dicht drängten sie sich unter die ausladende Krone einer mächtigen Esskastanie, und nur noch vereinzeltes Geblöke war zu hören, wenn eines der äußeren Tiere versuchte, den Schutz in der Mitte der Herde zu finden, und sich zwischen seinen Kollegen durchdrängte.

Ein weiterer Regentropfen zerplatzte auf den Apfelschalen, ein nächster auf dem Plastikdeckel der Wasserflasche. Zwei Tropfen trafen das Stück geräucherten Mozzarella, das sich Agnes für den Schluss aufgehoben hatte. Sie schob die Kamera tief in ihren Rucksack, damit sie keine Feuchtigkeit abbekam. An eine Regenausrüstung hatte sie nicht gedacht, nicht einmal den Knirps hatte sie eingepackt.

Sie sah sich um. Den einzig möglichen Unterstand bildete das Vordach über der Eingangstür. Sollte sie darunter abwarten, bis der gröbste Schauer vorüber war? Doch inzwischen war ein Wind aufgezogen, der die Regentropfen seitlich trieb. Selbst wenn sich Agnes an die Haustür drückte, würde sie über kurz oder lang patschnass werden. Da sie hier keine Chance hatte, dem Wetter auszuweichen, konnte sie sich also genauso gut auf den Heimweg machen. Hastig raffte sie die Reste ihres Picknicks zusammen, zog sich die Softshelljacke wieder an, die sie zu Beginn ihrer Wanderung in der kühlen Morgenluft getragen hatte, und beschloss, so schnell wie möglich in den Wald zu kommen. Sie hoffte, die Bäume würden sie vor dem Regen schützen.

Es war düster geworden, als wenn die Dämmerung eingesetzt hätte. Immer wieder wurde es in unmittelbarer Umgebung schlagartig hell, beinahe so, als würde jemand an einem Lichtschalter herumspielen.

Ein heftiges Krachen ließ sie zusammenfahren. Nahezu zeitgleich schoss ein Blitz in eine Baumkrone der nahe stehenden Bäume ein. Das aufgeregte Blöken der Schafe drang zu ihr herüber. Innerhalb von wenigen Minuten war ein Gewitter über ihr hereingebrochen, wie man es nur in den Bergen erleben konnte. Eigentlich hatte sie vor Blitz und Donner noch nie Angst gehabt, aber hier oben in der Einsamkeit des Waldes, so unmittelbar um sie herum, empfand sie es doch plötzlich als bedrohend. Es war das Wirken von elementaren Kräften, ganz anders als in der Stadt, wo sich der Mensch der Natur so leicht überlegen fühlen konnte. Agnes konnte plötzlich mitfühlen, warum der Dackel von Christiane bei Unwetter zitternd und hechelnd unter das Sofa kroch.

Sie hastete über die Wiese zum Waldrand. Der Regen fiel nicht mehr von oben, sondern sprühte von allen Seiten wie aus einem Rasensprenger. Ihre Kleider waren nach ein paar Schritten bereits von Nässe durchtränkt. Wo war der Weg zum Wanderpfad? War das überhaupt noch ein Weg? Plötzlich sah alles so gleich aus.

Es krachte wieder, noch lauter als zuvor. Der Baum neben Agnes ächzte, weißes Licht blendete sie, die Luft war wie elektrisiert. Der Blitz musste ganz nahe neben ihr eingeschlagen haben. Wie ging noch die Bauernregel? Eichen sollst du weichen, Weiden sollst du meiden, Buchen sollst du suchen! Aber für welchen Baum entschied sich der Blitz, wenn ihm ausschließlich Buchen zur Verfügung standen? Immerhin hatte sie nun den Hohlweg wiederentdeckt, in dessen Furchen inzwischen tief das Wasser stand. Sie rannte ihn entlang. Irgendwie musste sie doch zur Panoramastraße kommen, die quer durch den Naturpark führte. Dort konnte sie vielleicht einen Wagen anhalten. Falls überhaupt jemand bei diesem Wetter eine Aussichtsfahrt machte. Ihre Füße mit den schweren Wanderstiefeln blieben immer wieder im Matsch stecken. Woher kam denn plötzlich der ganze Lehm? Schon bald bekam sie Seitenstechen, aber sie rannte weiter. Wie schwarze Farbe hatte sich die Dunkelheit jetzt über die Stämme und alles, was um sie herum war, gegossen. Doch dahinten lichtete sich der Wald ein bisschen. Endlich, das musste der Parkplatz für die Wanderer sein! Sie spürte, wie die Kraft in ihren Beinen nachließ. Vielleicht konnte sie deswegen die Füße nicht mehr hoch genug heben, obwohl sie die große Wurzel vor sich aus dem Boden ragen sah. Agnes stolperte, verlor das Gleichgewicht und fiel der Länge nach auf den aufgeweichten Waldboden. Nun war sie nicht nur nass, sondern auch von oben bis unten mit nasser, klebriger Erde versaut. Ihr Schienbein schmerzte, aber egal, wenn sie nur endlich zur Straße und dann per Anhalter zurück ins Dorf käme.

Als sie zwischen den Bäumen hervortrat, hätte sie beinahe angefangen zu heulen. Vor ihr drängte sich eine Herde Schafe unter einem Kastanienbaum zusammen. Sie war die ganze Zeit im Kreis gerannt. Es hatte keinen Sinn, noch einmal von vorn anzufangen. Über die Wiese trabte sie zurück zum Refugio. Wenn es doch nur bewirtet gewesen wäre!

In der verzweifelten Hoffnung, beim vorigen Versuch eine Einstiegsmöglichkeit übersehen zu haben, umkreiste sie das Gebäude erneut und rüttelte an allen Türen. Doch alle Zugänge waren fest verschlossen. Schließlich kauerte sich Agnes unter die große Tischplatte, auf der sie vor Kurzem noch ihre Brotzeit genossen hatte, und lugte hin und wieder zum Himmel. Der Abstand zwischen Blitz und Donnerrollen wurde zwar etwas länger, aber die Dunkelheit wickelte sich nur immer fester um die Gegenstände, und der Regen ließ nicht nach – im Gegenteil. Der helle Fleck der Schafherde war schon nicht mehr zu erkennen, nur noch ein gelegentliches ängstliches Blöken ließ die Anwesenheit der Tiere erahnen. Agnes legte sich auf die Seite, den Rucksack unter den Kopf geschoben, die Beine angezogen und die Arme wie ein Embryo fest darum gewickelt. So wie es aussah, musste sie hier wohl die Nacht verbringen. Und es war jetzt schon so kalt. Was für ein Albtraum. Ein Stein bohrte ihr in die Schulter. Wie hatte sie sich nur so blauäugig und ohne vernünftige Ausrüstung auf den Weg machen können? O Hans, dachte sie, du hattest doch recht. Sie war nicht fähig, etwas allein zu schaffen. Im Gegenteil.

Sie schloss die Augen und wartete, dass der Schrecken an ihr vorüberzog.

»Signora Agnese!«

Hatte sie geträumt? Nein, es war wirklich Matteo, der mit seiner einzigartigen Stimme ihren Namen rief! Das Licht einer Taschenlampe tastete suchend über den Boden, dahinter erschienen Füße, die in riesigen Gummistiefeln steckten. Da fing Agnes vor Erleichterung an zu weinen.

»Sono qui!«, rief sie, das heißt, sie krächzte es eher und wollte unter dem Tisch hervorkrabbeln, aber ihre ausgekühlten Beine ließen sich nur unter Schmerzen und sehr langsam bewegen.

Der Lichtkegel entfernte sich wieder.

Sie fühlte sich wie eine der letzten Überlebenden eines Schiffsuntergangs und musste plötzlich an die Filmszene denken, in der Kate Winslet neben dem Wrack der *Titanic* mit der Trillerpfeife des toten Offiziers die Rettungsmannschaft auf sich aufmerksam macht. Sie steckte die Finger in den Mund und pfiff, so laut sie konnte. Dann schrie sie wieder: »Hier, unter dem Tisch bin ich!«

Das Licht kam zurück, und Matteos Gesicht erschien gleich darauf, gespenstisch angeleuchtet, aber fröhlich grinsend. »Sieht ja gemütlich aus. Wollen wir hier einen Tee trinken, oder soll ich Sie lieber zuerst nach Hause bringen?« Er streckte ihr die Hand entgegen.

Agnes griff danach. Die Haut war schwielig und rau. Sofort spürte sie die trockene Wärme und die Ruhe, die von dieser Hand ausgingen. Matteo half ihr aus dem beengten Unterschlupf heraus und führte sie schweigend durch den Wald. Mit ruhiger Sicherheit setzte er bedächtig seine Schritte; ein Bär, der instinktiv wusste, wie er in der Natur überlebte. Erst als sie aus dem Wald auf den Parkplatz traten, wo sein Fiat stand, ließ er ihre Finger wieder los.

Er machte eine Kopfbewegung zur Beifahrertür, die Agnes als Anweisung auffasste einzusteigen. Doch das erwies sich als schwierig, denn der Sitz war vollgestellt mit allerlei Gegenständen: ein Eimer, Netze, ein seltsam geformtes Messer.

»Schmeißen Sie einfach alles auf die Rückbank, und nehmen Sie sich die Decke«, forderte Matteo sie auf, sich Platz zu schaffen.

Während sie die Sachen nach hinten packte und sich in eine schmuddelige Wolldecke wickelte, zerrte er einen offenen Schuhkarton mit einer seltsam gebogenen Eisenklammer darin, an der etwas undefinierbar Unappetitliches klebte, aus dem Fußraum und warf ihn samt Inhalt hinter sich.

Agnes ließ sich auf den weichen Autositz fallen. »Braucht man das auch zum Angeln?«, fragte sie mit einem Blick in den Fond und schnallte sich an.

»Nein, das ist eine Kaninchenfalle.«

»Oh.« Agnes dachte an das geköpfte Kaninchen auf der

Türschwelle. Sie betrachtete Matteo, während er den Wagen startete und vorsichtig um die teichgroßen Pfützen auf dem überschwemmten Platz lenkte. Sein Gesicht kam ihr plötzlich grobschlächtig vor. Irgendwann in seinem Leben hatte er sich offensichtlich einmal die Nase gebrochen. Bei einer Prügelei vielleicht? Schlagartig wurde sie sich bewusst, dass sie mit einem wildfremden Mann abends in seinem Auto im Wald saß. Und ohne eine Sekunde zu zögern, war sie eingestiegen – wie leichtsinnig! Ihrer Tochter Lilly hätte sie für so eine unbedachte Aktion eine gehörige Standpauke gehalten. Was wusste Agnes denn schon von ihrem vermeintlichen Retter? Nichts. Was, wenn Michele womöglich doch recht hatte und die archaische Botschaft auf ihrer Türschwelle von Matteo gewesen war?

Er steuerte zügig einen kurvigen Weg, den man kaum Straße nennen konnte, entlang. Die Scheinwerfer ließen einzelne Baumstämme wie die Fratzen von Ungeheuern aufleuchten und wieder in der Dunkelheit verschwinden.

Brachte er sie wirklich zurück zur Ca' More? In einem Horrorfilm würden jetzt die gruseligen Geigen einsetzen und die Kamera auf das Messer auf der Rückbank zoomen. Mir geht mal wieder die Fantasie durch, schalt sich Agnes. Jagen war hier offensichtlich ein beliebtes und durch und durch harmloses Hobby, selbst der Pfarrer vertrieb sich damit die Zeit. Matteo konnte außerdem gar nichts Böses im Sinn haben. Schließlich hatte er sie gerade aus dem Unwetter gerettet, anstatt im Trockenen vor dem Fernseher zu sitzen und Mamas Pasta zu essen!

»Woher haben Sie gewusst, dass ich Hilfe brauche?«, fragte sie, um die Stille zu unterbrechen.

»Ich wollte vorhin im Garten noch mal nach dem Rechten sehen. Dabei ist mir aufgefallen, dass Sie ohne Auto unterwegs sind. Weil ich ja wusste, was Sie heute vorhatten, und dieses Unwetter im Anmarsch war, ist mir etwas mulmig geworden.«

»Danke.« Agnes zog die Decke fester um sich.

»Keine Ursache. Schließlich bin ich schuld, dass Sie sich hier im Wald verlaufen haben.« Matteo lächelte freundlich zu ihr herüber, mehr mit den Augen als mit seinen Lippen, und sein Blick wirkte wie eine tröstende Umarmung.

Trotzdem wünschte sie, er hätte wieder auf den engen Weg vor ihnen geschaut. In dem strömenden Regen konnte man trotz des Fernlichts kaum etwas erkennen, und er fuhr für ihr Gefühl viel zu schnell. »Wissen Sie, wo wir sind?«, fragte sie.

»Ma certo. Wir nehmen jetzt die Abkürzung über den Col delle Ombre, damit Sie so schnell wie möglich unter die warme Dusche kommen. Achtung, festhalten!«, warnte er und riss das Lenkrad herum.

Der Weg fiel unerwartet steil ab, doch Matteo bremste nicht. Das Auto schien zu fliegen. Anscheinend war Agnes trotz der Warnung ein Laut der Überraschung entschlüpft, denn er lachte leise auf.

»Keine Angst. Unsere Familie benutzt diese Straße seit Generationen. Der Col delle Ombre war einmal im Besitz meiner Großeltern.«

Als die Scheibenwischer wieder für einen Moment den Blick freigaben, sah Agnes die Ruine einer Hütte, die sich gegen den schwarzen Wald lehnte. Brennnesseln ragten aus dem Loch, das einmal die Tür gewesen war, Brombeerranken kletterten durch die glaslosen Fenster. Das geisterhafte Skelett eines armseligen Hauses.

»Haben Ihre Vorfahren etwa hier gelebt?«, fragte sie.

»Nicht selbst. Als ich ein Kind war, hat hier immer noch der ehemalige Schweinehirt, den meine Großeltern vor dem Zweiten Weltkrieg angestellt hatten, gehaust, ohne Strom, ohne fließend Wasser.«

»Kaum vorstellbar.«

»Ja, aber der alte Pavan wollte bis zu seinem einsamen Tod um keinen Preis der Welt von hier weg. Er war misstrauisch und böse, wurde sogar verdächtigt, mit dem Verschwinden seines Erstgeborenen etwas zu tun zu haben. Wir Buben haben ihn manchmal geärgert, Frösche durchs Fenster geworfen, gemeine Reime geschrien … was man halt so macht.«

Agnes versuchte, sich Matteo als kleinen Jungen vorzustellen, der mit seinen Freunden durchs hohe Gras schlich und einen cholerischen Greis belauerte. Sie sah die glatte Kinderhaut seiner braun gebrannten Arme, hörte die Stimme, mit der er freche Sprüche rief, damals noch hell wie die eines Chorknaben. Ihr wurde bewusst, dass dieser Mensch viel mehr als der erwachsene Körper war, neben dem sie gerade durch die Nacht fuhr. Er war das Zusammenspiel seiner Erfahrungen und darüber hinaus vielleicht auch der Erfahrungen seiner Ahnen. So wie sie selbst auch viel mehr war als die schlammverkrustete Person, die er gerade unter einem Tisch hervorgezogen hatte. Auf der anderen Seite dieses intensiven Moments, der sich Jetzt nannte und den sie aus einem Zufall heraus miteinander teilten, lag ihre unbekannte Zukunft, in der sie sich wahrscheinlich nicht mehr kennen würden. Eine Begegnung wie eine Sternschnuppe, die kurz aufleuchtete und dann verglühte. Agnes wünschte sich, ihn tiefer zu begreifen – und wunderte sich dabei selbst über ihr Interesse, denn gerade noch hatte sie sich beinahe vor Matteo gefürchtet. Am liebsten wäre sie ewig so durch die Nacht gefahren und hätte seinem beruhigenden Bass gelauscht.

»Erzählen Sie mehr!«, forderte sie ihn auf. »Wurden Sie dabei erwischt?«

»Ich zum Glück nie, doch meinem Freund Luca hat der alte Teufel beinahe ein Ohr abgerissen.«

13

Borgo Visentin. Dezember 1930

»Pavan Beppo«, flüsterte Arturo. Er ließ die Stirn auf die Tischplatte fallen und verbarg den Kopf unter seinen Armen.

Am Vortag hatte die Universität für die Zeit der Weihnachtsfeiertage die Tore geschlossen, die Examen waren bestanden, und Arturo war sofort aus Padua zurückgefahren. In seiner Jackentasche, er fasste immer wieder hinein, um sich zu vergewissern, dass es nicht verloren gegangen war, lag das Schächtelchen. Arturo hatte den Juwelier gebeten, eines aus Karton zu nehmen. Und auch den Ring hatte er mit größter Sorgfalt ausgewählt: ein kleiner, aber besonders reiner Brillant, dem man seinen Preis nicht auf den ersten Blick ansehen konnte. Der Reif schmal, doch groß genug, sodass er auf Elisas von der Arbeit strapazierten Finger passen würde.

Eigentlich hatte Arturo vorgehabt, bei einem Spaziergang unter dem winterlichen Sternenhimmel um ihre Hand anzuhalten. Doch jetzt war er nicht sicher, ob er es noch so lange aushalten würde. Ob er sie nicht sofort in das nächste leere Zimmer bitten und dort vor ihr auf die Knie fallen sollte. Zuerst musste er sie aber finden.

In der überhitzten Küche schälte Evangelina Zwiebeln, und die Mutter besprach mit Flora die Zubereitung des Kaninchenbratens. Im Waschkeller stapelten sich zwar

Wäscheberge, doch niemand machte sich daran, sie in die kalte Lauge zu tauchen. Arturo lief über den Hof. Sein Atem dampfte weiße Wolken in der Kälte. Vielleicht war Elisa geschickt worden, um Winterkohl zu ernten.

Als er am Hundezwinger vorbeikam, begann Piramo, aufgeregt zu bellen und wie verrückt gegen den Maschendraht zu springen. Dabei hatte der Rüde doch schon tausendfach die Hoffnungslosigkeit dieses Tuns erfahren. Tisbe lag dagegen apathisch in einer Ecke ihres Geheges und säugte ihre Welpen – sie hob nicht einmal den Kopf. Beim letzten Wurf hatte sie schon wieder elf Junge bekommen, und die Mutter hatte die Hündin anbinden und mit einem Beißkorb versehen müssen, damit Tisbe die Kleinen überhaupt an ihre Zitzen ließ.

Arturo trat durch das rückwärtige Tor hinter das Getreidelager, wo vor den freien Feldern die Beete angelegt waren. Nebel waberte flach über der schwarzen Erde, er konnte nur wenig erkennen. Aber dort, hinten am Kartoffelacker, stand eine Frau. Ihr Rock flatterte im Wind. Er lief durch die klebrigen Klumpen des Lehms auf sie zu, doch im Näherkommen erkannte er, dass er einer Täuschung aufgesessen war. Es war nicht Elisa, sondern eine mit Stroh gefüllte Vogelscheuche, die starr ihre hölzernen Arme zur Seite ausstreckte.

Enttäuscht machte er kehrt und rannte zurück zum Wohnhaus. Jetzt wurde er nervös. Im Flur stolperte er beinahe über die kleine Gloria, die gerade mit hochrotem Gesicht aus dem Salotto stürmte. Ihre krausen mausbraunen Haare standen wirr unter dem verrutschten Kopftuch hervor. Sie wollte an ihm vorbeihuschen, doch er versperrte ihr den Weg. »Weißt du, wo Elisa ist?«

Gloria schüttelte den Kopf und wurde noch röter. Mit ihren dicken Händen strich sie die zerknitterte Schürze glatt.

Dann machte sie einen hastigen Knicks und taperte in Richtung Küche davon.

Die Tür zum Salotto war einen Spaltbreit offen geblieben, und Arturo riss sie auf, um nachzusehen, ob noch jemand im Raum war. Er wurde von Andrea begrüßt, der breitbeinig auf dem Kanapee lag.

»Salve, Bruderherz!«, sagte er und schob ungeniert seinen Schritt zurecht, eine Geste, die Arturo schon immer als höchst ordinär empfunden hatte. »Was gibt's Neues aus der Uni? Hast du schon ein paar Studentinnen flachgelegt?«

Arturo ging auf seine Frage gar nicht ein. »Hast du zufällig Elisa gesehen?«

»Bedauerlicherweise ist mir das Engelchen seit vergangenem Montag nicht mehr unter die Augen gekommen.« Andrea gähnte. »Aber Gloria ist auch nicht zu verachten, an der ist mehr zum Anfassen, und sie ziert sich nicht so. Wir können sie uns gern teilen.«

Die Tür knallte in den Rahmen, als Arturo sie hinter sich zuwarf und über den Flur eilte. Andreas seltsame Andeutungen hatten ihn verunsichert, und nun griff die Angst endgültig nach ihm. Da stimmte etwas nicht.

Er rannte nach oben in den ersten Stock, wobei er immer zwei Stufen auf einmal nahm, und drückte vorsichtig die Tür zum Zimmer der Mutter auf. In der gegenüberliegenden Ecke flackerte das rote Licht unter der geschnitzten Muttergottes auf ihrem kleinen Altar. Arturo trat in den Raum und drehte sich einmal um seine eigene Achse. Das Zimmer war schlicht wie eine Klosterzelle. Kleiderschrank, Kommode, Waschtisch. Pupos Körbchen auf dem Terrazzoboden. Das dunkelbraun gebeizte Matrimonio, das doch nur zur Hälfte bezogen war, denn seit Arturo denken konnte, bewohnte der Vater ein eigenes Schlafzimmer. Nur das schmale Eisenbett, das Meni mit Davides Hilfe für Elisa ins Zimmer geschafft hatte, war nicht mehr da. Dottor Balli hatte der Mutter wegen ihrer Herzattacken dringend geraten, nicht mehr allein zu schlafen. War ihr Gesundheitszustand während seines letzten Aufenthalts in Padua stabiler geworden, und Elisa durfte nun wieder bei den anderen Mädchen übernachten? Das musste der Grund sein, sagte sich Arturo und glaubte selbst nicht recht daran.

Obwohl es ihm und seinem Bruder aus durchaus verständlichen Gründen verboten war, stieg er die Treppe zur Mädchenkammer ins Dachgeschoss hinauf. Sein Herz schlug jetzt so schnell, als wäre er den Campanile auf dem Markusplatz hinaufgerannt. Er wartete einen Augenblick, wie wenn er so den Anblick, den er bereits fürchtete, noch beeinflussen könnte. Dann trat er durch die niedrige Tür. Die ersten drei Betten waren ordentlich gemacht, die Laken über den groben Wolldecken glatt gezogen, genau wie die Mutter es von den Mädchen verlangte. Doch auf der vierten Pritsche lagen nur die nackte Matratze und ein flaches Kopfkissen ohne Bezug. Die Truhe am Fußende stand offen. Arturo musste nicht hinsehen. Er wusste auch so, dass sie leer war.

»Mutter!«, schrie er, als er in die Küche stürmte. »Mutter! Wo ist sie?«

Es war ihm gleich, dass Evangelina und Gloria zu kichern begannen und Flora, die am Herd in einer Kasserolle stocherte, neugierig den Hals in seine Richtung verrenkte. Doch die Mutter zog ihn sofort aus der Küche, schob ihn über den Flur in das kleine Schreibzimmer und drückte ihn dort auf einen Stuhl. Sorgfältig schloss sie die Tür, wobei sie achtgab, Pupo, der im letzten Moment noch hindurchschlüpfte, nicht einzuklemmen.

Arturo war inzwischen wieder aufgesprungen, er konnte nicht ruhig sitzen und packte die Mutter an den Schultern. »Wo habt Ihr Elisa hingebracht?«

Pupo versuchte, sich zwischen ihn und sein Frauchen zu drängen, und hüpfte jaulend an ihren Beinen hoch.

Wieder schrie Arturo: »Dove? Wo ist Elisa? Raus mit der Sprache!«

»Setz dich«, befahl die Mutter ruhig, »dann erkläre ich dir alles. Und brüll in Gottes Namen nicht so herum!«

Er ließ sich widerwillig auf die Stuhlkante sinken, während die Mutter den Drehstuhl hinter dem großen Schreibtisch hervorzog und sich neben ihn setzte. Sie legte die Hand auf sein Knie und begann ihn zu streicheln, eine Geste, die Arturo höchst verstörend empfand. Wann hatte diese zurückhaltende Frau ihn das letzte Mal so zärtlich berührt?

»Sagt mir die Wahrheit. Ohne Umschweife«, bat er.

Sie antwortete trocken: »Elisa hat gekündigt und ist fort.«

Das Zimmer begann sich um ihn zu drehen. Das ist nicht wahr, schrie es in ihm, das darf nicht wahr sein! Sie täuscht sich. Jede Faser seines Körpers wehrte sich gegen das, was ihm beim Anblick von Elisas verlassenem Bett doch eigentlich schon klar geworden war. Er biss sich auf die Lippen, bis er Blut schmeckte. Warum war sie gegangen? Doch nicht von sich aus. Elisa hätte ihn nie verlassen. Wer hatte sie dazu gebracht?

»Sie ist nicht freiwillig gegangen, das glaube ich nicht!«, stieß er hervor.

»Doch, mein Junge«, sagte die Mutter sanft. »Ich habe alles versucht, sie zu einem anständigen Mädchen zu erziehen, Gott ist mein Zeuge. Aber sie bleibt eben doch dasselbe wie ihre Mutter: eine Zoccola.«

»So dürft Ihr Elisa nicht nennen!«

»Nein? Was ist sie denn deiner Ansicht nach dann? Sie hat sich auf dich eingelassen …«

Er unterbrach die Mutter erschrocken. »Das wusstet Ihr?«

»Certo, was denkst du denn? Ich sehe vielleicht nicht mehr

so gut wie früher, aber ich bin doch nicht blind.« Sie rieb sich müde die Augen.

Arturo fühlte sich inzwischen völlig verwirrt. Das war zu viel. Die Mutter wusste also schon die ganze Zeit über seine Gefühle Bescheid, aber hatte nie etwas gesagt. In der Tasche trug er einen Verlobungsring, den er seiner Liebsten heimlich hatte anstecken wollen. Und Elisa war verschwunden. Einfach weg.

»Ich dachte … Ich wollte …«, stotterte er. »Wir waren doch so glücklich miteinander.« Er hätte weinen können.

Jetzt lachte die Mutter laut auf. »Das war zu befürchten, dass ausgerechnet *du* dem Flittchen auf den Leim gehst. Mein Junge, werde endlich erwachsen! Du warst doch nicht der Einzige für sie. Dein Bruder Andrea und unser Schweinehirt Beppo haben sie bestiegen und wer weiß, wer sonst noch …«

»Das ist eine gemeine Lüge!«, schrie Arturo, packte die Hand der Mutter, die immer noch auf seinem Bein lag, und drückte sie zusammen, als könnte er so die Wahrheit aus ihr herauspressen. Pupo knurrte leise. »Elisa hätte sich nie auf einen anderen eingelassen. Ihr lügt mich an!«

Ungehalten entwand ihm die Mutter die Finger. »Pssst, leise! Arturo, besinn dich bitte, mit wem du sprichst. Beppo hat Elisa den ganzen Herbst über an jedem ihrer freien Tage abgeholt, wenn du in der Universität geblieben bist.«

»Das stimmt nicht!«, schrie Arturo wieder. Er war nun aufgestanden und lief im Zimmer auf und ab. »Nie und nimmer stimmt das!« Die edle Elisa und der grobschlächtige Beppo? Das war *unvorstellbar*.

»Ich schwöre es bei der heiligen Mutter Maria«, sagte die Mutter. »Und jetzt sei endlich still!«

Arturo wollte ihr immer noch nicht glauben. Sie wollte bestimmt nur einen Keil zwischen ihn und Elisa treiben. Er hieb mit der Faust auf den Tisch, dass der schwere Briefbeschwerer aus Muranoglas zitterte. »Na und? Sollen mich doch alle hören! Ich liebe Elisa und will sie zur Frau nehmen!«

Jetzt war es die Mutter, die aufsprang. Ehe er sichs versah, hatte sie ihm eine saftige Backpfeife verpasst. »Nun ist es aber genug. Bedenke, wer du bist, mein Sohn. Ein Visentin! Du kannst dir meinetwegen an so vielen einfachen Mädchen die Hörner abstoßen, wie du möchtest, aber ehelichen wirst du die Frau, die deinem Stand entspricht und deren Mitgift unser Vermögen vergrößern wird.«

Ungehalten schlug Arturo den ausgestreckten Zeigefinger der Mutter weg, den sie immer noch drohend auf ihn richtete, und rieb sich die brennende Wange. Er spürte, wie die Wut in ihm aufstieg wie eine riesige Welle, die alles zu überschwemmen drohte. »Ihr könnt mir nichts vorschreiben! Wir leben im 20. Jahrhundert. Die Zeit der arrangierten Ehen ist vorbei. Ich werde heiraten, wen ich will!«

Kopfschüttelnd umrundete die Mutter den dunklen Schreibtisch und begann, in einem Stapel Papiere etwas zu suchen. Arturo stützte sich mit den Fäusten auf die lederbezogene Tischplatte. »Mutter, es ist mir ernst. Ich hatte gehofft, es Euch schonender mitteilen zu können, aber ich werde Elisa heiraten und keine andere!«

Scheinbar ungerührt blätterte die Mutter weiter in den Briefen und Rechnungen. Plötzlich zog sie eine einzelne herausgerissene Seite aus der Gemeindezeitung hervor und hielt sie ihm hin. »Das wirst du nicht. Sie ist nämlich bereits verheiratet. Bei den Anzeigen von Montesassino steht es.«

Arturos Hände zitterten so heftig, dass er den Sinn der kleinen Linien, schwarz wie Fliegendreck, nur nach und nach entziffern konnte.

Eheschließungen

MONTESASSINO

Tullan Riccardo und Milano Elena, 19.12.1930

Giordone Battista und da Follador Maria-Angela, 21.12.1930

Pavan Giuseppe und Rizzi Elisa, 21.12.1930

Rizzi Elisa und Pavan Giuseppe. Pavan Giuseppe und Rizzi Elisa. Arturo las und las und verstand es doch nicht. Elisa und Beppo.

Die Schrift verschwamm vor seinen Augen.

»Das muss ein Irrtum sein. Warum hätte sie das tun sollen?«, fragte er tonlos.

»Nun überleg doch mal! Für eine einfache Magd bedeutet diese Ehe einen großen gesellschaftlichen Aufstieg. Unser Schweinehirt hat ein regelmäßiges Einkommen, das ist viel in dieser Zeit, zudem ist er jung und gesund und sieht nicht schlecht aus. Elisa wird ihren eigenen Haushalt führen …«

»Aber all das und noch viel mehr hätte ich ihr auch bieten können!«

»Sie ist ein kluges Mädchen, das weiß ich so gut wie du. Ihr ist natürlich klar, dass es gesellschaftliche Zwänge gibt, die nicht gebrochen werden dürfen.«

Arturo fühlte, wie seine Knie weich wurden. Er klammerte sich an den letzten Strohhalm. »Und das Aufgebot? Das hätte doch mindestens vier Wochen vor der Kirche aushängen müssen. Ich hätte Einspruch erhoben!«

Die Stimme der Mutter wurde butterweich, als sie ihm antwortete. »Der Pfarrer hat für die beiden eine Ausnahme gemacht. Es muss ja nicht jeder sehen, dass sie das Kindchen schon so lang vor der Hochzeit gemacht haben.«

Das *Kindchen*?

Es dauerte eine Weile, bis Arturo in vollem Ausmaß begriff, was ihm die Mutter gerade gesagt hatte. Elisa war schwanger vom Schweinehirt des Gutshofs.

Er fasste nach dem gläsernen Briefbeschwerer und schleuderte ihn auf den Boden. Ein schillernder Film aus bunten Splittern breitete sich über den Terrakottakacheln aus. Und im gleichen Moment mit der Glaskugel war Arturos Herz in ebenso viele scharfkantige Scherben zersprungen. Mit eingezogenem Schwanz kroch Pupo unter den Tisch und winselte. Arturo rutschte haltlos auf den Stuhl zurück. Seine Muskeln hatten nun jegliche Spannung verloren. »Pavan Beppo«, flüsterte er den Namen, ließ den Kopf auf die Tischplatte sinken und verbarg ihn unter den Armen.

14

Agnes war froh, als sie den ausgestorbenen Weiler, der wie die Kulisse eines Thrillers wirkte, hinter sich ließen und nach einer rasanten Fahrt durch den gespenstischen Wald wieder auf die ihr bekannte Hauptstraße bogen. Wenige Minuten später brachte Matteo den Wagen auf dem Parkplatz der Ca' More zum Stehen.

Sie hatte gedacht, er würde sie einfach absetzen und sich hier von ihr verabschieden. Schließlich hatte er sich bislang nicht wie die Sorte Kavalier verhalten, die einer Dame die Autotür aufhielt. Umso überraschter war sie, als er ebenfalls ausstieg und mit allergrößter Selbstverständlichkeit vor ihr zum Haus hinaufging. Er wartete geduldig, bis sie den Schlüssel unter der Fischfutterdose neben der Tür herausgezogen und das Schloss aufgesperrt hatte. Dann trat er hinter ihr in das Haus ein.

In der Stube sah Agnes Matteo fragend an. Was wollte er noch?

Schneller, als sie reagieren konnte, griff er an ihre Nasenspitze. Dann sagte er: »Wie ein Eiszapfen. Sie sollten schleunigst unter die heiße Dusche. Ich heize inzwischen hier unten für Sie ein.«

Das Wasser brannte auf ihrer Haut. Agnes musste die Temperatur von lauwarm stufenweise steigern. Erst dann konnte sie die Hitze genießen, die diese einzige Frostbeule, die immer noch unkontrolliert und in Schüben zitterte, langsam wieder zu ihrem Körper machte. Sie legte den Kopf in den Nacken und ließ das dampfende Wasser über ihr Gesicht rauschen. Aus dem verkalkten Brausekopf spritzte es in alle Richtungen. Das Prasseln auf dem Plastikvorhang erinnerte an den Gewitterschauer vom Nachmittag, nur dass er diesmal eine Wohltat bedeutete. Während sie einfach nur dastand und auftaute, dachte sie an die Berührung von Matteos Fingern in ihrem Gesicht. Er hatte sie vorsichtig in die Nase gekniffen, um ihre Körpertemperatur zu überprüfen. Seine Geste war in keiner Weise anzüglich gewesen, sondern hatte die Unschuld gehabt, mit der ein Vater seine kleine Tochter anfasst. Oder etwa nicht?

Nach einer Weile begann das Wasser kälter zu werden. Der Vorrat im Boiler schien verbraucht zu sein. Mit einem Gefühl des Bedauerns stieg sie aus der Dusche, rubbelte sich ab und wickelte sich fest in eines der flauschigen Badehandtücher. Dann warf sie ihre nassen Kleider in die Wanne. Sie würde sie später auswringen, wenn Matteo wieder gegangen war. Falls er überhaupt noch da war.

Er war es. Und sogar viel näher als erwartet, denn als Agnes aus dem Bad trat, um über den schmalen Flur in Volos Schlafzimmer zu gehen, kam er gerade dort heraus. Er trug eine kurze, aber dafür weite Hose und ein Flanellhemd, das er noch nicht zugeknöpft hatte. In den Händen hielt er ein Bündel mit seinen eigenen nassen Sachen.

Agnes wusste nicht, was sie tun sollte. Vorwärts an ihm vorbei oder rückwärts ins Bad? Sie ertappte sich dabei, wie sie fasziniert auf seine glatte, ebenmäßig gebräunte Brust starrte. Eigentlich hätte sie erwartet, dass er haariger sein müsste.

Matteo hingegen musterte ausgiebig ihre nackten Schultern und Beine und grinste immer breiter. Jetzt war sie froh, dass ihre Haut von der heißen Dusche sowieso noch glühte, denn sie spürte, dass sie rot wurde.

»Ich habe mir ein paar von Volos Sachen ausgeliehen. Meine alte Regenjacke war dem Guss wohl nicht ganz gewachsen.« Er hob erklärend das tropfende Bündel in seiner Hand hoch. »Das ist doch in Ordnung?«

»Diese Hose wollte ich heute Abend sowieso nicht anziehen. Außerdem steht sie Ihnen besser«, antwortete sie und huschte schnell an ihm vorbei.

Nach einiger Überlegung kombinierte Agnes ihre kuschelige Jogginghose mit dicken Socken und der dunkelgrauen Wickeljacke aus Kaschmir, die ihre Taille vorteilhaft zur Geltung brachte. Es war ihr plötzlich wichtig, möglichst gut auszusehen – aber so, dass es nicht bemüht wirkte.

Der Wohnraum war angenehm warm, und auf dem steinernen Tisch in der Kaminnische knisterten die Holzscheite. Matteo saß auf der Bank und lehnte sich mit dem Rücken an die verputzte Wand. Seine Strümpfe baumelten an einem Balken über dem Feuer. Er hatte die nackten Füße auf die Kante der dicken Steinplatte gestützt und stocherte mit einem Schürhaken in der Glut herum. Agnes stellte mit einem Anflug von Bedauern fest, dass er Volos Hemd nun sittsam bis zum Hals zugeknöpft hatte.

Sie ließ sich ihm gegenüber nieder, die Füße ebenfalls auf der Tischkante. Die Wärme streichelte ihre Fußsohlen durch die Wolle.

»Wie gemütlich«, eröffnete sie das Gespräch. »Nur stinkt man hinterher wahrscheinlich wie ein Räucherfisch.«

»Das ist ein guter Vergleich«, sagte Matteo und deutete auf den verrußten Schlot über ihren Köpfen. »Wir sitzen hier ja quasi *im* Kamin. Nach und nach werden all Ihre Sachen vom Rauch durchdrungen sein. Aber irgendwann riechen Sie es nicht mehr.« Er sah plötzlich traurig aus.

»Waren Sie oft hier bei Volo?«

Er nickte, ohne sie anzusehen. »In den letzten Jahren fast täglich.«

Das widersprach eindeutig Micheles Informationen, dass Volo keine engeren Beziehungen zu seinen Mitmenschen gepflegt habe. Agnes wollte gern mehr über Matteos Freundschaft zu dem Künstler herausfinden, ohne allzu neugierig zu wirken. »Dann waren Sie also gut miteinander befreundet?«

»Hm. Das ist nicht der richtige Ausdruck.« Matteo kratzte sich nachdenklich über die Bartstoppeln, bevor er fortfuhr. »Vielleicht muss man es eher so formulieren, dass ich ihn nicht gestört habe.«

»Erzählen Sie mir von ihm«, forderte sie ihn auf.

Er lehnte sich zurück und wirkte, als würde er in Gedanken in eine andere Welt reisen, bevor er mit seinem Bericht begann. »Ich weiß nicht, was Michele Ihnen gesagt hat, aber die meisten dachten, Volo hätte einen an der Waffel.«

Sie nickte bestätigend. »Ja, so ähnlich hat er es ausgedrückt. Nur höflicher.«

»Auf jeden Fall stimmt es nicht. Volo war einfach nur etwas verschroben. Er hat nie etwas über sich oder seine Vergangenheit erzählt, und so etwas finden die Leute natürlich suspekt. Ich hingegen denke, er hat sich einfach nicht besonders wichtig genommen. Er lebte die meiste Zeit seines Lebens zurückgezogen wie ein Waldschrat, aber manchmal öffnete er auch die Tore der Ca' More und lud alle Welt zu sich ein. Als könne er die Einsamkeit plötzlich nicht mehr aushalten. Da kamen dann Künstler von überall her und alle möglichen anderen Hippies. Durch seine Ausstellungen kannte er ja Hinz und Kunz. Die haben es sich dann auf seine Kosten gut gehen lassen. Bis es ihm plötzlich zu viel wurde und er seine Besucher wieder rausgeworfen hat.«

»Das klingt, als wäre er ein sehr großzügiger, aber auch

zerrissener Mensch gewesen. Wie haben Sie ihn überhaupt kennengelernt?«

»Mein Vater hat ihm die Ca' More verkauft, da war Volo Mitte fünfzig und ich fünfzehn.«

Agnes horchte auf. »Dieses Haus war ursprünglich im Besitz Ihrer Familie?«, fragte sie interessiert. Plötzlich sah sie Matteo in einem ganz anderen Licht. Kein Wunder, dass er eine besondere Verbindung zum Anwesen hatte und sich hier so selbstverständlich durch Zimmer und Garten bewegte, als wäre er selbst der Eigentümer.

Doch er klang eher resigniert, als er erklärte: »Dieses und einige andere. Viel ist nicht davon übrig geblieben. Mein Vater ist kein guter Geschäftsmann. Das muss ich wohl von ihm geerbt haben.«

Er lächelte sie von der Seite an, und plötzlich wusste sie, wer der Jüngling auf dem Foto in der Bibliothek war. Sie sprang auf und lief in das Nebenzimmer, um das Bild zu holen. »Das sind doch Sie, oder?«

Matteos Augen leuchteten im Feuerschein auf, als sie ihm den silbernen Rahmen reichte. »Der dürre Glatzkopf mit den Hasenzähnen? Nein, da haben Sie sich leider getäuscht. Das ist Pavel Adámek, ein ehemaliger Kommilitone von Volo aus Prag. Er hat sich inzwischen als Illustrator einen Namen gemacht. Pavel war einer der wenigen, die Volo trotz seiner Launen ein Leben lang treu blieben. Er kam jedes Jahr im Sommer für ein paar Tage zu Besuch.«

Sie lachte. »Ich meinte natürlich den Jüngling mit der Lockenpracht.«

Matteo sah sie forschend an. »Woran haben Sie mich erkannt?«

»Am Lächeln.«

Er schwieg.

Sein intensiver Blick machte sie nervös, und um keine

Pause entstehen zu lassen, fuhr sie schnell fort: »Man spürt eine besondere Verbindung zwischen Volo und Ihnen. Im ersten Moment dachte ich sogar, Sie wären sein Sohn.«

Jetzt lachte er laut auf. »Sagen Sie das bloß nicht meiner Mutter! Die würde Ihnen für die Unterstellung, dass sie mit dem alten Zausel fremdgegangen ist, die Augen auskratzen. Aber eigentlich liegen Sie gar nicht so falsch. Es gibt zwar keine genetische Verwandtschaft, und ich weiß auch nicht, warum er ausgerechnet mich um sich geduldet hat. Aber während meiner Pubertät, Sie wissen schon, in der Zeit, in der man die eigenen Eltern auf den Mond schießen möchte, da war Volo so etwas wie eine Vaterfigur für mich.«

Liebevoll streichelte er mit den Fingerspitzen über Volos Gesicht unter der Glasscheibe. Also hatte ihr Michele Unsinn erzählt – vermutlich, weil er es nicht besser gewusst hatte. Volo hatte durchaus Freundschaften gepflegt. Es hatte Matteo für ihn gegeben und zumindest auch diesen tschechischen Freund. Agnes wollte gerade ansetzen und Matteo von diesem offensichtlichen Widerspruch erzählen, da fiel ihr die schroffe Reaktion des Bauherrn auf ihr Interesse an der Vergangenheit wieder ein. Sie beschloss, zunächst lieber nichts davon zu erwähnen. Schließlich kannte sie Matteo viel zu wenig. Und am Ende würde ihr Geplauder womöglich ungut auf sie zurückfallen. Schweigend betrachtete sie mit ihm die Fotografie.

»Er hat mich einfach gelassen, wie ich war«, sagte Matteo da. »Ich durfte stundenlang einfach nur dasitzen und ihm bei der Arbeit zusehen. Es war sagenhaft, wie er zeichnen konnte. Unter seinem Bleistift wurden Gegenstände und Menschen lebendig.«

»Ich dachte, er hätte ausschließlich abstrakt gemalt«, sagte Agnes verwundert.

»Genau das war das Geheimnis seiner Kunst. Volo hat

wochenlang akribisch genaue Vorzeichnungen angefertigt und sie dann mit vielen Schichten Farbe so lange übermalt, bis keine Form mehr zu erkennen war. Einmal konnte ich ihn überreden, dass ich ihn während seines Arbeitsprozesses filmen durfte. Ich habe den Film anlässlich von Volos Tod digitalisiert und auf YouTube hochgeladen.«

»Im Ernst? Das ist ja toll«, erwiderte Agnes.

»Ja. Ein wirklich aufschlussreiches Video. Wenn Sie seine Bilder verstehen wollen, müssen Sie es sich unbedingt ansehen.«

»Sobald ich irgendwo Internetanschluss habe, werde ich das tun«, versprach sie. »Solche Aufnahmen finde ich wahnsinnig spannend. Leider mögen es ja viele Künstler nicht, wenn man ihnen bei der Arbeit über die Schulter schaut.«

»Ich fürchte, ich habe Volo mit meiner Kamera auch genervt. Damit ich ihn in Ruhe lasse, hat er mir zum Schluss ein Stück Marmor und Werkzeug hingeschoben. Und so kam ich dann zu meinen Steinen … Tja, durch ihn bin ich wohl geworden, was ich bin.«

»Sie sind Steinmetz, richtig?«

»Das hat Ihnen bestimmt Lidia erzählt!« Mit gespielter Empörung schüttelte er den Kopf. »Es ist wie alles, was sie von sich gibt, maßlos übertrieben. Meistens erledige ich mit einem Kollegen zusammen kleine Bauaufträge aller Art. Natursteinmauern, Kachelöfen … was die Leute halt so wollen. Skulpturen aus Stein mache ich nur noch in meiner Freizeit.«

Agnes musste lächeln. Dieser Mann gefiel ihr immer besser. »Darf ich Ihre Arbeiten vielleicht einmal sehen?«

»Lieber nicht. Sie sind nicht besonders gut. Außer Volo habe ich sie noch nie jemandem gezeigt«, lehnte er ihre Bitte ab, doch seine Stimme war weich. »Er hätte nie geurteilt. Über nichts und niemanden. Bei ihm konnte ich einfach sicher sein, dass er mich nie verletzen würde.«

Mit den kleinen Fingern wischte sich Matteo etwas aus dem Augenwinkel. »Diocan, dieser Ruß!«

Diocan – Hundsgott. Ein grobes Schimpfwort, hinter dem er erfolglos versuchte, seine Gefühle zu verstecken. Um ihm die Möglichkeit zu geben, sich zu fassen, sah sich Agnes in der Wohnstube um, die immer noch so eingerichtet war, als würde der Hausherr gleich aus der Bibliothek kommen und sich zu ihnen setzen.

»Ich kann mir vorstellen, wie sehr er Ihnen fehlt«, sagte sie. »Und dass es Ihnen ein Gräuel ist, wenn sein Reich hier zerstört wird.«

Matteo griff in den Korb neben sich, um ein weiteres Holzscheit in die Glut zu werfen. »Ist es auch. Trotzdem glaube ich langsam, dass die Ca' More doch in guten Händen ist.«

Agnes pfiff durch die Zähne. »Woher kommt dieser Sinneswandel?«

»Nur so ein Gefühl. Sie sind ziemlich nett. Und wirken kompetent.«

Vor Freude über das ungelenke Kompliment hätte Agnes jubeln können. Gleichzeitig machte es sie so verlegen, dass sie das Bedürfnis verspürte, etwas zu tun. »Danke. Wie wäre es mit einem Schluck Wein auf die glückliche Rettung der Architektin?«, fragte sie und stand auf, um in die Küche zu gehen. »Michele hat großzügig eingekauft.«

»Eine hervorragende Idee. Aber nimm lieber den roten ohne Etikett aus dem Weinkeller ganz hinten rechts. Hast du vielleicht auch etwas zu essen? Ich sterbe vor Hunger!«

Er hatte sie geduzt. Sie lächelte immer noch vor sich hin, als sie mit Wein, Brot und einem großen Schneidbrett voller Käse und Salami zurück ins Wohnzimmer kam. Matteo blätterte gerade in ihrem Skizzenbuch, das sie zum Trocknen aus dem Rucksack gezogen und auf den Esstisch gelegt hatte.

Kommentarlos rückte er weiter in die Bank hinein – eine wortlose Aufforderung, sich nicht mehr gegenüber, sondern diesmal neben ihn zu setzen, der sie nur zu gern folgte.

Agnes stellte die kleine Brotzeit vor ihnen ab, linste über seine Schulter und versuchte, ihre eigenen Zeichnungen durch seine Augen zu sehen. Plötzlich kamen sie ihr kleingeistig und schülerhaft vor. Matteo gefielen sie wohl auch nicht besonders. Er legte das Buch kommentarlos in die Ecke auf die Bank, angelte den Korkenzieher vom Tablett und griff nach der Weinflasche, um sie zu öffnen. Mit seiner großen Nase schnupperte er genussvoll am Flaschenhals.

»Der 89er. Perfetto. Aber wir müssen ihn noch ein bisschen atmen lassen, alles andere wäre ein Verbrechen«, entschied er. »Nach diesem Barolo wirst du keinen anderen Wein mehr trinken wollen. Nicht umsonst wird er der Wein der Könige genannt.«

»Ich muss gestehen, dass ich keine große Weinkennerin bin. Mein Mann behauptet immer, ich könne Champagner nicht von Weißbier unterscheiden.«

Ein Holzscheit knackte laut und fiel zischend in sich zusammen. Mit dem Verlöschen der hellen Flamme wurde es dunkler im Raum. Auf Matteos Profil schimmerte die rötliche Glut.

»Dein Hans scheint ja ein sympathischer Kerl zu sein. Wie lange seid ihr verheiratet?«

»Bald achtzehn Jahre.«

Matteo zog anerkennend die Augenbrauen hoch. »Eine halbe Ewigkeit Seite an Seite mit demselben Menschen. Kann man da noch glücklich sein?«

Er schnitt eine dicke Scheibe vom Käse herunter und hielt sie mit dem Messer an die Glut. Gleich darauf begann sich die buttergelbe Oberfläche zu bräunen und Blasen zu werfen. Bevor sie anfing zu tropfen, schob er ein Stück Brot darunter und reichte es Agnes. Sie biss ein Stück ab, genoss das rauchige Aroma auf ihrer Zunge, kaute, schluckte und schwieg.

»Keine Antwort ist auch eine Antwort«, meinte Matteo. Dann schenkte er den Wein in die beiden schlichten Wassergläser, die sie aus dem Küchenbüfett genommen hatte, weil ihr nichts Passenderes untergekommen war.

»Und jetzt trink und beschreib mir, was du schmeckst. Der erste Schluck von einem besonderen Wein ist wie der erste Kuss zwischen zwei Liebenden. Er wird immer einzigartig bleiben.« Matteo rückte näher an sie heran, als ob er so an ihrem Erlebnis besser teilhaben könnte.

Agnes nippte an der tiefroten Flüssigkeit und spürte, wie sie in ihrem Mund unterschiedliche Wirkungen hervorrief. Herb wie Bitterschokolade auf der Zungenspitze, aber zur Kehle hin schmeckte sie die süße Säure von frisch gepflückten Himbeeren, und in den Backen breitete sich eine Decke aus Samt aus. Sie nahm einen größeren Schluck hinterher.

»Als würde man während eines Sommerregens in einen warmen Moorsee tauchen«, sagte sie, ohne lange zu überlegen. »Und zu deiner Frage von vorhin: Ich glaube, unterm Strich bin ich schon glücklich in meiner Ehe.«

»Du *glaubst* es, aber du weißt es nicht? Und *unterm Strich*? Das wäre mir zu wenig! Wenn ich in eine Frau nicht mehr richtig verliebt bin, dann trenne ich mich von ihr.«

Der Barolo füllte ihren Körper mit einer neuen und besonderen Art von Wärme und Entspannung. Sie spürte Matteos Unterarm an ihrem, die feinen Härchen schienen zu vibrieren. Agnes überlegte, ob es indiskret wäre, ihn danach zu fragen. Doch sie wollte es zu gern wissen. »Und hast du zurzeit eine Beziehung?«

Er zögerte auffällig lange, bevor er antwortete. »Nein. Ich warte noch auf die Richtige.«

»Wie müsste die Richtige denn sein?«

Ein nicht deutbares Lächeln huschte über Matteos Gesicht. »Möglicherweise wie …«

»Sexbomb, sexbomb, you're a sexbomb!« Das Klingeln ihres Smartphones zerschlug den knisternden Augenblick. Agnes hätte sich ohrfeigen können, dass sie es nicht lautlos gestellt hatte. Es war klar gewesen, dass Hans sich noch einmal melden würde, wo er sie doch den ganzen Tag nicht erreicht hatte. Vermutlich suchte er immer noch nach den Unterlagen zur Ausschreibung der Stadtbücherei Erding. Oder den Kühlschrank.

»Entschuldige einen Moment«, bat sie Matteo und griff nach dem plärrenden Handy.

»Zum Teufel, wo steckst du eigentlich?« Hans brüllte so laut in den Hörer, dass Agnes in die Bibliothek lief und hinter sich die Tür schloss. Matteo sollte nicht hören, wie ihr Mann mit ihr umsprang. Möglichst diplomatisch versuchte sie, den Grund für ihre Unerreichbarkeit zu erklären.

»Was heißt, du hattest kein Netz? Du *musst* erreichbar sein, kapierst du das eigentlich irgendwann?«, fiel er ihr ins Wort. »Nicht nur, weil du meine Frau bist, sondern weil du als Mitarbeiterin eine Verantwortung für das Büro hast! Wir haben den ganzen beschissenen Nachmittag die Erding-Aktenordner nach Leistungsverzeichnissen von den Lichtausstattern durchgewühlt. Und weißt du, wo ich sie gerade gefunden habe?«

So ein Mist. Jetzt fiel es ihr wieder ein. Agnes hatte die gesuchten Listen, ganz gegen ihre Gewohnheit, eben doch nicht gleich abgeheftet, sondern in eine unbeschriftete Mappe gelegt und mit nach Hause genommen, um sie am Wochenende zu prüfen. Dort hatte sie sie aufgrund ihrer Reisevorbereitungen tatsächlich vergessen.

»Tut mir leid, ich war in den Bergen, um ein umgebautes Refugio zu besichtigen«, begann sie ihn zu beschwichtigen.

»So, Madame war in den Bergen. Ich dachte, du hättest in Italien einen Auftrag zu erledigen? Mit wem hast du denn diesen inspirierenden Ausflug gemacht, wenn ich fragen darf?«

»Allein. Ich war allein.« Sie senkte die Stimme. »Hans, bitte …«

»Ach, und warum flüsterst du? Wer ist jetzt bei dir? Darf dein Michelangelo etwa nicht wissen, dass du einen Ehemann hast?«

»Michele ist doch gar nicht da! Er ist die ganze Woche über in Kapstadt.«

»Und woher weiß ich, dass du nicht auch in Kapstadt bist?« Er steigerte sich in einen regelrechten Eifersuchtsanfall.

»Also wirklich, Schatz, ich bin natürlich in der Ca' More! Du kannst gern jederzeit kommen und nachsehen. Du hast dich wegen meiner Schlamperei über mich geärgert – zu Recht, entschuldige. Wollen wir nicht morgen in aller Ruhe sprechen?«

»Du hast sie wohl nicht mehr alle! Morgen ist es zu spät. Wir gehen jetzt Schritt für Schritt gemeinsam die Verzeichnisse durch. In der Früh muss ich sofort den Auftrag erteilen«, tobte Hans weiter.

Sie dachte unglücklich an das reizvolle Gespräch, das Matteo und sie gerade noch geführt hatten. Aber sie konnte Hans jetzt einfach nicht hängen lassen.

Als sie fast eine Dreiviertelstunde später wieder in die Stube kam, war Matteo verschwunden. Kein Wunder. Agnes war dennoch enttäuscht. Im Kamin glimmten die glühenden Holzstückchen abwechselnd purpurrot und goldorange, bevor sie zischend verloschen. Es war, als würden ihr Hunderte kleiner Augen zuzwinkern. Das Gewitter war vorbei, nur der Regen klackerte gleichmäßig gegen die Fensterscheiben.

Sie leerte den Rest des Weins in ihr Glas und schmeckte der Erinnerung an den aufregenden Abend nach. Wie aus feinen Fäden gesponnen, hatte sie zwischen Matteo und sich eine wachsende Verbindung gespürt … War diese nun zerrissen? Sie musste sich mit den Fingern die Augen reiben. Verdammter Ruß! Es flogen zwar keine Funken mehr herum, aber sie juckten plötzlich trotzdem heftig.

Dritter Teil

Die Arche Noah

Alle schreien. Sie schreien nicht wie Eltern, die böse sind. Sie schreien wie die Tiere, weil sie nicht anders können. Es ist ihre Sprache. Ich lege ein Ohr auf die Matratze, dann kann das andere die Stimmen besser verstehen. Manche kratzen im Ohr wie die meckernden Schreie von den Ziegen, die immer Hunger haben. Das Reh schreit laut und hoch, damit der Bock es auf dem großen Schiff wiederfindet. Das Reh ist nicht traurig, dass es seinen Mann verloren hat, aber es muss ihn suchen. Angst hab ich nur manchmal vor dem Gufo. Er ruft so schrill, und seine Augen sind wie trockenes Moos und haben keinen Rand. Die Mamma sagt, der Gufo bringt Unglück. Trotzdem hat Noah ihn mit auf das Schiff genommen. Wenn der Gufo sehr traurig ist, will er sich kratzen und beißen. Einmal hat er die weiße Suppenschüssel unter dem Bett kaputt gemacht und sich an den Scherben geschnitten. Das war nicht schlimm, weil die Schüssel hat schon einen Sprung gehabt, und sein Blut hat ausgesehen wie Mohnblumen. Als Belohnung hat der Gufo von Noah dann einen schönen weißen Mantel mit langen Armen bekommen und ein Stück Holz zum Essen und eine Spritze, und darüber war der Gufo froh und hat gelächelt, wie wenn er einen Engel sieht. Später fing er wieder an zu rufen. Bestimmt mag er das Schöne noch mal sehen.

Wo mein Ohr gewesen ist, macht der glatte Stoff auf der Matratze eine kleine Kuhle. Ich rieche dran. Mein Bett ist sauber, und es kriechen keine schwarzen Käfer darauf herum. Draußen brüllt der Sturm, und es regnet. Überall um mich ist Wasser. Oben und unten. Ich kann nicht schwimmen. Aber durch die Gitter vor den Fenstern kann das Wasser nicht durchfließen. Das Gitter beschützt mich und die anderen Tiere. Unser Schiff schaukelt auf den Wellen.

15

Borgo Visentin. Juni 1934

Würde sich Elisa auf seine Bitte einlassen? Wieder einmal, wie so oft, seit sie den Borgo Visentin so unvermittelt verlassen hatte, dachte Arturo an den Kuss, den er damals nach dem Picknick im Maisfeld von ihren Lippen gestohlen hatte. Er versuchte, sich an jede Sekunde zu erinnern. Wie verwirrt sie beide gewesen waren und doch so glücklich. Im letzten Moment hatte er sich an die Tinte erinnert, die er in der Jackentasche trug. Damals war ihre größte Angst gewesen, was die Mutter gesagt hätte, wenn Elisa ihren Auftrag nicht erfüllt hätte.

Elisa. Sie war zu ihm zurückgeeilt, und in der sinkenden Abendsonne hatten ihre Augen geleuchtet wie von moosgrauen Tannen umrandete Gletscherseen. Diesen Anblick des zum Mädchen gewordenen Glücks würde Arturo nie vergessen. Die Sterne wollte er in dieser Nacht mit Elisa vom Himmel pflücken.

Doch es war nie dazu gekommen.

Ich hätte sie gleich bitten müssen, meine Frau zu werden, dachte Arturo, dann hätte sie um die Ehrenhaftigkeit meiner Absichten gewusst, und Beppo hätte sie mir nicht weggeschnappt.

Gedankenverloren drehte er an dem geschliffenen Weinkelch. Er fühlte den Druck des glatten Glases auf der

Außenseite seiner Fingerkuppen, doch von innen spürte er Elisa. Sein Körper war zu einer Hülle für die Sehnsucht nach ihr geworden. Eine Zeitlang hatte er geglaubt, der Schmerz würde mit der Zeit schwächer werden, aber das Gegenteil war der Fall. Er wuchs und dehnte sich aus, mit jedem Tag, jeder Minute, jeder Sekunde, bis Arturo manchmal glaubte, an ihm ersticken zu müssen. Nicht einmal mehr seine geliebten Bücher konnten ihm Trost geben, alle Lettern des Alphabets bildeten doch einzig ihren Namen: Elisa. Was für eine Antwort würde sie Davide geben? Seit drei Stunden war der Bursche jetzt unterwegs. Wenn er doch endlich zurückkäme.

»Arturo?«

Langsam nur drang die Stimme in sein Bewusstsein. Rosaria hatte offenbar etwas gefragt, aber er wusste nicht, was.

»Arturo, wo bist du nur wieder mit deinen Gedanken?«, schalt sie ihn liebevoll.

Bei Elisa bin ich, genau wie immer, dachte Arturo. Wird sie meiner unerhörten Bitte folgen? Die Frage wiederholte sich in seinem Kopf wie eine verkratzte Schellackplatte, seitdem er Davide mit der Nachricht zum Col delle Ombre geschickt hatte. Doch das konnte er Rosaria kaum als Antwort auftischen. Also log er.

»Scusa, ich warte auf Davide wegen einer wichtigen Nachricht von … von Zaglioni, dem Getreidehändler. Was wolltest du wissen, meine Liebe?«, fragte er und versuchte, möglichst interessiert zu wirken.

»Andrea hat gerade erzählt, dass dieser Hitler bei seinem Besuch in Venedig in seinem schrecklichen Trenchcoat wie ein Würstchen aussah. Aber dein Vater glaubt, in ihm stecke mehr Potenzial, als wir alle glauben – er hält ihn für gefährlich. Wie denkst du darüber?«, fasste sie das Tischgespräch zusammen und griff mit der Hand unsicher an ihre braunen

Locken, als wollte sie überprüfen, ob sie auch tadellos gelegt seien.

Arturo sah in ihre erwartungsvoll glänzenden Augen und wunderte sich, wie fremd ihm diese Frau erschien, mit der er nun seit zwei Jahren verheiratet war. »Ich finde ihn ebenso abscheulich wie Mussolini«, antwortete er knapp.

»Nein, wirklich. Du bist abscheulich!«, rief Rosaria und gab ihm mit der Serviette einen Klaps auf den Unterarm. »So etwas darf man doch über den Duce nicht sagen.«

Der Vater nickte ihm zustimmend zu. »Das darf man wohl. Aber nicht vor den falschen Ohren.«

Nachdem Zeno Visentin wie viele andere nationalkonservative Rechte anfangs noch gedacht hatte, dass sie Mussolini zähmen könnten, indem sie ihn an der Macht beteiligten, sah auch er seit der Gründung der faschistischen Miliz die bedenkliche Entwicklung, die die Politik in Italien nahm.

»Diese beiden Irren werden Europa noch in die Luft jagen«, sprach er seine Gedanken aus.

Andrea erwiderte schnippisch: »Pah! Der Duce wird ordentlich ausfegen und Platz für die Italiener schaffen!«

Zeno Visentin wollte etwas hinzufügen, doch nun wurde er von Gloria abgelenkt, die links hinter ihn getreten war, um die Suppenteller abzuräumen. Arturo, der neben ihm saß, konnte sehen, wie der Vater dem rundlichen Mädchen unterhalb der Tischkante fest in den Hintern kniff. Gloria klapperte erschrocken mit dem Porzellan und erntete dafür einen strengen Blick der Mutter. Das Mädchen war tatsächlich tollpatschig, so ganz anders als Elisa, die stets lautlos durch das Speisezimmer geglitten war.

Elisa …

Und wenn sie doch Nein sagte? Plötzlich nahm in ihm die Angst überhand, dass sie das Treffen ablehnen könnte. Wie sollte er dann noch weiterleben?

»Ich hoffe, dass es bald Krieg gibt«, erklärte Andrea jetzt. »Es wird Zeit, dass der Duce dem Hanswurst zeigt, wer das Sagen hat, und dass er Abessinien besetzt.« Der Bruder trug inzwischen selbst ausschließlich schwarze Hemden und hatte sich der Partei angeschlossen.

Aber sein Vater war gegen einen Angriff. »Das könnte nach hinten losgehen. Wir haben nicht genug Waffen, und unsere Soldaten sind nicht ordentlich ausgebildet.«

Unter dem Tisch ertönte ein leises Kläffen. Die Mutter schnitt eines der saftigen Saltimboccas, die Gloria inzwischen aufgetragen hatte, in Scheibchen und ließ sie Stück für Stück zu Pupo hinunterfallen. Wie immer hielt sie sich bei den politischen Diskussionen mit ihrer Meinung zurück.

Arturo wünschte, seine Frau hätte es genauso gehalten, doch Rosaria räusperte sich plötzlich laut und wartete, bis sich ihr alle Blicke aufmerksam zugewandt hatten.

»Ich werde übrigens auch meinen Beitrag für Italien leisten«, begann sie und setzte mit bedeutungsvoller Stimme hinzu: »Ich habe eine Überraschung für euch.«

»Bist du endlich schwanger?«, fragte die Mutter ungläubig.

Arturo spürte die Erwartung, die plötzlich über der Tafel lag. Er wollte zur Wasserkaraffe greifen, um sich nachzuschenken, um die Stille mit etwas zu füllen, doch durch eine unachtsame Bewegung stieß er mit dem Arm den langstieligen Weinkelch um. Wie dunkles Blut schwappte der Barolo über die Damasttischdecke.

»Verzeihung. Das war ungeschickt von mir«, entschuldigte er sich.

»Kannst du nicht aufpassen?«, tadelte ihn die Mutter wie einen kleinen Jungen, dabei war es sie selbst, die in letzter Zeit öfter eine Tasse oder ein Glas umgestoßen hatte. Sie wies Gloria gereizt an, neu einzudecken, und bis das erledigt war, hatte sich Rosaria die richtige Antwort zurechtgelegt.

Arturo wusste, wie schmerzlich die Frage nach einem Baby für sie war. Mit eifrigem Ernst und einem bemühten Lächeln erklärte sie: »Nein, diese frohe Nachricht kann ich euch leider noch nicht verkünden. Aber nachdem mein lieber Mann«, bei diesen Worten legte sie ihre Hand auf seine, »wegen seiner Skoliose schon nicht Soldat werden darf, habe ich mich zu einer Ausbildung als Krankenschwester angemeldet.«

Andrea klatschte in die Hände. »Brava, Schwägerin! Mach dich nur nützlich!«

Der Vater war weniger begeistert. »Ich finde es furchtbar, wenn unsere Frauen arbeiten. Mütter sollt ihr sein, und damit basta!« Er wandte sich an Arturo. »Junge, was tust du eigentlich außer lesen und Gedichte schreiben? Nimm dir endlich ein Beispiel an deinem Vater. Der weiß, wie man Söhne zeugt – nicht wahr, Alfonsina?«

Er erhielt die gewünschte Bestätigung seiner Frau, die spitz antwortete: »Oh ja, diese deine Fähigkeit hast du mir zur Genüge bewiesen.«

Rosaria hatte bei dieser scherzhaften Unterhaltung angefangen, ihre Serviette zu kneten. Arturo beobachtete, wie sie tapfer versuchte, gelassen zu bleiben. Der Vater lachte in sich hinein. Er bemerkte offenbar gar nicht, wie sehr er sie mit seinem derben Witz gekränkt hatte.

Ihr Gesicht war voller roter Flecken. »Ich …«, konnte sie noch sagen, dann presste sie die Serviette auf den Mund, stand auf und verließ schluchzend das Esszimmer.

Die Mutter schüttelte den Kopf. »Da seht ihr, was ihr mit euren dummen Späßen angerichtet habt. Die arme Rosa.« Sie nickte Arturo zu. »Geh ihr nach.«

Es hätte die Aufforderung gar nicht gebraucht – er war sowieso schon dabei gewesen, seinen Stuhl zurückzuschieben. »Das wäre wirklich nicht nötig gewesen. Ihr entschuldigt mich.«

Arturo musste nur der blumigen Duftspur von Rosarias Parfum *Violetta di Parma* nachgehen. So fand er sie, in ihrem gemeinsamen Schlafzimmer, im ersten Stock, lang hingestreckt auf dem samtigen Überwurf ihres Ehebettes. Ihr Körper erzitterte unter den heftigen Schluchzern.

Seufzend setzte er sich neben sie und legte zaghaft die Hand auf ihren Rücken, dabei blickte er auf das Ölgemälde von Aquarone, das er in all den Jahren nie schön gefunden hatte, aber trotzdem irgendwie mochte, denn es stand für den Tag, der ihm Elisa geschenkt hatte. Unter dem dünnen Crêpe de Chine ihres getupften Sommerkleides spürte er Rosarias Schulterblatt beben. Doch selbst diese kleine tröstende Berührung kam ihm schon wie ein Betrug vor. Ein Betrug an wem? An ihr. An Elisa. An sich selbst. Und Davide hatte sich immer noch nicht zurückgemeldet …

»Mia cara«, sagte er, »nimm das dumme Geplänkel von Andrea und meinem Vater doch bitte nicht persönlich.«

Rosaria drehte sich langsam auf den Rücken. Ihre Dauerwelle war nun doch zerdrückt, die Wimperntusche verlaufen. So war es für Arturo leichter, unter ihrer vornehmen Maske die schwache Frau zu sehen, die sie wirklich war. Sie tat ihm leid.

»Wir könnten längst ein Kind haben«, warf sie ihm vor.

Er wusste nicht, was er antworten sollte, und zuckte hilflos mit den Schultern.

Da gestand sie ihm, unterbrochen von Jammerlauten: »Ich war bei Dottor Balli. Er meint, ich sei ganz gesund. Wir müssten nur … Also, wir sollten öfter … Aber du …« Rosaria wurde rot wie ein gekochter Hummer.

»Ich weiß, dass es an mir liegt.«

Vielleicht war jetzt der richtige Moment gekommen, ihr von seiner unglücklichen Liebe, die er nicht vergessen konnte, zu erzählen? Ihr zu sagen, dass er nie der Gatte sein könne, den sie sich wünsche, weil sein Herz bereits vergeben gewesen war, als er auf Druck seiner Eltern und aus hoffnungsloser Verzweiflung um ihre Hand angehalten hatte? Weil er zu Unrecht gehofft habe, die Ehe sei der Hafen, in dem er zwar ohne Leidenschaft, aber in Ruhe würde ankern können? Arturo wollte ansetzen, holte Luft, um die Worte zu formulieren. Doch genau in diesem Moment lächelte Rosaria ihn wieder an. Als wollte sie sich gegen dieses Zeichen ihres Einlenkens noch wehren, versuchte sie dabei, die Lippen über den großen weißen Zähnen geschlossen zu halten, und verzog den Mund zu einer rührenden Grimasse. Er brachte es nicht über das Herz, ihr noch mehr wehzutun. Da fasste Rosaria auch noch nach seiner Hand und küsste sie.

»Hast du denn deine kleine Rosa gar kein bisschen lieb?«

»Natürlich habe ich das«, log er.

»Willst du es mir dann nicht zeigen? Dottor Balli meint, es sei ein guter Zeitpunkt.«

»Später, meine Liebe. Ich bin gerade sehr in Sorge, weil Davide so lange ausbleibt. Vielleicht sollte ich ihm entgegengehen.« Arturo sah, wie sich ihre Augen wieder mit Tränen füllten. »Außerdem hast du dich doch so sehr aufgeregt. Schlaf jetzt ein bisschen, das wird dir guttun.« Mit Bestimmtheit entzog er ihr seine Hand und stand auf.

Sie nickte resigniert. »Du hast recht, ich bin erschöpft. Aber ich fürchte, ich kann jetzt kein Auge zutun.«

»Soll ich dir noch etwas bringen? Möchtest du vielleicht ein Glas Wasser?«

»Das wäre nett. Und auf meinem Schminktisch steht das Fläschchen mit dem Valium. Aber bitte, geh noch nicht gleich.« Rosaria klang so traurig.

Er brachte seiner Frau eine Tablette und ein Glas Wasser und sah zu, wie sie die große Kapsel schluckte. Dann setzte er sich in einen Sessel neben dem Bett, hielt in seiner Hand ihre schmalen langen Finger und wartete ungeduldig, bis der künstliche Schlaf Entspannung auf Rosarias Gesicht legte. Doch seine Gedanken drehten sich dabei längst wieder um Elisa.

Als er endlich die Treppe hinunterstieg, wartete Davide bereits im Flur und sah ihm mit seinem offenen Blick, der nichts verbergen konnte, entgegen. Da wusste Arturo, auch ohne ein einziges Wort mit seinem Burschen gewechselt zu haben, was Elisa geantwortet hatte.

16

Bis spät in die Nacht hatte sich Agnes mit den verformungsgenauen Grundrissen der Ca' More gequält. Zwischen dem Bereich der Feuerstelle und der von Volo errichteten neuen Küche gab es eine Stelle, an der die Maße trotz mehrmaliger Kontrolle nicht schlüssig zusammenpassten, sondern einen seltsamen Hohlraum von ungefähr zwei Quadratmetern ergaben. Das könnte höchstens ein ungenutzter alter Kaminschacht sein … Agnes war mit ihrer Erklärung selbst nicht ganz zufrieden gewesen, hatte aber dann beschlossen, sie einfach so stehen zu lassen, und mit dem Längsschnitt begonnen, bevor sie gegen halb zwei ins Bett gewankt war.

Entsprechend müde war sie gewesen, als sie schon am frühen Morgen von mehreren Steinchen, die durch das geöffnete Fenster auf die Holzdielen im Schlafzimmer prasselten, geweckt worden war. Dazu hatte eine Männerstimme gerufen: »Aufstehen, schöne Architektin! Du bist nicht zum Faulenzen hier!«

Im Halbschlaf hatte sie zuerst gedacht, Matteo wäre endlich wieder vorbeigekommen. Seit dem spannungsgeladenen Gewitterabend war er nicht mehr aufgetaucht, nur einmal hatte sie seinen froschgrünen Wagen in der Ferne die kurvige Straße hinunterfahren sehen, als sie gerade aus der Pasticceria zurückkam. Sie war also aus dem Bett gesprungen, hatte sich hastig mit den Fingern die Haare gerichtet und sich dann aus dem Fenster gelehnt, um ihn zu begrüßen.

Doch es war Michele gewesen, der auf dem Kiesweg gestanden und erwartungsvoll zu ihr heraufgewinkt hatte. Er war wieder aus Kapstadt zurück. Und er war bester Laune.

»Buon giorno! Ich habe eine Überraschung für dich, als Entschuldigung, weil ich dich so lange allein gelassen habe. Mach dich hübsch für einen Ausflug. Wir fahren nach Venedig!«

Auf einen Schlag hatte Agnes ihre Enttäuschung vergessen und vor Freude gejubelt wie ein Mädchen angesichts eines besonders gelungenen Geburtstagsgeschenks.

Nach einem herrlichen Tag in der Lagunenstadt stiegen sie am späten Nachmittag vor San Giorgio Maggiore aus dem Vaporetto und gingen zum Eingang der Kirche. Michele lachte Agnes aus, als sie mit ihrem Gianduiotto in der Hand, einer venezianischen Spezialität aus viel Sahne und noch mehr gefrorenem Nugat, aufgrund der diversen Verbotsschilder wieder kehrtmachen wollte.

»Nun sei doch nicht so deutsch«, rief er amüsiert. »Hier in Italien gibt es Verbote extra dafür, dass man sie überschreitet. Dadurch haben wir wenigstens manchmal ein kleines Gefühl von Macht.« Mit diesen Worten schob er sie am Ellbogen sanft ins kühle Dunkel.

Auf dem Lichtteppich, den die Spätnachmittagssonne unter der Kuppel etwas außerhalb der Vierung ausgerollt hatte, blieb Agnes stehen und ließ den Raum auf sich wirken. Wie viele Paläste und Kirchen hatten sie den ganzen Tag über gesehen? Jedes dieser Bauwerke war ein architektonisches Wunderwerk. Doch San Giorgio empfand sie als besonders gelungen. Die harmonischen Proportionen von Boden, Wänden und Gewölben, die ohne Schmuck in hellgrauer Eleganz schimmerten, versetzten sie in einen Zustand absoluter Zufriedenheit. Ihr Sein schien auf einmal so stimmig wie die Größenverhältnisse des Kirchenschiffs. Sie fühlte die beruhigende Bedeutungslosigkeit ihres kleinen Lebens und zugleich seine Einzigartigkeit.

Agnes schaute zu Michele hinüber. Er hatte den Kopf in den Nacken gelegt und ließ sich die Reste seines Zitroneneises aus der handgemachten Waffel in den geöffneten Mund tropfen. Anschließend nagte er systematisch wie ein Eichhörnchen am Waffelrand entlang, wischte sich nach dem letzten Bissen sorgfältig die Krümel aus den Mundwinkeln und wandte sich ihr dann zu.

»Ich habe dich während meiner Zeit in Kapstadt vermisst«, sagte er unvermittelt.

Nachdem er sich den ganzen Tag über ziemlich zurückgehalten hatte, begann er nun also wieder mit seinem Geplänkel. Doch plötzlich bemerkte sie diese kleine Veränderung in Micheles Iris. Sie erinnerte Agnes an das Schmelzen von Kuvertüre, die im Wasserbad langsam den Aggregatszustand verändert. Sein Blick war wie ein wortloses Angebot, das durch nichts anderes vermittelt wurde als durch ein zehntelmillimeterfeines Erweitern der Pupillen. Meinte er es vielleicht doch ernst? Michele war extrem attraktiv, es gab an ihm nichts auszusetzen.

Agnes ging in ihrer Vorstellung zum ersten Mal einen Schritt weiter. Wie wäre es, sich nach all den Jahren mit Hans auf einen anderen Mann einzulassen – hätte sie überhaupt noch den Mut dazu, sich zu zeigen? Doch dann verwarf sie den Gedanken schnell wieder. Denn irgendetwas fehlte ihr an Michele trotz aller Perfektion – außerdem wollte sie ihrem Ehemann nicht untreu werden, und für ihr berufliches Verhältnis mit dem Italiener könnte eine Affäre auch nur schädlich sein. Und dann gab es noch einen weiteren Grund, den sie sich eigentlich lieber nicht eingestehen wollte, und der – wenn sie dann eben doch ganz ehrlich zu sich war – fast noch schwerer wog als ihre Verpflichtung Hans gegenüber: Es war Matteo, der ihr seit dem Gewitterabend einfach nicht mehr aus dem Kopf gehen wollte.

»Was denkst du?«, fragte Michele erwartungsvoll in ihr Schweigen.

Sie musste erst überlegen, was er zuvor gesagt hatte. Ach ja, er wollte ein bisschen mit ihr flirten. »Du hast mir auch gefehlt. Besonders als ich nicht wusste, wie man die Batterien des Distometers auswechselt«, antwortete sie also bewusst scherzhaft.

»Frechdachs«, sagte er und hielt ihr die Hand hin. »Willst du mein Lieblingsbild sehen?«

Sie ließ sich von ihm in das linke Seitenschiff führen. Dabei probierte sie das alte Kinderspiel und schloss die Augen, um herauszufinden, ob sie sich ihm blind anvertrauen könnte. Doch schon nach wenigen Schritten bemerkte Agnes einen unangenehmen Schwindel wie beim Schaukeln in der Hängematte. Oder machte sich nun die Kalorienbombe bemerkbar, die sie gerade verdrückt hatte? Agnes versuchte, sich auf das Gefühl seiner Berührung zu konzentrieren. Obwohl Micheles Hand kühl wie ihre eigene war, sammelte sich zwischen ihren verschränkten Fingern sofort Feuchtigkeit. Wie schwielig, aber dafür warm und trocken fühlte sich doch dagegen Matteos Hand an, die sie im strömenden Regen aus dem Wald geführt hatte.

Matteo.

Hoffentlich schaute er nicht ausgerechnet heute in der Ca' More vorbei, wenn sie den ganzen Tag unterwegs war.

Matteo.

Zum Teufel, musste der Kerl eigentlich ständig in ihrem Geist herumspuken?

Michele, der wohl bemerkt hatte, dass sie die Augen geschlossen hielt, lenkte Agnes um mehrere Ecken, links, rechts, geradeaus, rechts. »Achtung, jetzt kommen gleich viele Stufen.« Mit dieser Ankündigung führte er Agnes eine Wendeltreppe empor, wandte sich noch einmal nach rechts, dann blieb er abrupt stehen. »Eccola qua.«

Agnes öffnete die Augen und brauchte ein paar Sekunden, um sich zu orientieren. Sie befanden sich in einem großen Saal mit flacher Balkendecke, den sie in einer Kirche nicht erwartet hätte.

»Die Sala del Conclave im Obergeschoss. Hier wurde Pius VII. zum Papst gewählt.« Michele fasste Agnes an den Schultern und drehte sie um. »Und das ist für mich das schönste Gemälde in diesen heiligen Hallen: der heilige Georg, der Namensgeber der Kirche.«

Das große Ölbild über dem Altar stammte vermutlich aus der Frührenaissance. Der Heilige durchbohrte mit Gelassenheit einen Drachen, der bereitwillig das Maul öffnete und die Pfoten hob wie ein bettelndes Hündchen. Rechts faltete eine junge Frau unter einem Baum die Hände zum Gebet, auf dem Hügel links saß ein Mann, in aller Ruhe in einem Buch lesend. Man konnte sich kaum vorstellen, dass hier gerade ein Kampf auf Leben und Tod stattfand.

»Warum gefällt es dir so gut?«, fragte Agnes.

»Es stecken so viele Geschichten darin. Über diesen Drachen zum Beispiel habe ich schon oft nachgedacht, und jedes Mal komme ich zu einem anderen Ergebnis.«

»Was fällt dir heute zu ihm ein?«

»Heute gefällt es mir, dass er sich nicht gegen den Ritter wehrt.«

»Mir tut er eher leid.«

»Natürlich. Weil du auch einen Drachen in dir trägst, der gezähmt werden möchte, es aber noch nicht weiß.«

Oha, jetzt wurde es schon wieder brenzlig. Agnes flüchtete sich erneut in einen Scherz. »Wenn in mir jemals ein Drache gewesen ist, dann habe ich ihn gleich nach meiner Hochzeit in der Reptilienabteilung des Tierparks abgegeben.«

Michele lachte gurrend. »Dann könnte ich ihn doch wieder heraus…«, setzte er an.

»Schschsch!« Ein lautes Zischen hinter ihnen ließ sie augenblicklich verstummen. Das Geräusch musste von dem in eine schwarze Kutte gekleideten Mönch gekommen sein, der lautlos durch eine zweite Tür in den Saal gekommen war. Sie hatte ihn überhaupt nicht bemerkt.

»Lass uns gehen«, flüsterte sie. Ihre Ausgelassenheit war ihr auf einmal unangenehm. Wie ein getadeltes Schulkind schlich sie mit gesenktem Kopf hinter Michele davon – und war doch froh, dass er seinen letzten Satz nicht hatte beenden können.

Draußen steuerte er sie an der Hauptfassade vorbei, deren Säulen im Licht der einsetzenden Dämmerung inzwischen die bläulich weiße Farbe von kalter Milch angenommen hatten. Sie schlenderten auf der Promenade zwischen einem roten Ziegelgebäude und einem schmalen Hafenbecken entlang, in dem ein paar Segelschiffe unter ihren bunten Persenningen schaukelten. Plaudernd durchquerten Agnes und Michele eine menschenleere, ziemlich verwahrloste Parkanlage. Am Südende empfing sie jedoch ein großartiger Blick auf die Lagune, über der sich der rot glühende Abendhimmel wölbte.

Agnes wollte sich auf die gemauerte Ufereinfassung setzen und die müden Beine über dem Wasser baumeln lassen. Doch Michele zeigte sich besorgt um ihr puderfarbenes Seidenkleid und zog sie auf eine Bank an der Innenseite des Wegs. Dort unterhielten sie sich angeregt über seinen Auftrag in Südafrika. Bei dieser Gelegenheit schlich sich, unauffällig und entgegen Micheles am Morgen noch lautstark verkündetem Vorsatz die Ca' More nun doch in ihr Gespräch. Er war mit einem Mal wieder ganz der Bauunternehmer, schwärmte von Hightech-Klimaanlagen und Thermofenstern und äußerte den Wunsch, dass mindestens fünf, besser sechs großzügige Ferienappartements entstehen sollten.

»Dort, wo jetzt der Maulbeerbaum den Platz versperrt, könnten überdachte Loggien errichtet werden. Oder hast du schon andere Ideen?«, fragte er aufgekratzt.

»Es wird nicht einfach, dem Charme der Ca' More gerecht zu werden«, wich Agnes aus. Es war ihr schon wieder, als säße ein unsichtbarer Matteo neben ihr, der interessiert dem Gespräch lauschte. Das Anwesen war für sie längst nicht mehr irgendein Planungsobjekt. Seitdem sie in ihre Aufgabe eingetaucht war, hatte sie Tag für Tag die Sprache des alten Gemäuers besser verstehen gelernt, hatte begonnen, die Geschichten zu hören, die die wurmstichigen Böden, die grob verputzten Wände, die dunkel gerußten Deckenbalken erzählten. Eine bauliche Veränderung kam ihr nunmehr vor wie ein Lifting an einer runzeligen Urgroßmutter, deren Falten die Spuren eines aufregenden Lebens nachzeichneten. Aber das konnte sie ihrem Auftraggeber ja schlecht sagen.

Michele bemerkte ihre Einsilbigkeit, doch er interpretierte sie falsch. »Wir haben ausgemacht, dass wir heute gemeinsam einen Urlaubstag genießen, und ich fange schon wieder mit dem Umbau an. Entschuldige bitte!«

Das Problem war nicht zu lösen, irgendjemand würde früher oder später mit Baggern und Planierraupen über das Grundstück walzen, Wände einreißen und dafür andere hochziehen. Aber wenn es schon sein musste, warum dann nicht nach *ihren* Plänen?

»Kein Problem«, sagte sie schnell. »Morgen beginne ich mit

dem Vorentwurf, und da werde ich deine Idee mit den Loggien natürlich berücksichtigen.« Sie lehnte sich zurück und genoss die Wärme des späten Frühlings auf ihren Armen und ihrem Gesicht. Jetzt wollte sie wirklich nicht mehr über die Ca' More sprechen und ständig an Matteo denken, sondern einfach die zauberhafte Umgebung genießen. Deshalb fragte sie: »Sag mal, was ist gleich noch in dem Haus auf dem Inselchen gegenüber? Da muss ich schon mal gewesen sein. Vielleicht mit Hans während einer Architektur-Biennale?«

Michele folgte ihrem Blick. »Du meinst den alten Konvent San Servolo? Da gibt es außer einem Museum für Psychiatriegeschichte nicht viel.«

Nein, das hatten Hans und Agnes garantiert nicht besichtigt. Was nichts mit Architektur zu tun hatte, war für ihn schon aus Prinzip nicht interessant.

Mit halb geschlossenen Augen studierte sie die schmucklose Fassade, bis die Konturen leicht verschwammen. Trotzdem. Sie kannte diesen Bau. Es konnte gar nicht so lange her gewesen sein, dass sie den Gebäudekomplex mit den zwei Türmchen, der wie ein langgezogener Dampfer vor der Küste ankerte, gesehen hatte. Ein Haus wie ein Schiff …

Aber natürlich! San Servolo erinnerte sie an dieses seltsame Gebilde voller Tiere auf einer der Radierplatten in Volos Atelier. Beim Ausmessen der Räume hatte sich Agnes natürlich nicht zurückhalten können und die Platten noch einmal kurz zur Hand genommen. Es waren mehrere, die alle zu einer eigenwilligen Bibelillustration zu gehören schienen. Und auf der zweiten war ganz bestimmt dieses Haus zu erkennen gewesen.

Sie erzählte Michele von ihrer Entdeckung.

»Hatten wir nicht ausgemacht, dass du dir deinen schönen Kopf lieber über den Entwurf zerbrichst?«, fragte er und verdrehte übertrieben genervt die Augen. »Aber wenn es dich beruhigt: Du täuschst dich. Kein Mensch würde das alte Irrenhaus Venedigs als Arche Noah darstellen.«

»Wieso denn jetzt plötzlich Irrenhaus? Du sagtest doch gerade eben, San Servolo wäre ein Kloster gewesen. Und diesbezüglich könnte die biblische Metapher mit dem Schiff, das alle vor der Sintflut rettet, doch passen.«

»Ab dem 18. Jahrhundert wurde in dem Konvent eine Klinik für männliche Geisteskranke eingerichtet. Um die Jahrhundertwende hat die Stadt den Mönchen wegen ihrer grausamen Behandlungsmethoden jedoch die Leitung entzogen und stattdessen weltliche Ärzte und Pfleger eingestellt. Erst in den Siebzigern wurde die Anstalt aufgelöst.«

Agnes rutschte unwillkürlich etwas näher an ihren Begleiter. Sosehr sie es liebte, historische Gebäude zu besichtigen – um Folterkammern und Berichte darüber hatte sie bewusst immer einen großen Bogen gemacht. Und nichts anderes war eine Anstalt für Geisteskranke in früheren Zeiten ja wohl gewesen. Denn auch dort waren die Patienten der Willkür und Grausamkeit ihrer Peiniger wehrlos ausgeliefert.

»Wie furchtbar. Ich mag mir das gar nicht vorstellen«, sagte sie leise.

Doch Michele schien ihr Schaudern zu genießen. Er legte den Arm hinter ihrem Rücken auf die Banklehne und holte genüsslich aus. »Sì, sì. Schreckliche Tragödien müssen sich hinter den vergitterten Fenstern abgespielt haben … Denk nur an Ida Dalser, die erste Frau Mussolinis. Die wurde auf seinen Befehl hin für bekloppt erklärt und bei den verrückten Weibern da drüben auf San Clemente weggesperrt.« Er deutete mit der freien Hand auf eine größere bebaute Insel, die nicht weit von San Servolo entfernt lag. »Aber es gab zum Beispiel auch Eltern, die in der Vorkriegszeit ihre armen kleinen Kinder dort abgegeben haben, damit die was Vernünftiges zum Essen bekamen.«

Bei dieser Vorstellung schüttelte es Agnes. Wie verzweifelt musste eine Mutter sein, bevor sie sich zu diesem Schritt entschloss und ihr Kind an solch einen Schreckensort brachte?

»Hör auf«, bat sie. »Das ist ja entsetzlich.«

»Ich kenne den Leiter des Museo del Manicomio gut – ein sehr kompetenter Mann. Gemeinsam mit einer Historikerin hat er das gesamte Klinikarchiv auf Vordermann gebracht. Sollen wir noch kurz vorbeischauen?«, schlug Michele ihr nun mit einem Grinsen vor. »Er wird dir sicher gern die unterschiedlichen Schnitte von Zwangsjacken vorführen. Oder die Funktionsweisen der alten Elektroschockgeräte erklären.« Seine Hand umfasste jetzt ihre Schulter. »Eh? Wär das nichts für dich?« Er kicherte.

Da hielt sich Agnes einfach die Ohren zu.

17

Col delle Ombre bei Montesassino. Juni 1934

Gemeinsam beugten sie sich über die alte Apfelkiste, die ihren Babys im ersten Jahr als Bett diente. Giulias Bäckchen färbten sich bereits rot. Sie war dabei, fest einzuschlafen. Elisa erwiderte Aldos fragenden Blick, indem sie einen Finger auf ihre Lippen legte. Er verstand und wartete still, bis sie in Gedanken zweimal bis zwanzig gezählt hatte. Dann nickte sie ihm zu, und sie schlichen auf Zehenspitzen aus dem Schlafraum.

Als sie die Tür vorsichtig geschlossen hatte, strahlte Aldo sie erwartungsvoll an. Er wusste, dass seine Mamma, nachdem sie den Tag über für andere Frauen genäht und das kleine Schwesterchen versorgt hatte, ihm nun für eine Stunde ganz allein gehörte.

Elisa setzte sich auf einen der beiden Stühle und zog ihren Liebling auf den Schoß. Sein kleiner Körper kam ihr so leicht und zerbrechlich vor wie der eines Vögelchens. Vielleicht könnte sie heute Abend ein Stück von Beppos Salsiccia abzweigen und Aldo unter die Polenta mischen. Wie von allein fingerte nun seine kleine warme Hand hinten am Kragen ihres Kleides und versuchte, in den Ausschnitt an ihrem Nacken zu schlüpfen. Das machte er schon so, seit er seine Bewegungen lenken konnte. Sie umarmte ihn, drückte ihre Nase an sein Lockenköpfchen und sog den Duft ein, diesen unnachahmlichen Duft nach Wind und frischem Gras im

Frühling, nach Seife und nach der wichtigsten Zutat, der kindlichen Unschuld, deren Geruch kein Drogist in ein Glasfläschchen hätte einschließen können.

»Allora, was wollen wir machen, mein Liebling?«, fragte sie leise in seine Haare, obwohl sie genau wusste, was er sagen würde. »Soll ich dir vorsingen? Wollen wir eine Kette aus Gänseblümchen machen? Oder …«

Er strampelte sich aus ihrer Umarmung. »Nein, Mamma. Wir gehen ins Zwergendorf. Bitte!«

Elisa bemerkte, dass er sich trotz aller Vorfreude bemühte, nicht zu laut zu sprechen, denn er gab acht, Giulia nicht zu wecken. Wie umsichtig ihr Sohn mit seinen kaum dreieinhalb Jahre doch war.

Sie setzte ihn auf den Füßen ab und wollte ihm gerade nach draußen folgen, da sah sie durch die Fensterscheibe wieder den Mann am Gartenzaun herumlungern. Schnell trat sie einen Schritt zurück und spähte seitlich am Rahmen vorbei – er sollte nicht sehen, dass sie zu Hause war. Seit mehreren Monaten nun lief der komische Kerl auffallend oft über den Col delle Ombre. Was hatte er in ihrem Weiler zu suchen? Für einen Zigeuner, die immer wieder hier herumschlichen, war er zu hellhäutig. Außerdem hätte er dann nach Lumpen gefragt oder angeboten, Scheren zu schleifen. War er dann vielleicht ein Freund der Rossa und besuchte sie heimlich? Nein, er kam immer von Westen die Straße entlang und machte keine Anstalten, sich zu verstecken so wie ihre anderen Besucher. Und wollte er Beppo treffen, würde er nicht um diese Zeit kommen. Vorsichtig spähte sie hinaus. Jetzt schnupperte er scheinbar beiläufig an den Stockrosen. Er hatte krause Haare wie die Füllung einer Rosshaarmatratze, aber er war trotzdem ganz ansehnlich, keine Frage. Freundlich sah er aus und friedliebend, nicht wie ihr aufbrausender Mann. Eher so sanft wie …

Elisa verbot sich den Gedanken. Sie wollte gar nicht wissen, wer der Mann war. Und neue Bekannte brauchte sie sowieso nicht. Sie hatte ihr Goldkind, und Gott schenkte ihr durch ihn täglich die Erinnerung an die wahre Liebe. Sie war mit einem Mann verheiratet, der regelmäßig Polenta und manchmal sogar ein Stück Wurst nach Hause schaffte, und sie hatte eine nette Nachbarin, die ihr hin und wieder die Kinder abnahm, wenn sie zum Nähen ins Haus reicher Damen musste. Ihr Leben war nicht schlecht. Nicht schlechter jedenfalls als das anderer Frauen.

Obwohl der kleine Aldo ansonsten sehr geduldig war, zupfte er sie jetzt am Rock.

»Gleich«, flüsterte sie ihm zu. Es tat ihr leid, ihn so lange warten zu lassen. Wie lange wollte der Kerl sich denn noch mit ihren drei jämmerlichen Blumen beschäftigen?

Da endlich, jetzt sah er noch einmal zu ihrer Hütte hinüber und zog dann langsam weiter.

Nachdem sich Elisa vergewissert hatte, dass er nicht umdrehte, lauschte sie kurz vor der Schlafkammertür, ob Giulia auch wirklich fest schlief, und sagte schließlich: »Wer als Erster beim Igelchenbaum ist!«

Neben dem Stamm einer alten Esskastanie tauchten sie gemeinsam in den Wald ein. Sie mussten sich mehrere Meter durch das Dickicht drücken, das den schmalen Pfad schon wieder zugewuchert hatte. Aldo ging voraus. Er bewegte sich auf seinen nackten Füßen geschmeidig wie ein junges Kätzchen, wich Brombeerranken und Brennnesseln aus und kroch behende durch ein Haselnussgestrüpp. Elisa quetschte sich hinter ihm her und empfing von einem Zweig eine brennende Ohrfeige, aber dann hatten sie ihr Ziel erreicht.

Hinter dem Dickicht öffneten sich die Stämme, grünes Licht fiel durch die Buchenkronen, und man konnte wieder aufrecht stehen. Der Boden war übersät mit blauen Alpenveilchen, dazwischen ragten einzelne Felsen und Baumstümpfe empor. Ein verwunschener Tümpel breitete seine undurchsichtig grüne Oberfläche wie eine Picknickdecke aus. Und genau hier, an seinem Ufer lag auch schon das Paese dei gnomi, das Zwergendorf. Ein Fremder hätte die Häuschen aus Ästen, Rinde und Moos vermutlich gar nicht gesehen, aber Aldo wuselte schnurgerade darauf zu. Unterwegs bückte er sich nach passenden Stöckchen und Blättern, die sie gleich brauchen würden.

Elisa raffte ihren Rock, damit er sich nicht in den Wurzeln, die hie und da aus dem Boden ragten, verfing, und ließ sich dann am Rand des Miniaturdorfes neben ihrem Sohn nieder. Von hier unten wirkten die kleinen Häuschen noch märchenhafter. Manche hatten Balkone, es gab Treppen und Türmchen, und wenn man durch die Fenster schaute, konnte man sogar Stühle und Betten erkennen. In einem stand sogar ein Tisch mit Stühlen. Elisa zog zwei Eichelhütchen aus der Schürzentasche, die sie am Vormittag gefunden hatte, und legte sie vorsichtig auf die Tafel. »Daraus können sie ihre Pasta essen«, erklärte sie Aldo. »Die Zwerge sind schließlich vornehme Leute.« Und Aldo nickte ernsthaft.

Seit den ersten warmen Tagen im April hatten sie in ihrer geheimen Stunde zu zweit gebaut, und das Dorf war inzwischen zu einer richtigen Anlage mit Rathaus, Kirche, Brunnen und allem, was sonst noch dazugehörte, herangewachsen. Kleine Pinienzapfen dienten Aldo als Bewohner, aber manchmal vergaß selbst Elisa, dass es keine Zwerge waren. Sie sah zu, wie Aldo eine Moosplatte aufhob, die der Wind oder ein Tier des Waldes von den kleinen Stützen aus Holz gestoßen hatte.

»Guck, Mamma!«, rief er aufgeregt. »Das Haus vom Pfarrerzwerg ist kaputtgegangen.«

»Wir können es reparieren und dann den Bürgermeister und die Frau Apotheker zum Kaffee einladen«, schlug sie vor.

Doch Aldo hatte schon einen anderen Plan. »Nein, der Pfarrerzwerg kann doch auch beten, dass es nicht in sein Haus regnet. Heute will ich was Neues machen.«

Elisa musste lachen. »Einen Aussichtsturm vielleicht?«, fragte sie. »Oder ein Schiff?«

Aldo jubelte. »Au ja, wir bauen ein Schiff, wo alle Tiere Platz haben. So wie in der Geschichte, die du mir erzählt hast!«

Sie werkelten so lange, bis die Kirchenglocke von Montesassino zum Abendgebet schlug. Steine und Wurzelstückchen und sogar ein paar Waben eines verlassenen Wespennests durften nun als Ziegen, Rehe und Kühe die Arche beziehen.

Zum Schluss setzte Aldo einen abgenagten Pinienzapfen in die Mitte. »Das ist der alte Mann, der das Schiff lenkt«, sagte er und klatschte fröhlich in die Hände. »Jetzt kann es nie mehr untergehen.« Er legte seine Arme um Elisas Hals und drückte vor lauter Glück seine Nasenspitze auf die ihre.

Sie rannten Hand in Hand zur Hütte zurück. Doch ein Glück, Giulia schrie noch nicht. Gerade als Elisa die Tür hinter sich schließen wollte, hörte sie die Männerstimme rufen: »Ehi là!«

Im ersten Moment wollte sie so tun, als hätte sie nichts gehört. Doch der Mann musste sie gesehen haben. Sie hatte nicht damit gerechnet, dass er heute noch einmal zurückkehren würde. Das tat er sonst nie. Also drehte sie sich um, es war wohl an der Zeit, ihm ausdrücklich zu sagen, dass er sie in Ruhe lassen möge.

Aber dann erkannte sie Davide. »Nein«, flüsterte sie vor sich hin. »Mutter Maria! Mach, dass ich träume.«

Sie wusste, dass dies nur eines bedeuten konnte. Und dass es der Anfang vom Ende sein würde.

Schon am nächsten Tag brachte sie ihre beiden Kinder zur Rossa. »So, Aldo, jetzt darfst du der Tante Nachbarin unser Geschenk geben«, forderte Elisa ihr Söhnchen auf.

Der Kleine hob das prall gefüllte Säckchen und schob es zögernd über die Tischkante.

»Aber das wäre nicht nötig gewesen«, sagte die Rossa und griff doch sofort danach. Sie wog den Beutel in der Hand und pfiff leise durch die Zähne. »Das ist ja mindestens eine Libbra.«

Es waren sogar deutlich mehr als fünfhundert Gramm Polentagrieß. Elisa hatte noch das letzte Körnchen, das für den Notfall in ihrer kleinen Vorratskammer aufbewahrt wurde, in das Leinen eingenäht. Und doch blieb das schale Gefühl, der Rossa für den Dienst, um den sie sie gebeten hatte, diesmal noch viel mehr zu schulden. Verlegen trat Elisa von einem Fuß auf den anderen und setzte Giulia auf die andere Hüfte.

»Wer ist denn der Glückliche? Der neue Arbeiter von den Danesis, der immer den Umweg über unseren Weiler zur Arbeit geht, oder dieser freundliche Junge mit den abstehenden Ohren, der gestern so lange vor eurem Gartenzaun gewartet hat?«

Die Rossa lächelte verständnisvoll. An ihren Zähnen konnte man sehen, dass sie nicht mehr die Jüngste war, wenn auch ihre Haare immer noch rot wie Fuchsfell schimmerten und ihre Figur alle Männer zum Schielen brachte. Was sollte Elisa auf die neugierige Frage der Nachbarin antworten? Besser, sie schwieg.

»Aha, also liege ich richtig. Das schöne Kleid, die feinen Schuhe … Aber mehr noch habe ich es in deinen Augen gesehen. Sie leuchten seit gestern wie die Federn des Eisvogels.«

Elisa schoss brennend die Röte in die Wangen. Sie fühlte sich ertappt wie damals, als sie von der Nonna erwischt worden war, wie sie aus dem Glas mit den eingeweckten Quitten genascht hatte. »Nein, nicht doch! Es ist nur ein Bekannter von früher. Ganz anders, als du denkst … Wir haben nicht … Wir würden nie … Wir treffen uns nur ausnahmsweise, nur einmal. Nur ein einziges Mal.« Sie stammelte, hilflos vor Scham.

Die Rossa strich ihr liebevoll eine Haarsträhne aus dem Gesicht, die sich unter dem Kopftuch gelöst hatte. Giulia versuchte, es ihr nachzutun, und patschte mit ihrem dicken Händchen auf Elisas Stirn.

»Aber du musst dich nicht entschuldigen«, sagte die Nachbarin. »Wir sind alle keine Engel, ich am allerwenigsten. Die Liebe zwischen Mann und Frau ist doch das Schönste, was sich der Herr für uns ausgedacht hat! Und du hast es fürwahr nicht leicht mit deinem Beppo.«

Elisa versuchte, den Gedanken an das schwimmende Gesicht ihres Mannes, an die rot geäderten Augen, seine geballten Fäuste und die mörderische Wut in seiner Stimme zu verdrängen.

Die Rossa schien ihre Sorge erraten zu haben. »Wahrscheinlich ist es eh besser, wenn ich seinen Namen nicht weiß. Und sei du auch vorsichtig, Elisa. Dein Beppo ist zwar im Grunde seines Herzens ein guter Kerl, aber manchmal etwas hitzköpfig.«

Elisa nickte. Sie wusste selbst am besten, wozu er fähig war. »Ich denke, ich werde in anderthalb, spätestens zwei Stunden zurück sein«, sagte sie. »Va bene?«

Die Rossa streckte die Arme aus, um Giulia zu nehmen. »Keine Sorge, lass dir nur Zeit. Wir werden schon Spaß miteinander haben.« Dann wandte sie sich an Elisas Söhnchen. »Nicht wahr, piccolino?«

Aldo, der sich, seitdem er das Geschenk überreicht hatte, hinter Elisas Rock versteckte, grub sich noch tiefer in die Falten der Baumwolle. Was hatte er denn nur? So benahm er sich doch sonst nie, wenn sie ihn bei der Nachbarin abgab.

»Antworte der Tante, wenn sie mit dir spricht«, forderte ihn Elisa auf. Sie spürte durch Rock und Unterrock, wie er sein kleines Gesicht an ihren Oberschenkel drückte.

Die Rossa lächelte. »Lass nur. Wir sind ja nicht bei den Herren Grafen.« Mit Giulia im Arm, die vergnügt mit dem silbernen Kreuz an der Kette der Rossa spielte, ging sie beweglich in die Hocke und kitzelte Aldo unter der Achsel.

Sein Lachen klang zugleich wie ein Weinen. »Die Mamma soll nicht weggehen«, jammerte er kläglich. Das erstickte Stimmchen war kaum zu verstehen.

So hatte Elisa ihr Goldkind noch nie erlebt. Er schien zu spüren, dass gerade etwas Außergewöhnliches passierte, und fürchtete sich ganz offensichtlich. Elisa dachte daran, wie sie immer hatte weinen müssen, wenn ihre eigene Mutter von den seltenen kurzen Besuchen bei ihr und den Großeltern zurück in die Stadt zu ihrer Arbeit gegangen war. Obwohl die Nonna stets gut zu ihr gewesen war, hatte es in ihrer kleinen Kinderwelt keinen größeren Schmerz gegeben als das Gefühl, von der eigenen Mutter verlassen zu werden. Ist es das wert?, fragte sich Elisa, ist es das wirklich wert? Doch andererseits, wie hätte sie dem Ruf widerstehen können?

Sie versuchte sich umzudrehen, aber ihr Sohn klammerte sich so fest mit beiden Armen um ihre Beine, dass sie beinahe das Gleichgewicht verlor.

»Wie viel Kraft er für einen schmalen Dreijährigen hat«, stellte die Rossa anerkennend fest.

»Ich fürchte, es ist eher sein Wille als sein Körper«, erwiderte Elisa mit einem Anflug von Stolz.

Aldo schrie nun lauter. »Nein, Mamma, nein! Nicht weggehen. Nein!«

Mit den Händen fasste Elisa Aldos Schultern und schob

ihn ein Stück von sich weg. Sie beugte sich zu ihm hinunter. »Mein Liebling, du musst doch der Tante Rossa helfen, auf Giulietta aufzupassen«, sagte sie ihm. »Ich komme bald zurück, und wenn du schön brav bist …«, Elisa flüsterte jetzt ganz leise, sodass nur Aldo es hören konnte, »dann bringe ich dir eine Schneckenfee für unser Zwergendorf mit.«

Aldo zögerte, dann hob er seine Lippen an Elisas Ohr. »Versprochen?«

»Versprochen.«

Seine Arme lockerten sich. Elisa verständigte sich über Blicke mit der Rossa, die nun hinter den Kleinen trat und ihn an der Hand fasste. »Kennst du denn vielleicht einen schönen Reim, den wir deinem Schwesterchen vorsagen können?«, fragte sie.

»Aber ja!«, antwortete Aldo ernsthaft und begann sofort sein Verslein aufzusagen: »Al canto del cucù, l'inverno xé passado … Beim Rufen des Kuckuck is der Winter scho ganga …«

Elisa spürte eine Welle unfassbarer Liebe für ihren Erstgeborenen in ihrer Brust aufbranden. Wie klug er war, und was für ein Gefühl für schöne Reime er doch hatte. Sie zögerte noch einen Augenblick.

»… April non torna piú … Und April kommt net z'ruck …«

Doch den Rest des kleinen friulanischen Gedichts konnte sie nicht mehr hören, denn da war sie bereits auf dem Weg in den Wald. Sie musste Arturo selbst sagen, dass er sie nicht rufen durfte. Nur ein Mal wollte sie ihn wiedersehen. Beim Leben ihres Goldkindes, schwor sie sich: nur ein einziges Mal.

18

Auf der Heimfahrt sagte Michele nicht viel. Er fuhr schnell und sicher, wenn auch für Agnes' Geschmack eine Spur zu aggressiv. War er doch verstimmt, weil sie seine Andeutungen in San Giorgio mit scherzhaftem Geplänkel abgetan hatte? Oder lag es an der angespannten Stimmung, die angesichts der Anlage von San Servolo kurz zwischen ihnen entstanden war? Beim Essen in *Harrys Bar* hatte er sich nichts anmerken lassen, im Gegenteil. Da war es Agnes vorgekommen, als hätten sie sich wieder auf ihren erfrischenden, aber völlig unverbindlichen Flirtmodus eingependelt. Na, vielleicht holte ihn ja auch einfach gerade der Jetlag seiner langen Flugreise ein.

Gegen elf kamen sie auf der Piazza in Sanviale an. Mit einem Ruck zog Michele die Handbremse. »Noch ein Absacker als Abschluss eines wunderschönen Ausflugs?«

»Gern!« Agnes war froh, dass sie sich offenbar umsonst Sorgen gemacht hatte. »Sehr gern«, betonte sie.

Der Weg durch die Bar war selbst neben Michele ein Spießrutenlauf. Schon die drei Raucher auf der Terrasse vor dem Eingang gafften sie an, als wäre sie ein dreiköpfiges Kalb. Aber offensichtlich war sie das auch, denn so spät am Abend waren tatsächlich nur männliche Wesen jedes Alters anwesend. Die Bar war um diese Zeit anscheinend kein Ort für Frauen. Immerhin machte Agnes im dichten Gedränge schließlich doch noch zwei, drei sehr junge, äußerst stoffsparend bekleidete Mädchen aus. Im Gegensatz zu den Kerlen, die sie mit dem einfältigen Ausdruck hilflosen Begehrens anglotzten, taxierten diese sie missgünstig. Fürchteten sie Agnes etwa als Konkurrentin? Keine Sorge, hätte sie ihnen am liebsten zugerufen, die Typen könnt ihr allesamt behalten. Ich möchte nicht einen einzigen davon! Höchstens …

Es durchzuckte sie wie ein Stromschlag, denn plötzlich entdeckte sie Matteo in der Menge. Er stand über einen Flipperautomaten gebeugt, trotzdem erkannte sie sofort die weichen Locken im Nacken, die gerade Form seiner Schultern und die schmalen Hüften. Alles passte perfekt zueinander wie bei einem Bauwerk nach Palladios Plänen. Bei seinem Anblick spürte Agnes sofort wieder das aufregende Kribbeln, das sie in der Ca' More am Kamin neben ihm gefühlt hatte. Sie wollte ihn gern begrüßen, doch Michele zog sie hinter sich her an den Tresen. Na ja, vielleicht würde sich später noch die Gelegenheit zu einem kurzen Gespräch ergeben. Immerhin konnte sie Matteo von ihrem Standpunkt aus nun im schräg gekippten Spiegel über dem Flaschenregal beobachten.

»Zwei Ramazotti«, bestellte Michele, ohne zu fragen, was sie trinken wollte, und legte ihr leicht die Hand auf die Hüfte. Sie spürte die wortlose Bitte um Erlaubnis in der Berührung, offenbar musste Michele in dieser Runde ein besonderes männliches Gehabe zeigen, um zu bestehen. Agnes beschloss, ihm den Gefallen zu tun und mitzuspielen.

Doch sofort wurde sie wieder abgelenkt, denn zu Matteo hatte sich eine der jungen Frauen gesellt, ausgerechnet die hübscheste, die ohne Schminke und billige Aufmachung sogar eine echte Schönheit hätte sein können. Das Mädchen hängte sich über das Spielgerät und verdoppelte mit routiniertem Einsatz seiner Unterarme die Push-Up-Wirkung des Büstenhalters. Selbst als Frau und über die Entfernung von mehreren Metern konnte Agnes gar nicht anders, als auf dieses Dekolleté zu starren. Wie musste es erst auf Matteo wirken, der in greifbarer Nähe daneben stand?

Agnes kippte ihren Drink etwas zu schnell hinunter und fragte sich, ob ihr teures Kleid mit seinem raffinierten, aber verhüllenden Schnitt auf Männer edel und feminin oder schlicht und ergreifend bieder wirkte.

Als hätte Michele ihre lautlose Überlegung gehört, raunte er ihr plötzlich zu: »Ich wette, *jeder* hier in der Bar würde jetzt gern mit mir tauschen.«

Über das Spiegelbild sah Agnes Matteo zustimmend nicken. Natürlich bestätigte er nicht Micheles Überlegungen, sondern reagierte auf einen Kommentar seiner halb angezogenen Bekannten. Die lachte affektiert, strich die beneidenswert dichten schwarzen Haare hinter die Schultern, was den Blick in ihren Ausschnitt nur noch effektvoller machte, und rückte näher an Matteo heran. Der trat nun hinter das Mädchen, nahm es zwischen seine Arme, legte dessen Hände auf die beiden Tasten des Flipperautomaten und seine eigenen darüber. Anscheinend wollte er seiner Freundin zeigen, wie das Spiel funktioniert.

Wie gern hätte Agnes mit ihr getauscht, Matteos Körper hinter ihrem Rücken, sein Gesicht über ihrer Schulter gespürt … Sie konnte sich auf nichts anderes mehr als auf den Film im Spiegel konzentrieren. Es brauchte keine Untertitel, um zu verstehen, was hier vereinbart wurde. Hatte Michele gerade etwas zu ihr gesagt? Einen zweiten Ramazotti? Nur zu, wenn das Getränk gegen diese völlig unbegründet aufwallende Eifersucht half.

Das Flipperspiel schien endlich zu Ende. Matteo griff in seine Hosentasche, vermutlich auf der Suche nach weiteren Münzen, dabei drehte er sich zur Seite und hob den Kopf, und unerwartet trafen sich seine und Agnes' Blicke im Spiegel.

Sofort gab sie ihre angespannte Haltung auf, lehnte sich in Micheles Arm und prostete ihrem Begleiter mit einem strahlenden Lächeln zu. Michele nahm ihre unverhoffte Anschmiegsamkeit sichtbar stolz entgegen, schob den Arm um ihre Taille und orderte weitere Getränke.

Nach dem vierten Ramazotti wurde Agnes schlagartig schlecht. Das lag einerseits am Alkohol, vielleicht aber auch an der Erkenntnis, die sie gerade heimgesucht hatte: Zu was für einem kindischen Auftritt ließ sie sich eigentlich gerade hinreißen?

»Mir geht es nicht so gut. Würdest du mich bitte nach Hau… also in die Ca' More fahren?«, bat sie Michele. Sie artikulierte jede Silbe bewusst deutlich, er sollte nicht merken, wie betrunken sie war.

Umgehend zog er einen Schein aus einer silbernen Geldklammer und legte ihn auf den Tresen. »Na, dann bringe ich dich besser gleich ins Bett«, sagte er.

Der kleine Dicke neben ihm kicherte zu diesen Worten anzüglich.

Beim Hinausgehen versuchte Agnes, noch einen letzten Blick auf Matteos Rücken zu erhaschen, aber auf dem Flipper standen nur noch zwei leere Proseccogläser.

19

Ca' More. Juni 1934

Arturo hasste das Motorrad seines Bruders ebenso wie das Automobil seines Vater. Wann immer er konnte, fuhr er mit seinem verlässlichen alten Fahrrad, aber heute hatte die moderne Technik ihren Zweck erfüllt und ihn schnellstmöglich hinauf zur Ca' More gebracht. Schließlich brauchte er noch Zeit, um alles vorzubereiten.

Er hatte das kleine Bauernhaus am Hang unterhalb von Montesassino, das seit einigen Jahren nicht mehr verpachtet wurde, als Treffpunkt vorgeschlagen, denn Elisa kannte es von früher und würde es von dem kleinen Weiler, in dem sie wohnte, bis dort zu Fuß nicht zu weit haben. Außerdem lag es abgeschieden genug und gut versteckt zwischen den hohen Bäumen, sodass sie vor unliebsamen Beobachtern sicher wären.

Die steile Zufahrt war inzwischen zu eingewachsen, um sie zu befahren. Also schob Arturo das Motorrad und stellte es dann bei dem verwitterten Gatter hinter einen Busch. Von dort wanderte er die letzten Meter durch hohes Gras zum Haus hinauf. Dabei bemühte er sich, gleich einen Pfad für Elisa zu treten. Bienen und Käfer summten, es war heiß, und obwohl ihn gerade noch der Fahrtwind gekühlt hatte, begann er unter seiner weißen Leinenjacke bereits wieder zu schwitzen.

Als er die Ca' More erreichte, stellte er zufrieden fest, dass er den Ort gut gewählt hatte. Das aus groben Bruchsteinen gemauerte Bauernhaus war zur Hälfte von lichtgrünen Glyzinienblättern und rötlichem wildem Wein bedeckt – trotz des ungepflegten Zustands ein romantischer Anblick. Die restliche freiliegende sandgelbe Wand strahlte zwar die Junihitze ab, doch vor dem Haus spendete ein prächtiger Maulbeerbaum blauen Schatten. Vielleicht könnte Arturo unter seinen dichten Zweigen eine provisorische Sitzgelegenheit herrichten? Bestimmt hatte der arme Pächter seine Möbel zurückgelassen, nachdem er vom Podestà angezeigt und vom Sicherheitsdienst verhaftet worden war. Es wurde nicht darüber geredet, aber Arturo vermutete, dass man den Mann in eines dieser berüchtigten Umerziehungslager verschleppt hatte.

Er schob mit zitternden Fingern den Schlüssel in das Schloss. Keine zehn Kilometer von ihm entfernt saß seine elegante Ehefrau vermutlich gerade mit der Mutter im Salon, ließ sich von Gloria Caffè nachschenken und zerkrümelte dazu Floras hauchzarte Sfogliatelle. Und doch fühlte er sich, als würde er in diesem Augenblick die Tür zu seinem wahren Leben aufschließen. Einem Leben, das ihm so viel reicher schien als der komfortable Luxus im Borgo Visentin. Ein Tagtraum fing ihn ein: Er kam gerade nach Hause von der Arbeit auf dem Feld, Elisa stand in der Küche und bereitete das Abendessen zu. Nach der Cena spazierten sie Arm in Arm über ihr kleines Anwesen und sahen dem Sonnenuntergang zu. Ja, Arturo hörte in seinem Traum sogar das fröhliche Geplapper ihrer gemeinsamen Kinder, die unter dem Maulbeerbaum friedlich in einem Bilderbuch blätterten. Würden er und Elisa vielleicht doch noch die zweite Chance bekommen, um diesen Traum wahr werden zu lassen?

Endlich gelang es ihm, den Schlüssel umzudrehen, und mit einem quietschenden Ruck öffnete sich das verrostete

Schloss. Arturo sah sich enttäuscht um. Wie anders war die Wirklichkeit! Es muffelte süßlich nach Tod. Eine dicke Staubschicht hatte sich auf die verlassene Stube gelegt. Man konnte noch die Zeichen des sichtbar überraschten Aufbruchs erkennen: eine Holzschüssel, ein verbogener Blechlöffel und krümeliger Mäusekot auf dem Tisch, zwei stehende und ein umgeworfener Stuhl, ein einzelner Stiefel auf einer Holztruhe, die wahrscheinlich als Korn- oder Kartoffelkasten gedient haben musste. Offensichtlich hatte sich der Pächter gerade Polenta gekocht, als sie gekommen waren, um ihn zu holen. Auf dem steinernen Feuertisch unter dem großen Abzug stand ein Dreibein und darauf der Kupferkessel, in dem die harte Kruste einer schwarzen getrockneten Masse klebte. Neben der Herdstelle gab es eine Art offene Vorratskammer, kaum größer als zwei Quadratmeter. Der Pächter hatte einen schmalen Verschlag gemauert, sich aber dann das Holz für die Tür gespart und stattdessen für Regalbretter verwendet. Arturo sah wenige gefüllte Einmachgläser und ein paar zerfetzte Tütenreste mit verklumptem grauem Mehl. Er nahm willkürlich einen offenen Krug aus Steingut aus dem untersten Fach, stellte ihn aber angewidert gleich wieder zurück. Anscheinend war es einer unglückseligen Maus gelungen hineinzuklettern. Allerdings hatte sich die glatte Wand als tödliche Falle erwiesen, und so konnte Arturo nun ihre halb zerfallene Mumie zwischen Staub und Kot am Boden des Krugs erkennen.

In der dunklen Schlafkammer, die gleich an den Wohnraum grenzte, herrschte noch größere Unordnung. Die untere Schublade der einfach zusammengenagelten Kommode stand weit offen. Jemand hatte Kleidungsstücke auf dem Boden verteilt, und auch hier hatten die Mäuse ganze Arbeit geleistet. Eine zerlöcherte Wolldecke hing vom Bettkasten, der mit Stroh gefüllt war.

Arturo warf einen Blick auf seine Taschenuhr. Noch anderthalb Stunden, das staubige Chaos ein bisschen wohnlich zu machen. Er stellte seinen Rucksack zur Seite, zog das Jackett aus und krempelte die Ärmel hoch. Als Erstes öffnete er alle drei Fenster und hängte die Wolldecke zum Lüften über die Brüstung. Aus der unteren Schublade fischte er ein Stück grobes Leinen, das er als Laken über das Stroh in den Bettkasten legen konnte, die Kleider stopfte er zurück in die Kommode. Sofort wirkte die Kammer nicht mehr ganz so armselig. Im Brunnen neben der Eingangstür fand Arturo Wasser. Da der alte Eimer durchgerostet war, behalf er sich mit dem Krug, aus dem er zuvor die Mäuseknöchelchen entsorgt hatte. Er zerriss ein zerschlissenes Hemd zu Lappen, staubte die schlichten Möbel ab, die ohne zentimeterdicke Dreckschicht immerhin einen spröden bäuerlichen Charme zeigten, und kehrte zuletzt mit einem struppigen Reisigbesen, der sicher auch schon bessere Tage gesehen hatte, die kalte Asche vom Feuertisch und den Dreck von den Böden.

Eine halbe Stunde noch. Arturos Puls begann plötzlich zu rasen. Bislang war er nur von der Sorge getrieben gewesen, ob Elisa überhaupt zusagen würde. Aber jetzt, nachdem sie eingewilligt hatte, jetzt fragte er sich, wie die erste Begegnung nach diesen unerträglichen Jahren der Trennung verlaufen würde.

Dürfte er sie mit einer Umarmung begrüßen?

Hör auf, dir vorzustellen, was unvorstellbar ist, mahnte sich Arturo selbst, lass die Dinge geschehen!

Und wenn die Ehe mit Beppo einen anderen Menschen aus ihr gemacht hatte? Wenn er in Elisas Augen selbst ein anderer Mensch geworden war?

Arturo stürzte sich in wilden Arbeitseifer, um die quälenden Gedanken zu verscheuchen, trug zwei Stühle nach draußen und baute einen provisorischen Tisch aus einem abgebrochenen Fensterladen und Ziegelsteinen, die er auf einem Schutthaufen hinter dem Stall entdeckt hatte. Auf der verwilderten Wiese pflückte er Kornblumen, gelbe Kamille und Margeriten. Dazwischen fügte er rosa Storchenschnabel, und er kletterte sogar etwas den Hang hinter dem Haus hinauf, um ein paar der lieblichen dunkelroten Blüten der Sommerblutströpfchen einzusammeln. Ein kleiner Milchkübel diente als Vase, und Arturo stellte den Strauß mit einer Flasche Gazzosa und zwei Gläsern, die er sicherheitshalber mitgebracht hatte, auf den Tisch unter den Maulbeerbaum. Die fruchtige Zitronenbrause war das richtige Getränk für ihre erste Begegnung, wie er hoffte. Wein hätte möglicherweise zu verfänglich gewirkt. Aber nächstes Mal könnte er vielleicht eine Flasche Prosecco einpacken …

Jetzt dachte er schon über das nächste Mal nach, dabei wusste er doch gar nicht, wie sich Elisa verhalten würde! Vielleicht wollte sie ihm ja auch nur sagen, dass sie glücklich verheiratet war, ihren Mann liebte und er sie bitte in Ruhe lassen sollte? Aber das hätte sie ja auch gleich Davide mitteilen und sich den Weg hinunter in die Ca' More sparen können.

Arturo strich nervös über das karierte Geschirrtuch, das er als Tischdecke über den Fensterladen gebreitet hatte. Dabei reflektierte sein Ehering einen Sonnenstrahl, der den Weg durch das Labyrinth aus dichten Blättern über ihm gefunden hatte. Mit Daumen und Mittelfinger der linken Hand drehte Arturo das goldene Metall. Das Symbol für Liebe und Treue. Er zog den Ring von seinem Finger und ließ ihn in die Hosentasche gleiten. Elisa sollte ihn nicht sehen.

Dann zog er den Ring wieder heraus, steckte ihn an. Er konnte doch nicht leugnen, dass auch er inzwischen verheiratet war. Und er wollte Rosaria ja auch nicht betrügen. Seine Ehe gehörte zu seiner Geschichte, sie war nicht einfach wegzuradieren. Elisa und er müssten eben ein neues Kapitel schreiben.

Vielleicht, so hoffte er insgeheim, sogar einen neuen Roman.

Die Uhr zeigte bereits Viertel nach vier. Arturo kontrollierte noch einmal, ob das Haus auch wirklich ordentlich aussah. Dann kramte er den Gedichtband aus seinem Rucksack und setzte sich damit unter den Baum. Er wollte ein paar Zeilen für Elisa vorbereiten, Rilkes Elegien hatte er gewählt, so wie damals, als ihre Liebe noch alles möglich erscheinen ließ. Vielleicht könnte er jetzt wieder einen passenden Reim finden? Er begann zu lesen, aber als er bemerkte, dass er die gleichen Worte nun bereits zum dritten oder vierten Mal wiederholte, ohne ihren Sinn auch nur ansatzweise zu begreifen, legte er das Buch neben sich in die Wiese.

Er blickte nach oben und konzentrierte sich auf die rispenförmigen hellgrünen Maulbeerchen, die wie zarte Blüten an den Zweigen hingen. Es musste längst halb fünf sein, aber Arturo wollte nicht mehr auf die Uhr schauen. Er wollte nicht überlegen, wie lange er warten, wann er unverrichteter Dinge und zutiefst enttäuscht wieder aufbrechen würde, weil Elisa nicht gekommen war.

Jetzt schlug die helle Kirchenglocke dreimal und zwang ihm die Zeit gewaltsam auf. Da raschelte es plötzlich im Gras.

Arturo sprang auf. Schon sah er den goldenen Haarkranz zwischen den langen Gräsern auftauchen, die Farbe flüssigen Lichts, die, seit er Elisas Haare zum ersten Mal berührt hatte, in seinem Herzen leuchtete. Den Haaren folgte ihr Gesicht, ängstlich, sorgenvoll, ihre schmalen Schultern, die Taille, die ihm etwas breiter vorkam als früher.

Er rannte Elisa entgegen und bemerkte selbst kaum, wie sein Ehering plötzlich wieder von seinem rechten Ringfinger in die Tasche wanderte. Im Abstand von einer Armeslänge blieb er vor ihr stehen. Sie verharrten beide und blickten sich lange an. Elisa war vom Mädchen zur Frau geworden und dabei schön wie nie. Ihr Gesicht war ernst.

Das wird kein gutes Ende nehmen, dachte Arturo und schalt sich einen Narren. Wie hatte er glauben können, dass Elisa, seine Elisa, sich jemals auf so etwas einlassen würde?

Doch dann hoben sich ihre Mundwinkel zu einem Lächeln, das da Vinci nicht schöner hätte malen können, und Arturo hörte sich flüstern: »Du bist gekommen.« Und dann drückte er sie endlich, endlich an seine Brust. Als sie sich umarmten und er ihre – und zugegebenermaßen auch seine – Tränen in den offenen Hemdkragen tropfen spürte, da wusste er, dass sie kein neues Buch würden schreiben müssen, ja nicht einmal ein neues Kapitel. All ihre Gefühle füreinander waren so lebendig wie im letzten Absatz, bevor sie die Seiten zugeschlagen hatten. Aber diesmal würde er sie nicht wieder ziehen lassen, um keinen Preis der Welt.

Und so begann nach langem Sehnen die erste von vielen gestohlenen Stunden des Glücks.

Vierter Teil

Der Sündenfall

Sie ist schöner als alle Frauen, ihre Haare sind aus Gold. Natürlich muss Adam sie lieben. Er will sie zur Frau haben. Alle müssen sie lieben. Nur die Schlange ist böse und mag sie nicht, weil sie neidisch ist. Die Schlange zischt in den Blättern vom Maulbeerbaum. Ich höre sie. Die Beeren fallen herunter, als sie um den Ast kriecht. Jetzt kommt die Schlange zum Stamm. Sie wickelt sich fest darum. Die raue Rinde tut ihr nicht weh, ihre Haut ist hart. Aber mich kratzt die Rinde an den Knien und den Ellbogen. Der Leib der Schlange ist grün und glänzend. Er ist dick. Die Schlange hat schon gegessen, das ist gut, so muss ich keine Angst vor ihr haben. Mit ihrem Schwanz ist die Schlange noch oben im Baum. Doch ihr kleiner Kopf ist schon unten. Er wackelt hin und her. Die Augen sind rot wie kleine Kohlen. Durch die Blätter kann ich aus meinem Versteck schauen, aber keiner weiß, dass ich da bin. Ich sehe, wie die Schlange zu Eva hinüberkriecht. Warum hat Eva keine Angst vor der Schlange? Die Schlange hat komische Sachen in ihrem Maul, ein kleines braunes Hölzchen mit einer Spitze und gefaltetes blaues Papier. Adam nimmt der Schlange das Hölzchen weg. Er streicht Eva über die Wange, und dann gibt er ihr das Hölzchen und das blaue Papier. Eva lächelt ihn an, und sie ist noch schöner, und ich hasse Adam, weil sie nur mich so anlächeln soll.

20

Die schnelle Fahrt durch die steilen Serpentinen hatte ihre Übelkeit noch verstärkt. Michele half ihr fürsorglich aus dem Wagen und begleitete sie bis zur Haustür. Die frische Luft tat ihr gut, aber Agnes beschlich nun eine andere Art von Unbehagen. Er hatte das Verdeck des Wagens geschlossen und den Jaguar sorgfältig abgesperrt. Und sein Gang wirkte so zielstrebig. Sie beschloss, sich von ihm zu verabschieden, noch bevor sie den Schlüssel aus ihrer Handtasche nahm, und wandte sich Michele zu.

»Vielen, vielen Dank für diesen schönen Tag! Jetzt nehme ich erstmal ein Aspirin, und morgen früh fange ich gleich mit dem Entwurf an. Sobald die ersten Skizzen fertig sind, werde ich mich bei dir melden«, sagte sie und gab ihm links und rechts einen Kuss auf die Wange. Deutlicher konnte sie ihm eigentlich nicht zeigen, dass er an diesem Punkt umkehren sollte.

Doch Michele kehrte nicht um. Bei der flüchtigen Abschiedsumarmung hatte er Agnes um die Mitte gefasst. Jetzt hielt er sie fest. »Wollen wir nicht auch gemeinsam eine schöne Nacht erleben?«, fragte er heiser.

Agnes schüttelte den Kopf, durch den Alkohol war ihr, als würde ihr Bewusstsein mit einer kleinen Verzögerung hinterherschwingen. »Besser nicht. Es wäre falsch. Du weißt doch, ich bin verheiratet.«

»E allora? Vorhin in der Bar«, sagte er und trat noch näher an sie heran, »da warst du so anschmiegsam.«

Sie konnte jetzt den klebrigen Likördunst in seinem Atem riechen. »Michele, ich fürchte, wir haben beide zu viel getrunken. Das sollte doch nur ein Flirt, ein lustiges Spiel zwischen uns sein. Es tut mir leid, wenn wir uns missverstanden haben.« Versöhnlich gab sie ihm einen letzten Kuss auf die Wange, um ihm zu zeigen, dass sie ihn wirklich gern mochte – aber eben nicht so, wie er es sich erhoffte.

Doch Michele ließ sich nicht so einfach abservieren. »Ich bin kein Spielzeug!«

Agnes versuchte, ihn von sich wegzuschieben, aber er drängte sich nur noch näher an sie. Die Türklinke drückte ihr bereits von hinten in den Rücken. Sie wandte demonstrativ das Gesicht zur Seite, doch Michele gab nicht nach.

»Denk einfach nicht an deinen Mann. Er ist weit weg.« Er hatte sie nun so zwischen sich und der Tür eingeklemmt, dass er ihr Gesicht mit den Händen nehmen und zu sich drehen konnte.

»Lass mich bitte los, Michele. Ich will es nicht!«

»Aber ich will. Ich will dich! Jetzt.« Michele fasste sie fester. »Es wird dir auch gefallen. Der Appetit kommt mit dem Essen!«

Wollte er sie wirklich gegen ihren Willen küssen? Er hatte das Kinn leicht vorgeschoben, nur noch wenige Zentimeter lagen zwischen ihren Mündern. Langsam strich Agnes mit den Handflächen an seinem Oberkörper entlang nach oben. Sein Körper fing unter dieser vermeintlichen Zärtlichkeit an sich zu entspannen, und es gelang ihr, die Hände auf seine Brust zu schieben. Sie spürte die krausen Haare unter der feinen Baumwolle.

Michele stöhnte auf und drückte plötzlich seinen Mund auf den ihren. In diesem Moment schob Agnes ihn mit

Schwung von sich weg. Von dem unerwarteten Stoß überrascht, stolperte Michele schräg nach hinten, strauchelte über die Ecke des Goldfischbassins und tauchte beim Versuch, sich zu fangen, mit dem ganzen Arm bis über die Schulter ins Wasser ein. Mühsam kam er wieder auf die Beine. Anscheinend hatte er sich bei seiner unfreiwilligen sportlichen Einlage den Nacken verzogen, denn er rieb sich heftig mit der trockenen Hand darüber.

»Geh bitte nach Hause«, sagte Agnes streng.

»Das werde ich. Aber so einfach kommst du mir nicht davon«, erwiderte Michele. »Ein Vianello bekommt immer, was er will!« Er schüttelte sich, einzelne Wassertropfen streiften ihr Gesicht.

»Michele!« Agnes verschlug es beinahe die Sprache. »Willst du mir etwa drohen?«

Statt einer Antwort knurrte er nur kurz, dann sah er ihr mit einem trotzigen Ausdruck im Gesicht in die Augen.

Wollte er womöglich wieder auf sie losgehen? Doch der Sturz und das kalte Wasser hatten Michele wohl zur Besinnung gebracht. Er verschwand tropfend und, ohne sich noch einmal umzudrehen, im Dunkeln.

Mit zitternden Fingern sperrte sie das Haus auf, verriegelte die Tür sorgfältig hinter sich und kontrollierte, ob alle Fenster im Erdgeschoß geschlossen waren. Dann erst legte sie ihre Tasche ab und holte sich ein Glas Wasser und ein Stück trockenes Brot aus der Küche. Damit setzte sie sich auf die Holzbank um den Kamin und starrte auf die angekohlten Holzscheite in der kalten Asche

Agnes zitterte. Ihr war eiskalt, aber sie hatte keine Kraft, ein Feuer zu entfachen. In Gedanken ließ sie den furchtbaren Abend Revue passieren.

Wann hatte sich die Beziehung zu Michele geändert? Wann

hatte sie sich in eine Richtung entwickelt, die Agnes niemals gewollt hatte? Ein bisschen flirten, ja, das war durchaus in ihrem Interesse gewesen. Aber das? Die Stunden in Venedig waren in ihren Augen heiter und unverfänglich gewesen. Hatte sie ihm wirklich die falschen Signale gesendet? Christiane hatte einmal angesichts eines durchgedrehten Liebhabers philosophiert, ein Mann sei eben kein Tamagotchi, das man nach Belieben an- und ausschalten könne. Das war wohl wahr. Sie hätte Michele also viel früher in seine Schranken weisen müssen.

Trotzdem: Was er sich ihr gegenüber gerade herausgenommen hatte, war nicht mit ein paar falsch gedeuteten Zeichen zu entschuldigen. Warum suchte sie eigentlich immer die Verantwortung bei sich selbst? *Er* hatte sich übergriffig verhalten und die Beherrschung verloren! Wie würde er damit umgehen – wie sollte es jetzt überhaupt weitergehen? War ihr Verhältnis nicht unwiederbringlich zerstört? Jedem anderen Auftraggeber würde Agnes unter diesen Umständen die Zusammenarbeit umgehend kündigen.

Ihr Rücken fühlte sich langsam steif an, und sie sah sich um. Ein großer Teil des Zimmers lag im Halbdunkel. Nur beim Essplatz warf die zerzauste Strohlampe ein Spitzenmuster aus Licht und Schatten auf den Tisch und auf Volos Sammlung verlorener Dinge, die säuberlich aufgereiht an krummen Nägeln von der niedrigen Holzbalkendecke hingen. Einzelne Gegenstände traten deutlich hervor; ein Ohrring aus rot-orange gestreiftem Glas, ein dunkelgrüner Kinderbadeschuh, der verbogene Regenschirm mit dem Logo der ehemaligen Kommunisten-Partei, den sie ihrem eigenen Knirps vorgezogen hatte, als sie vor ein paar Tagen während eines kurzen Schauers Essensreste zur angeketteten Hündin des Nachbarn bringen wollte. Zuletzt fiel ihr Blick auf die seltsame Radierung über der Kommode. Sie dachte an die

Druckplatten oben im Atelier. Sie hatte vorgehabt, sie noch genauer zu untersuchen und ihr Rätsel zu lösen, sobald sie ihren Entwurf fertig hatte, selbst wenn Michele das nicht passte. Oder gerade deswegen.

Nein, Agnes wollte nicht abreisen. Sie fühlte sich in der Ca' More daheim, und das, obwohl sie doch erst so kurz hier war. So wie der Geruch des offenen Holzfeuers unsichtbar ihre Kleidung durchdrungen hatte, so war sie selbst inzwischen von den alten Mauern durchdrungen. Vorhin in der Bar hätte sie Michele sogar beinahe gebeten, sie nach Hause zu bringen.

Aber war das nicht lächerlich? In Kürze würde es das Haus und seine Geheimnisse sowieso nicht mehr geben, und zuvor würde sie zu dem Ort zurückfahren müssen, der bei der Meldestelle als ihr amtlicher Hauptwohnsitz eingetragen war und an dem sie mit ihrem Ehemann lebte. Warum also nicht gleich?, fragte sich Agnes, dann erspare ich mir und Michele wenigstens ein für beide Seiten peinliches Aufeinandertreffen.

Sie ließ die Vorstellung auf sich wirken. Doch plötzlich knallte sie das Wasserglas auf die Steinplatte des Kamins und sagte laut: »Nein.«

Denn dann würde Hans ein Vollbad im Triumph nehmen, weil sie aufgegeben hatte. Und das kam überhaupt nicht infrage.

21

Col delle Ombre. Juli 1937

Elisa kniete in der weichen schwarzen Erde und klaubte die Schnecken vom Salat. Heute würden sie sich wieder treffen, heute Nachmittag, keine zehn Stunden musste sie mehr aushalten. Auf die Zeit ihrer Trennung gesehen, ein Nichts, und im Vergleich zu den wenigen Minuten, die sie miteinander verbringen durften, doch eine Ewigkeit. Sie lebte inzwischen durch diese Begegnungen, salbte mit der Erinnerung an sie den Schmerz, den Arturos Abwesenheit in ihr verursachte, und füllte mit der Vorfreude auf sie die Leere in ihrem Sein.

Als er sie vor drei Jahren zum ersten Mal in die Ca' More gebeten hatte, war Elisa mit dem festen Vorsatz gekommen, ihn ein einziges Mal zu sehen. Sie hatte ihm sagen wollen, dass es keine Zukunft für sie gebe, und vorgehabt, sich endgültig von ihm zu verabschieden. Denn die Möglichkeit dazu hatte ihr die Signora nie gegeben. Seit ihrer Hochzeit war das Leid darüber ihr täglicher Begleiter gewesen. Sie hatte tatsächlich gedacht, danach könne sie ruhiger leben – nicht glücklich, aber wenigstens ruhiger. Sie hatte sich vorgestellt, wie Arturo ihr von seiner vornehmen Frau erzählen würde, von der alle im Dorf so ehrfurchtsvoll sprachen, und dass er sehen könnte, wie müde und grau sie inzwischen selbst aussah. Dann wäre er vielleicht von selbst darauf gekommen, dass sie nicht zu ihm passte, und dann hätten sie sich Lebewohl gesagt, richtig diesmal, und eben für immer.

Wie einfältig Elisa gewesen war, das zu glauben. Denn es hatte nur weniger Sekunden bedurft, und die Liebe, die sie so mühevoll im Zaum gehalten hatte, war in ihr explodiert wie niemals zuvor. Wie Milch, die überkocht und schäumend über den Topfrand wabert, zischend auf die heiße Herdplatte läuft und die Haut, die sie berührt, mit roten Blasen besprenkelt. Und Arturo war es nicht anders ergangen. Falls er es denn überhaupt vorgehabt hatte, konnte auch er sich nicht dagegen wehren. Sie hatte es auf Anhieb in seinen braunen Augen gesehen. Fast erschrocken hatten sie ausgesehen, bestürzt von der Macht, mit der die Liebe sie wegriss, obwohl vom Schicksal anderes für sie vorgesehen war. Sie hatten nie über diese Gefühle gesprochen, sondern einfach in stillem Einverständnis ausgemacht, wann sie sich wieder treffen würden. Und dann wieder. Und wieder.

Seitdem füllte die Liebe zu ihm erneut Elisas Leben, hatte überhand genommen, selbst über ihre ständige Sorge um ihr Goldkind, war immer und überall, in jeder Bewegung, hatte nur ein Ziel: die Momente der heimlichen Glückseligkeit. Alles andere, die Tage im Weiler, die Nächte neben Beppo, schienen zu einer anderen Frau zu gehören, in deren Hülle Elisa zufällig auch steckte.

Doch heute war es wieder so weit, heute würde sie für eine halbe Stunde Elisa sein dürfen. Die echte. Die unverfälschte. Neben dem Mann, der ihre Seele erkannt hatte, der mit ihr sprach, der seine Gedanken und Worte an sie weiterreichte. Und die Worte anderer kluger Menschen. Was für wunderbare Sätze das waren! Manche der Gedichte, die Arturo ihr vorlas, kamen Elisa bunter vor als Blumen. Andere sättigten die Seele wie Polenta den Magen.

Behutsam pflückte Elisa eine Schnecke aus dem Herz

einer jungen Radicchiopflanze. Die Häuschen der Schnecken waren klein, zum Teil fast durchsichtig, andere schilfgrün gemustert oder rotbraun meliert, sodass man sie kaum von den Salatblättern unterscheiden konnte. Eine nach der anderen zupfte Elisa die klebrigen Körper aus dem Gemüse. Das Beet lag schattig wie alles im Weiler, und der stets feuchte Wald tat das Seine dazu, dass sich die gefräßigen Plagegeister Jahr für Jahr vermehrten. Zumindest konnte Elisa aus den Schnecken einen Eintopf machen, mit frischem Knoblauch und der krausen Petersilie mochte Beppo ihn am liebsten. So früh am Morgen, wenn der Tau den Pflanzen noch eine Decke aus Tausenden von Tröpfchen überlegte, war die Beute am größten.

Mit einem leisen Klingen fiel das nächste Schneckenhaus in den Zinkeimer, den Giulia neben ihr hielt. Versuchte eine Schnecke wieder herauszukriechen, schob ihre Tochter sie mit ihrem kleinen runden Zeigefinger sorgfältig wieder zurück. Sie wirkte stolz, dass sie mit ihren vier Jahren so eine verantwortungsvolle Aufgabe schon ganz allein bewältigen konnte. Mit wachen, glänzenden Augen beobachtete sie das ziellose Kriechen im Eimer. Ernesto schlummerte dagegen friedlich in dem Wäschekorb, den Elisa ihm als Bettchen eingerichtet hatte, nachdem die alte Obstkiste auseinandergefallen war, und seine vollen Lippen, die denen Beppos so ähnlich waren, öffneten und schlossen sich mit jedem Atemzug.

Elisa schaute sich suchend um. Wenn sie Aldo nicht im Blick hatte, fühlte sie sich immer etwas beunruhigt. Es war, als müsste sie auf ihren Erstgeborenen besonders achtgeben, damit ihm nichts zustieße. Nicht, dass Aldo ungeschickter gewesen wäre als seine zwei Geschwister, im Gegenteil. Aber er hatte keinen guten Start in sein armseliges Leben gehabt, und das bereitete ihr Kummer. Solange er in ihrem Bauch herangewachsen war, hatte sie ihn gehasst. Da machte sich ein unerwünschtes Wesen in ihr breit, fraß ihr Blut, brachte sie zum Erbrechen. Dumm, wie sie damals war, hatte sie dem Pfarrer geglaubt und befürchtet, dass die Kreatur ein Ungeheuer werden müsse – war sie doch in schlimmster Sünde entstanden. Aber als die Hebamme unter Elisas grässlichen Schmerzen endlich das glitschige Baby aus ihr herausgezerrt und Beppo in den Arm gelegt hatte, da war der Hass zu Liebe geworden. Elisa hatte den kalten Blick ihres Mannes auf das schmale Köpfchen des Kindleins gesehen. Es wirkte so schutzlos. Und was konnte die unschuldige Seele denn für ihren Ursprung? Seitdem kam es Elisa vor, als bedürfe Aldo eines besonderen Schutzmantels, den sie aus ihrer bedingungslosen Zuneigung gewoben hatte und den nur sie selbst ihm umlegen konnte. Ein Glück, dass die Rossa die Kinder sorgsam wie eine Mutter hütete, wenn Elisa nicht zu Hause war.

Jetzt endlich kam ihr Liebling um den Schweinestall gebogen. Die Sonne, die den Col delle Ombre nur kurz nach dem Aufgehen besuchte, um dann gleich wieder hinter den schwarzen Wipfeln der Zypressen zu verschwinden und sich wichtigeren Gegenden zu widmen, leuchtete von hinten auf den Jungen. Seine Locken wirkten wie aus reinem Gold gesponnen, ein Engel, wie ihn die Kirchenmaler nicht schöner hätten darstellen können. Aldo versuchte, mit den Händen nach etwas zu greifen, stolperte, fing sich wieder und lief weiter durch das hohe Gras. Jetzt warf er sich nach vorn, um sich kurz darauf mit einem Jubelschrei zu erheben. Stolz hielt er ein schwarz gefiedertes gackerndes Knäuel in die Luft. Elisa sah, dass er eines ihrer drei Ancona-Hühnchen gefangen hatte, die im Wald und auf der Wiese nach Nahrung scharrten.

»Ich hab Gallinella erwischt, Mamma, guck!«, rief er zu ihr hinüber und watete durch die Gräser auf Elisa zu.

Wie klein er immer noch war, die ungemähte Wiese reichte

ihm fast bis zur Hüfte. Seine Beine glänzten nass vom Tau, als er neben sie ans Beet trat. Sie sah auf seine knochigen Knie, die aus der viel zu weiten kurzen Hose ragten, breiter als die mageren Oberschenkel. Er lachte glücklich, dabei biss er sich mit seinem wackelnden Milchzahn auf die Unterlippe, und neben den Mundwinkeln erschienen zwei niedliche Grübchen.

Mit dem Hühnchen auf dem Schoß ließ sich Aldo neben Elisa auf einem umgedrehten Tontopf nieder. Er schwatzte Giulia eine Nacktschnecke ab und versuchte, seine Gefangene damit zu füttern, aber Gallinella war zu verängstigt, um den Leckerbissen anzunehmen. Immer wieder versuchte sie, mit einem heftigen Flügelschlagen davonzuflattern, doch Aldo erwischte sie stets im letzten Moment und drückte sie zurück auf seine mageren Oberschenkel. Dann kraulte er sie liebevoll im Nacken.

Elisa kam es nicht so vor, als würde das Hühnchen die Liebkosung genießen. Mit seinen runden Augen, die nervös in alle Richtungen spähten, schien es einzig nach einem Fluchtweg zu suchen. »Lass es doch laufen«, sagte sie.

»Aber ich will Gallinella zähmen«, widersprach Aldo. »Und dann soll sie mein Freund sein.«

»Ein echter Freund kommt von sich aus zu dir«, versuchte Elisa, ihrem Sohn das Wunder der Zugehörigkeit zu erklären. »Und zwar meistens dann, wenn du es am wenigsten erwartest.«

Sie dachte plötzlich voller Sehnsucht an die düstere Waschküche im Borgo Visentin. Doch nur kurz, denn nun öffnete sich mit einem rostigen Quietschen die Tür der Hütte. Beppo tauchte im Rahmen auf, er füllte beinahe den ganzen Durchgang mit seinem massigen Körper aus. Seine dichten Haare glänzten schwarzblau wie die Federn der Ancona-Hühner. Wie jeden Morgen würde er jetzt die Schweine der Visentins aus dem Stall holen und in den Wald treiben, damit sie dort Eicheln und Bucheckern fraßen, die ihrem Fleisch den einmaligen Geschmack gaben.

Elisa zog den Kopf ein und bemerkte aus den Augenwinkeln, dass auch Aldo neben ihr in eine Art Schreckstarre verfallen war. Als hoffte er wie sie, dass Beppo sie nicht bemerken und ohne Umweg in den Stall gehen würde. Sein letzter Wutausbruch lag noch nicht lange zurück, aber auch wenn er am Tag danach weinend versprochen hatte, sie ab jetzt nie wieder zu schlagen, und die Verzweiflung über seine eigene Unbeherrschtheit sicher nicht gespielt war, so konnte ihm Elisa längst nicht mehr vertrauen. Zu oft hatte er sein Wort gebrochen.

Unglücklicherweise entdeckte in diesem Moment Giulia ihren Vater, trommelte gegen den Schneckeneimer und rief: »Babbo, schau! So viele Necken!«

Beppo klemmte sich die Knotenpeitsche unter den Arm und kam zu ihnen herüber. Beim Gehen drehte er den linken Fuß ein wenig nach innen, was Elisa – wie so vieles andere auch – aus unerklärlichen Gründen abstoßend fand. Den ganzen Mann fand sie inzwischen ekelhaft, selbst wenn er gut gelaunt war und fröhlich lachte und seine Zähne wie gelbe Brösel vor der dicken Zunge klebten.

Beppo beugte sich über Giulia und begutachtete die Ausbeute. »So viele Necken!«, sagte er, indem er ihren kleinen Sprachfehler nachäffte. »Da freut sich dein Babbo schon auf das Abendessen.«

Giulia strahlte ihn an und streckte die Arme nach oben, weil sie von ihm hochgehoben werden wollte. Beppo ließ sich auf das Spiel ein, er warf die Knotenpeitsche auf den Boden und wirbelte seine jauchzende Tochter mehrere Male durch die Luft. Dann küsste er sie schmatzend auf den Mund und stellte sie wieder auf die Füße. Danach gesellte er sich zu

Elisa, die inzwischen aufgestanden war und sich unauffällig vor Aldo geschoben hatte. Beppo fasste sie an den Hüften.

»Und auf meine Nachspeise freue ich mich noch mehr«, sagte Beppo, und der Klang seiner Stimme veränderte sich unmerklich. Er griff mit der Hand in Elisas Haare, zog ihr Gesicht an seines heran und drückte unerwartet seine breite Zunge zwischen ihre Lippen.

Elisa musste wieder an die Schnecken denken. »Ich kann später Walderdbeeren suchen«, schlug sie vor, während sie sich aus seiner Umarmung wand, und wischte sich unauffällig mit dem Handrücken über den Mund.

»Und was machst du heute sonst noch?«, wollte Beppo wissen.

Elisa meinte, Misstrauen in seiner Frage zu hören. Ahnte er etwas? Ohne einen Moment zu zögern, sagte sie: »Die Frau vom Apotheker möchte, dass ich zum Nähen komme.«

»Schon wieder?«

»Das Geld können wir doch brauchen.«

Hinter Elisa bewegte sich etwas. Ernesto war strampelnd in seinem Körbchen aufgewacht, weswegen Aldo wohl für einen Augenblick nicht achtgegeben hatte, und so war dem Hühnchen beinahe die Flucht gelungen. Es schlug heftig mit dem freien Flügel, den Aldo nicht wieder zu fassen bekommen hatte. »Psst«, versuchte er, es zu beruhigen. »Sei ganz ruhig, Gallinella.«

Beppo, durch das Geraschel aufmerksam geworden, schob Elisa zur Seite und betrachtete den Jungen. Er nickte vor sich hin.

»Freilich, Geld können wir immer brauchen. Ich hoffe nur, die Frau Apotheker rückt die Mäuse auch endlich mal raus.«

Elisa überlegte fieberhaft, wo sie ihren angeblichen Lohn herbekommen sollte. Arturo hatte ihr noch nie Geld angeboten, und sie würde ihn um nichts im Leben darum bitten, auch wenn für ihn die Summe wahrscheinlich nicht viel mehr als ein Taschengeld war. Vielleicht könnte sie die Kette mit dem goldenen Kreuz, die die Großeltern ihr zur heiligen Kommunion geschenkt hatten, versetzen.

»Diesmal bekomme ich meinen Lohn, bestimmt«, versprach sie ihrem Mann.

»Dann ist's ja gut.«

Elisa atmete auf. Beppo hatte keinen Verdacht geschöpft und seine gute Laune nicht verloren. Gleich würde er seine Arbeit aufnehmen und sie in Ruhe lassen.

Doch er griff nicht, wie erhofft, nach seiner Knotenpeitsche, sondern näherte sich Aldo, der immer noch versuchte, das zappelnde Hühnchen wieder auf seinen Schoß zu bringen, ohne ihm dabei wehzutun. Plötzlich bückte sich Beppo, und als er sich wieder aufrichtete, hielt er den Vogel an beiden Füßen in einer Hand. Das Huhn hielt, als wäre es erschrocken darüber, dass die Welt nun auf einmal kopfstand, schlagartig still. Nur ein fragendes Gurrgeräusch kam aus seinem geöffneten Schnabel. Beppo hob den Arm, als wollte er das Gewicht des Vogels abwägen. Dabei schaute er Elisa in die Augen. Sein Blick war dunkel, sie konnte ihn nicht deuten. Was hatte er vor?

Er griff mit der zweiten Hand an die orangefarbenen Beine, da verstand sie, schrie noch: »Nein!« Doch schon knickte Beppo die Hühnerbeine, so wie man ein paar trockene Zweige auf die gewünschte Länge zusammenfaltete, in der Mitte ab. Elisa hörte das Knacken der Knochen weniger, als dass sie es im ganzen Körper spürte.

»Jetzt kann es dir nicht mehr weglaufen«, sagte Beppo und ließ das Hühnchen auf Aldos Knie fallen. Das Tier machte verzweifelte Versuche, auf die gebrochenen Beine zu kommen, flatterte, gackerte, völlig verstört, weil sie ihm nicht mehr gehorchen wollten, rutschte ab und landete auf der Erde.

Giulia begann zu weinen. Beppo tätschelte der Kleinen die runde Wange, hob die Knotenpeitsche auf, grüßte und ging pfeifend zum Schweinestall.

Während Aldo, der über das ganze Geschehen kein Wort verloren hatte, sondern nur bleich wie eine Scheibe Montasio geworden war, seine kleine Schwester tröstend in den Arm nahm und beruhigend auf sie einredete, krabbelte Ernesto aus dem Weidenkorb und versuchte, mit seinen dicken Händchen nach dem Huhn zu grapschen, das panisch seine misshandelten Beine benutzte, aber immer wieder einsackte und auf die runde Brust fiel. Ernesto quietschte vor Freude über den lustigen Anblick.

Elisa setzte ihren Jüngsten zurück in den Korb. Dann nahm sie das Hühnchen vorsichtig auf und streichelte über seine glatten Federn. Sie schillerten wie seltene Käfer, nur manche der Spitzen waren weiß wie Schneeflocken. Das Hühnchen legte den Kopf schief und schaute sie an. Nur gut, dass es nicht verstand, was mit ihm passierte. Es konnte sich bestimmt die Zukunft nicht vorstellen, also konnte es auch keine Angst davor haben. Sicher hatte es jetzt schon wieder vergessen, wer ihm den Schmerz zugefügt hatte. Und die Liebe konnte diesem Huhn bestimmt auch nicht das Herz zerreißen. Das Einzige, was zählte, war das Jetzt und Hier. Elisa beneidete das Hühnchen beinahe darum. Mit den Fingern ertastete sie zwischen den stacheligen Federkielen die schlaffe Haut am Hals. Sie wandte ihren Kindern den Rücken zu und brach der armen Kreatur mit einer schnellen Bewegung das Genick.

Es hätte Elisa eine Warnung sein sollen. Aber die Sehnsucht nach Arturo war größer als die Furcht.

Am Nachmittag brachte sie ihre Kinder und eine kleine Aufmerksamkeit hinüber zur Rossa. Als sie die Eier sorgfältig in ein Körbchen aus Draht gepackt hatte, war Aldo quengelig geworden: »Bitte, geh heute nicht weg, Mamma. Ich fürchte mich so vor dem Babbo.«

»Aber bis er kommt, werde ich längst wieder zurück sein«, hatte sie ihm so heiter wie möglich versprochen und dabei durch seine Locken gewuschelt. »Und die Rossa freut sich doch schon so auf euch drei!«

Nun kamen Elisa Zweifel, ob das stimmte, denn sie musste zweimal anklopfen, bevor die Nachbarin die Tür öffnete. Sie wirkte zerzaust, Lippen und Wangen waren gerötet, als wenn sie an einem windigen Abend über die Felder gewandert wäre. Hinter der dünnen Holzwand der Wohnstube meinte Elisa, ein Knarzen zu hören. Und hatte sie draußen neben dem Holzstoß nicht Männerstiefel gesehen?

»Hast du Besuch?«, fragte sie schnell. »Sollen wir lieber wieder gehen?«

Fast wäre sie froh darüber gewesen, eine Ausrede zu haben, warum sie Arturo versetzen musste. Allerdings wäre er bestimmt furchtbar enttäuscht und würde sich Sorgen machen. Sie musste hingehen und ihm zumindest mitteilen, warum sie heute keine Zeit für die Lektion hätte.

»Nein, nein, lass die süßen Schätzchen nur da«, sagte die Rossa. Sie nahm Elisa Ernesto und den Drahtkorb ab und zählte den Inhalt. »Fünf Eier!«, rief sie erfreut.

Elisa zögerte noch immer, doch die Rossa gab Aldo das Körbchen. »Bringst du sie bitte gleich in die Küche?«

Der Kleine tat wie ihm geheißen und machte Elisa so den Abschied ein wenig leichter. Sie schlich leise davon, obwohl eine Stimme in ihrem Inneren sie eindringlich warnte, es besser bleiben zu lassen.

22

In dieser Nacht fand Agnes keine Ruhe. Micheles grobe Annäherungsversuche ließen sich nicht so einfach fortschieben. Unruhig wälzte sie sich von einer Seite auf die andere und dämmerte immer wieder weg, ohne aber wirklich einzuschlafen. Dabei formten sich seltsame Bilder in ihrem Kopf. Sie sah Hans, der von einem riesigen irischen Wolfshund angegriffen wurde. Dann fand sie sich plötzlich in ihrer mündlichen Abiturprüfung wieder, doch noch bevor sie ihr Referat halten konnte, sagte der Geschichtslehrer, der irritierenderweise genau wie Michele aussah: »Danke, das genügt. Für diesen exzellenten Beitrag und Ihre hübschen Sommersprossen bekommen Sie fünfzehn Punkte.«

Irgendwann gab Agnes es auf. Sie verschränkte die Arme unter dem Kopfkissen in ihrem Nacken und versuchte, die schreckliche Situation mit Michele durch eine bewusste Erinnerung aus früheren Zeiten zu verjagen. Der Anfang ihrer Beziehung zu Hans kam ihr als Erstes in den Sinn. Doch trieb sie damit nicht den Teufel mit dem Beelzebub aus? Egal. Hauptsache, sie musste nicht mehr an Michele und seine harten, trockenen Lippen auf ihrem Mund denken …

Sie war noch Studentin im ersten Semester gewesen, als sie mit Hans zusammenkam. Ein Zufall hatte sie in sein Büro gebracht, denn eigentlich war es ihr Plan gewesen, sich um ein Praktikum bei Renzo Piano in Genua zu bewerben. Aber dann hatte sie ihr Professor für Bauen im Bestand an einen Kollegen vermittelt. Beim Vorstellungsgespräch fand sie Hans schrecklich unsympathisch – wohingegen er später gern erzählte, er hätte damals schon beschlossen, dass sie die Mutter seiner Kinder werden würde.

Sie starrte ins Dunkel des Zimmers. Ja, es hatte ihr geschmeichelt, dass der wohlhabende Chef des riesigen Architekturbüros ausgerechnet sie, die kleine Praktikantin zur Frau an seiner Seite erwählte. Und er war so überzeugt von der Richtigkeit seines Tuns, dass er sie einfach mit sich riss wie ein wilder Strom eine willenlose Nussschale. Beim Richtfest der Turnhalle, an der sie mitarbeiten durfte, küsste er sie heimlich zwischen den Dixi-Klos der Bauarbeiter. Und er küsste gut und leidenschaftlich, das konnte Agnes nicht bestreiten. Zuerst glaubte sie tatsächlich, sie sei für ihn eine unbedeutende Liaison – alle Mitarbeiterinnen himmelten ihn schließlich an. Aber dann stellte er sie tatsächlich seiner Familie vor. Ihm wäre es am liebsten gewesen, wenn sie sofort die Pille abgesetzt und ihn geheiratet hätte, doch sie konnte ihm zumindest abringen, dass sie zuerst noch ihr Studium ordentlich abschloss. Hans hatte die Tage bis dahin in einem Kalender abgezählt.

Agnes konnte nicht mehr auf dem Rücken liegen und drehte sich auf die Seite. Warum hatte sie nicht damals schon die Notbremse gezogen? Er hatte ja ganz klare Tendenzen von Herrschsucht und unkontrollierten Gefühlsausbrüchen gezeigt. Und spätestens nach der Amberg-Geschichte hätte sie doch wissen müssen, was sie in der Zukunft mit Hans erwarten würde …

Ausgerechnet über ihren ersten Jahrestag war vom Lehrstuhl für Baugeschichte eine Pflichtexkursion angesetzt worden. Hans zeigte sich schrecklich enttäuscht, denn er hatte bereits für den Abend im *Aubergine* einen Tisch reserviert. Doch wenn Agnes an der Exkursion nicht teilnahm, würde sie ihr Diplom um ein Semester verschieben müssen. Darum ließ sich Hans schließlich darauf ein, ihr romantisches Dinner zu vertagen.

Sie fuhr also mit dem Zug nach Amberg und krabbelte dort mit Maßbändern, Senkloten und fünf ihrer Kommilitonen im stickigen, staubigen, steilen Dachboden des ehemaligen Leprosenhauses für Frauen herum. Am Abend saßen sie in großer Runde auf dem Zeltplatz zwischen Dauercampern und Gartenzwergen, aßen Dosenravioli und tranken dazu reichlich Dosenbier. Felix hatte seine Gitarre dabei und konnte singen wie Simon & Garfunkel zusammen. Spätnachts oder eher früh am Morgen krochen sie dann in die Schlafsäcke und rollten sich auf den harten Isomatten zusammen.

Am zweiten Abend, also genau an ihrem Jahrestag mit Hans, beschlossen die Studenten, gemeinsam das Amberger Nachtleben zu erkunden, welches genau genommen aus nur einer einzigen Disco bestand. Agnes stand gerade weinselig in einer Reihe blondierter Mädchen mit Pudelfrisuren und Karottenjeans, da rauschte ein Mann in beigefarbenem Burberry-Mantel herein. Alle drehten sich verwundert nach ihm um, doch Agnes erkannte ihn sofort: Hans. Er sah sich suchend um. Sie freute sich, ihn zu sehen, und winkte ihm zu – Hans war extra für sie nach Amberg gekommen! Doch als er sie erblickte, zogen sich seine Mundwinkel nach unten.

»Ich hatte mich eigentlich auf einen romantischen Abend mit dir gefreut«, sagte er vorwurfsvoll, als sie zu ihm getreten war. »Aber wie es aussieht, unterhältst du dich auch ohne mich gut.« Er wandte sich ab und machte Anstalten zu gehen.

Agnes zögerte. Sie hatte sich gerade so gut amüsiert wie seit Langem nicht. Aber natürlich war sie auch gerührt, dass er für ihren Jahrestag so einen Aufwand betrieb. Sie verabschiedete sich hastig von ihren Kommilitonen und folgte ihm.

Im Hotel, in dem Hans ein Zimmer reserviert hatte, erwarteten sie kalt gestellter Champagner, Hummer, ein Blumenbouquet und ein Rosenbad in der Marmorwanne. Doch Hans war immer noch unterkühlt und abweisend. Er hatte sich, wie er ihr schließlich grimmig verriet, vorgestellt, Agnes in ihrem Zelt einzusammeln, um sie dann mit verbundenen Augen ins Schlosshotel zu bringen und nach allen Regen der Kunst zu verführen. Aber sie hatte ihm seinen schönen Überraschungsauftritt gründlich verdorben … Agnes sah sich frustriert in dem riesigen Zimmer um. Ihr Blick blieb an dem ausladenden Bett mit Nachthimmel und Troddeln an den vier geschnitzten Pfosten hängen. Auf dem Kopfkissen entdeckte sie ein cremefarbenes Negligé aus feiner Seide und einen passenden Tanga mit schwarzen Spitzeneinsätzen. Als Hans für einen Moment im Bad verschwand, zog sie schnell das Dessous-Set an und drapierte sich wie die *Olympia* von Manet mit einer Rose im Haar auf dem Satinlaken.

Wie sie sich ihm angebiedert hatte! Im Nachhinein schämte sie sich plötzlich für ihr zwanzig Jahre jüngeres Ich. Und wie sie von Hans damals schon gedemütigt worden war! Er hatte sie mitleidig angelächelt, als er aus dem Badezimmer gekommen war, hatte dann aber über sie hinweggesehen und sich mit dem Rücken zu ihr auf die andere Bettseite gelegt. Heute hasste sie ihn für sein Verhalten, aber damals war er ihr vorgekommen wie ein Kind, das gern einlenken würde, aber nicht mehr aus seinem Trotz herausfindet.

Sie hatte seinen Rücken gestreichelt, dann hatte sie begonnen, ihm den Nacken zu küssen, an seinem Ohr zu knabbern. »Entschuldige, dass ich dir die Überraschung verdorben habe. Die Wäsche, die du für mich ausgesucht hast, ist wunderschön.« Und dann, endlich, endlich!, ließ er sich erweichen, rollte zu ihr herum und nahm sie in die Arme. Nach wenigen Minuten, in denen er ihren Hals wild mit seinen Küssen übersät hatte, versuchte er, in sie einzudringen. Doch Agnes spürte, wie sein Glied immer wieder abknickte.

»Du bist so trocken«, stellte er fest und half sich mit der Hand. Mit der anderen knetete er ihre Brust. »Zeig doch mal etwas mehr Leidenschaft. Ich komme mir vor, als hätte ich Sex mit einer Puppe!«

Agnes mochte nicht, wie er ihre Brustwarze zwischen den Fingerspitzen massierte, als wäre sie eine Kuh. Trotzdem stöhnte sie, räkelte sich und schob ihm die Hüfte entgegen. Sie wusste selbst, dass sie verkrampft war. Hans war der zweite Mann in ihrem Leben, und sie konnte ihm weder viel Erfahrung noch raffinierte Liebestechniken anbieten. Inzwischen war er steif genug, um sich in sie hineinzuschieben. Er bohrte seine Zunge in ihr Ohr und schleckte darin herum, was sie, wenn sie ehrlich zu sich war, widerlich fand. Dann bewegte er die Hüften immer schneller. Agnes musste an ein Kaninchen denken. Sie schrie laut auf, als er, einen hohen, fiependen Ton ausstoßend, in ihr kam, obwohl sie sich dabei wie eine Hure vorkam, die ihrem Freier einen fantastischen Orgasmus vorheuchelte …

Plötzlich drang ein Geräusch an Agnes' Ohr und schubste sie schlagartig aus ihrer Erinnerung in die Wirklichkeit zurück. Sie setzte sich hastig auf. Was war das gewesen? Das Bellen des Nachbarhundes hallte von Ferne durch die Nacht, aber das hatte sie sicher nicht aus ihrem Halbschlaf gerissen.

Jetzt hörte sie das Geräusch wieder. Es war ganz in der Nähe. Und dann erkannte Agnes auch, was es war: Schuhe schlichen über den Kies direkt unter ihrem Fenster. Sie spürte, wie ihr Herz plötzlich laut zu klopfen begann. War

Michele tatsächlich zurückgekommen, so wie er es ihr zu verstehen gegeben hatte? Versuchte er womöglich, mit dem Ersatzschlüssel ins Haus zu gelangen, um sich notfalls mit Gewalt zu holen, was sie ihm verwehrt hatte?

Angst kroch kalt durch ihren Körper und ließ sie erschaudern. Sie hatte den Schlüssel von innen stecken lassen, aber vielleicht konnte man ihn ja durch das alte Schloss von außen herausschieben? Und das Handy lag noch in ihrer Tasche, unten, auf dem Stuhl neben der Tür. Doch selbst wenn sie es jetzt bei sich gehabt, selbst wenn sie die Nummer der italienischen Polizei gewusst hätte – wie lange brauchten die Carabinieri hier herauf? Zum ersten Mal in all den Tagen und Nächten, die sie jetzt hier verweilte, wurde Agnes die Einsamkeit des Hauses bewusst.

Es raschelte unter dem Fenster. Ihre Ohren wuchsen zu Trichtern. Aber sie hörte nur noch Stille und das Rauschen ihres eigenen Bluts. War es doch das Wispern der Nacht gewesen – und nichts sonst?

Nein. Kleine Kieselsteinchen scharrten jetzt wieder aneinander. Das musste ein Mensch sein. Die Schritte entfernten sich leise in Richtung der Cantina. Er wollte es wahrscheinlich am Hintereingang probieren.

Plötzlich hörte Agnes ein lautes Rumpeln direkt am Haus. Sie zog sich die Daunendecke über den Kopf und hielt die Luft an.

Unter der Bettdecke hörte sie ihr eigenes Herzklopfen so laut, als wäre es durch ein Mikrofon verstärkt. Doch schon nach wenigen Sekunden bekam sie keine Luft mehr und fing an zu schwitzen.

Worauf wartete sie? Dass Michele – sie war sich sicher, dass nur er es sein konnte – durch den Raum ging, in dem der alte Volo immer seine Feste gefeiert hatte, die Tür zur Bibliothek öffnete, dann die Treppe hinaufstieg, ins Schafzimmer kam, sie in ihrem lächerlichen Versteck unter der Bettdecke nicht fand und unverrichteter Dinge wieder abzog?

Nein. So einfach würde sie es ihm nicht machen. Sie würde ihrer Angst ins Gesicht sehen, sich zur Wehr setzen. Gegen ihre Furcht und gegen Michele.

Auf Zehenspitzen schlich Agnes in den Flur. Sie wusste, dass unter der Treppe neben der Tür zum Atelier allerlei Gerümpel herumlag. Hatte sie dort nicht auch einen alten Golfschläger gesehen? Wenn es nur nicht so verflixt dunkel gewesen wäre! Durch Spinnweben fingerte sie über die Oberflächen seltsamer Gegenstände, denen die absolute Dunkelheit eine neue unheimliche Gestalt verlieh. Packpapier, Teppichflor, ungeschliffenes Holz … Endlich spürte sie die glatte Kälte von poliertem Eisen. Am Ende riffelig und rundlich mit einer geschwungenen Verjüngung, daran die Stange anschließend. Das musste der Golfschläger sein. Vorsichtig zog ihn Agnes aus dem Stapel. Sie fürchtete, wenn sie aus dem Gefüge ein Teil herausnahm, könnte alles polternd in sich zusammenbrechen, wie beim Mikado – doch sie hatte Glück.

Mit dem schweren Schläger in der Hand fühlte sie sich gleich sicherer. Im Stockwerk unter sich hörte sie durch die Holzdecken das leise Quietschen, das ein schweres Möbelstück auf einem Steinboden verursachte, wenn es darübergezogen wurde. Natürlich – das waren die gestapelten Tische, die Agnes beim Aufmaß des kleinen Saals aus der Ecke vor die Durchgangstür geschoben hatte. Es war also, wie sie vermutet hatte: Michele plante, durch die Bibliothek hereinzukommen.

Am besten wäre es, sie könnte ihn genau in dem Moment überraschen, wenn er die Tür öffnete. Lautlos tastete sie sich an der Wand entlang die Treppe hinunter, durchquerte Stube und Bibliothek und positionierte sich neben dem Türrahmen zur Cantina. In ihrem Rücken stand das Bücherregal. Sie drückte sich dagegen. Dank der beiden vorhanglosen Fenster konnte man im Inneren dieses Raums etwas mehr sehen, nicht nur die Kontraste zwischen hell und dunkel, sondern auch die silbrigen Silhouetten, die der zunehmende Mond auf die Regale zeichnete. Das schleifende Geräusch der Möbel war nun deutlich zu vernehmen, auch wenn Michele offenbar versuchte, möglichst leise zu hantieren.

Agnes ging leicht in die Knie, fasste den Schläger in beide Hände, genau so, wie Hans es ihr beigebracht hatte, und hob ihn über die rechte Schulter. Jetzt war sie ihrem Mann zum ersten Mal dankbar, dass er sie gezwungen hatte, die Platzreife zu bestehen.

Das Möbelrücken im Nebenzimmer kam zum Stillstand. Agnes' Nerven waren zum Zerreißen gespannt. Sie starrte auf die Klinke, beobachtete, wie sie sich langsam nach unten bewegte. Mit einem leisen Scharren öffnete sich die Tür.

Atemlos hob Agnes den Schläger noch etwas höher. Der Mann, der nun ins Zimmer trat, trug etwas vor sich her. Einen kleinen Topf mit einer Pflanze?

Sie zögerte. Wenn sie ihn erwischen wollte, musste sie jetzt zuschlagen.

Der Mann war groß. Größer als Michele. Er ging auf Zehenspitzen an ihr vorbei, ohne auch nur einen Mucks von sich zu geben. Noch hatte er sie nicht bemerkt. Vor ihrem improvisierten Schreibtisch hielt er inne, zog aus der Hosentasche sein Handy und leuchtete damit über die handgezeichneten Grundrisse ihrer Bauaufnahme. Dabei konnte Agnes sein Gesicht sehen.

»Matteo?«, fragte sie laut und drückte auf den Lichtschalter.

Mit einem Krachen fiel der Blumentopf auf den Boden. Schwarze Erde, Scherben, zerknickte Stängel und cremerosa

Blüten breiteten sich auf den Terrakottafliesen aus. Matteo sprang herum und starrte sie entsetzt an.

Agnes ließ den Golfschläger sinken und rutschte an den Buchrücken entlang in die Hocke. Ihre Beine hatten plötzlich keine Kraft mehr. »Hast du mich erschreckt«, flüsterte sie.

Matteo räusperte sich. »Und du mich erst«, gab er zurück und grinste schief. »Dabei wollte ich dir nur eine kleine Überraschung auf den Tisch stellen.«

»Eine Überraschung?«

»Ja. Eine Kamelie.«

»Und dafür hätte ich dich beinahe k.o. geschlagen!« Agnes schluckte. Erst der Angriff von Michele und jetzt auch noch der »Einbruch«. Sie konnte sich plötzlich nicht mehr zusammenhalten. So schnell, wie sich das Adrenalin seinen Weg durch ihren Körper gesucht, ihre Sinne geschärft und ihre Reaktionen beschleunigt hatte, so schnell fiel die Anspannung nun von ihr ab. Sie fühlte sich von einer Sekunde auf die andere komplett zerschlagen. Erst begann sie zu zittern, dann liefen dicke Tränen über ihre Wangen. Das ganze Unglück des Abends brach aus ihr heraus wie ein Wasserfall in der Schneeschmelze.

Matteo kniete sich vor ihr hin. »Aber Stella«, sagte er sanft und streichelte ihr über die Haare. »Aber, aber, Stella. Es ist doch nichts passiert!« Er wartete, bis der schlimmste Ausbruch vorüber war und sie nur noch gleichmäßig schluchzte, dann hob er sie aus der Ecke und trug sie aus der Bibliothek heraus in die Wohnstube zur Bank in der Kaminnische. Dort setzte er sich hin, nahm sie auf den Schoß und wiegte sie wie ein Kind.

Sie hatte die Arme um Matteos Hals geschlungen, um sich festzuhalten. Immer wieder schüttelten sie neue Weinkrämpfe.

»Warum weinst du denn so furchtbar?«, fragte er.

»Ich hätte dich verletzen können«, schluchzte sie erstickt. »Oder umbringen. Stell dir das mal vor!«

»Lieber nicht. Aber tröste dich, jeder Richter der Welt hätte dich freigesprochen. Man sollte eben nicht wie ein Einbrecher in das Haus einer Frau schleichen, um ihr zu zeigen, dass man sie mag.«

Mit dem heiseren Lachen, das er ihr entlockte, wuchs auch wieder das Weinen. Agnes spürte, wie ihr Augen und Nase zuschwollen. Jedes Mal, wenn er sie mit seiner brummenden Stimme Stella, Stern, nannte, schluchzte sie noch lauter auf.

Matteo ließ ihr Zeit, sich zu beruhigen. Irgendwann wurden die Wellen kleiner. »Und was ist *eigentlich* los?«, fragte er ernst. Offenbar hatte er sie durchschaut.

Also begann Agnes stockend zu erzählen. Von Michele, wie grob er sie bedrängt und gegen ihren Willen geküsst hatte und dass sie das Gefühl nicht loswurde, selbst schuld daran zu sein. Welche Angst sie gehabt hatte, er wäre zurückgekommen.

Matteo sagte zu alledem nichts, murmelte nur ein paarmal leise »Che stronzo!« vor sich hin, hörte zu und streichelte tröstend über ihren Rücken.

Weil ihr der Rotz inzwischen aus der Nase lief, sah sie sich im schummerigen Licht, das aus der Bibliothek drang, suchend nach etwas um, in das sie sich schnäuzen konnte.

Matteo verstand sie wortlos, zog aus seiner Hosentasche ein zerknülltes Stofftaschentuch und reichte es ihr. »Ein frisches habe ich leider nicht.«

Agnes trötete wie ein Elefant hinein, aber es war ihr egal, sie schämte sich nicht mehr vor ihm. Ihr Körper war nun warm, müde und leer. Sie fühlte sich getröstet und seufzte tief.

»Und was wirst du jetzt tun?«, fragte Matteo.

»Ich weiß es nicht«, antwortete sie leise. »Hierbleiben?

Dann muss ich Michele wieder gegenübertreten. Das wird so schrecklich peinlich. Womöglich will er jetzt eh nicht mehr mit mir zusammenarbeiten. Also sollte ich besser gleich abreisen. Aber dann fühlt sich Hans bestätigt, dass ich nichts allein schaffe. Wie ich es mache, ist es falsch. Am liebsten würde ich den Kopf in den Sand stecken und mich nicht mehr bewegen.«

Matteo legte seinen Mund dicht an ihr Ohr. »Und wenn ich dich bitte hierzubleiben?«

Sein warmer Atem trieb Agnes einen Gänsehautschauer über den Nacken.

»*Du* willst, dass ich hierbleibe?«

Seine Lippen wanderten ihre tränenverklebte Wange entlang. »Bleib. Bei. Mir. Blei…«

Den Rest des Wortes verschluckte der Kuss, in dem sie sich fanden. Während Matteo den Kopf zurücknahm, um Luft zu holen und mit den rauen Daumenspitzen über ihr Gesicht zu streicheln, versprach Agnes ihm stumm, nicht abzureisen.

Und als wenn er ihre unausgesprochenen Worte hätte hören können, nahm er ihre Hand und führte sie die Treppe hinauf ins Schlafzimmer, so sicher und unaufgeregt, wie er sie aus dem Wald gebracht hatte.

23

Ca' More. Juli 1937

Arturo steckte den Füller ein. Jedes Wort hatte er mehrfach gedreht und gewendet, bevor er das Fragezeichen hinter den Satz gemalt hatte. Er wartete, bis die flüssige blaue Tinte zu der matten feinen Linie getrocknet war, die ihr gemeinsames Schicksal in andere Bahnen lenken sollte. Dann schloss er das Heft.

Der Umschlag war hellblau. Bald schon würde er sich in Elisas Iris spiegeln, die in allen erdenkbaren Blau- und Grüntönen leuchtete, je nachdem, was sie gerade reflektierte. Arturo küsste das rechteckige Etikett, auf das er in schönster Schreibschrift ihren Namen geschrieben hatte. Er liebte dieses einfache Schulheft, in dem es nur noch zwei leere Seiten gab, denn es war von den Zusammenkünften mit Elisa beseelt.

Seit etwa einem halben Jahr nun übte sie darin zu schreiben. Beim netten Schreibwarenhändler in Capella hatte Arturo es für sie ausgesucht, und er hatte einen Bleistift mit dicker Mine dazu gekauft, so wie ihn die Kinder in der ersten Klasse benutzten, um schreiben zu lernen. Er erinnerte sich noch genau daran, wie glücklich Elisa gewesen war, als er sie eines Nachmittags in der Ca' More mit diesem Geschenk überrascht hatte. Kalt war es gewesen, einer der grauen Novembertage, an denen der Morgen nahtlos in den Abend übergeht und die Feuchtigkeit tief in die Knochen kriecht. Auf dem archaischen Herd hatten die Holzscheite geknistert, hatten heiße Maronen und neuer Wein darauf gewartet, von ihren Lippen gekostet zu werden. Schulter an Schulter hatten sie über den wackeligen Esstisch gebeugt gesessen, und Elisa hatte, mit vor Konzentration zusammengezogenen Augenbrauen, ihre ersten Schwünge auf die vorgezogenen Linien gekritzelt. Sie schrieb mit links, und Arturo ließ sie gewähren, denn er wollte sie nicht noch mehr verunsichern, hatte er doch ihre anfängliche Scham über ihre mangelhafte Bildung deutlich gespürt. Doch wie schnell war diese Scheu der Begeisterung gewichen! Elisa hatte eine herausragende Auffassungsgabe, sie konnte neu Gezeigtes sofort umsetzen. Eine begabtere Schülerin hätte sich ein Lehrer nicht wünschen können. Und sie fieberte danach, mehr zu bekommen: »E, L, I, S … was kommt als Nächstes? Ich muss dringend nach Hause, aber gib mir bitte noch einen Buchstaben, bevor ich gehe!«

Inzwischen schrieb und las sie schon ganz geschickt. Arturo dachte daran, nun bald mit einer richtigen Lektüre zu beginnen. Noch war er sich nicht sicher, was er wählen sollte. Ihr Geist war ausgesprochen anspruchsvoll, aber sie neigte dazu, sich zu übernehmen, auch wenn sie sich dessen gar nicht bewusst war. Das erste Buch durfte also nicht zu einfach und nicht zu schwierig sein. Er dachte an die Gedichte von Eugenio Montale. Ripenso il tuo sorriso, ed è per me un'acqua limpida … Ich erinnere mich an dein Lächeln, und es ist mir wie klares Wasser …

Sicher würde Elisa die Bilder dieser sensiblen, aber schlichten Sprache verstehen. So wie sie alles sofort begriff, oft besser als er selbst. Und so wie sie immer dann das richtige Wort fand, wenn er mit seinen eigenen kläglichen Gedichten nicht recht weiterkam. Wenn er sie erst für immer um sich hätte, dann könnte er auch als Autor bessere Fortschritte machen, das spürte er genau.

Ach Elisa, nicht mehr lange …

Wie würde sie auf seinen Antrag reagieren? Arturo strich gedankenverloren über das samtige Papier.

Ein Knacken ließ ihn aufmerken. Er legte das Heft neben Radiergummi und Bleistift auf den alten Fensterladen, der ihnen immer noch als Gartentisch diente, und lief zu den Ligustersträuchen, um dem Geräusch auf den Grund zu gehen. War Rosaria ihm etwa nachgefahren? Arturo hatte in den letzten Monaten zunehmend das Gefühl, dass seine Frau ihn verfolgte.

Es raschelte wieder – da musste sich tatsächlich jemand verstecken. Mit beiden Händen drückte Arturo die Zweige des Busches auseinander. Weiße Blüten rieselten herunter und ließen die ersten hellgrünen Früchte, die in ihnen gewachsen waren, nackt zurück. Hinter den dichten Blättern funkelten ihn zwei schwarze Augen an – dann wandte sich das Stachelschwein abrupt ab und zog sich schnaufend ins Dickicht zurück.

Arturo lachte erleichtert auf. Wenigstens hatte er nicht wieder ein Gespenst gesehen, wie so oft in letzter Zeit, wenn er plötzlich eine Tür aufriss oder Rosarias Schatten in einer Mauernische zu sehen meinte, obwohl sie in Wirklichkeit friedlich mit der Mutter im Salotto eine Patience legte. Aber war seine Hysterie nicht begründet, so wie Rosaria sich verhielt? Seitdem sie ihn Ende des vergangenen Jahres, es musste kurz vor Weihnachten gewesen sein, ohne seinen Ehering erwischt hatte, witterte sie hinter jeder Frau seine Geliebte. Selbst die muskelbepackte Weberin, die regelmäßig ins Haus kam, um den Flachs zu verarbeiten und die leicht seine Mutter hätte sein können, war schon von ihr verdächtigt worden, seine Leidenschaft zu entfachen. Die Leidenschaft, die er ihr gegenüber einfach nicht aufzubringen vermochte, so ernsthaft er es sich vorgenommen hatte.

»Du trägst deinen Ehering nicht mehr? Womöglich hast du ihn bei deiner Geliebten vergessen«, hatte sie ihm damals mit ätzender Stimme vorgeworfen.

Arturo war erregt aus dem Sessel aufgesprungen und hatte den Ring vor ihr auf die Alabasterplatte des Schminktischs geworfen.

»Ecco! Du musst ihn also neuerdings in der Hosentasche verstecken«, sagte sie kühl. »Darf *sie* ihn etwa nicht sehen?«

Sie täuschte sich. Es ging längst nicht mehr darum, dass Elisa ihn nicht sah.

»Rosaria, wir müssen dringend miteinander reden«, begann er eindringlich.

Jetzt war es so weit – endlich würde er die schreckliche Lüge aufdecken und der Wahrheit helfen, ans Licht zu gelangen.

Doch Rosaria wandte plötzlich den Kopf ab, fasste sich affektiert an die Schläfen und jammerte mit hoher Stimme: »Später, mein Lieber. Ich habe schreckliche Kopfschmerzen!«

Beim Abendessen war sie dann selbst ohne ihren Ring erschienen und hatte den Schwiegereltern voller Stolz verkündet, dass sie beide den Duce unterstützen wollten und deswegen wie alle guten Faschisten das Gold an der Giornata delle fede, am Tag der Trauringe, beim Podestà abgegeben hätten.

Arturo brach einen Ginsterzweig ab und ging, sich damit Luft zufächelnd, auf und ab. Wie oft hatte er das Versprechen, Rosaria zu lieben und zu ehren, in den vergangenen Jahren bereut? Ungezählte Male. Schon während der pompösen Trauzeremonie war die Enttäuschung über Elisas vermeintlichen Verrat der ersten Unsicherheit gewichen. Zunächst kamen die Zweifel langsam und leise wie kleine

Mäuse, die sich zögernd durch die Nacht bewegten, dann immer zahlreicher und frecher, bis sie schließlich zu vertrauten Dauergästen wurden, die ein stilles Abkommen mit der Katze getroffen hatten, ihnen nicht nachzustellen. Viel zu lange hatte Arturo diesem Tanz hilflos zugesehen und dabei seiner Frau die von ihr ersehnten Zärtlichkeiten verweigert. War das nicht Grund genug, um eine Ehe auflösen zu lassen?

So hatte er, nach gründlichem Überlegen, einen Plan gefasst. Denn wenn er nicht den ersten Schritt machte, würden Elisa und er nie aus dem hässlichen Sumpf der Heimlichkeit herauskommen. Und er wollte mehr als die verbotenen Treffen. Er wollte alles von ihr haben, sie sollte nicht mehr nur seine Seelenfreundin sein. Er begehrte sie als seine Frau mit allem, was dazugehört. Auch wenn es Elisa nie von ihm gefordert hätte, war er bereit, alles für sie aufzugeben. Es war der Augenblick gekommen zu handeln. Arturo hatte sich fest vorgenommen, denselben Fehler nicht ein zweites Mal zu machen. Nein. Heute würde er dem Leben endlich die entscheidende Wendung geben.

Das leise Rascheln, das er inzwischen aus allen Geräuschen der Welt als den Tritt ihres Fußes ihm hohen Gras heraushören konnte, kündigte ihr Kommen an. Endlich! Arturo warf den Ginsterzweig in ein Gestrüpp aus Schlehen und rannte ihr entgegen. »Elisa!« Er hielt die Liebste im Arm und atmete ihren Erdbeerduft. Ewig hätte er so stehen und einfach nur ihre Nähe fühlen können.

Doch Elisa machte sich vorsichtig los. Er musterte beunruhigt ihr Gesicht. Sie wirkte schattig, noch gehetzter als sonst.

»Heute kann ich leider nicht lange bleiben«, sagte sie und zog den Ärmel ihrer Bluse über das linke Handgelenk.

Arturo entdeckte blaue Male darauf, bevor der weiße Stoff sie verhüllte. Er nahm ihre Hand und hob sie hoch, sodass die Manschette wieder etwas zurückrutschte. Die tintenblauen

Flecken waren keine optische Täuschung gewesen. Jetzt konnte er deutlich den Abdruck von groben Fingern erkennen, die ihren Unterarm verunstalteten.

Bevor er sie darauf ansprechen konnte, sagte Elisa: »Das ist letzte Woche bei der Kirschernte passiert. Zu dumm, wirklich.« Sie hielt seine Hand fest in der ihren und zog ihn zum Haus.

»Du bist von der Leiter gestürzt, amore?«, fragte er zweifelnd.

Doch sie wich seinem Blick aus. Am Boden vor der ockergelben Wand blühte um diese Jahreszeit ein Wall aus orangefarbenen Taglilien. Elisa betrachtete sie eingehend. »Schau, sie glühen wie die untergehende Sonne«, rief sie, und da erst bemerkte Arturo, wie bemüht sie war, von dem unangenehmen Thema abzulenken.

Also ließ er sich darauf ein. Warum sollte er sie mit der Erinnerung an ihre traurige Realität quälen?

»Nun sehen wir die Lilien schon den vierten Sommer blühen. Hättest du das gedacht?«, fragte er und streichelte mit dem Daumen den ihren.

Elisa schüttelte ernst den Kopf. Sie wirkte so bekümmert, und Arturo fand sie blasser als sonst. Mit Schrecken erinnerte er sich an den Tag, als sie im Kino ohnmächtig geworden war. Damals hatte er die Zeichen ihrer Schwangerschaft völlig falsch interpretiert. Wie naiv er gewesen war … War sie womöglich schon wieder schwanger? Sie hatte doch schon drei Kinder!

Plötzlich überkam Arturo eine rasende Wut auf Beppo und seine ungezügelte Triebhaftigkeit – und auf sich selbst für seine unselige Zauderei. Elisa musste so bald wie möglich aus den Händen dieses Monstrums befreit werden. Ganz egal, was die verlogenen Pfaffen zu einer Scheidung sagten, und egal, wie sehr Rosaria und seine Mutter leiden würden.

Er lenkte sie zu ihrem provisorischen Schulpult unter dem Maulbeerbaum. Sie sträubte sich.

»Mein Liebster, ich bin wirklich in Eile. Vielleicht kommt Beppo heute früher heim. Er war am Morgen so seltsam. Es wäre mir lieber, wenn wir die Stunde ausfallen lassen könnten.«

Er war enttäuscht. Ausgerechnet heute, an diesem wichtigen Tag, wollte sie sich keine Zeit für ihn nehmen.

»Es wird nicht lange dauern, glaub mir«, versuchte er, sie zu überreden. »Ich habe nur eine winzige Kleinigkeit vorbereitet, die du unbedingt sehen musst. Es *kann* nicht warten.«

Er zeigte auf das Heft und zog Elisa neben sich auf die Bank, die er letzten Sommer aus ein paar Brettern zusammengezimmert hatte.

Sie griff zögernd nach dem Bleistift und betrachtete das hellblaue Heft, das vor ihr lag. Sofort wirkte sie entspannt und konzentriert zugleich wie immer, wenn Arturo sie unterrichtete. Als hätte das Lernen für sie einen so hohen Stellenwert, dass es die Nöte ihres Seins aus ihrem Bewusstsein rückte.

Arturo nickte ihr aufmunternd zu, und Elisa öffnete ihr Schreibheft. Obwohl er sich gerade noch so sicher gewesen war, wurde er nun doch nervös. Seite für Seite blätterte sie um, jetzt zeigte sie keine Spur mehr von Nervosität, sondern schien ihr gemeinsames Glück aufzusaugen, das in Form von krakeligen Lettern zwischen den Zeilen hing. Wie ihre Schreibversuche war es von Begegnung zu Begegnung selbstverständlicher geworden.

Eine Hummel summte gemütlich heran und machte Anstalten, sich auf dem Tintenfass niederzulassen. Arturo verscheuchte sie, indem er mit seinem Stofftaschentuch wedelte. In der Sommerhitze fühlte sich Elisas Körper neben dem seinen beinahe kühl an. Wie gern hätte er sich jetzt schon in dieser labenden Quelle verloren, doch sie sollte nicht an seiner Ehrhaftigkeit zweifeln.

Endlich schlug Elisa die Schreibübung auf, die er sich nach reiflicher Überlegung heute für sie ausgedacht hatte.

Arturos Herz stolperte vor Aufregung. Gleich würde Elisa Buchstabe für Buchstabe seine Frage entziffern.

Mit einem satten Geräusch fiel eine überreife Maulbeere auf das Papier, zerplatzte auf den leeren Linien und hinterließ einen hässlichen blaubraunen Fleck. Man konnte den leicht gegorenen Duft der Frucht riechen. Elisa nahm mit den Fingerspitzen die matschige Masse herunter und warf sie ins Gebüsch. Dann bat sie Arturo um sein Taschentuch und versuchte vorsichtig, mit einem Zipfel den Schaden zu beheben, doch der Fleck wurde nur größer und scheußlicher.

»Heute ist mein Pechtag, fürchte ich«, seufzte sie.

Verzweifelt sah sie zu ihm auf. Sie erinnerte ihn an ein Schulkind, das die mühevoll gemachten Aufgaben verpatzt hatte und nun den Lehrer um Absolution bat.

»Das ist doch nicht deine Schuld. Eines Tages werden wir gemeinsam über diesen Fleck lachen«, tröstete er sie, streichelte mit dem Handrücken über Elisas Wange und nahm ihr sein Taschentuch ab. »Aber nun lies doch endlich!«

Um ihr genug Raum für ihre Antwort zu lassen, stand er auf und trat einen Schritt vom Tisch weg. So konnte er sie auch besser sehen. Sie fuhr mit dem Zeigefinger die Zeilen entlang, und ihre Lippen bewegten sich lautlos, während sie die einzelnen Wörter seines Antrags entzifferte.

Als Nächstes wiederholte Elisa das Gelesene im schnelleren Zusammenhang, diesmal wie ein stummes Gebet. Über ihr blasses Gesicht zog sich langsam das lieblichste Rosa, das

Arturo jemals an ihr gesehen hatte. Es war wie ein Sonnenaufgang über einem verschneiten Strand an der Adria.

Er knetete sein Taschentuch zwischen den Fingern. Sie sah nachdenklich und lange zu ihm hinüber, doch dann setzte sie die Bleistiftspitze auf die erste saubere Linie unter dem Fleck, den die dicke Maulbeere hinterlassen hatte, und schrieb, vor Konzentration mit der Zungenspitze über die Lippen fahrend, ihre kurze Antwort.

Mit leuchtenden Augen eilte sie bald darauf davon, doch zuvor küsste sie das Heft genau auf die Stelle, auf die Arturo es zuvor geküsst hatte.

24

Agnes schnupperte noch einmal an der duftenden Stelle hinter Matteos Ohr, wälzte sich vorsichtig aus dem zerwühlten Laken und machte sich, nachdem sie in eine Unterhose und ihr langes Schlaf-Shirt geschlüpft war, auf den Weg in die Küche.

Summend befüllte sie die Cafetière und stellte sie auf den Herd, erhitzte Milch und steckte zwei Schokoladenhörnchen, die sie bei ihrem letzten Besuch in der *Pasticceria Lidia* auf Vorrat eingekauft hatte, in den Ofen. Sie kehrte in der Bibliothek den zerbrochenen Blumentopf zusammen, setzte die zerfledderte Kamelie in einen bunt bedruckten Olivenölkanister aus Blech, den Volo zur Aufbewahrung von Lumpen genutzt hatte, und stellte sie neben Matteos Jugendfoto auf das Fensterbrett. Wie hübsch die zartrosa Blüten schimmerten.

Dann brachte sie auf einem Holzbrett Zuckerdose, zwei Teller, Untertassen und Tassen nach draußen in den Garten. Sie wollte im Halbschatten unter dem Maulbeerbaum ein kleines Frühstück für sich und Matteo vorbereiten. Ihren … Sie musste schmunzeln. Ihren Liebhaber. In Gedanken wiederholte sie das Wort und hörte sich auf einmal selbst laut vor sich hin sagen, als wäre es ein unfassbares Wunder: »Ich habe einen Liebhaber.«

Agnes hielt inne, sog den Duft der Umgebung ein und

schaute über die Ebene. Heute war die Luft kristallklar, sie meinte, in dem Funkeln am weit entfernten Horizont die Fabriken von Mestre wie kleine Edelsteine glitzern zu sehen. So schön war ihr der Ausblick bisher noch nie vorgekommen. Aber sah sie das ganze Land nicht plötzlich anders? Mit anderen Augen, die gesehen hatten, wie die Liebe sie anblickt? Der arme Hund des Nachbarn kläffte schon wieder aufgebracht. Viel zu selten, nur wenn er zur Jagd ging, ließ ihn sein Besitzer von der Kette. Warum mussten die Tiere hier nur immer eingesperrt sein? Selbst Ziegen und Kühe standen den ganzen Tag im dunklen Stall. Jetzt fiel ihr die Milch auf dem Herd ein.

Doch gerade als Agnes zurück ins Haus laufen wollte, kam ein wandelnder Blumenstrauß, der in einem müllsackgroßen Zellophangebirge steckte und edle Nadelstreifenhosen trug, aus dem Arkadengang auf sie zu.

Hinter dem bunten Berg konnte sie Michele ausmachen. Er reckte den Hals, um über die Blumen zu schauen und nicht zu stolpern. Im hellen Sonnenschein kam ihr die panische Angst vor diesem schmächtigen Mann, die sie in der Nacht zuvor durchlebt hatte, plötzlich völlig absurd vor.

Agnes überlegte kurz, ob sie schnell ins Haus laufen und sich Hose und Bluse überziehen sollte, aber Michele hatte sie durch das knisternde Plastik bereits erspäht.

»Oh, Agnes!«, rief er und ging vor ihr theatralisch auf die Knie wie Richard Gere in *Pretty Woman*. »Ich bin gekommen, um dich um Verzeihung zu bitten.«

Sie erkannte sofort, dass er es ernst meinte, sonst hätte er sich nicht mit seinem teuren maßgefertigten Anzug mitten auf die Wiese fallen lassen.

Aber das allein war nicht der Grund, warum sie seine Entschuldigung sofort annahm. Sie hätte heute jedem alles verziehen. Denn sie war glücklich.

»Schon vergessen und vergeben, Michele. Ich fürchte, wir haben gestern beide ein bisschen zu viel getrunken.«

»So ist es. Aber im Gegensatz zu dir habe ich mich dabei schrecklich danebenbenommen. Ich schäme mich furchtbar. Zur Strafe habe ich wohl die schrecklichste Nacht meines Lebens verbracht.«

Und ich die schönste Nacht meines Lebens, dachte Agnes, und dafür müsste ich dir direkt dankbar sein.

Sie nahm Michele die Blumen ab. Orchideen, Lilien und eine Unzahl von weißen Rosen. Michele hatte keine Kosten gescheut.

»Das wäre doch wirklich nicht nötig gewesen«, bedankte sie sich.

»Ich hatte solche Angst, dass du kündigst – und womöglich abfährst, ohne dass ich die Gelegenheit bekomme, mich für meine Vergehen zu entschuldigen. Ich könnte dich weder als Architektin noch als gute Freundin entbehren.«

Dabei betonte er »gute Freundin« so, dass Agnes innerlich aufatmete. Seine Annäherung war wohl wirklich eine einmalige Entgleisung gewesen.

Da die getöpferten Vasen, die in diesem Bereich den Boden vor dem Sockel und die Fenstersimse bevölkerten, allesamt viel zu klein für den gigantischen Strauß waren, schlenderten Michele und Agnes gemeinsam hinter das Haus, um einen Eimer für die Blumen zu suchen.

Sie überlegte dabei, wie sie ihrem Auftraggeber von Matteo erzählen konnte, ohne ihn zu sehr zu kränken. Doch sie fand nicht die richtigen Worte. Musste er es überhaupt wissen? Vielleicht könnte sie ihn hinauskomplimentieren, noch bevor ihr Liebster aufstand. Wie würde es überhaupt mit ihr und Matteo weitergehen? Womöglich war sie für ihn ja nur ein einmaliges Abenteuer. Andererseits, wenn sie daran dachte, was er ihr im aufglühenden Morgenrot alles zugeflüstert hatte ... So etwas sagte man doch nicht, wenn man es nicht ernst meinte! Aber wieso dachte sie jetzt schon über Matteos Absichten nach? Sie wusste ja selbst nicht einmal, was sie von ihm wollte! Also: schweigend genießen oder Michele reinen Wein einschenken?

Die Frage beantwortete sich von selbst, denn als sie, einen großen Zinkeimer tragend, in dem sie den Strauß untergebracht hatten, wieder zurückkamen, entdeckte er den gedeckten Frühstückstisch unter dem Maulbeerbaum. »Du erwartest Besuch?«, fragte er überrascht.

Agnes wurde rot. »Jein«, sagte sie verlegen. »Ich ... also ...«

Michele wartete mit argwöhnisch gerunzelter Stirn auf die Antwort. »Verheimlichst du mir etwas? Und wieso strahlst du eigentlich so?«

In diesem Augenblick trat Matteo aus der Tür. Sein Anblick verriet alles: In der einen Hand trug er einen Teller, auf dem zwei kohlrabenschwarze Hörnchen und ihr Smartphone lagen, und in der anderen den Milchtopf. Bis auf Hose und Turnschuhe war sein herrlicher Körper nackt. Trotz aller Peinlichkeit fühlte Agnes einen wohligen Stich in der Herzgegend. Dieser Mann war ihr Liebhaber. Ihr wunderschöner Liebhaber.

»Auf dem Herd hat es eine kleine Überschwemmung gegeben. Die Milch ist etwas angebrannt, aber die Cornetti schauen dafür recht knusprig aus. Und dein Telefon habe ich auch gleich mitgebracht. Ich glaube, du hast eine SMS bekommen.« Er kam zu ihnen herüber und hielt dabei demonstrativ den Teller hoch. »Buon giorno, mein Sternchen«, sagte er in ihre Richtung, dann nickte er Michele zu, dessen Mund vor Erstaunen offen stand, und begrüßte ihn knapp. »Salve.« Schwungvoll stellte er das, was von ihrem Frühstück übrig geblieben war, auf den Tisch und lud Michele ein, sich zu ihnen zu setzen. »Willst du einen Cappuccino mit uns trinken? Dann hole ich dir noch eine Tasse.«

Michele ignorierte ihn und wandte sich stattdessen Agnes zu. »Was macht *der* hier?«

Sie trat von einem Fuß auf den anderen und erklärte etwas verlegen: »Nun, das ist so … Matteo arbeitet hier doch als Gärtner für die Gemeinde, und irgendwie sind wir uns dabei nähergekommen.«

»Wie bitte? Er arbeitet hier als *Gärtner*?«, fuhr Michele dazwischen.

»So ist es doch?« Agnes sah hilfesuchend zu Matteo. Der hatte sich inzwischen auf einen Stuhl fallen lassen und kratzte unbeteiligt die verbrannte Kruste von den Hörnchen.

»Die Gemeinde hat keinen Gärtner angestellt! Alles, was mit der Ca' More zu tun hat, läuft über mich«, sagte Michele aufgebracht.

Agnes wurde unsicher. »Matteo?«, fragte sie noch einmal.

Diesmal reagierte er und antwortete: »Eben nicht *alles*.« Dann sagte er herablassend zu Michele. »Nimm dich nicht immer so wichtig, Vianello!«

Michele baute sich drohend vor Matteo auf und wurde laut vor Empörung. Im einfallenden Licht der Sonne sah Agnes, wie kleine Spucketröpfchen aus seinem Mund schossen, während er zeterte: »Du lügst doch! Das mit dem Gärtner hast du nur behauptet, um hier rumzuschnüffeln und dich an Agnes ranzumachen. Lass gefälligst deine dreckigen Finger von ihr, du, du Erbschleicher!« Er ballte die Fäuste vor Wut.

Bei dieser Beleidigung erhob sich Matteo knurrend von seinem Stuhl und stellte sich zwischen Agnes und Michele. Obwohl er nur in ausgewaschenen Jeans und nicht in einen Designeranzug gekleidet war, wirkte er viel eindrucksvoller als der Bauträger. »Jetzt mach mal halblang! Wenn hier einer der Betrüger ist, dann ja wohl du. Oder sind die ganzen Dokumente von Volo etwa von allein davongeflogen? Ich pflege im Andenken an Volo den Park, weil der Bürgermeister mich darum gebeten hat, und ich lasse meine Finger genau da, wo ich will.«

Zur Bekräftigung schob er Agnes die Hand unter den offenen Haaren in den Nacken. Sie kam sich immer mehr vor wie ein Wildschweinweibchen, um das zwei Keiler streiten.

Michele stellte sich auf die Zehenspitzen und wurde rot vor Zorn. »Ja genau, nämlich auf jeder Frau, die zwischen zwanzig und vierzig ist, auf zwei Beinen geht und Titten hat! Es weiß doch jeder hier, dass du immer mindestens zwei Weiber gleichzeitig vögelst.«

Agnes schaute mit aufgerissenen Augen von einem zum anderen. War an Micheles Vorwürfen womöglich etwas dran? Lidia hatte schließlich Ähnliches über Matteo behauptet …

»Ich glaube, es ist besser, wenn du jetzt gehst«, sagte Matteo plötzlich verdächtig ruhig. Seine Stimme war nicht lauter, sondern nur noch tiefer geworden.

Michele schnappte nach Luft. Er fuchtelte mit dem Zeigefinger vor Matteos Nase herum. »Du hast mir überhaupt nichts vorzuschreiben«, schrie er. »Sag Agnes gefälligst, dass du auch mit Maria in die Kiste steigst. Und mit der dürren Blonden, die manchmal in der Bar aushilft!«

»Basta!« Matteo legte das Hörnchen, das er immer noch in der Hand gehalten hatte, auf den Teller und atmete tief ein. Seine Muskeln auf der breiten Brust spannten sich an.

Er wollte sich doch nicht mit Michele prügeln? Agnes sah das grüngoldene Licht, das durch die Blätter fiel, über seine schiefe Nase tanzen und bekam auf einmal richtige Angst. Sie trat einen Schritt auf die beiden zu. »Hört auf!« Doch ihre Stimme klang nicht einmal halb so mutig, wie sie es sich gewünscht hätte.

Michele war plötzlich kalkweiß geworden – er schien dasselbe zu befürchten wie sie. Bei einem Kampf mit Matteo könnte er nur unterliegen. Trotzdem hob er tapfer die geballten Fäuste und ging in Angriffshaltung.

»Michele! Matteo, bitte!«, flehte sie erneut und versuchte, ihren Geliebten festzuhalten. Michele ließ sofort die Arme sinken. Aber Matteo hörte nicht auf sie. Er schüttelte ihre Hand ab, packte seinen Widersacher unter den Achseln und hob ihn hoch.

Michele erstarrte vor Schreck wie ein Kaninchen. Und Matteo konnte ihn in aller Ruhe aus dem Garten zum Beginn des Arkadengangs tragen. Dort stellte er ihn neben dem Müllsack ab wie einen alten Stuhl. Dann kehrte er zu Agnes zurück und rief Michele über die Schulter zu: »Langsam gehst du mir wirklich auf die Nerven, Vianello. Vaffanculo!«

Michele, von der Kraft seines Kontrahenten sichtlich beeindruckt, sah hilfesuchend zu ihr hinüber.

»Agnes! Von dir hätte ich wirklich mehr Vernunft erwartet!« Sein Ton klang nun aufrichtig verzweifelt.

Aber wie hätte Agnes in diesem Streit vermitteln sollen? Sie schwieg hilflos. Da machte sich Michele beleidigt davon.

Agnes war außer sich. Noch nie hatten sich zwei Männer ihretwegen gestritten. Und auch noch auf so archaische Art und Weise.

Aber da war auch noch etwas anderes. Es war dieser Zweifel, den Michele gesät hatte. Selbst nach der ganzen Aufregung, in Matteos Armen liegend, wollte er nicht ganz verschwinden. Sie fing nur langsam an, sich unter den Küssen, die er auf ihrem Gesicht verteilte, wieder zu beruhigen – da gab ihr Matteo plötzlich ein Zeichen stillzuhalten. Er deutete auf eine grüne Schlange, die von ihr unbemerkt durch die Lilien auf das Fischbecken zugekrochen war und sich nun an seiner steinernen Mauer entlang nach oben schlängelte. Das Tier war groß, sicher über einen Meter lang. Der schmale

Kopf hatte beinahe die Wasserfläche erreicht. Sie züngelte in der Luft. Die Schlange wollte anscheinend trinken.

Plötzlich ging alles rasend schnell. Mit einer blitzartigen Bewegung löste sich Matteo von Agnes, sprang zum Brunnen und kickte die Schlange mit dem Fuß auf den Boden. Sie stellte sich auf, fauchte wie eine Katze. Doch Matteo trat gezielt nach ihrem Kopf. Die Schlange wand und ringelte sich, doch er trat weiter zu. Agnes hielt sich vor Schreck die Hände vors Gesicht. Erst als das Stampfen und Fauchen leiser wurde, spähte sie wieder zwischen ihren Fingern hindurch. Der Körper der Schlange lag zerfetzt auf den Fliesen, nur der Schwanz ringelte sich in den letzten Zuckungen.

Matteo trat ein letztes Mal auf den zerschmetterten Kopf. »Keine Angst«, sagte er dann und hob den geschundenen grünen Körper in die Höhe. »Das war nur eine Eidechsennatter. Die sind nicht gefährlich.«

»Aber warum hast du sie dann getötet?«, fragte Agnes entsetzt. Sie war kurz davor, die Beherrschung zu verlieren, und konnte nur mühsam die Tränen zurückhalten.

»Das Mistvieh frisst mir die kleinen Goldfische auf«, antwortete er beiläufig. Ihn schien die Angelegenheit gar nicht weiter zu beschäftigen. Er schleuderte die Überreste des zerfetzten Tiers weit über den Hang hinaus. »Es ist spät geworden«, stellte er mit einem Blick auf die Sonne fest. »Ich sollte mich wohl mal duschen und dann schleunigst zur Arbeit.« Er wandte sich um und ging ins Haus.

Ihr Körper füllte sich sofort mit Begehren nach ihm. Trotzdem folgte sie ihm nicht, sondern setzte sich an den unberührten Frühstückstisch unter den Maulbeerbaum. Nachdenklich nahm sie ein paar Schlucke aus einem der beiden Becher. Der Kaffee war kalt und schmeckte bitter.

Sie versuchte zu verstehen, was gerade passiert war. Nach diesem Morgen fand sie Matteo schrecklich anziehend und unheimlich abstoßend zugleich. Dabei konnte sie sich gar nicht genau erklären, warum. Es hatte etwas mit dem unüberwindbaren Unterschied zwischen Mann und Frau zu tun. Mit Kräften, die gegeneinander kämpften, anstatt friedvoll miteinander zu leben. Dieses Neandertaler-Gehabe beim Zusammentreffen mit Michele … und dann die zertretene Schlange. Das war zu viel auf einmal. Agnes wusste überhaupt nicht mehr, was sie für Matteo empfinden sollte.

Plötzlich packte sie wieder das Misstrauen. Hatte er das schöne Mädchen aus der Bar auch so unendlich behutsam berührt, wie er es bei ihr machte? War sie diese Maria, von der Michele gesprochen hatte? Und was hatte es mit der dürren Blonden auf sich? Michele konnte das doch nicht alles erfunden haben.

Seufzend begann Agnes das Geschirr zusammenzuräumen. Sie schüttete den Kaffee ins Gebüsch und warf die inzwischen steinharten Hörnchen für die Igel und Stachelschweine hinterher. Dabei erinnerte sie sich nun auch wieder daran, dass Matteo ihr Smartphone deswegen mit nach draußen gebracht hatte, weil eine SMS angekommen war. In der Erwartung, aus der Ferne von Hans herumkommandiert zu werden, öffnete sie widerwillig die neue Nachricht. Doch was für eine schöne Überraschung. Lilly hatte geschrieben.

> Mummy, Ben hat mich geküsst! Dein Baby hat jetzt einen festen Freund!!! Geil, oder? Du solltest dir unbedingt auch einen Lover zulegen :-) Bussi von deiner überglücklichen Spießertochter

Als Agnes das las, wusste sie nicht, ob sie lachen oder weinen sollte. War es nicht rührend, dass in diesem zarten Alter noch ein Kuss über Zusammensein oder nicht entschied? Hoffentlich war dieser Ben ein guter Kerl und trieb kein falsches

Spiel mit ihrer Kleinen. Und überhaupt … Konnte es Zufall sein, dass ihre Tochter ausgerechnet jetzt, wo sie sich selbst verliebt hatte, eine Beziehung begann? Oder hatte Lilly bei den letzten Gesprächen gespürt, was gerade mit ihrer Mutter geschah, und fühlte sich nun unbewusst frei, es ihr gleichzutun? Das wäre ja schrecklich! Denn es würde bedeuten, dass sie als Mutter glücklich sein musste, damit die Tochter aus der selbst auferlegten Verantwortung käme.

Schließlich tippte sie schwerfällig: Gratuliere, mein Liebes! Beim nächsten Telefonat musst du mir alles erzählen. Hier gibt es auch Neuigk…

Agnes löschte die letzten fünf Worte. Bei Lilly hatte das zweifelhafte Liebesglück ihrer Mutter wirklich nichts zu suchen. Stattdessen schrieb sie: Grüße deinen Schatz von mir. Bussi, Mami.

Sie legte ihr Handy beiseite und begann aufs Neue zu grübeln. Beinahe hätte sie der Tochter ihren Seitensprung gebeichtet. Aber damit würde sie Lilly doch zur Mitwisserin gegen ihren Vater machen. Auch wenn sie manchmal eine symbiotische Verbindung hatten: Sie waren Mutter und Tochter und keine Freundinnen. Agnes musste wirklich aufpassen, was sie tat.

»Heute Abend werde ich es nicht schaffen, bei dir vorbeizuschauen. Wäre es dir morgen recht?«, fragte Matteo, als er zehn Minuten später wieder aus dem Haus trat. Einzelne Wassertropfen perlten noch über seine sehnigen Unterarme, und in den nassen Haaren brach sich das Licht. Obwohl sein schöner Körper nun wieder anständig verhüllt war, sah er in Agnes' Augen einfach nur umwerfend aus.

Sie zwang sich, woanders hinzusehen, und zupfte ein Maulbeerblatt, das eine Raupe schon gründlich angenagt hatte, von der Tischdecke. Nervös zerbröselte sie es zwischen den Fingern. Und dann stellte sie die Frage, die sich wie Säure in ihr ausgebreitet hatte und sie von innen zu verätzen drohte: »Stimmt es, was Michele behauptet? Hast du eine Freundin?«

Die Antwort kam prompt und traf Agnes wie ein Schlag.

»Ja.«

Sie fuhr zusammen. Der Schmerz war noch viel schlimmer als befürchtet. Tränen traten ihr in die Augen. »Also tatsächlich diese Maria?« Sie stand auf und ging ein paar Schritte von Matteo weg.

Doch er kam ihr nach, nahm sie von hinten fest an den Schultern und drehte sie mit Bestimmtheit zu sich zurück. »Maria? Ma no! Mein Mädchen heißt Agnes.«

25

Col delle Ombre. Juli 1937

Vom Glück getragen war Elisa zurück zum Weiler gelaufen. Doch als sie nun durch den mit Brombeeren und Schlehen überwucherten Vorgarten der Rossa hastete, schien ihr etwas verändert zu sein. Lag es am Himmel, der schlagartig grau verhangen war, weil ein Sommergewitter im Anzug war? Oder daran, dass ein Schwarm Tigermoskitos ihre Beine umkreiste und die gestreiften Mücken heftiger in ihre Haut stachen, als sie es sich sonst um diese Tageszeit trauten?

Nein, es musste einen anderen Grund geben. Und Elisa wusste plötzlich, was nicht stimmte. Ihr Goldkind sprang ihr nicht entgegen, so wie all die anderen Male, wenn sie vom Nähen oder ihren geheimen Stelldicheins mit Arturo zurückgekommen war. Wenn Aldo nicht sowieso bereits im Garten gespielt hatte, dann war er spätestens in dem Moment, wenn Elisa die verwitterte Pforte geöffnet hatte, aus der wackeligen Hütte der Nachbarin gesprungen und vor Freude jauchzend auf sie zugerannt. Beunruhigt klopfte Elisa gegen das verwitterte Holz der Tür.

Die Rossa wirkte gekünstelt fröhlich, als sie öffnete und Elisa in die Wohnstube bat, wo sich Ernesto und die quietschende Giulia auf dem Lehmboden im Staub balgten.

»Dein Aldo war heute nicht zu halten«, erklärte sie, noch

bevor Elisa nach ihm fragen konnte. »Kaum hatte ich einmal nicht hingeschaut, war er auf und davon.«

»O mein Gott!« Elisa spürte auf ihrer Brust einen heftigen Druck, schlimmer als alle Ängste, die sie bislang kennengelernt hatte. Selbst in der Dunkelheit des Waschkellers vom Borgo Visentin. »Hast du ihn schon gesucht?«

»Was sollte ich denn machen außer nach ihm rufen?«, fragte die Rossa und deutete vorwurfsvoll auf die beiden Kleinen. »Aber reg dich nicht auf! Dein Aldo ist ja nicht auf den Kopf gefallen. Bestimmt ist er nur die paar Meter zu euch nach Hause gelaufen.«

»Wann war das?«, fragte Elisa knapp.

»Wann?« Die Rossa zögerte einen Moment zu lange. »Hmm. Vor Kurzem erst. Eine Viertelstunde vielleicht, höchstens eine halbe. Soll ich mit…?«

Elisa wartete nicht, bis die Rossa fertig gesprochen hatte. Sie packte den plärrenden Ernesto unter den Arm und zerrte Giulia an der Hand hinter sich her im Laufschritt zu ihrer Kate.

Die Tür stand einen Spaltbreit offen.

Elisa atmete auf. Ihre gute Nachbarin hatte also doch recht gehabt!

»Amore di mamma«, rief sie, »bist du da?«

Doch es war nicht Aldos Stimme, die ihr aus dem Halbdunkel der Kammer antwortete.

»Ja, ich bin da.« Beppo kam langsam auf sie zu, leicht gebückt, als wäre er zu groß für das kleine Haus.

Elisa fühlte, wie die Panik nach ihr schnappte.

»Du hast wohl nicht mit mir gerechnet?«, fragte ihr Mann lauernd. Sein Atem roch sauer, wie immer am Abend, wenn er den ganzen Tag nicht gegessen hatte.

Elisa wich zurück und stolperte dabei beinahe über Giulia, die sich unter ihrem Rock versteckt hatte.

Beppo folgte ihr. »Wo kommst du her?«

»Von der Frau Apotheker, das habe ich doch heute Morgen schon gesagt.«

»Und was hast du dort gemacht?«

»Wir haben die Röcke und Hosen für die Kinder ausgelassen. Sie wachsen schneller als Maispflanzen, sagt die Frau Apotheker«, log Elisa.

»So, sagt sie das. Weißt du, was sie noch sagt?«

Mit dem ganzen Körper drängte Beppo sie jetzt gegen den Geschirrkasten. Etwas fiel klirrend darin um. Er flüsterte ihr ins Ohr: »Sie sagt, dass sie dich heute den ganzen Tag nicht gesehen hat. Ich wollte dich nämlich bei ihr abholen.«

Elisa schluckte. Doch noch viel größer als die Angst vor ihrer Strafe war die Sorge um Aldo. Wenn er vor ihr Beppo in die Arme gelaufen war, dann war das Schlimmste zu befürchten.

»Hast du Aldo gesehen?«, fragte sie verzweifelt.

»Nein. Vielleicht hat der Lümmel sich ja versteckt.« Beppo lachte höhnisch und begann sich im Zimmer umzusehen. Er bückte sich unter den Tisch, öffnete den Kasten, schaute sogar in den Rauchabzug. »Kein Aldo.« Während seiner gespielten Suche hatte Beppo nach der Knotenpeitsche gegriffen, die auf dem Stuhl lag. »Dein kleiner Liebling streunert bestimmt auf der Straße herum. Er kommt eben ganz nach seiner Mutter. Beide unfolgsam wie die Maulesel! Nicht mal Prügel können euch zur Vernunft bringen.« Beppo wickelte das dünne Ende der Peitsche um sein breites Handgelenk.

Elisa, die immer weiter vor ihrem Mann zurückgewichen war und nun mit dem Rücken an die Zimmerecke stieß, setzte Ernesto hastig auf dem Boden ab und stürmte auf Beppo los. »Was hast du mit ihm gemacht?«, kreischte sie. »Du hast ihn wieder geschlagen! Wo ist er?«

Er lachte laut. »Wenn er nicht hier ist, ist er wohl weg.«

Wie betäubt vor Schmerz trommelte Elisa mit den Fäusten auf Beppo ein. »Du hast ihn umgebracht!«

»Und wenn schon. Ein Maul weniger zu stopfen.«

Da schrie Elisa: »Ich will mein Kind zurück!«

Sie brüllte wie von Sinnen. Minutenlang. Als sie nicht mehr konnte, ließ sie sich vor Beppo auf die Knie sinken. Er hatte ihre Handgelenke gepackt, als sie wie eine Furie auf ihn losgegangen war, und nun hielt er sie noch immer wie in zwei Schraubstöcken nach oben. Ihre Arme verdrehten sich in den Schultern.

»Ich will mein Kind zurück«, flüsterte sie.

Beppo ließ sie los. Sie hörte, wie ihre eigenen Fäuste kraftlos neben ihr auf den trockenen Lehmboden klatschten.

Da umarmte Elisa seine Beine, bückte sich zu seinen Füßen und küsste die Holzpantinen, auf denen der Schweinemist klebte. Sie flehte: »Gib mir mein Kind zurück!«

Giulia zupfte weinend an Elisas linkem Ärmel. »Mamma«, wimmerte sie. »Steh auf, Mamma!«

Doch sie rührte sich nicht.

Beppo packte Elisa an den Haaren und zog sie nach oben. »Ich hab *dein* Kind nicht.« Er riss ihren Kopf nach hinten, zwang sie, ihn anzusehen. Seine fleischigen Nasenflügel zuckten. »Aber ich kann dir gern ein neues machen. Ich mache dir eins, über das sich nicht alle das Maul zerreißen. Eins, wo nicht jeder sagt, schaut, die Frau von Pavan Beppo hat ihm Hörner aufgesetzt.«

Elisa hob flehend die Hände. Gleich würde er mit der freien Hand ausholen …

»Babbo!«, jammerte Giulia. »Du machst der Mamma Aua.«

Dann fing auch Ernesto an zu weinen. Beppo lockerte überraschend den Griff in Elisas Haaren.

Sie überlegte, versuchte, Zeit zu gewinnen. Es gab verschiedene Möglichkeiten, was geschehen war. Entweder war der Zorn diesmal vollends mit Beppo durchgegangen, und er hatte sich nicht mehr bremsen können und Aldo totgeschlagen. Um das zu vertuschen, hatte er ihn anschließend natürlich versteckt. Oder aber Aldo war wirklich nicht zu Hause gewesen, als Beppo kam, und er hatte wirklich keine Ahnung, wo ihr Goldkind war. Jetzt quälte er sie mit ihrer Angst, um sie zu bestrafen, weil er ihre Lüge aufgedeckt hatte.

Aber wo war Aldo dann? War er aus Angst vor Beppo in den Wald gerannt und traute sich jetzt nicht mehr nach Hause? Womöglich hatte er sich verlaufen? Dabei fürchtete er sich doch im Dunkeln so wie sie selbst auch! War er allein zum Zwergendorf gegangen, obwohl sie ihm das ausdrücklich verboten hatte, und beim Spielen ins Wasser gefallen? Der Tümpel war an manchen Stellen tief und schlammig, und Aldo konnte nicht schwimmen! Oder hatten ihn die Kesselflicker entführt? Seine blonden Locken waren so schön. Und es wurde gemunkelt, solche Leute würden Kinder klauen und verkaufen.

Hätte sie ihn doch nur nicht bei der Rossa zurückgelassen! Sie hatte von Anfang an ein schlechtes Gefühl dabei gehabt.

Elisa suchte in Beppos dunklen Augen nach einer Antwort und konnte doch die Wahrheit nicht sehen. Es gab nur einen Weg, um sie herauszufinden. Sie musste Aldo aufspüren, tot oder lebendig, und zwar so schnell wie möglich. *Wenn* er noch am Leben war, konnte jede Minute entscheidend sein.

»Wir müssen ihn finden. Bitte hilf mir dabei«, flehte sie ihren Mann an.

Doch er ließ sich nicht erweichen. »Du kannst ihn morgen suchen. Bei Tag siehst du mehr. Und jetzt bring die Kleinen ins Bett.«

Elisa linste zur Tür, sie war nur angelehnt. Wenn sie es geschickt anstellte, könnte sie vor ihm dort sein. Aber Beppo schien ihre Absicht zu durchschauen. Er ging gemächlich zum Eingang und sperrte die Tür ab. Dann zog er den Schlüssel aus dem Schloss und steckte ihn in die Hosentasche. Summend holte er sich eine Flasche Bier aus dem Vorratskasten, zog den dreibeinigen Schemel unter das einzige Fenster, setzte sich darauf und öffnete den Schnappverschluss. Da wusste Elisa, dass jeder Versuch, sich zu wehren, die Sache nur in die Länge ziehen würde.

Nachdem sie Ernesto und Giulia mit Maisbrei gefüttert und in der Kammer in den Schlaf gesungen hatte, kehrte sie zurück in die Wohnstube. Beppo hatte inzwischen das Petroleumlicht an der Zimmerdecke angezündet und hockte jetzt wieder mit einem neuen Peroni auf dem Schemel. Die zwei leeren Bierflaschen auf dem Tisch zeigten, dass er dabei war, sich gezielt zuzuschütten. »Schlafen sie?«, fragte er lauernd.

Elisa nickte stumm.

»Räum den Tisch ab«, befahl er und beobachtete sie mit seinen schwarzen Dachsaugen. Stück für Stück nahm sie von der rauen Kiefernplatte und räumte es auf das grob gezimmerte Regal neben der Feuerstelle. Salzfass, Holzlöffel, Polentabrett. Das Messer, das zu stumpf war, als dass sie es als Waffe hätte benutzen können, und die leeren Flaschen, die er bereits ausgetrunken hatte. Nur das angeschlagene Marmeladenglas, das sie als Blumenvase nutzte und mit einem Strauß Veilchen gefüllt hatte, weil der Geruch der kleinen Blüten sie immer an Arturo erinnerte, dieses Glas ließ Elisa stehen, schob es lediglich etwas an den Rand. Dann setzte sie sich auf die Tischkante und schaute Beppo herausfordernd an.

Wie sie ihn hasste. Wie sie ihn verachtete! Wie ihr vor ihm grauste. Er hatte sich selbstverloren das speckige Hemd hochgeschoben und schabte nun über die schwarzen Haare an seinem weichen Bauch. In der Form von traurigen schwarzen Sichelmonden klebte der Schmutz unter seinen Fingernägeln.

Je schneller Elisa es hinter sich brachte, desto eher könnte sie nach ihrem Goldkind suchen. Vielleicht ließ er sie ja sogar noch heute Abend raus. Sie bückte sich und griff mit beiden Händen nach dem Saum ihres Rocks.

Beppo ließ sie nicht aus den Augen, hob die Flasche an die Lippen und nahm erneut einen kräftigen Schluck. Er rülpste laut und wischte sich mit dem Handrücken über die Lippen. Dann stand er auf und kam langsam auf Elisa zu.

»Die Signora hat mir eine gute Frau versprochen, aber sie hat mir eine Troia gegeben«, sagte er und streckte die Arme nach ihr aus. »Eine geile Sau.«

Bevor er ihr an die Brust fassen oder sie sonst wie berühren konnte, ließ sich Elisa nach hinten auf die Tischplatte fallen und zog dabei ihren Rock nach oben. Aus den Augenwinkeln konnte sie sehen, wie Beppo die Veilchen mitsamt der Vase auf den Boden wischte und an ihrer statt das Peroni abstellte. Dann nahm er ihre Knie hoch und drückte sie weit auseinander. Elisas Hüftgelenke knackten. Sie biss die Zähne zusammen, stellte sich auf den Schmerz ein.

Doch Beppo ließ sich Zeit. Mit seinen scharfkantigen Nägeln fuhr er über die empfindliche Haut von Elisas Scham, tastete sie innen und außen ab. Er atmete keuchend. »Das ist meine kleine Fica, meine. Sie gehört mir und keinem anderen. Ich werde schon herausfinden, wen du noch davon naschen lässt.«

Elisa hatte die Augen geschlossen, aber sie konnte hören, wie Beppo an seinem Hosenschlitz nestelte. Dann raschelte schweres Leinen. Kurz darauf schob er ihr ein dickes Knäuel aus Stoff wie ein Kissen unter den Kopf. Sie roch, dass es seine Hose sein musste – an all seinen Kleidern haftete dieser süßliche Schweinegestank, selbst wenn Elisa sie frisch gewaschen hatte.

»Schau mich an«, befahl er. »Ich will, dass du mich anschaust.«

Aber sie wollte ihn nicht sehen. Nicht jetzt und zu keiner anderen Zeit. Sie kniff die Augen zusammen und wandte den Kopf zur Seite.

Da schlug er Elisa mit der flachen Hand ins Gesicht. »Schau mich an! *Ich* bin dein Mann.«

Sie öffnete die Augen und sah Beppo an. Er stand nun nur noch im Hemd vor ihr. Zwischen den langen Schamhaaren ragte sein Glied hervor, rosarot gefleckt und unförmig wie eine frisch gefüllte Salsiccia.

Beppo packte Elisa an den Hüften und schob sich langsam, aber drängend in sie hinein. Sie hielt die Luft an, krallte sich mit den Fingern an die Tischkante und starrte ihm ins Gesicht. Ihre Augen sahen die roten Äderchen auf seinen Wangen und die glänzenden, speichelnassen Lippen, die sich umso weiter öffneten, je schneller er sich in ihr bewegte. Sie sahen die Hand, die sie brutal am Kinn packte und sie zwang, auf seinen weißen Unterleib zu starren, der hart gegen die Unterseite ihrer Schenkel klatschte. Und sie sahen die Tränen, die ihm über das Gesicht liefen, nachdem er keuchend in ihr explodiert war, sich über sie gebeugt und »Warum zwingst du mich immer, dir wehzutun?« gebrüllt hatte.

Doch neben alldem sah sie noch etwas anderes. Sie hatte längst gelernt, sich mit der Erinnerung zu trösten, mit der Erinnerung an die Zeit, als sie weder Angst noch Ekel vor der Berührung eines Mannes gehabt hatte. Vor die grobschlächtige Visage Beppos schoben sich Arturos feine Züge, eingerahmt von dem weichen braunen Haar, wie es in sein schmales Gesicht fiel, und dahinter sah Elisa ein wogendes Maisfeld an einem azurblauen Tag im Spätsommer.

26

Mami, was ist eigentlich los?«, eröffnete Lilly das Gespräch ohne Umschweife.

Agnes, die mit dem Anruf ihrer Tochter in diesem Moment überhaupt nicht gerechnet hatte, fühlte sich ertappt wie ein Verbrecher. »Einen Moment, Liebes.« Sie speicherte die Datei, an der sie gerade arbeitete, und lehnte sich zurück. Weil sie bereits ahnte, was als Nächstes kommen würde, versuchte sie erst einmal, Zeit zu gewinnen. »Das ist ja nett, von dir zu hören. Unternehmt ihr heute Abend denn nichts? Ist alles in Ordnung mit dir und Ben?«

»Du brauchst gar nicht abzulenken«, ignorierte Lilly ihre Fragen prompt. »Ich will wissen, was mit dir und Papa los ist.«

»Ähm … Was meinst du damit? Du weißt doch, dass wir manchmal kleinere Schwierigkeiten miteinander haben.«

»Jetzt tu doch nicht so unschuldig! Der Alte betreibt inzwischen totalen Telefonterror bei mir, weil er dich kaum noch erreichen kann und du dich von allein auch nicht meldest. Da ist etwas im Busch – ich spüre es.«

Agnes nahm einen Bleistift in die Hand und fing an, damit auf einem Schmierblatt herumzukritzeln. War jetzt der Zeitpunkt gekommen, Lilly ihre Affäre mit Matteo zu beichten? Sie zögerte kurz und entschied sich dann dagegen. Zwar hatte Lilly schon öfter die Klappe aufgerissen und ihrer Mutter einen neuen Mann empfohlen. Aber wer wusste, wie sie reagieren würde, wenn sie erfuhr, dass Agnes ihre Ratschläge nun tatsächlich befolgt hatte?

Sie lachte, in ihren eigenen Ohren ein bisschen gekünstelt, und sagte: »Du bist eben doch das Kind deines Vaters. Kaum beschäftigt man sich intensiv mit etwas anderem als der Familie, werdet ihr nervös.«

»Was heißt *mit etwas anderem*?«, hakte Lilly nach. »Du meinst wohl mit *jemand* anderes! Hast du also endlich einen Lover? Erzähl!«

»Sag mal, was unterstellst du mir denn da? Ich arbeite einfach konzentriert.« Agnes hörte nebenan die Haustür im Wind klappern und beugte sich nach vorn, um das Fenster zu schließen. Dabei stieß sie aus Versehen das Foto mit Matteo um. Ein Glück, dass Lilly sie nicht am Telefon erwischt hatte, während er danebensaß. Die Vorstellung, ihre eigene Tochter in seinem Beisein anzulügen, drehte ihr den Magen um.

»Und deswegen tauchst du komplett unter? Das kaufe ich dir nicht ab.«

Lilly hätte wirklich eine gute Kriminalinspektorin abgegeben. Aber langsam ging sie Agnes mit ihrem Verhör auf die Nerven. »Willst du etwa behaupten, dass ich lüge?«, sagte sie ungehalten. Unbeabsichtigt war sie etwas lauter geworden. Um die Schärfe aus dem Gespräch wieder herauszunehmen, fügte sie freundlicher hinzu: »Es gibt außer deinem Erzeuger Hans Behrend keinen anderen Mann in meinem Leben. Ich schwöre es.«

Auch wenn Agnes die ungerechte Zurechtweisung leidtat, hatte sie doch wenigstens ihren Zweck erfüllt. Lilly klang zwar etwas beleidigt, aber auch beruhigt, als sie antwortete: »Dann kümmer dich doch bitte wieder um Papa. Wenigstens ein bisschen. Mit seinem Generve hätte er mir schon beinahe meine nigelnagelneue Beziehung kaputtgemacht.«

Agnes seufzte. »Okay, Liebes. Ich rufe ihn gleich an.«

Sie verabschiedete sich mit einem unendlich schlechten Gewissen von Lilly. Wie dreist sie ihre eigene Tochter angelogen hatte! Wenigstens musste sie jetzt ihr Versprechen halten und daheim anrufen. Nun ja. Gearbeitet hatte sie für heute genug, und mit Matteo durfte sie an diesem Abend leider auch nicht mehr rechnen. Der hatte heute schon mittags eine leidenschaftliche Stippvisite in der Ca' More gemacht, und Agnes war sich sicher, dass er nicht ein zweites Mal am selben Tag aufkreuzen würde. Voller Widerwillen tippte sie also nun auf ihre Nummer in München.

Hans war so schnell am Apparat, als hätte er direkt neben dem Telefon gesessen. »Meine Haselmaus«, rief er. »Du erinnerst dich noch an deinen armen alten Gatten!«

»Natürlich, Schatz«, antwortete sie bemüht locker und begann wieder mit ihrem Gekritzel. »Wie geht's, wie steht's?« Diesmal setzte die Bleistiftspitze wie von selbst kleine Stacheln auf die kakteenförmigen Blasen, die sie zuvor gezeichnet hatte.

»Ich hab dir so viel zu berichten, ich weiß gar nicht, wo ich anfangen soll«, setzte Hans an und fiel dabei sofort wieder in seinen Geschäftston zurück. »Madame macht sich ja in letzter Zeit recht rar. Also. Als der Albinger das letzte Mal da war, da hat er doch angedeutet, wir könnten mit dem Büro …«

Ein leises Räuspern irritierte Agnes. Doch es kam nicht aus der Leitung, sondern von der Tür zur Stube. Sie drehte sich auf Volos altem Werkstattstuhl in die Richtung, aus der es in ihr Bewusstsein geflattert war.

Und da lehnte Matteo und grinste sie freundlich an. Agnes wäre fast das Telefon aus der Hand gefallen. Wie lange stand er dort schon und beobachtete sie? Was machte er überhaupt hier so unangekündigt? Er hatte sich doch erst vor wenigen Stunden von ihr verabschiedet … Ihr Puls begann bei seinem Anblick sofort, kleine Freudensprünge zu machen. Sie warf ihm lächelnd eine Kusshand zu und unterbrach dann abrupt Hans' Redeschwall.

»Schatz, mir ist irgendwie plötzlich komisch«, sagte sie gespielt gequält. »Mir wird so schlecht, ich glaub, ich muss schnell ins Bad … Oje, ich …« Sie machte ein Würgegeräusch. »Ich melde mich gleich noch mal!« Und bevor Hans Luft holen konnte, um etwas zu erwidern, hatte sie schon auf »Anruf beenden« getippt.

Mit einem Satz sprang sie Matteo in die Arme. Ein Glück, dass er kein Deutsch verstand! Aber hätte sie sich für ihre routinierte Lügenperformance nicht trotzdem furchtbar schämen müssen? Wahrscheinlich schon. Doch das Einzige, was sie empfand, war das grenzenlose Glück, ihren Geliebten bei sich zu wissen.

»Warum bist du denn schon wieder hier?«, fragte sie ihn zärtlich. »Hast du vorhin etwas vergessen?«

»Nicht direkt. Höchstens mein Herz. Ich hatte plötzlich so Sehnsucht nach dir.« Matteo grinste verlegen, als wäre ihm seine Anhänglichkeit peinlich. »Ich dachte nur, wir könnten vielleicht mal miteinander kochen.«

Er deutete hinüber auf den Esstisch. Dort stand eine große Papiertüte, aus der frisches Brot und länglich geformte Radicchioblätter ragten.

»Was für eine gute Idee!« Agnes war begeistert. In den letzten Tagen war er entweder in seiner Mittagspause auf ein Schäferstündchen hereingeschneit oder hatte spätabends an die Tür der Ca' More geklopft und um Einlass gebeten. Vor dem Morgengrauen war er dann aber immer wieder verschwunden. Zum ersten Mal wollte er etwas anderes tun, als sie sofort ins Bett zu ziehen. Wobei Agnes zugeben musste, dass oft sie selbst es war, die ihn hinter sich herschleppte und ihn gar nicht schnell genug aus seinen Kleidern schälen konnte.

Matteo war kein besonders raffinierter Koch, aber er hatte sich ein vollständiges Menu überlegt und die Zutaten dafür frisch auf dem Markt eingekauft. Sie hantierten gemeinsam in der Küche und schnitten Zwiebeln, Kräuter und Gemüse. Dabei fütterte er sie mit schwarzen Oliven und Würfelchen von geräuchertem Rosmarinschinken. Dann rührte er das Risotto und schickte Agnes, die inzwischen doch ungeduldig an seinem T-Shirt gezupft hatte und darunter die glatte Haut auf seinem Rücken streichelte, in die Stube, damit sie dort schon einmal ein Feuer auf der alten Herdstelle entfachte und den Tisch deckte.

Während sie schweigend den köstlichen Reis verzehrten und sie sich den zartbitteren Geschmack des Radicchios auf der Zunge zergehen ließen, brutzelte ein riesiges Steak auf dem Gitterrost über der offenen Glut. Auf ihren Wunsch briet Matteo das Fleisch medium, obwohl er selbst es blutig bevorzugt hätte. Es schmeckte sagenhaft. Agnes kratzte ihren Teller mit dem Besteck blitzblank – so gut hatte sie noch nie gegessen. Dagegen konnten Hans' 3-Sterne-Köche ihre Entenstopfleber sofort wieder einpacken.

Zum Essen hatten sie eine Flasche Barolo aus Volos Weinkeller geöffnet. »Bevor ihn die Geier von der Gemeinde einsacken, trinken wir ihn lieber«, beruhigte Matteo ihr schlechtes Gewissen. »Das wäre ganz in Volos Sinn gewesen.«

Wie nun schon öfter in den letzten Tagen erinnerte sich Agnes plötzlich wieder an den Streit zwischen Michele und Matteo. Die ganze Situation war ihr schrecklich unangenehm gewesen, und wenn sie ehrlich zu sich selbst war, war sie froh, dass Matteo die Angelegenheit von sich aus nicht angesprochen hatte. Genau wie Michele, der seitdem nichts mehr von sich hatte hören lassen, abgesehen von ein paar sehr nüchtern formulierten Kurznachrichten, die sich ausschließlich auf ihre Arbeit und die Ca' More bezogen hatten. Agnes hatte beschlossen, die Sache auf sich beruhen zu lassen. Sie wollte sich von Michele, der ganz offensichtlich eifersüchtig auf Matteo war, ihre wunderbare Liebesbeziehung nicht kaputtmachen lassen. Er hatte mit seiner Missgunst und den bösen Verleumdungen über Matteo versucht, Zwietracht unter ihnen zu säen, und beinahe wäre es ihm auch gelungen.

Dennoch: So einfach wurde sie die Erinnerung an den Zwischenfall nicht los. Und als sie nun zusammensaßen und Agnes den köstlichen Barolo aus Volos Weinkeller die Kehle hinabrinnen ließ, kam ihr eine Kleinigkeit, der sie zunächst keine Beachtung geschenkt hatte, ins Bewusstsein: Matteo hatte angedeutet, Michele hätte wichtige Papiere verschwinden lassen. Was hatte er damit gemeint? Von welchen Papieren war die Rede gewesen? Vermutlich ein Testament. Aber hatte Michele nicht einmal behauptet, dass es keinen Letzten Willen Volos gegeben hätte? Wenn doch, wäre das Haus wohl nicht an die Gemeinde gegangen, oder? Je länger sie darüber nachdachte, desto unwahrscheinlicher fand sie es, dass sich der Künstler offenbar gar keine Gedanken darum gemacht hatte, was nach seinem Tod mit seinem so liebevoll gestalteten Haus passieren würde.

»Sag mal«, fragte sie, »Volo mochte dich doch offensichtlich ganz gern. Warum hat er eigentlich nicht *dir* die Ca' More hinterlassen, wenn er schon keine noch lebenden Verwandten hatte?«

Matteo zuckte mit den Schultern, aber an der Tonlage seiner Stimme konnte sie hören, dass diese Gleichgültigkeit nur aufgesetzt war. »Ich weiß es nicht. Vielleicht hat er es tatsächlich vorgehabt. Aber dann hat es ihn überraschend erwischt. Ein dummer Sturz von der Treppe, Infektion im Krankenhaus, die übliche Geschichte. Entweder ging alles zu schnell, um noch ein Testament zu schreiben, oder …« Er verstummte und leerte seinen Wein in einem Zug.

»Oder?«, bohrte Agnes nach.

»Jemand hatte seine Finger im Spiel.«

»Du meinst, Michele hat das Testament gefunden und vernichtet, damit der Gemeinde das Haus zufällt und er an den Auftrag kommt?«, wollte sie wissen. »Das glaube ich nicht.«

»Man hat schon Pferde vor der Apotheke kotzen sehen«, erwiderte er grimmig. »Wie auch immer. Ich habe keine Beweise, und selbst wenn: Volo käme davon auch nicht mehr zurück.«

Dann füllte er ihre Gläser erneut und wandte sich demonstrativ einem anderen Thema zu. Agnes wollte ihn nicht weiter damit quälen, aber sie nahm sich vor, Michele bei nächster Gelegenheit darüber auszuhorchen.

Als sie bei der Nachspeise angelangt waren – Matteo hatte Tiramisu bei Lidia gekauft –, klingelte ihr Handy, das sie vorhin in der Bibliothek hatte liegen lassen. Das konnte nur Hans sein, den sie vorhin mit ihrer dreisten Schauspielerei einfach abserviert hatte. Wahrscheinlich kochte er inzwischen vor Wut, weil sie ihn nicht, wie versprochen, gleich wieder angerufen hatte. Sie zögerte.

»Geh nur ran«, meinte Matteo jedoch gelassen, ließ die kleine Gabel auf den Teller sinken und erhob sich. »Das ist bestimmt dein Mann …« Er stand auf, holte das trötende Smartphone und legte es vor sie auf die Tischdecke. Aber er setzte sich nicht wieder hin.

»Du willst doch nicht etwa gehen?«, fragte sie ängstlich. Sie dachte daran, wie es Hans ganz am Anfang ihrer Affäre mit Matteo schon einmal gelungen war, sie so lange von dem Italiener fernzuhalten, bis der verschwunden war. Und dieser Abend heute war so wunderbar gewesen, so anders als die bisherigen. Ihr kam es vor, als wenn ihre Beziehung, die sich bislang vor allem durch ihre einprägsame Körperlichkeit offenbart hatte, gerade eine neue, eine höhere Stufe erreicht hätte. Sie hatten sich zum ersten Mal nicht wie zwei verliebte Teenager im Hormonrausch, sondern wie ein echtes Liebespaar verhalten.

Tom Jones trötete immer noch. *Sexbomb, sexbomb, you're a sexbomb …*

»Warum sollte ich denn gehen?«, fragte Matteo. »Ich hole nur schnell etwas aus dem Auto.« Er verschwand nach draußen.

Agnes starrte auf den lästigen kleinen Apparat, auf dem sie Hans' dichte graue Künstlermähne, die goldgefasste Intellektuellenbrille und der obligatorische schwarze Rollkragenpulli anblinkten. Seine schmale lange Hand stützte das vorspringende Kinn – die klassische Denkerpose. Er hatte sich lange geziert, bis sie das Foto von ihm hatte machen dürfen.

Alles in ihr sperrte sich dagegen, das Gespräch anzunehmen. Sie dachte an Lilly und daran, um was die sie gebeten hatte. Natürlich durfte sie ihrer Tochter nicht die Verantwortung für ihren unglücklichen, hilflosen Vater anhängen wie den schwarzen Peter im Kartenspiel. Aber was war mit ihr, Agnes? Musste sie nun wirklich lebenslänglich dafür büßen, dass sie sich als junge Frau an einen Mann gebunden hatte, der sie systematisch klein hielt?

Der Klingelton brach ab, und das Display färbte sich schwarz. Aber es war klar, dass sich Hans nicht so einfach zufriedengeben würde. Prompt leuchtete sein blasses Gesicht erneut auf.

Sexbomb, sexbomb, you're a sexbomb … Agnes betrachtete das Handy wie ein seltsames Insekt, mit einer Mischung aus Angst und Grausen. Doch schließlich überwand sie sich, nahm das Smartphone in die Hand und wischte mit dem Daumen den Button »Gespräch annehmen« nach rechts.

»Sag mal, wie lange brauchst du denn, um auf den Topf zu gehen?«, fuhr Hans sie böse an.

In diesem Augenblick kam Matteo wieder zur Tür herein und legte ein offensichtlich schweres, etwa fußballgroßes Objekt, das in die *Gazetta dello Sport* gewickelt war, auf den Fußboden. Draußen war es inzwischen ganz dunkel geworden. Er schloss die Tür hinter sich, damit das Licht keine Mücken ins Haus lockte. Dann trat er leise hinter ihren Stuhl.

Agnes schluckte und sagte mit dünner Stimme ins Telefon: »Schatz, es tut mir wirklich leid. Mir war schon den ganzen Tag nicht richtig gut. Aber als wir telefoniert haben, ist mir mit einem Mal so schlecht geworden, dass ich mich übergeben musste. Und dann habe ich die ganze Zeit über dem Klo gehangen. Jetzt liege ich im Bett, und mir ist immer noch kotzübel. Mein Kopf schmerzt so furchtbar! Und alle naselang muss ich raus und spucke Galle.«

»Na, so genau brauchst du es mir auch nicht zu erzählen«, sagte er leicht angewidert. Aber er klang nicht mehr so wütend. Ihre Masche schien tatsächlich zu ziehen. Er wurde sogar richtiggehend fürsorglich. »Haselmaus, da hast du dir womöglich was eingefangen. Hoffentlich keine Salmonellen. Diese Italiener kennen ja den Begriff Hygiene nicht! Hast du rohes Fleisch gegessen? Oder Eier angefasst?«

»Nein, nein. Ich fürchte, ich habe nur seit Langem mal wieder einen meiner Migräneschübe.«

Matteo fuhr von hinten mit seiner warmen Hand in den Ausschnitt ihrer Bluse. Sofort stellten sich alle Härchen auf, und ein angenehmes Ziehen fuhr durch ihren Bauch. Während Hans ihr gute Ratschläge gab, massierte ihr Matteo sanft den Nacken. Agnes hätte nie für möglich gehalten, dass sie zu so einer Schmierenkomödie fähig war.

»Du hast dich übernommen, und jetzt rächt sich dein Körper«, diagnostizierte Hans. »Hast du was gegen die Kopfschmerzen?«

»Ja, mein Schatz, ich habe schon eine Tablette geschluckt«, hauchte sie matt und gähnte dann. »Ich schlafe jetzt am besten, dann ist morgen sicher alles wieder gut. Kussi, Schatz, Kussi. Wir hören uns.« Mit einem zarten Schmatzgeräusch beendete sie das Gespräch.

»Und? Wie geht's ihm?«, fragte Matteo interessiert.

»Danke. Alles in bester Ordnung«, sagte sie und räkelte sich wohlig unter seinen massierenden Händen.

»Bene.«

Seine entspannte Antwort gefiel Agnes allerdings nicht besonders. Wie konnte er so locker damit umgehen, dass sie einen Ehemann hatte? Vielleicht, weil er gar nicht wusste, was es bedeutete, eine lange Beziehung zu führen? Verheiratet zu sein? Weil er das Gefühl gegenseitiger Verantwortung, das die Liebe irgendwann ablöste, nicht kannte? Oder war es ihm womöglich sogar ganz recht, weil ihm somit selbst Verantwortung erspart blieb?

Mit einem Mal ahnte Agnes den ganzen Schrecken, der unabänderlich auf sie zurollte. Sie hatte sich die größte Mühe gegeben auszublenden, was nicht zu verhindern war – dass sie wohl oder übel Abschied nehmen müsste von Matteo –, und jetzt brach die Erkenntnis wie eine Sturmflut über ihr herein. Ein paar Tage noch, wenn sie es sehr hinauszögerte, vielleicht eine gute Woche, dann wäre sie mit ihrem Teil der Arbeit fertig. Denn die detaillierte Werkplanung und später die Bauleitung wollte Michele einem seiner Angestellten übergeben. Das war von Anfang an klar gewesen.

Aber dann? Wie würde es in München weitergehen? Sollte sie mit Hans einfach weiterleben und ihre kurze Affäre vergessen? Unmöglich! Oder schlimmer noch, ihn dauerhaft anlügen und heimliche Wochenenden mit Matteo verbringen? Nein, bestimmt nicht! Die einzige Alternative wäre,

Hans alles zu beichten und sich dann von ihm zu trennen. Doch wäre das überhaupt in Matteos Sinn? Und würde sie die Kraft haben, den mit großer Gewissheit zu erwartenden Rosenkrieg durchzustehen? Sie war sich nicht sicher, aber sie fürchtete, nicht stark genug für all diese bevorstehenden Auseinandersetzungen zu sein.

Der zerzauste Strohschirm der Esszimmerlampe ließ die ersten Schatten des Abschieds über ihnen tanzen. Das Bastgeflecht des Stuhls schnitt Agnes inzwischen unangenehm in die Oberschenkel. Sie stand auf und vertrat sich die Beine. Matteo hob indes sein Paket auf den Rand des Kamins und nahm sie dann in die Arme. Dabei schaute er sie so nachdenklich an, als wenn er den Zwiespalt in ihrem Gesicht ablesen könnte.

»Was soll nur aus uns werden, Matteo?«, fragte sie leise. »Wie geht es weiter?«

»München ist München, und die Ca' More ist die Ca' More«, sagte er. »Und wer weiß, vielleicht tut sich ja bald wieder ein neuer Auftrag hier in der Gegend für dich auf. Oft bieten sich die Gelegenheiten genau dann, wenn man sie braucht. Aber egal, was passiert, wirklich wichtig ist das Jetzt.«

Wie leicht er das dahinsagte … Agnes konnte nicht so recht an diese Art von himmlischer Fügung glauben. Wollte er wirklich alles dem Zufall überlassen?

»Hast du mich eigentlich lieb?«

Es war die blödeste Frage, die man einem Mann stellen konnte – das wusste sie. Aber sie brauchte so dringend die Bestätigung.

»Certo«, antwortete er, »sonst hätte ich doch meine Mutter nicht auf dem Abendessen sitzen lassen. Morgen wird sie mir die Ohren dafür lang ziehen und zwei Wochen Hausarrest verpassen.«

Matteo lachte, und Agnes konnte immerhin wieder lächeln.

»Und wenn du es immer noch nicht glaubst, dann schau, was ich dir mitgebracht habe.«

Vorsichtig wickelte er die rosafarbenen Zeitungsseiten von dem Gegenstand.

Agnes reckte neugierig den Hals. Unter dem Papier kam eine Skulptur aus rosenfarbenem Marmor zum Vorschein. Sie stellte zwei große Ringeltauben dar, die dicht aneinandergedrängt auf einem angedeuteten Ast saßen. Agnes ging vor dem Kunstwerk in die Hocke, um es aus der Nähe zu betrachten. Obwohl die beiden Vögel nicht vollständig aus dem Stein herausgearbeitet waren und auch die Proportionen nicht richtig stimmten – die Köpfe waren zu klein, die Füße im Verhältnis zum Körper zu groß –, drückten sie eine bewegende Verbundenheit aus.

»Das hast *du* gemacht?«, fragte sie und sah zu Matteo auf, der sich unsicher den kurzen Bart kratzte.

»Hässlich, oder?«, meinte er.

»Nein. Ich finde es großartig. Wirklich.«

Agnes war ehrlich beeindruckt. In Matteo steckte so viel mehr, als sie angenommen hatte.

Man konnte ihm ansehen, wie erleichtert er über ihr Lob war. »Puh! Ich hatte Angst vor deinem Urteil, aber jetzt bin ich froh, dass ich dir die Vögelchen gezeigt habe«, gab er zu. »Wenn du möchtest, kannst du sie behalten.« Und es kam Agnes so vor, als hinge ein unausgesprochener Satzteil zwischen ihnen in der Luft: »Damit du mich nicht vergisst.«

Anscheinend schien er doch mehr an die Zukunft zu denken, als er zugeben wollte.

In dieser Nacht liebten sich Matteo und Agnes voller Behutsamkeit. Dann schliefen sie eng aneinandergekuschelt ein, als müssten sie sich gegenseitig festhalten, um nicht von einem aufziehenden Sturm weggerissen zu werden.

»Warum?« Die klare, laute Frauenstimme und grelles Licht schreckten Agnes auf. Sie brauchte einen Augenblick, um sich zu orientieren. Sie lag mit Matteo in Volos Bett, er schnarchte leise neben ihr, ein Bein über ihrer Hüfte, die große Hand auf ihrem Bauch, sein Gesicht fest an ihren Hals geschmiegt. Im Schlaf atmete Matteo tief ein und schob die Hand auf Agnes' nackte Brust. Er murmelte unverständliche Worte in ihr Haar und schmatzte dann leise wie ein zufriedenes Baby.

»Warum, Matteo?«, fragte die Stimme der Frau wieder, und sie klang, als würde ihr jemand bei lebendigem Leib das Herz herausreißen.

Das war kein Traum, das war Wirklichkeit. Agnes drehte den Kopf der Stimme zu. Sie musste mit den Augen blinzeln, bis sie in der plötzlichen Helligkeit der Deckenlampe alles erkennen konnte.

Zwischen Tür und Bett stand das Mädchen aus der Bar. Sie war ungeschminkt, ihre langen schwarzen Haare hatte sie zu einem schlichten Zopf geflochten. Sie trug ein eng anliegendes, aber nicht ordinäres Jerseykleid, das ihre Figur wunderschön zur Geltung brachte. Ihre Arme hingen kraftlos herunter. Und in ihrem Madonnengesicht stand der nackte Schmerz der Enttäuschung.

Agnes zerrte die Zudecke unter Matteo heraus und warf sie über ihren nackten Körper. Das Mädchen sollte unter keinen Umständen die Schwangerschaftsstreifen an ihrem Bauch sehen. Später, lange nach diesem schrecklichen Moment, würde sich Agnes immer wieder fragen, warum ausgerechnet das ihr erster Gedanke gewesen war.

Mit einem heftigen Stoß rückte sie von Matteo ab und rüttelte ihn. Es dauerte, bis er richtig wach war und verstand, was geschehen war. Aber dann setzte sich Matteo ruckartig auf. »Merda!«, fluchte er.

Wie passend.

Das Mädchen rührte sich nicht vom Fleck. »Warum, Matteo?«, wiederholte es anklagend. »Warum betrügst du mich? Und dann auch noch mit diesem Flittchen?«

Ohne eine Antwort abzuwarten, drehte sie sich um und ging aus dem Schlafzimmer.

Matteo sprang aus dem Bett, sammelte seine Hose vom Boden auf und rannte dem Mädchen nackt hinterher.

»Maria!«, rief er. »Warte, lass es mich erklären!«

In diesem Moment fühlte sich Agnes, als habe jemand die Fernbedienung zu ihrem Leben genommen und auf den Knopf mit der Aufschrift »Zeitlupe« gedrückt. Der Film, von dem sie gedacht hatte, er sei die Wirklichkeit, verlangsamte sich um ein Hundertfaches, sodass sie alle Bilder einzeln zu sehen bekam. Sie prägte sich jedes Detail dieser fürchterlichen Nacht ein. Die Boxershorts von Matteo, die über dem Bettpfosten hingen. Die herzzerreißende Klage einer Nachtigall draußen vor dem Fenster. Die frische Brise, die plötzlich aufzog und durch die transparenten Vorhänge ins Schlafzimmer hineinwehte. Die Erkenntnis, dass alles vorbei war, tropfte langsam wie zähflüssiges altes Öl, aber umso eindringlicher in ihren Verstand.

Agnes hörte, wie Matteo hinter der jungen Frau über den Kiesweg lief und auf sie einredete. Vom Parkplatz klang kurz darauf heftiges Geschrei zu ihr herüber. Einzelne Worte konnte Agnes nicht verstehen, aber dem Tonfall nach handelte es sich um ein wildes Gemisch aus Anklagen, Bitten und schweren Vorwürfen. Dazwischen konnte sie immer wieder Matteos beschwichtigenden Bass ausmachen. Es kam Agnes vor, als hörte sie sich eine Szene aus einer italienischen Soap Opera an, die am Nachmittag immer im Fernsehen liefen. Matteo hatte seine Freundin betrogen, und die machte ein riesiges Gezeter – genau so, wie man es von einer echten Italienerin erwartete.

Aber Matteo hatte auch Agnes betrogen. Sie konnte ihre Verletzung nicht in die Welt hinausschreien wie die junge Frau draußen auf dem Parkplatz, doch sie konnte Matteo wenigstens zeigen, was sie von seinem Verhalten hielt.

Also stand sie auf, warf sich den kurzen Morgenmantel über, rannte nach unten. Dort schleppte sie die kleine Marmorstatue von Matteo auf die Schwelle und verriegelte von innen sorgfältig die Haustür. Hätte sie nur nach dem Abendessen daran gedacht, das zu tun, dann wäre das Mädchen nicht hereingekommen und Agnes diese schreckliche Situation erspart geblieben … Aber wenigstens wusste sie jetzt Bescheid. Wie hieß doch die abgedroschene, aber wahre Redewendung? Besser ein Ende mit Schrecken als ein Schrecken ohne Ende. Wer weiß, wie lange Matteo das hässliche Spiel mit ihr gespielt hätte! Sicherheitshalber drehte sie diesmal auch den Schlüssel der Tür zwischen Bibliothek und Cantina um und kontrollierte den Durchgang zum Atelier im oberen Stock. Jetzt gab es keinen Weg mehr in die Ca' More.

Aus dem Schlafzimmerfenster schleuderte sie Matteos Socken, seine Unterhose und das graue Shirt und schließlich, in besonders hohem Bogen, seinen linken Turnschuh. Der Gufo schoss mit einem Protestschrei aus der Krone des Maulbeerbaums. Der zweite Schuh, diesmal holte Agnes nicht so weit aus, fiel ins Goldfischbecken. Mit Genugtuung hörte sie das Platschen.

Dann schloss sie die Läden und warf sich schluchzend aufs Bett.

Fünfter Teil

Moses

Um mich herum ist Rauschen. Es rauscht, strudelt, jault. Dann gibt es einen Stoß, und ich werde geschüttelt. Der Fluss gurgelt tief. Ich habe Angst, dass ich untergehe. Es schüttelt und rüttelt mich. Ich rolle auf die Seite, falle zurück, rutsche nach oben, bis ich mit dem Kopf anstoße. Aia, ai. Mein Kopf tut so weh. Dann rutsche ich wieder nach unten. Die Füße stoßen an. Der Fluss rauscht jetzt ganz wild. Aber mein Boot ist sicher. Kein Wasser kann hineinkommen. Es ist weich, weicher als alles, was ich kenne. Meine Finger tasten. Sie spüren Rillen und kalte Haut. Mein Boot ist besonders, es ist nicht aus Holz wie das vom Fischer am See. Jetzt schaukelt es ganz ruhig auf dem Wasser. Die Wellen wollen mich einwiegen. Aber mir ist schlecht. Ich schlucke meine Spucke. Um mich herum sind stinkender Rauch und der Duft von Bienenwachs. So riecht die Kerze an Natale. Und dann rieche ich wieder die Veilchen.

Ich mag den Geruch von Veilchen nicht mehr. Denn wo die Veilchen sind, kommt auch die Biene und sticht mich. Davor fürchte ich mich. Ich blinzele durch die Augen. Es ist dunkel, der Himmel über mir schwarz. Durch ein kleines Loch am Himmel sehe ich ins Paradies. Dort scheint die Sonne, Wolkentiere rasen vorüber. Mein Körper zittert schlimm. Aber er zittert nicht von selbst. Er wird gezittert. Es stößt, ich rutsche, falle, werde hin- und hergeworfen. Ein lauter Ton ruft. Uuuuht! So rufen die großen Schiffe. Wohin treibt der Fluss mein Boot?

27

Das kleine Städtchen Duino lag etwas westlich von Triest und schmiegte sich eng an einen Felsen, auf dem das alte Familienschloss der Grafen von Thurn und Taxis thronte.

Am frühen Nachmittag checkte Agnes im *Alla Dama Bianca* ein. Nach der Aufregung mit Matteo und Maria und der darauffolgenden schlaflosen Nacht hatte sie bereits, noch bevor die Pasticceria ihre Rollos öffnete, vor der Ladentür gewartet, um Lidia ihr Herz auszuschütten. Der Duft von frischem Gebäck, ein großes Glas Latte macchiato und die warmherzige Konditorin waren ihr in ihrem Kummer als der bestmögliche Trost erschienen.

Lidia hatte geduldig zugehört und empört jedes Detail kommentiert. Doch zum Schluss hatte sie ihr den klugen Rat gegeben, nichts zu überstürzen, sondern sich eine Auszeit an einem neutralen Ort zu gönnen, und ihr bei der Gelegenheit auch das zauberhafte Hotel in der Bucht von Duino empfohlen. Agnes fand den Vorschlag auf Anhieb überzeugend.

Doch konnte sie Michele einfach um einen Kurzurlaub bitten? Dass sie nun aus Liebeskummer eine Arbeitspause machen wollte, würde nicht gerade professionell auf ihn wirken. Also rief sie ihn an und sagte ihm, sie wolle sich gern für drei Tage freinehmen, weil sie zu Hause etwas Dringendes zu erledigen hätte. Er schluckte ihre Lüge, ohne weiter nachzuhaken.

Langsam, so hatte Agnes bestürzt festgestellt, fiel es ihr immer weniger schwer, die Unwahrheit zu sagen.

Während sie ihre Tasche in das angenehm schlichte Hotelzimmer brachte und die wenigen Kleidungsstücke in den Schrank räumte, erinnerte sie sich an Lidias erste Reaktion. »Mensch, Mädchen, ich habe dich doch schon bei deiner Ankunft vor diesem Herzensbrecher gewarnt!«, hatte die rundliche Konditorin gerufen und sich aufgeregt einen kleinen Windbeutel in den Mund gesteckt. »Aber wer nicht hören will, muss fühlen.«

Agnes schluckte. Oh ja, sie fühlte. Was bis gestern Nacht als verrücktes Verliebtsein in ihrem ganzen Körper ein Feuerwerk des Glücks verursacht hatte, war schlagartig einem tauben Schmerz gewichen, der sie von den Zehennägeln bis zu den Haarwurzeln ausfüllte.

Sie trat auf den Balkon. Es gab im *Alla Dama Bianca* nur sieben Zimmer, und alle lagen sie zum Meer hin. Vor ihr breitete sich eine gewaltige Fläche aus ineinander übergehenden Blautönen aus. Wasser und Himmel, wohin man auch sah. Kein Haus, kein Baum, kein Mensch. Höchstens ein paar vereinzelte Möwen, die ab und zu das Blau zierten, bewegungslos im Wind standen, um sich dann plötzlich kreischend fallen und von der Thermik wieder auftreiben zu lassen. Für ihren Seelenzustand war dieser Ausblick genau das Richtige: eine riesige leere Leinwand, die sie neu füllen konnte. In Gedanken dankte sie Lidia für diesen Geheimtipp.

Agnes lehnte sich nach vorn über das Balkongeländer. Über die ganze Breite des Hotels hatte der Architekt eine elegante Eisenkonstruktion für Sonnensegel angebracht. An sonnigen Tagen konnte so die ganze Terrasse im Schatten liegen. Heute war das weiße Segeltuch zum Teil nach oben gerafft. Sie sah an einem Tisch direkt vor der Reling zum Strand einen weißhaarigen Mann in Hemd und Weste sitzen.

Er blickte nachdenklich in die Ferne, legte den Zeigefinger an die Schläfe, dann schrieb er etwas in ein Buch. Sie dachte an Hans, der Mann erinnerte sie an ihn, auch wenn er deutlich älter, viel kleiner und rundlicher war. Trotzdem hatte er eine große Ähnlichkeit mit ihm in seiner künstlerhaften Attitüde.

Unterhalb des Mannes schwamm eine Frau in ihr Blickfeld. Sie trug eine köstlich altmodische Badehaube mit lindgrünen Plastikblüten. Die Frau streckte einen Arm aus dem Wasser und winkte. Der Mann schirmte die Augen mit den Fingern ab und grüßte mit der freien Hand, in der er immer noch den Stift hielt, zurück. Nur gut, dass die beiden die Tränen, die Agnes bei dieser Geste der Zusammengehörigkeit plötzlich über die Wangen rollten, nicht sehen konnten.

Vor dem Abendessen, das Hotelrestaurant war für seine Fischgerichte berühmt, die sich Agnes Lidia zufolge auf keinen Fall entgehen lassen durfte, machte sie einen Erkundungsgang durch den Ort. Außer einer Bushaltestelle, einem Kiosk und einem staubigen Souvenirladen, in dem sie sich einen psychedelisch gemusterten Badeanzug kaufte, gab es zunächst nicht viel zu sehen. Doch schließlich gelangte sie durch ein schön verziertes Torhaus in den Hof des Schlosses von Thurn und Taxis. Obwohl er die Kasse eigentlich gerade schließen wollte, überreichte der kurzsichtige Angestellte, dessen kleine Knopfaugen durch die Brille bis tief in ihre Seele zu schauen schienen, ihr noch eine Eintrittskarte. Zum Dank kaufte sie ein Buch mit Rilkes *Duineser Elegien*, das neben Aschenbechern und Kugelschreibern mit dem fürstlichen Wappen im Museumsshop angeboten wurde, weil ihr der traurige Engel aus Stein auf dem Umschlag so passend erschien.

Agnes wanderte zuerst durch das Schloss. Sie schlenderte an den voll eingerichteten Zimmern vorbei, die sich den

Besuchern wie Gästen der Familie präsentierten. Lidia hatte ihr am Morgen wieder genüsslich neue Details aus der Geschichte von dem unglücklichen Liebespaar in der Ca' More erzählt. Sie hatte berichtet, dass die Mutter der unglücklichen Magd bei der Fürstin als Kammerzofe angestellt gewesen war, bis sie von einem der vornehmen Herren geschwängert wurde.

»Das waren keine guten Zeiten für Frauen damals. Erst haben die Kerle diese armen unaufgeklärten Mädels überredet, die Beine breitzumachen. Schwups waren sie schwanger. Und wenn sie Glück hatten, sind sie nicht während der Geburt oder zuvor bei einer Engelmacherin verreckt. Die arme Elisa hatte da ähnliches Pech wie ihre Mutter.«

»Wie ist sie denn gestorben?«, hatte Agnes bestürzt gefragt.

»Wen meinst du? Die Mutter? Die hat, nachdem sie mit Schimpf und Schande aus dem Schloss gejagt wurde, als Prostituierte in Triest gearbeitet, wurde ein paar Jahre später wieder schwanger und ist bei einer dieser Pfuscherinnen verblutet.«

»Meine Güte! Die arme Frau. Und wie ging es mit Elisa weiter, nachdem ihr Söhnchen verschwunden ist?«

»Das unglückliche Mädchen ist nach und nach komplett durchgedreht und hat sich hochschwanger mitten im Januar mit einer Lungenentzündung in den Wald gelegt. Es war einer dieser seltenen kalten Winter. Man hat sie halb zugeschneit zwischen lauter kleinen Häuschen und mit einem Schiffchen aus Moos und Rinde in der Hand gefunden. Der junge Mann, der sie so ins Unglück gestürzt hat, war übrigens Matteos Großvater. Tja, der Apfel fällt nicht weit vom Stamm!«, hatte Lidia die Erzählung beendet, als wäre dies der endgültige Beweis dafür, dass keine Frau mit dem Schürzenjäger glücklich werden könne.

Oh, Matteo. Warum hatte er ihr das angetan? Agnes hatte

ihm vertraut. Ihm alles geschenkt, nicht nur ihren Körper, auch ihr Herz. Und was war es ihm wert gewesen? Nichts als billige Lügen. Warum nur war sie so naiv gewesen, die Warnungen der Freunde in den Wind zu schlagen und sich einzubilden, dass ausgerechnet sie etwas Besonderes war? Ihm etwas bedeutete? Nach und nach begann der Schock, der immer noch wie ein mit Äther vollgesogener Wattebausch über Agnes' Empfindungen lag, nachzulassen. Darunter lechzte eine neue Art von Schmerz nach ihr. Eine Qual, die nicht dumpf die Eingeweide zusammenzog, sondern die wild tobte. Agnes ertappte sich dabei, dass sie im grünen Salon unter einem ausgestopften Hirschkopf stand, das prächtige Geweih ansah und plötzlich laut »Warum?« fragte. So wie es Matteos gekränkte Freundin herausgeschrien hatte, als sie ihn mit Agnes erwischt hatte: »Warum, Matteo?«

Nach einem kurzen Blick in die Familienkapelle verließ sie das Schloss und erkundete den weit angelegten Park. Zwischen Rhododendren und duftenden Rosenbüschen schimmerte immer wieder das Meer hindurch. Stufe für Stufe ging sie die breite Treppe hinunter, dem blauen Spiegel entgegen, vorbei an efeuumrankten Schönheiten aus Stein und Brunnen in Mänteln aus Moos. Kurz darauf fand sie sich auf einer weit über das Wasser hinausragenden Terrasse unterhalb der fürstlichen Wohnräume wieder. An ihrem Ende stand ein Schreibtisch aus Marmor. »Hier hat Rilke seine Arbeiten verfasst«, las Agnes in dem Faltblatt über die Anlage, das ihr der liebenswerte Maulwurf am Eingang aufgedrängt hatte.

Sie stellte sich hinter die Platte und legte beide Hände auf die einstmals glatte Oberfläche, die die Witterung über die Jahre zerfurcht hatte. Die Sonne war nun völlig hinter dem weißen Dunst verschwunden. Der Ausblick war überwältigend. Doch auch hier ließen die quälenden Gedanken sie nicht los. Sie fühlte sich so … ausgenutzt. Weggeschmissen. Wie ein Papiertaschentuch. Und genauso dünn.

Was war sie nur für eine einfältige Ziege gewesen. Wenn Matteo, nachdem er sie geliebt hatte, gegangen war und sich bis zum nächsten Abend nicht gemeldet hatte, dann hatte Agnes voller Einfalt daran geglaubt, er bräuchte seine Freiheit. Sie war sogar froh gewesen, dass er nicht wie Hans ein Mann war, der sie ständig und stets um sich haben wollte. In Wirklichkeit hatte Matteo jedoch bei seiner schönen Freundin Maria gelegen. Quälende Bilder stiegen in ihr auf: Matteo, der Maria liebevoll aus ihren Kleidern schälte. Matteo, der zärtlich Marias lange schwarze Haare um seine Handgelenke wickelte. Matteo, der Marias herrlichen jugendlichen Busen streichelte, den noch kein Stillkind aus der Form genuckelt hatte …

Um die Bilder endlich aus ihrem Kopf zu vertreiben, versuchte sich Agnes vorzustellen, wie der Dichter Rainer Maria Rilke an diesem Tisch gesessen haben mochte. Keine sichtbare Grenze im Blick, um sich herum einzig die Weite des Universums. War er der vornehme Herr gewesen, von dem die Kammerzofe das uneheliche Kind bekommen hatte? Das Kind, eine Tochter, die ihrerseits das Unglück finden sollte in der Ca' More. War Pech in der Liebe vererbbar? Agnes stellte sich vor, wie sich die junge Kammerzofe in den gut aussehenden und sensiblen Mann verliebt hatte. Vielleicht hatte sie dem Dichter im Auftrag der Fürstin zur Erfrischung eisgekühltes Zitronenwasser mit Minze gebracht, und er hatte dem hübschen Ding die ersten Reime vorgelesen, um ihren Klang laut gesprochen zu hören. Wer konnte schon wissen, wie es gewesen war? Ob es *überhaupt* der Wahrheit entsprach oder doch nur ins Reich der Mythen und Märchen gehörte? Nur die Steine waren Zeugen. Aber sie blieben stumm und verrieten die Geheimnisse nicht.

Ob man vielleicht etwas in Rilkes Texten entdecken

konnte? Agnes stellte ihre Tasche auf den Boden, setzte sich auf die breite Brüstung der Terrasse und begann, in dem Gedichtband zu blättern, den sie gerade erstanden hatte. Glücklicherweise war er zweisprachig, links stand der italienische Text, rechts das deutsche Original. Die beiden ersten Elegien begannen mit den Worten *Wer, wenn ich schriee, hörte mich denn* … und *Jeder Engel ist schrecklich*.

Na wunderbar. Das klang ja fürchterlich. Nach Herzschmerz, Sehnsucht und Kummer. Die Zeilen erinnerten sie zu sehr an ihr Unglück, als dass Agnes sie hätte lesen wollen. Sie überschlug die Seiten und hielt erst bei der dritten Elegie inne. *Eines ist, die Geliebte zu singen,* las sie. *Ein anderes, wehe, jenen verborgenen schuldigen Fluß-Gott des Bluts* …

Sie konnte sich nicht erklären, warum genau diese Worte sie plötzlich so berührten. Fasziniert blätterte sie weiter. Besonders die letzten beiden Strophen der dritten Elegie zogen Agnes in ihren Bann. Leise flüsterte sie die Worte mit, als sie die Zeilen wieder und wieder las.

…

Siehe, wir lieben nicht wie die Blumen, aus einem

einzigen Jahr; uns steigt, wo wir lieben,

unvordenklicher Saft in die Arme. O Mädchen,
dies: daß wir lieben in uns, nicht Eines, ein Künftiges, sondern
das zahllos Brauende, nicht ein einzelnes Kind,
sondern die Väter, die wie Trümmer Gebirgs
uns im Grunde beruhn; sondern das trockene Flußbett
einstiger Mütter –; sondern die ganze
lautlose Landschaft unter dem wolkigen oder
reinen Verhängnis –: dies *kam dir, Mädchen, zuvor.*

Und du selber, was weißt du –, du locktest
Vorzeit empor in dem Liebenden. Welche Gefühle
wühlten da herauf aus entwandelten Wesen. Welche
Frauen haßten dich da. Was für finstere Männer
regtest du auf im Geäder des Jünglings? Tote

Kinder wollten zu dir … O leise, leise,
tu ein liebes vor ihm, ein verläßliches Tagwerk,– führ ihn
nah an den Garten heran, gieb ihm der Nächte

Übergewicht ……
Verhalt ihn ……

Es war ihr, als handelte es sich um eine Geheimschrift, die verschlüsselt die Lösung für all die zermürbenden Fragen beinhaltete, mit denen Matteo sie allein zurückgelassen hatte. Agnes pflückte eine Jasminblüte und legte sie zwischen die Seiten, bevor sie das Buch schloss und zurück in ihr Hotel spazierte, das wie ein Schiff im geschützten Hafen lag. Zumindest heute Nacht würde sie nicht untergehen.

28

Ca' More. Juli 1937

Arturo drückte das hellblaue Schulheft immer noch an seine Brust. Elisas strahlender Blick hatte ihm die Antwort bereits verraten. Doch er wollte den Moment des Glücks so lange wie möglich auskosten. Sie war längst zwischen den Gräsern verschwunden, als er sich endlich auf die Bank setzte und das Heft vor sich legte, um ihre Antwort graphitgrau auf weiß, geschrieben in ihrer rührenden Kinderschrift, zu lesen.

Doch bevor er die richtige Seite aufschlagen konnte, hörte er wieder das Rascheln. Diesmal drang es über ihm aus der Krone des Maulbeerbaums. Mehrere kleine Früchte prasselten auf die Tischplatte. Er hob den Kopf und meinte, einen großen Schatten zu sehen, der sich hastig nach oben bewegte. Einen so riesigen Vogel gab es nicht, dessen war er sich sicher. Da musste sich ein Mensch zwischen den Blättern versteckt haben. Also hatte er sich vorhin doch nicht getäuscht. Rosaria war ihm tatsächlich in die Ca' More gefolgt und in den Baum geklettert, während er im Gebüsch nach ihr gesucht hatte! Nun, es war der richtige Moment. Wenn er seine ihm lästige Frau hier erwischte, dann konnte sie nicht einfach so tun, als würde sie nichts gesehen haben. Der Augenblick, in dem sie sich der Wahrheit stellen musste, war gekommen.

»Komm herunter!«, rief Arturo. »Ich weiß, dass du da oben sitzt!«

Eine weitere Maulbeere fiel herab und rollte über die Tischkante auf den Boden. Doch sonst geschah nichts.

»E va bene. Ich habe Zeit«, sagte Arturo so laut, dass Rosaria es auch zwischen den Blättern hören musste. Er trommelte mit den Fingerspitzen auf den Heftumschlag. Langsam wurde er doch ungeduldig. Worauf wollte sie warten? Auf den Schutz der Dunkelheit womöglich?

Ein großer Ast begann zu schwanken, das Laub bewegte sich raschelnd, wie wenn eine stürmische Windböe hindurchgeweht wäre. Der Schatten wanderte noch weiter nach oben.

Arturo schrie: »Wenn du nicht herunterkommst, komme ich eben zu dir rauf!«

Er steckte das Heft in die hintere Hosentasche, prüfte, ob ihn der Fensterladen auf den beiden Böcken tragen würde, und kletterte darüber auf den ersten Ast. Der Stamm teilte sich hier in zwei Hälften. Arturo griff nach dem Teil, oberhalb dessen er die Gestalt auszumachen meinte, und begann, ihn kräftig zu schütteln.

Mit einem hellen Aufschrei rutschte nun ein Wesen, gebremst von Zweigen und Ästen, durch die Krone nach unten und plumpste dann in die Wiese. Doch dieses Menschlein war nicht Rosaria. Es war ein zierliches, blond gelocktes Kind.

Arturo sprang mit einem Satz hinterher. Noch bevor das Kind sich aufrappeln und davonlaufen konnte, erwischte Arturo es am Kragen seines verschlissenen Hemdchens.

»Wer bist du?«, fragte er und hob mit der freien Hand das Kinn des Kindes nach oben. Es war ein Junge, Arturo konnte ihm nun in das hübsche, wenn auch dreckverkrustete Gesicht sehen, das ihn entfernt an jemanden erinnerte. Der Junge antwortete nicht, da schüttelte ihn Arturo leicht am Kragen. »Sag schon!«

»Pavan Aldo«, flüsterte der Junge mit zitternder Stimme.

Arturo durchfuhr ein glühender Schreck.

Aldo. Elisas Goldkind.

»Pavan Aldo? Der Erstgeborene von Elisa und Beppo Pavan?«, rief er mit erstickter Stimme.

Der kleine Junge nickte stumm.

»Du bist deiner Mutter nachgeschlichen und hast uns beobachtet?«

Anstelle einer Antwort erntete Arturo wieder ein Nicken. Ihm rann der kalte Schweiß über den Rücken. Er kniete sich zu dem Jungen hinunter und fasste ihn fest an seinen mageren Schultern. »Du darfst niemandem erzählen, was du gesehen hast, hörst du?«

Aldo wurde noch blasser, schwieg aber beharrlich.

»Hast du mich verstanden? Wenn dein Vater erfährt, wo deine Mutter war, dann macht er vielleicht etwas Schlimmes mit ihr«, sagte Arturo und starrte Aldo eindringlich an. Genügte diese Warnung, um einen Sechsjährigen zum Schweigen zu bringen? Er musste ihn noch mehr einschüchtern. »Und wenn ich erfahre, dass du ihm etwas verraten hast, dann schneide ich dir die Zunge ab!«

Der Junge riss die Augen auf – Augen, die genauso gletscherfarben leuchteten wie Elisas.

Arturo erschrak vor sich selbst. Was tat er dem armen Kerlchen eigentlich gerade an?

Aldo nutzte diese Zehntelsekunde Unaufmerksamkeit, machte sich los und sauste durch die hohe Wiese davon.

Arturo hastete ihm hinterher. »Halt«, schrie er, »warte!« Er konnte ihn doch nicht gehen lassen, bevor Aldo wirklich verstanden hatte, in welcher Gefahr sich seine Mutter befand. Der Kleine war flink, doch Arturo holte auf. Während er lief, schaute Elisas Sohn immer wieder über die Schulter zurück nach seinem Verfolger. In seinem Blick lag die nackte Panik. Er stolperte, fing sich aber sofort und rannte weiter. Vielleicht wollte er Arturo, der mit seinen viel längeren Beinen schnell näher kam, austricksen, vielleicht dachte er, einen besseren Weg aus dem Grundstück zu finden – plötzlich schlug Aldo einen Haken und änderte unerwartet die Richtung. Er lief nun nicht mehr an den Schlehenbüschen entlang, sondern nach Süden, durch die hohe Wiese.

»Pass auf, der Hang!«, schrie Arturo, so laut er konnte.

Aber da war es schon zu spät.

Aldo verschwand urplötzlich aus Arturos Blick.

Nein! Arturo konnte den dumpfen Aufschlag hören, mit dem der kleine Körper auf die Felsen klatschte. Steine lösten sich und prasselten mit hohlem Klingen hinterher.

Nein. Nein!

Auf den letzten Metern verlangsamte Arturo sein Tempo und ging vorsichtig auf die Hangkante zu. Er wusste, dass das Gelände hier unerwartet abbrach. Voll schrecklicher Vorahnungen hielt er den Atem an, bevor er sich nach vorn lehnte.

Oh, du Gütiger!

Ausgerechnet an der steilsten Stelle war Aldo gestürzt. Einige Meter unterhalb, gar nicht weit entfernt von Arturo, lag das Kind wie eine Stoffpuppe zwischen den Felsen. Seine Beine waren unnatürlich verrenkt. Es rührte sich nicht.

»Bitte nicht!«, keuchte Arturo und versuchte, sich an den Grasbüscheln festzuhalten, während er den Hang mehr hinabrutschte, als dass er kletterte.

Auf allen vieren krabbelte er das letzte Stück rückwärts, bis ein kleiner Vorsprung seinen Füßen Halt gab und er zum Stehen kam. Hier, zwischen zwei größeren Findlingen, war auch Aldo zum Liegen gekommen. Sein Gesicht schaute nach unten. Hoffentlich hatte er sich nicht das Genick …

Arturo wagte es nicht, den Gedanken zu Ende zu denken. Er stöhnte auf, dann ließ er sich auf die Knie fallen und fuhr mit den Fingerspitzen vorsichtig über den zarten Rücken.

Die Wirbelsäule schien unverletzt, aber er war kein Arzt, sicher konnte er es nicht beurteilen. Mit beiden Armen griff er unter den spannungslosen Körper und drehte ihn um.

Doch welch ein Schrecken! Das ganze Kindergesicht war über und über mit Blut verschmiert. Wie eine Totenmaske aus rotem Gold. Aldo musste mit der Stirn direkt auf eine Steinkante gefallen sein.

O Gott, lass ihn nicht tot sein, betete Arturo still zum Himmel. Lass ihn leben, hörst du? Lass ihn leben! Er legte das Ohr auf die Brust des Jungen, aber er konnte keinen Herzschlag vernehmen. War er wirklich tot? Was sollte er denn jetzt tun? Das Entsetzen darüber, was er getan hatte, kroch seinen Körper hinauf, bis er meinte, nicht mehr atmen zu können. Er nahm den Kleinen in seine Arme, erstaunt darüber, wie leicht er war, und drückte ihn an sich. Aber vielleicht war das Kind ja doch noch zu retten? Er musste sich beeilen und ihn genauer untersuchen. Weg von hier, raus aus dieser Steinhölle.

Mit Aldo im Arm kletterte er erst ein Stück seitwärts durch das Geröll bis zu einer Stelle, wo die Steinlawine flacher wurde und in ein Feld aus wilden Brombeeren und Disteln überging. Von dort suchte Arturo den Weg nach oben. Die Dornen hakten sich durch die dünne Leinenhose in seine Beine, doch er watete weiter durch die Ranken, empfindungslos, bis es ihm gelang, zwischen Sträuchern von Wildrosen und Sanddorn wieder auf den Pfad zum Haus zu gelangen.

Dort bettete er Aldo auf die Schlafstätte des ehemaligen Pächters in der Kammer neben der Wohnstube. Dann lief er nach draußen, um im Brunnen einen Krug Wasser zu holen. Mit seinem Taschentuch wusch er sorgsam das Blut aus dem Gesicht des Jungen, tupfte über die geschlossenen Augen, die geschwungene Nase, das Kinn.

Das also war Aldo, Elisas heißgeliebtes Kind. Arturo hatte sich immer vorgestellt, Elisas Kinder sähen dunkel und bäuerlich aus wie ihr Vater. Aber dieser Junge war fein und hell – er war ganz nach Elisa gekommen. Kein Wunder, dass sie diesen Botticelli-Engel, wenn sie über ihn sprach, »ihr Goldkind« nannte.

In seinen Gedanken war nie viel Platz für ihre Kinder gewesen. Er hatte Elisa als Frau und Freundin an seiner Seite gewollt und gewusst, dass er sie nicht allein bekommen würde, also hätte sie sie mitnehmen können. Doch nun fühlte er, dass er Aldo auch um seiner selbst willen hätte lieben können. Vielleicht sogar wie einen eigenen Sohn. Aber stattdessen hatte er ihn in den Tod getrieben. Der weiße Baumwolldamast des Schnupftuchs war bereits durch und durch rot gefärbt. Selbst die grauvioletten Flecken der Maulbeere, die zurückgeblieben waren, als Elisa vorhin die Seite ihres Heftes hatte säubern wollen, übertünchte die grausame Farbe. Keine Stunde war es her, dass sie es ihm zurückgegeben hatte, zwischen den Seiten ihre Antwort. Die Antwort, die er sich so sehr erhofft hatte. Eine Stunde nur. Doch in dieser einen knappen Stunde hatte er, Arturo, ihre Welt zerstört.

Mit größter Vorsicht tupfte er über Aldos Stirn. Direkt am Haaransatz, der nun nicht mehr golden glänzte, sondern von schwarzer Kruste verklebt war, konnte er die klaffende Wunde erkennen. Hell schimmerte der Schädelknochen durch die glibberigen Klumpen des gerinnenden Bluts. Eine solche Verletzung konnte der Junge nicht überlebt haben.

Arturo wurde übel. Er sah schnell weg, zwang sich dann jedoch, das kleine Gesicht wieder zu betrachten.

Aber … was war das?

Hatten sich nicht gerade die zierlichen Nasenflügel bewegt? Bestand womöglich doch noch Hoffnung für den Kleinen? War er vielleicht nur bewusstlos?

Arturo wollte ihn nicht aufgeben. Wie viel kostbare Zeit verschwendete er hier eigentlich? Er musste einen Arzt holen, so schnell wie möglich! Auf dem Fahrrad mitnehmen konnte er das verletzte Kind unmöglich, also musste er den Wagen holen und Aldo zu Dottor Balli oder noch besser gleich ins Spital nach Vittorio Veneto bringen.

Wie ein Irrer raste Arturo die Serpentinen den Berg hinab. Ein Glück nur, dass ihm kein Fahrzeug entgegenkam, denn bremsen hätte er gewiss nicht können. Durch die Kleefelder bei Sanviale radelte er auf die Landstraße. Er blickte nicht nach links und nicht nach rechts. Hupend überholte ihn ein offener Laster, auf dem eine Gruppe Soldaten hockte, die die Faschistenhymne grölten. »Giovinezza, Giovinezza, primavera di bellezza, nel fascismo è la salvezza! – Jugend, Jugend, Frühling der Schönheit, im Faschismus liegt die Rettung«, hallte ihnen nach, als Arturo in die Kurve einbog und geradewegs auf eine schwarz gekleidete zierliche Person zufuhr, die ihm am Straßenrand entgegenkam. Er wich aus, kam dabei auf der sandigen Straße ins Schleudern, fand dann aber rechtzeitig das Gleichgewicht wieder.

Doch bevor er erneut an Tempo aufnehmen konnte, stellte sich ihm seine Mutter in den Weg: »Arturo, ich hätte dich beinahe nicht erkannt! Du rast ja, als wäre der Teufel hinter dir her! Um Gottes willen, was ist passiert?«

Er stieg zitternd vom Rad, zu atemlos, um zu antworten.

Die Mutter betastete mit ihren dürren Fingern sorgenvoll seine Brust. »Das ist Blut, Junge! Bist du verletzt? Hattest du einen Zusammenstoß mit den Schwarzhemden?«

»No«, keuchte er leise. »Ich glaube, ich habe ein Kind getötet. Aber vielleicht lebt es auch noch. Ich muss dringend den Wagen holen!«

»Wo?«, fragte sie kurz.

Das dröhnende Angelus-Läuten von San Geronimo setzte gerade ein. Arturo musste laut rufen, um den Lärm zu übertönen. »Es liegt oben, in der Ca' More.«

»Pssst!« Die Mutter sah sich hektisch um. »Ich helfe dir natürlich. Fahr nach Hause, und warte in meinem Zimmer auf mich.«

Arturo war es, als würde sie ihm einen Teil der Last von den Schultern nehmen. Seine Mutter war so ruhig und überlegt. In Notfällen hatte sie schon immer gewusst, was zu tun war.

29

Obwohl die gegrillte Dorade in ihrem Mantel aus wildem Thymian und grobem Meersalz köstlich duftete, schaffte es Agnes kaum, mehr als ein paar Bissen davon hinunterzuwürgen. Die Rosmarinkartoffeln schob sie direkt beiseite. Sie hatte einfach keinen Appetit. Lustlos nippte sie an ihrem Chardonnay und schaute in die Ferne. Hinter dem Horizont war ein glühender Feuerball dabei, unter der lila glitzernden Wasserkante zu versinken und die Welt in tröstlichem Dunkel zurückzulassen. Ein großes Kreuzfahrtschiff zog langsam am Horizont vorüber. Das langgezogene Hupen seiner Sirene klang wie der Ruf eines alten Elefanten, der seine Herde zusammenrief. Agnes stellte sich vor, auf dem Schiff in den Süden zu reisen. Mit unbekanntem Ziel und ohne Rückfahrkarte.

Ihr Smartphone kündigte eine SMS an. Wie zu erwarten kam die Nachricht von Hans: Ich vergesse langsam, wie du aussiehst! Muss ich mir etwa eine andere suchen?

Plötzlich wünschte sie sich, sie könnte alles Geschehene zurückdrehen. Wenn ihr Mann wüsste, was seine Haselmaus angerichtet hatte … Sie war drauf und dran gewesen, ihn zu verlassen. Einfach so, mir nichts, dir nichts, ihre Ehe wegzuschmeißen. Für einen Fremden.

Der sie, das musste sie zugeben, in wenigen Tagen glücklicher gemacht hatte als Hans in all den gemeinsamen Jahren. Und der sie dann mehr enttäuscht hatte als jeder andere Mensch in ihrem Leben!

Sie seufzte offenbar so laut, dass sich die alte Dame am Nachbartisch, die ohne ihre komische Badehaube und aus der Nähe einen sehr sympathischen Anblick bot, mit mitleidig gerunzelten Augenbrauen zu ihr umdrehte. Doch Agnes wollte kein Mitleid. Ihr Elend hatte sie sich durch ihren Leichtsinn selbst eingebrockt, und jetzt musste sie selbst einen Weg aus dem Schlamassel finden und die Verwüstung, die der Tsunami ihrer Gefühle hinterlassen hatte, aufräumen. Sie bat den Kellner um das Passwort des Hotels für die WLAN-Verbindung und ging nach oben.

Wenige Minuten später hörte sie das Geräusch eines anfahrenden Zugs, mit dem sich ihr Skype-Programm öffnete. Wie erwartet war Hans in der Nähe seines Computers, denn gleich darauf sah Agnes sein Gesicht auf dem Bildschirm ihres Laptops. Er wirkte überrascht und sichtlich erfreut. Hektisch fuhr er sich mit den Fingern durch die langen Haare und kontrollierte sein Spiegelbild wie eine eitle Frau, die man ausnahmsweise ungeschminkt überrascht hatte.

»Haselmaus! Ich wollte mich auch gerade bei dir melden.« Er lächelte besorgt. »Hast du dich wieder erholt? Geht es dir besser?«

Sie verstand im ersten Moment nicht, wovon er sprach. Er konnte doch nicht wissen … Dann fiel ihr wieder ein, dass sie ihn zuletzt mit einer vorgetäuschten Migräne abgewimmelt hatte. Ihre dreiste Lügenshow am Telefon schien ihr nach der dramatischen Nacht ein Vorfall aus einer anderen Zeit zu sein. Vielleicht sogar aus einem anderen Leben. Doch was blieb ihr anderes übrig, als den begonnenen Auftritt nun fertig zu spielen?

»Hallo, mein Schatz, danke, dass du fragst. Das Schlimmste ist wohl vorüber.«

Das entsprach wenigstens der Wahrheit.

Hans grinste nun und drehte den Zeigefinger in seine Haare, wie wenn ihm etwas peinlich wäre. »Da bin ich aber froh. Wenn du wüsstest, was ich mir gestern alles eingebildet habe … Soll ich es dir sagen?«

Sie nickte, und er fuhr fort. »Aber du darfst mich nicht auslachen! Ich habe plötzlich geglaubt, dass du mit einem fremden Mann im Bett liegst und mir dein Kopfweh nur vorspielst. Ja, ich war mir sogar ganz sicher … Verrückt, nicht? Jedes Detail habe ich in meinem Wahn vor mir gesehen. Ich sag's dir, die Nacht war die Hölle für mich!«

Er schüttelte den Kopf über sich selbst. Agnes hielt die Luft an. Wie unglaublich war *das* denn? Ausgerechnet in dem Moment, in dem sie mehr als begründet war, zweifelte Hans an seiner Eifersucht.

Jetzt nur nicht die Fassung verlieren und losheulen, ermahnte sie sich. Sie wusste nicht, was sie sagen sollte, aber Hans setzte nun sowieso seine Selbstanklage weiter fort.

»Wie konnte ich mich nur in so einen Quatsch steigern! Man muss dich ja nur einmal ansehen, um zu wissen, wie sauschlecht es dir ging. Du schaust immer noch furchtbar aus, mein armes Mäuschen. Das leibhaftige Elend.«

Nun, dazu hatte sie keinen Maskenbildner gebraucht.

»Das wird schon wieder«, sagte sie mehr zu sich als zu ihrem Mann.

Er nahm einen großen Schluck aus einem Glas, das offensichtlich schon die ganze Zeit neben ihm gestanden hatte. Die goldbraune Flüssigkeit konnte nur Whisky sein. War er deswegen so ungewöhnlich selbstkritisch? Ihr wäre so viel lieber gewesen, wenn sie sich gegen seine übliche Nörgelei hätte wehren müssen.

Jetzt lehnte er sich nach vorn, als könnte er so mehr von ihrer Umgebung sehen, und wollte verwundert wissen: »Seit wann hast du überhaupt Internetanschluss bei den Spaghettis?«

»Ach so, stimmt, das weißt du noch gar nicht. Also, nach der Migräneattacke gestern habe ich mich heute früh entschieden, ein paar Tage Urlaub zu nehmen. Darum habe ich mir in Duino ein Zimmer genommen.«

Er riss erstaunt die Augen auf. »Urlaub? Du machst *Urlaub* im Urlaub?«

Agnes überhörte die Spitze. Ihr alter Hans war doch nicht komplett verschwunden. Zunächst war sie beinahe erleichtert. »Warum nicht? Ich habe seit meiner Abreise doch pausenlos gearbeitet. Wahrscheinlich bin ich deswegen auch zusammengekappt. Wie geht es im Büro?«

Sie wollte endlich in bekanntes Gewässer schiffen, aber Hans ging seltsamerweise gar nicht darauf ein.

»Du, Haselmaus, als ich heute Nacht fast durchgedreht bin bei der Vorstellung, dass du mich wegen eines anderen verlässt, da habe ich mir was überlegt«, sagte er. »Ich möchte dir etwas schenken, wenn du wiederkommst.« Er guckte dabei geheimnisvoll und fügte hinzu: »Oder *damit* du wiederkommst.«

Agnes schluckte schwer und hatte große Mühe, sich die Gefühle, die in ihrem Inneren tobten, nicht anmerken zu lassen. Ein Geschenk hatte sie wirklich nicht von ihm verdient.

»Willst du gar nicht raten, was es ist?«, fragte er erwartungsvoll in das Schweigen.

»Hmm«, sagte sie zögernd. »Vielleicht eine neue Tasche?«

»Falsch!«

»Das Armband, das wir beim Juwelier neben dem *Bayerischen Hof* gesehen haben?«

Hans zappelte ungeduldig auf seinem Stuhl herum. »Noch mal falsch. Ich gebe dir einen Tipp.« Er legte beide Hände wie zwei abstehende Ohren an die Schläfen und machte: »Wau. Wrrr … Wau!«

Sie stutzte. Es war … unfassbar. Er wollte ihr einen Hund schenken? Ausgerechnet jetzt, wo sie ihn mit einem viel jüngeren Italiener nach allen Regeln der Kunst betrogen hatte? Agnes stiegen vor Scham die Tränen in die Augen.

»Das ist furchtbar lieb von dir, Schatz«, sagte sie und merkte selbst, wie falsch ihre Stimme klang.

»Da habe ich aber mehr Begeisterung erwartet«, warf Hans ihr prompt vor. Er zog enttäuscht die Mundwinkel nach unten. »Was ist los? Freust du dich etwa nicht?«

»Schon. Aber ich glaube, ich will doch keinen Hund«, versuchte sie zu erklären.

Es war zu spät, das spürte sie intuitiv. Die Leere in ihr konnte kein Tier füllen. Nicht einmal ein anderer Mensch.

»Da möchte ich dir einmal eine Freude machen, überwinde meinen Ekel … Heute Mittag habe ich sogar schon das Standardwerk über Hundeerziehung für dich besorgt. Aber du wechselst deine Meinung ja neuerdings schneller als deine Unterhosen!« Seine Enttäuschung wandelte sich nun endlich in den gewohnten Sarkasmus. »Und was steht jetzt auf Madames Wunschliste, wenn ich fragen darf? Ein Zwergpony? Oder ein italienischer Lover vielleicht?«

Treffer – versenkt. Agnes schoss die Röte ins Gesicht. Hoffentlich bemerkte Hans das im schwachen Licht der Energiesparglühbirne nicht.

»Nein, ich … ich …«, stammelte sie, »ich muss selbst mehr Inhalt in mein Leben bringen.«

Hans lachte gekünstelt.

»Womit wir mal wieder beim leidigen Thema wären! Ich hatte gehofft, nach deinem Selbstfindungstrip da unten wärst du mit dem Scheiß endlich durch.«

»Wenn es so leicht wäre«, erwiderte sie seufzend.

»Warte mal.« Er verschwand aus dem Ausschnitt des Bildschirms, um kurz darauf wieder zu erscheinen. Sie sah, wie er sich nachschenkte, eine Zigarette anzündete und tief den Rauch inhalierte.

»Seit wann rauchst du denn wieder?«, fragte sie verblüfft.

»Seitdem du mich wegen eines schlecht bezahlten Jobs bei den Itakern hast sitzen lassen! Das wäre allein Grund genug. Und jetzt hast du mir auch noch meine schöne Überraschung kaputtgemacht, und ich darf mir anhören, dass du in den Urlaub fährst. Ohne mich vorher zu fragen!«

Agnes schämte sich immer mehr vor ihm. Dieses Gefühl abgrundtiefer Verdorbenheit war kaum auszuhalten. Sie hätte so gern ihr Gewissen erleichtert. Wäre es nicht besser, ihm alles zu beichten? Um dann einen Strich unter die Vergangenheit zu ziehen und von vorn anzufangen?

Und dann? Was wäre dann? War Hans der Mensch, der ihr großmütig verzieh? Der seine Mitschuld an alledem anerkennen würde? Der sie weiter *lieben* würde mit ihren Schwächen und Makeln?

Die Vorstellung, was sie mit ihrem Geständnis auslösen würde, machte ihr schreckliche Angst. Und ihr Ausrutscher mit Matteo war doch sowieso unwiederbringlich vorbei, also gab es eigentlich keinen Grund mehr dafür, Hans damit zu quälen. Ach, es war alles so schrecklich verfahren …

Hans nahm einen großen Schluck und verformte die Mundwinkel zu einer unschönen Grimasse. »Du solltest dich mal sehen!« Er musterte sie wieder ausgiebig. Seine durch den Fokus vergrößerte Iris leuchtete kühl wie ein Fischauge. »Dürr und abgehärmt, wirklich scheußlich. Das ist nicht nur die Migräne. Ich sag dir mal, was der eigentliche Grund ist: Du hast dich komplett überschätzt! Ich wusste es. Dein toller Auftrag war eine Nummer zu groß für dich, Madame. Wird wirklich Zeit, dass du den ganzen Bockmist sein lässt und wieder heimkommst.«

Das wäre der einfachste Weg.

Sich nie mehr damit beschäftigen, was in den vergangenen Wochen geschehen war. Mit welchen Gedanken sie gespielt hatte. Gedanken an ein Leben mit Matteo. Ohne Hans. Ohne München. Ohne Verpflichtungen … Aber so leicht wollte es sich Agnes nicht machen. Wenn sie schon ihr Gefühlsleben in eine gewaltige Bruchlandung gesteuert hatte, so blieb ihr doch wenigstens der Ehrgeiz, nicht auch noch beruflich zu versagen.

»Das werde ich sofort, wenn ich mit meinem Entwurf fertig bin. So wie wir es ausgemacht haben«, sagte sie und versuchte, dabei so entschlossen wie möglich zu klingen.

»Ausgemacht haben wir, dass du höchstens vierzehn Tage da unten bleibst. Inzwischen ist es schon fast ein Monat. Meine Geduld geht langsam zu Ende. Spätestens am 20. Juni brauche ich dich im Büro. Dann fährt Renate in den Urlaub, und ich habe keine Sekretärin mehr. Dein Michelangelo muss sich notfalls eben jemand anders suchen – wird ja nicht so schwer sein, dich zu ersetzen.«

An seiner Schulterbewegung konnte sie sehen, dass er die Zigarette ausdrückte. Sie konnte den Gestank, der in ihrem Wohnzimmer in München hängen musste, förmlich riechen.

Seltsam, dachte sie. Nachdem ich mich eben noch vor ihm geschämt habe, aber auch froh gewesen bin, sein Gesicht zu sehen, kann ich ihn jetzt, nur zwei Sekunden später, schon nicht mehr ertragen.

Sie setzte sich aufrechter hin und räusperte sich.

»Hans, ich bin ausgebildete Architektin, nicht deine Sekretärin. Und du weißt, was diese Aufgabe für mich bedeutet – wir haben oft genug darüber gesprochen.«

»In erster Linie bist du meine Frau, und ich finde es ziemlich beschissen, dass du meine Wünsche einfach so ignorierst. Darüber haben wir auch oft genug gesprochen!«

»Jetzt fang doch bitte nicht wieder damit an.«

»Womit soll ich denn sonst anfangen? Vielleicht davon, wie peinlich es für mich ist, wenn ich ständig nach dir gefragt werde?«

»Was ist denn bitte daran *peinlich*?«

»Was ist denn bitte daran peinlich«, äffte Hans sie nach. »Ich sage es dir. Es ist mir peinlich, dass alle Welt sieht, wie wenig ich meiner Frau bedeute!«

»Hans, trink nicht so viel. Dann fängst du an, dich selbst zu bemitleiden.«

»Was? Muss ich mir jetzt auch noch vorwerfen lassen, ich wäre ein Säufer?«

»Aber nein, das habe ich doch gar nicht ge…«

»Du brauchst gar nicht so vorwurfsvoll zu schauen! Was glaubst du eigentlich, warum ich seit Tagen jeden Abend einen Whisky brauche?«

Agnes erwiderte nichts. Sie wusste, dass sie nun einen Punkt erreicht hatten, an dem mit Vernunft nicht weiterzukommen war. Ihrem Mann entglitten bereits die Gesichtszüge. Er trank nun in kurzen Abständen, als wäre das hochprozentige Getränk Limonade.

»Hä? Sag schon! *Warum* trinke ich?«

»Das frage ich mich auch.«

»Weil *du* mich nicht achtest. Vor jedem Straßenköter hast du mehr Respekt als vor mir! Aber ich möchte geliebt werden. Jawohl, ich möchte, dass du hinter mir stehst und zu mir aufsiehst und zu meiner Architektur und dass du mich liebst und verehrst!«

»Ich glaube, es ist besser, wir sprechen wieder, wenn du nüchtern bist.«

»Ja, würg mich nur ab! Jetzt bin ich wieder der böse Trinker. Das willst du doch! Widerlich soll ich mich fühlen, und du bist der feine Unschuldsengel. Dabei bist du an allem schuld. Du ganz allein! Du hast mich von dir abhängig gemacht. Und komm mir jetzt bloß nicht wieder mit dieser Therapiekacke. Ich habe kein Problem! Das heißt, mein einziges Problem, das ich habe, das bist du!«

Na wunderbar! Jetzt waren sie wieder voll und ganz in ihrem alten Schema gelandet. Der Alkohol brachte Hans' geballte Aggressivität und sein fadenscheiniges Selbstbewusstsein ans Licht, und Agnes bemühte sich, ihren tiefsten Empfindungen, ihrem Zorn und ihrer Kränkung zum Trotz, deeskalierend zu wirken. »Hans, ich bin bestimmt kein Engel. Aber das muss ich mir trotzdem nicht von dir anhören.«

Er kniff die Augen zusammen. »Doch, natürlich bist du ein Engel. So schön und begabt. Kein Wunder, wenn ich bei deinem Anblick keinen mehr hochkriege. Du bist viel zu gut für mich!«

»Jetzt ist es wirklich genug!«, rief sie aufgebracht.

Hans riss den Mund auf. Aber sie konnte den Anblick und die Vorwürfe nicht mehr ertragen. Und das jämmerliche Wechselspiel zwischen sich und ihrem Mann auch nicht. Noch bevor er ein weiteres Wort sagen konnte, klappte sie den Laptop zu. Ihr Herz schlug ihr bis zum Hals.

Sie legte sich aufs Bett und starrte an die Decke. Morgen würde er kleinlaut um Entschuldigung bitten und versprechen, die Finger vom Whisky zu lassen. Es war immer dasselbe. Sie hatte es in den letzten Jahren geschafft, das Problem, das sie beide hatten, erfolgreich auszublenden. Es hatte angefangen, als er beim großen Wettbewerb der Pinakotheken in der ersten Runde ausgeschieden war. Aus Frust hatte er damals mit dem beteiligten Mitarbeiter eine ganze Flasche Glenfiddich gekippt. Das Büro lief auch ohne diesen Auftrag gut, aber Hans war unter der Niederlage schwer eingeknickt, und ihre Beziehung hatte damals einen tiefen Sprung bekommen. Denn Agnes hatte einfach schweigend zugesehen, wenn er von da ab immer häufiger bei Enttäuschungen zum Hochprozentigen gegriffen hatte, und gehofft, dass es irgendwann schon wieder besser werden würde.

Zum ersten Mal gestand sich Agnes ein, dass sie diesen Sprung niemals würde kitten können. Und all die feinen Risse, die sich seitdem von dem tiefliegenden Makel ausgebreitet hatten und mittlerweile auch auf der Fassade ihrer Ehe sichtbar wurden, erst recht nicht. Mit Schrecken stellte Agnes fest: *Jede* ihrer Welten war eingestürzt. Selbst der naheliegende Ausweg, das Zurück zu Hans, in ihr altes Leben, war verschüttet.

Die Zimmerwände kamen plötzlich bedrückend nahe. Mit dem Gefühl, erdrückt zu werden, sprang sie aus dem Bett, warf sich ihren Cardigan über und griff nach den Rilke-Elegien, dann stapfte sie in die Hotelbar, die im Bereich der Sonnenliegen unter einem Dach aus Bast betrieben wurde, und bestellte sich einen Pfefferminztee.

Auch das ältere Paar, das Agnes bei ihrer Ankunft auf der Hotelterrasse beobachtet hatte, und ein paar weitere Gäste um sie herum saßen vor mit bunten Flüssigkeiten gefüllten Gläsern. Doch während die meisten plauderten und lachten, hockten der langhaarige Dichter und seine liebenswerte Frau schweigend nebeneinander an der Theke. Er blätterte in einem Magazin, sie spielte gelangweilt mit den Zahnstochern und Olivenkernen in dem Schälchen vor sich.

Agnes öffnete ihr Buch. Die kleine Jasminblüte fiel ihr entgegen. *Und siehe, wir lieben nicht wie die Blumen …*

Sie kam nicht dazu weiterzulesen, denn sie wurde von einem hysterischen Gekreische an einem der Tische in nächster Nähe abgelenkt. Ein dicker Grashüpfer war auf dem Teller mit Chips gelandet und hatte die beiden jüngeren Frauen, die dort geschmückt wie Weihnachtsbäume an ihren Cocktails saugten, erschreckt. Eine der beiden hatte ihre strassfunkelnde Zehensandale ausgezogen und hielt sie abwehrbereit in der Hand. Der Grashüpfer kroch langsam aus den Chips heraus und direkt auf die nach Zitronen duftende Kerze zu. Das Licht schien ihn anzuziehen.

Die alte Dame neben Agnes, die den Vorfall auch beobachtete, ließ den Zahnstocher fallen, stand auf, ging ruhig zu dem Tisch hinüber und nahm das große Insekt auf, indem sie beide Hände schützend um es hüllte. Dann trug sie es ans hintere Ende der Terrasse zu den Geißblattranken und setzte es dort behutsam ab. Geschmeidig wie ein junges Mädchen kehrte sie an die Bar zurück und kletterte wieder auf den Hocker. Ihr Mann sah kurz auf, streichelte ihr über den Unterarm und vertiefte sich wieder in seine Lektüre. Die Frau sah sich um.

Agnes lächelte sie an. »Das war nett von Ihnen.«

»Ach, ich finde nur, man sollte sorgsam mit der Umwelt umgehen«, antwortete die Frau bescheiden. »Wissen Sie, mein Mann ist Schriftsteller. Durch ihn habe ich gelernt, auch auf die Kleinigkeiten zu achten.«

Der eben Erwähnte nahm den letzten Schluck aus seinem Glas, suchte Zeitschrift, Notizbuch und Füller zusammen und stand auf. Er wisperte seiner Frau etwas ins Ohr, dann nickte er Agnes missmutig zu, wickelte seinen roten Wollschal enger um den Hals und verschwand in Richtung Hotel.

»Ich hoffe, ich habe Ihren Gatten jetzt nicht verjagt«, sagte sie, als er außer Hörweite war.

»Nein, machen Sie sich keine Sorgen. Aber Eckhardt kann Gespräche um sich herum nur schlecht ertragen, weil sie seine Inspiration stören. Da zieht er sich lieber zurück. Wissen Sie, Künstler können sehr empfindlich sein.« Sie seufzte leise.

»Ich weiß«, bestätigte Agnes voller Mitgefühl. Wie hielt diese zauberhafte, vitale Dame es wohl mit diesem Miesepeter aus?

Die Frau musterte Agnes' Hände. Ihr Blick blieb an ihrem Ehering hängen. Hans hatte den breiten Platinreif mit den drei quadratisch geschliffenen Edelsteinen extra anfertigen lassen. Der Saphir sollte für ihn selbst stehen, für Agnes hatte er einen seltenen braunen Diamanten gewählt, der ihn an ihre Augenfarbe erinnerte. Der dritte Stein, ein Rubin, war nach Lillys Geburt eingesetzt worden.

»Sind Sie nicht mit Ihrem Mann hier?«

Agnes zögerte keinen Augenblick, bevor sie antwortete: »Ich habe keinen Mann. Wir haben uns kürzlich getrennt.«

30

Borgo Visentin. Juli 1937

Pupo sprang ihm schwanzwedelnd entgegen und stellte die Ohren auf, als wollte er nach seinem Frauchen fragen. Arturo sank schwer auf den mit rosafarbener Seide bezogenen Diwan im Zimmer der Mutter und sah reglos zu, wie der struppige Hund begann, an der Tür zu scharren. Erst als wenig später die Mutter im Flur zu hören war, ließ Pupo davon ab und rollte sich zufrieden in seinem Körbchen ein.

Sofort sprang Arturo auf und eilte ihr entgegen. »Lasst uns schnell fahren! Ich hole das Auto!«

Doch sie machte eine unbestimmte Kopfbewegung und zog die geblümten Vorhänge zu.

»Zuerst müssen wir ein paar wichtige Fragen klären. Was ist das für ein Kind, und wie genau ist es passiert?«

Er wurde angesichts der Tatsache, dass sie sich so viel Zeit ließ, wieder nervös. »Der Junge liegt in der Ca' More. Es ist ihr Sohn, Elisas Ältester, er ist ihr nachgelaufen und hat uns beobachtet. Elisa war bereits weg, da habe ich ihn entdeckt und ihm Angst gemacht. Dann ist er abgehauen, gestürzt und hat sich den Kopf an einem Stein aufgeschlagen.« Arturo schlug sich die Hände vor das Gesicht. »Er ist vielleicht tot. Da war so viel Blut!«

»Du hast dich wieder mit der kleinen Schlampe getroffen?«

»Mutter, darum geht es jetzt nicht! Elisas Kind braucht

Hilfe!« Arturo sprang auf und schüttelte die Mutter an den Schultern.

»Piano. Nichts überstürzen«, mahnte sie. »Lass uns zuerst nachdenken, was für alle das Beste ist.« Sie drückte ihn zurück auf den Diwan und lief dann im Zimmer auf und ab. Ihre Absätze klapperten dabei hart über den polierten Terrazzoboden. »Wenn das Kind tot ist, und so, wie du mir die Situation beschrieben hast, ist es das mit sehr großer Wahrscheinlichkeit, dann könnte man dich anklagen. Es gibt keine Zeugen, die deine Unschuld beweisen. Im Moment ist die Stimmung gegenüber uns Großgrundbesitzern nicht besonders gut. Und von der Regierung ist kein Beistand zu erwarten, weil sich dein Vater und du ja immer standhaft geweigert habt, der Partei beizutreten.«

»Wir können ihn doch nicht da oben verrecken lassen, nur weil wir keine Faschisten sind!«

Die Mutter schüttelte den Kopf. »Natürlich nicht. Pass auf. Du wäschst dich jetzt und verbrennst dieses blutverschmierte Hemd. Ich schaue inzwischen in der Ca' More nach dem Kind. Wenn es lebt, kümmere ich mich selbstverständlich um die beste ärztliche Versorgung. Aber wenn es tot ist, werden wir heute Nacht dafür sorgen, dass es keiner findet.«

»Mutter!«, rief Arturo entgeistert. »Das kann nicht Euer Ernst sein!«

»Kein Mensch hat etwas davon, wenn du verurteilt wirst. Und das tote Kind schon gar nicht!«

»Aber Elisa, sie muss doch wissen …«

»Willst *du* deiner Elisa etwa sagen, dass du ihr Kind umgebracht hast?«

Während er ungeduldig auf ihre Rückkehr wartete, wollte Arturo beten – aber zu wem? Sein Vertrauen war zerstört.

Wenn es einen Gott gab, dann war es ein grausamer. Einer, der nicht Gnade schenkte, sondern der Elisa und ihn dafür strafte, dass sie die vor ihm geschlossenen Ehen hatten auflösen wollen. Trotzdem faltete er die Hände: »Bitte, lass ihn leben. Lass Aldo am Leben …«

Warum blieb die Mutter nur so lange weg? War es vielleicht ein Zeichen dafür, dass er hoffen durfte? Hatte sie Aldo allein zum Arzt gebracht, um ihn, Arturo, aus der ganzen Sache herauszuhalten?

Das Zimmer verschwamm bereits im Licht der blauen Stunde, als sich endlich die Tür öffnete. Doch nicht die Mutter, sondern Rosaria huschte herein. Er schrak zusammen, denn er hatte noch nicht einmal das blutige Hemd ausgezogen. Wie sollte er ihr seinen Anblick erklären?

»Rosaria, ich …«, setzte er an.

»Pst.« Sie legte ihm den Zeigefinger auf die Lippen. »Ich weiß Bescheid. Deine Mutter hat mir alles gesagt.«

Das wäre wirklich nicht nötig gewesen, dass die Mutter ausgerechnet Rosaria einweihte!

Seine Frau schien zu ahnen, was er dachte. Sie hockte sich vor ihn und erklärte: »Die Suocera wollte sich nicht von Meni fahren lassen, aber selbst kann sie den Wagen nicht steuern. Und schließlich habe ich eine Ausbildung als Krankenschwester. Sie hat mich gebeten, mir den verletzten Jungen anzusehen.«

Das klang sinnvoll. Natürlich hatte die Mutter gut daran getan, Rosaria einzubeziehen. Er musste an Aldo, an seine Gesundheit, an Elisa und nicht an sich selbst denken.

»Allora?«, fragte er hoffnungsvoll.

Traurig lehnte sie die Stirn an sein Knie. Diese Geste genügte ihm, um zu wissen, was sie in der Ca' More vorgefunden hatte.

»Er ist also tot?«, sprach er mit tonloser Stimme aus.

»Wir konnten ihm nicht mehr helfen«, erwiderte sie, ohne ihn anzusehen.

Arturo stohnte auf. Rosaria erhob sich und legte ihm die Hände auf die Schultern.

»Mein armer Liebling. Du musst jetzt tapfer sein«, flüsterte sie. »Deine Mutter ist oben geblieben und hält die Totenwache. Wir werden die Leiche nach Einbruch der Dunkelheit gemeinsam bestatten.«

»Wir?«, fragte er verzweifelt.

Sie nickte lächelnd. »Natürlich *wir*. Wer, wenn nicht ich, sollte dir jetzt helfen?«

»Warum tust du das für mich? Ich bin nie besonders nett zu dir gewesen.«

»Aber ich bin doch deine Frau. Ich halte zu dir, in guten wie in schlechten Zeiten.«

Rosaria küsste ihn leicht auf die Wange. Dann machte sie sich eifrig daran, den offenen Kamin einzuheizen. Es dauerte, bis die Späne Funken schlugen, denn Rosaria war im Einfeuern nicht geübt.

Als sich der Rauch verzogen hatte und die Flammen wie Geisterfinger nach den Holzscheiten griffen, trat sie wieder zu Arturo und knöpfte ihm vorsichtig das Hemd auf. Sie streifte es von seinen Schultern, ihre kühlen Finger strichen dabei leicht über seinen Rücken. Dann warf sie das Hemd ins Feuer.

Arturo ließ alles geschehen. Sein Körper fühlte sich hilflos an wie der eines Säuglings. Sein Wille war ausgeschaltet. Nachdem Aldos Tod nun schreckliche Gewissheit war, kreiselte ein einziger grausamer Gedanke wie ein grelles Jahrmarktkarussell in seinem Kopf: »Wenn ich erfahre, dass du ihm etwas verraten hast, schneide ich dir die Zunge ab.« Der Satz, mit dem er Elisas und damit auch sein Glück ausgelöscht hatte.

Mit dem Waschgeschirr der Mutter kam Rosaria jetzt aus

dem angrenzenden Boudoir, tauchte den Schwamm in das kalte Wasser und wusch sorgfältig das Blut von Arturos Händen. Doch die Schuld konnte sie nicht von ihm abwaschen. Nie mehr.

31

Zurück in ihrem Zimmer, fand Agnes auf ihrem Handy fünf nicht angenommene Anrufe von Hans. Außerdem fünf SMS, die mitteilten, dass sie von seiner Nummer eine Sprachnachricht empfangen hätte, und noch eine weitere SMS, in der er sie anflehte, ihn zurückzurufen. Dann folgte eine SMS mit wüsten Beschimpfungen. Sie löschte die Nachricht, bevor sie sie zu Ende gelesen hatte. Hans konnte, wenn er wütend war, extrem ordinär werden.

Obwohl es schon weit nach Mitternacht war und sie die Nacht zuvor kaum geschlafen hatte, fühlte sie sich überhaupt nicht müde. Wie in einem gewaltigen Wasserstrudel kreisten die Gedanken an Matteos Betrug, Micheles Zudringlichkeit und Hans' abwertendes Verhalten durch ihren Kopf. Gab es denn irgendeinen Menschen auf der Welt, der ihr noch wohlgesinnt war? Lilly wollte sie in dieser Situation nicht anrufen, und Christiane hob nicht ab – wahrscheinlich amüsierte die sich gerade mit ihrer neusten Flamme. Unruhig tigerte Agnes im Zimmer auf und ab. Es war zum aus der Haut fahren!

Sie musste sich ablenken. Weil ihr nichts Besseres einfiel, öffnete Agnes wieder ihren Laptop und begann bei eBay, nach antiken Gemälden aus dem 19. Jahrhundert zu stöbern. Ein paar Schnäppchen, die ihrem Architektenhaus in Nymphenburg nun eine persönliche Note gaben, hatte sie dort schon entdeckt. Und so wie es aussah, würde sie wohl bald einige neue Möbelstücke und Wohnaccessoires brauchen …

Sie sah sich gerade die zehnte Seite mit dilettantischen, kaputten oder überteuerten Malereien an, da fiel ihr eine Kopie von Gustave Dorés *Moses in der Wüste* auf. Sie zoomte das Bild näher heran, um Details zu erkennen. Michele hatte schon recht gehabt, als er meinte, dass die Radierung in der Ca' More Ähnlichkeit mit der Darstellung des großen Franzosen hatte. Auch hier war jede Falte im Gewand zu sehen, jede Locke im langen Bart des Propheten. Dieser Doré war in der Tat ein brillanter Techniker gewesen genau wie der Urheber der kleinen Radierung in der Ca' More. Agnes erinnerte sich nun daran, dass Matteo Ähnliches über Volo gesagt hatte. Bei dieser Gelegenheit hatte er ihr doch auch von einem Film erzählt, den er über seinen Freund gemacht hatte. Und hatte er nicht gesagt, dass er den Film im Internet hochgeladen hatte, als Volo gestorben war?

Es dauerte ein paar Minuten, bis Agnes das Video gefunden hatte. Sie brauchte mehrere Suchanfragen und verschiedene Schlagwörter, ehe sie Volo auf dem kleinen Player auf der Website erblickte, der leicht verunsichert in die Kamera sah. »Tu, was du nicht lassen kannst, Matto«, sagte er seufzend und beugte sich dann über seinen Tisch. »Aber verlang nicht von mir, dass ich während der Arbeit viel sage.«

Agnes fiel auf, wie liebevoll der Künstler den Menschen hinter der Kamera, also Matteo, genannt hatte. Matto – Verrückter. Dann sah man die Kamera wackelig auf die weiße Leinwand schwenken, Volos Hand mit einem Kohlestift kam ins Bild und begann zaghaft, die ersten Striche zu ziehen. Dazu setzte Klaviermusik von Rachmaninow ein. Matteo hatte sich wirklich Mühe gegeben. Zum Klang des Klaviers tanzte Volos Hand nun in Großaufnahme wie ein besessener Derwisch über die weiße Fläche. Nach und nach fügten sich die Striche zu einer Pflanze zusammen, dann folgte die nächste. Ein Papagei turnte plötzlich in einer Liane, und ein Tiger pirschte unter einem Felsüberhang hervor … So wuchs während der ersten Minuten des Films Stück für Stück ein minutiös gezeichnetes Wimmelbild zusammen. Weil Matteo viele kurze Schnitte hintereinandergesetzt hatte, dauerte es gefühlt nur einen kurzen Augenblick, bis Volo die Kreide beiseitelegte, seine riesige Zeichnung begutachtete, wobei er zufrieden lächelnd auf der Unterlippe nagte, und dann kurz und knapp »Finito!« sagte.

Agnes war gespannt, wie er nun die Farbe anbringen würde. Doch bevor er seine Tuben aufschraubte, machte Volo etwas Eigenartiges: Er nahm noch einmal den Kreidestift zur Hand, zögerte kurz, als würde er etwas suchen, und setzte dann mehrere millimetergroße Linien – was genau für eine Form sie hatten, konnte Agnes nicht erkennen – auf das Blatt einer Palme. Dann zog er schnell seine Palette heran und begann, bunte Häufchen aus Ölfarbe daraufzudrücken. Gleich darauf fing er mit dem Kolorieren an. Der zweite Teil des Films dauerte ungefähr noch einmal so lange wie die Erstellung der Vorzeichnung. Nur dass diesmal eine Art Rückwärtsentwicklung stattfand. Zunächst malte Volo seine lebensgetreue Darstellung realistisch bunt aus. Man hätte fast glauben können, eine Fotografie eines Dschungelausschnitts zu sehen. Doch dann übermalte er diese erste Schicht mit weniger genauen Konturen und in leicht veränderten Farben. Und darüber legte er die nächste Schicht. Auch diesmal schien es, als würde der Film schnell vorwärtsgespult werden, und die einst so detailgetreue Darstellung wurde immer ungenauer, verwirrender, aber auch beeindruckender, bis sich der Maler schließlich zur Kamera umdrehte und ein zweites Mal verkündete: »Finito!«

Dann tauchte er den Pinsel in schwarze Farbe und setzte

ihn auf eine Stelle mitten im Bild, wo sich Agnes' Meinung nach einmal ein Palmblatt befunden hatte, das jetzt jedoch nur noch fragmentarisch als solches zu erkennen war und das er nach Beendigung der Vorzeichnung noch einmal ausgebessert hatte. Die Kamera zoomte in das Bild, und Agnes konnte sehen, was er geschrieben hatte: Volo. Aus dem Off fragte Matteos Stimme, die vor mehr als zwanzig Jahren zwar noch nicht ganz so tief war, aber damals schon diesen samtweichen Schmelz hatte: »Möchtest du noch sagen, wie dein Bild heißt?«

Agnes spürte, wie ihr bei diesem Klang die Tränen in die Augen schossen. Sie schloss hastig das Browserfenster und ging auf den Balkon, um sich vom Nachtwind das Gesicht kühlen zu lassen.

Warm eingewickelt in eine der beiden Wolldecken, rollte sie sich eine halbe Stunde später im Liegestuhl auf dem Balkon ein. Es war nun tief in der Nacht und der Himmel klar wie ein Saphir. Jeder noch so kleine Stern war zu sehen. Sie erinnerte sich daran, was ihre Großmutter ihr als kleines Mädchen erzählt hatte: dass jeder dieser Sterne für die Seele eines Verstorbenen stand und zu leuchten begann, wenn man der Toten gedachte. Eine schöne Vorstellung. Dann funkelten jetzt also ihre heißgeliebte Oma, Rainer Maria Rilke, Elisa und Arturo über ihr. Und Volo. Und ein Stern war das Baby, das sie an Lillys fünftem Geburtstag verloren hatte.

Doch welcher Stern war wer?

Agnes drehte gedankenverloren ihren Ehering am Finger. Plötzlich fielen ihr die alte Dame und ihr dichtender Eckhardt wieder ein. In nicht allzu ferner Zukunft würde auch sie am Firmament funkeln. Ihr Leben auf der Erde hatte die Frau dann in Rücksichtnahme auf ihren Mann verbracht.

Irgendwie romantisch. Und andererseits auch … traurig.

Agnes erhob sich. Aus einer plötzlichen Eingebung heraus riss sie sich ihren Ehering vom Finger und schleuderte ihn mit einer ausholenden Bewegung über das Geländer, weit in das offene Meer hinaus. Ein letztes Mal sah sie ihn aufblitzen, dann verschwand er. Sie hatte innerhalb weniger Sekunden mindestens tausend Euro versenkt. Aber das einzige Bedauern, das sie verspürte, galt der Tatsache, dass ihr bei den Bundesjugendspielen niemals so ein Wurf geglückt war. Denn mit dieser sportlichen Leistung hätte sie sich garantiert eine Ehrenurkunde abholen können.

In der Ferne, weit draußen auf dem offenen Meer, lichtete sich langsam das tiefe Blau des Himmels. Die Dämmerung setzte ein. Und mit dem Gefühl einer riesigen Erleichterung, so als hätte sie nicht gerade einen kleinen Ring, sondern einen Siebeneinhalbtonner abgeworfen, ging Agnes zu Bett und schlief endlich fest und traumlos.

Am späten Vormittag hatte Agnes geduscht und ein ausgiebiges Frühstück genossen und fühlte sich gestärkt genug, um sich ihrem Leben und allen damit verbundenen Widrigkeiten zu stellen. Es gab viel zu tun, und sie konnte gar nicht früh genug damit beginnen, all die alten Zöpfe abzuschneiden, die in den letzten Tagen, Wochen, Monaten und Jahren wie Ballast an ihr heruntergehangen hatten. So schnell wie möglich musste sie mit ihrer Arbeit in der Ca' More fertig werden und dann sofort nach München fahren, sich einen Rechtsbeistand suchen und die Scheidung einreichen. Diesen Schritt noch länger aufzuschieben, und sei es auch nur für wenige Tage, wäre doch nur noch eine weitere Lüge Hans und sich selbst gegenüber. Und von Lügen hatte Agnes nun tatsächlich genug. Der Weg, den sie gehen musste, lag klar und deutlich vor ihr. Und das Erstaunlichste an allem war:

Zum ersten Mal seit einer sehr langen Zeit hatte Agnes keine Angst vor dem, was auf sie zukam.

Sie wollte sich gerade auf den Weg zur Rezeption machen, um ihr Zimmer für die zweite Nacht zu stornieren, als einer der Kellner zielstrebig auf sie zuwieselte. »Signora Behrend? Draußen wartet ein Herr auf Sie.«

»Das darf doch nicht wahr sein!« Agnes stöhnte gequält auf. Das konnte nur Hans sein – schließlich war er der Einzige, der wusste, in welchem Hotel sie sich einquartiert hatte. Außerdem war nur er zu solch theatralischen Gesten fähig und roch selbst auf weite Entfernungen, wenn es sein musste, sogar bis über die Alpen, wann er ihre Grenze überschritten hatte.

Gewappnet für den Angriff, trat sie nach draußen. Sie wollte diesmal bei sich bleiben und sich nicht wie eine Marionette von ihm führen lassen. Der Blick auf das alte Ehepaar, dieser alberne Dichter und seine um seine Befindlichkeiten kreiselnde Frau, war ein Geschenk des Himmels gewesen, ein Blick direkt in ihre Zukunft. Genau so könnte Agnes in fünfundzwanzig Jahren neben Hans in diesem Hotel sitzen. Er würde zwar nicht reimen, sondern die umliegenden Häuser skizzieren, aber er würde genauso abfällig über die anderen Gäste die Nase rümpfen und Agnes als sein stets applaudierendes Publikum benutzen. Und immer, wenn sie sich nicht nach seinem Drehbuch verhielt, würde er sie auf subtile Weise demütigen. So wollte sie nicht alt werden. So nicht! Der Affentanz mit Hans war vorbei. Mit diesen bestärkenden Gedanken im Kopf trat sie nach draußen und sah sich suchend um.

Doch wo war er? Die Terrasse war leer.

Aber dort, unterhalb der metallenen Reling, am Ufer, stand ein Mann und warf Steine ins Meer. Er war breitschultrig und muskulös. Der Wind zauste seine braunen gewellten Haare.

Agnes hätte nicht gedacht, dass Matteos Anblick sie so aus der Fassung bringen könnte. Der erste Reflex war, ihm in die Arme zu fliegen. Der zweite wegzulaufen. Der dritte, und für diesen entschied sie sich in ihrer Not, war stehen zu bleiben und abzuwarten, was er von ihr wollte.

Matteo musste ihre Anwesenheit gespürt haben, denn er drehte sich um, kam im Laufschritt die Stufen heraufgerannt und streckte die Hände nach ihr aus.

Wie verdammt anziehend er war. Wie sehr sie sich nach seiner Umarmung sehnte … Und wie unglücklich er sie gemacht hatte! Unwillkürlich trat sie einen Schritt zurück.

Er ließ die Arme sinken. »Lidia hat mir den Tipp gegeben, wo ich dich finde. Aber dafür musste ich die halbe Vitrine in der Pasticceria leer essen«, sagte er.

Doch sein Lächeln wich einem ernsten Gesichtsausdruck, als er sah, dass sie über seinen Scherz keine Miene verzog. »Ich bin gekommen, um mit dir zu reden«, sagte er schüchtern.

»Was gibt es zu reden? Ich habe doch alles gesehen.« Agnes hatte das Gefühl, innerlich zu zerreißen. Die Sehnsucht nach ihm war beinahe so groß wie die Angst, ein weiteres Mal verletzt zu werden. Dazu zerrten an ihr die Wut auf ihn und die grenzenlose Enttäuschung über seinen Betrug. Doch wenn sie nicht gut achtgab, lief sie Gefahr, erneut auf ihn hereinzufallen, denn sie war, das spürte sie genau, noch lange nicht über ihn hinweg.

Matteo hatte inzwischen wieder seinen gefährlichen Welpenbettelblick aufgesetzt. »Du sollst mich verstehen. Ich bitte dich nur darum, dass du mir zuhörst. Eine Stunde. Danach kannst du mich wegschicken.«

Agnes dachte nach. Was konnte sie noch verlieren?

»Ti prego«, wiederholte er. »Jeder Angeklagte hat ein Recht auf Verteidigung.«

Durch die Fenstertür sah Agnes, dass die alte Dame im Frühstücksraum sie neugierig beobachtete.

»In Ordnung«, sagte sie. »Lass uns einen Spaziergang machen.«

32

Seite an Seite gingen sie die Straße hinauf, an der Post vorbei, bis zum Beginn des Rilke-Wanderwegs. Agnes achtete darauf, mit ihrem Arm seine Haut nicht zu streifen, und er versuchte seinerseits nicht, sie anzufassen.

Erst als sie den Parkplatz hinter sich gelassen hatten und zwischen Kiefern und Lorbeerbäumen auf den sandigen Pfad traten, begann Matteo zu sprechen. Es kostete ihn hörbar große Überwindung.

»Michele hat in allem die Wahrheit gesagt. Maria ist, nein, sie *war* meine Freundin, und manchmal habe ich sie mit anderen Mädchen betrogen. Wir haben, nachdem sie dich und mich miteinander erwischt hat, Schluss gemacht.«

Zumindest den letzten Teil des Geständnisses vernahm Agnes mit Genugtuung. Doch das Gefühl währte nicht lange. »Das heißt, du hast sie auch getroffen, als wir schon miteinander ins Bett gegangen sind?«

Matteo blickte betroffen zu Boden. »Ja. Aber …«

Agnes fiel ihm ins Wort. »Du hast etwas mit einer anderen Frau gehabt, *während* du mit mir rumgemacht hast? Das ist ja so was von widerlich!« Und dann setzte sie, von sich selbst über ihre Ausdrucksweise überrascht, hinzu: »Du bist wirklich ein Stronzo! Ein riesengroßer Arsch!«

An dem überraschten und, wie sie mit Befriedigung feststellte, auch geknickten Ausdruck auf Matteos Gesicht war abzulesen, dass ihr kleiner Ausbruch Wirkung gezeigt hatte.

»Da hast du wohl recht. Aber was ich dir als Nächstes beichten muss, wird noch härter«, sagte er zögernd. »Und ich glaube auch nicht, dass du danach hübschere Worte für mich findest.«

»Wovon sprichst du?«

Matteo wandte den Blick ab und starrte irgendwo ins Nichts. »Ich bin kein Gärtner, und niemand hat mir den Auftrag gegeben, den Park der Ca' More zu pflegen.«

»Wie bitte?« Fassungslos blieb sie stehen. »Warum warst du dann ständig dort?«

»Ich habe etwas gesucht.«

»Hättest du das nicht sagen können?«

»Nein. Denn dann hättest du garantiert wissen wollen, *was* ich suche.«

Agnes konnte den Blick nicht von ihm abwenden. Als sie die Tragweite seiner Worte endlich kapierte, raubte ihr die schreckliche Erkenntnis, was ihre aufregende italienische Liebschaft in Wahrheit gewesen sein musste, fast den Atem: ein abgekartetes Spiel. »Also hast du nur deswegen ein Verhältnis mit mir angefangen? Weil du über mich ins Haus wolltest?«

»Na ja, eher ums Haus herum. Ich dachte, meine Suche würde sich einfacher gestalten, wenn ich mich gut mit dir stelle«, gab er mit leiser Stimme zu. »Und nebenbei hat es mir auch ziemlich gut gefallen.«

Er hatte sie also wirklich nur ausgenutzt. Agnes bemerkte, dass sie sich immer noch an einen Strohhalm geklammert und auf eine schlüssige Erklärung von Matteo gehofft hatte. Aber auch diese Hoffnung fiel in sich zusammen wie ein Kartenhaus im Wind und stürzte Agnes in eine grenzenlose Enttäuschung, die sie strudelnd mit sich riss. Sie wollte sich umdrehen und zurück ins Hotel laufen, doch Matteo hielt sie am Oberarm fest. Diese Berührung durchfuhr sie wie ein Stromschlag.

»Matteo, ich halte das nicht aus, ich halte *dich* nicht aus«, rief sie, und ihre Stimme bebte vor Schmerz und mühsam zurückgehaltenem Zorn. »Lass mich gehen!«

»Du hast mir versprochen zuzuhören«, sagte Matteo ruhig. »Als Nächstes ist nämlich etwas passiert, was ich nicht habe kommen sehen. Ich wollte dich gestern um Entschuldigung bitten, aber du warst abgereist. Ohne ein Wort, einfach so. Verschwunden. Ich dachte, jetzt ist sie für immer weg. Da kam es mir vor, als müsste ich vor Unglück sterben. Ein Gefühl, das ich bisher nicht kannte.«

Agnes lachte bitter. »So etwas sagen nur die Helden in Kitschromanen! Matteo, verschon mich mit deinem Süßholzgeraspel. Es mag sein, dass das bei deinen kleinen italienischen Freundinnen funktioniert, aber nicht bei mir!«

»In Kitschromanen bekommen sich die Liebenden zum Schluss immerhin.«

Seine Stimme klang unendlich traurig. So ehrlich traurig, dass Agnes es nicht übers Herz brachte, ihm die Ohrfeige zu verpassen, die er mehr als verdiente, und sich dann auf Nimmerwiedersehen von ihm zu verabschieden. Im Duft der wilden Rosmarinbüsche ging sie stattdessen neben ihm weiter.

»Ich verstehe das alles nicht. Warum hast du das getan? Warum hast du mit mir gespielt?«, fragte sie, jetzt wieder ruhiger. Er hatte sie erniedrigt. Gedemütigt. Vorgeführt. Es gab nichts mehr, was sie noch von ihm wollte, außer einem Grund für dieses ganze Possentheater.

»Um dir das zu erklären, muss ich im Sommer des Jahres 1937 bei meinem Großvater anfangen, auch wenn das komisch klingt. Er hieß Arturo Visentin, war mit einer wunderschönen Frau, meiner Großmutter Rosaria, verheiratet und hatte zugleich über Jahre hinweg eine Affäre mit einem ehemaligen Dienstmädchen.«

»Elisa?«

Er schaute überrascht auf. »Woher weißt du ihren Namen?«

»Lidia hat mir die alte Geschichte von den heimlich Liebenden in der Ca' More erzählt.«

»Ach, die romantische Romeo-und-Julia-im-Veneto-Legende. Dann hat sie dir bestimmt auch von dem auf mysteriöse Weise verschwundenen Kind erzählt? Aber Lidia und die Leute aus der Gegend wissen nur die halbe Wahrheit.«

Und so erzählte ihr Matteo Arturos Geschichte. Wie er nach einem Stelldichein mit seiner Geliebten deren kleinen Sohn in den Tod getrieben und auf Anweisung seiner Mutter und mithilfe seiner Ehefrau Rosaria heimlich in der Ca' More bestattet hatte.

»Am Col delle Ombre ist ein verwittertes Kreuz zu sehen«, endete Matteo. »Jemand hat es dort für den kleinen Aldo aufgestellt. Seine Gebeine müssen sich aber irgendwo auf Volos Grundstück befinden.«

Agnes und er waren inzwischen auf dem höchsten Punkt des Spazierwegs angelangt. Zu ihren Füßen erstreckte sich das Meer wie eine riesige Fläche aus Milchglas.

»Woher weißt du das alles so genau?«, fragte sie. Die Geschichte war ihr sehr nahegegangen und hatte ihre Wut – zumindest vorläufig – abklingen lassen.

»Arturo, der in seinen letzten Lebensjahren kaum etwas gesprochen hat, wollte vor seinem Tod wohl bei seiner Tochter Abbitte leisten. Er hat ihr kurz vor Kriegsende sein Herz ausgeschüttet. Giacomina, meine Mutter, war sein einziges Kind – ihr jüngerer Bruder ist mit einem Jahr an Diphterie gestorben. Sie war damals noch ziemlich klein und hat das alles lange nicht richtig begriffen, aber später konnte sie

Nonna Rosa doch einige Details über das Unglück aus der Nase ziehen.«

»Aber er war noch so jung. Hatte er eine Krankheit? Oder wie konnte er denn so sicher sein, dass er sterben wird?«, wollte Agnes wissen.

Matteo pflückte gedankenverloren eine Lavendelblüte und zupfte sie in kleine Stücke. Ein wunderbarer Duft zog an Agnes vorüber.

»Die Nazis wollten im Oktober 45 zwanzig Zivilisten, darunter auch Frauen und Kinder aus Sanviale, erschießen, weil die Partisanen eine Brücke gesprengt und dabei einen deutschen Soldaten schwer verletzt hatten. Mein Großvater hat sich selbst angezeigt, um diese Morde zu verhindern, und wurde exekutiert.«

»War er denn auch Partisan?«

»Nein, er hat sich sein Leben lang aus der Politik rausgehalten. Die ganze Familie wusste, dass er mit dem Anschlag nichts zu tun haben konnte. Seine Mutter und Rosa haben ihn angefleht, das Geständnis zu widerrufen.«

»Ach, deswegen wird er bei euch als Held verehrt!« Agnes erinnerte sich an das erste Treffen mit Lidia, als sie ihr von den Liebenden der Ca' More erzählt hatte.

»Ja, jährlich zu Arturos Todestag legt der Bürgermeister persönlich einen Kranz auf sein Grab. Aber ich denke, mein Großvater war kein großer Held. Vielleicht hat er bereut, dass er während der langen Jahre des Faschismus tatenlos zugesehen hat, was sein Bruder und die anderen Schwarzhemden angerichtet haben. Bestimmt aber konnte er mit der Schuld, Elisas Kind getötet zu haben, einfach nicht länger weiterleben.«

»Das muss schrecklich auf ihm gelastet haben«, murmelte Agnes nachdenklich. Sie betrachtete Matteo von der Seite. Er blickte mit einem verlorenen Ausdruck in die Ferne, als sähe er in eine andere Zeit hinein. Die Geschichte seines Großvaters war tragisch. Aber war sie eine Rechtfertigung dafür, dass er ihre Gefühle missbraucht hatte?

Matteo fing ihren Blick auf, mit dem sie sein Profil musterte, und sein Gesicht erhellte sich für einen Moment. Doch als er einen Schritt auf sie zuging, wich Agnes intuitiv zurück. Resigniert steckte Matteo die Hände in die Hosentaschen und starrte wieder stur geradeaus.

»Meine Mutter hat mir aufgetragen, das Kind zu finden, bevor die Bauarbeiten beginnen«, sagte er. »Sie würde es nicht ertragen, wenn das Ansehen ihres Vaters posthum beschmutzt würde, weil fremde Leute den Garten umgraben und dabei auf Aldos Skelett stoßen. Manche der Alten erinnern sich noch an sein mysteriöses Verschwinden, und alle Welt weiß von dem Verhältnis zwischen Elisa und Arturo und dass die Ca' More vor Volo unserer Familie gehört hat.«

»Wieso hat sie dann überhaupt zugelassen, dass dein Vater ihm das Haus verkauft hat?«, fragte Agnes dazwischen.

»Mamma hat von alledem nichts mitbekommen. Sie war in dieser Zeit Tag und Nacht komplett überlastet, denn sie musste sich um die blinde Bisnonna Alfonsina kümmern, die mit ihren fast hundert Jahren die ganze Familie terrorisierte, und dann erkrankte noch ihre eigene Mutter, meine Nonna Rosa, an Alzheimer. Sie war damals Tag und Nacht am Rotieren. Und Papà hatte ja von der ganzen Sache keine Ahnung und war einfach nur überglücklich, dass er die unnütze alte Bude an einen erfolgreichen Hippie-Künstler losgeworden ist. Aber du kannst dir nicht vorstellen, wie meine Mutter ausgeflippt ist, als sie hinterher von dem Verkauf erfuhr.«

Agnes nickte. Langsam begann sie zu verstehen. Irgendwo im Garten der Ca' More hatten Arturo, seine Ehefrau Rosaria und seine Mutter das verunglückte Kind beerdigt. In all den Jahren, in denen Volo in der Ca' More gewohnt hatte, musste Matteos Mutter auf glühenden Kohlen gesessen haben, dass der Leichnam gefunden werden könnte. Wenn nun in Kürze die Bagger anrollten, um die Fundamente auszuheben, bestand erneut Gefahr, dass das Skelett entdeckt und die ganze Geschichte neu aufgerollt werden würde. Matteo hatte sich als Gärtner ausgegeben, um unverdächtig das Grundstück umgraben zu können.

In die Stille, in der nur das Zirpen der Grillen zu hören war, sagte er plötzlich: »Ich muss dir noch etwas beichten.«

»Raus damit! Schlimmer kann's eigentlich nicht werden«, antwortete sie lakonisch.

»Doch, kann es. Aber ich will keine Geheimnisse mehr vor dir haben.« Er schluckte schwer, bevor er weitersprach, als kostete es ihn große Überwindung. »Das tote Kaninchen habe ich vor die Tür gelegt in der Hoffnung, dass du abreisen würdest. Nur bist du ja stur wie ein Maultier. Da habe ich dich in den Bosco di Cansiglio geschickt, obwohl ich wusste, dass ein Gewitter aufziehen würde. Ich brauchte einfach noch mehr Zeit für meine Suche. Als du dann spätabends immer noch nicht zurück warst, wurde mir allerdings mulmig.«

Das war bitter. Aber einen Unterschied machte es jetzt auch nicht mehr, in welch vielfältiger Art und Weise Matteo sie von vorn bis hinten belogen und betrogen hatte. Immerhin, dachte Agnes und musste beinahe lachen, war er jetzt wenigstens ehrlich.

»Nun, du hast mich nicht im Regen allein im Wald gelassen. Ein Restchen Anstand scheinst du ja noch zu besitzen.«

»Schließlich wollte ich dich nicht umbringen. Eine zweite Leiche können wir wirklich nicht in der Familie brauchen.« Er brachte irgendwie ein Lächeln zustande.

»Und die Nacht, in der ich dir beinahe mit dem Golfschläger eins übergebraten hätte? Was hattest du da vor? Da bist du ja wahrscheinlich auch nicht gekommen, um mich mit der Kamelie zu überraschen.«

»Doch. Ausnahmsweise schon. Du ahnst gar nicht, wie sehr es mir gestunken hat, dich und Michele so nah beisammenzusehen.«

Agnes bemühte sich, das Grinsen, das von ganz allein auf ihre Lippen wandern wollte, zu verbergen. Schadenfreude war vielleicht nicht die schönste Freude, half aber immerhin, der zerbeulten Seele ein bisschen Gerechtigkeit widerfahren zu lassen.

»Hast du den armen Aldo denn inzwischen gefunden?«, fragte sie.

»No. Obwohl ich jeden Quadratzentimeter beackert habe. Inzwischen habe ich die Suche aufgegeben – es hat wohl keinen Sinn mehr weiterzumachen.«

Matteo und sie hatten kehrtgemacht und wanderten nun zurück in Richtung des Orts. Zwischen den Klippen lag, gut versteckt von den Büschen, ein aus schweren Steinen gemauertes Gebäude mit kleinen Schießscharten. Auf dem Hinweg war es Agnes gar nicht aufgefallen. Sie folgte einer Abzweigung des Pfads bis zu einer Treppe, die zu einem tiefergelegten Eingang führte. Das schwarze Loch grinste sie an, unheimlich und einladend zugleich. Fragend sah sie sich zu Matteo um.

»Das ist eine ehemalige Flak-Anlage«, erklärte er. »Die ganze Küste ist voll davon. Lass uns weitergehen. Diese dunklen Löcher werden gern als öffentliche Toiletten benutzt.«

Doch Agnes trat schon unter dem Türsturz hindurch. Alte Gebäude übten einfach immer eine magische Anziehung auf sie aus. Im Inneren war kaum etwas zu sehen. Es roch feucht und – wie Matteo befürchtet hatte – nach Fäkalien. Trotzdem konnte sie es nicht lassen, noch tiefer in das Dunkel einzudringen. Langsam und vorsichtig tastete sie sich vorwärts, immer darauf bedacht, nicht zu stolpern oder gar hinzufallen.

Plötzlich sah sie zwei Schatten vor sich, die sich aus der gegenüberliegenden Wand zu lösen schienen und in schnellem Tempo auf sie zuflogen. Mit einem Schreckensschrei sprang Agnes zurück. Die Schatten flatterten kichernd an ihr vorbei ins Freie.

»Was war das?«, fragte sie Matteo, der hinter ihr hergekommen war und sofort schützend die Arme um sie geschlungen hatte. Im diesem Moment war ihr das sehr recht.

»Ein harmloses Liebespärchen«, sagte er. »Sie treffen sich hier, weil sie keinen anderen Platz haben.«

»Das ist sicher wahnsinnig romantisch in dieser duftenden Umgebung«, meinte Agnes ironisch und schnupperte an Matteos vertrautem Geruch von sauberer Erde und wilden Kräutern.

Der Schreck war längst verflogen, doch obwohl sie allen Grund gehabt hätte, Matteo bis in alle Ewigkeit zu verfluchen, fühlte sie sich in seiner Umarmung ziemlich gut aufgehoben.

»Ich muss dir *noch* etwas gestehen, Stella«, sagte er dicht an ihrem Ohr.

Bei dem Kosenamen wurden ihre Knie weich. Agnes reckte den Kopf nach hinten, um Matteo anzusehen, aber im Dunkel des Turms konnte sie nur das Glänzen in seinen Augen erkennen. »Das war immer noch nicht alles?«

»Das Allerschlimmste habe ich mir zum Schluss aufgehoben.«

»Jetzt wirft mich sicher nichts mehr um. Was für eine Hiobsbotschaft hast du noch für mich?«

»Ich habe mich wahnsinnig in dich verliebt.«

Agnes war froh, dass sie sich ihre Zuneigung nicht in einem stinkenden Flak-Turm zeigen mussten, sondern ein helles Hotelzimmer mit frisch gestärkten, weiß leuchtenden Leintüchern zur Verfügung hatten. Matteo rief bei seinem Kollegen an und bat ihn, ihn am kommenden Tag zu vertreten. Er habe eine fiebrige Erkältung, behauptete er mit einem liebevoll-neckenden Seitenblick auf Agnes. Die stellte ihr Handy einfach aus und bat die Hotelbesitzerin, keine Anrufe an sie durchzustellen.

Nachdem sie sich mit Matteo ausgesöhnt hatte, war an eine vorzeitige Abreise kein Gedanke mehr. Natürlich schmerzte es sie, dass er sich parallel zu ihr mit seiner Freundin getroffen hatte. Und ja, es verletzte sie, dass er sie mit einem toten Kaninchen zu vertreiben versucht hatte – von dem miesen Versuch, sie vom Grundstück und in den Wald zu locken, einmal ganz abgesehen. Aber er hatte ihr ab jetzt schonungslose, absolute Ehrlichkeit versprochen, und wenn sie ganz tief in sich hineinhörte, dann musste sie zugeben, dass auch sie selbst die Begegnung mit Matteo nur für eine verrückte, leidenschaftliche Affäre ohne Aussicht auf eine gemeinsame Zukunft gehalten hatte. Ganz davon abgesehen, dass sie ja sogar verheiratet war.

Doch jetzt hatten sich die Vorzeichen verändert. Sie verbrachte die herrlichsten Stunden ihres Lebens im Zimmer Nr. 7 des *Alla Dama Bianca* und musste jedes Mal glücklich grinsen, wenn sie und ihr gut aussehender Freund, eng umschlungen auf der Suche nach Essbarem, der etwas irritiert dreinblickenden alten Dame von nebenan über den Weg liefen. Irgendwann erklärte Agnes ihr etwas verlegen: »Ich glaube, ich habe mich getäuscht. Ich habe *doch* einen Mann.«

Die Antwort kam prompt und herzlich. »Aber dafür müssen Sie sich doch nicht entschuldigen!«

Dann kam der Aufbruch. Bevor sie in ihre Autos stiegen, die nebeneinander unter zwei mächtigen Robinien im Hafen parkten, küsste Matteo Agnes lange. Schließlich war sie diejenige, die sich zuerst von ihm losmachte.

»Es ist ja keine Trennung auf ewig. Wir sehen uns in der Ca' More?«

»Natürlich«, sagte er und streichelte ihr die Haare aus dem Gesicht, die der Wind trotzig zurückwarf. »Ich muss zu Hause einige Dinge regeln. Das wird sicher ein paar Tage dauern. Dann melde ich mich bei dir.«

»Ist Freitagabend zu früh? Ich könnte für uns kochen.«

Matteo überlegte. Dann nickte er zögernd. »In Ordnung. Freitagabend.«

Und dann sagte er etwas Seltsames, was Agnes in diesem Moment überging, an das sie sich später aber noch erinnern sollte: »Wenn ich ihn nur gefunden hätte.«

Im Rückspiegel sah sie, wie er ihr viel zu ernst nachblickte. Eine heftige Böe ließ die Blättchen der abgeblühten Robiniendolden auf ihn herabschneien. Und obwohl die Klimaanlage ihres Twingos noch gar nicht richtig in Gang gekommen war, rieselte ihr plötzlich ein kalter Schauer über den Rücken.

33

Col delle Ombre. Natale 1937

Elisa stand am Brunnen und ließ den Eimer hinunter in die Tiefe. Der Raureif hatte eine weiße Kruste über die steinerne Einfassung, die dürren Blätter und Gräser, über das faulige Holz des Weidenzauns und die schwarze Erde des abgeernteten Beets gezogen. Als läge über der Welt eine Salzhülle, eine Salzhülle von der Art, mit der auch die venezianischen Stockfische, die Baccalà, haltbar gemacht wurden. Selbst ihr Atem schien in der Luft zu einer Wolke aus feinem Salz zu gefrieren. Ihr Körper war kalt, die löchrige Wolljacke wärmte kaum, doch Elisa störte die Kälte nicht.

Das Wasser im Brunnen war nur oberflächlich gefroren. Sie spürte den kurzen Widerstand, bevor der Eimer die dünne Eisschicht durchdrang, und kurz darauf konnte sie ihn gefüllt nach oben ziehen und auf dem moosigen Rand abstellen. Zuerst zog sie die Jacke aus und warf sie achtlos auf den Boden, dann öffnete sie Knopf für Knopf ihre Bluse, von oben bis über den Nabel und zum Bund ihres Rocks, bis ihr weißer Bauch freilag. Sie nestelte ihren kostbarsten Schatz aus der Rocktasche, ein walnussgroßes Stückchen Kernseife, griff dann nach dem Lappen, den sie sich aus einem alten Bettlaken gerissen hatte, und begann sich einzuseifen. Wie Brennnesseln biss das eisige Wasser in die Haut, aber Elisa mochte diesen Schmerz. Wieder und wieder tauchte sie den

Lappen in den Eimer und rieb damit über die harte Wölbung, die bereits die Größe eines halben Kohlkopfs hatte. Sie presste das Wasser aus und sah zu, wie es in kleinen Bächen über die Rundung lief und dann von der dicksten Stelle auf den Boden tropfte, wo es dunkle Flecken zurückließ. Wenn sie ihren Bauch nur oft genug wusch, würde das Kind vielleicht wieder ein Goldkind werden und nicht schwarz wie Beppo.

Elisa versteckte schnell die Seife, als sie ihren Mann aus der Hütte treten und auf sich zukommen sah. Er riss ihr den Lappen aus der Hand. »Hör endlich mit der verdammten Wascherei auf!«, schrie er und rüttelte sie an den Schultern. »Du holst dir ja noch den Tod! Denk an den kleinen Beppino in deinem Bauch!«

Sie wehrte sich nicht, als er ihr Bluse und Jacke anzog und sie in die Hütte führte. Nur einmal bückte sie sich hastig, um ein verlassenes Schneckenhaus aufzuklauben, das sie seitlich des Wegs in einem braunen Grasbüschel entdeckt hatte. In der Hütte machte sie sich jedoch ungeduldig von Beppo los und ging zum Fenster. Sie legte das Schneckenhaus sorgfältig zu den anderen, die bereits ordentlich in einer Reihe auf dem hölzernen Rahmen warteten, und hauchte auf die beschlagene Scheibe. Mit dem Jackenärmel rieb sie eine runde Fläche frei. Dann legte sie die Stirn an das Glas und starrte auf das Gartentor. Hinter ihr klapperte es.

»Magst du mir helfen, Giulietta? Du darfst für jeden einen Teller auf den Tisch stellen«, sagte eine Frauenstimme. Elisa kannte sie gut, es war die Stimme der Rossa.

»Einen für die Mamma, einen für den Babbo, einen für die Tante Nachbarin und einen für mich.« Giulia rechnete laut. »Das macht vier Teller.«

»Enno au della«, quakte Ernesto.

»Also gut, weil wir Weihnachten feiern, sollst du heute

einen richtigen Teller haben wie wir alle«, bestimmte die Rossa. »Dein Babbo holt dir auch einen Holzlöffel dazu.«

Es rumpelte, und unter Beppos schwerem Schritt knirschte die wurmstichige Diele.

»Die Trippa ist bald fertig, Elisa, setz dich doch zu uns«, rief die Rossa.

Der Geruch der gekochten Kutteln mit Knoblauch ließ Elisa beinahe würgen. Sie rührte sich nicht von der Stelle, sondern drückte die Stirn nur noch fester gegen die Glasscheibe. Im Rahmen knackte es leise.

»Die Verrückte hofft immer noch, dass der kleine Bastard zurückkommt. Nach einem halben Jahr! Was soll ich nur mit ihr machen?«, fragte Beppo.

Elisa spürte, wie die Rossa von hinten an sie herantrat und ihr ein Wolltuch um die Schultern legte. Dabei flüsterte sie ihr sanft zu: »Du weißt doch, dass Aldo tot ist, Liebes. Er ist ertrunken.« Sie fasste ihr an die Wange. »Ganz kalt bist du. Willst du dich nicht lieber am Feuer aufwärmen?«

Elisa schüttelte mit einer unwilligen Bewegung die Hand der Rossa ab. Was redete die Nachbarin nur für dummes Zeug? Natürlich wusste sie, dass Aldo nicht mehr lebte. Das wusste sie im Grunde genommen schon seit dem Abend, als er verschwunden war. Es war ihre eigene Schuld, denn sie hatte an diesem Tag vergessen, ihm eine Schneckenfee zu versprechen, wenn er brav bei der Rossa bliebe. Da war Aldo natürlich nach Hause gelaufen und dort auf Beppo getroffen. Der hatte ihn im Zorn erschlagen, nachdem er doch kurz zuvor erst herausgefunden hatte, dass Elisa gar nicht bei der Frau Apotheker zum Nähen gewesen war. So konnte er sie strafen und gleichzeitig den verhassten Aldo loswerden. Denn Beppo war von Anfang an eifersüchtig auf ihren wunderbaren Jungen gewesen. Elisa hatte wochenlang im Wald nach seinem Leichnam gesucht. Aber wahrscheinlich hatte

Beppo ihr Goldkind doch einfach in den Tümpel geworfen, wo ihr kleiner Aldo nun im Schlamm lag und für alle Ewigkeit schlief.

Nein, sie wartete nicht auf Aldo. Elisa wartete auf Arturo. Er würde bald kommen und sie holen. Sie und ihre drei … ihre zwei Kinder. Er würde Beppo so viel Geld anbieten, dass der nicht mehr Nein zu einer Scheidung sagen könnte. Das alles hatte Arturo bei ihrem letzten Treffen in das Heft geschrieben. Und Arturo log nicht.. Er war ein Ehrenmann. Er war der Einzige, der sich nicht wie ein Tier benahm, sondern Geist und Wort über alles stellte. Arturo hielt, was er versprach. Elisa musste nur geduldig sein. Und wenn sie sich genug wusch, dann würde sie auch wieder ein Goldkind bekommen. Waschen und warten. Warten und waschen …

Sie schreckte hoch. Hatte sich dort im Nebel nicht der Umriss eines Mannes bewegt? Sie wischte erneut über die Scheibe. Ja, da kam wirklich ein Mann den Weg entlang. Oder fing sie nun am helllichten Tag an zu träumen?

»Vicina Rossa, schau mal, kommt da nicht wer?«

Die Rossa strich sich die dicken roten Locken aus dem Gesicht und drückte nun selbst die Nase an die Scheibe. »Da kommt tatsächlich ein Mann«, sagte sie verwundert. »Wer will uns wohl am Weihnachtstag auf unserem schattigen Hügel besuchen?«

Beppo stellte sich nun ebenfalls zu ihnen ans Fenster. »Das frage ich mich auch.«

»Ich weiß, wer«, flüsterte Elisa glücklich und rannte zur Tür hinaus, Arturo entgegen.

Seine Gestalt hob sich immer deutlicher vom Dunkel der Bäume ab. Er trug etwas Schweres in der Hand, bestimmt seine Reisetasche. Sie stieß mit ihrem Bauch, an dessen täglich wachsenden Umfang sie sich immer noch nicht gewöhnt hatte, hart gegen den Riegel des Gartentors. Kurz wurde ihr schwarz vor Augen, und sie musste nach Luft schnappen. Nur wenige Meter trennten sie noch von dem Liebsten. Elisa hörte bereits das Knirschen seiner Ledersohlen auf den gefrorenen Steinen. Jetzt endlich formte sich auch sein Gesicht aus der Dunkelheit heraus. Und da erkannte Elisa, dass es Davide war. Doch sie war nicht enttäuscht, im Gegenteil, wie hatte sie nur annehmen können, dass ein Herr wie Arturo selbst kam! Natürlich schickte er seinen Burschen wie immer, wenn er Elisa etwas hatte ausrichten lassen wollen.

Sie winkte Davide zu und bedrängte ihn mit Fragen, noch bevor er selbst etwas sagen konnte.

»Was hat der Signore gesagt? Wo sollen wir uns treffen? Oder will er zuerst mit Beppo sprechen?«

Doch Davide antwortete nicht, sondern grüßte sie freundlich und wünschte ihr umständlich schöne Weihnachten.

»Davide, bitte«, flehte sie ihn an. »Sprich, bevor Beppo herauskommt.«

Jetzt schien der Junge zu verstehen und lächelte schief. »Die Signora schickt mich, Elisa.«

Der Boden löste sich unter ihren Füßen auf, als sie verstand. Sie schwankte, aber zwei Hände fassten sie von hinten und hinderten sie daran umzufallen.

»Was will die Signora?«, fragte Beppo.

Davide hob einen schweren Korb, den er neben sich abgestellt hatte, hoch. Elisa sah Pakete mit Zucker, Pasta und Grieß, Speck, ein großes Stück grauen Käse und eine Flasche Wein.

»Ich verstehe nicht«, flüsterte sie.

»Alle Angestellten des Guts bekommen ein Weihnachtsgeschenk von der Herrschaft. Das ist doch in jedem Jahr so, Elisa«, erklärte Davide, als würde er mit einem Kind sprechen.

Die Rossa war inzwischen mit den beiden Kleinen nach

draußen gekommen, nahm den Korb entgegen und beäugte neugierig den Inhalt. »Speck *und* Würste!«, rief sie erstaunt aus. »Die alte Hexe ist doch sonst nicht so großzügig.«

Davide zuckte beinahe entschuldigend mit den Schultern. Kleine weiße Flöckchen rieselten vom Himmel. »Beh, diesmal gibt es besonderen Grund zur Freude. Denn Signora Rosaria trägt endlich den langersehnten Erben unter dem Herzen.«

Signora Rosaria? Das war doch …

Arturos Frau.

Schwanger.

Seine Frau war schwanger.

Elisa wurde wieder schwarz vor Augen.

Beppo, der immer noch hinter ihr stand, schob die Arme um ihre Taille und umfasste mit den Handflächen ihren Bauch, als wollte er ihn Davide entgegenheben.

»Ein fruchtbares Jahr! Bei den Pavans gibt es auch bald wieder Babygeschrei, nicht wahr?«, verkündete er stolz. »Wir wollen ihn Beppino nennen.«

Davide gratulierte und kratzte sich verlegen die borstigen Haare am Hinterkopf. Als die Rossa ihn einlud, mit ins warme Haus zu kommen und einen Schluck auf die Gesundheit der Visentins zu trinken, lehnte er ab und verabschiedete sich eilig.

Giulia zupfte Elisa an der Hand. »Komm, Mamma, wir wollen die Geschenke ansehen!«

Elisa ließ sich von Beppo schieben und folgte ihrer Tochter langsam in die Stube. Voller Begeisterung packte die Rossa dort schon den Korb aus. Mit jeder Köstlichkeit, die sie herauszog, riefen alle »Oh!« und »Schau!«, und die Kinder jauchzten vor Glück. Sie umkreisten den Tisch und vergaßen Elisa. Im Lärm dieses begeisterten Trubels schlich sie aus der Hütte und lief zum Brunnen. Das Schneetreiben war dichter geworden. Die Flocken wirbelten nun durch die Luft wie die Daunen einer gerupften Ente. Sie ließ den Eimer erneut in den Schacht fallen. Das Seil schabte über die Innenfläche ihrer Hand. Elisa beäugte neugierig die rote Spur, die sich dort bildete, als die Haut von dem groben Seil abgerieben wurde. Es war doch erstaunlich. Seit ihr Aldo weg war, fühlte sie nichts mehr. Nicht einmal Schmerzen.

Dann hievte sie den vollen Eimer nach oben, stellte ihn auf die gemauerte Einfassung und begann, sich ihre Bluse aufzuknöpfen. Wenn sie sich nur gut genug wusch, würde sie bestimmt ein Goldkind bekommen. Ein kleines Bübchen, das aussah wie Arturo. Und dann würde ihr Liebster kommen und sie abholen, genau wie er es ihr versprochen hatte.

34

Die Tage bis zum heiß ersehnten Freitag waren schnell vergangen. Mit intensiver Arbeit und ungestört von Hans, der offensichtlich versuchte, Gras über seinen peinlichen Skype-Auftritt wachsen zu lassen. Frühmorgens fuhr Agnes nach Vittorio Veneto auf den Markt, um einzukaufen. Sie schleppte die vollgefüllten Tüten, aus denen Artischocken, wilder Spargel und Büschel von Salbei drängten, zurück ins Auto und machte auf dem Rückweg einen Abstecher zu Lidia, um dort noch eine Flasche Grappa zu erstehen. Wenn sich sogar der Pfarrer in der Pasticceria mit geistigen Getränken versorgte, mussten sie dort wirklich gut sein. Und das Menu für Matteo sollte schließlich perfekt werden – bis hin zum Verdauungsschnaps.

Lidia packte die Flasche sorgfältig in Seidenpapier und verklebte es mit dem altmodischen Etikett der Konditorei. »Mit wem willst du denn anstoßen?«, fragte sie.

Agnes schmunzelte verlegen. »Kannst du dir's nicht denken?«

»Sag bloß, Matteo hat dich wieder um den Finger gewickelt!« Lidia schnaubte.

»Du hast ihm doch selbst den Tipp gegeben, wo er mich finden kann«, gab Agnes zurück.

»Er hat mir ja keine Ruhe gelassen, weil er sich unbedingt bei dir entschuldigen wollte. Aber ich dachte nicht, dass du so dumm bist, noch einmal etwas mit ihm anzufangen.«

Lidia stopfte kopfschüttelnd die Flasche in eine Plastiktüte und murmelte dabei: »Ich versteh das einfach nicht. Dass selbst die klügsten Frauen immer wieder auf diesen Typen reinfallen. *So* schön ist er doch wirklich nicht. Du müsstest doch inzwischen geschnallt haben, dass du nicht die Einzige in seinem Leben bist.« Sie reichte Agnes die Tüte. »Schalt endlich dein Hirn ein, Ragazza!«

Agnes ärgerte sich. Lidia nahm sich wirklich zu viel heraus. Schließlich war es ihre Sache, wem sie ihr Herz schenkte. Und woher wollte die Konditorin eigentlich so genau wissen, was Matteo tat und fühlte? Nur weil Lidia mit allen über alles schwätzte, hieß das noch lange nicht, dass sie den Menschen in die Seelen schauen konnte.

»Danke für den Tipp«, sagte sie kurz angebunden und verließ die Pasticceria.

Den ganzen Nachmittag werkelte Agnes in der Küche. Die Nachspeise bereitete sie zuerst. Sie knetete Mürbeteig, buk knusprige kleine Kuchenböden, kochte Panna Cotta für die Füllung und sortierte die schönsten Himbeeren zur Dekoration aus. Als Antipasti sollte es gebackene Zucchiniblüten geben. Für den ersten Gang füllte sie selbstgemachten Nudelteig mit einer Masse aus wildem Spargel und Ricotta und klebte die Teigränder mit Eigelb aufeinander.

Dann kochte sie die Artischocken in Salzwasser und schnitt sorgfältig Blätter und Heu ab. Die Böden wurden in eine gebutterte Auflaufform geschichtet und mit frisch geriebenem Parmesan und Zitronenschale überstreut. Das Gratin war als Beilage zu Saltimbocca alla romana, Kalbfleischschnitzeln mit Salbei und Streifen von Parmaschinken, geplant.

Agnes' Wangen glühten, als endlich alles vorbereitet war

und sie unter dem Maulbeerbaum den Tisch gedeckt und den Garten mit Lampions geschmückt hatte. Sie schob den Auflauf in den Ofen und setzte Nudelwasser auf, dann stürmte sie endlich ins Bad, um sich hübsch zu machen. Nachdem sie sich dreimal umgezogen hatte, entschied sie sich für ein taubengraues Hemdkleid, das nach Hans' Urteil besonders gut zu ihrer Haarfarbe passte. Gerade noch rechtzeitig – denn schon schlug die Kirchturmglocke von Montesassino achtmal. Endlich!

Um Viertel nach acht fing Agnes an, unruhig zu werden. Aber sie wollte sich nicht aufregen – der italienische Begriff von Pünktlichkeit war schließlich eine Sache für sich … Sie drehte in der Küche die Temperatur des Backofens herunter und schlenderte dann ziellos durchs Haus. In der Bibliothek goss sie zunächst die Kamelie, die einige Blätter verloren hatte und deren cremerosa Blüten inzwischen einen unschönen braunen Schimmer zeigten. Aber dann entdeckte sie erleichtert einen kleinen grünen Trieb an einem Ästchen, was sie als gutes Zeichen wertete.

Beim Weitergehen blieb sie an dem Foto von Volo, Matteo und diesem tschechischen Künstler hängen. Agnes löste nur schwer den Blick von Matteos hübschem Jünglingsgesicht und griff wahllos ins Regal nach dem erstbesten Buch, um sich abzulenken. Auf dem Cover des schmalen Bandes lachte ihr ein kleiner Junge mit einem goldenen Schlüssel unter einem Schriftzug entgegen, den Agnes nicht entziffern konnte. Was war das, Polnisch? Irgendeine osteuropäische Sprache auf jeden Fall. Sie suchte nach einem Autorennamen. Da, es war ein Bilderbuch von Pavel Adámek. Also war die Sprache Tschechisch.

Agnes blätterte neugierig die erste Seite auf. Dort hatte der Illustrator in holperigem Italienisch eine Widmung für

Volo geschrieben: »Per il bimbo perduto nel mio amico Volo – Pavel«

Für das verlorene Kind in meinem Freund …

Sie blickte unwillkürlich zurück zu der gerahmten Fotografie. Pavel Adámek – diesen Namen hatte Matteo doch im Zusammenhang mit dem freundlich grinsenden Glatzkopf darauf genannt.

Nachdenklich blätterte sie durch die Seiten. Pavel hatte ein tschechisches Märchen mit Aquarellfarben bunt bebildert. Pavel Adámek … Die Initialen A und P, P und A drängten sich plötzlich in Agnes' Bewusstsein. Sie erinnerte sich daran, in einer der Radierungen das Signet »P.A.« entdeckt zu haben. Ob die Radierung im Wohnzimmer und die Platten im Atelier womöglich von ihm waren? Hatte er sie nach und nach bei seinen Besuchen in Volos Atelier angefertigt? Vielleicht für die Illustration einer Kinderbibel …

Sie ließ das Buch auf der Seite aufgeschlagen, auf der man die Hauptfigur, den kleinen Jungen, schlafen sah, und ging damit hinüber in den Wohnraum zu *Isaaks Opferung*. Doch als sie die beiden Kinder miteinander verglich, konnte sie keinerlei Ähnlichkeit feststellen. Die Darstellung auf der Radierung war zwar in den Details surreal, aber fast fotografisch genau gezeichnet. Adámeks Aquarelle hingegen wirkten anrührend naiv. Man sah auf einen Blick, dass er die menschliche Anatomie vollkommen außer Acht zu lassen schien, was den Illustrationen ihren besonderen Reiz gab. Trotzdem, dachte Agnes, auch Picassos Bildern sieht man nicht unbedingt an, was für ein Zeichentalent dahinter stand. Wie hatte die Ikone der Moderne gesagt? *Als Kind ist jeder ein Künstler. Die Schwierigkeit ist, als Erwachsener einer zu bleiben …*

Ein leicht verbrannter Geruch drang ihr in die Nase. Agnes legte schnell das Buch beiseite und rannte durch die Küche zum Ofen. Unterwegs schnappte sie sich ein Handtuch – dann riss sie die Tür zum Backofen auf und zog die glühend heiße Auflaufform aus der Hitze. Es war noch keine Katastrophe passiert, aber ihr Artischockengratin sah nun vollkommen ausgetrocknet und nicht mehr gold-, sondern eher holzbraun aus. Wie ärgerlich! Und alles nur, weil Matteo nicht pünktlich kommen konnte.

Ihr Handy zeigte jetzt zwanzig vor neun. Sie stellte das Nudelwasser, von dem der Großteil bereits verdampft war, vom Herd und beschloss, ihn anzurufen. Es klingelte mehrere Male, dann schaltete sich die Mailbox ein. Warum hob er denn nicht ab? War er gerade unterwegs und wollte im Auto nicht telefonieren? Sie wusste selbst, dass sich kein Italiener an diese Verkehrsvorschrift hielt, es sei denn, die Carabinieri fuhren gerade direkt nebenher. Also wartete sie fünf Minuten und probierte es noch einmal. Dasselbe Ergebnis.

Beim nächsten Versuch knackte es nach dem zweiten Klingelton in der Leitung. Sie atmete auf – und dann hörte sie das Freizeichen. Er hatte sie weggedrückt! Es fehlte nicht viel, und Agnes hätte aus lauter Enttäuschung ihr Smartphone in die Schüssel mit dem Bierteig für die ausgebackenen Zucchiniblüten geschleudert.

Um zehn löschte sie zuerst die Kerzen in den Lampions und dann seine Telefonnummer aus dem Handy, packte das Abendessen in einen Weidenkorb und brachte es zum Nachbarshund hinunter. Bissen für Bissen fütterte Agnes das arme Tier, das sie mit seinen goldbraunen Augen so mitleidig anblickte, als würde es wissen, dass es dieses Festmahl einem großen Unglück zu verdanken hatte.

Für den folgenden Tag hatte Michele seinen Besuch in der Ca' More angekündigt. Seit seinem Aufeinandertreffen mit Matteo, bei dem er von Agnes' Liebhaber wie ein Gartenzwerg einfach weggetragen worden war, war er nicht mehr überraschend erschienen.

»Du bist heute so blass, meine Liebe?«, stellte er sorgenvoll fest, während sie ihm einen Caffè aufbrühte. »Gibt es Probleme in München?« Er musterte sie eingehend. »Oder hast du Sorgen mit deinem *Freund*?«

Agnes wusste, dass Michele nicht der richtige Ansprechpartner für ihren Liebeskummer war. »Nein, nein«, versuchte sie auszuweichen. »Es ist alles in Ordnung.«

»Ach ja? Bist du dir da ganz sicher?«, hakte er nach.

Sie sah ihn irritiert an. Irgendetwas wusste er doch!

Da erklärte er auch schon mit einem süffisanten Lächeln: »Die Geschichte von Marias nächtlichem Überraschungsbesuch bei euch hat bis Treviso die Runde gemacht.«

»Du weißt, dass sie uns im Bett erwischt hat?«, rief Agnes entsetzt.

Michele lachte amüsiert. »Die ganze Welt weiß das.«

Agnes schlug die Hände vor ihr Gesicht. »O Gott, wie peinlich!«

Seine Stimme klang sanft, als er vorsichtig ihre Arme nahm und nach unten zog. »Willst du wissen, was ich denke? Dein Matteo war in erster Linie nicht an dir interessiert, sondern daran, in der Ca' More nach Volos Testament zu suchen. Aber da hat er wohl Pech gehabt.«

Agnes fuhr auf. »Hast *du* etwa …?«

»Ich bitte dich, für wen hältst du mich denn?«, fragte er mit einer Empörung, die nicht gespielt wirkte. »Ich habe genug andere Aufträge, da muss ich doch keine Straftaten begehen! Allerdings wäre es natürlich bedauerlich gewesen, wenn noch kurz vor Baubeginn irgendwelche Dokumente aufgetaucht wären, die die Eigentumsverhältnisse durcheinandergebracht hätten.«

Agnes schüttelte den Kopf. Sie versuchte zu verstehen,

was ihr Michele gerade gesagt hatte. Er hatte befürchtet, Matteo könnte doch noch ein Testament finden. Matteo hingegen hatte geglaubt, Michele hätte es verschwinden lassen. Deswegen waren sie so misstrauisch umeinandergeschlichen. Eigentlich war das fast komisch. Wenn es nicht so traurig wäre … Doch letzten Endes ging sie die ganze Geschichte nichts mehr an.

Michele stupste sie aufmunternd am Arm. »Matteo ist ein Trottel. Mir scheint, mia cara Agnese, du hast dich da ganz schön in was verrannt. Aber jetzt ist die Seifenblase geplatzt, und du wirst wieder klar sehen, wer dir aufrichtig zugeneigt ist. Wie heißt es doch so schön? Des einen Leid, des anderen Freud.«

Agnes erstarrte. Was sollte das jetzt wieder? Hatte er es immer noch nicht verstanden?

»Michele, du weiß doch, dass wir zwei nie …«

Er unterbrach sie hastig. »Sì, sì, sì. Lassen wir das und sprechen vom Geschäft, deswegen bin ich ja eigentlich hier. Es gibt bereits erste Interessenten für die Wohnungen, und darum sollten wir deinen Entwurf schleunigst der Gemeinde vorstellen. Dazu brauchen wir allerdings die fertigen Grundrisse, mindestens zwei Ansichten und dringend eine schicke Perspektive. Heute haben wir Samstag … Kannst du das alles bis Mitte kommender Woche zusammentragen?«

Agnes versprach, ihr Bestes zu tun. Während sie Michele verabschiedete, hörte sie, dass auf ihrem Handy eine Kurznachricht angekommen war. Wie sehr sie immer noch auf eine Entschuldigung oder Erklärung von Matteo gehofft hatte, merkte sie am Grad der Enttäuschung darüber, dass nur Hans geschrieben hatte. »Nur« Hans, ihr Noch-Ehemann:

Der Countdown läuft. Wenn du am 1. Juni nicht zu Hause bist, werde ich dich persönlich holen.

Kaum war Michele mit seinem schicken Jaguar davongebraust, entließ Agnes einen Wutschrei in die Welt, der dem des Gufo in nichts nachstand. Als ob er einfach kommen und sie einpacken konnte wie ein unmündiges Kind! Es war reichlich spät für diese Erkenntnis, aber Agnes hatte die Schnauze gestrichen voll. Von Matteo, diesem elenden Lügner. Von Michele, der sich schon wieder an sie ranzumachen versuchte. Und natürlich von Hans, der über sie verfügte, als gehörte sie ihm. Sie hatte genug von ihrem bisherigen Leben und von Männern, die meinten, mit ihr umspringen zu können, wie es ihnen beliebte, erst recht. Sie wollte kein Opfer mehr sein. Weder das Opfer ihrer romantischen Sehnsüchte noch das Opfer einer Ehe, die sich in einer Sackgasse befand. Selbst wenn das bedeutete, dass man unangenehmen Wahrheiten ins Gesicht sehen musste. Ihre italienische Episode ging nun bald dem Ende zu. Aber in München wartete ein neuer Anfang.

Agnes ging in die Küche und öffnete die Flasche Grappa, die sie für ihr romantisches Dinner mit Matteo gekauft hatte. Sie brauchte drei Gläser Schnaps und zwei Anläufe beim Heraussuchen des Kontakts, bis sie Hans am Telefon hatte und ihm mitteilte, dass sie die Scheidung wünsche. Statt einer Antwort unterbrach er einfach die Verbindung.

35

Borgo Visentin. Natale 1937

Die Flocken hatten inzwischen die Größe von Entenfedern erreicht. Arturo beobachtete, wie sie langsam vom grauen Himmel herabwirbelten, sich drehten, tanzten und noch ein letztes Mal nach oben stoben, bevor sie sich endgültig auf dem Fensterbrett niederließen, um dort zu kleinen Tränenpfützen zu schmelzen. Es schneite in den meisten Wintern, aber nur selten blieb der Schnee liegen. Das letzte Mal, erinnerte sich Arturo, hatten er und sein Bruder im Schnee spielen können, als sie noch Jungen waren und das Leben wie eine fröhliche Reise vor ihnen gelegen hatte. Sie hatten gemeinsam mit Meni ein Männchen aus Schneekugeln im Hof gebaut, und Arturo war unglaublich stolz auf ihr Werk gewesen, doch Andrea hatte in einer plötzlichen Anwandlung von Zerstörungslust den runden Kopf heruntergetreten. Arturo waren, obwohl er doch der Ältere war, die Tränen gekommen.

Mit beiden Armen stützte er sich nun auf die Lehne und legte das Kinn auf die gefalteten Hände. Er hatte sich verkehrt herum auf den Stuhl gesetzt, um besser nach draußen sehen zu können. Wie gern hätte er sein Gehör abgeschaltet, um das Knirschen, das zu einem Dauergeräusch in seinem Kopf geworden war, das unangenehme Nadelgeklapper und das oberflächliche Gefasel der Frauen nicht mehr hören zu müssen, aber es gelang ihm nicht.

»Suocera, könnt Ihr mir jetzt zeigen, wie ich die Ferse stricken muss?«, bat Rosaria.

Der Seidenrock der Mutter raschelte, als sie aufstand. Arturo hörte die Absätze ihrer Stiefelchen auf dem Steinboden. Sie murmelte erst leise vor sich hin, bevor sie Rosaria die Anweisung gab: »Du hast vierundzwanzig Maschen. Nun nimm ein Drittel, also acht, und stricke dann sechzehn Reihen kraus rechts.«

»Gut. Aber dann brauche ich wieder Hilfe. Findet Ihr die hellblaue Farbe der Wolle nicht auch himmlisch, Suocera?«

»Gewiss. Sie wird unserem kleinen Prinzen wunderbar stehen. Bestimmt wird er so hell, wie Arturo als Kind war. Das liegt in der Familie meines Mannes. Die Visentins zeugen immer blonde Söhne.« Die Mutter seufzte in glücklicher Erinnerung. »Sie waren ja so hübsch, meine beiden kleinen Engel.«

Arturo schluckte beim Gedanken an einen Jungen mit blonden Locken. Eine Berührung an seinem Bein lenkte ihn jedoch von dem steinschweren Klumpen, der plötzlich seine Kehle verstopfte, ab. Der kleine Pupo, Mutters neuer Welpe aus Tisbes letztem Wurf, hatte sich in seiner Hose verbissen und zerrte am Stoff. Arturo schüttelte ungeduldig den Fuß und schob das Hündchen von sich weg.

»Insomma! Pupolino will doch nur spielen«, sagte die Mutter vorwurfsvoll und rollte ihm einen kleinen Ball aus Stofffetzen zu. »Hier – wirf ihm den Ball!«

Arturo hob den Ball hoch und drehte ihn zwischen den Fingern. Dann warf er ihn ans andere Ende des Salottos. Kläffend raste Pupo hinterher. Die letzten Meter schlitterte er über den glatten Boden, dann versuchte er, unter den Sekretär zu kriechen, unter den der Ball gerollt war. Rosaria und die Mutter lachten über die vergeblichen Versuche. Schließlich erbarmte sich Rosaria, kniete sich vor das schwere Möbelstück, angelte den Ball mit einer Stricknadel heraus und rollte ihn in eine andere Ecke des Raums.

»Meine Liebe, ich bitte dich. Mach nicht solche Verrenkungen«, mahnte die Mutter zur Vorsicht.

Während Pupo seinem Spielzeug hinterherjagte, schlenderte Rosaria zu Arturo ans Fenster. Sie zog seine Hand von der Stuhllehne und legte sie sich auf den Bauch. Er spürte durch das weite Kleid den weichen Speck, den sie in den letzten Wochen angesetzt hatte, und darunter noch etwas anderes. Eine fleischige, feste Masse … Er musste unwillkürlich an ein Geschwür denken und wollte die Hand zurückziehen, doch Rosaria drückte sie weiter auf ihren Leib.

»Ich glaube, man kann ihn schon spüren. Fühl doch mal!« Sie lächelte ihn glücklich an, und in ihren großen geraden Zähnen spiegelte sich das Licht der Deckenlampe. »Fühl doch!«, wiederholte sie ihre Aufforderung.

Arturo fühlte nichts außer den dicken Bauch einer ihm fremden Frau. Er wollte allerdings auch nichts fühlen.

»Es ist wie ein Flattern. Spürst du es wirklich nicht?«, drängte sie und presste seine Hand noch fester an sich. »Ich bin so glücklich, Liebster.« Mit der freien Hand strich sie ihm über die Haare wie einem Kind, das er nicht mehr war.

Warum hörte sie nicht endlich auf zu reden?

»Und alle Welt soll so glücklich sein wie ich. Du hättest die Augen der Mädchen sehen sollen, als ich ihnen die Weihnachtsgeschenke überreicht habe.« Sie fuhr sich mit der Zunge über die vollen Lippen. »Nun schau nicht so vorwurfsvoll! Oder meinst du etwa, wir waren dieses Jahr *zu* großzügig?«

Arturo wandte sich ab. Wie wohl Elisas gletschergrüne Augen geblickt haben mochten, als ihr von Davide der Korb mit den Lebensmitteln überreicht worden war? Hoffentlich hatte der Bursche nichts von Rosarias Schwangerschaft erzählt. Doch eigentlich war es auch egal. Früher oder später würde die »gute Nachricht« vom langersehnten Erben der Visentins auch zum Col delle Ombre hinaufkriechen. Und dann? Am ganzen Körper spürte Arturo Elisas grenzenlose Enttäuschung über seinen Verrat. Als ob sie nicht genug Leid zu ertragen hatte …

Er durfte nicht mehr an sie denken, sonst würde er noch verrückt werden. Also konzentrierte er sich wieder auf die Schneeflocken und begann die zu zählen, die bereits am Ende ihrer Reise angekommen waren und sich nun vor seinen Augen auflösten. Eins, zwei, drei, vier …

»Deine Frau hat dich etwas gefragt. Antworte ihr gefälligst«, schalt die Mutter ungeduldig.

Er schwieg.

»Arturo!«

Rosaria hob beschwichtigend die Hände. »Lasst nur, Suocera«, sagte sie. »Es ist schon in Ordnung. Auch wenn er nicht viel spricht. Er ist mir so ein guter Gatte geworden, seitdem …« Sie räusperte sich. »Seit dieser Nacht.«

Seit dieser Nacht. Sein Frau hätte ihm ihre Stricknadeln auch einzeln ins Herz bohren können, das Leiden wäre nicht größer gewesen. Seit dieser Nacht, seit der sein Dasein nur noch aus einer einzigen schrecklichen Erinnerung bestand. Seit dieser Nacht vor einem knappen halben Jahr, in der er sich selbst lebendig begraben hatte.

Sechster Teil

Josef wird verkauft

Am liebsten möchten die Brüder mich töten. Aber sie haben zu viel Angst, das sehe ich in ihren Augen. Sie sind feige. Warum haben sie Angst? Ich kann ihnen nichts tun. Warum hassen sie mich? Ich bin nicht böse. Sie haben mir mein Hemd weggenommen und meine Hose. Ich bin nackt. Jetzt wollen sie mir auch noch mein Ich wegnehmen.

Ich sage nichts, dann können sie mein Ich nicht finden. Ich verstecke es ganz tief in mir drin. Der Mann in dem weißen Mantel ist ein Fremder, seine Sprache ist anders als meine. Er schaut mich an. Ich mag das nicht. Er fährt mit den Fingern über meine Haut und drückt auf meinen Bauch. Er leuchtet mit einem Zauberstab in meine Augen. Er tastet meine Stirn ab und den Rücken. Er schüttelt den Kopf. Wir nehmen ihn nicht, sagt er, was soll er hier? Er ist zu dünn, um in den Werkstätten zu arbeiten.

Der ältere Bruder wird wütend, aber er lächelt. Zehn, sagt er und holt einen dünnen Papierblock aus der Tasche. Der Mann schüttelt den Kopf. Fünfzehn, sagt der Bruder, dafür kann man viel kaufen. Ich sehe, dass der Mann im weißen Mantel überlegt. Er spielt mit seinem komischen Anhänger. Der ist silbern, ein silberner Vollmond, und hängt an einer Kette aus Schläuchen. Der Mann steckt sich die Enden der Kette in die Ohren und legt den kalten Mond auf meine Brust. Er lauscht. Der Bruder schreibt mit seinem Füller auf den dünnen Block. Zwanzigtausend, sagt er, und seine kratzige Stimme ist ganz heiser. Er reißt das oberste Papier herunter und gibt es dem weißen Mann und sagt, dafür wird er vergessen, wer er ist.

Der Mann leckt sich über die Lippen, seine Zunge ist spitz und lila wie der Kamm von einem Hahn. Ja, sagt der Mann und steckt den Zettel schnell ein, das Vergessen können sie bei uns bekommen.

36

Wenn Agnes, wie sie es Michele versprochen hatte, bis Mitte der Woche die endgültigen Zeichnungen fertig haben wollte, musste sie sich beeilen. Doch sosehr sie sich bemühte – es gelang ihr beim besten Willen nicht, sich zu konzentrieren. Beim Übertrag der neuen auf die alten Grundrisse machte sie ständig irgendwelche Fehler. Obwohl sie sich mit aller Kraft dagegen wehrte, konnte sie an nichts anderes als an Matteo denken.

Wieso war er so spurlos verschwunden? Nicht nur das – er hatte sie am Telefon weggedrückt, als wäre sie ihm plötzlich lästig geworden! Nach all den Geständnissen und ihrer leidenschaftlichen Versöhnung in Duino ... Das passte doch hinten und vorn nicht zusammen. Agnes versuchte, sich sein Handeln zu erklären. Hatte sie sich vielleicht zu sehr an ihn geklammert, oder fürchtete er, für sie zum Sprungbrett aus ihrer Ehe zu werden? Nein, es war etwas anderes.

Es lag an dem Kind, das er nicht finden konnte. Dem verlorenen Kind. Matteos Worte bei ihrem letzten Abschied fielen Agnes wieder ein: »Wenn ich ihn nur gefunden hätte.« Dann zogen mit einem Mal einzelne Zeilen aus Rilkes dritter Elegie wie Zirruswolken durch ihre Gedanken. *Wir lieben nicht wie die Blumen aus einem einzigen Jahr ... sondern die ganze lautlose Landschaft unter dem reinen Verhängnis... du locktest Vorzeit empor in dem Liebenden ... Welche Frauen haßten dich da.*

Was für finstere Männer regtest du auf im Geäder des Jünglings. Tote Kinder wollten zu dir …

Hatte ihr der Dichter nicht bereits alle möglichen Antworten auf die Frage, was zwischen ihr und dem Geliebten stand, in die Hand gelegt? Aber würde sich denn ein ungesühntes Verbrechen in einer Familie tatsächlich bis auf die zweite Generation auswirken? Es gab genügend Psychologen, die so etwas behaupteten. Agnes hatte sogar selbst schon einige Bücher über Familienaufstellungen gelesen, bei denen die Ursachen für das Verhalten der Patienten in der Geschichte ihrer Vorfahren gefunden wurden. Rilke hatte auf lyrische Weise nichts anderes ausgedrückt: *Du locktest Vorzeit empor in dem Liebenden …* Vielleicht konnte sich Matteo an keine Frau binden, weil er die traumatischen Erfahrungen seines Großvaters in sich trug. Unbewusst, natürlich.

„Spricht die Küchenpsychologin", würde Christiane jetzt sagen. Und: „Wie verständnisvoll du ihn entschuldigst." Agnes meinte ihre Stimme zu hören, da musste die Freundin gar nicht persönlich anwesend sein und sich echauffieren. Wahrscheinlich hatte Christiane sogar recht. Vermutlich machte Agnes gerade denselben Fehler, den sie jahrelang bei ihrem Ehemann gemacht hatte, und redete sich mal wieder eine unangenehme Wahrheit schön. Matteo hatte sie als Türöffner für die Ca' More missbraucht und nebenbei Gefallen an ihr als Betthäschen gefunden. Und jetzt war er ihrer überdrüssig geworden und hatte sie abserviert. So einfach.

Aber wenn eben doch alles viel komplizierter war? Die Geschichte von dem verunglückten Aldo, von Arturo, dessen Mutter und seiner Frau Rosaria, die Matteo ihr erzählt hatte, verwickelte sich in Agnes' Kopf mit den Reimen der dritten Elegie Rilkes wie ein zerrupftes Wollknäuel. *Welche Frauen haßten dich da …*

Irgendetwas stimmte nicht. Agnes war es, als müsste sie

nur das richtige Fadenende zu fassen bekommen, um die Ungereimtheiten aufzudröseln. Doch es gelang ihr nicht.

Seufzend wandte sie sich wieder ihrer Arbeit zu. Den meisten Männern gelang es doch perfekt, persönliche Probleme auszublenden, wenn es sein musste – warum sollte sie das also nicht auch können? Sie begann noch einmal von vorn damit, ihren Entwurf in die vorbereiteten Pläne des Altbestandes zu übertragen, um später die 3-D-Simulation daraus zu erstellen. Doch es funktionierte auch diesmal nicht. Das, was sie in ihren Bestandszeichnungen in der Stube zunächst für einen ungenutzten alten Kamin gehalten hatte, setzte sich im Obergeschoss nämlich gar nicht fort. Diese Tatsache ließ sich angesichts der Reinzeichnung nun nicht mehr ignorieren. Demnach handelte es sich eher um einen winzig kleinen Raum, vielleicht eine ehemalige Kammer für Holz oder Vorräte, die jemand irgendwann einmal zugemauert hatte. Das ergab doch keinen Sinn! Die früheren Pächter hätten niemals freiwillig auf zusätzlichen Stauraum verzichtet. Wer sollte sonst so etwas …?

Aber natürlich!

Agnes sprang auf, rannte hinüber in die Stube und starrte auf die besagte Wand neben der offenen Feuerstelle. Gekalkter Putz auf unregelmäßigen Steinen. Soweit war auf den ersten Blick nichts Ungewöhnliches zu sehen. Außer der Radierung von Isaaks Opferung!

Angesichts ihrer verrückten Idee erschien Agnes das Bild plötzlich in einem ganz neuen Licht. Warum hatte Volo es genau an diese Stelle gehängt? War das wirklich nur ein Zufall? Oder hatte der Künstler womöglich viel mehr von der tragischen Geschichte gewusst, die sich in seinem Haus abgespielt hatte, als in der Gegend gemunkelt wurde?

Agnes betrachtete die seltsamen Details auf der Darstellung, das Hündchen, die Maurerkelle und den Eimer. Wer auch immer diese Radierung angefertigt hatte, über die Agnes nun schon so oft nachgedacht hatte, der wollte damit etwas über die biblische Geschichte hinaus erzählen. Nur was? Der Knoten in Agnes Kopf fühlte sich immer verwirrender an. Doch sie spürte gleichzeitig, dass sie das Ende des Fadens, an dem sie die Geschichte aufwickeln konnte, bereits zwischen den Fingerspitzen hielt.

Eigentlich gab es nur zwei Möglichkeiten: Entweder würde Agnes jeden Moment durchdrehen oder sie war gerade dabei, eine sensationelle Entdeckung zu enthüllen. Doch wie sollte sie nun mit dieser Erkenntnis umgehen?

Plötzlich hatte sie einen Einfall. Die restlichen Druckplatten neben der alten Presse konnten ihr vielleicht weitere Informationen geben und eventuell sogar ihren verrückten Verdacht bestätigen. Doch wenn sie mit ihren Spinnereien tatsächlich richtig lag, hätte die Aufdeckung des alten Geheimnisses nicht weitreichende Folgen? Michele würde im Viereck springen! Und Matteo? Er bekäme die Chance, endlich zu sich zu finden. Abzuschließen mit dem, was vergangen war. Es gab eigentlich keinen rechten Grund mehr für sie, sich dafür einzusetzen. Und trotzdem … War es nicht das Wichtigste, die Wahrheit ans Licht zu bringen? Viel Zeit blieb ihr ja nicht mehr dazu. Also wann, wenn nicht jetzt? Und wer, wenn nicht sie?

Ihr Lieblingsmantra vor sich hinmurmelnd, machte sich Agnes auf den Weg zu Volos ehemaligem Arbeitsraum. Wahrscheinlich würden sich ihre wilden Theorien dort sowieso wieder in Luft auflösen. Aber dann könnte sie wenigstens konzentriert ihre Pläne zeichnen.

Im ersten Stock bückte sie sich unter der schmalen Tür unter der Treppe hindurch und betrat das Atelier. Der intensive Geruch von Pinselreiniger waberte ihr entgegen. Seitdem sie das Aufmaß des Raums gemacht hatte, war sie nicht mehr hier gewesen. Ein paar Fledermäuse hingen jetzt kopfüber von ihrem Schlafbalken und schauten Agnes interessiert zu, wie sie sich durch den Raum bis zur Druckerpresse schlängelte. Auf dem Blechhaufen daneben lag seit ihrem letzten Besuch unverändert der Stapel mit den Zinkplatten.

Sie nahm die oberste in die Hand und drehte sie so lange zwischen den Händen, bis das Licht im richtigen Winkel darauf fiel. Die Linien zeigten wie erwartet Abraham und Isaak. Agnes legte die Platte vorsichtig beiseite und griff zur nächsten. Die Abbildung der Arche Noah. Michele hatte ja in Venedig ihren Verdacht weit von sich gewiesen, dass darauf der Gebäudekomplex von San Servolo dargestellt wurde. Doch inzwischen war sich Agnes fast sicher, dass es doch so war. Sie untersuchte auch die restlichen Platten gründlich. Es waren insgesamt sieben Stück, die dem Format und der Art der Bearbeitung nach eindeutig zusammengehörten.

Sicherlich konnte man noch Abzüge davon machen und darauf besser erkennen, was der Künstler in das Trägermaterial eingeritzt hatte. Also los!

Willkürlich zog sie eine der unteren Platten aus dem Stapel wie ein Los aus einer Lotterietrommel. Das Metall war in gutem Zustand, die Farbreste weitgehend sauber abgewischt. Auf dem Regal neben der Presse standen Dosen mit Lösungsmitteln, ein Schuhkarton mit Stofffetzen und eine Zigarrenkiste voller Druckfarben, als hätten sie nur auf Agnes gewartet. Schwarz, Rot und Sepia. Und mehrere Bogen Büttenpapier lagerten da ja auch! Zuletzt hatte sie das im Leistungskurs Kunst gemacht – aber Agnes erinnerte sich noch genau an die einzelnen Schritte. Sie faltete das Büttenpapier auf die entsprechende Größe und riss vorsichtig an der Kante entlang, bis sie genügend Bogen hatte. Dann wässerte sie die Blätter gründlich im Waschbecken und legte sie zwischen die Seiten einer alten Zeitung. Als Nächstes musste die Platte mit

Terpentinersatz gereinigt werden. Nun konnte Agnes sie neu einfärben. Sie entschied sich für Braun, presste ein paar Zentimeter der zähen Masse auf eine Glasscheibe und wählte ein Stück Stoff aus, das in seinem früheren Leben vielleicht einmal ein Unterrock gewesen war. Den Fetzen wickelte sie sich in mehreren Lagen um den Zeigefinger und tupfte damit erst in die Farbe, dann auf die Platte. Sorgfältig drückte sie das Braun in alle Vertiefungen und rieb dann die überschüssige Farbe mit einem frischen Lappen ab.

Agnes drehte den Druckschlitten der Presse nach rechts und hob den schweren Filz über die Rolle. Dann schichtete sie erst einen Karton, als Nächstes die Platte mit der Farbseite nach oben und anschließend ein gut angefeuchtetes, aber nicht mehr nasses Papier auf die Mitte des Schlittens. Zuletzt deckte sie den Stapel ab, indem sie die Filzdecke wieder zurückschlug.

Die Einstellung war offensichtlich noch genau richtig, denn das große Drehkreuz ließ sich nach einem kräftigen Ruck mit einiger Anstrengung, aber nicht zu schwer bewegen. Als der Druckschlitten auf der anderen Seite der Walze hervorgekommen war, hob Agnes erwartungsvoll den Filz an. Auf dem Büttenpapier drückte sich nun sauber die Kante der Eisenplatte ab. Agnes hielt die Luft an, als sie mit den Spitzen von Daumen und Zeigefingern vorsichtig das Papier von der Platte zog. Jetzt würde sich herausstellen, ob die Farbe gut eingearbeitet gewesen war und das Papier das richtige Maß an Feuchtigkeit gehabt hatte.

Der erste Andruck war noch ziemlich unregelmäßig und voller großer weißer Stellen, aber schon beim zweiten Abzug erzielte Agnes ein perfektes Ergebnis. Eine gestochen scharfe Zeichnung zeigte mehrere Erwachsene, die über einen kleinen Jungen zu verhandeln schienen. Sie näherte sich dem Blatt und studierte die Szene genauer. Eine der beiden schwarzgekleideten Gestalten schob das Kind einem der Männer im weißen Kittel zu und reichte ihnen einen Geldsack. Der Kleine musste Josef sein, der von seinen Brüdern verkauft wird. Aber warum bezahlte die Gestalt denjenigen dafür, dass er den Buben nahm? Agnes war nicht besonders bibelfest, doch dass die Geschichte so nicht im Alten Testament stand, das wusste sie mit absoluter Gewissheit. Und sie wusste noch etwas: dass sie jetzt auf keinen Fall mehr aufhören könnte, das Geheimnis der Ca' More weiter zu entwirren.

Die rot glühende Sonne wurde bereits von den Zypressen auf den Hügeln im Westen angekratzt, als Agnes auf den Turm der Ca' More kletterte und alle sieben Radierungen nebeneinander auf der kleinen Aussichtsterrasse ausbreitete. Hier oben gab es noch genug Tageslicht, um das Ergebnis eingehend zu betrachten. Dass alle Bilder zu einer Serie gehörten, war nun wirklich nicht mehr zu bestreiten. Es handelte sich ausschließlich um allgemein bekannte Bibelszenen aus der Heiligen Schrift, die schon Grundschulkinder im Religionsunterricht kennenlernten. Wie Josef und seine Brüder waren sie allesamt mehr als eigenwillig interpretiert: An Abrahams Gürtel steckte ein Veilchenstrauß, und statt des Widders, den er später für Isaak opfern würde, lag da dieser struppige Hund zu seinen Füßen. Mit einer Peitsche stand der Teufel inmitten einer Herde von Schweinen. Eva nahm unter einem Baum voller kleiner Brombeeren von der Schlange keinen Apfel, sondern einen Schreibgriffel entgegen, während Adam ein Schulheft hielt. Moses schwamm in einem Körbchen mit Autorädern und Faltdach auf dem Canal Grande durch Venedig. Und die Schöpfung fand in einem Park voller bizarr verkrüppelter Bäume statt, die beinahe waagrecht über den Boden wuchsen.

Zuletzt widmete sich Agnes der Arche Noah. Kein Zweifel, der Gebäudekomplex, der wie ein Schiff im Wasser trieb, stellte eindeutig die kleine Laguneninsel San Servolo dar. Aus den vergitterten Fenstern winkten unterschiedliche Tiere. Das Reh trug kurioserweise Boxhandschuhe. Und über dem Haus flogen seltsame Engel mit Fieberthermometern und Spritzen.

Agnes suchte weiter nach kleinen Details, anhand derer sie dieses Bilderrätsel lösen konnte. Sie spürte, dass sie kurz davor war.

Auf dem Rumpf eines kleinen Segelboots fielen ihr endlich die Buchstaben P und A ins Auge. Sie begutachtete noch einmal gründlich die anderen Bilder und fand nach und nach auf jedem einzelnen die Majuskeln. Auf dem Geldsack, in der hellen Felge eines Reifens, auf dem Etikett des Schulhefts … Wie die Maus in der kleinen *Brigitte* hatte der Künstler auf jeder einzelnen Radierung seine Initialen versteckt.

Agnes lehnte sich an die gemauerte Brüstung und sah in die Ferne. Venedig lag im lavendelfarbenen Dunst versunken. Venedig, die heitere Stadt, die Serenissima. Im schwindenden Licht blinkten die ersten Lichter in der Ebene auf. Doch mit einem Mal ging auch Agnes ein letztes Licht auf. Na klar! Es war alles noch viel naheliegender, als sie zunächst angenommen hatte. Sie hatte ihn doch selbst gesehen, diesen Film über Volo. Aber jetzt erst verstand sie, was sie in Matteos Video so irritiert hatte: nämlich der Moment, als Volo gründlich seine fertige Vorzeichnung abgesucht, zufrieden „Finito!" gesagt und dann doch noch einmal etwas auf das Palmenblatt gekritzelt hatte – genau an der Stelle, auf die er später, nach Vollendung des farbigen Gemäldes, seine Signatur setzen würde. Er hatte auf der Zeichnung nicht noch etwas verbessert, wie Agnes zunächst leicht verwundert angenommen hatte, sondern sein Werk zum ersten Mal unterschrieben, bevor er es im Anschluss übermalte – und ein zweites Mal signierte. Mit Farben, neuen Formen und zuletzt, und das war der Clou, mit einem *anderen* Namen.

Zwei Signaturen. Zwei Namen. *Ein* Mensch. P und A. Volo.

Agnes war felsenfest überzeugt: Unter allen Gemälden Volos würden sich diese beiden Buchstaben finden. Genau so musste es sein. Volo hatte sich als Künstler neu erfunden, aber seinem ursprünglichen Sein trotzdem Platz gelassen. Nun fügten sich die Bilder und die Geschichten über das traurige Liebespaar aus der Ca' More zu einem logischen Netz zusammen. Den Rest erzählte das alte Haus selbst.

Sie war überwältigt von ihrer Entdeckung. Endlich konnte Agnes genau rekonstruieren, was dem armen Arturo, Matteos Großvater, in dieser Unglücksnacht in Wirklichkeit widerfahren war.

Es fehlten nur noch ein paar handfeste Beweise.

Bestimmt hatte Padre Giovanni Zugriff auf die alten Kirchenbücher von Montesassino. Und Michele musste ihr sofort einen Kontakt zur Leitung des psychiatrischen Museums auf San Servolo herstellen. Agnes wäre beinahe die Treppe hinuntergestürzt, so eilig rannte sie zu ihrem Handy. Doch nachdem sie ihre Telefonate erledigt hatte, brachte sie der blonden Madonna in der kleinen Kapelle einen großen Strauß frischer Wiesenblumen und stellte ihn neben den Ölmalpinsel des verloren Kindes.

37

Ca' More. Juli 1937

Heimlich, als wollten sie ihren eigenen Besitz stehlen, waren Rosaria und Arturo zum Beginn der Nacht in die Werkstatt der Visentins geschlichen und hatten alles eingepackt, was die Mutter für nötig erachtete: einen Sack Zement, zwei Kellen, Eimer, Hammer und Nägel. Arturo fragte nicht, wozu, sondern folgte stumm den Anweisungen seiner Frau. Dann lenkte Rosaria den Lancia den Berg hinauf. Während sie sich auf das vor ihnen liegende Stück Straße, das in den Lichtkegeln der Scheinwerfer zu sehen war, konzentrierte, saß er bebend auf dem Beifahrersitz und beobachtete seine Frau aus den Augenwinkeln. Sie fuhr ruhig und schaltete routiniert, obwohl man auch ihrem fleckigen Gesicht die Aufregung ansehen konnte.

Etwas unterhalb der Ca' More, Rosaria versuchte gerade, das Automobil auf einem Forstweg möglichst unauffällig zwischen den Bäumen zu parken, und rangierte dabei langsam vor und zurück, riss Arturo noch bei laufendem Motor die Wagentür auf und rannte auf das Haus zu. Eine kleine Hoffnung flüsterte ihm plötzlich zu, das Kind könne doch noch am Leben sein. Mehrere lange Stunden waren vergangen, in denen sie auf die Dunkelheit gewartet hatten. Vielleicht hatte sich der Junge ja inzwischen von dem Sturz erholt? Es gab sie doch, wenn auch selten, aber es gab die Ereignisse, die man allgemein als »Wunder« bezeichnete!

Doch der Anblick der Mutter, die ihn im Türrahmen empfing, schwach beleuchtet von einem düsteren Licht, das aus der Stube schimmerte, dieser Anblick genügte, um die Hoffnung auf ein Wunder augenblicklich zu verlieren. Ohne ein Wort trat sie zur Seite und gewährte ihm Eintritt.

In der Mitte des Raums stand die offene Truhe des Pächters. Bis vor Kurzem war Arturo nie aufgefallen, dass das schwarze schlichte Möbelstück wie ein Sarg aussah. Bis vor Kurzem, als er und Elisa die glücklichsten Stunden in diesem Haus miteinander verbracht hatten. Er näherte sich langsam. Die einsame Talgkerze auf dem Tisch warf gespenstische Schatten gegen die grob verputzte Wand. Noch ein letzter Schritt, dann musste er sich der Wahrheit stellen.

Er beugte sich nach vorn. Der kleine Junge lag mit geschlossenen Augen auf dem Rücken in der Kiste, als würde er schlafen. Das Licht zeichnete die schönen Züge in scharfen Kontrasten. Die Mutter hatte seine Löckchen so über die Verletzung drapiert, dass man die hässliche Wunde nur mehr erahnen konnte. Seine schmalen Hände waren über der Brust gefaltet. Aber hob und senkten sie sich nicht wenige Millimeter?

Arturo schrak zusammen, als er plötzlich die Hand seiner Mutter auf der Schulter spürte.

»Er *ist* tot«, sagte sie, als könnte sie seine Gedanken lesen.

Natürlich, es waren das Flackern der Kerze und sein eigener hektischer Atem, die dieses Trugbild verursachten.

Er ging vor dem kleinen Sarg auf die Knie, zog aus einer plötzlichen Eingebung das Heft, Elisas Übungsheft, aus seiner hinteren Hosentasche und schob es Aldo vorsichtig unter die gefalteten Hände. Sie waren kalt wie Eis.

»Das werden deine Mutter und ich nicht mehr brauchen«, sagte er leise zu dem toten Kind. Dann warf er sich über den Sarg und begann bitterlich zu weinen. Wie sollte er nun weiterexistieren? Als lebender Leichnam? Wenn er nur für den Rest seines Daseins hier liegen und hätte schluchzen können …

Doch die Mutter näherte sich ihm. »Reiß dich zusammen, Junge«, sagte sie streng und zugleich liebevoll, während sie ihm über den Rücken strich. »Wir haben noch so viel zu tun. Oder willst du riskieren, dass dich Elisa hier mit ihrem toten Kind findet?«

Nein, das wollte er nicht. Elisa durfte nicht wissen, wie er ihr Glück zerstört hatte. Sie sollte ihn für die schreckliche Schuld, die er auf sich geladen hatte, nicht hassen. Er holte tief Luft, und ein letztes armseliges Wimmern drang aus seiner Brust.

»Wo soll ich das Loch schaufeln?«, fragte er seine Mutter.

Es war Rosaria, die ihm auf die Füße half, bevor sie ihm die Antwort gab. Arturo hatte gar nicht bemerkt, wie sie hinter ihm in die Stube gekommen war.

»Aber mein Dummerchen, was denkst du, wieso wir Mörtel und Kellen mitgebracht haben? Wir werden die Kiste mit dem Leichnam hier in der kleinen Vorratskammer neben der Feuerstelle einmauern«, erklärte sie geduldig und zeigte auf den kleinen offenen Raum, aus dem Arturo in all den Jahren mit Elisa nie die verdorbenen Lebensmittel entfernt hatte.

»Einmauern?«

Was sagte sie da?

»Sieh doch. Das Kämmerchen ist schon da. Als hätte es auf uns gewartet. Wir müssen nur den Durchgang mit Steinen verschließen.«

»Ihr wollt ihn einmauern?!«

Seine Frau sah ihn mit ruhigem Gesichtsausdruck an. »Ein frisch gegrabenes Loch auf dem Grundstück wäre doch viel zu auffällig. In den nächsten Tagen werden sich die Leute bestimmt auch im weiteren Umkreis auf die Suche nach dem vermissten Jungen machen. Aber in dem verrammelten Haus wird ihn natürlich keiner vermuten.« Rosaria fasste mit ihren kühlen Fingern an seine Wangen und sah ihm eindringlich in die Augen. »Das verstehst du doch?«

»Natürlich versteht er es«, antwortete die Mutter an seiner statt. »Aber jetzt beeilt euch endlich, und sammelt am Steilhang hinter dem Haus die Steine. Hier – nehmt den Korb für das Feuerholz, darin könnt ihr sie zum Haus bringen. Wir brauchen nicht sehr viele, das Stück, das wir mauern, wird nicht groß sein. Drei, vier Körbe voll sollten genügen.« Sie sah sich suchend um. »Habt ihr von unten alles mitgebracht, was ich euch aufgetragen habe, Rosaria?«

»Natürlich, Suocera. Der Eimer mit dem Werkzeug und den Nägeln steht draußen vor der Tür. Aber den Zement konnte ich nicht tragen, er ist noch im Wagen.«

»Bene. Dann soll Arturo den Sack als Erstes nach oben bringen.« Die Mutter schob ihn zur Tür. »Wir werden, bevor ich den Sarg verschließe, für die arme Seele noch die letzten Fürbitten sprechen.«

Arturo drehte sich abrupt um. »Zu welchem Gott?«, schrie er auf. »Zu welchem verdammten Hundsgott wollt ihr beten?«

Rosaria zuckte zusammen und schlug sich die Hand vor den Mund. »Jesus und Maria im Himmel, versündige dich nicht«, flüsterte sie entsetzt.

Da lachte er bitter auf. »Als ob ich das nicht schon längst getan hätte.«

Mit dem Sack Zement auf den Schultern stapfte Arturo vom Auto durch das taunasse Gras zum Haus. Ein schwarzer Vogel flatterte mit einem gellenden Schrei aus dem Maulbeerbaum. Sein Fuß rutschte plötzlich auf etwas aus, das wie eine verschrumpelte Kartoffel aussah. Aus dem Inneren der Ca' More ertönte gedämpftes Hämmern. Als er in die Stube trat und den staubigen schweren Papiersack neben der Feuerstelle auf den Lehmboden gleiten ließ, trieb die Mutter gerade den letzten Nagel durch den hölzernen Deckel. Arturo wandte sich ab. Der Gedanke, dass der kleine Menschenkörper, in dem vor wenigen Stunden noch das blühende Leben pulsiert hatte, nun für immer in diesem engen und luftlosen Gefängnis eingesperrt sein sollte, war für ihn kaum auszuhalten.

Er stürzte aus dem Haus und sammelte neben Rosaria wie besessen die Steine in den Korb. Es gab genug davon zu finden, denn auch hinter dem Haus war das Gelände stellenweise abgerutscht und hatte seinen Kern aus trockenem Geröll freigegeben. Sie wählten möglichst gleichmäßige Brocken, die im unbestimmten Licht des abnehmenden Mondes wie bleiche Kinderschädel schimmerten. Wenn der Korb zur Hälfte gefüllt war, packten Rosaria und er je einen Henkel und schleiften ihn über die nasse Wiese zum Haus, hievten die schwere Last über die Schwelle und kippten den Inhalt neben den Kamin, bis die Mutter meinte, dass sie nun genug Steine für die schmale Öffnung beisammenhätten. Sie hatte den ersten Eimer mit Mörtel bereits angerührt.

»Woher könnt Ihr das nur alles so gut, Suocera?«, fragte Rosaria bewundernd, während sie sich den Schweiß von der Stirn wischte.

»Ich … ich habe als Kind manchmal den Maurern auf unserem Anwesen zugeschaut«, antwortete diese hastig.

Wie konnten die beiden sich nur so über Belanglosigkeiten unterhalten, als säßen sie gerade beim Kaffeeklatsch?, wunderte sich Arturo entsetzt, doch da trug die Mutter ihm und Rosaria auch schon auf, den Sarg in die Kammer zu tragen.

»Seid ihr auch wirklich sicher, dass er nicht mehr lebt?«, fragte er. Seine eigene Stimme kam ihm fremd vor.

»Natürlich, mein Liebling«, versprach Rosaria. »Ich habe den Spiegeltest gemacht, den Puls gesucht und sein Herz abgehört. Auch die Pupillen haben auf Licht nicht reagiert …«

»Wirklich, Arturo«, fuhr die Mutter ungeduldig dazwischen. »Denkst du denn, wir ließen dich das Kind einmauern, wenn auch nur der geringste Zweifel bestünde?«

Sie wirkte so mitgenommen und eingefallen, dass sie ihm plötzlich leidtat. Erst jetzt wurde ihm klar, dass er nicht nur Elisa und sich schreckliches Leid zugefügt hatte.

»Entschuldigt«, flüsterte er.

Rosaria nickte ihm aufmunternd zu. Sie hoben die Kiste gemeinsam auf, wobei sie versuchten, sie in der Horizontalen zu halten. Doch sie konnten die längliche Truhe nicht durch in die Öffnung in die Vorratskammer bringen, ohne sie aufzurichten und dann zu drehen. Denn der winzige Raum war zwar breit, aber nicht tief genug für die Kiste. Arturo, der das Kopfende hielt, musste sie notgedrungen ein gutes Stück anheben und etwas kippen. Er spürte, wie Aldos Kopf mit einem dumpfen Geräusch an die Seitenwand schlug und der leblose Körper dann an der Unterseite der Kiste zusammenrutschte. Plötzlich meinte er, auch den eisenähnlichen Geruch von geronnenem Blut wahrzunehmen. Ihm wurde auf einen Schlag speiübel, aber er zwang sich zur Beherrschung und schaffte es schließlich, mit Rosarias Hilfe den Sarg vorsichtig auf dem Boden zu platzieren.

Nachdem sich seine Frau aus der engen Kammer herausgezwängt und die Mutter ihre Rosenkranzkette mit dem silbernen Kreuz auf dem Deckel drapiert hatte, mauerte Arturo Stein um Stein den Durchgang zu. Rosaria suchte sorgsam den letzten Brocken aus. Er passte wie ein Puzzlestück in die Lücke. Mit letztem Kraftaufwand verputzte er die ganze Wand, sodass kein Übergang mehr zu sehen war. Für sein restliches Leben sollte er das Knirschen der Kelle beim Verstreichen des Mörtels hinter allen anderen Geräuschen hören. Es war ihm, als wäre sein Körper seit dieser Stunde bis in die letzte Furche hinein mit grobkörnigem Sand gefüllt.

»Wenn der Putz getrocknet ist, wird kein Mensch ahnen, dass sich hinter dieser Wand einmal eine Vorratskammer befand«, stellte die Mutter zufrieden fest.

Rosaria tupfte Arturo mit ihrem Blusenärmel die schweißnassen Schläfen ab.

»In was habe ich euch da nur hineingezogen?«, sagte er.

»In guten wie in schlechten Zeiten ...«, antwortete sie und lächelte schwach. »Aber zwei Dinge musst du mir hier und jetzt versprechen.«

Die Mutter nickte bestätigend.

Ja, jetzt stand er tief in ihrer Schuld.

Rosaria holte hörbar Luft und sagte: »Versprich mir, dass die Beziehung zu dieser Frau ein Ende hat. Und dass du mir ab jetzt ein richtiger Ehemann sein wirst. Versprich es bei der Seele des verstorbenen Kindes.«

Arturo versprach es, obwohl es nicht nötig gewesen wäre. Wie hätte er Elisa jemals wieder offen in ihr ehrliches Gesicht schauen können? Natürlich war er nun für immer mit seiner Frau verbunden. Auf eine Weise, die sich nie mehr würde lösen lassen.

38

Das Vaporetto spuckte eine stinkende Dieselwolke aus, als es am Anleger festgezurrt wurde. Agnes war der einzige Fahrgast, der auf San Servolo ausstieg. Kein Wunder. Wenn sie bedachte, wie viele herrliche Attraktionen Venedig zu bieten hatte, dann war der Besuch des psychiatrischen Museums sicher eher etwas für Fachkundige. Zumal eine Besichtigung auch erst nach telefonischer Anmeldung möglich war. Obwohl die kleine Insel inzwischen als Kongresszentrum genutzt wurde, strahlte sie immer noch eine besondere Abgeschiedenheit aus. Im Schatten einer mächtigen Palme wartete auf Agnes eine schmale junge Frau mit blasser Haut und schwarzem Haar, hübsch wie ein Schneewittchen in Jeans und Gesundheitslatschen, und stellte sich ihr als Dottoressa Elena Marcier-Boccanera vor. »Aber nennen Sie mich doch einfach Elena«, meinte sie lächelnd.

Ein Anruf von Michele hatte genügt, um Agnes die Historikerin der Fondazione di San Servolo als persönliche Führerin zur Seite zu stellen.

»Am besten, wir machen zuerst einen Rundgang durchs Museum und die Anlagen, damit Sie sich einen allgemeinen Überblick verschaffen können«, schlug die Dottoressa vor. »Danach können Sie mir gern Fragen stellen.«

Agnes folgte Elena über mehrere Treppen in den ersten Stock. Das Museo del Manicomio war von seinen Ausmaßen durchaus überschaubar, denn es erstreckte sich nur über wenige Gänge und Räume und schien insgesamt kaum größer als eine geräumige Altbauwohnung. Als sollten die Besucher schonend auf das Grauen vorbereitet werden, befanden sich in den ersten Vitrinen harmlose Gegenstände wie Kinderschuhe, Körbchen aus Weide oder das Modell eines Zweimasters. Es gab gemalte Bilder und einen schönen alten Flügel aus Nussbaumholz zu sehen. In diesem Zimmer wurde gezeigt, dass bereits im 19. Jahrhundert handwerkliche Beschäftigung, kreatives Schaffen und Musik als Therapiemittel eingesetzt wurden. Außerdem konnte Agnes eine Art drehbares Register aus Metall entdecken, das offensichtlich in der Vorkriegszeit bei der Einlieferung der Patienten benutzt worden war. Die ersten Fragen drängten sich auf, aber Agnes beschloss, sie sich tatsächlich bis zum Ende der Führung aufzuheben. Sie wollte alles sehen, um sich besser vorstellen zu können, was er erlebt haben mochte.

Als Nächstes folgten die ersten Exponate, die die medizinischen Methoden zur Behandlung psychisch Kranker im Lauf der Geschichte veranschaulichen sollten, und Agnes bereute ihre Neugier umgehend. In diesem Teil der Ausstellung widmete man sich den verschiedensten Modellen von Zwangsjacken, Ketten, Fuß- und Handfesseln, die die Kranken davon abhalten sollten, sich und andere zu verletzen. Außerdem gab es abschreckende Gerätschaften zum zwanghaften Aufhalten des Mundes. Agnes blieb vor einem Paar fingerloser Handschuhe, die wie Boxhandschuhe gepolstert waren, stehen.

»An den Innenseiten wurden die Handschuhe abgeschlossen, sodass man sie nicht mehr ausziehen konnte«, erklärte Elena sachlich. »Die Arme blieben dafür frei beweglich, und der Patient fühlte sich etwas weniger eingeschränkt als mit der damals üblichen Fixierung.«

Das Leder des Handschuhs glänzte glatt gerieben und war an vielen Stellen abgewetzt. Wie viele unglückliche Seelen mochten diese Folterinstrumente getragen haben, weil man sie für »gefährlich« erachtete? Und wie viele davon waren es auch wirklich gewesen?

Im nächsten Zimmer reihten sich chronologisch sortiert die Geräte für Elektroschocktherapien neben Beißklötzen, die angewendet wurden, damit sich die Patienten während der krampfauslösenden Behandlung nicht die Zungen abbissen. Danach kamen riesig vergrößerte historische Aufnahmen von den Badezimmern und eine originale Duschanlage, mittels derer Heiß- und Kaltwasserkuren durchgeführt worden waren, und zuletzt einige wissenschaftliche Instrumente, deren Funktion Agnes nicht so gut verstand, weil ihr Italienisch für die komplizierten Fachbegriffe nicht ausreichte.

Der Anblick all dieser Gegenstände verursachte in ihr jedoch ein tiefes Gefühl der Beklemmung. Besonders nahe ging ihr eine Serie von Porträtfotografien, die alle um die vorletzte Jahrhundertwende aufgenommen worden waren und die die positive Entwicklung anhand von Vorher-Nachher-Vergleichen dokumentieren sollten. Sie sah alte und junge Männer, Jünglinge, die kaum Flaum auf der Oberlippe hatten, und sogar Kinder bei ihrer Einlieferung. Die meisten von ihnen waren verwahrlost, ungekämmt und dreckig und trugen zerlumpte Hemden. Mit wildem oder grimmigem Blick starrten sie in die Kamera. Manche hatte man offensichtlich zwingen müssen, sich ablichten zu lassen – man konnte am Rand der Bilder noch die Hände der Wärter erkennen. Auf dem jeweils zweiten Foto, das die positive Wirkung des Aufenthalts in der Anstalt dokumentieren sollte, blickten Agnes zwar äußerlich gepflegte und ordentlich gekleidete, aber gebrochene Menschen an. Mit Schaudern erinnerte sie sich an Jack Nicholson in *Einer flog über das Kuckucksnest*.

»Sie wirken wie lebende Tote. Was hat man mit ihnen gemacht?«, fragte sie ihre Führerin.

Elena erklärte: »Oftmals ist es tatsächlich das Krankheitsbild der Schizophrenie, das eine sichtbare vorzeitige Demenz mit sich bringt. Die Aufnahmen hier wurden zum Teil noch Ende des 19. Jahrhunderts gemacht. Das Durchtrennen von Thalamus und Frontallappen, also die berüchtigte Lobotomie, an die Sie vermutlich gedacht haben, ist zwar in Italien entdeckt und zum ersten Mal 1936 an einem Menschen durchgeführt worden, wurde hier aber nicht routinemäßig angewandt. Man setzte eher auf krampfauslösende Behandlungen wie die Insulinschocktherapie oder Injektionen mit Cardiazol.«

Plötzlich kam Agnes ihre vermeintliche Entdeckung wie eine unglaubliche Schnapsidee vor. Zu was für einer wilden Theorie hatte sie sich verleiten lassen, nur weil sie auf einer der sieben Radierungen von Volo den Häuserkomplex von San Servolo erkannt hatte und zu wissen meinte, was die Abkürzung »P. A.« bedeutete? Gab es nicht Millionen von Namen, die sich aus diesen zwei Buchstaben zusammensetzten?

Aber jetzt konnte sie sich ja nicht einfach von der sympathischen Dottoressa, die sich so aufmerksam um sie kümmerte, verabschieden und an den Lido zum Baden gehen! Nein. Sie musste der hilfsbereiten Frau ihre abstruse These vortragen und dabei in Kauf nehmen, sich ordentlich zu blamieren. Agnes tröstete sich mit dem Gedanken, heutzutage bestünde zumindest nicht mehr die latente Gefahr, dass sie für irr erklärt und gleich hierbehalten wurde.

Nachdem sie den Innenhof und die Kirche, die berühmte Apotheke mit den blau-weiß bemalten Fayencegefäßen und zuletzt den Anatomiesaal nebst einem Sammelsurium von eingelegten Gehirnen besichtigt hatte, geleitete Elena sie in ihr Arbeitszimmer. Der langgestreckte hohe Raum war in elegantem Ziegelrosa geschwemmt und mit alten deutschen Schullehrtafeln, auf denen die einheimischen Waldtiere dargestellt waren, geschmückt. Um einen langen Glastisch standen orangerote Designerstühle aufgereiht, und auf dem Schreibtisch stapelten sich Papiere. In dieser modernen Atmosphäre fühlte sich Agnes endlich wieder wohler. Elena bot ihr einen Stuhl an und ließ sich selbst auf einen Drehsessel fallen. »Signor Vianello meinte, Sie bräuchten für eine Recherche Informationen über einen ehemaligen Patienten?«

Agnes begann leicht verlegen mit ihrer Erklärung. »Na ja. Es ist etwas komplizierter. Ich weiß nämlich nicht sicher, ob derjenige, den ich suche, wirklich hier war. Bitte halten Sie mich nicht für verrückt …« Sie sah, wie Elena etwas gequält lächelnd mit ihrem Kugelschreiber auf die Tischplatte trommelte, und fuhr fort zu erzählen, welche Mutmaßungen sie hierhergeführt hatten. Mit jedem Satz wurden ihr ihre Spekulationen peinlicher. Als Beweis, dass sie sich die Sache nicht komplett aus der Luft gegriffen hatte, zog sie am Ende ihres Berichts eine Mappe mit den Radierungen aus ihrer Umhängetasche und reichte sie Elena, die sie kurz durchblätterte.

»Wie interessant«, räumte diese ein. »Das ist San Servolo, keine Frage!« Die Ungeduld im Gesichtsausdruck der Historikerin war plötzlich einem aufmerksamen Interesse gewichen. »Und bei diesen drei kuriosen Darstellungen von Moses, Josef und der Schöpfung sehen Sie es meiner Meinung nach sogar noch einmal. Die erste Ansicht ist der Blick von Westen auf die Insel, und das hier dürfte eines der ehemaligen Untersuchungszimmer sein. Auf diesem Bild sind eindeutig die alten Aleppokiefern im hinteren Teil des Parks abgebildet. Der Schöpfer der Radierungen muss die Anlage ausgesprochen gut gekannt haben.«

Agnes atmete auf. Die Dottoressa hatte angebissen.

»Das würde meine Theorie bestätigen. Aber ich brauche noch mehr Beweise. Gibt es denn zufällig noch ein paar Dokumente über die Patienten aus der Vorkriegszeit?«

»Ein paar? Wir haben hier nebenan sämtliche Krankenakten seit dem frühen 19. Jahrhundert von San Servolo, und dort drüben auch noch die von San Clemente, der Anstalt für Frauen auf der Nachbarinsel, archiviert! Sie sind alle nach Sterbe- bzw. Entlassungsjahr sortiert.«

Mit einer Handbewegung zeigte Elena auf die offenen Durchgänge zu den anschließenden Räumen, die vollgestellt mit Regalen und Schubladenkästen waren.

»Aber ich weiß das Entlassungsjahr nicht. Wie sollen wir in dieser Masse denn dann die richtige Akte finden?«, fragte Agnes unglücklich. Angesichts der Unzahl von Papieren, die sie allein von ihrem Platz aus erspähte, schmolz ihre Hoffnung dahin.

»Nichts leichter als das.« Elena machte eine halbe Drehung zum Computer. »Wozu katalogisiere ich seit Jahren Tag für Tag die Akten in unserer Datenbank?«

Die Dottoressa griff nach der Maus und klickte ein paarmal darauf herum. »Wir wissen nicht, unter welchem Namen der gesuchte Patient eingeliefert wurde, ziemlich sicher jedoch nicht unter seinem richtigen. Also müssen wir über das ungefähre Alter und das Datum der Aufnahme gehen … Sie sagten, das Unglück sei 1937 geschehen?«

»Ja genau. Auf dem Gedenkkreuz für Aldo Pavan steht der 3. Juli als sein Todestag. Da war er sechs Jahre alt«, bestätigte Agnes. Am vorigen Abend, gleich nach ihrer Entdeckung, war sie noch zum Col delle Ombre gefahren und hatte dort tatsächlich das verwitterte schlichte Holzkreuz, von dem ihr Matteo erzählt hatte, am Waldrand zwischen den Brombeerranken entdeckt und die verwitterte Schrift unter den Moosflechten herausgekratzt.

Elena scrollte mit der Maus und murmelte dabei vor sich hin. »Da Cin Battista, geboren am 14.1.1902. Der ist zu alt … Grasso Giulielmo, 68 Jahre … der erst recht. Hmm. Da haben wir ein Kind, aber es war schon zwölf.« Abrupt hielt sie inne. »Das muss er sein! Sehen Sie hier, Signora Behrend!«

Agnes' Herz klopfte vor Aufregung, als sie ihren Stuhl heranzog und die Zeile der Excel-Tabelle las, auf die Elena mit ihrem sorgfältig lackierten Zeigefingernagel tippte:

Name	Alter	Geburtsort	Aufnahme	Entlassung
p.i.	ca. 6 Jahre	p.i.	04.07.37	22.12.37

»Was bedeutet p.i.?«, fragte Agnes heiser.

»Provenienza ignoto, Herkunft unbekannt. Dasselbe gilt für seinen Geburtsort. Wenn das nicht ein riesengroßer Zufall ist, dann haben wir ihn gefunden.«

Elena und Agnes schauten sich an.

»Sie haben ihn tatsächlich ins Irrenhaus gebracht«, flüsterte Agnes. Sie hatte es selbst vermutet, und doch war sie jetzt fassungslos.

Die Dottoressa nickte bekümmert. »Das arme Kerlchen. Immerhin wurde er im selben Jahr noch entlassen.«

»Also können wir jetzt auch die entsprechende Akte finden?«, wollte Agnes wissen.

»Certo. In den Karteischubladen unter Entlassungen 1937. Erfahrungsgemäß sind es pro Jahr nicht mehr als vierzig bis fünfzig, es wird nicht lange dauern, Ihren Jungen herauszusuchen. Wollen Sie nicht trotzdem inzwischen eine kleine Pause machen und einen Caffè im Hof nehmen?«

»Danke nein. Ich bin doch schon so furchtbar aufgeregt! Aber ich gehe solange gern ein paar Schritte durch den Park.«

Die Sonne brannte so stechend herunter, dass Agnes zuerst dem Schatten der hohen Mauer, die die Insel umschloss, folgte. Alle paar Meter gewährte eine kleine vergitterte Öffnung den Blick auf die Lagune, auf die Inseln La Gracia, wo das ehemalige Quarantänekrankenhaus stand, und San Clemente, der psychiatrischen Anstalt für Frauen, die nun zu einem Luxushotel umfunktioniert werden sollte. Vom Nordende aus konnte Agnes San Lazzaro degli Armeni, im Mittelalter die Insel der Leprakranken, und den langgestreckten Lido dahinter erkennen. Die durch die dunkelrote Ziegelmauer ausgeschnittenen Blicke auf diese Ausschnitte Venedigs wirkten wie gerahmte leuchtende Bilder. War es nicht wahrscheinlich, dass diese Umgebung einen künstlerisch veranlagten Menschen inspiriert hatte, Maler zu werden?

Agnes verließ den Schutz der Mauer und wanderte weiter am Rand des Parks entlang. Der Garten wirkte tadellos gepflegt. Plötzlich lagen die Stämme von zwei knorrigen Nadelbäumen vor ihr auf dem Boden. Doch sie waren nicht umgestürzt und einfach liegen gelassen, wie Agnes zuerst angenommen hatte, sondern wuchsen beinahe horizontal. Sie holte die sieben Radierungen wieder aus ihrer Umhängetasche, suchte *Die Schöpfung* heraus und verglich die seltsamen Bäume auf dem Druck mit den Bäumen vor sich. Tatsächlich, es war, wie die Historikerin sagte: Der Künstler hatte die vom Seewind gebeugten Aleppokiefern von San Servolo als Kulisse für seine Darstellung der Menschwerdung gewählt. Wie genau er sich an die Formen der verkrüppelten Äste erinnert hatte … Er musste ein unglaubliches visuelles Gedächtnis gehabt haben.

Ein doppelter Espresso hätte Agnes nicht mehr aufregen können als diese erneute Bestätigung ihrer Theorie. Sie eilte zurück zum Archiv, wo Elena den Inhalt einer gelblichen

Mappe bereits auf dem langen Glastisch ausgebreitet hatte und nun einzelne Seiten studierte.

»Incredibile! Das ist unglaublich!« Die Dottoressa wirkte nicht weniger bewegt als Agnes. »Am besten, ich lese Ihnen vor. Dieses Gekrakel der Ärzte ist schwer zu entziffern, wenn man es nicht gewohnt ist.«

»Fangen Sie bitte an, ich platze gleich vor Neugier!«

»Beginnen wir mit der Anamnese: 4.7.37. Der circa 6-jährige Junge wurde zwischen Tessera und Campalto von zwei Passantinnen im Straßengraben gefunden und bei uns abgegeben. Sie berichten, dass er gespuckt und gebissen habe, als sie ihm helfen wollten. Nach einem krampfartigen Anfall sei er ins Delirium gefallen.«

»Das ist eine eiskalte Lüge!«, rief Agnes empört dazwischen.

»Vermutlich.« Elena nickte zustimmend und fuhr fort, die wichtigsten Stichpunkte vorzulesen: »Während der Untersuchung ist der Junge benommen. Offene oberflächliche Wunde an der Stirn, keine Blutung. Brillenhämatom und Hämatome an Rumpf und Extremitäten. Zahlreiche weitere Hämatome in älteren Heilungsstadien. Unterernährung.«

»Irgendwer muss ihn regelmäßig geschlagen haben.« Agnes wurde bei der Vorstellung ganz übel.

»Richtig. Die frischen Blutergüsse kommen allerdings wahrscheinlich von dem Sturz. Aber hier steht noch mehr: Zustand und Art der Verletzungen lassen mutmaßen, dass der Patient aus schwachen sozialen Verhältnissen stammt. Verdacht auf Pellagra.«

»Was ist das?«

»Eine Krankheit, die durch einseitige Ernährung mit Mais entsteht. Die Mangelerscheinungen wirken sich auch auf das Gehirn aus. Wir hatten vor dem Krieg zahlreiche Pellagrafälle bei Kindern und Erwachsenen.«

Elena murmelte vor sich hin, während sie die nächsten Blätter überflog. »Reaktionstests et cetera, nichts Auffälliges. Jetzt zur Therapie. Da steht zunächst alles über die Erstversorgung. Ruhige Lagerung, Vitaminzufuhr. Der nächste ausführliche Eintrag kommt vier Tage später: Patient wach, Mutismus. Die Insulinschocktherapie zeigt keinen Erfolg.«

»Das heißt?«

»Der Junge hat demnach nicht gesprochen. Man hat ihm Insulininjektionen verabreicht, was starke Krampfanfälle auslöst. Die Wirkung ist sehr zweifelhaft, es gibt Aufzeichnungen, dass Patienten daraufhin ihr Langzeitgedächtnis verloren haben.«

»Ob das nicht sogar die Absicht war?«

»Das können wir nicht mit Bestimmtheit sagen. Immerhin haben sie nach einem weiteren Versuch davon abgelassen.« Die Dottoressa las weiter und tippte plötzlich so heftig auf die Krankenakte, als wollte sie ein Loch in das dünne Papier bohren. »Mitte August hat der Junge offensichtlich damit begonnen, einzelne Worte von sich zu geben. Dazu ist eine posttraumatische Amnesie vermerkt, was bedeutet, dass er sich wohl an nichts, was vor seinem Unfall passiert ist, erinnern kann. Möglicherweise tatsächlich eine Wirkung des Insulins. Und jetzt wird's spannend, hören Sie: 17.8.37. Patient spricht erste kurze zusammenhängende Sätze. Hat keine Erinnerung an seinen Namen. Daher gaben wir ihm den Namen Volontario.«

Agnes schrie auf. »Ich wusste es! Volontario. Und die Abkürzung davon ist natürlich Volo!«

Sie starrte auf den gezeichneten dicken Dachs an der Wand über ihr, um all die Informationen zu verdauen. Plötzlich ertappte sie sich dabei, dass sie vor Nervosität an ihrem Daumennagel nagte, und steckte schnell die Hände in die Hosentaschen. Ungeduldig hörte sie zu, wie die Dottoressa die Einträge zu Ende las und eine Fieberkurve und schmale Papierstreifen, auf denen die Ergebnisse von Urinproben vermerkt waren, kommentierte. Dann sortierte Elena alle Papiere sorgfältig zusammen und legte sie in die Mappe zurück.

Agnes merkte auf, als sie die Vorderseite sah. »Da ist ja sogar ein Foto!«

»Natürlich. Hier wurde und wird sehr sorgfältig gearbeitet.« Die Dottoressa grinste zufrieden und gab Agnes die Akte. Die kleine Schwarz-Weiß-Fotografie zeigte einen hübschen zarten Jungen mit hellen Locken und großen Augen, der eher einem von Guido Reni gemalten Engel als einem Menschenkind glich.

P.A. Pavan Aldo. Anonimo. Volontario. Volo. Elisas Goldkind. Wer bist du wirklich?

Agnes drehte das kleine Porträtbild und betrachtete es von allen Seiten, als könnte sie so auch das abgebildete Kind aus jedem Winkel betrachten.

»Sie haben mir unendlich weitergeholfen«, bedankte sie sich bei der Historikerin und gab ihr die Krankenakte zurück. »Könnten Sie mir die Unterlagen vielleicht kopieren?«

»Überhaupt kein Problem.« Elena stand auf. »Alle Patientendaten, die älter als siebzig Jahre sind, dürfen uneingeschränkt freigegeben werden.«

39

Borgo Visentin. Juli 1937

Ein keifendes Geschrei, unterbrochen von lautem Geheule, hatte Arturo am kommenden Morgen aus einem bleiernen Schlaf geweckt. Der Lärm hallte vom Hof bis in sein Zimmer herauf. Er stemmte sich von der dicken Matratze, schwerfällig wie ein Greis, denn alle Muskeln taten ihm weh, und schleppte sich zum Fenster. Die Mutter hatte sich mitten im Hof vor Gloria aufgebaut und gestikulierte wild mit den Händen. Das dicke Mädchen hatte die beiden Kohleeimer vor sich abgestellt und hob die Hände zu einer Geste der Unschuld. Ab und zu wischte sie sich mit dem Schürzenzipfel über die Nase. Arturo öffnete das Fenster einen Spalt, um die kalte Morgenluft hereinzulassen.

»Ich habe dir tausendmal gesagt, dass du das Tor nicht offen stehen lassen darfst! Du weißt doch, dass er ein Streuner ist«, schrie die Mutter. »Jetzt geh ihn sofort suchen, ich habe heute wirklich keine Zeit, mich selbst darum zu kümmern. Und wehe, wenn du Pupo bis heute Abend nicht findest – dann schicke ich dich ohne Essen zu Bett und ziehe dir den Lohn von einer Woche ab!«

Gloria heulte und jammerte von Neuem los. Arturo konnte ihre Worte nicht richtig verstehen. Seit der vergangenen Nacht drang ohne Unterlass dieses Knirschen aus der Tiefe seines Kopfes in seine Ohren, das alle leiseren Geräusche übertönte. Wahrscheinlich stritt das einfältige Mädchen alles ab wie immer, wenn es in seiner ungeschickten Art etwas falsch gemacht hatte.

Andrea, die Reitjacke über dem Arm, trat zu den beiden und sprach beschwichtigend auf die Mutter ein. »Nun ist es eben passiert, regt Euch nicht so auf. Der Köter wird schon wieder zurückkommen, er ist ja nicht dumm.«

Die Mutter verschwand mit vor Zorn vorgeschobenem Hals aus Arturos Blickfeld, und Andrea nutzte den unbeobachteten Moment, um Gloria mit den Händen um die breite Taille zu fassen und ihr dabei etwas ins Ohr zu flüstern. Das Mädchen wand sich kichernd, nahm seine Eimer auf und folgte der Mutter, während Andrea weiter zu den Ställen ging. Ein Auf- und Abmarsch von Figuren wie in einem Kammerspiel … Das Leben im Borgo ging offensichtlich seinen gewohnten Gang.

Arturo schaute weiter hinunter in den Hof, obwohl es außer dem Flirren der frühen Morgensonne auf dem neu angeschafften Mähdrescher nichts zu sehen gab. Der Vater hatte in den letzten Jahren einen ganzen Fuhrpark an Landmaschinen gekauft. Er betrachtete sie eingehend, beobachtete, wie der monsterartige Schatten langsam kürzer wurde. Hinter sich hörte er ein langgezogenes Gähnen und das Rascheln von gestärkten Laken. Gleich darauf quietschte die Schublade des Nachttischchens, und nackte Füße tapsten über den Steinboden zu ihm hin. Zwei Hände schoben sich vorsichtig von hinten um seinen Bauch.

Er fühlte, wie Rosaria ihr Gesicht zwischen seine Schulterblätter schmiegte, spürte selbst den Druck ihres Perlohrrings durch das feine Leinen seines Nachthemdes.

»Schau«, flüsterte sie. »Ich habe eine Überraschung für dich.«

Er blickte nach unten. Ihre Finger waren bis auf wenige

Kratzer so weiß wie immer, doch an ihrem rechten Ringfinger leuchtete golden ein Ehering. Ihr Ehering. Zwischen Daumen und Zeigefinger der linken Hand drehte sie den zweiten, seinen Ring, den er ihr – wie viele Jahre war das nun her? – auf die Platte ihres Schminktischchens geschleudert hatte in der Hoffnung, dass sie ihn endlich aus dieser verlogenen Ehe entlassen würde. Warum hatte er nur damals nicht vehementer darauf bestanden? Sein ganzes Leben war von zu spät getroffenen Entscheidungen geprägt – und nun war es zerstört.

»Ich habe ihn für uns aufgehoben«, erklärte Rosaria. Ihre Stimme war ein bisschen heiser, vielleicht fürchtete sie seine Reaktion auf dieses Geständnis. »Ich habe immer daran geglaubt, dass wir eines Tages richtig Mann und Frau werden. Gib mir deine Hand.«

Arturo streckte ihr folgsam die Hand hin, und Rosaria schob ihm seinen Ehering auf den Finger. Das Metall rutschte ohne Widerstand über die Gelenke. Es müsste eigentlich kalt sein, dachte er, doch auf seiner Haut brannte es, als hätte es der Goldschmied eben erst aus dem Feuer gezogen. Er ließ die Arme kraftlos nach unten fallen. Rosarias Hände rutschten dabei wie zufällig etwas tiefer. Mit einem leisen Schmatzen schien sie erst nach den richtigen Worten zu suchen, bevor sie sagte: »Es ist schön mit dir. Wir sind auf dem richtigen Weg. Und …«, sie befingerte zärtlich seinen schlaffen Penis, »… das wird auch noch. Ich bin ganz sicher.«

Im gefräßigen Schwarz der Nacht war Arturo die verzweifelte Umklammerung mit Rosaria noch wie die letzte Rettung vor dem Versinken im Sumpf der Schuld gewesen. Doch nun zeigte ihm das unbarmherzige Tageslicht, so wie es jedes Staubkörnchen in der Luft beleuchtete, das Verbrechen und den Verrat an Elisa in seinem ganzen gewaltigen Ausmaß.

Rosaria schien davon nichts zu ahnen. »Am liebsten würde ich mich mit dir gleich wieder ins Bett legen«, gestand sie ihm kichernd. »Aber deine Mutter möchte mit mir eine Wallfahrt zu den Gebeinen von San Rocco machen, damit wir für das arme Würmchen etwas stiften und um Ablass unserer Sünden bitten können.«

Sie fühlte wohl, dass sich Arturo bei dieser Ankündigung automatisch anspannte. »Ich weiß, du haderst neuerdings mit der Kirche, mein Liebling, aber für mich ist es furchtbar wichtig, und ich werde für dich mitbeten, ob du willst oder nicht.« Rosaria fasste ihn an den Hüften und versuchte, ihn zu sich herumzudrehen. »Schau mich doch mal an«, bat sie.

Widerwillig gab er ihrem Wunsch nach und wandte sich ihr zu. Er sah eine junge Frau, die beim Lächeln unsicher die Lippen spitzte und mit ihren großen braunen Augen erwartungsvoll sein Gesicht absuchte.

»Nun sag, dass du deine Rosa lieb hast«, befahl sie, und als er nicht gehorchte, fügte sie hinzu: »Umarme mich!«

Stumm legte Arturo seine Arme auf ihre Schultern und starrte auf das scheußliche Gemälde über ihrem Bett, das sein Vater und er an dem Tag gekauft hatten, als Elisa auf den Borgo Visentin gekommen war. Er hatte es immer mit den unterschiedlichsten Gefühlen betrachtet, aber heute ertrug er seinen Anblick zum ersten Mal überhaupt nicht. Denn natürlich erinnerte es ihn an sie.

»Du sollst mich *richtig* umarmen!« Rosaria gab ihm einen kleinen Schubs mit der Stirn. Er drückte sie fester an sich und vergrub sein Gesicht an ihrem Hals. Ihr Körper war noch warm von der Nacht, und unter dem sich verflüchtigenden Hauch von *Violetta di Parma* konnte er nun auch ihren ureigenen Körpergeruch wahrnehmen. Aber es war nicht der Duft von Walderdbeeren, der Elisas Haut umhüllte. Es war der Geruch von Wäsche, die feucht in den Schrank geräumt worden war.

»Und nun küss mich«, forderte Rosaria ihn auf.

Er tat, was sie verlangte. Sie sollte alles bekommen, was er ihr versprochen hatte. Nur nicht seine Worte und seine Gedanken. Die sollten ein für alle Mal Elisa gehören.

40

Nachdem die Haushälterin von Padre Giovanni sie morgens kaltblütig abgewimmelt hatte, legte sich Agnes notgedrungen am späten Nachmittag in der *Pasticceria Lidia* auf die Lauer, um den Pfarrer abzufangen. Sie wusste, dass er sich dort früher oder später seine tägliche Dosis Grappa und den neuesten Klatsch aus dem Dorf abholen würde. Außer den üblichen alten Damen mit ihren blondgefärbten praktischen Kurzhaarschnitten war zunächst aber niemand im Gastraum.

»Ciao, bella!« Lidia lugte heftig schnaufend und mit rot glühenden Wangen aus der Backstube heraus. »Ich mach dir sofort deinen Espresso macchiato. Darf ich vorher noch schnell die Codi di rospo fertig dekorieren?«

»Natürlich! Es eilt nicht«, rief Agnes ihr zu und schnappte sich die Zeitung.

Kurz darauf kam Lidia mit einem Tablett wunderschön verzierter Röllchen aus hauchfeinem Blätterteig zurück und hielt es Agnes über die Theke hin. Man konnte an zwei vom Fett glänzenden Lücken in den regelmäßigen Reihen sehen, dass Lidia ihre Köstlichkeiten offensichtlich schon selbst probiert hatte. »Greif zu! Frischer geht's nicht«, sagte sie mit einem stolzen Lächeln.

Agnes ließ sich nicht zweimal bitten. Sie zupfte mit den Lippen die kandierte Kirsche aus ihrem Sahnebettchen und biss dann herzhaft in das Gebäck. Der mehrschichtig gerollte

Teig zerbröselte zwischen ihren Zähnen, bevor die cremige Vanillefüllung herausplatzte und auf der Zunge schmolz.

»Traumhaft«, sagte sie. »Ich verstehe gar nicht, warum die besten Dinge oft die hässlichsten Namen haben.« Lidia hatte die restlichen Froschschwänze in die Vitrine einsortiert und setzte nun die Mühle neben der Kaffeemaschine in Gang. Der mildwürzige Duft der frisch gerösteten Bohnen erfüllte sofort den Raum.

Als Lidia zu dem Espressotässchen greifen wollte, das auf der Maschine darauf wartete, gut vorgewärmt als Nächstes an die Reihe zu kommen, sagte Agnes schnell: »Moment! Ich nehme keinen Espresso, lieber einen Cappuccino.«

Lidias rosafarbener runder Puppenmund klappte auf. Sie brauchte einen Augenblick, um diese Ungeheuerlichkeit zu begreifen. »Aber ich habe dir doch schon einmal erklärt, dass wir am Nachmittag keinen …«

»Das könnt *ihr* ja gern tun«, unterbrach Agnes sie freundlich. »Aber *ich* habe jetzt trotzdem Lust auf einen Cappuccino.« Und weil Lidia sie gar so ungläubig anstarrte, fügte sie hinzu: »Mit richtig viel Milch, bitte.« Agnes ignorierte die Verblüffung ihrer Freundin und nutzte ihre Sprachlosigkeit gleich zur nächsten Frage: »Sag mal, kannst du mir eigentlich sagen, wo Matteo wohnt?«

»Hast du dich immer noch nicht genug verbrannt, um die Finger von ihm zu lassen?«, antwortete Lidia spitz. Angewidert, als müsste sie nun Kaffee aus Läusen brühen, schob sie dabei die Cappuccinotasse unter die zischende Maschine. Aber als Agnes nur lächelnd den Kopf schüttelte, erklärte Lidia ihr schließlich, wo in Sanviale Matteos Elternhaus zu finden war.

Gegen halb fünf kündigte das Windspiel an der Tür endlich die Ankunft von Padre Giovanni an. In ihren ersten Wochen hatte sich Agnes durch regelmäßige Präsenz den Anspruch auf seinen Gruß erwirkt, und so nickte er nun auch ihr knapp zu.

»Die Runde geht heute auf mich«, erklärte sie. »Einen doppelte Grappa für alle!«

Ihre Einladung wurde mit sichtbarem Wohlwollen angenommen, und nach zwei weiteren Runden konnte Agnes den Pfarrer davon überzeugen, mit ihr auf den staubigen Speicher des Pfarrhauses zu steigen und dort die alten Kirchenbücher auszugraben.

Der Dachboden war heiß und trocken wie eine Sauna. Das aufgewärmte Holz des Gebälks roch angenehm nach Harz. Über Agnes' Körper zog sich bereits ein Schweißfilm, noch bevor sie in gebückter Haltung den ersten Umzugskarton unter der flachen Dachschräge herausgezogen hatte. Padre Giovanni lehnte am gemauerten Kamin, drehte sich geschickt eine dünne Zigarette und gab ihr Anweisungen. Im Stillen hoffte Agnes, dass er nicht hier oben rauchen wollte. Das trockene Holz würde wie Zunder brennen.

»Schauen Sie mal in die Kiste links vorn«, ordnete der Pfarrer an.

Sie klappte die Pappdeckel hoch. »Da sind ein Esel und mehrere Schafe. Und ein Hirtenjunge.« Die großen Figuren waren wunderschön geschnitzt und farbig gefasst.

»Ach, die alte Krippe. Ich hatte sie schon ganz vergessen. Vielleicht sollten wir sie für dieses Weihnachten wieder auf Vordermann bringen. Die Kinder freuen sich immer so darüber. Und die Alten eigentlich noch mehr …« Der Pfarrer kam ins Sinnieren. »Hat Ihnen Lidia eigentlich schon erzählt, dass ich ein neues Objekt für mein Begegnungszentrum gefunden habe?«

»Nein. Aber es freut mich wirklich sehr für Sie.«

Es juckte Agnes in den Fingern, endlich weiterzusuchen,

doch sie wollte nicht unhöflich wirken und fragte deshalb mit gespieltem Interesse: »Worum handelt es sich denn?«

»Ein Schwesternheim, gar nicht weit von hier. Die wenigen Nonnen, die noch darin wohnen, sollen demnächst in ein komfortableres Quartier umgesiedelt werden. Das Haus ist bereits im Besitz der Kirche, und meines Erachtens eignet es sich noch besser als die Ca' More für meine Zwecke.«

»Das klingt ja wunderbar! Ich gratuliere. Können wir jetzt …« Agnes wollte sich wieder den Kisten widmen.

Doch der Pfarrer war offensichtlich ganz in seinem Element. »Ja wirklich, es grenzt an ein Wunder. Die Lage ist großartig, und alle Voraussetzungen für einen behindertengerechten Ausbau sind gegeben. Allerdings steckt ein Haufen Arbeit darin, und wir werden einen guten Architekten benötigen.« Er musterte sie eindringlich. »Oder eine gute Architektin. Wäre so ein Umbau für Sie eigentlich auch interessant?«

»Klar, warum nicht«, sagte Agnes abwesend. Normalerweise hätte sie sich über dieses versteckte Angebot gefreut und sofort ihr Interesse bekundet. Doch heute war sie wie besessen von ihrer Recherche. Sie klatschte in die Hände. »Wollen wir jetzt mal nach den Büchern sehen?«

Er lächelte nachsichtig. »Ich fürchte, Sie sind gerade mehr Detektivin als alles andere. Am besten, wir sprechen noch einmal über diese Angelegenheit, wenn Sie Ihren Fall geklärt haben.«

Agnes nickte dankbar. »Gerne. Sehr gerne!«

»Also gut«, sagte der Pfarrer. »Die Krippe füllt mindestens sechs Kisten. Demnach können die Bücher nur ganz hinten sein.«

Ächzend schob und hob sie die großen Schachteln herum. Der Schweiß tropfte ihr dabei vom Gesicht, und sie musste immer wieder niesen. Endlich gelang es ihr, den ersten Karton der hintersten Reihe nach vorn zu zerren. Er war schwer.

»Da sind eher Ziegelsteine drin«, sagte sie stöhnend. Doch als sie den Deckel öffnete, sah sie auf eine Reihe leinengebundener Buchrücken, die mit Jahreszahlen beschriftet waren. »1930 und 1931.« Erleichtert zog sie die passenden Bände heraus. »Verzeichnis der Eheschließungen, Geburten und Todesfälle.«

Padre Giovanni nahm die beiden dicken Bücher in seine groben Hände, setzte sich auf einen der Kartons und begann zu blättern. Sanft schlug er die mürben Seiten um. Agnes stellte sich vor, wie er mit diesen schwieligen Fingern, die auch Kaninchen das Fell abziehen konnten, einem Täufling den Segen auf die Stirn strich, zwei jungen Menschen die Hände ineinanderlegte und einem Toten sanft die Augen zudrückte. Ganz plötzlich spürte sie die starke positive Kraft, die von diesem alten Herrn ausging.

Sie hockte sich vor ihn auf die staubigen Bodenbretter und wischte sich über die Stirn. In dieser Position wartete sie geduldig, bis er die richtigen Einträge gefunden hatte.

»Ecco. Da hätten wir schon mal die gesuchte Eheschließung: 22. Dezember 1930. Pavan Giuseppe und Rizzi Elisa Maria. Die Trauung fand in unserer Kirche San Pancrazio statt. Unterschrieben haben als Zeugen Visentin Alfonsina, Gattin von Visentin Zeno, und Blando Erminio, Verwalter.«

Agnes zupfte Zettel und Bleistift, die sie vorsorglich eingesteckt hatte, aus der hinteren Hosentasche und notierte die Daten. »Können Sie auch das Kind finden, Padre?«, fragte sie.

Der Pfarrer überschlug einige Seiten. »Das sollte ungefähr im September 31 auf die Welt gekommen sein.« Er blätterte schnell weiter und schließlich wieder langsam Seite für Seite zurück, bis er plötzlich ausrief: »Ah. Der kleine Bursche hatte es augenscheinlich eilig. Pavan Aldo. Vater Pavan Giuseppe, Mutter Pavan Elisa Maria, geborene Rizzi. Geboren am 23. April 1931. Die Taufe ist vier Tage später eingetragen, als Taufpatin wurde Foresta Sara-Luisa, Berufslose, vermerkt. Seltsamerweise unterzeichnet sie mit dem Namen Rossa. Nun ja, die meisten Dörfler konnten damals bestenfalls ihren Rufnamen buchstabieren.«

Agnes notierte alles mit, was der Padre vorlas. Dabei rechnete sie laut: »Hochzeit im Dezember, Geburt vier Monate später … Das geht nicht auf. Elisa muss fast ein halbes Jahr vor ihrer Eheschließung schwanger geworden sein.«

Die einzelnen Bausteine fügten sich perfekt zusammen. Was hatten sie der armen Elisa nur angetan? Und wie gemein war Arturo hintergangen worden! … *Welche Frauen haßten dich da. Was für finstere Männer regtest du auf im Geäder des Jünglings …*

Wieder wirbelten Rilkes Zeilen in ihrem Kopf herum. Ihr Herz begann zu klopfen, und erneut brach ihr der Schweiß aus.

»E sì, früher hat man eben noch wegen eines Babys geheiratet. Inzwischen haben sich die Zeiten geändert. Heute werden leider mehr Paare geschieden als Kinder getauft. Die Menschen geben zu leicht auf.«

Der Kommentar des Pfarrers erinnerte Agnes an ihre eigene Situation. Sie dachte daran, was sie zu Hause in München erwartete. Über Jahre hinweg hatte sie so fest an den Bestand ihrer Ehe geglaubt – und nun wollte sie ihn tatsächlich auflösen. Sie wusste, dass ihr in dieser Hinsicht noch ein großer Kampf bevorstand, denn Hans würde sie nicht so einfach ziehen lassen, selbst wenn er sich auf ihre Eröffnung, sie werde sich von ihm trennen, zunächst schmollend zurückgezogen hatte. Aber war ihr Entschluss wirklich richtig? Gehörten Krisen, auch große Krisen, nicht zum gemeinsamen Wachsen? Und wäre ein Leben allein wirklich besser als ein Leben mit einem auf der einen Seite zwar schwierigen, aber auf der anderen Seite auch zuverlässigen Ehemann?

Auf einmal spürte Agnes Padre Giovannis schwere Hand auf ihrem Scheitel. Eine trotz der Hitze im Speicher angenehme Wärme strömte durch ihren Kopf.

»Es gibt kein Richtig und Falsch. Nicht einmal im Glauben«, sagte der Pfarrer freundlich. »Aber der unbequemere Weg bringt uns oftmals weiter.«

Sie hob erstaunt den Blick zu dem Geistlichen.

Er zwinkerte ihr mit seinen grauen Augen zu. »Auf unsere erfolgreiche Recherche sollten wir jetzt unbedingt noch einmal anstoßen.«

Und dann führte er Agnes mit sichtbarem Stolz seine erstaunlich umfangreiche Grappa-Sammlung vor.

41

Das Haus der Massellos lag unweit der Piazza am Ende einer kurzen Sackgasse. An dem prunkvoll geschmiedeten Gartenzaun prangte weithin sichtbar ein »Hier-wache-ich«-Schild mit der Abbildung eines zähnefletschenden Dobermanns. Matteo hatte Agnes nie erzählt, dass seine Familie einen Hund besaß. Aber was hatte er ihr überhaupt von sich erzählt? Bis auf den Moment der Offenheit bei ihrem Spaziergang an der Steilküste von Duino hatte es doch eigentlich fast nichts gegeben, was er ihr anvertraut hatte. Sie hatte sich von der körperlichen Nähe zwischen ihnen täuschen lassen. Einmal und dann wieder … Der Blick auf sein Elternhaus zeigte ihr plötzlich deutlich, wie viel Unbekanntes zwischen ihr und dem Mann, in den sie sich verliebt hatte, lag. Das also war seine Welt. Durch diesen akribisch gepflegten Vorgarten, geschmückt mit hölzernen Wagenrädern und einem mit Blumenampeln behängten Ochsenjoch, ging Matteo jeden Morgen, wenn er zur Arbeit musste.

Agnes fasste all ihren Mut zusammen und drückte fest auf den Klingelknopf. Die Tür öffnete sich so schnell, als hätte die Frau, die unmittelbar darauf im Rahmen erschien, sie schon beobachtet, seitdem sie hier draußen gestanden hatte. Aus dem Inneren des Hauses drang ein leises Kläffen.

»Buona sera«, sagte Agnes. »Ich bin eine … Bekannte von Matteo. Ist er zu Hause?«.

Die Frau betätigte kommentarlos den Türöffner, das Tor sprang auf, und Agnes schritt so selbstbewusst wie möglich über die Platten aus Waschbeton zum Haus. Nun stand sie aus nächster Nähe einer älteren Dame mit erdbeerblond gefärbten Haaren in türkisgeblümter Kittelschürze gegenüber. Mit ihrer kurzen Dauerwelle sah sie aus wie ein Klon all der anderen alten Damen, die sich Nachmittag für Nachmittag bei Lidia auf ein Schwätzchen und ein Glas Likör trafen.

»Wer sind Sie, und was wollen Sie von meinem Sohn?« Mit dem Blick einer riesigen Bartagame beäugte Matteos Mutter Agnes, als wäre sie eine mickrige Raupe, die den Aufwand zuzuschnappen nicht lohnt.

»Mein Name ist Agnes Behrend, und ich würde gern mit Matteo sprechen.«

Frau Massello zog die Tür etwas weiter auf und ließ Agnes in die Diele treten. Ein schweres Ölgemälde mit in allerlei Brauntönen gehaltenen geometrischen Formen, in denen Agnes ein Motorrad erkannte, dominierte den blank geputzten Raum. Der Maler hatte es schwungvoll mit Franco Aquarone 1925 signiert. Vermutlich war es wertvolles Familienerbstück – oder warum sollte man sich so eine Scheußlichkeit sonst an die Wand hängen? Ob es Matteo womöglich gefiel? Aus der angrenzenden Küche, sie konnte durch den Perlenvorhang Spüle und Arbeitsplatte erkennen, plapperte ein Fernseher.

»Woher kennen Sie meinen Sohn?«, fragte Frau Massello. Offensichtlich unterzog sie seine Freunde zuerst einer strengen Prüfung, bevor sie an ihr vorbeikamen.

»Wir sind uns in der Ca' More begegnet. Ich bin die Architektin, die den Umbau plant.« Agnes bereute ihre unüberlegte ehrliche Antwort sofort, denn es war, als hätte sie mit dieser Auskunft eine eiserne Jalousie zwischen sich und der Mutter heruntergezogen. Die anfängliche Mischung aus

Misstrauen und Neugier wich offen sichtbarer Ablehnung. Auch das schien familiär bedingt zu sein. Aber Agnes wusste ja nun wenigstens den Grund dafür.

»Matteo ist nicht zu Hause«, sagte Frau Massello eisig.

»Und wann kommt er wieder?«

»Boh!«

Doch mit dieser lapidaren »Keine-Ahnung«-Aussage wollte Agnes sich nicht abspeisen lassen. »Wissen Sie es denn wenigstens ungefähr?«

Signora Massello verschränkte die Arme unter ihrem ausladenden Busen und begann, Agnes langsam zur Haustür zurückzudrängen.

»Rufen Sie ihn doch an«, sagte sie und verschob mit einer blitzschnellen Bewegung ein großes frankiertes Kuvert, das auf einer kitschigen Ablage im Chippendale-Stil lag. Im letzten Augenblick sah Agnes ein Handy unter dem Umschlag verschwinden. Unverkennbar Matteos Apparat – ein altes Modell von Nokia, das mit Panzerband zusammengeklebt war. Dafür war jetzt die obere Hälfte eines Briefes zu sehen. Agnes erkannte eine ungestempelte Marke und den Absender: Matteo Massello. Via Cadorno … Warum hatte er die Post nicht gleich mit zum Briefkasten genommen, wenn er unterwegs war, wie seine Mutter behauptete? War er etwa doch zu Hause und ließ sich verleugnen?

»Das habe ich schon mehrfach versucht. Aber ich kann ihn nicht erreichen. Und es ist wirklich dringend.«

In der Küche quietschte ein Stuhl über den Fußboden. Jemand musste dort sitzen und die ganze Zeit über zugehört haben. Ob Matteo sich dort vor ihr versteckte?

»Ich habe nämlich etwas in der Ca' More gefunden, was Ihren Sohn sehr interessieren wird«, sagte Agnes laut und deutlich in der Hoffnung, dass er sie hören würde.

Tatsächlich klapperte nun jemand durch die Perlenschnüre.

Aber zu Agnes' großer Enttäuschung schlurfte nur ein kleiner alter Herr in einer zerbeulten dunkelgrünen Cordhose hervor. Unter dem Arm trug er einen rehbraunen Zwergpinscher mit murmelgroßen wachen Glubschaugen. Obwohl die ganze Situation alles andere als witzig war, musste Agnes unwillkürlich lächeln. Sehr gefährlich sah dieser Wachhund nicht aus. Von wegen Dobermann.

»Was willst du denn jetzt?«, zischte Matteos Mutter den Mann böse an.

»Soll ich mit Tití vielleicht eine kleine Runde um den Block gehen?« Er musterte Agnes aus hellen Augen, die nicht weniger wach als die seines Hundes wirkten. Sie entdeckte in seinem herzlichen und zugleich schelmischen Blick sofort die Ähnlichkeit zu seinem Sohn.

»Natürlich nicht«, schnauzte Matteos Mutter ihren Mann an. »Du gehst später, wenn es nicht mehr so heiß ist.«

Agnes legte die Ohren an. Zwischen manchen Paaren herrschte wirklich ein unfreundlicher Umgangston. Doch offensichtlich störte es sie mehr als Signor Massello, der doch eigentlich betroffen war.

»Wie du befiehlst, mein Kätzchen!« Er öffnete die Hände zu einer Geste der heiteren Resignation, so weit er es konnte, ohne den Hund dabei fallen zu lassen, und grinste Agnes verschmitzt an. Dabei lag nun so viel von Matteos Lächeln in seinen Gesichtszügen, dass Agnes schwer ums Herz wurde.

Signora Massello schien die wortlose Kommunikation zwischen ihrem Mann und Agnes zu bemerken. »Gehen Sie bitte, Signora, ich kann Ihnen wirklich nicht helfen.« Sie schob Agnes weiter zur Haustür. »Mein Sohn isst heute bei seiner Verlobten. Wenn er später heimkommt, sage ich ihm, dass er Sie zurückrufen soll.«

»Aber …«, warf der alte Herr unsicher ein. Ein bitterböser

Blick seiner Frau ließ ihn verstummen. Nur Tití kläffte einmal leise auf, als wollte er protestieren.

Bevor Frau Massello sie endgültig hinaus auf den Fußabstreifer bugsieren konnte, gelang es Agnes noch zu rufen: »Richten Sie ihm lieber aus, dass er so schnell wie möglich hinauf zur Ca' More kommen muss. Und er soll Hammer und Brecheisen mitbringen.«

»Wie Sie wünschen. Buona sera.«

Signora Massello knallte die Tür zu.

Wenigstens ist mir diese reizende Schwiegermutter erspart geblieben, dachte Agnes, als sie zu ihrem Twingo zurückging, den sie auf der Piazza geparkt hatte. Die Blicke der gaffenden Burschen auf der Veranda vor der Bar bemerkte sie kaum. Der Hieb, den Signora Massello ausgeteilt hatte, schmerzte mehr, als sich Agnes im ersten Moment eingestanden hatte. Matteo war verlobt. Vermutlich mit Maria. Also deswegen hatte er Agnes am vergangenen Freitag ohne eine Entschuldigung versetzt und sich seitdem auch nicht bei ihr gemeldet.

Aber was hatte Matteo dann überhaupt mit seinem Besuch in Duino bezweckt? Brauchte er etwa eine Geliebte, noch bevor er eine Ehefrau hatte? Voller Wut trat sie gegen eine herumliegende leere Dose, die mit einem lauten Scheppern gegen die Telefonzelle flog. Einer der pickeligen Knaben vor der Bar klatschte Beifall. Agnes zeigte ihm den Stinkefinger, bevor sie die Wagentür hinter sich zuknallte.

Dann zählte sie langsam rückwärts von zehn herunter, um sich zu beruhigen und daran zu erinnern, was sie sich vorgenommen hatte. Es ging nicht mehr darum, einen Weg zu Matteo zu finden. Es ging darum, die Wahrheit ans Licht zu bringen und ihm zu zeigen. Vielleicht konnte ihre Entdeckung Matteo helfen, die Vergangenheit loszulassen und ein selbstbestimmtes Leben zu führen, so wie sie es sich für sich selbst wünschte.

42

In Volos Werkstatt fand Agnes einen Hammer. Sie trug ihn in die Wohnstube, wo sie bereits auf dem Esstisch die skizzierten Grundrisse von Erd- und Obergeschoss ausgebreitet hatte. Dann klopfte sie vorsichtig alle Wände des Zimmers ab. Sie hörte genau hin. Das Eisen machte auf dem Putz ein flaches schmatzendes Geräusch. Ansonsten schluckten aber die Außenwände und die tragende Wand zur Bibliothek den Schall weitgehend. Man konnte hören, dass sie solide gemauert waren. Nicht nur hören, sondern auch spüren. Es war, als würden sich die Steine mit ihrem ganzen Gewicht gegen die Schläge stemmen und den Schwung in Agnes' Handgelenk zurückleiten. Ganz anders verhielt sich dagegen die Wand, hinter der sich die Bibliothek verbarg. Sie schien eher nachzugeben, die Schläge klangen hier tiefer. Das war nachvollziehbar: Bei ihrem Aufmaß hatte Agnes herausgefunden, dass diese Wand viel weniger massiv als die Außenwände war. Sie wiederholte den Versuch, um sich den Unterschied fest einzuprägen. Nun machte sie sich an den Bereich um die alte Feuerstelle. Zwei Seiten waren logischerweise Außenwände, doch die dritte, hinter der Volo später die Küche angebaut hatte, war es nur zum Teil.

Agnes klopfte langsam über den Putz. Massiv, massiv, massiv. Plötzlich klang es hohl. Sie merkte sich die Stelle und ging noch einmal zurück. Der Unterschied war eindeutig.

Mit einem kleinen Bleistiftstrich markierte sie den Beginn der dünnen Wand. Nein, hierbei handelte es sich sicher nicht um einen ungenutzten Kamin! Dahinter musste das verborgene Kämmerchen liegen. Wenn es sich um einen ehemaligen Vorrats- oder Holzlagerraum gehandelt hatte, wie Agnes vermutete, dann hatte der kleine Raum sinnvollerweise zur Stube hin, ungefähr in der Mitte der Wand, dort, wo jetzt die Kommode stand, eine Tür oder zumindest eine Öffnung gehabt. Eine Öffnung, die jemand zugemauert hatte, um den Raum dahinter zu verschließen. Und das, was er in den Raum gelegt hatte. Wenn man sehr genau hinsah, war doch eine leichte Unebenheit, die der Umrandung einer kleinen Tür folgte, in der Oberfläche zu erkennen. Hier mussten sie ansetzen.

Agnes zeichnete gerade die mutmaßliche ehemalige Öffnung auf der Wand an, da vernahm sie das Motorengeräusch. Sie lauschte konzentriert auf das Brummen. Aber ja, da kam ein Wagen den Hang hinauf. In den vergangenen Wochen hatte sie gelernt herauszuhören, wann der Fahrer vom zweiten in den ersten Gang schaltete, um den steilen Schotterweg mit den vielen Schlaglöchern unbeschädigt nach oben zu gelangen. Und was sie nun vernahm, konnte nur eines bedeuten: Frau Massello hatte Matteo tatsächlich Bescheid gegeben! Aufgeregt eilte Agnes nach draußen, um ihn zu begrüßen. Wie würde er staunen, wenn sie ihm gleich zeigen konnte, was sie herausgefunden hatte.

Ihre Enttäuschung war riesig, als sie Michele durch den Arkadengang auf sich zukommen sah. Was wollte er um diese Uhrzeit hier? Und noch dazu unangekündigt? Doch hoffentlich nicht nach den Fortschritten ihrer Perspektivdarstellung sehen? Agnes probierte in Gedanken verzweifelt unterschiedliche Ausreden aus, warum ihre Zeichnungen in den letzten Tagen nur so schleppend vorangekommen waren.

Sie hätte eine Sehnenscheidenentzündung vom vielen Arbeiten bekommen, das Zeichenprogramm sei mehrmals abgestürzt ... Oh, wie bemüht das alles klang! Sie begrüßte ihn nervös mit den obligatorischen Küsschen: »Ach, was für eine nette Überraschung!«

Vielleicht war es doch das Beste, ihm die Verzögerung gleich zu beichten, noch bevor er nach den Plänen fragen konnte?

»Ich muss dir etwas gestehen«, platzte sie heraus. »Die Pläne sind nicht fertig.«

»Oh, ach so, kein Problem.«

Agnes war verwundert über seine gelassene Reaktion, aber dann konnte sie erkennen, dass er selbst rote Flecken am Hals hatte und seinerseits alles andere als entspannt wirkte. »Was möchtest du denn dann von mir?«

»Bellissima Agnese, du bringst mich ganz durcheinander.« Michele sah sich hilfesuchend um. »Ähm, könnten wir uns vielleicht irgendwo hinsetzen?«

Sie führte ihn zur Bank unter dem Maulbeerbaum, wo sie sich nebeneinander niederließen.

Michele räusperte sich mehrere Male, bevor er endlich sagte: »Ich hatte eigentlich vor, bis zum Abschluss unserer erfolgreichen Zusammenarbeit zu warten, aber es duldet einfach keinen Aufschub mehr.« Seine Worte wirkten so steif, als hätte er sich jedes einzeln aufgeschrieben und auswendig gelernt. Die Luft war lau geworden, und die Nachtigall stimmte gerade ihre abendliche Arie an. Doch mit der hereinziehenden Dämmerung starteten nun auch die ersten Mücken ihre Angriffe. Während Agnes sich inzwischen daran gewöhnt hatte, die Stiche zu ertragen und sich von den lästigen kleinen Viechern nicht die Schönheit der Natur verderben zu lassen, fuchtelte Michele hektisch mit den Händen herum.

»Können wir nicht hineingehen?«, fragte er unglücklich.

Verdammt. Im Haus wollte sie ihn jetzt tatsächlich lieber nicht haben. Dort würde er doch als Erstes über die Werkzeuge stolpern, die Bleistiftlinien an der Wand sehen und ihr dann bestimmt unangenehme Fragen stellen.

»Na ja, hm, klar, warum nicht?«, stammelte sie etwas verlegen. »Du möchtest sicher auch etwas trinken? Komm!« Sie marschierte zielstrebig voraus in die Küche und sandte dabei ein Stoßgebet zum Himmel, dass der Hammer und die Markierungen nicht die Aufmerksamkeit des Bauträgers erregten.

»Bitte keinen Alkohol, nur ein Glas Wasser!«

Michele stapfte ihr zum Kühlschrank hinterher. Er hatte den Blick starr auf sie gerichtet und schien um sich herum nichts wahrzunehmen.

Während Agnes einschenkte, begann er ein zweites Mal mit seiner Rede. »Wo war ich stehen geblieben? Ah sì. Es duldet keinen Aufschub mehr. Bellisima Agnese, ich habe dir ja schon einmal, wenn auch zugegebenermaßen nicht gerade in Gentleman-Manier, zu verstehen gegeben, dass ich nicht nur freundschaftliche Gefühle für dich hege.«

Agnes wurde flau im Magen. Die Richtung, die Micheles Geständnis eingeschlagen hatte, gefiel ihr gar nicht.

Er fuhr unbeirrt fort. »Inzwischen ist viel passiert, aber an meinem Interesse an dir hat sich nichts geändert. Schon bei unserer ersten Begegnung auf dem Bierfest hast du mich verzaubert. Nun kennen wir uns bereits über ein halbes Jahr. Wir haben wunderschöne Momente miteinander verlebt und …«, er grinste verlegen, »auch Krisen miteinander gemeistert. Aber keinen Augenblick, den ich mit dir verbracht habe, möchte ich missen.« Michele holte tief Luft. »Kurz: Ich bin sehr in dich verliebt und wünsche mir, dass wir ein Paar werden.« Der Italiener war unter seiner gebräunten Haut nun tatsächlich knallrot geworden.

Agnes drehte den Verschluss der Flasche zu. »Ich dachte, wir hätten die Art unserer Beziehung ein für alle Mal geklärt?«, fragte sie vorsichtig.

»Beh, die Umstände sind nicht mehr dieselben. Deine Ehe scheinst du ja offensichtlich gar nicht so ernst zu nehmen, wie du am Anfang gesagt hast, und mit Matteo ist es aus. Das hast du mir bei unserem letzten Treffen selbst erzählt.«

»Das habe ich. Aber das ändert doch nichts an unserem Verhältnis.«

»Nicht?« Er wirkte überrascht. »Gibt es etwa schon wieder einen anderen?«

Agnes musste lachen. Offensichtlich war es für Michele nicht denkbar, dass eine Frau ohne einen Partner glücklicher sein konnte als mit einem, den sie nicht richtig liebte.

»Es gibt keinen anderen«, sagte sie nachdrücklich. »Und trotzdem möchte ich nicht mit dir zusammen sein außer als gute Freundin.«

»Aber du brauchst doch einen Mann an deiner Seite.« Michele schob trotzig die Unterlippe nach vorn, doch seine Stimme bekam einen flehenden Ton. »Und wir würden perfekt zueinanderpassen. Du bist die Frau, die ich mir nach meiner Horrorehe erträumt habe, Agnes. Vernünftig, zuverlässig, frei von Allüren. Typisch deutsch. Keine italienische Furie, die einem das Porzellan um die Ohren haut. Wenn du Ja sagst, werde ich dich auf Rosen betten.«

Mit einem Frösteln erinnerte sich Agnes an das Meer von Blütenblättern, das Hans an ihrem fünften Hochzeitstag auf dem Ehebett verteilt hatte. Und doch war für sie in einer einzigen flüchtigen Zärtlichkeit von Matteo mehr Zuneigung zu spüren gewesen als in der künstlich inszenierten Umarmung, die damals zwischen den massakrierten Blumen stattgefunden hatte.

Sie wandte sich Michele zu und sah ihm fest in die Augen.

»Ich möchte keine Traumfrau sein. Ich bin Agnes. Es gibt viel aufzuräumen in meinem Leben, und Matteo hat mir mehr zugesetzt, als ich dachte. Aber selbst, wenn ich ihn eines Tages überwunden habe, Michele, werden wir ganz sicher kein Paar.«

Sie schluckte das »Tut mir leid«, das sie noch hatte anfügen wollen, wieder hinunter. Es gab keinen Grund, sich zu entschuldigen.

Michele presste die Lippen aufeinander und wippte nervös mit den Füßen auf und ab. Sie sah ihm an, dass er es nicht gewohnt war, so klare Absagen zu erhalten.

»Ich kenne einige Frauen, die würden sich die Hand dafür abhacken, mit dir tauschen zu dürfen«, sagte er jetzt vorwurfsvoll.

»Das ist doch wunderbar«, rutschte es ihr heraus. »Dann kannst du ja eine von ihnen nehmen.«

»Das ist eine Frechheit! Das muss ich mir nicht bieten lassen.«

Weil Agnes unbeeindruckt mit den Schultern zuckte, fragte er noch einmal: »Du willst also wirklich nicht einsehen, was das Beste für dich ist?«

»Ich weiß schon selbst, was mir guttut. Keine Sorge.«

»Dann muss ich jetzt wohl Konsequenzen ziehen.« Michele hatte sich wieder gefangen und plusterte sich nun auf. »Ich erkläre hiermit unser Arbeitsverhältnis als beendet.«

Kurz vor der Fertigstellung der Pläne wollte er ihr kündigen? Agnes fehlten die Worte. Berufliches und Persönliches musste man doch nicht so miteinander mischen. Was für ein aufgeblasener und eingebildeter Lackaffe er war!

Dennoch: Die Ca' More war ihr ans Herz gewachsen. Sie ließ ungern Dinge unfertig zurück. Außerdem hatte sie sich selbst versprochen, das Geheimnis um Volo und seine Herkunft zu lüften. »Kann ich wenigstens die Entwürfe fertig machen? Bis Donnerstag, spätestens Freitag schaffe ich es bestimmt«, bot sie an.

Doch Michele verschränkte die Arme vor seinem perfekt gestärkten Hemd und lächelte süffisant. Und dann ließ er die Bombe platzen. »Die Mühe kannst du dir sparen. Ich habe bereits fertige Entwürfe in der Schublade – ich muss sie nur herausholen. Oder glaubst du wirklich, dass ich irgendeine fremde No-Name-Architektin hierhergeholt hätte, ohne mich vorher abzusichern?«

Agnes war fassungslos. Die wochenlange Arbeit, sein scheinbares Interesse an ihren Entwürfen – und er hatte es gar nicht ernst gemeint?

»Aber warum bin ich denn dann überhaupt hier?«

»Weil ich mir vorgenommen habe, eine unkomplizierte deutsche Frau zu heiraten. Darum.« Er wischte sich mit dem Handrücken über die Stirn und korrigierte sich: »Hatte. Ich *hatte* es mir nach dem Debakel mit meiner Ex vorgenommen. Aber du bist ja nicht viel besser als diese wahnsinnige hysterische Kuh!«

»Ach! Das hast du dich aber was kosten lassen. Eine Goldmitgliedschaft bei *Elite.de* wäre dich günstiger gekommen«, stellte Agnes bitter fest. Sie ahnte bereits, was als Nächstes kommen würde.

»In der Tat. Du erkennst daran, wie ernst es mir mit dir war. Aber das ist jetzt vorbei. Die Schlüssel und die Rechnung für Aufmaß und Bauuntersuchung kannst du an meine Sekretärin schicken. Und jetzt pack deine Koffer. Spätestens morgen früh bis du verschwunden!«

Michele rauschte hinaus, ohne sie noch einmal anzusehen.

Noch eine einzige Nacht. Was ihr Michele gerade offenbart hatte, war ungeheuerlich. Aber diese Beleidigung würde sie jetzt auch nicht mehr von ihrem Vorhaben abhalten. Im

Gegenteil. Jetzt hatte sie doch erst recht keinen Grund mehr, sich an seine Vorgaben zu halten. Sie musste wissen, ob sie recht hatte. Danach die Sintflut.

Agnes schüttelte sich und schaute auf die alte Kuckucksuhr, die Volo zwischen den beiden Küchenfenstern montiert hatte. Der kleine Holzvogel verharrte seit ihrer Ankunft in einer unentschiedenen Position zwischen drinnen und draußen, aber die Zeiger drehten zuverlässig ihre Runden. Viertel nach zehn. Es hatte keinen Sinn, länger auf Matteo zu warten.

Sie warf sich Volos Arbeitskittel über und holte aus dem Atelier einen Satz Meißel. Nachdem Agnes vorsichtig die Porzellanfigürchen von der Platte heruntergenommen und alle schwereren Gegenstände, unter anderem die gesamten oberitalienischen Telefonbücher seit 1984, aus der Kommode geräumt hatte, ließ diese sich leicht von der Wand wegrücken. Zwischen den Staubmäusen am Boden stellte ein kleiner schwarzer Skorpion, erschreckt von der plötzlichen Helligkeit, seinen Stachel auf. Agnes stülpte ein leeres Marmeladenglas über ihn und transportierte ihn mithilfe einer Postkarte nach draußen. Dann kehrte sie sicherheitshalber den restlichen Dreck weg, bevor sie sich auf die Terrakottafliesen kniete. Ihre Haltung war unbequem, aber sie wollte die Öffnung möglichst tief unten anbringen, damit sie sie später wieder hinter der Kommode verstecken konnte.

Die ersten Schläge setzte sie zaghaft. Der Meißel glitt beinahe ohne Widerstand in den trockenen Putz. Kleine graue Krümel rieselten auf den Boden. Agnes schlug fester zu. Nun lösten sich auch größere Stücke. Doch die Kalksteine, die unter dem Mörtel zum Vorschein kamen, waren hart. Mit dem Bildhauerwerkzeug von Volo konnte sie zwar die Fugen herausarbeiten, doch sie kam nur millimeterweise voran. So würde sie nicht nur eine, sondern viele Nächte brauchen, bis das Loch groß genug wäre, um mit der Taschenlampe hineinzuleuchten. Sie benötigte eine längere Stange, mit der sie besser hebeln konnte.

Agnes sah sich um. Der eiserne Schürhaken vom Kaminbesteck! Mit der abgewinkelten Spitze verkeilte sie ihn in der kleinen Lücke, die sie inzwischen freigelegt hatte. Sie holte aus und schlug mit dem Hammer auf das hintere Ende des Hakens. Es war nicht einfach, den richtigen Winkel zu finden, damit die Kraft ideal übertragen wurde. Doch nach und nach kam Agnes darauf, wie sie den Hammer ansetzen musste. Sie schlug zu, hebelte, schlug zu. Die Schläge vibrierten in der Handfläche, mit der sie den Schürhaken hielt. Das Kribbeln wurde langsam zu Schmerz. Sie spürte, wie das kantig geschmiedete Eisen auf ihrer Hand brannte. Bald würde sich die Haut lösen. Agnes wechselte wieder zurück zum Meißel. Ein feiner Nebel aus Kalk stand inzwischen in der Luft, legte sich auf die Härchen in ihren Nasenlöchern, verklebte die Wimpern. Doch sie hämmerte weiter. Ihre Kniescheiben taten auf dem harten Boden weh, aber sie hatte keine Zeit, sich ein Kissen zu holen. Sie schlug auf das Eisen, spitze Splitter flogen ihr ins Gesicht, sie hämmerte weiter.

Endlich hatte sie den ersten großen Steinbrocken freigelegt. Mit dem Schürhaken versuchte, sie ihn zu lösen. Er saß fest. Agnes wurde wütend. Der Stein *musste* sich lösen. Sie hämmerte fester, trommelte ihre Wut in die Wand, die Wut auf Michele, die Wut auf die Männer. Die Wut, die sie seit Jahren geschluckt hatte. Die Wut, die sie schluckte, seitdem sie auf der Welt war. Sei ein braves Mädchen, Agnes. Dann hat die Mama dich lieb. Sie schlug zu. Sei eine brave Frau, Agnes. Dann hat Hans dich lieb. Wieder ein Schlag. Du darfst nicht Nein sagen. Agnes drosch auf das Eisen. Nein. Nein. Nein. Ich bin kein braves Mädchen. Ich bin keine Traumfrau.

Ich bin eine gute Architektin. Ich bin Agnes. Ich weiß nicht, wer ich bin. Sie schlug zu. Aber ich will *ich* sein. Glücklich oder unglücklich. Sie holte aus. Ich will spüren.

Von ihren Wangen tropfte Wasser. War es Schweiß, oder waren es Tränen? Agnes wischte sich mit dem Ärmel über das Gesicht und schlug wieder zu. Da endlich – der Stein begann zu wackeln! Sie fühlte, wie der Triumph ihr Kraft gab, und holte wieder aus.

»Ich bekomme dich schon klein, du bockige Wand«, schrie sie der Mauer entgegen. Sie holte weiter aus, blinzelte bereits in Erwartung der fliegenden Steinsplitter – doch plötzlich unterbrach etwas die Bewegung. Eine starke Hand hielt sie am Unterarm.

Agnes wandte den Kopf. Noch bevor sie Zeit hatte, richtig zu erschrecken, erkannte sie Matteo. Er nahm ihr sanft den Hammer aus der Hand und kniete sich neben sie in die Brocken aus Putz und den Schutt. Sie sahen sich stumm an, doch als Matteo versuchte, sie auf die Wange zu küssen, drehte sie schnell den Kopf zur Seite.

»Was machst du denn hier?«, fragte sie.

»Aber du hast mich doch selbst hierherbestellt.«

Agnes hatte immer noch das Gefühl, ein Gespenst vor sich zu sehen. »Deine Mutter hat zwar gesagt, dass sie dir Bescheid gibt, wenn du von Maria zurückkommst, aber ich hatte nicht das Gefühl, dass sie das besonders ernst meint.«

»Hat sie wirklich behauptet, ich sei bei Maria?«

»Genau genommen hat sie gesagt, du seist bei deiner Verlobten.«

»Arme Mamma. Das wäre ihr größter Wunsch.« Er lächelte mitleidig. »Da lügt sie sich die Welt zurecht, wie es ihr gerade passt.«

»Das war gelogen?«, fragte Agnes empört. Und zugleich erleichtert.

»Ich bin gleich nach unserer Rückkehr aus Duino in unsere Fischerhütte gezogen. Meine Mutter wusste das natürlich. Da oben am See gibt es keinen Empfang, deswegen hatte ich ihr mein Handy dagelassen und sie gebeten, wichtige Anrufe zu beantworten und den Leuten Bescheid zu geben. Nur gut, dass ich auch noch einen Vater habe. Er hat sofort gemerkt, wie wichtig dir dein Anliegen war, und hat sich heimlich davongestohlen, um mir Bescheid zu geben.«

»Du warst die ganze Zeit beim *Angeln*?!« Agnes wusste nicht, was sie fühlen sollte. Matteo hatte sie über eine Woche schmoren lassen, um Fische zu fangen?

»Ja natürlich. Das habe ich dir doch geschrieben.«

Er streichelte Agnes zärtlich die Haare aus dem verklebten Gesicht, doch sie schüttelte unwillig den Kopf.

»Wie bitte? Wann willst du mir was geschrieben haben?«

»Na, gleich als wir wieder von Duino zu Hause waren und ich gemerkt habe, dass ich einfach ein bisschen Zeit brauche, um meine Gefühle zu sortieren. Deswegen wollte ich unsere Verabredung noch mal um ein paar Tage verschieben. Das alles steht doch in dem Brief! Du glaubst gar nicht, was ich mir für eine Mühe damit gegeben habe.«

Sie schüttelte nur sprachlos den Kopf. Sie hatte nie einen Brief gesehen. War das nun wieder eine billige Ausrede, oder hatte die Post Matteos Schreiben tatsächlich verschlampt?

Matteo schien ihre Geste jedoch falsch zu verstehen und meinte, sich noch mehr erklären zu müssen. »Stella, ich bin völlig durch den Wind, seitdem du in meinem Leben aufgekreuzt bist. Es war kein Witz, als ich dir gesagt habe, dass ich im Begriff bin, mich zu verlieren. Und dass ich davor eine Riesenangst habe.«

Im Licht der schwachen Glühbirne schimmerten seine Augen wie poliertes Nussbaumholz.

»Wann hast du denn diesen Brief aufgegeben?«, fragte ihn Agnes nachdenklich.

»Ich? Gar nicht.« Er sah sie irritiert an. »Mamma hat sich angeboten, ihn mit nach Vittorio zu nehmen, damit er vor Freitag bei dir ankommt.«

Langsam schien ihm etwas zu dämmern. Er stutzte. »Hast du ihn etwa zu spät erhalten?«

»Matteo, dein Brief ist nie bei mir angekommen! Ich fürchte sogar, er ist nie abgeschickt worden, denn ich habe ihn vorhin bei euch in der Diele liegen sehen. Deine Mutter hat versucht, ihn vor mir zu verstecken.«

»Dieses alte Aasgebein!«, fuhr Matteo auf und fasste sich entsetzt an die Wangen. »Man kann ihr nicht über den Weg trauen. Dann hast du ja am Freitag auf mich gewartet, du Arme! Und vermutlich extra gekocht?«

»Allerdings«, bestätigte Agnes kühl. »Schließlich waren wir zum Essen verabredet. Der Hündin vom Nachbarhof hat mein Menu auch recht gut geschmeckt.«

Wie bescheuert war Matteo eigentlich, seiner Mutter so eine wichtige Nachricht anzuvertrauen? Er musste doch wissen, dass die alte Hexe zu allem fähig war!

»Das tut mir so leid, Stella. Ich weiß gar nicht, wie ich das wiedergutmachen kann. Am liebsten würde ich runterfahren und Mamma gleich mal die Meinung sagen!«

Matteo machte Anstalten aufzustehen. Doch Agnes hielt ihn an der Hand fest. »Das hat noch Zeit. Jetzt haben wir zuerst etwas Wichtigeres vor.«

»Da bin ich aber mal gespannt, was du vorhast.« Er deutete auf das Stemmeisen und den Vorschlaghammer, den er an den Tisch gelehnt hatte, als er hereingekommen war, was Agnes in ihrer blinden Zerstörungswut natürlich nicht gesehen hatte. »Brauchen wir das Werkzeug dazu? Willst du die alte Bude vielleicht selbst abreißen?«

Agnes lachte erleichtert auf. Sie nahm sich vor, später noch ausführlicher über seine bescheuerte Aktion zu reden. Aber jetzt gab sie der tiefen Vertrautheit zwischen ihnen, die sie bereits von ihrer ersten Begegnung an gespürt hatte, neuen Raum.

»Du hast doch wochenlang im Garten nach diesem Kind gesucht, für dessen Tod sich dein Großvater verantwortlich gefühlt hat«, erklärte sie. »Aber er hat den Sarg nicht vergraben. Er hat ihn eingemauert. Und zwar hier, hinter dieser Wand.«

Matteos Augen wurden groß. »Wie kommst du darauf?«

»Nun ja, ich habe das Haus gründlich vermessen und dabei festgestellt, dass es dort so etwas wie eine klitzekleine versteckte Kammer geben muss. Und dann bin ich im Atelier auf ein paar Bilder gestoßen, die mir den Rest der Geschichte erzählt haben.«

Mit seinen großen Händen rieb sich Matteo angestrengt die Schläfen. »Aber natürlich! Mamma war so fest davon überzeugt, dass ihr Vater den Kleinen beerdigt hätte … Wir sind gar nicht auf die Idee gekommen, dass er ihn auch *im* Haus versteckt haben könnte. Bist du sicher, dass es hier an dieser Stelle sein muss?«

»Ganz sicher.«

»Dann werden wir mal nachsehen«, sagte er und hob den Hammer.

Als Matteo ausholte und den schweren Vorschlaghammer auf die schon freigelegte Mauer niedersausen ließ, flogen nicht nur Splitter, sondern ganze Brocken durch die Luft. Agnes ging in Deckung. Es dauerte nicht sehr lange, dann hatte er ein Loch zwischen die Steine geschlagen. Die Wand war, wie zu erwarten war, nicht besonders dick.

Matteo streckte prüfend den Arm in die Öffnung. »Da ist tatsächlich ein Hohlraum. Ich fasse es nicht!«

Mit Schwung schlug er weiter auf die Steine ein. Bald war die Öffnung so groß wie ein Schuhkarton.

Agnes meißelte inzwischen mit dem Stemmeisen den Putz seitlich von der Öffnung in der Mauer herunter. Jetzt konnte man deutlich den Unterschied in der Anordnung der Steine erkennen. Es war genau, wie sie vermutet hatte: Jemand hatte einen bereits vorhandenen gemauerten Durchgang nachträglich verschlossen. Während Matteo noch die letzten spitzen Kanten von den Rändern klopfte, damit man den Kopf hineinstecken konnte, ohne sich zu verletzen, holte sie aus der Bibliothek ihre Taschenlampe.

Matteo legte sein Werkzeug beiseite und trat einen Schritt zurück. Agnes zitterte vor Aufregung und Anstrengung. Als sie das Licht anknipsen wollte, rutschte ihr die glatte Kunststofflampe aus den Fingern. Mit einem Scheppern krachte sie auf den Boden.

Matteo hob die Taschenlampe auf und grinste breit. »Weißt du noch, als wir uns kennengelernt haben? Damals hast du deine Tasche fallen lassen.«

»Du machst mich eben irgendwie nervös«, sagte sie und lächelte. Aber sie konnte ihm ansehen, dass auch er schrecklich nervös war.

»Willst du zuerst schauen?«, fragte er.

Sie schüttelte den Kopf. »Es ist doch dein Familiengeheimnis.«

Matteos rechte Hand mit der Lampe und sein Kopf verschwanden in der Wand. »Diocan!«, hörte sie ihn gleich darauf dumpf aus der Öffnung fluchen. Einen Augenblick später erschien er wieder. Agnes zog ihm einen unappetitlichen Strang von verstaubten Spinnweben aus den Haaren und wischte sie an ihrem Hosenbein ab.

»Es ist offensichtlich eine alte Vorratskammer«, berichtete Matteo atemlos, was er gesehen hatte. »Und am Boden steht eine Kiste. Sie passt kaum hinein. Aber sie ist ungefähr so groß wie ein Kindersarg. Jemand hat ein Kreuz daraufgelegt.«

»O mein Gott!«

Wie ein Berserker wütete er nun mit dem Stemmeisen gegen die Wand. Nach einer guten halben Stunde hatte er zwei Drittel des Durchgangs freigelegt. Er kontrollierte gründlich, ob die Steine am oberen Rand auch wirklich fest saßen, bevor er Agnes genauer in den kleinen Raum schauen ließ. Eine muffige Kälte strömte ihr entgegen. Auf der Rückseite der Kammer waren grobe Regalbretter angebracht. In den oberen Fächern reihten sich alte Einmachgläser, deren blasser Inhalt weniger nach Essbarem aussah als nach den in Formaldehyd eingelegten Abnormitäten im Naturhistorischen Museum in Wien. Darunter klebten verklumpte Tüten mit undefinierbarem Inhalt. Im untersten Fach stand ein angeschlagener Krug aus grauem Steingut. Der schmale Raum vor dem Regal war kaum groß genug für die längliche Kiste. Auf ihrem dunklen Deckel lagen hell verstreut die frischen Brocken von Putz und Stein, doch dazwischen glänzte matt ein silbernes Kreuz an einem Rosenkranz aus Perlen. Matteo zog das Schmuckstück vorsichtig heraus und reichte es Agnes. Er musste die Kiste auf der einen Seite hochheben, um sie durch die Öffnung aus der engen Kammer herausdrehen zu können, doch es gelang ihm auf Anhieb.

Und dann stand sie da, von allen Seiten zugänglich vor ihnen in der Wohnstube. Agnes beugte sich darüber und wischte mit den Handflächen die dicke Staub- und Schmutzschicht herunter.

»Öffne sie!«

Matteo fuhr mit einem der flachen Meißel unter den Holzdeckel. Doch bevor er sich daranmachte, ihn aufzustemmen, sah er Agnes fragend an. »Das wird aber vermutlich kein schöner Anblick.«

»Keine Sorge«, antwortete Agnes bestimmt. »Die Kiste ist leer. Oder schlimmstenfalls mit Steinen oder Holz gefüllt. Sie haben Arturo hinters Licht geführt.«

»Wie bitte?« Matteo sah sie verwirrt an. »Langsam verstehe ich gar nichts mehr.«

»Vertrau mir einfach. Ich erkläre dir alles, wenn sich meine Theorie bestätigt hat. Mach sie endlich auf!«

Sichtbar zögernd, trieb Matteo den Meißel weiter in die Spalte zwischen Kiste und Deckel. Das alte Holz knirschte widerwillig, und obwohl sie felsenfest überzeugt war, dass in Aldos Sarg nichts sein konnte, hielt sie in den Sekunden, bevor Matteo den Deckel zur Seite schob, den Atem an. Dann schrie sie entsetzt auf.

Zwischen den zerfledderten Seiten eines alten Hefts und Fetzen von mumifizierter Haut schimmerten weiße Knochen hervor.

Agnes riss die Hände hoch und hielt sich die Augen zu. »O Gott. O Gott, o Gott, wie furchtbar!«

Der Junge war doch eingemauert worden. Sie hatte sich geirrt – der anonyme kleine Bub in der Irrenanstalt war nicht Elisas Sohn gewesen. Sondern einfach nur eines von vielen armen Kindern, die in dieser Zeit auf San Servolo abgegeben worden waren. Sie hatte sich in eine völlig irrwitzige Wahnidee hineingesteigert.

»Mach das zu, bitte«, flüsterte sie tonlos.

Es raschelte.

»Hey. Du kannst wieder gucken.« Matteo tupfte mit seinen Fingerspitzen vorsichtig auf ihre Handrücken. Sie spähte vorsichtig durch die Finger an Matteo vorbei. Der Sarg stand noch immer offen. Doch Matteo beruhigte sie.

»Du hattest recht. Wenn Arturo diese Kiste eingemauert hat, dann war der kleine Aldo tatsächlich nicht drin.«

»Aber was ist es dann?«, fragte sie und zeigte mit einer

Hand in Richtung der Knochen. Der Schrecken saß noch tief in ihr.

»Es ist ein Hund. Besser gesagt: Es *war* ein Hund.«

Langsam ließ Agnes auch die andere Hand von ihrem Gesicht gleiten. Sie schaute zweifelnd über Matteos Arm, den er beruhigend um ihre Schulter gelegt hatte, in die Kiste.

Tatsächlich. Die aufgelöste Form des Wesens erinnerte sie an die Gestalt eines Hundes, je länger sie es betrachtete. Das, was von dem Tier übrig geblieben war, lag verrutscht in der unteren Ecke. Aus dem Brustkorb, der noch gut erhalten war, ragten die spitzen Rippen, Fetzen von Fell und ledriger Haut spannten zum Teil noch darüber. Schädel und Kiefer waren zur Hälfte von einem zerfledderten Schreibheft verdeckt, sodass Agnes die längliche Form beim ersten Blick nicht hatte auffallen können. Ihr Puls begann sich zu beruhigen.

Matteo klaubte vorsichtig das Heft von dem Skelett und legte den Deckel wieder auf den Sarg. Dann nahm er Agnes an der Hand und führte sie in den Garten zur Bank unter dem Maulbeerbaum. Liebevoll schob er ihr ein Kissen hinter den Rücken.

»Ich hole uns jetzt eine Flasche Barolo«, sagte er, »und dann erklärst du mir in aller Ruhe, was das alles zu bedeuten hat. Denn wenn ich ehrlich bin, kapiere ich gar nichts mehr.«

Agnes sortierte die Radierungen in die richtige Reihenfolge. Auf ihre Bitte hin hatte Matteo außer Wein, Gläsern und einer Kerze auch die Mappe mit nach draußen gebracht, in der sie die Bilder aufgehoben hatte. »Schau dir in Ruhe diese Drucke an. Volos Bilder sprechen für sich.«

Matteo schüttelte vor Verwunderung immer wieder den Kopf, als ihm Agnes berichtete, wie sie, inspiriert von Rilkes

Elegie, die Ungereimtheiten im Aufmaß der Ca' More interpretiert und im Atelier die Platten gedruckt hatte.

»Ein weiteres wichtiges Puzzleteil der Geschichte hast du selbst gegeben, als du Volo bei der Arbeit gefilmt hast. Man sieht ihn nämlich dabei, wie er seine perfekte Vorzeichnung versteckt signiert, bevor er sich ans Übermalen macht. Ich bin nur nicht gleich darauf gekommen. Aber als es mir klar wurde, wusste ich, dass die Radierungen von ihm selbst sein mussten. P und A steht natürlich für Pavan Aldo. Für den Namen, den er trug, bevor er adoptiert wurde. Und so hat sich diese unglaubliche Geschichte zu einem Ganzen zusammengefügt.«

»Volo und Aldo sind eine Person? Der Junge hat den Sturz also in Wirklichkeit überlebt?«, fragte Matteo ungläubig. Agnes konnte ihm ansehen, dass er Mühe hatte, die ganze Tragweite zu erfassen.

»Richtig. Du erinnerst dich doch, was du mir in Duino erzählt hast? Die beiden Frauen, aus dem Bericht deiner Mutter lässt sich sogar folgern, dass es Arturos Mutter und seine Ehefrau waren, haben den armen Kerl jedoch im Glauben seiner Schuld gelassen und das Bübchen heimlich am nächsten Tag nach San Servolo in die Psychiatrie gebracht.«

»Aber warum hätten sie so etwas Perfides tun sollen?«, fragte Matteo entsetzt.

»Darüber kann ich auch nur spekulieren. Um die Liebe zwischen Arturo und Elisa zu zerstören? Weil sie den schönen Schein wahren wollten? Oder vielleicht, weil die Familienähnlichkeit langsam unübersehbar wurde? Womöglich hatten sie Sorge, Arturo würde ihn eines Tages als Visentin erkennen? Ich glaube fast, dass Aldo, also Volo, möglicherweise Arturos uneheliches Kind mit Elisa war, aber dass er selbst nichts davon wusste. Dem Kirchenregister von San Pancrazio kann man entnehmen, dass Aldo mehrere Monate vor Elisas und Beppos Eheschließung gezeugt wurde.«

Matteo schlug sich voller Empörung auf die Oberschenkel. »Aber all das sind doch keine Gründe, ein gesundes Kind auf der Irreninsel Venedigs lebendig zu begraben! Was war das für ein Ungeheuer, das sich so etwas ausgedacht hat?«

43

Borgo Visentin. Juli 1937

Nachdem sie ihren Erstgeborenen davon überzeugt hatte, dass es besser sei, die Angelegenheit ihr zu überlassen, hatte Alfonsina ihr schwarzes Wolltuch fester um ihre Schultern gezogen und sich auf den Weg zum Zimmer ihrer Schwiegertochter gemacht.

Sie lief langsam, sehr langsam, ließ sich Zeit, um zu überlegen. Vor ihr glänzte eine Chance, verschwommen wie ein Goldstück in einem Brunnen. Sie war zum Greifen nahe, aber wenn Alfonsina nur eine hastige, unbedachte Bewegung machte, könnte sie unwiederbringlich im Schlamm versinken … Der Herr hatte die Möglichkeit, nach all den Jahren die Schmach zu beseitigen, wie ein unerwartetes Geschenk vor ihre Füße gelegt. Sie durfte jetzt keinen Fehler machen. Ihren Arturo hatte sie im Griff. Er wartete brav in ihrem Zimmer auf ihre Rückkehr. Der Junge würde gehorchen und sich nicht wegbewegen, da war sie sich sicher. Ihr sensibler Sohn stand unter einem schweren Schock, das hatte sie gleich gesehen, nachdem sie ihn in seinem blutverschmierten Hemd auf der Straße getroffen hatte. Sie war gerade auf dem Weg zur Abendandacht gewesen, als er sie mit seinem Fahrrad beinahe überfahren hätte. Nun, Gott würde ihr nachsehen, dass sie ihr Gebet heute ausfallen ließ.

Sie klopfte an Rosarias Tür und trat ein, ohne die Aufforderung dazu abzuwarten. Das unerwartet grelle Licht in dem Raum stach ihr schmerzhaft in die Augen. In ihren eigenen Wohnräumen konnte sie befehlen, dass die Vorhänge stets zugezogen waren, doch ihre Schwiegertochter liebte helle Farben und Spiegel und hatte darauf bestanden, wenigstens in ihrem Zimmer die schweren Samtschabracken abzunehmen. Weil das arme Mädchen an Arturos düsterem Gemüt schon genug zu leiden hatte, wollte Alfonsina ihr das Ausleben ihres Geschmacks nicht verbieten.

Sie legte sich schützend die Hand über ihre Augen. Oh, diese Augen … Bald konnte sie nicht mehr leugnen, welche Schwierigkeiten sie ihr inzwischen machten. Manchmal sah sie Gegenstände doppelt, meistens jedoch verschwommen. Sonnenlicht tat ihr weh, schnitt wie Messer in die Pupillen. Die Lider brannten trocken und entzündet. Als wenn das Blut in ihrem Körper nicht mehr ausreichen würde, um sie ausreichend mit Flüssigkeit zu versorgen. Seit Jahren schon fühlte Alfonsina, dass sie langsam von innen heraus vertrocknete. Demnächst konnte Zeno sie als Mumie in die Familiengruft legen lassen, und dann würde sie, so wie die verdorrten Leichen in den Catacombe dei Cappuccini in Palermo, ihre Nachkommen mit ihrem verzerrten Angesicht an die Endlichkeit des Lebens erinnern. Und an die Endlichkeit der Schönheit. Denn war sie nicht schön gewesen, die Schönste von allen? Doch wie schnell hatte Zeno seine Begierde nach dieser Schönheit vergessen und sich von anderen glatteren jüngeren Gesichtern in Bann ziehen lassen.

»Braucht Ihr etwas von mir, Suocera?« Rosaria lag mit einem dieser neumodischen Romanhefte auf ihrer Chaiselongue und blickte verwundert zu ihr hoch. Mit Neid sah Alfonsina auf ihre falten- und fleckenfreien Handrücken, auf die wohlgeformten weißen Arme, die so drall und appetitlich aussahen wie die Keulen eines gut gemästeten rosa Spanferkels.

Doch war sie wirklich zu beneiden? Auch Rosaria litt, das wusste Alfonsina nur zu gut, selbst wenn die Schwiegertochter ihre Probleme nie ausgesprochen hätte. Aber sie kannte ihren Erstgeborenen. Sie wusste um seine verrückten Ideale und darum, dass er stur wie ein Esel an seinen Prinzipien hängen konnte. Dieser ständige Anspruch an sich, ehrenhaft zu handeln … Er war so anders als die anderen Visentins, so anders als alle Männer. Darum liebte sie ihn ja auch mehr als alle anderen. Darum hatte sie, seitdem er klein war, versucht, ihn vor sich selbst und dem Schmerz zu schützen, den ihm seine weltfremden Sehnsüchte einbrachten. Und darum galt es auch jetzt, ihn vor einer großen Torheit zu bewahren.

»Ich brauche deine Hilfe«, sagte sie, »das heißt, dein Mann braucht dringend deine Hilfe.«

»Arturo braucht *meine* Hilfe?« Rosaria knickte ein Eselsohr in die Seite, die sie gerade gelesen hatte, und richtete sich auf. Demütig faltete sie die Hände im Schoß wie eine Schülerin, die auf die Anweisungen ihres Lehrers wartete. Ihre rehbraunen Augen waren kreisrund, die vollen Lippen standen leicht offen über ihren etwas zu großen Zähnen. Die Tochter des größten Pastafabrikanten im Veneto zeigte diesen dümmlichen Ausdruck, der Alfonsina schon auf die Nerven gegangen war, als Rosaria noch in Kniestrümpfen mit Schürze und Zöpfen herumgestakst war.

Nachdem Alfonsina ihr von den Geschehnissen berichtet hatte, brach Rosaria wimmernd auf dem Diwan zusammen. »Arturo wurde von einem Kind beobachtet, als er sich mit einer anderen Frau getroffen hat? Und jetzt ist es verletzt? Es ist das Kind dieser Frau?« Sie schluchzte hysterisch. »Ich wusste die ganze Zeit über, dass er mich betrügt!«

»E allora?«, sagte Alfonsina hart. »Das ist kein Grund zu heulen. Alle Ehemänner halten sich eine Geliebte. Aber du hast jetzt die einmalige Chance, den deinen für alle Zukunft fest an dich zu binden!«

Rosaria angelte nach ihrem Riechfläschchen und nahm ein paar tiefe Atemzüge. »Wie?«, fragte sie schnüffelnd. »Arturo wird mich nie so lieben, wie ich mir es wünsche.«

Alfonsina änderte ihre Taktik. Sie musste mit Rosaria weniger streng, sondern eher wie mit einem einfältigen Kind sprechen, wenn sie wollte, dass diese bei ihrem Plan mitspielte. »Das wird er, Mädchen. Er wird dich als Frau anerkennen. Er wird dir ewig dankbar sein. Und er wird dir endlich einen schönen Erben für unser Haus machen.«

Rosaria lächelte bei der Vorstellung. »Wir bekommen doch noch ein Babylein, meint Ihr wirklich? Sagt mir, was muss ich machen?«

»Wir beide werden mit dem Lancia zur Ca' More hinauffahren. Du kannst den Wagen doch lenken?«

»Natürlich. Andrea sagt immer, ich steuere sicher wie ein Rennfahrer.«

Alfonsina rieb sich die Schläfen. Sie musste an alles gleichzeitig denken, alle Möglichkeiten und ihre Folgen abwägen. »Wir wissen nicht sicher, ob das Kind lebt oder ob es tot ist. Also pack eine Tasche mit Verbandszeug. Und nimm sicherheitshalber Laudanum und Valium mit.«

Kurz darauf fuhr Rosaria den Wagen rückwärts aus der Garage. Alfonsina kletterte auf den Beifahrersitz. Bevor sie die Tür zuzog, hüpfte Pupo durch den Spalt und rollte sich so klein wie möglich im Fußraum zusammen, als würde ihn sein Frauchen dann nicht bemerken. Alfonsina genoss die Wärme seines Körpers an ihren Schienbeinen und ließ ihn gewähren. Sie lehnte sich in ihrem Sitz zurück, als Rosaria zügig wendete und dann durch die Einfahrt auf die Landstraße fuhr. Alfonsina war überrascht, dass ihre Schwiegertochter das

Automobil tatsächlich so sicher beherrschte. Also bedurfte es offensichtlich doch keiner allzu großen Intelligenz, um ein Auto zu fahren.

Das letzte Mal hatte sie die Ca' More betreten, als die Frau des Pächters im Kindbett gestorben war. So hätten sie beinahe die zugewucherte Abfahrt verpasst, die von der Landstraße in den Wald und dann den Hang hinaufführte. Rosaria bremste im letzten Moment, die Reifen quietschen scharf, und Alfonsina machte »Pst!«, als könnte sie so das aufdringlich laute Geräusch mindern.

Vor dem verfallenen Haus angekommen, stiegen sie aus. Pupo verschwand, die Schnauze dicht über dem Boden, im Dickicht. Sein helles Fell leuchtete noch kurz zwischen den Stämmen auf, wie eine verglimmende Sternschnuppe, dann verschwand es im verhängten Dunkel des umliegenden Waldes. Alfonsinas Liebling war ein Streuner, sobald er die Freiheit erschnüffelte, musste er ihr folgen – das Blut seines Vaters ließ sich nicht verleugnen. Doch Alfonsina konnte darauf vertrauen, dass ihr Hund immer zu ihr zurückkehren würde. Nicht wie Zeno, der inzwischen tagelang fortblieb, um seine Dirnen zu besuchen. Nein, Pupo konnte sie laufen lassen, auf ihn konnte sie vertrauen. Und so war es auch heute. Als sie die Haustür der Ca' More aufdrückte, schlüpfte er noch vor Rosaria in die Stube.

Zögernd betrat Alfonsina die Schlafkammer. Sie wusste nicht, was sie dort erwartete, doch sie betete zu Gott, dass Elisas Kind nicht mehr lebte.

Aber der Herr wollte es ihr nicht so leicht machen, wie sie heimlich erhofft hatte. Er wollte sie prüfen, ob sie sich seines Angebots auch würdig erwies.

Im schmalen Bett des Pächters lag der schmächtige Junge unter einer mottenzerfressenen Wolldecke. Nur das wächserne Gesicht mit den verklebten Löckchen war zu sehen, umrahmt von einem dunklen Blutfleck, der sich wie ein dunkler Heiligenschein über die Matratze ergossen hatte. Der Kleine hatte die Augen geschlossen.

»O heilige Mutter Maria und Josef«, jammerte Rosaria. Sie machte Anstalten, die Schlafkammer zu verlassen, doch Alfonsina stellte sich ihr in den Weg.

»Ich dachte, du bist gelernte Krankenschwester? Also stell dich nicht so an. Tu lieber deine Pflicht!«

Mit einem schweren Seufzer begann Rosaria, den kleinen Jungen zu untersuchen. Sie schlug die Decke zurück, knöpfte das zerschlissene Hemd auf, horchte an seiner mageren Brust, tastete nach dem Puls. Wie dürr das Bübchen war … Alfonsina dachte an ihre eigenen properen Söhne, an die Speckringe an ihren Handgelenken. Ihr ganzer Stolz waren sie gewesen.

»Hmm«, machte Rosaria, und Alfonsina fragte sich, was dieses »Hmm« bedeuten mochte. Jetzt nahm Rosaria einen kleinen Spiegel aus ihrer Tasche und hielt ihn unter die Nase des Kindes. Mit der freien Hand gab sie Alfonsina ein Zeichen, näher zu kommen.

»Siehst du? Der Spiegel beschlägt durch seinen Atem.«

Alfonsina konnte durch den Nebel, der sie stets begleitete, nichts sehen, aber sie nickte und antwortete: »Also lebt er.«

»Ja. Der Kreislauf ist schwach, der Puls kaum zu spüren. Aber er ist stabil.«

»Und die Wunde?«

Mit spitzen Fingern schob Rosaria die Haare des Jungen beiseite und nahm das Tuch ab, das Arturo anstelle eines Verbandes um die Stirn des Kleinen gewickelt hatte.

Die Platzwunde war hässlich, leuchtete in allen Farben von weiß – war das der Schädelknochen? – über rot und blau bis violett, aber sie blutete nur noch wenig.

»Wird er die Nacht überstehen?«, fragte Alfonsina. Noch immer hoffte sie, das Schicksal würde ihr die letzte Entscheidung abnehmen.

Doch Rosaria nickte.

»Ich glaube schon. Diese Bauernkinder sind doch zäh.«

»Du denkst, er wäre ein Bauernkind?«, fragte Alfonsina. Jetzt galt es Rosaria, das dumme Huhn, in die richtige Richtung zu lenken. Sie sollte denken, dass sie selbst darauf gekommen wäre. »Fällt dir denn gar nichts an ihm auf?«

Rosaria öffnete den Mund noch weiter und beugte sich über den Jungen. »Was soll mir schon auffallen? Er ist dreckig wie ein Ferkel, und vermutlich hat er Läuse.«

»Schau dir seine Nase an. Den Schwung der Brauen. Wie die Augen im Gesicht liegen. Und dann die Form seiner Ohrläppchen. Womöglich hat er sogar den Leberfleck unter dem rechten Rippenbogen. Erinnert er dich nicht an jemanden?«

Rosarias Augen waren mit jedem Vergleich, den Alfonsina anbrachte, größer geworden. Hastig zog sie das Hemd des Buben hoch, bis die Rippen freilagen.

»Nein!«, schrie sie so laut, dass Alfonsina unwillkürlich wieder »Pssst!« zischte, obwohl sie hier im Haus sicher niemand hören konnte.

Rosaria ließ sich auf einen Schemel sinken und wrang die Hände. »Mein Mann hat ihr einen Sohn gemacht! Und mich wollte er nie … Nicht einmal in der Hochzeitsnacht hat er mich richtig angefasst! Ich dachte, vielleicht hat er …« Sie suchte nach dem richtigen Ausdruck, »hat er ein … ein körperliches Problem, aber nein, er hat dieser Zoccola einen Sohn gemacht. Suocera, diese Schande ertrage ich nicht! Einen Sohn hat Arturo mit ihr, und mit mir, seiner rechtmäßigen Ehefrau, hat er es in all den Jahren nicht einmal versucht, aber mit diesem Flittchen …«

Rosaria hatte angebissen. Wunderbar. Die Schwiegertochter begann mit einem schier unerträglichen Gejammer. Aber bevor es ausufern konnte, unterbrach Alfonsina sie schroff.

»Richtig. Das Flittchen hat sein Kind geboren. Und wie ich meinen Sohn einschätze, ist er in der Lage, sich scheiden zu lassen und den Bastard demnächst als seinen rechtmäßigen Erben anzuerkennen.«

Schlagartig hielt Rosaria mit ihrem Klagegeheule inne. »Aber das darf er doch nicht!«, kreischte sie.

Pupo hatte sich mit den Vorderpfoten auf die Bettstatt gestellt und begonnen, an der Wunde des Jungen zu schlecken.

»Pfui«, schalt ihn Alfonsina. »Lass das.« Er warf ihr einen verlegenen Blick aus seinen treuen Augen zu und verkrümelte sich in die Zimmerecke.

Rosaria wedelte sich Luft ins Gesicht. »Suocera, was können wir tun, um das zu verhindern?« Sie schniefte und wand sich unter ihren herausgepressten Schluchzern.

Je mehr sich die Schwiegertochter in ihre Hysterie hineinsteigerte, desto ruhiger wurde Alfonsina. Ihr Plan stand nun so klar vor ihren Augen, dass sie beinahe nach ihm greifen konnte.

»Arturo wird seinen toten Sohn bestatten«, sagte sie. »Denn damit haben wir eine Garantie dafür, dass er sich nicht mehr mit Elisa treffen wird.«

»Wir können den Jungen doch nicht umbringen!« Rosarias Stimme war zu einem erschrockenen Flüstern geworden. »Auch wenn er ein Bastard ist. Das ist Sünde.«

Doch Alfonsina hörte an ihrem Ton, dass sie zu allem bereit war. Sie hatte sie genau da, wo sie sie haben wollte. So liebevoll, wie es ihr möglich war, legte sie ihrer Schwiegertochter die Hand auf den Scheitel. »Lass das meine Sorge sein. Vertrau mir. Wir wollen doch dasselbe.« Langsam strich sie Rosaria über die vom Haarlack knisternden Locken. »Wir wollen beide einen echten Erben für die Visentins. Keinen Bastard.«

Während Rosaria die Injektion mit dem Schlafmittel vorbereitete, war Alfonsina zum Wagen zurückgegangen, um Zenos Jagdmesser aus der Klappe am Armaturenbrett zu holen. Den Gedanken, was sie mit dem Messer vorhatte, schob sie zur Seite wie einen schweren Vorhang. Sie dachte nur an den nächsten Schritt. Ihr Körper bewegte sich wie in Trance. Sie schloss die Tür des Wagens und stapfte den unwegsamen Pfad zum Haus zurück.

In der Wohnstube sah sich Alfonsina um. Die kleine Truhe an der Wand neben dem Eingang hatte genau die richtige Größe. Alfonsina nahm die verschrumpelten Überbleibsel einiger weniger Kartoffeln, die es schon lange aufgegeben hatten, mit ihren lilafarbenen Wurzelfingern nach Wasser zu tasten, heraus und warf sie vor die Tür, dann legte sie den verschimmelten Boden sorgfältig mit dem Wolltuch aus, das sie um den Hals getragen hatte, und zog die Kiste in die Mitte des Raums. So weit war alles bereit.

In der Schlafkammer war Rosaria gerade dabei, auf einem Löffel Laudanumpulver in destilliertem Wasser aufzulösen. Alfonsina nickte ihr aufmunternd zu, und Rosaria lächelte stolz.

Während der Abwesenheit seines Frauchens hatte sich Pupo wieder aus seinem Winkel hervorgeschlichen und erneut begonnen, an der Wunde auf der Stirn des Kindes zu lecken. Der Schlingel dachte wohl, Alfonsina würde ihn nicht bemerken, wenn er sich nur leise und langsam genug bewegte. Sie pfiff ihn wieder zurück. »Pfui. Basta!«, schimpfte sie in seine Richtung, was er mit einem Winseln kommentierte.

Sie setzte sich an das Kopfende des Bettkastens und schnalzte mit der Zunge. Der schlaue Pupo verstand die Aufforderung und sprang ihr sofort auf den Schoß. Alfonsina streichelte über sein Fell. An der Oberfläche fühlte es sich strohig an, doch seitlich, an den Flanken, dort wo die großen hellbraunen Flecken in überwiegend weißes Fell übergingen, war es weich wie bei einem Kaninchen. Alfonsinas Herz zog sich in ihrer Brust zu einem schmerzenden Klumpen zusammen. Sie wusste, dass es nur diesen Weg gab, und doch zögerte sie jetzt. »O Dio mio«, flüsterte sie leise. »Warum zwingst du mich, das zu tun? O Dio mio, was verlangst du von mir?«

Sie drückte ihr Gesicht an Pupos wuscheligen Hals, dass die Härchen in ihrer Nase kitzelten. Gleichzeitig tastete sie in ihrer Rocktasche nach dem Jagdmesser. Der Griff aus Hirschhorn war rau und zugleich glatt geschliffen von den vielen, vielen Malen, die Zeno ein geschossenes Wildtier ausgeweidet hatte. Sie nahm den Griff fest zwischen die Finger. Mit dem Daumen drückte sie den Riemen beiseite, der den Schaft davor sicherte, aus der Lederscheide zu rutschen. Das Messer glitt ohne Widerstand heraus. Alfonsina teilte mit der linken Hand die dichten Haare über Pupos Kehle, bis sie das feine Unterfell spürte und darunter die Sehnen und die Luftröhre. Sein Puls schlug gleichmäßig und stark in der Halsschlagader. »Verzeih mir«, sagte sie. »Es wird nicht wehtun, Tesoro.« Mit einer gezielten Bewegung legte sie das Messer an und zog es mit gleichmäßig festem Druck zügig über Pupos Hals. Der Hund wand sich, doch Alfonsinas Griff war stark, und die Klinge schnitt gleichmäßig durch die Haut. Der entsetzte Aufschrei, den sie hörte, musste von Rosaria stammen, doch sie sah nicht zu der Schwiegertochter auf.

Sie legte den Hirschfänger beiseite und umarmte ihren Liebling. Warme Flüssigkeit rann über ihre Hände. Pupo verdrehte den Kopf und versuchte, ihr das Blut von den Händen zu schlecken. Es strömte stärker aus der Wunde, floss in die staubige Matratze und vermischte sich dort mit dem des Kindes. Mit einem leisen Röcheln verrenkte sich Pupo. »Es wird sein, als würdest du einschlafen«, tröstete Alfonsina ihren Hund, und Pupo winselte. Mit großen Augen sah er sie an. Es war, als wollte sich ihr Herz vor Schmerz in nichts auflösen. Plötzlich spürte sie, wie die Tränen über ihr Gesicht liefen.

Wann hatte sie zuletzt so geweint? Als Zeno das erste Mal abends nicht nach Hause kam? Als er sie am Morgen danach umarmt hatte mit diesem schiefen Grinsen und dem fischartigen Geruch einer fremden Scham an seinen Fingern? Oder an dem Tag, als er zum ersten Mal nicht mehr versuchte zu lügen, sondern auf ihre Frage, wo er gewesen sei, nur mit einem groben »Weg!« geantwortet hatte? Doch irgendwann waren die Tränen versiegt, und all das Leid, das ihr Mann ihr zugefügt hatte, war in ihrem Körper wie in einem ausgetrockneten Flussbett versickert. Und dann, noch später, hatte sie gar nichts mehr gespürt. Wie lange war das her … Aber es tat gut zu weinen, es tat doch gut, das Leid zu spüren, nicht lebendig begraben zu sein. Alfonsina begann leise zu singen. »Ninna, nanna, ninna o.« Ihre Stimme versagte. Sie räusperte sich und begann, den winselnden Pupo vorsichtig zu wiegen. »Questo Pupo a chi lo do? Ninna, nanna, ninna o, wem gebe ich mein Bübchen? Gebe ich es der Hexe, dann wiegt sie es eine Woche, gebe ich es dem schwarzen Mann, dann wiegt er es einen Monat lang. Doch gebe ich es seiner Mamma, dann singt sie ihn in den Schlaf …«

Pupos Körper zitterte plötzlich heftig. Alfonsina hielt ihn fester. Er legte den Kopf zur Seite. Dann verloren seine Muskeln die Spannung.

Es dauerte noch einige Minuten, bis Alfonsina das Gesicht aus Pupos Fell heben und Rosaria ansehen konnte. Die hockte immer noch auf dem Schemel, die aufgezogene Spritze in der Hand, und beobachtete Alfonsina mit einer Mischung aus Grauen und Bewunderung. Der Körper des toten Hundes in Alfonsinas Arm wurde immer schwerer. Ihr Liebling war nicht mehr. Sie hatte das Wesen, das ihr die selbstloseste Liebe, die sie je empfangen hatte, geschenkt hatte, eigenhändig umgebracht.

Alfonsina machte eine auffordernde Kopfbewegung zu dem Jungen hin. »Es ist so weit«, sagte sie. »Wir brauchen Steine. Steine und Mörtel, damit wir eine Wand bauen können. Dahinter werden wir ihn verstecken. Keiner wird ihn sehen.«

Alfonsina beobachtete, wie ihre Schwiegertochter die ersten öligen Tropfen des Medikaments aus der Spritze drückte, bis keine Luftblasen mehr in der Glaskanüle waren. Dann drehte sie den rechten Arm des Kindes mit der Innenseite nach oben. Rosaria setzte zitternd die Nadelspitze in die bleiche Ellenbeuge und stocherte nach der Vene. Der Kleine zog die Augenbrauen zusammen, und es schien ihr, als wollte er die Lippen bewegen. Endlich zog Rosaria die Spritze aus der glatten Haut und atmete erleichtert auf. Nach Minuten, die Alfonsina endlos erschienen, entspannte sich sein Gesicht.

Inzwischen waren Pupos Augen trüb geworden. Alfonsina drückte seine Lider zu, doch sie wollten sich nicht schließen lassen. So küsste sie ihn ein letztes Mal auf die Schnauze, die längst nicht so edel geformt war wie die von ihren Rassehunden und die ihr doch um so vieles schöner schien. Dann hob sie den Leichnam ihres Lieblings über den reglosen Jungen hinüber, bettete ihn sanft auf der Matratze und hüllte sorgfältig die graue Wolldecke über ihn. Sie befahl Rosaria, der die Verwirrung in ihre kreisrunden Augen geschrieben stand: »Glotz nicht! Halt mir lieber die Tür auf.« Die Schwiegertochter folgte ohne Widerworte. Der reglose Körper des Jungen wog ungefähr so viel wie der Hund. Alfonsina hatte gut geschätzt. Es kostete sie nicht viel Mühe, Elisas Sohn in die Wohnstube zu tragen und dort in die offene Truhe zu legen.

»Er wird ihn noch einmal sehen wollen, bevor er ihn beerdigt. Während ihr dann die Steine für die Wand einsammelt, tausche ich den Jungen mit Pupo aus.«

Mit dem Verstehen zog sich ein bewunderndes Lächeln über Rosarias Gesicht. »Und was geschieht mit dem Kind?«, fragte sie und leckte sich aufgeregt über die volle Oberlippe.

»Es wird leben, aber es wird uns nicht mehr in die Quere kommen. Dafür sorgen wir morgen, bevor wir nach San Rocco fahren, um für unsere Sünden um Ablass zu bitten.«

Rosarias Mund klappte weiter auf.

»Jetzt geh«, forderte Alfonsina sie ungeduldig auf. »Geh und hol meinen Sohn. Bringt aus der Werkstatt Mörtel, Eimer und eine Kelle mit. Außerdem Hammer und Nägel. Vergiss nichts. Kommt sofort, wenn es ganz dunkel ist, aber lasst euch von niemandem erwischen. Wir haben heute Nacht noch viel zu erledigen.«

Rosaria nickte eifrig. »Mörtel, Eimer. Kelle und Hammer.«

»Auch Nägel!«, zischte Alfonsina.

Rosaria wiederholte ihren Auftrag diesmal richtig und wollte loslaufen, doch Alfonsina packte sie am Handgelenk.

»Und denk an das Wichtigste: Arturo darf nicht einen Augenblick daran zweifeln, dass er das Kind tatsächlich in den Tod getrieben hat. *Es ist tot*, capito?«

Als Rosaria gegangen war, wusch sich Alfonsina Hände, Arme und Gesicht am Brunnen. Die Dämmerung zog einen lila Schleier vor den rötlichen Himmel. Ein Vogel schrie heiser über ihrem Kopf. Sie konnte ihn nicht entdecken. Der Maulbeerbaum und all die anderen Pflanzen, die in dem wilden Garten wucherten, hüllten sich in diffuses Grau. Sie fühlte sich plötzlich furchtbar müde. Aber sie durfte sich nicht gehen lassen. Eine lange Nacht lag vor ihr. Hoffentlich verdarb Rosaria ihren Plan nicht. Denn bis jetzt hatte alles gut funktioniert.

Alfonsina kehrte zurück in die Stube, zündete die Kerze auf dem Tisch an, zog einen der wackeligen Holzstühle neben die offene Kiste und setzte sich darauf. Automatisch fasste sie vor ihre Beine. Doch sie griff in die Luft. Pupos Kopf wartete nicht mehr darauf, von ihr liebkost zu werden. Und sein warmer Körper würde sich nicht auf ihren stets kalten Füßen einrollen. Ihre Glieder, die sich in den letzten Stunden wie taub angefühlt hatten, schmerzten nun, wie wenn eine schlimme Grippe im Anmarsch wäre. Sie tastete über ihre brennenden Augen. Doch die Tränen waren wieder versiegt. Und das war gut so. Gefühle verleiteten zu Fehlern. Nur wer nicht spürte, konnte stark sein. Nur wer die Kontrolle bewahrte, konnte richtig handeln. Und sie hatte richtig gehandelt. Ihr Opfer war groß gewesen, und ja, sie musste Menschen, die ihr nahestanden, belügen. Aber tat sie es nicht zu deren Besten? Rosaria, ihre einfältige, aber brave Schwiegertochter, würde ihren Mann für sich bekommen. Und wenn sie sich nicht allzu ungeschickt anstellte, könnte sie ihm endlich auch ein Kind abverlangen. Aber was noch viel wichtiger war – Alfonsina konnte ihren großen Jungen endlich von dieser törichten Liebe kurieren, die ihn unglücklich machte, seitdem der erste Flaum an seinen glatten Wangen spross. Zugegeben, diese Elisa war ein besonderes Mädchen. Schon als magere Zwölfjährige hatte sie alle anderen mit Schönheit und Intelligenz weit übertroffen. Ein Hochmut hatte aus ihren Augen gesprüht, als wäre sie von höchstem Adel. Aber was half es denn, wenn sie nicht die richtige Abstammung nachweisen konnte? Arturo wäre das egal gewesen, da kam er ganz nach seinem

Vater. Der hatte sie schließlich damals auch aus dem Dreck emporgehoben …

Die Zeiten hatten sich geändert. Eine nachweisbare Linie der Herkunft nahm immer größere Bedeutung ein. Das war mit ihren Schäferhunden nicht anders als mit den Menschen. Wer wusste schon, was passierte, wenn dieser Hitler noch mächtiger wurde? Alfonsina musste ihr großes Baby beschützen. Sie musste ihre Familie beschützen. Ein sauberes Haus sollte der Borgo Visentin bleiben. Wenigstens von außen. Wenn schon hinter den Fassaden des alten Herrenhauses alles aus den Fugen geraten war, dann durften es die Nachbarn nicht wissen. Das war sie ihren Grundsätzen und ihrem Glauben schuldig. Sie griff nach der Kerze und beugte sich über den schlafenden Jungen.

Das Laudanum schien gut zu wirken. Das ernste Gesichtchen von Elisas Sohn hatte sich entspannt. Alfonsina ertappte sich dabei, wie sie mit der Spitze ihres Zeigefingers über die zarte Wangenlinie strich. Kein Wunder, dass ihr Rosaria sofort abgenommen hatte, dass er Arturos Sohn sein musste. Der kleine Aldo, so hieß er doch, hätte beinahe ein Zwillingsbruder von ihm sein können. Wie hübsch er war. Ein zu Erde gestiegener Engel. Ja, die gottlose Tat hatte das unschuldige Gesicht eines Engels bekommen.

Erschrocken zog Alfonsina die Hand zurück. Doch sie konnte die grausame Erinnerung nicht verscheuchen. Obwohl es nun schon mehr als sieben Jahre zurücklag, zog das hässliche Erlebnis noch einmal in allen Einzelheiten durch ihren Kopf.

Sie hatte sich noch nie etwas vormachen lassen. Als Elisa mit der Tinte – angeblich ein dringender Auftrag von Arturo – in die Küche gekommen war, da hatte Alfonsina bereits über alles Bescheid gewusst. Sie hätte die beiden Liebenden gar nicht heimlich vom Fenster des Gästezimmers aus beobachten und belauschen müssen. Allein das Leuchten in Elisas Gesicht hätte ihr die Wahrheit verraten.

Seit Langem schon befürchtete sie, dass sich zwischen ihrem Lieblingssohn und dem schönen Mädchen etwas anbahnen könnte. Und nun war aus ihrer Befürchtung Wirklichkeit geworden. Alfonsina hatte sich für ihre Nachlässigkeit gescholten. Sie hätte Elisa nicht aus den Augen lassen dürfen, keine einzige Minute. Sie hätte sich mittags nicht zu einem Schläfchen hinlegen dürfen, zumindest nicht, solange sich ihr Junge im Borgo aufhielt. Doch nun war es zu spät. Arturo und Elisa hatten ihre Allianz besiegelt mit einer innigen Umarmung am Ende der Pappelallee, mit Wer-weiß-was zuvor beim Einkaufen in Capella, mit einer Verabredung am Taubenhaus um Mitternacht. Ja, ihre Augen wurden täglich schlechter, aber dafür funktionierten Alfonsinas Ohren umso besser.

Was war nun zu tun?

Sie konnte die Vergangenheit nicht zurückdrehen, leider, aber sie konnte ab jetzt noch wachsamer sein und größeren Schaden verhindern. Wenn sie sich nur Elisas Großmutter gegenüber nicht verpflichtet hätte, das Mädchen aufzunehmen, dann würde sie sie umgehend fortschicken. Aber die Base Rizzi wusste so viel über Alfonsinas Herkunft, dass sie sich lieber gut mit ihr stellte. Keiner aus der Gegend hier durfte auch nur ahnen, dass die Signora Visentin in einem Säuferhaushalt im Arbeiterviertel von Belluno geboren war. Keiner. Also musste sie sich etwas anderes ausdenken, um Arturo und Elisa voneinander fernzuhalten. Sie sorgte sich nicht, ihr würde schon rechtzeitig etwas einfallen. Denn neben ihrer Schönheit, die nach und nach verwelkt war, hatte ihr Gott noch etwas anderes in die armselige Wiege gelegt: einen messerscharfen Verstand.

In der Küche war geschäftig gearbeitet worden, keiner sprach. Alfonsina beäugte Elisa von der Seite, während die geduldig in der Polenta rührte. Die Liebe machte sie so schön, dass es kaum zu ertragen war.

Plötzlich spitzte Pupo die Ohren. Wie aufmerksam das Tier war. Er hatte den Herrn des Hauses gehört, noch bevor der durch den Gang gekommen war. Kurz darauf rumpelte Zeno durch die Tür, pünktlich zur Zubereitung des Abendessens. Diese abendlichen Besuche in der Küche waren ein festes Ritual, das er nur brach, wenn er auswärts aß.

Alfonsina spürte immer noch so etwas wie Freude oder Aufregung, wenn ihr Mann das Zimmer betrat, in dem sie sich gerade aufhielt. Obwohl sie doch genau wusste, dass er sie kaum wahrnahm. Er würde eine kleine Runde durch die Küche drehen, schleichend wie ein Tiger. Dann würde er neben Elisa oder einem der anderen Mädchen innehalten, aus dem Topf kosten und ihr in den Hintern oder in die Taille kneifen, und alle würden tun, als hätten sie es nicht bemerkt.

Doch Alfonsina hatte sich ausnahmsweise getäuscht. Während sie den Speck für die Frigga in Scheiben schnitt, trat Zeno ausgerechnet hinter sie und schaute ihr über die Schulter. Sie spürte seinen Atem im Nacken und bekam eine Gänsehaut. So nahe war ihr Mann ihr lange nicht gewesen. Alfonsina arbeitete bemüht gelassen weiter, beugte sich nur weiter über ihr Schneidbrett. Da schob Zeno plötzlich einen Arm unter ihrer Achsel hindurch und angelte umständlich nach einem Stückchen Fleisch. Aus einem Reflex heraus klatschte sie ihm auf die Finger und schimpfte harscher, als sie es beabsichtigt hatte: »Das ist für das Abendessen!«

»Lass mich halt naschen, alte Hexe«, maulte er, aber seine Stimme klang belustigt. »Du hast doch genug.« Bei den letzten Worten zog er die Hand zurück, berührte wie zufällig ihren ehemals so schönen großen Busen und zwickte dort hinein, wo er wohl eine Brustwarze vermutete.

Ein heißer Schauer durchfuhr ihren Körper wie ein Blitz, der sich von ihrem Unterbauch aus entlud. Zeno nutzte ihre Starre, schnappte sich einen dicken Streifen Speck und verschwand kichernd aus der Küche. Alfonsina wartete, bis die Röte aus ihrem Gesicht gewichen war. So etwas Abscheuliches! Und doch … Ganz tief in ihrem Inneren freute sie sich über die derbe Zärtlichkeit. Sie fühlte sich sogar geschmeichelt, weil er seine Aufmerksamkeit heute ihr und nicht den blühenden Mädchen geschenkt hatte.

Aber was würden die anderen darüber denken? Vorsichtig sah sie sich um. Flora zog am Tisch lange gelbe Teigplatten aus der Nudelmaschine. Sie stand mit dem Rücken zu ihr und konnte nichts gesehen haben. Evangelina pulte Erbsen, doch sie hatte das Gesicht über die Schüssel gebeugt. Und Elisa schob gerade die Glut unter dem Kessel zusammen. Ob sie vielleicht etwas bemerkt hatte? Wie peinlich, wenn es so wäre!

Aber das Mädchen verzog keine Miene und rührte jetzt weiter mit dem langen Holzlöffel in der brodelnden Maisgrießmasse. Immer rechts herum, so wie die Köchin es ihr beigebracht hatte. Jetzt summte sie sogar dazu. Mit einer anmutigen Bewegung schob sie sich das Kopftuch aus der Stirn. Wie fest ihr schmaler Körper war, wie hoch die kleinen Brüste saßen. Es grenzte an ein Wunder, dass Zeno sie heute gar nicht beachtet hatte. Und es war nur verständlich, wenn ihr Sohn diese Blume so bald wie möglich pflücken wollte.

Richtig, darüber hatte Alfonsina nachgedacht, bevor die Berührung ihres Mannes sie gerade so aus der Fassung gebracht hatte. Sie hatte überlegt, wie sie die beiden voneinander fernhalten könnte. Wenn Arturo doch nur ein bisschen wäre wie sein Bruder, wenn ihm eine unverbindliche Bettgeschichte genügen würde, dann würde sie ihm ja seinen Spaß lassen. Aber Arturo war so anders als Andrea. So romantisch und ritterlich, so ehrenhaft. Alfonsina traute ihm alles zu. Sogar, dass er der Magd versprach, sie zu heiraten, wenn sie sich ihm hingab. Und das Schlimmste: Er würde sein Versprechen halten.

Und nun endlich kam Alfonsina die Idee, wie sie die Kontrolle über Elisa behalten könnte. Gleich beim Abendessen, wenn Elisa servierte und alle beisammensaßen, würde sie diesen Beschluss ihrer Familie verkünden. Zufrieden über ihren guten Plan, warf sie Pupo eine breite Speckschwarte zu, die er schmatzend verschlang.

»Ich war übrigens wegen meines Herzrasens bei Dottor Balli.« So weit hatte Alfonsinas Bericht gestimmt. Sie war am Vortag bei Dottor Balli gewesen und hatte über ein seltsames Flattern in ihrer Brust geklagt. Nachdem er sie abgehört hatte und nichts Ungewöhnliches entdecken konnte, war seine Empfehlung allerdings gewesen, weniger Caffè zu trinken. Alfonsina hatte sich daraufhin selbst über den Apotheker das neue Herzmittel der *Farmacia Marinoni* aus Mailand bestellt, das in der Zeitung beworben wurde. Jetzt verdrehte sie die Diagnose des Arztes ein kleines bisschen für ihre Absichten. »Er sagt, das seien gefährliche Rhythmusstörungen, und hat mir Cardiopeptico verschrieben. Und außerdem meint er, ich sollte zur Sicherheit immer jemanden bei mir haben, auch nachts.«

Zeno und Andrea wirkten nicht besonders beunruhigt über ihre Beschwerden, nur Arturo blickte sie sorgenvoll an.

»Vielleicht könnten wir noch ein eigenes Mädchen, das ausschließlich Euch zur Verfügung steht, einstellen?«, schlug er vor.

Elisa hatte während Alfonsinas Bericht die duftenden Speckstreifen auf den Tellern verteilt und wartete nun an der Anrichte, die Hände hinter dem Rücken, um gegebenenfalls nachzureichen.

Alfonsina drehte die Silbergabel, dann stach sie langsam in das knusprige Fleisch und sprach weiter. »No. Das wäre übertrieben. Ich habe eine bessere Lösung: Elisa wird ab heute bei mir im Zimmer schlafen.«

Andrea ließ sein Besteck auf die Tischdecke fallen, fasste sich mit beiden Händen an die linke Brustseite und stöhnte: »Aaaiiai, ich habe auch ganz schlimme Herzschmerzen! Elisa muss bei mir schlafen.«

»Andrea!«, mahnte Alfonsina ihn, ließ dabei aber Arturo nicht aus den Augen. Der versuchte, die Fassung nicht zu verlieren, ja, sie bemerkte es genau. Er suchte den Blick Elisas, doch die hielt den Kopf gesenkt. Alfonsina konnte die Augen des Mädchens nicht sehen, aber ihre Wangen glühten.

Nur Zeno lachte über Andreas Scherz. Immer wieder prustete er von Neuem in sich hinein. Dabei nagte er an seiner Unterlippe wie ein Eichhörnchen. Alfonsina beschloss, ihn zu ignorieren.

»Bene. Dann wäre das also beschlossen«, sagte sie. »Elisa, bevor du die Küche aufräumst, kannst du deine Sachen aus der Mädchenkammer holen und in mein Schlafzimmer bringen. Ich habe Meni bereits angewiesen, mit Davides Hilfe ein zweites Bett aufzustellen.«

»Jawohl, Signora.« Elisa knickste, wie Alfonsina es ihr beigebracht hatte. Aber ihre Stimme hatte leicht gezittert.

Alfonsina spürte in der knappen Antwort den riesigen Zorn, der in dem Mädchen tobte. Doch egal. Eines Tages würden ihr alle miteinander noch dankbar dafür sein, dass sie die Familie mit ihrem Weitblick vor allzu großem Leichtsinn und Zügellosigkeit bewahrt hatte.

Alfonsina wartete, bis Elisa das Geschirr abgespült und die verzinnte Innenwand des Polentakessels und seine Kupferoberfläche mit Sodapulver poliert hatte. Dann stieg sie vor ihr die Treppe in den ersten Stock in ihr Schlafzimmer hinauf.

Während sie sich im Ankleidezimmer für die Nacht fertig gemacht hatte – sie tat dies seit jeher lieber ohne die Hilfe eines Mädchens –, war Elisa aus ihrem Baumwollkleid geschlüpft und stand nun verlegen im weißen Unterhemd herum, das Kleiderbündel vor die Brust gedrückt. Alfonsina starrte neidisch auf ihre schlanken Beine, den flachen Bauch, die glatten Schultern, um die sich das offene Haar legte. Wie Milch und Akazienhonig. Mit einer unwilligen Bewegung deutete sie auf das schmale Eisenbett, das die Knechte aus dem Lager für sie herbeigetragen und am Fußende ihres eigenen breiten Bettes aufgestellt hatten. »Leg deine Sachen darunter. Ich ertrage keine Unordnung in meinem Zimmer.«

Nachdem Elisa den Befehl ausgeführt hatte, bestand Alfonsina auf das abendliche Vaterunser, das sie gemeinsam vor der Madonnenstatue auf dem kleinen Altar in der Zimmerecke aufsagten. Dann schlüpfte eine jede unter ihr Laken, und Alfonsina schaltete das Licht auf ihrem Bettkästchen aus. Sie lauschte. Kein Atemzug, keine Bewegung war von Elisa zu hören. Über dem Zimmer lag eine eisige Stille.

Pupos leises Knurren musste sie aufgeweckt haben. Bestimmt hatte er schlecht geträumt. Alfonsina wollte gerade neben sich nach unten zu seinem Körbchen greifen, um ihn zu beruhigen, als sie merkte, dass jemand durch den Raum lief. Wollte sich Elisa etwa heimlich davonschleichen? So viel Dreistigkeit hätte Alfonsina dem Mädchen gar nicht zugetraut! Sie hielt still, denn sie wollte sie dabei ertappen, wie sie die Tür öffnete.

Alfonsina starrte ins Dunkel. In der Ecke schimmerte das rote Licht der Kerze, die zu Ehren der Muttergottes Tag und

Nacht brannte. Es beleuchtete schwach das fein geschnitzte Gesicht der Heiligen Jungfrau, aber kaum mehr. Doch ein schmaler Streifen Mondlichts hatte sich zwischen den schweren Vorhängen hindurchgeschoben und erhellte das Schwarz der Nacht umso besser, je länger sich Alfonsina auf die Dunkelheit konzentrierte.

Jetzt bemerkte sie, dass die Gestalt nicht aus dem Zimmer hinausgehen wollte, sondern auf ihr Bett zukam. Es war nicht Elisa. Es war ein Mann. Pupo knurrte noch einmal leise, dann verstummte er. Also musste er ihn kennen.

Zuerst dachte Alfonsina, Andrea wollte seinen Scherz von vorhin vielleicht noch weitertreiben – ihrem Jüngeren war schon viel Unfug eingefallen. Aber nun trat der Mann um ihr Bett herum und damit genau in den Lichtstreif, und Alfonsina sah ihn nun deutlicher. Er war größer als Andrea, jedoch schmaler und hielt sich nicht so aufrecht. Und er hatte einen deutlichen Bauchansatz.

Schnell machte Alfonsina die Augen zu. Es war Zeno, der sich nun über sie beugte. Sie stellte sich schlafend, doch sie konnte seinen Atem riechen, eine Mischung aus Wein und Cognac und den leicht fauligen Geruch des fortschreitenden Alters, den sie selbst manchmal in ihre eigene Hand hauchte. Ihr Herz machte einen Sprung. Die Berührung heute Abend in der Küche war also kein Versehen gewesen und auch kein Spiel mit ihren Gefühlen. Zeno begehrte sie wieder und wollte sich zu ihr legen! Konnte sie ihm überhaupt noch eine Geliebte sein? War sie nicht längst vertrocknet? Ach was, es würde schon gehen. Wenn sie das geahnt hätte, wäre ihr etwas Besseres eingefallen, als Elisa zu sich ins Zimmer zu legen. Jetzt mussten sie leise sein. Alfonsina konnte das bestimmt, aber bei Zeno war sie sich nicht so sicher. Wenn er erst in Wallung kam, dann wurde er unbeherrscht und machte unkontrollierte Geräusche … Sie erinnerte sich gut, auch wenn es lange, lange her war, dass sie die laute Lust ihres Mannes zuletzt hatte hören dürfen.

Was tat er denn jetzt? Alfonsina konnte es kaum erwarten, was als Nächstes geschehen würde. Sie blinzelte.

Zeno hatte sich wieder aufgerichtet. Er fasste an seine Hose und begann sie lautlos aufzuknöpfen. Alfonsina hielt ganz still, sie versuchte, sich zu entspannen. Offen wollte sie für ihn sein. Ihre Vereinigung nach all den Jahren sollte keine Enttäuschung für ihn werden. Vielleicht kam er dann wieder auf den Geschmack? Die Hose rutschte langsam an Zenos Beinen herunter. Obwohl er nicht mehr der Jüngste war, ragte seine Erregung deutlich sichtbar im Mondlicht auf. Nicht sehr dick, aber lang und fest und dem Ende zu leicht gebogen. »Meine Mädchenangel«, hatte Zeno sein gutes Stück manchmal genannt.

Alfonsina hätte beinahe losgekichert wie ein Backfisch. Zeno zog sich das Hemd über den Kopf und ließ es neben die Hose auf den Boden fallen. Pupo quittierte diese Schlamperei von seinem Körbchen aus mit einem erneuten leisen Knurren. Hoffentlich würde er nicht dazwischengehen, wenn Zeno nun gleich zu Alfonsina ins Bett stieg, in der Annahme, dass er sein Frauchen beschützen müsse …

Doch Zeno legte sich nicht zu ihr. Mit wenigen Schritten ging er zurück zum Fußende und schlug Elisas Decke zurück. Das Mädchen keuchte kurz auf, aber schon brachte sie eine Hand oder ein Kissen zum Verstummen.

Alfonsina schloss vor Entsetzen die Augen. Aber ihr Gehör konnte sie nicht verschließen. Die Maisblätter in der Matratze raschelten leise, bis Zeno die richtige Position gefunden hatte. Aber erst, als sich in das erstickte Wimmern Elisas das grollende Stöhnen ihres Ehemannes mischte, das immer lauter und heftiger wurde wie eine Gesteinslawine, die nicht aufzuhalten war, da presste sich Alfonsina die Handflächen auf die

Ohren. So hörte sie wenigstens nur ihr eigenes Blut rauschen, während Elisas Kopf unter den rhythmischen Bewegungen von Alfonsinas Ehemann gegen das hölzerne Fußende schlug und damit ihr eigenes Bett zum Schwingen brachte.

Erst im Morgengrauen verließ ihr Mann das Schlafzimmer. Ja, ihr Zeno war zwar äußerlich gealtert, die Haare wurden dünn, und er hatte bereits viele Zähne verloren. Aber seine Männlichkeit hatte um nichts nachgelassen. Er warf seine Angel immer noch aus wie kein anderer.

Durfte sie Zeno einen Vorwurf machen? Nein, das konnte sie wirklich nicht. Es war doch Elisas Schuld, dass ihr unersättlicher Gatte sie Alfonsinas verdorrtem Körper vorzog. Warum musste sie auch so schön sein? Im Grunde genommen war das, was passiert war, Elisa nur recht geschehen. In dieser Nacht hatte Alfonsina angefangen, sie zu hassen. Deswegen hatte sie die Augen fest geschlossen, wenn Zeno kam, um sich an seinem neuen Spielzeug gütlich zu tun, und die schrecklichen Geräusche regungslos ertragen. Sie hatte es für ihren großen Jungen ausgehalten. Denn die liederliche Dirne durfte auf keinen Fall die Gelegenheit bekommen, auch noch Arturo, den Braven, in ihre Falle zu locken.

Natürlich kam es, wie es kommen musste, und Elisa wurde bald schon schwanger. Alfonsina erkannte die Zeichen, noch bevor das unerfahrene Mädchen wusste, wie ihm geschah. Im Nachhinein war das ein Glück im Unglück gewesen. Denn mit dieser Schande im Bauch konnte Elisa den Bräutigam, den Alfonsina für sie ausgesucht hatte, nun endlich nicht mehr ablehnen. Und Beppo, ihr versoffener Schweinehirt oben in Montesassino, hätte für die großzügige Mitgift wahrscheinlich auch eine seiner Säue geheiratet.

All diese Erinnerungen hatte Alfonsina sorgfältig verpackt und ganz hinten in ihrem Gedächtnis versteckt. Nur manchmal musste sie plötzlich an Elisas verzweifelten Gesichtsausdruck denken, als sie vor den Altar geschubst worden war und ihren zukünftigen Gatten zum ersten Mal gesehen hatte. Und nur manchmal wachte Alfonsina in der Nacht auf, meinte wieder, die jämmerlich kleine Hochzeitsgesellschaft in der klammen Kirche von Montesassino vor sich zu sehen, und hörte das gellende »Nein« hinter Elisas geflüstertem »Sì«.

Alfonsina war zutiefst erleichtert, als Rosaria und Arturo sie mit ihrer Ankunft von der Qual dieser grauenhaften Erinnerungen erlösten. Ihr Sohn brauchte sie jetzt, und das war gut. Arturo war schon weiß wie Ricotta, doch als er die Kiste mit dem kleinen Aldo erblickte, wurde er noch blasser.

Wie nahe ihm das alles ging. Kein anderer hätte sich so schuldig gefühlt wie Alfonsinas großer Junge. Gern hätte sie ihn in den Arm genommen, aber Zärtlichkeiten zuzulassen war ihr immer schwergefallen.

Sie legte ihm die Hand auf die Schulter. »Er ist tot.«

Als würde er unter der endgültigen Gewissheit zusammenbrechen, ging Arturo auf die Knie. Plötzlich zerrte er ein verknittertes Etwas aus der Hosentasche Alfonsina musste die Augen zusammenkneifen, bis sie in diesem Etwas ein hellblaues Schulheft erkannte. Arturo schob es Aldo unter die gefalteten Hände. »Das werden deine Mutter und ich nicht mehr brauchen«, sagte er zärtlich, dann warf er sich über den Sarg und ließ die Trauer aus sich herausbrechen. Sein Schluchzen klang nicht mehr menschlich, sondern wie die Geräusche eines Tiers. So viel Leid! Sollte Alfonsina es ihm nicht doch lieber ersparen? Ein Wort würde genügen …

Alfonsina streichelte nachdenklich Arturos Rücken. Aber zählte nicht die Zukunft mehr als die Gegenwart? Und nicht nur ihre eigene Zukunft, sondern die ihres ganzen Geschlechts? Sie, Alfonsina, würde eines Tages verschwunden sein und auch ihre Söhne. Aber die Visentins sollten bleiben. Es sollte Enkel geben und Urenkel, die einen Teil von ihr und ihren Lieben unsterblich machen würden. Das war jedes Opfer wert.

»Reiß dich zusammen, Junge«, sagte sie streng, und dann erklärte sie ihm genau, was sie vorhatten. Wie praktisch, dass er noch einmal zurück zum Wagen musste, um den Zement für die Mauer heraufzubringen. So konnte sie in Windeseile mit Rosarias Hilfe Aldo und Pupo vertauschen. Den Jungen trugen sie still und leise ins Schlafzimmer, hinter das Bett. Arturo müsste schon hier hereinkommen und um das Möbelstück herumlaufen, wenn er ihn finden wollte. Und das würde sie zu verhindern wissen.

Ihr Pupo lag indes in seinem Sarg. Es war ihr, als würde sie die Eisenstifte, mit denen sie den Deckel über ihrem toten Hund verschloss, in ihr eigenes Herz nageln. Ja, es war ihr, als würde sie ihr eigenes Kind begraben.

Bevor Arturo die Mauer hochzog, legte sie noch den silbernen Rosenkranz, das einzige Erbstück, das sie von ihrer Mutter hatte, auf die Kiste. Dann arbeiteten sie schweigsam bis tief in die Nacht hinein.

Alfonsina schrie so lange und laut auf Gloria ein, bis sie beinahe selbst daran glaubte, dass das dumme Huhn das Hoftor hatte offen stehen lassen. Dabei war es Alfonsina persönlich gewesen, die im Morgengrauen, nachdem Rosaria und der geknickte Arturo auf ihrem Zimmer verschwunden waren, das Tor wieder ein Stück weit aufgezogen hatte. Ihr Pupo war der wunderbarste aller Hunde, aber manchmal konnte er nicht anders, als seinen Genen zu folgen und zu streunen – das mussten die Angestellten doch endlich kapieren! Natürlich würde das treue Tier von sich aus immer wieder zu seinem Frauchen zurückkehren, aber die Automobile wurden von Jahr zu Jahr schneller und zahlreicher, und keiner der Fahrer bremste für einen Mischling von der Straße.

Gloria stritt alles ab, wie jedes Mal, wenn sie etwas verpatzt hatte, und heulte. Alfonsina schimpfte, bis schließlich Andrea auf dem Weg in den Pferdestall über den Hof kam und das dicke Mädchen in Schutz nahm. Weil er sich einmischte und ihren wunderbaren Pupo als »Köter« bezeichnete, richtete sich Alfonsinas Zorn noch kurz gegen ihn, verrauchte dann aber in der grellen Morgensonne.

Schließlich gab es heute Wichtigeres zu tun. Sie holte ihre Handtasche und versicherte sich, dass sie den Block mit den Blankoschecks eingesteckt hatte. Dann schickte sie die schielende Veronica, die Gloria auf ihre Stelle als Küchenmädchen gefolgt war, nach der Schwiegertochter und setzte sich schon in den Wagen. Rosaria ließ auf sich warten, aber nachdem sie endlich auf den Fahrersitz geplumpst war, stellte Alfonsina fest, dass die Frau ihres Sohnes aufgekratzt und glücklich wirkte.

»Es lässt sich gut an«, flüsterte sie verschwörerisch, als wäre Alfonsina nicht ihre Schwiegermutter, sondern eine Freundin. Nun, vielleicht waren sie sich ja wirklich nähergekommen in den letzten vierundzwanzig Stunden, die Alfonsina im Rückblick wie eine Ewigkeit vorkamen. Und das, was sie als Nächstes vorhatten, würde sie noch mehr zusammenschweißen.

Ohne dass Alfonsina ihr die Richtung angeben musste, steuerte Rosaria auf die Landstraße nach Montesassino.

»Jetzt holen wir den kleinen Bastard aus der Ca' More – und dann?«, fragte die Schwiegertochter. »Wir machen in Venedig bestimmt noch einen Abstecher, bevor wir dem heiligen Rocco unsere Kerzen stiften? Stimmt's, Suocera?«

Anscheinend war Rosaria doch weniger dumm, als Alfonsina immer angenommen hatte.

»Brava«, lobte sie ihre Schwiegertochter. »Wir werden in der Nähe von Tessera ein verwahrlostes Kind finden und ins Krankenhaus von San Servolo bringen. Und dazu eine großzügige Spende, damit keiner dumme Fragen stellt. Einer der leitenden Ärzte ist Andreas Parteifreund, und ich weiß, dass die Klinik von San Servolo dringend neue Röntgengeräte braucht.«

Rosaria wandte ihr das Gesicht zu. »Doch nicht San Servolo, die Irreninsel?«

»Genau die«, bestätigte Alfonsina. »Denn von den Verrückten wird er bestimmt nicht normal zurückkehren. Und jetzt schau bitte wieder auf die Straße.«

Mit einem kleinen Schlenker lenkte Rosaria den Lancia zurück in die Spur. Ihre Lippen öffneten sich zu einem breiten Lächeln. Auf ihren Zähnen glänzte der Speichel. Und dann fing sie an zu lachen. Sie lachte und lachte, bis ihr die Tränen herunterliefen und selbst Alfonsina nicht mehr anders konnte, als in das Gelächter ihrer Schwiegertochter einzustimmen.

44

»Aber das ist ja noch tausendmal schlimmer als ein Mord!« Matteo vergrub das Gesicht in den Händen.

Agnes legte die Hand auf Matteos Schulter und begann, ihn sanft zu streicheln. »Wer weiß, warum deine Urgroßmutter so gehandelt hat. Vielleicht wollte sie Arturo schützen. Ihre Absicht entschuldigt ihr Tun natürlich nicht. Aber vielleicht tröstet es dich, wenn du dir das Ergebnis ihres Handelns ansiehst. Sieh dir doch mal bitte diese beiden Bilder von Volo genauer an …«

Als Matteo neugierig den Kopf hob, blätterte sie die Radierungen durch und nahm zwei davon heraus: *Teufel und Schöpfung*. Das erste Bild gab sie ihm in die Hand. Er hielt das Blatt ins Kerzenlicht, um die Darstellung besser zu erkennen.

»Das ist Satan, der Höllenfürst, der hier eindeutig als Schweinehirt dargestellt wird«, sagte er nachdenklich.

Agnes nickte bestätigend. »Aldos Stiefvater, dieser Beppo, war Schweinehirt. Das hast du mir selbst erzählt.«

»Will Volo, also Aldo – ich weiß gar nicht mehr, wie ich ihn nennen soll – mit seiner Zeichnung sagen, dass das Leben bei Beppo für ihn die Hölle war?«

»Ja. Ich fürchte, Elisas Mann ist nicht besonders gut mit seinem Stiefsohn umgegangen. Im Krankenbericht steht, dass auf seinem ganzen Körper Blutergüsse in unterschiedlichen Entwicklungsstadien zu finden waren.«

»Er hat ihn verprügelt, natürlich. Pavan Beppo war bis ins hohe Alter wegen seiner Gewalttätigkeiten gefürchtet. Aber wie konnte Volo denn nach all diesen schrecklichen Erlebnissen so ein feiner, großzügiger Mensch werden?« Mit seinen warmen braunen Augen sah Matteo Agnes so unglücklich an, als fühlte er sich für all das Leid, das seinem geliebten Freund widerfahren war, persönlich verantwortlich.

Sie legte anstelle einer Antwort den zweiten Druck, die *Schöpfung*, in seine Hände. Die Darstellung zitierte das berühmte Fresko in der Sixtinischen Kapelle in Rom: Gott haucht Adam das Leben ein. Wie bei Michelangelo lag Adam nackt in einer Landschaft und streckte seinem Schöpfer die Hand entgegen. Auch auf Volos Bild umgaben mehrere Engel den Gottvater.

»Achte auf die Unterschiede zu den üblichen Bibeldarstellungen. In ihnen liegt wie bei allen anderen Bildern auch die wahre Geschichte«, forderte sie Matteo auf, selbst seine Schlüsse zu ziehen.

Er runzelte die Stirn. »Hmm. Die Landschaft um Adam ist eigenartig. So schiefe Bäume habe ich noch nie gesehen.«

»Das sind die Aleppokiefern im Park des Krankenhauses. Sie stehen beziehungsweise liegen dort immer noch und sehen genauso aus.«

»Dann findet die Menschwerdung also auf San Servolo statt. Und das ist interessant: Gott haucht Adam nicht über seinen Zeigefinger das Leben ein, sondern er reicht ihm ein …«, Matteo kniff die Augen zusammen, um den dargestellten Gegenstand besser erkennen zu können. »Er reicht ihm einen Stift oder eine Malkreide! In der anderen Hand hält er einen Zeichenblock. Und die Himmelswesen um ihn herum tragen Staffelei, Palette, Farbtuben und Pinsel. Das bedeutet vielleicht, Aldo wurde auf San Servolo mit der Malerei vertraut gemacht?«

»So interpretiere ich es auch«, stimmte Agnes zu. »In seiner Krankenakte ist von einer erfolgreichen Zeichentherapie die Rede. Warte einen Moment. Ich habe ja von der Dottoressa eine Kopie davon bekommen. Netterweise hat sie die nicht zu entziffernden ärztlichen Vermerke übersetzt und lesbar aufgeschrieben.« Agnes holte aus der Bibliothek die Unterlagen und las Matteo vor: »12.11.37. Das therapeutische Zeichnen an der Leinwand zeigt erfreuliche Fortschritte. Der Patient zeigt auffallendes Talent und große Ausdauer.«

»Tatsächlich. Aber wer ist dieser Gottvater in weißem Kittel und Hose? Er ist gekleidet wie ein …«

»Ein Pfleger. Er ist gekleidet wie ein Krankenpfleger im Jahr 1937.«

»Ein Pfleger wurde zu seinem Schöpfer?«, fragte Matteo erstaunt.

Anstelle einer Antwort las Agnes weiter. »Der anfänglich äußerst unzugängliche Patient entwickelt eine vertrauensvolle Beziehung zu Pfleger Cutugno.« Sie fuhr mit dem Zeigefinger die Zeilen entlang und übersprang einige unwichtige Vermerke, bis sie zum letzten Eintrag kam. »22.12.37. Der Patient gilt als geheilt und wird aufgrund mangelnder Ergebnisse bei den Nachforschungen zu seiner Herkunft von Pfleger Cutugno Ercole adoptiert.« Sie nahm das kopierte Foto und reichte es Matteo. »Cutugno Volontario. Diesen kleinen Engel hätte ich auch sofort adoptiert.«

Matteo betrachtete lange das Porträt. »Wie frühe Aufnahmen von meinem Opa. Großonkel Andrea sah übrigens auch ganz ähnlich aus. Wenn das kein Visentin ist, dann fress ich die Heckklappe meines Fiats und den Auspuff dazu.«

»So wie du auch einer bist. Also habe ich mir die Ähnlichkeit zwischen dir und Volo nicht eingebildet. Vielleicht hat Michele sie ja auch gesehen und deswegen gefürchtet, dass doch irgendwo ein Testament von Volo auftauchen könnte.«

Matteo stutzte. »Oder haben er und diese anderen Verbrecher von der Gemeinde es womöglich doch verschwinden lassen? Zuzutrauen wäre es ihnen!«

Plötzlich kam Agnes ein aufregender Gedanke. »Das ist eigentlich völlig egal. Wenn wir die direkte Verwandtschaft anhand einer Genanalyse nachweisen können, dann steht deiner Mutter in jedem Fall die Ca' More zu! Sie ist schließlich Volos Halbschwester. Du musst sofort einen Anwalt einschalten!«

Matteo brauchte einen Moment, um den Gedanken zu verdauen. »Du hast recht. Wir lassen einen Baustopp verfügen, bis wir die Laborergebnisse haben. Ein Haar aus Volos alter Bürste dürfte genügen. Mamma wird nicht hier heraufziehen wollen, aber ich könnte ja vielleicht mit …« Er räusperte sich. »Ach, lieber Onkel Volo. Warum hast du nie etwas gesagt?« Plötzlich rieb er sich heftig mit den Händen die Augenwinkel und fluchte: »Diocan! Diese Mücken.«

Doch wenn Agnes sich nicht täuschte, dann hatte sie Tränen in seinen Augen glitzern sehen. Wie es dazu kam, dass sie sich kurz darauf in den Armen lagen und so innig küssten, als hätten sie sich nach jahrelanger Trennung wiedergefunden, das konnte Agnes später auch nicht mehr genau sagen. Denn eigentlich hatte sie noch ein bisschen beleidigt sein wollen, weil er lieber zum Angeln gegangen war, als sie zu treffen. Nur an eines erinnerte sie sich noch. Dass Matteo immer, wenn er Atem holen musste, »Grazie« flüsterte. »Grazie di tutto.«

Nachdem Agnes Matteo mithilfe eines langen Kusses die Absolution erteilt und eine Decke und Antimückenspray aus dem Haus gebracht hatte, kuschelten sie sich eng aneinander und blätterten gemeinsam das mürbe Heft durch, das sie im

Grab des Hundes gefunden hatten. Es war ein altes hellblaues Schreibheft, wie es früher die Elementarschüler benutzten.

A und O und M. Arturo hatte für Elisa einzelne Buchstaben an die Zeilenanfänge geschrieben, und sie hatte versucht, sie nachzumalen. Ihre ersten Schwungübungen waren unbeholfen wie die eines Kindes. Doch bald schon wurden die krakeligen Linien gleichmäßiger, und die fleißige Schülerin hatte begonnen, erste Worte zu schreiben. *Arturo. Elisa.*

Haus und *Blume*. Kurze Sätze folgten: *Die Sonne scheint. Du machst mich glücklich. Ich denke immer an dich.*

»Sie müssen sich wirklich geliebt haben«, sagte Agnes. »Wenigstens hatten sie die gemeinsamen Stunden in der Ca' More. Wie wir.« Sie schmiegte sich noch enger in Matteos Arm.

Er blätterte behutsam zum letzten Eintrag, damit das brüchige Papier nicht unter seinen Fingern zerbröselte. Ein hässlicher graublauer Fleck stach ihnen als Erstes ins Auge.

»Das Maulbeerhaus hinterlässt seine Spuren«, sagte Matteo nachdenklich. »An den Menschen und selbst auf diesen Seiten.« Dann las er mit seiner tiefen Stimme vor, was Arturo für Elisa geschrieben hatte: »Liebste Elisa, wir haben uns nie anders berührt als wie Bruder und Schwester …« Matteo hielt abrupt inne. »Aber das heißt ja, dass sie nie etwas miteinander hatten, oder? Also richtig, meine ich … Dann kann Aldo gar nicht Arturos Sohn sein! Aber warum sieht er ihm denn so ähnlich?«

Diese Wendung verblüffte Agnes nun auch. Dass die Liebe von Arturo und Elisa über all die Jahre unschuldig geblieben war – damit hatte sie nicht gerechnet. Aber die Erklärung lag für sie auf der Hand. »Nachdem er so offensichtlich aussieht wie ein Visentin und in der Zeit gezeugt wurde, in der Elisa noch im Borgo Visentin gelebt hat, müssen Zeno oder Arturos Bruder sein Vater sein. Vergewaltigungen durch die Dienstherren waren doch früher keine Seltenheit.« Es schüttelte sie bei der schrecklichen Vorstellung. »Das arme, arme Mädchen. Wahrscheinlich haben sie und Arturo das Ehegelöbnis ernstgenommen. Oder das neunte Gebot. Und dann all dieses Leid, obwohl sie sich so anständig verhalten und nur miteinander gelernt haben …«

»Anständig oder dumm – wie man's nennen will.« Matteo grinste. »Ich würde nicht die Pfoten von dir lassen, nur weil du mit einem anderen verheiratet bist.« Er streichelte Agnes über den Nacken und krabbelte dann mit den Fingern um ihren Hals in den Ausschnitt ihres Pullovers hinein. Doch sie ließ sich von ihren Folgerungen nicht ablenken.

»Dann wäre Volo entweder Arturos Neffe oder sein Halbbruder und damit in jedem Fall ein Onkel deiner Mutter.«

Matteo schüttelte den Kopf, die Logik der verwandtschaftlichen Zusammenhänge schien ihn zu verwirren. Agnes wollte wissen, was Arturo noch geschrieben hatte. Sie zog Matteo vorsichtig das Heft vom Schoß.

Elisa, amore mio,
wir haben uns nie anders berührt als wie Bruder und Schwester. Doch Du bist die Hälfte, die meine Seele und meinen Körper erst zum Ganzen macht. Ich möchte nicht mehr nur gestohlene Stunden mit Dir teilen, sondern Tag und Nacht. Willst Du mich von meiner Sehnsucht erlösen und endlich meine Frau werden? Dann werde ich kommen und Dich und Deine Kinder holen. Zwei Buchstaben genügen …
Sì oder no?

Darunter stand mit Bleistift ein kurzes Wort. Doch bevor sie die verschlungenen Buchstaben in der alten Schrift richtig entziffern konnte, legte Matteo plötzlich seine große Hand auf das Heft. Er sah Agnes ernst und fragend an. Sie schwieg und genoss die Liebe in seinem Blick.

»Willst du ihre Antwort auf seine Frage denn nicht wissen?«, fragte er.

»Na, zeig schon, was hat sie geschrieben!«

»Was würdest du antworten, wenn ich dich dasselbe fragen würde, was Arturo Elisa gefragt hat?«

Agnes musste nicht lange überlegen. »Ja. Einfach nur ja.«

Matteo legte das Heft beiseite und drückte Agnes an sich. Ein zarter Windhauch strich durch ihre Haare. Die Luft duftete nach wilden Erdbeeren und den Blumen der Dunkelheit.

Plötzlich raschelten im Maulbeerbaum die untersten Zweige. Ein schwarzbrauner Vogel kletterte an einem Ast nach vorn, um zwischen dem blauen Laub eine kleine Frucht herauszupicken. Da hörte Agnes ein leises, heiseres Schreien. Etwas oberhalb kauerte ein zweites Vögelchen und sperrte den Schnabel auf. Der Gufo hatte in dieser wunderbaren Nacht sein Junges mitgebracht.

Die Schöpfung

So etwas Schönes habe ich noch nie gesehen. Die Schachtel ist aus Blech und hat Buchstaben darauf. Ich schaue ihn an. Die Mamma hat immer gesagt, der liebe Gott sieht nicht aus wie ein Mensch, aber da hat sie gelogen. Mein lieber Gott nickt, und er sagt, mach die Schachtel auf, sie gehört dir. Vorsichtig öffne ich den Deckel. Ein dünnes Papier ist darunter, ganz fein ist es wie das Blatt einer Pfingstrose. Ich traue mich nicht, es anzufassen, meine Finger können es zerreißen, aber der liebe Gott lacht und sagt, nun mach es schon auf. Das, was wichtig ist, ist darunter, sagt er.

Also lege ich das dünne Papier nach oben, darunter ist noch eines, und darunter ist das, was wichtig ist. Es sind zwei weniger, als ich Finger habe. Acht wunderschöne runde Stangen. Sie sind glatt und auch ein bisschen matt, und um sie herum ist ein Papier, auf dem wieder so schöne Buchstaben stehen wie oben auf dem Schachteldeckel. Doch oben und unten, wo das Papier nicht ist, da sind die Stangen bunt. Teichwasserblau und abendsterngelb und kirchturmdachrot und zwergendorfmoosgrün und khakiorange und sonnenunterganglila und ziegenmilchweiß und kohleschwarz.

Kann man das essen?, frage ich, und er lacht, der liebe Gott lacht, und er sagt, dass das Farben sind, die kann man nicht essen. Er holt ein Papier, da ist nichts drauf, und er legt es vor mich auf den Tisch, und dann sagt er, dass ich sie alle ausprobie-

ren darf. Die Farben. Meine Farben, die man nicht essen kann und die mich trotzdem satt machen, satt und glücklich, viel mehr als Polenta.

Danksagung

So viele Seiten lassen sich nicht ohne Hilfe guter Geister füllen – daher geht mein Dank an (in der Reihenfolge ihres Auftretens):

meine Agentin Barbara Küper, die mich mit dieser
wunderbaren Knobelaufgabe versorgt hat,

Birgit Franz von Marketing & Text, die die
entscheidende Tür öffnete und für Alfonsina
den passenden Hund fand,

meine Lektorin Wiebke Rossa bei Blanvalet, die
kurz entschlossen eine Idee zum Buch werden ließ,

meine Autorinnenfreundinnen Janet Clark,
Charlotte Habersack und Friederike Wilhelmi,
die mir den nötigen Mut machten, die Schwarte
anzupacken,

die vielen geduldigen Seelen, allen voran meine
unermüdliche Mutter Ulla Roeder, die mir das
Wichtigste schenkten – nämlich: kinderfreie Zeit,

Dr. Boris Baginski, oberster Sicherheitsbeauftragter meiner Datenbank,

Sabine Menu, die zweifellos auch eigenhändig eine Wand aus Natursteinen in ihrem Wohnzimmer mauern würde (aber nicht ihren Kater opfern), um mir bei der Konstruktion eines logischen Handlungsaufbaus behilflich zu sein,

Antonia Baginski, die mich an Freud und Leid ihres Lebens in der norditalienischen Provinz teilhaben ließ,

Katja Lochmüller, Fachärztin für Psychiatrie und Psychotherapie, zu der ich die verhaltensauffälligen Figuren meiner Geschichte in die Psychoanalyse schicken durfte und die mir half, die Einträge in Volos Krankenakte zu verfassen,

Dottoressa Fiora Gaspari, Bibliothekarin und Archivarin der Fondazione San Servolo, die mir einen sensationellen Einblick in das Archiv der Klinik gewährte und meine Fantasien über die Zustände in einer psychiatrischen Anstalt in den Dreißigerjahren mit fundiertem Wissen hinterlegte,

Dipl. Ing. Architekt Markus Dobmeier, der nicht nur Agnes die Funktion eines Distometers und die Vorgehensweise bei der Aufnahme von historischen Gebäuden erklärte, sondern mir auch bei meiner Recherche in Venedig als Cavalier Servente zur Seite stand, meine Tochter Lisi, die immer die passende Idee in ihrem szenischen Notfallkoffer für mich hat und sogar den gefürchteten Lesetest über sich ergehen ließ,

meine Redakteurin Lisa Bitzer, die mir – nur zum Besten unseres Buchs – mehr Schweißausbrüche als ein italienischer Liebhaber verursachte,

Concetta Blando, die alle Peinlichkeiten in den italienischen Begriffen (und auch weitere!) ausmerzte,

Theda Bader, die mit detektivischem Spürsinn selbst sorgfältig versteckte Ungereimtheiten aufgedeckt und unter anderem Elisa wieder ins richtige Zimmer gelegt hat,

und zuletzt zwei verstorbene Künstler, auf deren Werk der Maulbeerbaum wurzelt: Stepan Zavrel und Rainer Maria Rilke. Ich bin sicher, sie leuchten als Sterne am Nachthimmel über der Adria.